KB150678

너로 인해 나는

너로 인해 나는

1판 2쇄 찍음 2018년 5월 23일
1판 2쇄 펴냄 2018년 5월 29일

지은이 | 이윤정
펴낸이 | 정 필
펴낸곳 | (주)뿔미디어

기획 · 편집 | 심은지, 이영은, 박지희
표지 디자인 | 우 물

출판등록 | 2002년 9월 11일 (제1081-1-132호)
주소 | 경기도 부천시 원미구 소향로 17, 303(두성프라자)
전화 | 032)651-6513 / 팩스 032)651-6094
E-mail | dahyangs@naver.com
블로그 | http://blog.naver.com/dahyangs
비북스 | http://b-books.co.kr

값 12,000원

ISBN 979-11-315-9045-4 03810

이윤정 장편 소설

DAHYANG ROMANCE STORY

너로 인해 나는

contents

1부 ———————

너로 인해 나는

프롤로그

'결혼하게 된다면, 너랑 하고 싶어.'

선배는 그렇게 농담처럼 말하고 긴 여행을 떠났다. 아버지의 외도
와 그로 인해 남겨진 배다른 형제들. 더 이상 현실을 감당할 자신이
없다고 말했다.

그녀 또한 엄마가 둘이었다. 하지만 그를 붙잡지 않았다. 모두에
게는 인내의 방법이 다른 법이니까.

떠난 선배를 기다리지는 않았다. 그저 한 번씩 보내오는 장문의
메일을 통해 그가 어딘가에서 자유롭게 살고 있다는 것을 확인할 뿐
이었다. 그게 그녀가 할 수 있는 전부였다. 은수에게 선배는 그랬다.
이루어질 수 없는 꿈. 그녀가 가질 수 없는 욕심.

그러니까, 사랑이었다.

1. 종이 인형

"결혼해라."

아침 식사 자리에서 윤 박사의 말이 떨어지자 은수가 아닌 은솔이 먼저 고개를 들었다. 언니에게 만나는 사람이 있다는 소리는 들어 본 적이 없었다. 설마 정략결혼이라도 시키려는 건지. 별다른 반응이 없는 은수와 달리 은솔은 마음이 불안해졌다.

"아빠, 언니 사귀는 사람도 없……."

"명진그룹 막내 손자란다. 은수 너도 이제 나이가 찼으니 결혼해야지. 너부터 해야 은솔이도……."

"아빠!"

"……네, 그렇게 할게요."

은수가 담담히 대답했다.

"언니!"

은솔만 답답한 듯 두 사람의 대화를 번갈아 가며 막아서고 있었다. 윤 박사의 와이프 희숙은 그저 묵묵히 식사에만 열중할 뿐이었다.

"미쳤어. 아빠도 미쳤고, 언니도 미쳤어."

출근 준비를 하는데도 은솔은 은수의 옆에서 떨어지지 않고 열변을 토해 냈다. 자기주장이 뚜렷한 편인 은솔은 결혼만큼은 사랑하는 사람과 하겠다고 스무 살 때부터 선언해 왔었다.

그런 은솔을 보며 은수는 행복한 꿈 같다고 생각했다. 꿈꿀 수 있고 나를 사랑할 수 있는 건 얼마나 축복받은 일인가.

이 집에 들어와 살기 시작한 여섯 살 때부터 은수는 그걸 포기해야 한다고 생각했고 그렇게 살아왔다. 누구를 원망하거나 후회하진 않았다. 모두 자신에게 주어진 삶이 있었기에. 내 뜻대로 살지 않겠다는 건 그녀 스스로가 결정한 부분이었다. 희망을 품는 것보다 포기하는 게 그녀에겐 더 쉬운 일이었다.

"왜 또 모르잖아. 내가 그 사람한테 반하게 될지."

은수는 씩씩대는 은솔에게 여유롭게 웃으며 말했다.

"그 사람 개망나니로 유명한 사람이거든!"

은수는 웃음을 지우지 않았다. 아무렴 어떠냐고.

ㅁ ㅁ ㅁ

"한성병원 알지? 거기서 이름 좀 있는 의대 교수 첫째 딸이란다.

병원장 되려니 뒷배가 좀 부족한가 보더라. 조용한 애라니 별 탈은 없을 거야. 낳아 온 애라는 게 걸리긴 한데, 네가 그런 거 따질 처지야? 할아버지가 직접 주선한 자리야. 무슨 뜻인지 알지? 지환아? 최지환, 엄마 말 듣고 있는 거니?"

뒤틀린 속에서 신물이 올라오는 것 같았다. 모델 에이전시 사장과 새벽 6시까지 마신 술은 위장을 없애 버릴 만큼 강력했다. 체력 하나는 자신 있다고 생각했는데, 자만이었나 보다.

"그래서 몇 시에 보면 돼요?"

"오늘 2시. 신라호텔. 엄마는 너 믿는다, 알지?"

암요, 암요. 지환은 그 믿음으로 태어난 자랑스러운 사생아였다. 태어나 보니 아버지는 하나인데 엄마가 셋이었다. 그중에서 지환은 아쉽게도 넘버쓰리였다. 이렇게 술독에 빠져 여유를 부릴 때가 아니란 소리였다.

기어이 신물이 올라와 지환은 욕실로 직행했다.

술 냄새도 가시지 않은 남편감이라니.

이 결혼이 성사된다면 순전히 여자의 인내심 때문이라고 그는 미리 단정했다.

□ □ □

시계가 2시 10분을 향했지만 남자는 나타나지 않았다. 은수는 아버지가 알려 준 번호로 전화를 걸어 보려다 그만두었다. 언제나 적극적이지 않은 성격이 행동을 붙잡았다.

흘러가는 물처럼 살아왔다. 흐름을 거스르지도 멈추지도 않았다. 이번에도 이대로 흘러가면 그만이었다. 이 남자가 그녀의 짝이 아니라면 나타나지 않을 것이다.

은수는 시계를 바라봤다. 2시 30분까지만 기다리고 그녀는 미련 없이 자리에서 일어날 생각이었다.

그리고 정확히 20분이 지난 뒤 그녀의 앞에 한 남자가 나타났다.

"늦어서 미안해요. 많이 기다렸죠?"

웃는 낯으로 친근하게 다가오는 남자가 낯설었다. 그에게선 희미한 술 냄새가 따라왔다. 개망나니라는 소문이 맞는 것인지 선 자리에 어울리지 않는 알코올 향이 거부 반응을 일으키게 만들었지만 또 그 생각을 뒤엎도록 훤칠한 겉모습과 다정한 말투가 소문이 오해이거나 아주 이중적인 사람이란 생각이 들도록 했다.

은수는 예상과 다른 남자의 모습에 대답이 늦고 말았다.

"……괜찮아요. 많이 안 기다렸어요."

"거짓말을 잘하는 편인가 봐요?"

"네?"

지환이 밝게 웃었다. 자신의 트레이드마크인 것처럼.

"나 해장을 해야 하는데, 장소 좀 옮길까요?"

남자는 자리에 앉기도 전에 자기 말만 하고 나가 버렸다. 은수는 어쩔 수 없이 가방을 들고 그를 뒤따랐다.

어두운 골목길 안으로 들어서자 허름한 가게들이 줄줄이 자리 잡고 있었다. 이곳과는 어울리지 않는 복장으로 두 사람은 한 해장국

집에 들어섰다.

그가 먼저 앉으라며 은수에게 의자를 빼 주었다. 몸에 익은 습관인 듯했다.

재벌 3세와 허름한 해장국집. 뭔가 어울리지 않는 조합이라는 생각이 들어 은수의 표정에 의아함이 묻어났다. 그 눈빛을 반대로 읽었는지 지환이 은수에게 물었다.

"해장국 먹어요?"

"아뇨. 전, 괜찮아요."

커피 한잔이면 끝날 줄 알았던 만남이었다. 정략결혼을 할 남자와 다정히 밥을 먹고 데이트를 할 생각은 애당초 하지 않았다. 은수는 그 생각을 거스를 마음이 없었다.

"여기 맛있는데. 나 먹는 거 보고 먹고 싶다고 뺏어 먹지나 마요."

아무렇게나 던져 주고 간 물수건으로 익숙하게 손을 닦으며 남자가 말했다. 은수는 당황스러웠지만 예의에 어긋나지 않을 정도로만 웃어 주었다.

"학교 선생님이라면서요?"

그녀의 앞에 놓인 물잔에 물을 따라 주며 지환이 물었다.

"네."

은수는 간단하게 대답했다.

"원래 말이 없어요?"

은수는 대답 대신 웃고 앞에 놓인 물잔을 들어 올렸다.

지환은 더 이상 말을 잇지 않고 주변을 둘러보았다. 점심때를 넘긴 시간이라 사람들은 별로 없었다.

단골 해장국집으로 여자를 데려오는 건 그만의 통과 의례 같은 것이었다. 재벌 3세가 해장국이라니. 여자들은 어울리지 않는다고 웃었다. 그가 왜 이곳에 다니게 되었는지 묻기보다 그에게 맞지 않는 삶을 사는 게 이상하다고만 했다.

재벌 3세라는 족쇄에 갇힌 지환은 그에 대한 반항심으로 오기를 부렸다. 그래서 더 삐뚤어지게 되었는지도 모르겠다. 사람들이 생각하는 자신과는 다른 모습을 보이며 그들의 시선을 시험해 보기도 했다.

지금 앞에 있는 여자에게도 해당되는 사항이었다. 어쩌면 결혼이란 걸 할지도 모르는 여자이니, 그의 기호에 대한 반응 정도는 알아야 하지 않을까 싶어서.

지환은 조신하게 앉아 있는 여자를 훔쳐보듯 바라봤다. 단정한 외모에 전체적으로 선이 가늘고 섬세했다. 길게 웨이브 진 헤어스타일은 청순함을 더했고, 무늬 없이 깔끔하기만 한 투피스는 선에서 벗어나지 않겠다는 고지식함을 보여 주는 듯했다. 거기에 줄곧 굳게 다문 입은 평소 성격을 말해 주는 것 같았다.

조용하다더니 종이 인형이나 다름없었다. 문득 결혼하면 잠이나 잘 수 있을까 하는 생각도 들었다. 섹스부터 생각하는 걸 보니 여자로 보이긴 하나 보다. 자신의 생각이 웃겨 지환은 조용히 입꼬리를 올렸다.

"나랑 잘 수 있겠어요?"

무슨 마음인지 갑자기 그 말이 튀어나왔다. 지환의 물음에 은수가 눈을 맞춰 왔다. 당황한 게 역력해 보였다.

"뭘 그렇게 고민해요? 결혼하면 당연히 잠은 자야지."

"저 놀리는 게 재미있으신가 봐요."

놀림에 직구를 날릴 줄은 몰랐다. 지환은 그게 답답한 숙맥처럼 보이지 않아 어쩐지 마음에 들었다.

"눈치챘어요? 분위기가 처지기에 농담 삼아. 기분 나빴으면 사과할게요."

지환은 또다시 싱긋 웃어 보였다. 은수는 남자의 웃음이 마음에 들지 않았다. 여태껏 이런 식으로 여자들을 상대해 왔을 것이고, 그녀 또한 그들과 마찬가지로 자신에게 빠지고 말 것이라는 걸 안다는 듯한 행동처럼 느껴졌다. 그래서 더 아닌 척을 하고 표정을 지웠다.

"해장국 나왔습니다."

그런 은수의 반응은 신경 쓰지 않는다는 듯 지환은 급하게 해장국 안에 밥을 말았다. 그러고는 허겁지겁 입 안으로 국밥을 집어넣었다. 이 자리가 맞선 자리란 것을 잊은 듯한 행동이었다.

은수는 얼굴을 찡그렸다. 지환은 다행히 그것을 보지 못했다.

해장국집을 나와 헤어지자는 의미로 지환이 먼저 말을 걸었다.

"집까지 데려다줄게요."

"아뇨. 혼자서 갈 수 있어요."

큰길 앞에서 지환과 은수는 마주 섰다. 동네와 어울리지 않는 고가의 외제차가 두 사람 앞에 세워져 있었다.

지환은 은수를 붙잡지 않았다. 어차피 데려다줄 생각은 없었다. 그저 예의상 건네 본 말에 여자는 눈치껏 대답해 주었다.

"그럼."

지환은 여유롭게 외제차에 올라타 차를 출발시켰다. 은수는 떠나는 지환의 차를 바라보며 무언가를 잊은 것처럼 잠시 그 자리에 서 있었다.

□ □ □

"어땠어?"

뒤따라오는 발걸음 소리에 일부러 빨리 걸어 들어가 방문을 닫으려 했지만 은솔은 기어이 그 문을 열고 은수의 방 안으로 들어섰다.

"뭐, 그냥……."

은수가 수다스럽게 이런저런 말을 하는 타입이 아니란 걸 알고 있지만 그래도 은솔은 궁금했다. 자신이 결혼할 남자를 만나고 왔는데, 아무런 감상도 남지 않을 여자는 없을 것이라 생각했으니까.

"별로야? 진짜 망나니처럼 굴어?"

얼굴을 찡그리며 화난 듯한 표정으로 묻는 은솔이 귀여워 은수는 그저 웃었다.

"망나니처럼 구는 게 어떤 건데?"

은수도 궁금했다. 어쩌다 그에게 망나니라는 별명이 붙게 되었는지.

그녀가 아는 망나니는 성격이 포악하고 함부로 행동하는 사람을 말했다. 오늘 만난 지환은 그쪽보다는 솔직한 도시 남자 같았다. 말을 참거나 걸러 하는 편은 아니어서 조금은 무례하다는 생각이 들긴 했지만 곧바로 사과하는 깔끔함을 보여 주었다.

그의 그런 소문보다 오히려 그녀를 신경 쓰이게 만드는 건 달콤하게 웃는 얼굴 뒤의 차가움이었다. 그래서 그녀는 지환의 차가 이미 사라져 버렸는데도 발걸음을 움직일 수가 없었다.

"그래. 뭐, 첫 만남부터 그러진 않겠지. 그래도 소문이 안 좋으니까 자꾸 신경 쓰여. 아, 맞다! 언니도 혹시…… 그, 해장국집 갔어?"

은솔의 물음에 화장대 앞에 앉아 귀걸이를 빼내던 은수의 손이 그대로 멈추었다. 이제야 그의 행동이 이해되기도 했다. 만나는 여자들마다 시험대에 올리듯 데려가는 곳이 해장국집이라니. 조금은 긍정적으로 생각했던 마음이 저절로 굳어져 버렸다.

"해장국집이…… 왜?"

은수는 모른 척 되물었다.

"아, 언니는 안 데려갔구나. 그 사람, 새로운 여자 만날 때마다 해장국집에 데려간대. 재벌 3세랑 데이트하는데 해장국이 웬 말이야? 그거 여자들 시험하려고 그러는 거잖아. 완전 재수 없는 행동 아니야? 일단은 여자를 존중하는 마음이 없는 사람인 거야. 어쨌든 언니한테는 안 그랬다니 다행이다."

'그래, 다행이다.'라고 말하는 것처럼 웃어 주었지만 은수는 왠지 가슴 한쪽이 답답해졌다. 아무럼 어떠냐고 당당하게 말했지만 어떤 사람인지 궁금하지 않았던 건 아니었다. 이미 집안에서 결정 난 결혼을 바꿀 만큼 큰 의미는 아니었지만 그래도 조금은 따뜻한 사람이길 원했다.

적어도 그녀라는 사람을 무시하지 않는 남자이기만을 바랐는데,

아주 큰 욕심이었다는 체념이 들었다.

"나, 이제 씻을 건데."

은수가 일부러 자리에서 일어나며 말하자 은솔이 알아듣고는 침대에 기댔던 엉덩이를 들었다.

"그래. 씻고 쉬어. 난 엄마한테 얼굴 팩 좀 해 달라고 해야겠다. 내 피부 요즘 좀 푸석해진 것 같지?"

자신의 얼굴을 걱정스럽게 쓸어내리던 은솔이 아차 싶어 은수의 눈치를 봤다.

"언니도 같이 할래?"

은수는 여느 때처럼 웃으며 고개를 흔들었다.

□ □ □

"천하의 최지환도 결혼이라는 걸 하는 거야?"

재벌 3세들의 모임에서 그를 가장 낮은 서열로 정리하던 태식이 얼음 든 술잔을 손목으로 천천히 돌리며 비웃듯이 말을 내놓았다. 아버지가 갑자기 쓰러져 굵직한 호텔 하나를 넘겨받더니 시건방이 하늘을 찔렀다.

머리에 허세밖에 들어차지 않은 녀석들이 가득한 재벌 모임이야 이미 이전부터 질려 버렸다. 모두 다 어깨가 한 뼘쯤은 올라가 본인들의 존재감을 내세우기 위해 알 수 없는 기 싸움을 해 댔다. 정보 공유는 핑계였고, 무리의 힘을 이용해서 좀 더 나은 권력을 얻으려는 수작들만 난무했다.

그 안에서 능력을 제대로 갖춘 녀석은 손에 꼽을 정도였다. 남부럽지 않은 집안에서 엘리트 코스만 밟아 온 놈들이 인생의 쓴맛을 알 리가 없었다. 내가 최고였고, 내가 원하는 대로 세상이 돌아간다고 진심으로 믿는 놈들이 많았다.

그들 중에서 지환은 단연히 돋보이는 존재였다. 혼외자인 데다가 서열 3위였다. 한동안 망나니짓을 하긴 했지만 금방 정신을 차리고는 떡하니 엔터테인먼트 사업을 일으켜 세웠다. 무시해야 하지만 무시할 수 없는 존재였다. 그리고 지환이 가진 냉철함과 유연함은 사람을 끄는 매력으로 작용했다.

"그럼, 난 평생 혼자서 늙어 죽을 줄 알았어?"

지환이 독한 양주 한 잔을 물처럼 털어 넣으며 되물었다.

모임 안의 어떤 녀석 하나가 어디서 소식을 전해 들었는지 지환이 정략결혼을 위해 맞선을 봤다는 소문을 퍼뜨렸다. 잘못된 소문이 아닌 사실이니 변명할 생각은 없었지만 몇 시간 전에 한 번 본 여자와 가십의 중심에 서는 건 어쩐지 내키지 않았다.

이름, 나이, 직업, 오늘 본 겉모습이 그가 여자에 대해 아는 전부였다. 아, 그리고 말수가 적다는 것. 상대방을 향해 벽을 세운다는 것. 인형처럼 표정 변화가 없다는 게 특이점이긴 한데, 그 원인은 아직까지 파악하기 어려웠다.

"여자는 어떤데? 한성병원 윤정학 교수면 로봇 수술로 엄청 유명하잖아. 우리 둘째 고모도 그 사람이 수술했는데, 대기 환자가 엄청나다고 하더라. 외국에서도 알고 찾아오고. 근데 능력에 비해서 배경이 받쳐 주지 못하는 것 같더라고."

뒤쪽에 앉아 있던 정보통 기석이 안경을 밀어 올리며 나름의 평가를 내놓았다.

네가 그 동아줄이냐고 직접적으로 묻지는 않았지만 무슨 말인지 단번에 이해했다. 여자에 대한 질문처럼 보여도 그 의미는 여자 자체가 아니라 그 여자로 인해 네가 얻어 갈 것을 뜻하는 것이었다.

"아, 그래서 우리 최 영감이 그 양반네 딸이랑 결혼시키려나 보네. 줄 안 서고 바로 수술받으려고."

지환의 뼈 있는 농담에 모두들 웃음을 터뜨리면서도 눈빛 교환을 잊지 않았다. 지환의 결혼이 최 회장의 작품이라면 그가 서열 1위가 될 수도 있다는 소리였다.

지환이 명진그룹의 회장이 된다면 모임 안에서 그의 위치는 단연 톱이 될 것이다. 여태껏 그 자리까지 단번에 올라선 이들은 없었다. 모두들 밟고 지나가야 할 상대들이 수두룩했다. 운도 따라 줘야 했고, 능력도 뒷받침이 되어야 했다.

"그럼, 그 여자 비위 잘 맞춰야겠네. 칼자루는 지환이가 아니라 그 여자가 쥐고 있는 거 아니야? 요즘 그렇게 집안 사정에 맞춰서 정략결혼 하려고 나온 여자들, 뒤로는 오랫동안 만난 남자 숨기고 뒤통수치는 경우가 한둘이 아니라던데."

꼭 배 아파하는 놈들은 있기 마련이었다. 자리의 끝 쪽에 앉아 있던 신입 회원 강욱이 그의 심기를 건드려 왔다.

흘려듣기론 놈은 얼마 전 여자 쪽의 사정으로 몇 억을 쏟아부은 결혼식을 미뤘다고 했다. 그 이유야 뻔했다. 이쪽이 아니면 저쪽인 거니까. 여자들의 과거를 운운하는 모습에서 녀석의 약점이 그대로 노출되었다. 지환은 슬쩍 웃으며 놈에게 되물었다.

"누구? 지금 네 얘기 하는 거야? 뒤통수 맞기 전에 나만 보게 해야지. 그런 능력도 없으면 여자를 만나지 말아야지. 안 그래?"

강욱은 그대로 얼굴이 붉어진 채 어떤 변명도 하지 못했다. 지환의 추측이 그대로 적중한 것 같았다. 이런 지환의 날카로운 상황 파악은 그의 강점으로 작용했다. 잘난 척을 해도 지환의 말은 틀린 게 없었다.

"자자, 지환이 결혼도 미리 축하하는 의미로 분위기 좀 띄워 보자."

태식이 얼른 상황을 정리하고 원래의 목적이 이것이라는 것처럼 룸 안으로 여자들을 불러들였다. 지환은 자신의 옆에 누군가 앉기 전에 울리는 핸드폰을 확인하고 자리에서 몸을 일으켰다.

— 어땠니? 괜찮아 보이지?

어머니였다. 지환은 그의 곁을 지나가면서 고개를 숙이는 룸 매니저들의 인사를 가볍게 받아 내며 가게 밖으로 나왔다. 평소 같았으면 무시하고 말았을 전화였지만 어쩐지 오늘은 모임에 끼여 생각 없이 즐기고 싶지 않았다.

"안 괜찮으면 다른 여자랑 결혼할 수 있는 거예요?"

말은 마음과 다르게 튀어나왔다. 지환은 그 여자가 마음에 들었다. 어머니의 말처럼 그가 살던 모습 그대로를 모두 받아들여 줄 여자 같았다. 말이 없는 여자니 어머니와는 달리 잔소리가 적을 테고, 감정 같은 게 보이지 않으니 여느 여자들처럼 질척거리지도 않을 것이다.

— 진짜 마음에 안 드는 거면, 내가 회장님께 말씀드려 보고.

혹시나 이 결혼 때문에 문제가 생긴다면 자신에게 돌아올 원망에서 벗어나기 위해 내놓는 빈말인 것을 지환은 모르지 않았다.

"다른 여자가 더 낫다는 보장도 없잖아요? 그냥 두세요. 이 여자랑 할게요."

— 그래. 잘 생각했어. 결혼 전까지는 꼭 예의 갖춰. 전화 통화는 했니? 데이트도 몇 번 해 주고. 뭐, 네가 잘 알아서 하겠지만. 엄마는 너 믿어.

정략결혼에 데이트는 무슨. 지환은 웃음이 터져 나오는 걸 흘려내며 알았다 대답하고 전화를 끊었다. 그러곤 다시 가게 안으로 들어서려다 걸음을 멈췄다. 예의를 갖추라고 하니, 또 가만히 있을 수는 없었다.

어머니가 남긴 여자의 전화번호를 찾았다. 통화 버튼을 누르자 신호음이 갔다. 하지만 돌아오는 목소리는 없었다. 지환의 입에선 작은 헛웃음이 새어 나왔다. 이렇게 한 방을 먹은 깃인가. 어쩐지 여자에 대한 관심이 한층 더 올라서는 기분이 들었다.

샤워를 마치고 나온 은수는 드라이어를 꺼내 머리카락을 말렸다. 낮 동안 긴장했던 몸을 따뜻한 물에 담그고 나자 몸도 마음도 조금은 편안해졌다.

방 안은 기계에서 나오는 바람 소리뿐이었다. 이 고요한 순간이 좋았다. 아무도 관심을 주지 않는 혼자만의 새장에 갇혀 사는 한 마리 새처럼, 은수는 고독을 즐겼다. 그 남자와 결혼을 한다고 해도 달라질 것은 없었다. 그녀가 느끼기에 그는 이 문을 절대 열 생각이 없어 보였다.

안심하는 듯한 표정을 짓고 있는 자신을 거울로 바라보는데 어쩐지 쓸쓸해 보였다. 쓸쓸하다니. 뭘 기대라도 한 걸까. 은수는 흐릿한 미소를 흘려보냈다.

드라이어의 세기를 올리며 생각을 지우는데 화장대 위에 놓인 핸드폰에서 짧은 진동음이 느껴졌다. 연락 올 곳은 없었다. 자주 오는 스팸 문자라고 여기며 머리카락을 말리는 것에만 집중하는데 찜찜한 마음이 들었다.

설마. 아닐 것이다. 은수는 천천히 드라이어를 끄고 손을 뻗어 핸드폰을 잡았다. 화면을 켜자 부재중 전화 한 통과 짧은 문자 메시지가 찍혀 있었다. 저장하지 않은 번호였지만 누구인지 단번에 깨달았다.

[잘 자요]

은수는 한동안 고개를 들지 못하고 문자를 내려다봤다.

2. 결혼

그들의 두 번째 만남은 상견례 자리였다. 집안끼리 합의한 결혼은 진행이 빨랐다. 두 사람의 마음과 의사 따윈 중요치 않았다. 기업이 인수 합병을 하듯 서로가 원하는 것을 충족하면 되는 것이었다. 은수는 아버지의 병원장 자리를, 지환은 할아버지의 사업을 물려받기 위한 이미지 변신을 목적으로, 시로가 손해 볼 것이 없는 협약 같은 결혼이었다.

윤 박사는 딸을 이용해 자신의 명예욕을 채우는 비정한 본모습과는 달리 실력과 인성을 겸비한 차세대 리더로 의료계에선 평판이 좋았다. 망나니로 소문이 나 있는 지환의 이미지를 덮기 위한 상대로 딱 안성맞춤이란 소리였다.

"결혼식은 다음 달 초로 합시다."

지환의 할아버지 최 회장이 입을 떼자 모두가 이의를 달지 않는다는 듯 고개를 끄덕였다.

제일 끝 쪽 창가 자리에 앉은 은수는 가지런히 모은 손톱 위에 칠해진 네일아트를 줄곧 내려다봤다. 튀는 것을 싫어하는 평소 성격답지 않은 화려한 빨간색이었다. 그 강렬한 바탕 위에 보랏빛 꽃이 예쁘게 그려져 있었다.

어젯밤 은솔이 잠이 오지 않는다며 그녀의 방에 찾아와 칠해 놓은 것이었다. 하나하나 정성 들여 손톱을 다듬고 매니큐어를 칠하며 은수와의 추억을 풀어놓기도 했다. 그때까지도 언니의 결혼이 실감 나지 않는다는 말도 덧붙였다.

그건 은수도 마찬가지였다. 이렇게 쉬운 게 결혼이었나. 허무한 생각까지 들었다. 은수는 반대편 손끝으로 은솔이 그린 꽃을 문질러 보았다. 그 꽃이 아버지의 명예욕을 위한 부속품으로 쓰이는 자신과 닮았다는 생각이 들기도 했다.

한 번 정도는 고개를 들어 바라볼 줄 알았다. 지환은 자신의 앞에 앉은 여자를 허무하게 응시했다. 결혼을 해야 하는 거라면 상대가 누구든 상관없었다. 사랑 같은 걸 믿을 환경에서 자라지 않았다. 그가 아는 사랑은 욕망이 되고 권력이 되고 마지막은 집착으로 변했다. 그의 어머니를 보며 지환은 그렇게 단념했었다.

"은수 양이 참 조용하고 참하네요."

강 여사의 입에 발린 덕담에도 여자는 고개를 들지 않았다. 흡사 도살장에 끌려가는 소 같달까. 아, 소보다는 흰 염소가 더 어울릴지도 모르겠다. 여자의 하얀 얼굴과 유순한 눈망울이 흰 염소를 닮았다.

염소의 얼굴에는 감정이 그려져 있지 않았다. 마치 흰 도화지 같았다. 표정 없는 여자의 얼굴을 바라보며 지환은 불쑥 그 흰 도화지에 오색빛깔로 난도질을 해 보고 싶다는 생각이 들었다.

"많이 부족한 아이예요. 잘 가르쳐 주세요."

여자의 새어머니, 그러니까 지환의 예비 장모가 입을 열자 그제야 여자는 반응을 했다. 고개를 돌려 자신의 새어머니를 바라봤다. 그런 말을 들을 줄은 몰랐다는 눈빛이었다. 이것이었나. 그녀가 종이 인형처럼 살아가는 이유가.

지환은 왠지 조금 시시해졌다. 세상에 엄마가 둘인 사람은 많았다. 그는 셋이나 되었다. 인생이 그걸로 시시하다면 여자는 아직 세상의 쓴맛을 제대로 맛보지 못한 것일 수도 있었다.

이 결혼이 그 쓴맛의 시작일지도 모른다는 걸 지환은 굳이 가르쳐 주고 싶지 않았다. 여자가 그로 인해 반응하는 모습을 보고 싶었다. 그것이 끝없는 불행일지라도.

"그럼 다음에 뵙겠습니다."

"네, 들어가세요."

호텔 입구로 나와 두 집안은 상견례 마무리 인사를 건넸다. 줄지어 나오는 차들에 최 회장이 먼저 올랐고, 곧이어 윤 박사 내외가 탔다. 그리고 은수가 차에 오르려 하자 지환이 성큼 그녀를 막아서고는 차 안을 향해 말했다.

"저, 은수 씨랑 데이트 좀 해도 되겠습니까?"

생각지도 못한 말이었다. 아버지는 적극적인 그의 태도가 마음에 드는지 흔쾌히 고개를 끄덕였고, 새어머니도 예의를 갖춘 짤막한 웃음을 보였다.

윤 박사의 차가 출발하고, 뒤이어 강 여사의 차가 세 사람 앞에 멈춰 섰다. 지환은 차 문을 열어 주며 너스레를 떨었다.

"어머니랑은 다음 주에 데이트할게요."

"퍽이나. 은수 양이나 잘 데려다줘. 그럼, 다음에 또 봐요."

강 여사가 은수에게 손을 흔들었다. 은수는 조용히 고개만 끄덕였다.

모두가 사라지고 둘만 남자 지환은 웃던 얼굴을 지우고 은수를 바라봤다.

"술 한잔할래요?"

시간은 낮 2시였다. 은수는 지환을 표정 없이 바라봤다.

"결혼할 사인데, 주량 정도는 알아야죠."

솔직함을 넘어선 무례함이었다. 아무럼 어떠냐고 했지만 은수는 불쾌했다. 비록 만난 것은 두 번뿐이었지만 그때마다 그녀를 지켜보는 눈빛이었고, 상대를 배려하지 않는 능글맞은 태도를 보였다.

차라리 그녀처럼 물 흐르는 대로 사는 거라면 이해할 수 있었다. 허세뿐인 남자의 인생이 이제 그녀의 짐이 될 것이라 생각하자 피곤이 몰려왔다.

지환이 향한 곳은 술집이 아니라 그들이 상견례한 호텔의 객실이었다. 은수가 아무 말 없이 조용히 뒤따라오자 지환은 자꾸만 입꼬리가 올라갔다. 흡사 초등학생 시절 우는 옆 짝꿍을 계속해서 괴롭힐 때의 쾌감이 들기도 했다.

그의 곁에 붙어 있는 여자들과 다르다는 것은 알았다. 하지만 이렇게 괴롭히고 싶은 여자는 없었다. 이로써 그의 정신이 온전하지 못하다는 것을 확인하게 되었다.

객실에는 이미 와인과 간단한 안주가 세팅되어 있었다. 진짜 술을 마실 생각인가, 은수는 그것을 내려다보며 어떤 행동도 취하지 못했다.

"뭐 하고 있어요? 편하게 앉아요."

지환은 제집인 것마냥 익숙하게 겉옷을 벗고 자리에 앉아 은수를 바라봤다.

창백해진 얼굴로 은수가 맞은편에 앉자 지환은 잠깐 망설였다. 자신의 장난이 심한 것인가, 하는 마음 약한 생각이 들었다. 걱정이라도 한다는 건가. 지환은 자신이 낯설어 웃어 버렸다.

"죽을 만큼 불편한 얼굴이네요."

은수와 눈이 마주치자 그는 웃음기를 지웠다. 차가운 얼굴이 어떤 이와 닮았다는 생각을 잠시 했다. 이건 일종의 망상일지도 모른다. 선배는 지금쯤 어디에 있을까. 살아 있기는 한 걸까. 그런 남자를 사랑해 버린 여자는 얼마 전까지 얼굴도 모르던 남자와 한 달 뒤 결혼을 해야 한다.

"원하는 게 뭐예요?"

은수가 모처럼 만에 감정을 드러내자 지환의 입꼬리가 다시 올라섰다.

"원하면, 다 들어줄 수 있나?"

반달처럼 그려지는 눈이 경계심을 지우게 만들었다. 그렇게 수많은 여자들을 상대해 오며 현혹시켰을 것이다. 은수는 그 술수에 자존심을 챙길 생각은 없었다. 어차피 다 똑같았다.

　"못 들어줄 것도 없죠. 남편이 될 사람인데."

　"아하? 남편. 벌써부터 마음이 설레네요. 당신을 내 와이프로 맞이하게 되어서."

　"둘만 있을 땐 연극놀이 할 필요 없어요."

　은수가 경고하듯 받아쳤다.

　"나 이래 봬도 연기자 지망생 출신이에요."

　지환은 여전히 능글거리는 웃음을 지은 채 은수를 바라봤다.

　"당신이 지금 무슨 생각 하는지 맞춰 볼까요? 난 표정만 보면 다 알거든요."

　지환이 은수에게로 다가와 의자에 앉은 그녀를 두 팔로 가두었다. 그의 얼굴이 너무도 가까웠다. 눈을 피할 타이밍도 놓쳐 버렸다. 은수는 지환의 눈빛에 자석처럼 끌리듯 한참을 바라봤다.

　"도망가고 싶으면, 지금 가요."

　그가 진지하게 말했다.

　"기회는 지금뿐이에요. 놓치면, 난 당신을 절대 안 놔줄지도 몰라요."

　그리고 얄밉게 웃어 보였다.

　정말 도망가고 싶다는 생각을 했는지도 모르겠다. 남자의 눈을 바라보고 있을 때 은수는 그런 생각이 들었다. 이 남자를 사랑하게 된다면, 만약 선배가 아닌 이 사람을 사랑하게 된다면, 그녀는 평생 구원받지 못할 것 같았다.

여섯 살 은수에게 엄마는 말했다. 아빠에게서 도망치지 못했다고. 그래서 이번 생을 놓아 버린다고. 아버지 또한 이 남자처럼 엄마에게 기회를 줬을까. 그랬다면 달라졌을까.

어느 순간 남자의 입술이 그녀에게 닿았다. 짧은 키스가 거친 애무로 변해 갈 즈음 은수는 대답하려고 했다. 하지만 그는 애초에 대답을 들을 생각이 없었다는 듯 육체의 반응에 집중했다.

그와의 첫 섹스가 끝나고 은수는 깨달았다. 엄마는 스스로 도망가지 않은 것이라고. 그녀를 안으며 웃음 짓는 그의 눈빛이 외로워 보였다. 그래서 그렇게 그녀 멋대로 결론을 내려 버렸다.

□ □ □

시집의 마지막 장을 덮은 은수는 침대 옆 테이블에 책을 올려놓고 테라스로 나섰다.

신혼여행으로 온 남태평양 어딘가의 작은 섬은 무인도에 떨어졌다고 생각할 정도로 고요했다. 통째로 빌린 것만 같은 섬 안에서 살아서 움직이는 것은 인피니트 풀에서 역동적으로 수영을 하는 지환뿐이었다.

바다 옆에 비밀리에 만들어 놓은 호화 별장처럼 회원제로 운영되는 리조트는 모든 것이 최고급이었고, 이용하는 투숙객의 휴식을 배려하는 듯 작은 소음조차 막아 놓았다.

은수는 풀장 안에서 유려하게 수영 솜씨를 뽐내는 지환을 내려다봤다. 이곳에 도착하기 전 비행기 안에선 죽은 듯이 잠만 자던 남자가 짐을 풀자마자 달려간 곳은 수영장이었다. 빈말인 것 같았지만 은수에게도 같이 갈 것을 권하긴 했다. 눈치껏 조용히 쉬고 싶다는 말을 건네자 그는 오히려 고마워하는 웃음을 지으며 쌩하니 사라졌다.

이틀째 수영과 식사, 그리고 또다시 수영을 반복하는 그는 이곳에 온 이유를 잊은 것만 같았다. 은수 역시 신혼여행이라고 해 다른 기대를 한 것은 아니었다. 첫날밤은 이미 치르지 않았냐며 그는 은수에게 긴장할 필요가 없다고 미리 일러두었다.

그 말이 무슨 뜻인지 그녀는 뒤늦게 이해했다. 여행 기간 동안은 잠자리를 하지 않겠다는 뜻이었다. 정말로 첫날은 조그맣게 코를 골며 잠자는 그를 내려다봐야 했다. 은수는 그날 밤, 제대로 잠들지 못했지만 그는 아무것도 알지 못했다.

정확히 네 바퀴를 연속으로 돌던 그가 동작을 멈추고 숨을 고르는 게 보였다. 그리고 천천히 물 밖으로 빠져나오는데 구릿빛으로 그을린 탄탄한 몸이 저절로 시선을 사로잡게 만들었다. 적당하게 벌어진 어깨는 남자다움을 더욱 강조했고, 긴 허리 아래로 묵직하게 자리 잡은 허벅지는 그가 책상머리에 앉아 일만 하는 무기력한 남자가 아니라는 것을 증명했다.

은수는 바다 풍경을 보는 것처럼 홀린 듯 지환을 바라보고 있었다. 그 시선을 느꼈는지 지환이 고개를 들어 객실 쪽을 올려다봤다. 잠깐 눈이 마주친 것도 같았다. 은수는 피할 타이밍을 잡지 못하고 그대로 얼음이 된 채 서 있었다.

먼저 시선을 돌린 건 지환이었다. 그는 볼일이 다 끝난 것처럼 타월을 챙겨 수영장을 벗어났다. 은수는 작은 한숨을 내쉬며 고개를 돌려 텅 빈 객실 안을 바라봤다. 역시나 누군가와 함께 있는 건 신경이 쓰이는 일이었다. 그런데 그 상대가 남편이니 무시할 수도 없는 노릇이었다.

책 한 권을 더 읽어야겠다 생각하며 캐리어가 놓인 곳으로 향하는데 침대 테이블 쪽에서 벨소리가 울렸다. 리조트용 전화기였다. 은수는 천천히 다가가 수화기를 들었다.

— 배 안 고파요? 내려와요. 저녁 먹읍시다.

지환이었다.

둘만의 세상 같았던 리조트는 저녁 시간이 되자 사람들이 조금씩 모습을 드러내기 시작했다. 대부분 말년을 즐기는 서양인 노부부들이었고, 신혼여행을 온 젊은 사람은 지환과 은수가 유일해 보였다.

석양으로 물든 바다가 바로 눈앞에 펼쳐진 야외 레스토랑은 사진 속에나 등장하는 것처럼 비현실적으로 느껴졌다. 내부는 깔끔하게 꾸며진 하얀 테이블 위로 미니 캔들이 놓여 있어 낭만적인 분위기를 더해 주고 있었다. 감정을 드러내지 않는 은수도 마음이 설레기에 충분했다.

"입에 맞아요?"

지환이 스페셜 메뉴로 나온 가재 요리를 눈으로 가리키며 은수에게 물었다.

"네. 괜찮아요."

은수는 꾸미는 말 없이 간결하게 대답했다. 그런 그녀가 신기하기만 한 지환이었다. 세 문장 이상을 말하면 큰일이라도 나는 것 같은 여자를 흥미롭게 바라보고 있는데, 옆 테이블에 앉아 있던 동양인 부인이 불쑥 말을 걸어왔다.

"한국분 맞구나. 신혼여행 왔나 봐요?"

낯선 외국 땅에서 모국어를 들은 게 반가웠는지 부인은 오지랖을 감추지 못했다. 남편으로 보이는 그녀의 맞은편에 앉은 서양인 노신사가 아내의 무례함을 이해해 달라는 듯 가볍게 목 인사를 건넸다.

"네. 잘 어울리나요?"

지환은 부인의 물음에 은수를 대신해 유쾌하게 대답해 주었다. 사업을 하는 사람이니, 속에 없는 말도 진심처럼 내놓을 수 있을 것이다. 은수는 마치 자신을 사랑하는 여자처럼 친근한 눈빛으로 바라보는 지환이 신경 쓰였지만 모른 척했다.

"잘 어울리다마다. 둘 다 연예인인 줄 알았어요. 내가 한국 떠난 지가 오래전이라 모르는 배우인가 했어요. 신부가 참 참해 보여요. 신랑이 애 많이 탔을 것 같은데."

은수의 대각선 쪽에 앉은 부인은 처음부터 그녀의 단정한 태도가 눈에 들어온 것 같았다. 지환은 조용히 흐린 웃음만 보이고 있는 은수를 놀려 보고 싶었다.

"여기, 이 자리까지 데려오느라 제가 고생이 많았죠. 아직도 이 여자가 웃지 않고 표정 없이 앉아 있으면 심장이 덜컹거려요. 나 이제 질렸다고 떠날까 봐서요."

선을 넘은 행동이었다. 감정은 배제한 채, 목적을 위해서 정략결혼을 한 지환과 은수의 사이에서는 말이다. 은수는 표정을 굳히고 앞자리의 지환을 건너다봤다. 그는 재미있는 장난이라도 치는 것처럼 올라가는 입꼬리를 감추지 못하고 있었다.

"아주 신랑이 꽉 잡혀 사나 보네. 그래야죠. 그래야 결혼 생활이 탈이 없어요. 지금 무슨 말 하는지 이제야 조금 알아듣는 이 사람도 처음엔 내 말 안 듣고 멋대로 굴다가 호되게 당하기도 했어요. 여자들이 무서울 때는 아주 무서운 법이에요. 잘생긴 신랑, 명심해야 해요."

은수의 감정을 읽기라도 한 것처럼 부인은 지환에게 강력한 충고를 건넸다.

"네, 명심하겠습니다. 저는 이 여자를 절대 잃고 싶지 않거든요."

지환이 은수를 바라보며 진심인 것처럼 말했다.

□ □ □

「죄송합니다. 저희 쪽에선 부인을 뵌 사람이 없다고 합니다. 다시 한번 찾아보겠습니다.」

신혼여행의 마지막 날. 지환은 아침부터 차를 렌트해 주변 관광지로 드라이브를 나갔다. 역시나 은수는 그를 따라나서지 않았다. 기대하지 않았지만 실망하지도 않았다고는 할 수 없었다. 신혼여행지에서 논문이라도 쓰려는지 은수는 잠들지 않는 시간 동안 책만 읽어 댔다. 그 정도로 많은 양의 책을 캐리어에 싣고 왔다는 것부터가 마음에 들지 않았다.

적당히 따라와 줄 거라 생각했던 여자는 철저히 자신의 페이스를 유지했다. 그가 도발을 해도 그 순간이 다였다. 감정 컨트롤을 하는 수준이 아주 스승으로 두고 배우고 싶을 정도였다. 신혼여행을 왔지만 그는 온종일 혼자였다. 이곳에서 그녀와 함께하는 시간은 오로지 식사 때뿐이었다.

그래서 그 시간에 맞춰 오느라 미친 듯이 속도를 내 리조트에 도착했다. 객실로 올라가는 대신 1층 안내 프런트에서 전화를 걸었다. 그가 부릴 수 있는 일말의 자존심이었다.

전화는 연결되지 않았다. 평소처럼 책을 읽다 잠이라도 든 것인가 싶어 객실로 올라갔지만 그녀는 어디에도 없었다. 그때부터 심장이 뛰기 시작했다. 무슨 일이라도 생겼을까 봐 걱정한 것은 순간이었다. 그 뒤엔 다른 망상이 들었다. 그가 뱉은 말처럼 고약한 장난질에 질려 떠나 버린 것이 아닐까 하는 생각이 들었기 때문이었다.

다행히 캐리어는 그대로였다. 하지만 안심할 수 없었다. 소리 없이 사라져 버려도 이상하지 않을 만큼 너무도 조용한 여자였으니까.

다시 프런트로 내려와 은수의 행방을 물었다. 최고급 객실에서 묵는 VVIP회원이었으니 얼굴 정도는 이미 파악하고 있을 것이었다. 하지만 리조트 안에서 그녀의 움직임을 본 사람은 아무도 없었다.

지환에게선 애타는 한숨만 흘러나왔다. 이렇게 그에게 복수를 하는 것일까. 그랬다면 성공한 것이라고 짧게 축하 멘트라도 날려 주고 싶은데 여자는 없었다.

더 이상 찾는 것을 포기하고 오기를 부리듯 혼자 앉아 늦은 식사를 시작했다. 당연히 맛있을 리 없었다. 밥알이 모래알 같았다. 꾸역

꾸역 입 안으로 밥을 밀어 넣는데 총지배인으로 보이는 남자가 지환에게 달려와 은수의 행방을 알려 주었다.

바닷가 산책길로 나서는 걸 객실 관리인이 창문으로 스쳐봤다는 정보였다. 그제야 안심이 되었다. 당장이라도 찾아 나서고 싶었지만 지환은 애써 감정을 누르며 느긋한 감사 인사를 건넸다. 그 일이 이제는 중요하지 않은 것처럼 남은 식사까지 마치고 난 뒤 천천히 몸을 일으켜 바닷가 쪽으로 향했다.

저 멀리 맨발로 사뿐사뿐 바닷가를 걷고 있는 은수가 보였다. 아주 평화로워 보였다. 그가 함께 있을 때는 볼 수 없는 여유로운 미소까지 입가에 걸려 있었다. 지환은 갑자기 웃음이 터져 나와 버렸다. 기 싸움에 전혀 밀리지 않고 있다고 생각했지만 그는 이미 진 것일 수도 있었다.

가만히 서서 은수가 다가오기만 기다리고 있었다. 뒤늦게 그의 존재를 알아차린 은수가 조금 더 걸음을 빨리해 지환에게 다가왔다. 그리고 한마디를 건넸다.

"무슨 일…… 있어요?"

지환은 대답하지 못했다. 그저 은수를 바라보기만 했다.

3. 누구든

"새신랑, 때깔이 다르네."

놀리는 말로 들어선 윤석이 알아서 비서에게 아이스커피 한 잔을 주문하고 회의 테이블 앞에 앉았다. 고등학교 동창이면서 노는 무리 중 유일하게 머리가 좋았던 녀석은 변호사가 되어 지환의 회사 자문을 맡아 주고 있었다.

"너도 빨리 결혼하든지, 그럼."

지환이 보던 업무를 마무리하고 테이블로 다가와 앉았다.

"너처럼 빨리 짊어지고 싶은 회사는 없어서. 죽을 만큼 사랑하는 사람이 생기면 해야지."

"죽을 만큼 사랑하면 옆에 못 둬. 가슴에 묻어야지."

윤석이 마시던 아이스커피를 제대로 넘기지 못하고 친구를 바라봤다.

"오호. 결혼하더니, 감성적인데. 시라도 한 편 쓰겠다."

"사람이 한이 많으면 깨달음이 많아지지. 눈칫밥만 몇십 년이다. 조만간 자서전도 쓸 수 있을지 몰라. 뭐, 회사 물려받으면 쓰고도 남겠지."

그건 윤석도 인정하는 바였다.

"그래서? 영감님은 너한테 다 넘기신대?"

"아직까지는. 떡두꺼비 같은 손자 하나 낳아야 확실해지겠지. 아들 손주는 또 다른 의미니까."

최지환의 아이라. 윤석은 상상이 되지 않았다. 특히나 지환이 자신의 아이를 가지고 싶어 한다는 사실이 놀라웠다.

"뭐야? 애까지 낳으려고? 너, 와이프 마음에 드나 보지?"

지환은 윤석의 질문에 웃어 버렸다.

"마음 없이도 가능한 일인 걸 두 눈으로 보면서 배워 오고 있는데 무슨 소리야?"

"그래도. 이왕이면 마음 붙여 봐. 남들처럼 못 살 것도 뭐 있어?"

"난 몰라도 그 여자는 안 될걸."

재미없어졌다는 듯 지환은 자리에서 일어나 버렸다.

"왜? 결혼식 때 보니 멀쩡하던데?"

너무 멀쩡해서 희망이 없었다. 여자는 반응이 없었다. 그와 잠자리를 해도, 일주일의 반은 술에 취해 들어와도, 어머니의 간섭이 시작되어도, 종이 인형처럼 모든 걸 감내하고 아무 일도 없다는 듯이 생활하고 있었다.

책상으로 돌아와 핸드폰을 열어 본 지환은 은수에게서 온 짧막한 메시지를 읽었다.

[송별회라 늦어요.]

선생 자리를 내려놓고 내조에만 신경 쓰라는 어머니의 말에 여자
는 망설임조차 없이 네, 라고 대답했다. 무엇이 그녀를 반응하게 할
까. 지환은 그것이 있기나 한 것일까, 생각했다.

□ □ □

"아쉬워서 어째."

교무실 책상을 정리하는데 맞은편 자리의 수학 선생이 불쑥 말을
걸어왔다. 은수가 이 학교에서 근무한 지 1년밖에 되지 않았지만 모
두들 정이 많아 휴직이라는 말에 서운함을 표현했다. 휴직의 이유가
결혼 생활 때문이라는 것에는 축하를 보냈지만 인재 하나가 사라진
다며 아쉬워하기도 했다.

"자주 놀러 올게요."

"진짜지? 우리 반 애들도 벌써 울음바다야. 다른 국어 선생님은
보이콧한다나. 요새 애들 참 당돌해, 그치?"

"그거 하루 이상 못 가는 거, 이 선생님이 더 잘 아시잖아요?"

은수는 마지막 짐을 모두 담고 박스의 뚜껑을 닫았다. 선생 자리
에 미련 같은 건 없었다. 살아오면서 어떤 것에도 미련을 가지지 않
았다. 그래야 깨끗이 돌아설 수 있었고, 또 상처받지 않고 살아 나갈

수 있었다.

"아무튼 아쉽네, 아쉬워. 신랑이 맘에 안 들게 굴면 꼭 다시 복직해. 윤 선생은 교사가 천직이야. 알겠지?"

"네, 꼭 그럴게요."

은수는 일부러 더 웃어 보였다. 그래야 사람들은 거짓말인 줄 알면서도 모른 척해 주었다.

송별회는 학교 근처 고깃집에서 조촐하게 치러졌다. 부장 선생님의 아쉬움 섞인 몇 마디를 뒤로하고 모두들 송별회가 아닌 평소의 회식처럼 각자의 가십들을 안주 삼아 떠들어 댔다.

고기를 몇 점 집다 젓가락을 내려놓은 은수는 손목시계를 내려다봤다. 그의 퇴근 시간이었다. 오늘 송별회가 없었다면 저녁 준비를 마치고 잠시 책을 들여다볼 시간이기도 했다.

한 달 동안 생활해 본 결과 그는 일주일의 사흘 정도 정시 퇴근을 하고 집으로 돌아왔으며 나머지 이틀은 술에 취한 채 늦은 귀가를 했다. 오늘은 그녀가 늦을 거라고 했으니 그도 아마 술자리를 가질 것이었다. 해장국을 끓일 재료가 냉장고에 있었나 하는 생각부터 들었다.

그렇게 은수는 조금씩 결혼 생활에 적응하고 있었다. 내일부터는 출근을 하지 않을 테니까 여유는 더 많아질 것이고, 그의 어머니에게선 호출이 늘어날 것이다. 또 다른 패턴에 적응해 가면 그만이었다. 여태껏 그래 왔듯이 물처럼 흘러가면 되는 것이었다.

"정들자 헤어진다더니. 너무 아쉬운데요, 윤 쌤."

언제 앞자리에 와 앉았는지 동갑인 체육 선생 진호가 술잔을 내밀며 말을 건네 왔다. 은수는 예의상 술을 받았다. 그리고 눈치껏 테이블 위로 내려놓았다.

"에이. 한 잔은 마셔요. 다른 날도 아니고 송별흰데."

저에게 왜 이러는지 너무도 잘 알았다. 이곳에 발령을 받아 온 날부터 다른 감정으로 그녀를 대해 왔던 선생이었다.

회식이나 야유회가 있으면 꼭 남자 친구처럼 그녀의 옆에 와 자리를 잡았다. 친절을 빙자한 스킨십을 할 때는 확실한 거절의 의사를 표시했지만 그는 그것이 으레 여자들이 하는 튕김이라 생각하는 것 같았다. 두 사람 다 싱글인데 잘해 보라는 주변의 오지랖에 은수가 받아 주지 않아서 마음고생 중이라는 동정심을 유발하기도 했다.

좀 더 철저하게 선을 그어야겠다 생각하고 개인적인 내용의 문자를 보내올 때면 무시로 일관했었다. 그런데도 결혼을 한다고 청첩장을 내밀었을 땐 마치 사귀다 차이기라도 한 것처럼 얼굴이 하얘지기도 했었다. 송별회에서까지 미련을 떠는 모습에 은수는 남자라는 동물에 대한 시시함이 더해졌다.

"남편이 술 마시는 걸 싫어해서요."

은수의 입에서 그런 말이 나올 줄 몰랐다는 표정이었다. 사랑이라는 걸 해서 결혼할 여자는 아니라고 여겼을 것이다. 결벽증이 있는 것처럼 남자들에게 선을 그었으니 그게 모두에게 적용되는 것이라고 생각했을지도 모른다. 그래서 더 그녀에게 관심을 보이고 집착했을 것이다. 그런 그녀가 남자를 신경 쓴다니, 조금 김이 빠진 것일까.

그녀 또한 다르지 않다는 생각이 들었는지 진호는 술잔을 들고 자리를 옮겼다. 예상한 대로 결혼이라는, 남편이라는 장치는 가장 효과 좋은 방어막이었다.

"윤 선생 전화 오는 거 아니야?"

옆자리에서 고기를 먹고 있던 수학 선생이 은수의 가방을 가리켰다. 은수는 뒤쪽에 놓은 가방을 뒤졌다. 전화기를 꺼내 화면을 확인하자 순간 긴장이 되었다. 전화를 건 사람은 지환이었다.

"네."

— 언제쯤 끝나요?

지환의 물음을 들으며 은수는 조용히 몸을 일으켜 밖으로 나왔다. 고깃집 밖에는 몇몇 남자들이 담배를 피우고 있었다. 그들을 피해 화장실 쪽으로 발걸음을 옮겼다.

"아직…… 언제 마칠지 몰라요. 혹시 저녁 때문이라면 냉장고에……."

— 데리러 갈게요.

"네?"

— 마칠 때쯤 위치 찍어 보내요.

그대로 끊겨 버린 전화기를 쥐고서 은수는 잠깐 동안 서 있었다. 고맙기보단 부담스러웠다. 고기 냄새가 밴 옷으로 그와 한 차를 타고 가긴 싫었다. 은수는 혼자 가겠다는 문자를 보내려다 망설였다.

괜한 트집을 잡히는 것도 싫었다. 그와 함께 살기 시작하면서 망설이는 순간이 많아졌다. 좋지 않은 기분이었다. 은수는 어쩔 수 없이 그대로 고깃집으로 돌아갔다.

데리러 가겠다는 전화를 한 건 충동적인 행동이었다. 남들처럼 살아 보라는 말. 그것이 지환의 가슴에 불씨를 만들었고, 반응 없는 여자를 뒤흔들고 싶다는 청개구리 심보가 발동하기도 했다.

하지만 여자가 반응한다고 해도 멀쩡하게 사랑을 하고 아이를 낳고 행복하게 웃으며 살 생각은 없었다. 그런 일들이 사랑만으로 가능하지 않다는 것을 살아온 시간만큼 불완전한 가족을 통해서 온전히 깨닫고 있었다.

데리러 오지 말라는 소리는 없었다. 거절할 줄 알았던 예상과 다르게 그를 기다리게 만든 그녀를 어떻게 이해해야 할까. 지환은 홀로 불 켜진 사무실에서 고민했다.

더 할 일도 없었다. 결혼하면 곧 본사로 부를 줄 알았던 할아버지는 예전처럼 그를 무시하고 있었다. '혹시나' 했던 또 한 번의 기대가 '역시나' 로 바뀌는 순간이었다.

할아버지의 마음에 들기 위해, 아니 넘버원이 되기 위해서 악을 쓰는 것은 강 여사의 끈질긴 노력 때문이었다. 포기를 모르는 여자. 그런 여자가 자신의 어머니일 때에는 그 부담감과 안타까움이 배로 들었다.

어렸을 적에는 할아버지의 마음에 들기 위해 온 힘을 다해 노력했다. 공부는 이미 작은형 기주가 월등히 앞서가니 다른 돌파구를 찾았다. 승부가 있다면 어떤 것에도 지지 않았고, 대학 때부터 물건을 팔아 이익을 남겼다. 경영이 무엇인지 글로 배우기도 전에 몸으로 부딪쳤다. 그때부터 지환은 자신이 사업을 성공시킨 할아버지의 피를 물려받았다고 생각했다.

하지만 기회는 늘 큰형에게 돌아갔다. 밑바닥부터 시작하기 위해 내민 본사 이력서가 큰형의 낙하산 인사 명단 아래에 놓였을 때는 억울함과 허무함에 일주일간 밥조차 제대로 먹지 못했다. 형은 그 명단 앞에서 입사를 철저히 거부하며 할아버지와 실랑이를 벌였다.

결국 형제들 중 누구보다 원하고 노력하던 그에게는 기회조차 주어지지 않았다.

그때부터 모든 것을 놓고 제멋대로 살았다. 여태껏 노력했던 모든 것들이 허무했고, 어머니를 포기하게 만들어야 한다고 생각했다. 내 주제에 무슨 넘버원이냐며 일부러 더 어긋났다. 포기하지 않는 어머니와의 끝이 보이지 않는 싸움 끝에 그 일이 터졌다. 그리고 큰형은 떠났다.

다시 말해 그에게도 기회가 생긴 것이다. 사장 명함만 파 놓기 위해 시작한 엔터테인먼트 사업을 본격적으로 추진시켰다. 온 힘을 쏟아 업계 10위 안에 올려놓았다. 그러자 할아버지는 그를 눈여겨보기 시작했다.

건설 신화를 일으켜 다섯 개의 계열사를 두며 성장한 명진그룹은 무리한 확장과 경기 악화로 몇 년째 적자를 면치 못했다. 돌파구를 찾아야 한다고 생각한 할아버지는 지환의 회사에 투자했고, 그 선택을 후회하지 않게 되었다. 할아버지가 지환을 처음으로 인정한 일이었다.

하지만 그 이상은 없었다. 그는 여전히 넘버쓰리였고, 할아버지는 자신의 자리를 누구에게 물려줄지 확답하지 않았다. 그 희망과 불안 때문에 미치는 사람도 여전히 강 여사였다. 지환의 아버지를 포기하지 않은 것처럼 배다른 삼 형제 사이에서 자신의 아들이 승리자가 될 수 있도록 할아버지의 곁을 묵묵히 지켰다.

그 결말은 당사자인 지환 역시 궁금했다. 은수의 문자를 기다리며 지환은 여태껏 하지 않았던 미래에 대한 걱정을 처음으로 가져 보았다.

송별회는 1차에서 깔끔하게 마무리되었다. 술자리를 즐기는 사람도 없을뿐더러 평일이라 모두 출근 걱정을 하며 일찍 마무리하는 쪽으로 의견이 모아졌다.

감정적으로 인연을 만들지 않으려 했고, 일을 그만두는 것에 대해 아무렇지도 않은 줄 알았는데 막상 이렇게 헤어지게 되니 조금은 서운한 마음이 들었다.

"윤 선생, 종종 얼굴 보자. 자주 놀러 와."

맞은편 자리에 앉아 많은 이야기를 나눴던 수학 선생이 아쉬운 표정을 지으며 은수의 손을 한 번 더 잡아 주었다. 그리고 모두들 각자의 길로 사라져 갔다.

은수는 사람들이 모두 돌아간 후에야 발걸음을 옮겼다. 그러다 잊고 있던 일이 생각나 핸드폰을 찾았다. 문자를 보내기 위해 화면을 켜니 지환에게서 먼저 문자 하나가 들어와 있었다.

[설마 취해서 날 잊은 건 아니죠?]

잠깐 웃음이 났지만 누가 보기라도 한 것처럼 금세 표정을 지웠다. 감정을 지우는 연습은 이골이 난 그녀였다. 그것이 혼자만의 것이어도 그녀는 허락하지 않았다.

서둘러 지환에게 큰길이 있는 곳의 위치를 알렸다. 그의 회사에서 이곳까지의 거리를 계산하면 아직 여유가 있었다. 고기 냄새가 빠지도록 큰길가를 걸으며 편의점을 찾았다. 가글 하나를 사고 계산을 하려는데, 뒤쪽에서 누군가가 알은척을 해 왔다.

"아직 안 갔네요."

일행에서 제일 먼저 사라진 진호였다. 그의 손에는 캔 맥주 몇 개와 안줏거리가 들려 있었다. 은수는 난처했다. 이렇게 둘만 마주치는 건 좋은 징조가 아니었다.

"이제 가야죠. 그럼, 조심해서 가세요."

은수는 얼른 계산을 마치고 편의점을 나섰다.

"잠깐만요, 윤 쌤."

계산도 하지 못한 진호가 편의점 앞에서 은수의 팔을 붙잡았다. 벌레라도 닿은 것처럼 은수는 얼굴을 일그러뜨렸다.

"놔주세요."

"하, 내가 잡아먹어요?"

진호는 더 이상 못 참겠다는 듯 감정을 드러냈다.

"이러는 거 불쾌해요."

은수는 정확하게 말했다.

"그럼, 윤 선생도 사람 그런 눈으로 보지 말죠. 내가 범죄라도 저질렀어요? 좋은 마음으로 다가가려 했었고. 뭐, 이제 결혼했으니까 그런 생각도 없지만 사람 우습게 여기는 거 상대방 꼭지 돌게 만드는 행동이라는 거 알아요?"

은수는 왜 이 사람과 실랑이를 벌여야 하는지 생각했다. 그녀가 우습게 여기기 전에 먼저 선을 넘은 사람이 누구인가 싶었다. 따지기도 지쳤다.

그러다 불쑥 지환을 기다리기 위해 시간을 끌다 이 남자를 만난 것 같아 그에게도 화가 났다. 혼자서 돌아가지 못할 정도로 공주과도 아니었다. 늘 혼자였고, 지금도 혼자였다. 앞으로도 그럴 것이다.

눈앞에서 벌어진 상황을 보고 지환은 잠깐 고민했다. 몸은 벌써 달려가 추태 부리는 놈을 한 대 갈기고도 남았을 테지만 머리에선 잠자코 지켜보자는 신호가 강했다. 구석에 몰리는 모습을 보고 싶었다. 그러면 감정이라는 걸 드러낼까. 새끼 고양이처럼 상대를 물어버릴까.

지환은 자신의 생각과 관심이 지극히 변태적이고 쓸모없다는 것을 알았지만 궁금했다. 자꾸만 저 여자를 관찰해 보고 싶었다. 그런 그의 관심을 알아채기라도 한 것처럼 은수는 반응하지 않고 남자를 조용히 돌려보냈다.

상대방이 어찌하든 그녀의 태도는 항상 똑같았다. 지환은 갑자기 화가 일었다. 뜨내기 같은 저런 놈과 자신을 동일시하는 것 같아 웃음이 났다.

누구든 상관없다는 것이겠지. 지금 남편의 자리에 저놈이 있어도 아무 상관 없을 테지. 그건 지환도 마찬가지였다. 누구든 상관이 없었다. 그가 원하는 것을 얻으면 그만이었다.

하지만 마음속 화는 가라앉지 않았다. 편협한 소유욕일까. 지환은 자신의 반응이 마음에 들지 않아 얼른 표정을 바꾸고 은수에게로 다가갔다.

"많이 기다렸어요?"

은수는 지환을 보고 차분히 대답했다.

"아니요."

돌아가는 차 안에서 두 사람은 어떠한 대화도 나누지 않았다. 은수는 그저 창밖만 바라봤고, 지환도 애써 말을 걸지 않았다.

창밖으로 보이는 도시의 불빛이 반짝였다. 그리고 차 안은 가라앉은 공기로 가득했다. 그것을 나누는 것만이 두 사람은 함께였다.

씻고 나오자 은수는 침대에 누워 잠들어 있었다. 진짜 잠든 것인지 잠든 척을 하는 것인지 알 수는 없었지만 지환은 잠시 은수에게 눈길을 주고는 거실로 나왔다. 깨끗하게 정리된 주방을 지나 와인셀러에서 병 하나를 꺼내 식탁 앞에 앉았다.

안주 같은 건 곁들일 생각도 없이 잔에 술을 따랐다. 술이 생각난 건 돌아오는 차 안에서였다. 적당한 선에서 모른 척하면 될 것을 지환은 불안하게 떨리는 은수의 손을 자꾸만 내려다보게 되었다. 옆에 앉은 남자가 남편이라는 생각조차 못 하는 것 같았다. 아니면 그 남편이 자신을 보호해 주는 사람이 아니라 더 몰아붙이는 남이라고 느끼는 걸까.

그의 신경을 거슬리게 만드는 여자임에는 분명했다. 결혼 생활에 최적화된 사람처럼 모든 일을 무리 없이 처리하고 있었지만 단 하나가 걸려 자꾸 돌아보게 만들었다. 감정이 없었다. 아니, 감정을 막고 있었다.

그에게 다가왔던, 그가 만났던 여자들은 모두 감정을 다 드러내고 그에게 올인했다. 사랑이 전부인 것처럼 행동해 그를 질리게 만들었다. 그런 여자들과 달라 마음에 들었다. 그러자 궁금했다. 왜 이렇게 감정을 지우는 사람이 되어 버린 걸까.

딸깍, 문이 열리고 은수가 거실로 나오는 게 보였다. 작은 보조 조명 아래 홀로 앉아 있던 지환과 눈이 마주쳤다. 은수는 놀란 듯 가만히 그 자리에 서 있었다. 나타나지 않는 그가 궁금해서 찾으러 나온 걸까. 아니면 그의 존재조차 잊고 있다가 발견하고 놀란 것일까.

"안주도 없이……. 부르지 그랬어요?"

은수는 재빨리 주방으로 들어와 냉장고를 열었다. 익숙한 손길로 간단한 안줏거리를 찾아 그릇에 담기 시작했다.

"……자는 줄 알았어요."

"내일 아침 찬거리 중에 해동시켜야 할 게 있어서요."

결국 그 이유 때문이었나, 지환은 잠깐 웃었다.

"먹고, ……들어와요."

은수는 볼일을 보고 안주만 챙겨 준 뒤 돌아섰다. 지환은 어쩐지 아쉬움이 들었다.

"나온 김에 앞에 좀 앉아 있어요. 같이 마셔 주면 고맙고."

무슨 뜻이 있어 꺼낸 말은 아니었다. 특별히 혼자서 술을 마셔야 할 이유도 없었다.

은수는 잠깐 망설이다 식탁 앞으로 다가와 조용히 앉았다. 술은 마실 생각이 없는지 멍하니 자신이 내온 안주만 바라보고 있었다.

"학교 그만둔 거…… 섭섭하지 않아요?"

사실은 돌아오는 차 안에서 이것을 묻고 싶었다. 어쨌거나 그와의 결혼으로 인해 일을 그만두게 되었으니 신경이 쓰일 수밖에 없었다. 그에게 도움을 청했다면 어머니를 설득할 생각도 있었다. 너무 쉽게 자신의 모든 것을 내려놓은 은수가 이해되지 않았다.

"섭섭해한다고 달라질 건 없잖아요."

은수는 간단히 말하고 짤막하게 웃었다. 흡사 오랜 시간 수도자 생활을 한 수녀처럼 보였다.

"어머니 문제는 나한테 도와 달라고 하면 해결해 줄 수 있어요. 모든 걸 혼자 감당하려고 하지는 마요."

누가 들으면 다정한 남편인 줄 알 것이다. 그 자신부터가 감정 대신 의무로 은수를 대했다. 결혼을 하면 당연히 가져야 할 잠자리라며 그녀의 의사 같은 건 무시했다. 따라와 주는 걸 긍정으로 받아들이며 마음대로 그녀를 다뤘다. 그러면서 감정을 차단한 그녀가 이상하다고 묻고 있었다. 이런 물음도 이기적이라는 것을 그제야 깨달았다.

"지금 제 역할은 지환 씨 아내예요. 거기에 어긋나고 싶지 않아요."

무슨 말인지 이해했다. 하지만 은수의 감정 없는 눈빛이 자꾸만 가슴에 걸렸다.

"지금 생활에 만족해요?"

"네."

"남편도요?"

은수가 대답 대신 지환을 가만히 바라봤다.

"대답 못 하는 거 보니, 그건 아닌가 보네요. 난 지금 내 와이프가 아주 마음에 드는데."

일부러 자극시켜 보고 싶었다. 지환은 자신이 이성적이지 못하다는 것을 알았다. 술의 힘을 빌려 잠깐 이성을 놓고 싶은 마음이기도 했다. 그래야 이 여자의 속을 알아볼 수 있을 것 같아서.

"마음에 든다니 다행이네요. 부족한 거 있으면 바로 말해 줘요. ……고칠게요."

남편이 마음에 드냐고 물으니 제가 고치겠다는 답이 날아왔다. 어떻게 해석해야 할까. 어떤 남자라도 다 맞춰 줄 수 있다는 것처럼 들렸다.

또다시 패배감에 휩싸였다. 이 자리에 누가 앉아 있어도 상관없다는 소리. 남자의 승부욕을 이상한 방법으로 자극시키는 여자였다.

"잠자리 스킬이 부족하던데. 그것도 고칠 수 있겠어요?"

은수의 눈빛이 잠깐 흔들렸다. 그것으로 만족감을 느끼는 자신이 참 못나 보였다.

금세 술맛을 잃고 안방으로 들어섰을 때 은수는 조용히 잠옷의 단추를 풀어내고 있었다. 아주 깊은 진흙탕에 처박힌 기분이었다.

4. 은수에게

강 여사를 알아본 매니저들이 깍듯이 인사를 건네 왔다. 앞다투어 고가의 신상 물건을 꺼내 놓았고 결제가 진행될수록 고개는 더욱더 숙여졌다. 은수는 자신이 들고 있는 여러 개의 종이 가방을 내려다보며 입술을 깨물었다.

쇼핑 시간이 두 시간을 넘기자 발뒤꿈치가 아려 왔다. 평소 높은 구두를 신지 않는 탓도 있었지만 불편한 자리와 긴장된 자세는 몸을 더욱더 경직되게 만들었다.

"새아가, 너도 마음에 드는 거 골라 봐."

"어머, 새로 보신 며느님이세요?"

매니저들이 은수에게 알은척을 해 오자 그녀는 흐트러진 자세를 고쳐 잡았다. 기사에게 짐을 맡기지 않고 일부러 그녀에게 건넨 의미를 이제야 알았다. 그래서 모두들 그녀를 비서쯤으로 알고 무시했었다.

"참하죠? 그냥 놀던 애가 아니라 선생님 자리에 있었어. 우리 회장님이 또 손주 머리까지 생각하시는 편이라."

"아무렴요. 요즘은 엄마가 더 똑똑해야 한다고 하잖아요. 우리 사모님은 며느님 복까지 있으시고, 정말 부러워요."

입에 발린 소리라도 듣는 것과 듣지 않는 것은 달랐다. 대접받고 대우받아야 살 수 있는 사람들이 있었다. 강 여사도 그랬다. 후처라는 아킬레스건 따위는 지금의 호사에 견줄 만한 것이 아니었다.

"우리 며느리한테 어울리는 거 하나만 골라 줘요. 나 따라다니면서 고생하는데 선물 하나는 사 줘야지."

은수의 의사 따위는 중요치 않았다. 그건 이 결혼에서도 마찬가지였다. 은수는 웃어 보이며 또다시 입술을 깨물었다.

"손주는 빠르면 빠를수록 좋아."

늦은 점심을 같이 하는데, 강 여사가 오늘의 만남에 대한 용건을 꺼내 놓았다. 은수는 조용히 포크와 나이프를 내려놓고 입을 닦았다. 본론을 들을 자세를 취해야 했다.

"우리 지환이야 내가 보장하고. 너도 건강 검진 기록을 보니까 불임이 될 만한 것들은 없던데. 혹시 내가 모르는 게 있니?"

결격 사유가 있었다면 아마 이 결혼은 성사되지 못했을 것이다. 산부인과 진료 기록까지 받아 가며 합의한 결혼이면서 강 여사는 은수에게 직접 대답을 듣고 싶어 했다.

"아뇨. 걱정하실 문제는 없어요."

"그래? 그럼 다행이고. 너희들이 어련히 알아서 하겠지만 나도 늙었는지 자꾸만 손주 욕심이 생기네. 아, 부담 주려고 하는 말은 아니니까 신경 쓰지 말고."

알겠다는 대답 대신 은수는 싱긋 웃어 보였다.

속을 알 수 없는 애라는 걸 결혼하고 나서 알게 되었다. 강 여사는 물을 마시는 척 앞자리의 은수를 바라봤다. 흠잡을 것이 없었다. 살림이며 눈치까지. 칭찬해 줄 만큼 완벽했다.

단지 너무 말이 없었다. 감정이 보이지 않는달까. 표현하지 않고 속에 담아 두는 사람은 위험한 법이었다. 어느 순간 그들의 뒤통수를 때릴지도 모른다.

그런 음흉함에 발목을 붙들어 놓기엔 자식이 최고였다. 어미는 모든 걸 감수하게 되어 있고, 자식을 위해서 인생도 내어놓을 수 있었다. 자신이 그랬다. 강 여사에게 남은 건 지환뿐이었다.

"사돈은 다녀가시니?"

일부러 꺼내 놓는 질문인 것을 알았다. 은수는 조용히 네, 라고 거짓말했다. 강 여사가 더 묻지 않고 입꼬리를 내렸다.

□ □ □

즉흥 오디션이라더니, 스트립쇼나 다름없었다. 갓 스무 살을 넘긴 듯한 어린 여자는 음악에 맞추어 온몸을 흔들어 댔다. 얼굴과 몸매, 손댈 부분이 없을 만큼 이 바닥에 맞춤이었다.

지환은 멍하니 앞의 여자를 바라보며 다른 생각을 했다. 예전 같았으면 몸이 반응하고 흥미가 일었을지도 모른다. 반반한 얼굴과 큰

키 덕분에 여자들이 알아서 붙었다. 거기다 재력까지. 모두들 그를 우러러보며 부러워했다.

그렇게 모든 조건을 다 갖춘 완벽함이 그의 인생을 무의미한 것으로 바꿔 버린다는 사실은 아무도 몰랐지만 말이다.

어릴 땐 연예인을 할 생각도 가졌었다. 주인공이 되어 보고 싶었다. 여러 사람의 사랑을 받는 연예인이 되면 늘 우선순위에서 밀려나 상처받은 마음에 위로가 될 줄 알았다. 하지만 이곳에서도 재능보단 외모가 우선시되는 모습에 결국 넘버쓰리로서 살았던 삶과 다르지 않다는 것을 깨달았고, 환멸을 느꼈다.

"아, 최 대표님. 잠깐만."

지루함에 잠깐 룸을 벗어나 화장실을 다녀오던 지환은 여자의 매니저에게 팔을 붙잡혔다. 예전부터 안면이 있던 베테랑이었다. 그만큼 이 바닥의 생리를 잘 알고 더러운 짓거리도 서슴없이 한다는 소리였다.

"우리 애 어떻습니까? 애가 아주 싱싱해요. 새거예요, 새거."

생각이 있냐는 눈빛에 지환은 조용히 매니저의 귀에 속삭였다.

"저…… 결혼한 거 모르시나 봅니다?"

당황한 매니저가 얼굴을 붉혔다. 유부남에게 여자를 디밀었다는 것보다 최지환이 지조를 지킨다는 게 놀랍다는 눈빛이었다.

"아, 사모님이 아주 미인이시라는 소문은 들었습니다."

능글맞게 말을 바꾸는 매니저가 불쌍해 보여 지환은 더 이상 말을 섞지 않았다. 오늘은 늦을 것이란 연락을 미리 해 두었지만 바깥 놀이는 이제 지겨웠다. 새로운 장난감이 집 안에 떡하니 있는데, 시간을 허비할 이유도 없었다.

예상보다 빠른 지환의 귀가에 은수는 부산해졌다. 저녁을 먹지 못했다는 말에 급히 음식을 식탁에 차리고 간단한 국을 끓이기 시작했다.

지환은 샤워를 마치고 나와 주방으로 들어섰다. 집으로 돌아오기 전 어머니에게 전화를 받았다. 은수를 만나고 온 얘기였다. 쉬워 보이지만 가장 어려운 타입이라고. 얼른 네 편으로 만들어 뒤통수를 치지 않게 단속해야 한다고 일렀다.

지환은 식탁 의자에 앉으면서 눈으로 은수를 관찰했다. 그러다 그녀의 걸음걸이가 이상하다는 것을 느꼈다. 발 아래로 시선을 내리자 뒤꿈치가 발갛게 까져 있는 게 보였다. 오늘 어머니를 쫓아다니면서 생겨난 것 같았다. 이런 것까지 거슬리게 만드는 걸 보니 확실히 어려운 타입이긴 했다.

"어머니는 잘 계시죠?"

지환의 물음에 은수는 국을 푸다 뒤를 돌아봤다. 언제 들어왔는지 지환이 식탁 의자에 앉아 있었다. 얼른 밥과 국을 쟁반에 받쳐 들고 다가갔다.

"네. 편안해 보이셨어요. 다음 주에 친구분들이랑 유럽에 다녀오신대요. 혹시 몰라서 용돈 챙겨 드렸어요."

아내 역할에 점수를 매긴다면 은수는 만점에 가까웠다. 그조차도 버거운 어머니를 만족시킬 며느리로 은수는 매우 적합했다. 조용히 티 내지 않고 없는 듯이 제 역할을 해내고 거기다 감정까지 없었다.

분란을 만들 소지부터 잘라 버리는 여자에게 어머니는 이미 주도권을 뺏기고 있는지도 몰랐다.

생각했던 것보다 더 결혼 생활은 만족스러웠다. 그게 이 여자 때문인 것도 알았다.

"일하다가 쉬니까 지루하지 않아요? 배우고 싶은 것 있으면 해요. 저녁도 미리 말해 주면 밖에서 해결하고 올 수 있어요."

지환은 다정한 남편처럼 굴었다.

"조금 쉬다가 지루하면 그렇게 할게요."

은수는 짧게 말하고 조용히 몸을 일으켰다. 어제처럼 앞에 앉아 있어 달라는 말은 하지 못했다. 지환은 갑자기 입맛이 떨어져 버렸다. 우스운 일이었다.

잠옷을 바꿔 입고 자리에 누워 책을 꺼내 들었다. 눈에 들어오지도 않는 경제지를 세 장쯤 읽었을 때 은수가 안방으로 들어섰다. 뒷정리를 마치고 잠옷으로 갈아입은 것 같았다. 조심히 화장대에 앉아 핸드크림을 바르는 게 느껴졌다.

특별히 각방을 쓰자는 말은 없었다. 쓰자고 해도 흔쾌히 들어줄 생각이었던 지환은 은수가 자신과의 잠자리를 이어 가는 게 신기할 따름이었다.

참을 때가 많았지만 일주일에 두 번은 섹스를 했다. 조용히 불 꺼진 침대에서 키스를 하면 그녀는 말없이 따라왔다. 다른 여자들처럼 연기하듯 신음 소리를 내지 않아서 좋았다. 마지막으로 치달았을 때 떨리는 눈빛이 그의 손발을 찌릿하게 만들었다.

어제는 그녀를 자극하기 위해 일부러 잠자리 스킬을 운운했지만 지환은 지금이 만족스러웠다. 그래서 그 자신도 모르게 이 시간을 기다리고 있는지도 모르겠다.

은수가 스스로 단추를 풀던 어젯밤, 지환은 그녀에게 오늘은 할 생각이 없다고 거절했다. 더 괴롭히고 싶은 삐뚤어진 마음이란 걸 알았지만 멈추지 못했다. 이유가 무엇이든 그녀가 반응하는 모습을 보고 싶었다.

은수는 또 순순히 알겠다며 다시 옷을 입고 침대에 누워 잠들었다. 그 모습을 보고 지환은 금세 후회했다. 잠든 은수의 등을 끌어와 아무 일 없었던 것처럼 옷을 벗겨 버리면 되었지만 그러질 못했다. 등을 돌리고 누운 그녀의 뒷모습에 깊은 한숨만 내쉬며 뒤늦게 잠들었다.

오늘의 이른 귀가가 이 잠자리 때문이라는 것을 부정하고 싶진 않았다. 몸은 이미 그녀의 체취를 느끼며 저절로 달아올랐다. 지환은 은수가 이불 안으로 들어오자 망설이지 않고 키스했다.

"미안해요. 생리 시작했어요."

며칠 전부터 가슴이 커졌으니 맞는 말일 것이다. 지환은 알겠다는 의미로 한 번 더 짧막하게 키스하고 몸을 돌려 누웠다. 어제의 복수인가, 하는 생각도 들어 잠깐 웃어 버리고 말았다. 그러는 와중에도 중심은 가라앉지 않고 그대로였다. 잠을 청해 보려 했지만 옆자리의 은수가 느껴져 쉽지 않았다.

꿈자리가 사나워 몇 번을 뒤척이다 지환은 잠에서 깨 버렸다. 습관적으로 스탠드의 시간을 확인하자 새벽 4시를 가리키고 있었다. 몸을 일으켜 자리에 앉자 옆이 허전했다. 은수가 보이지 않았다. 매일 5시면 일어나 아침을 준비하던 여자였다. 오늘은 그 시간이 빨라진 것일까 싶어 지환은 일어나 거실로 나왔다.

거실 소파에서 새우잠을 자고 있는 은수가 보였다. 가슴이 조금 답답했다. 매일 이래 왔던 것일까. 아니면 오늘만 특별한 것일까. 어떤 것이든 마음에 들지 않았다. 지환은 조심히 은수에게로 다가갔다.

이불조차 덮지 않고 배를 붙잡은 채 웅크리며 자고 있었다. 아무래도 생리통이 심해져 밖으로 나온 것 같았다. 그 생각이 들자 지환은 미안해졌다.

끙끙 앓는 신음 소리를 듣고서는 가만히 있을 수가 없었다. 서재로 들어가 얇은 담요 하나를 가지고 나왔다. 조심히 은수에게 덮어 주고선 그녀의 밑에 자리를 잡고 앉았다.

찬 기운이 사라지자 통증이 사그라졌는지 얼굴이 한결 편안해 보였다. 그 모습을 보다 무언가 생각난 듯 지환이 다시 몸을 일으켰다.

거실 서랍에 놓인 구급상자에서 밴드와 연고를 꺼내 왔다. 은수의 발뒤꿈치에 조심히 연고를 바르고 밴드를 붙여 주었다. 자꾸만 가슴이 간지러워 지환은 어쩔 수 없이 자리를 떴다.

□ □ □

잠에서 깼을 땐 시계가 아침 7시를 가리키고 있었다. 은수는 놀라 몸을 일으키고는 먼저 지환을 찾았다. 그는 이미 출근을 한 것 같았다. 주방 식탁엔 깨우지 않고 출근한다는 메모가 놓여 있었다.

그걸 확인하고 나서야 은수는 온몸의 긴장을 내려놓을 수 있었다. 이런 일은 처음이었다. 생리통이 심한 편이라 한 달에 한 번은 잠자리를 설쳤지만 출근 시간을 놓치거나 한 적은 없었다.

몸도 그녀가 출근하지 않는다는 것을 알아 버렸나. 늦잠을 자 버린 자신이 신기해 은수는 웃어 버렸다. 그러다 거실에 놓인 담요를 바라봤다. 그가 덮어 준 것일까. 지환의 행동이 떠오르는 것 같아 은수는 가만히 앉아 있을 수가 없었다. 얼른 밀린 집안일을 시작했다. 잡념을 없애기에는 집안일만큼 좋은 게 없었다.

이것저것 대충 정리를 마치고 식탁에 앉으니 오후 2시가 넘어가고 있었다. 통증에 좋은 따뜻한 연잎차 한 잔을 우려 놓고 은수는 노트북을 열었다. 미처 처리하지 못한 문서 작업들을 마무리하고 학교에 넘겼다.

인터넷 메일 창을 닫으려는데 익숙한 닉네임 하나가 그녀의 눈에 들어왔다.

시간이 벌써 두 달이나 지났나.

은수는 선배의 메일을 클릭하면서 그제야 깨달았다.

선배가 떠난 지 2년이란 세월이 흘렀다. 떠나고 난 이후부터 그는 두 달에 한 번씩은 꼭 메일을 보내오고 있었다. 처음엔 이 메일이 오는 날만 손꼽아 기다렸었다. 그리고 그의 문장 하나하나를 외우듯 곱씹었다.

잘 있느냐는, 보고 싶다는 문장을 몇 번이고 쓰고 지우다 결국 보내지 못하고 메일함을 닫았었다. 그의 소식을 확인하며 기뻐했지만 또 한편으론 지쳐 갔다. 언제쯤 오겠다는 말이나 그녀와의 미래에 대한 확답은 없었다.

마치 성자처럼 타지와 타인에게서 느끼는 깨달음만 한가득인 메일을 보며 그녀는 어느샌가 그를 포기하고 지워 가기 시작했다.

이제는 메일이 오는 날도 기억하지 못했다. 일주일이 지나 우연히 발견하기를 여러 번이었다. 선배의 메일을 보며 두 달이 지났다는 것을 알아챌 뿐이었다.

은수에게.

담백하게 쓰인 제목은 선배의 얼굴을 닮았다.

여기는 티벳이야. 며칠 날이 맑다가 오늘은 흐리네. 처음 도착하고서는 고산병이 심해서 누워 있기만 했어. 넌 또 사서 고생을 한다는 눈빛이겠지. 그래도 이제 적응하니 경치며 사람들 사는 모습이 마음에 들어 좋아.

어제는 길거리에서 오체투지 하는 사람들을 만났어. 대충 어떤 건 줄은 알고 갔지만 직접 눈으로 보니까 감동이 다르더라.

오체투지는 티벳 사람들이 하는 우리나라 삼보일배 같은 거라고 생각하면 돼. 티벳 사람들은 이걸 몇 달 동안 길바닥에서 해. 몸을 가장 낮은 자세로 만들며 겸손하지 못했던 행동과 생각을 반성하는 거래.

나도 사원에서 몇 시간 정도 따라 해 봤는데 그다음 날 몸에서 '악' 소리가 나오더라. 그걸 이 나라 사람들은 당연한 듯이 해. 몸의 고행은 마음의 해탈인 법이니까.

은수야. 절을 하면서 너한테 많이 미안하다는 생각을 했어. 그건 어느 여행지를 가도 마찬가지야. 어쩌면 너를 그리워하기 위해서 이 여행을 시작한 것 같다는 생각도 한다. 바보 같지. 미안하다, 은수야. 미안하다. 그리고 보고 싶다.

마음이 서늘했다. 따뜻한 연잎차를 연거푸 마시는데도 찬 기운이 가시지 않았다. 통증이 다시 올라오는 것을 느끼며 은수는 노트북을 닫았다.

마음을 가라앉히기 위해 해야 할 일을 떠올렸다. 저녁 찬거리를 사러 가야겠다는 생각이 들었다. 접은 몸을 일으키는데, 뒤꿈치가 눈에 들어왔다. 다시 자리에 앉아 버렸다. 통증은 조금씩 사라져 갔다.

5. 너를, 나를

밥과 반찬을 모두 차리고 나자 정확히 7시가 되었다. 지환은 특별한 일이 없으면 이 시간쯤 퇴근을 했다. 오늘은 늦는다는 말이 없었으니 곧 도착할 것이다. 은수는 분주하게 주방을 정리하고 잠깐 소파에 앉았다.

누군가를 기다리는 일은 그녀에게 색다른 감정을 가져오게 만들었다. 그의 아내라는 의무감으로 하는 행동들이었지만 마치 그를 좋아하기라도 하는 듯한 착각에 빠져들기도 했다.

지환 역시 의무감으로 그녀에게 반갑게 인사를 건네고 안부를 묻는다는 걸 알았지만 그것이 싫지 않았다. 누군가 나를 반가워해 준다는 감정은 아버지의 집에선 느낄 수 없던 일이었다. 그래서인지 그녀에게 이 출퇴근 인사는 조금 특별하게 다가왔다.

그런 생각을 할 즈음 문이 열리고 지환이 집 안으로 들어왔다.

"일찍 나섰는데, 이 앞에 사고가 났는지 조금 막혔어요."

지환은 묻지 않았는데도 자신이 늦은 이유를 설명해 주었다. 은수는 그랬냐며 지환의 겉옷을 받아 들었다.

"별일 없었죠?"

"⋯⋯네."

옷방으로 들어선 지환이 넥타이를 풀다 겉옷을 챙겨 넣는 은수를 돌아봤다.

"이것 좀 풀어 줄래요?"

지환의 부름에 은수가 그의 앞쪽에 마주 섰다. 넥타이를 풀어 달라고 한 적은 없었기에 무슨 일인가 싶었는데 그의 손에 조그맣게 붕대가 감겨 있었다.

"다, 다쳤어요⋯⋯?"

놀란 은수가 말을 더듬었다. 바로 알아채지 못한 것이 미안하기도 했다.

"아, 그냥. 별일 아니에요. 소속사 옮긴 녀석 하나가 술 먹고 찾아와서⋯⋯. 잠깐 피한다는 게 화분을 깨 버렸어요. 피도 많이 안 났는데, 김 실장이 하도 유난을 떨어서 일부러 감아 놓은 거예요."

어느새 지환의 손은 은수의 손에 붙잡혀 있었다. 가만히 그것을 내려다보고 있는 여자에게 지환은 수많은 생각을 가질 수밖에 없었다. 하지만 생각이란 건 언제나 가지를 치게 되어 있으니 나서서 차단하는 게 맞았다.

"나 배고파요. 얼른 이것 풀어 주고 밥 줘요."

지환의 말에 은수가 놀라 고개를 들었다.

"아, 미안해요. 금방 할게요."

은수는 얼른 지환의 넥타이를 풀었다. 그러다 그와 눈이 마주치기도 했지만 그 정도는 이제 아무렇지 않다고 생각했다. 몸까지 섞은 사이이니 그와 눈을 마주치는 것 정도는 의연하게 넘어갈 수 있었다.

지환보다 먼저 옷방을 나온 은수는 조금 식은 찌개를 다시 한번 데웠다. 그사이 거실 화장실에서 간단히 손만 씻은 지환이 곧장 주방으로 들어와 식탁에 앉았다.

"오늘은 어쩐지 김치찌개가 먹고 싶었는데, 잘 먹을게요."

그가 기분 좋은 웃음을 지으며 찌개의 맛을 보았다. 은수는 조금 긴장이 되기도 했다.

"역시, 맛있네요. 은수 씨도 먹어요."

그에게서 요리에 대한 칭찬을 여러 번 들었지만 정말 그의 마음에 든 것일까 하는 궁금증이 남았다. 하지만 오늘은 그 칭찬이 거짓은 아닌 것 같다는 생각을 했다. 은수는 지환과 저녁을 먹는 내내 뿌듯한 마음으로 그를 지켜봤다.

□ □ □

할아버지의 제사였다. 은수는 친정에 가야 해서 저녁을 차릴 수 없다는 문자를 지환에게 남겼다. 곧 신경 쓰지 말고 다녀오라는 답장이 돌아왔다.

할아버지는 은수가 그 집에 들어갔을 때 유일하게 그녀를 따뜻한 시선으로 바라봐 주던 분이셨다. 아버지는 그녀의 존재 자체를 부정하듯 무시했고, 새어머니는 손님 대하듯 그녀에게 거리를 두었다. 그도 그럴 것이 그 당시 새어머니의 배 속에는 은솔이 자라고 있었다.

누가 피해자인지 모른 채 한 가족이 되었다. 은수도 모든 것이 낯설고, 겁났다. 그래서 유일하게 그녀의 편이 되어 준 할아버지에게 더 의지했었다.

잠자리가 낯설어 2층 계단 한가운데 앉아 울고 있는 그녀를 데려가 곁에서 재운 것도 할아버지였다. 입덧이 심한 새어머니 때문에 식탁에 올리지 못한 고등어구이도 그녀가 가장 좋아하는 음식이라고 말하자 할아버지는 일주일에 3일은 장을 봐 오도록 해 따로 상을 차려 주었다.

그게 새어머니에게 어떤 의미였는지 그때는 정확히 몰랐지만, 3년 뒤 할아버지가 돌아가셨을 때 은수는 자신이 어떻게 행동해야 하는지 저절로 터득하게 됐다.

조용히 입을 닫고 죽은 듯이 살았다. 살아남기 위한 그녀만의 방법이었다.

튀지 않게 살아온 것이 결국 성격이 되었다. 어떤 말에도 거스르지 않고 따라가 주었기에 아버지도, 새어머니도 그녀를 곁에 두는 것이라고 생각했다. 정략결혼도 그렇게 살아온 인생이기에 가능했던 것일지도 모른다.

[언니 언제 와? 빨리 와! 보고 싶어ㅠㅠ]

은솔에게 날아온 문자를 보며 은수는 서둘러 외출 준비를 했다.

"형부는 잘해 줘?"

은솔의 첫 물음은 그것이었다. 은수는 대답 대신 웃었다. 못해 주는 것도 아니었다. 아니, 어쩌면 그녀에게는 더할 나위 없는 남편감일지도 몰랐다.

감정을 강요하지 않았다. 사랑해서 한 결혼이 아니기도 했지만 그녀가 원하는 그 선을 지켜 주었다. 잠자리도 조금씩 적응이 되었다. 그녀를 위해 참아 주는 게 보였고, 원하지 않을 때는 물러나 주었다. 이런 결혼을 꿈꿨었다. 선배가 아니라면, 그 어느 것도 무의미하다고 생각했으니까.

"네가 생각한 만큼 망나니는 아니니까 걱정 마."

언니의 웃음에 은솔은 그제야 입술을 삐죽이며 걱정을 내려놓았다. 거짓말인지 아닌지는 그녀가 먼저 알았다. 항상 감정을 숨기고 사는 언니지만 은솔에게만은 느껴졌다.

언니가 자신에게 가지는 감정이 무엇인지 알았다. 그 입장이 되어 보지 않아 모두 다 이해한다고는 할 수 없지만 언니가 감내하는 감정들이 어떨지는 상상이 갔다.

아버지는 항상 언니를 바라보지 않았다. 자기 자신이 낳은 자식이면서 철저히 무시했다. 은솔만이 딸인 것처럼 언니를 외면하는 행동에 그녀가 더 화가 날 때도 많았다. 그럴 때마다 은수는 그저 웃었다. 어쩔 수 없지 않냐고. 이렇게 태어난 운명이니 받아들이겠다고.

모두가 은수처럼 살지는 않을 것이다. 하지만 부딪쳐 보지도 않고 단념하는 언니에게 은솔은 함부로 충고할 수 없었다. 충고란, 그 삶을 살아 본 사람만이 할 수 있는 위로였다. 그녀가 하는 것은 감정만 앞선 동정일 뿐이었다.

"언니 없으니까, 너무 심심해. 자주 좀 놀러 와."

은솔은 그저 철없는 동생처럼 은수에게 매달릴 수밖에 없었다. 은솔을 조용히 끌어안으며 은수는 또 조그맣게 웃을 뿐이었다.

"아빠랑 엄마도 언니 빈자리 자주 본단 말이야. 무슨 마음인지 알지?"

거짓이든 진실이든 그런 것은 중요하지 않았다. 은수는 은솔의 언니여서 다행이란 생각을 했다.

엄마가 다르다는 사실을 처음부터 숨기지 않았다. 그럼에도 할아버지는 은솔의 이름을 지을 때 일부러 '은' 자 돌림을 넣었다. 은솔은 그 뜻에 맞게 처음부터 그녀를 잘 따랐고, 자신의 엄마와 은수가 가까워지도록 많은 노력을 했다. 하지만 노력은 노력일 뿐, 사람의 힘으로도 안 되는 것이 있었다.

은수는 조용히 주방으로 들어가 늘 해 왔던 것처럼 제사 준비를 도왔다. 은솔의 어머니 희숙은 간단한 안부조차 묻지 않았다. 부모님의 뜻에 따라 결혼을 했지만 기댈 수 있는 친정은 아니었다. 은수의 마음이 여느 때처럼 차갑게 가라앉았다.

그녀의 무관심을 이해하지 못하는 건 아니었다. 새어머니도 지금의 은수와 다르지 않았다.

아버지와는 감정 없이 집안의 강요에 의해서 결혼했다고 들었다. 뻔한 스토리였다. 학비조차 없었던 가난한 의대생이 사랑한 여자는 그의 미래를 보장해 주지 못했다. 사랑이 전부가 아닌 것을 일찌감치 깨달은 남자는 여자를 배신하고 자신의 꿈을 선택했다.

새어머니도 아버지를 사랑할 기회는 있었다. 하지만 뒤늦게 은수의 존재가 드러나자 그녀는 모든 것을 내려놓듯 의무감으로만 남편을 대했다. 그에게 투자한 자신의 친정에 대한 도리로 딸 은솔을 낳았고, 남편이 버린 여자의 딸인 은수를 내치지 않고 키워 냈다.

그녀가 마음으로 삼킨 아픔의 크기를 알았기에 원망하지 않았다. 아버지가 아내에게 쩔쩔매며 모든 것을 맞춰 주는 것도 이해했다. 모두 다 받아들일 수 있었지만 은수의 마음속 우물은 깊어지기만 했다. 그것은 그녀도 어쩔 도리가 없는 것이었다.

할아버지의 제사상이 모두 다 차려지자 아버지가 서재에서 걸어 나왔다. 익숙하게 지방을 올리고 예의를 갖춰 조촐한 제사를 시작했다. 은수는 조용히 거실 끝에 서서 제사를 지켜보았다.

"최 서방은 바쁜가 보지?"

뒤늦은 식사 자리에서 윤 박사가 처음으로 은수를 바라보며 입을 열었다. 그녀는 인정하지 않아도 그녀의 남편은 마음에 드는 것이었다.

병원장 자리에서 끝나지 않을 그의 명예욕은 은수에게 부담이자 가능성이었다. 그녀를 계속 곁에 두어야 하는 이유. 그렇게라도 아버지에게 존재를 확인받는 것이 그녀에게는 숙제였다.

벗어날 수 있을까. 날아갈 수 있을까. 선배처럼 모든 걸 내려놓고 혼자가 될 수 있을까.

"일부러 제사 얘기 안 했어요. 부담 주는 거 같아서."

지환을 볼 줄 알았던 윤 박사는 은수의 말에 어느 정도 수긍했다. 자신도 그랬다. 친가는 있어도 외가는 없었다. 장인 장모를 챙기며 살던 시절의 사람이 아니었다.

"잘했다. 사업하는 사람이 집안일 신경 쓰는 것도 보기 안 좋지. 네가 어련히 알아서 잘하겠지만 회장님 댁에서 말 나오기 전에 손주부터 안겨 드려라. 그게 효도야."

아이가 태어나면 그도 할아버지가 될 텐데. 그 사실은 받아들일 생각이 없는 것 같았다. 은수는 대답 대신 물잔을 들었다.

□ □ □

"송미림이 찾아왔는데?"

동업자이자 대학 선배인 김 실장의 말에 지환이 서류를 보다 고개를 들었다.

이미 반쯤 열린 문틈 사이로 화려한 의상의 미림이 보였다. 현재 소속사와 계약 기간이 만료되었다는 소식을 들었다. 그녀가 이곳을 찾아오리란 계산도 했었다. 그 속뜻이 무엇인지도 알았다. 지환은 펜을 내려놓고 자리에서 일어났다.

"아이스커피 두 잔만."

실장 민철이 미림을 안으로 들여보내고 지환을 향해 고개를 끄덕였다. 그리고 걱정스러운 표정으로 그를 바라보았다. 지환은 알아서 하겠다는 뜻으로 웃어 보이며 민철을 내보냈다.

대표실 안으로 들어선 미림은 익숙하게 회의실 자리에 다가가 앉았다. 그녀의 얼굴 사이즈보다 몇 배나 커 보이는 선글라스를 벗고선 지환을 바라봤다. 그녀의 눈에는 자리 잡은 지 얼마 안 된 커다란 보랏빛 멍이 들어 있었다. 지환은 모른 척했지만 미림은 그냥 넘어

가지 않았다.

"어제, 오랜만에 찾아와서는 반갑다고 이러네."

미림이 별일 아니라는 듯 싱긋 웃자 지환은 따라 웃으며 심심하게
대꾸했다.

"나한테 보고할 필요 없어. 여기가 변호사 사무실도 아니고."

"지환 씨."

"용건만 간단히 하자. 계약 때문에 온 거야?"

미림은 자신에게 틈조차 주지 않는 옛 남자의 모습을 무연히 바라
봤다. 정착하고 싶었다. 그래서 결혼이란 것을 입에 올렸지만 그는
허락하지 않았다. 그런 남자가 결혼을 했다고 한다.

"와이프는 잘해 줘?"

어쩌면 이 말을 묻고 싶어서 계약이라는 핑계를 가져온 것일 수도
있었다. 왜 그녀에겐 안 되는 것이 다른 여자와는 되는 것일까.

돈과 명예도 가지고 나면 허무한 것이었다. 연예계 생활에 회의를
느낄 때마다 그녀는 기댈 곳이 필요했다. 사랑하는 남자와 조용히
살고 싶었다.

"계약하는 데 그 질문이 필요한가?"

지환의 되물음에

"계약할 생각은 있는 거야?"

미림이 따지듯 물음을 돌려주었다. 지환은 얄밉게 웃었다.

"왜 그래? 최고의 한류 스타께서. 몸값 올리려면 좀 더 머리를 써
야 할 것 같은데? 지난 과거에만 연연할 게 아니라."

"내가 당신 머리 따라가지 못하는 거 다 알잖아. 돈은 이미 충분히 벌

었으니까 아무래도 상관없어. 지금 내가 필요한 건…… 기댈 곳이야."

미림의 말에 지환은 더 이상 들을 필요가 없다는 듯 자리에서 일어섰다.

"그럼, 번지수를 잘못 찾았다. 아는 곳 소개해 줄 테니까 만나 봐."

지환은 책상 위에 놓인 명함케이스를 열었다.

"와이프 사랑하는 거 아니잖아."

지환의 손이 그대로 멈췄다. 미림을 돌아보곤 웃던 표정을 지웠다.

"그래서? 와이프 대신에 너랑 사랑이란 걸 하자고?"

"못 할 건 없잖아?"

지환은 지겹다는 듯 조소했다.

"강 회장이 잘 못하는가 봐? 잘 사람 필요하면 다른 놈 소개해 준다니까?"

지환이 명함을 내밀자 미림이 그의 뺨을 내리치려 했다. 하지만 지환이 그걸 허락할 리 없었다. 너무도 손쉽게 붙들린 손을 허무하게 바라보다 미림은 그를 올려다봤다. 그의 눈은 흔들림이 없었다. 그래서 더, 가슴이 미어질 듯 아팠다.

"미안한데…… 난 거쳐 간 여자는 많아도 한 번에 여러 군데는 못 꽂아. 우리 집안 영감이 그렇게 씨를 뿌리다가 족보를 개같이 만들어서 내가 아주 피해를 보며 살고 있거든?"

미림의 눈에선 곧 눈물이 쏟아져 나올 것 같았다. 지환은 지겨웠다. 감정적이고, 이기적이고, 미련하며, 집착하는 것에는 반응하기조차 아까웠다.

미림이 김 실장의 팔에 이끌려 대표실을 빠져나갈 때도 지환은 그녀를 바라보지 않았다. 한 여자만 생각이 났다. 집 안에 있는 종이 인형. 그제야 마음이 조금 편안해졌다.

□ □ □

"송미림이 찾아왔었다며?"

김 실장의 입이 가볍다는 것을 다시 한번 느끼며 지환은 와인 잔을 들었다. 은수가 친정에 간다는 말을 했기에 이른 귀가를 할 수가 없었다. 언제부터 둘이었다고 불 꺼진 집 안은 들어서기가 싫었다.

윤석에게 저녁 식사를 제안하자 와이프와 싸웠냐는 물음이 돌아왔다. 싸우다니. 상상에서조차 가능하지 않은 일이었다. 그가 화를 내면 그 여자는 같이 화를 내 줄까. 감정을 드러내 속을 꺼내 보이면 그녀를 모두 가진 듯한 희열을 느낄 것만 같았다. 오늘 낮에 미림을 대하던 것과는 전혀 달랐다. 지환은 웃을 수밖에 없었다.

"흠잡힐 일은 만들지 마. 서로 조건 따져 가며 한 결혼인데, 뒤도 생각해야지."

전담 변호사다운 충고였다. 지환은 대답 없이 그저 웃었다.

"윤주는 어디쯤이래? 많이 늦는대?"

화제를 돌려 지환이 물었다. 윤석은 알 수 없다며 어깨를 으쓱거렸다.

바보 같은 자식. 지환은 지리멸렬한 20년 짝사랑에 고개를 저었다. 아무래도 곁에 두려고 더 친구인 척을 하는 것 같았다. 윤석은 여자를 바꿔 가며 만났지만 마음은 주지 않았다. 그의 마음속 주인공은 절대 바뀌지 않는다고 시위하는 것처럼.

애처로운 사랑이었지만 부러울 때도 있었다. 그만큼 지키고 싶다는 소리였으니까. 그 대가로 윤주는 20년 동안 윤석의 곁에 있었다. 친구란 이름으로.

"오랜만이네, 최지환."

짧은 머리를 한 윤주가 레스토랑 안으로 들어서며 손을 흔들었다. 지환은 윤주가 들어서는 순간 윤석의 표정이 바뀌는 것을 보았다. 사랑의 힘이란 게 이런 걸까.

"이건, 결혼 선물. 못 가서 미안."

윤주가 가져온 건 프랑스산 고급 와인이었다. 자신이 좋아하는 걸 선물로 내미는 당당함이 그녀의 매력이었다. 의사로 일하고 있는 그녀는 한 달의 절반만 진료를 보고 나머지 절반은 세계 곳곳으로 여행을 다녔다. 그녀가 살고 있는 이곳이 어쩌면 가장 자주 오는 여행지일지도 모른다.

문득 윤주가 독신을 선언했을 때 윤석의 표정이 떠올랐다. 지환은 친구의 기구한 운명에 대해서 심심한 안녕을 표하며 와인 잔을 들었다. 오늘은 아무래도 마셔야 하는 날인 것 같았다.

"결혼해 보니 어때?"

결혼한 그에게 모두들 똑같은 질문을 던졌다. 윤석은 이미 그 대답을 들어서 흥미가 없다는 듯 술만 들이켰고 윤주는 대답을 듣기 위해 눈을 반짝였다.

"어떤 대답을 원하는 거야? 네가 독신주의를 철회할 생각이 있으면 그쪽으로 대답해 주고."

지환의 말에 윤석의 날카로운 눈빛이 날아왔다. 허튼짓하지 말라는 뜻이었다. 네가 한마디 해서 되는 관계라면 이미 그렇게 했다, 라는 눈빛에 지환은 잠깐 어깨만 으쓱였다. 사람 마음이란 게 영원한 것은 없었다. 지환도 마찬가지였다. 어느 누구여도 상관없다고 생각했는데 어느새 한 여자에게 관심이 생겨나고 있었다.

"네 대답 때문에 바뀔 독신주의였으면 처음부터 선언하지도 않았겠지?"

여자들은 돌 같은 면이 있었다. 마음이 갈대라고 했지만 그건 작은 마음들뿐이었다. 큰 틀에서 여자들은 흔들리지 않았다. 지환의 어머니는 끝까지 아버지를 포기하지 않았고, 윤주는 끝까지 윤석을 받아 주지 않았다. 그래서 세상을 바꾸는 건 여자라고 지환은 뜬금없이 생각했다.

그 여자도 그랬다. 벽을 세우고 흔들림이 없었다. 단단히 세운 벽이 무너지면 그 여자 역시 사라져 버릴 것이다. 그래서 무너뜨려 보고 싶다는 생각이 들면서도 한편으로는 건드리고 싶지 않기도 했다. 벽을 무너뜨리고 나면 그 역시 감당하지 못할 것 같았다. 그 여자의 무너짐이 그에게도 돌이킬 수 없는 무언가를 남길 테니까.

"부디, 행복한 결혼 생활이 되길 빌게."

윤주가 술잔을 들었다. 세 사람의 술잔이 경쾌하게 부딪쳤다. 어쩐지 오늘따라 술이 달다고 지환은 생각했다.

그래선지 그는 어김없이 취해 버렸다. 지환은 1차로 들어간 레스토랑에서 갈지자로 걸어 나오며 정신을 챙겨 보려 애썼다. 은수에게 취한 모습을 자주 보여서 좋을 건 없었다. 망나니란 소문은 어디서든 이미 전해 들었을 테니 그 소문이 사실이라는 걸 확인시켜 주는 꼴은 되지 말아야 했다.

잘 보이고 싶은 건가. 지환은 자신의 행동이 이해되지 않았다. 얼굴도 모르던 여자였다. 그를 좋아하는 기색도 없었다. 좋아할 것 같지도 않아 보였다. 좋아한다라. 생각의 끝이 씁쓸하고 우스웠다.

피식피식 웃으며 지환이 걸어 나가자 윤석은 친구의 뒷모습을 지켜보며 담배를 하나 입에 물었다. 처음 만난 날부터 허무한 눈이 신경 쓰이던 놈이었다. 곧 죽는다고 해도 미련 같은 건 없는 사람처럼. 인생을 아주 재미없다는 듯이 살던 녀석에게 미련이란 게 생겼으면 싶었다. 살아야만 하는 이유. 가져야만 하는 것. 그걸 사람들은 사랑이라고 불렀다.

"나, 먼저 간다."

지환이 휘휘 손을 흔들고는 택시를 잡아탔다. 윤석은 도로가에 서서 남은 담배를 마저 피웠다. 윤주는 어느새 사라져 버리고 없었다.

□ □ □

유행 지난 에세이집 한 권을 모두 읽고 나서도 지환은 소식이 없었다. 은수가 친정에서 돌아온 시간은 밤 10시였다. 평소 술을 마셔도 자정을 넘기지 않았기에 은수는 기다려 볼 참이었다. 하지만 책 한 권을 모두 읽어도 그는 나타나지 않았다. 은수는 조금씩 불안해졌다.

누군가를 기다리는 게 언제부터였다고. 어느새 습관이 되어 그가 집으로 들어서야 안심이 되었다. 아내의 임무를 수행해야 한다는 사명감도 있었지만, 그가 있고 없고는 집 안의 온기가 달랐다.

한때는 독립을 생각하기도 했었다. 임용시험에 합격하고 처음 발령받았을 때 혼자 살아갈 수 있는 준비가 되었다고 생각했었다.

하지만 그곳을 나오지 못했다. 늘 언니가 사라질까 불안해하던 은솔이 마음에 걸리기도 했지만 이유는 하나였다. 홀로 외롭고 싶지 않다는 것.

외로워도 누군가의 옆에 있고 싶었다. 한 번도 외롭지 않은 적이 없던 그녀에게 외로움은 친구이기도 했지만 떨쳐 내고 싶은 숙제이기도 했다.

선배를 만났을 때 이제는 외롭지 않을 수 있겠다고 희망을 가졌었다. 하지만 결국 그는 평생의 그리움과 외로움만 남기고 떠났다. 언제 돌아올지 모르는, 어쩌면 끝까지 돌아오지 않을 사람을 기다리는 외로움은 모든 것을 포기하게 만들었다.

누구든 이 외로움을 채워 줄 수 있다면 좋았다. 가시를 세워 누구도 다가오지 못하게 했지만 누가 떠나는 것도 보지 못했다. 몸은 어른이 되었지만 다른 것은 하나도 자라지 못했다.

은수는 어느새 밴드가 사라진 뒤꿈치를 내려다보며 그런 생각을 했다.

문을 열자 현관의 센서 등이 켜졌다. 조용히 걸어 주방으로 향했다. 냉장고 문을 열고 생수를 꺼내 그대로 입을 대고 마셨다. 그제야 갈증이 사라졌다.

그리고 지환의 마음도 냉정을 찾았다. 이 결혼이 유지되려면 감정을 없애야 했다. 두 달밖에 되지 않았는데 여자가 마음속에 들어왔다. 그답지 않았다.

　지환은 안방으로 들어가는 대신 소파에 기대앉았다. 답답한 넥타이를 아무렇게나 풀어 버렸다. 멍하니 불 꺼진 거실을 바라보다 그 여자의 흔들리는 눈빛을 떠올렸다. 더 흔들고 싶다가, 더 다정해지고 싶다가, 어느새 그가 흔들리고 있었다. 지환은 그 흔들림을 지우기 위해 그대로 소파에 누워 잠들어 버렸다.

　답답했던 옷이 벗겨지고 손과 얼굴이 수건으로 닦였다. 시원한 기분에 웃음이 났다. 그러다 눈을 떴다. 은수였다. 잠옷을 입고 있는 그녀가 어둠 속에서 지환을 바라보고 있었다.

　"들어가서 자요."

　"……."

　"속 불편하면 꿀물 줄까요?"

　얼굴을 닦는 은수의 손을 낚아채듯 붙잡았다. 더 이상은 위험했다.

　"……."

　"……."

　어둠 속에서 두 사람의 시선이 엉켰다. 두근대는 심장이 우스웠다. 우스워서 지환은 아무것도 할 수가 없었다. 어떤 것도 인정하고 싶지 않았다.

　너를, 나를. 그리고 우리를.

6. 꿈속의 남자

아침을 준비하는 소리에 잠에서 깼다. 분명 술국을 끓였을 것이다. 지환은 깨질듯 지끈거리는 머리를 붙잡고 침대에서 일어나 앉았다. 곧이어 노크 소리가 들려왔다. 귀신이 따로 없었다.

"꿀물이에요."

문을 열고 들어와 은수가 물잔을 내밀었다. 어젯밤부터 기어이 그의 속에 꿀물을 넣어 주고 싶은 것 같았다. 지환은 어쩔 수 없다 생각하고 한 손으로 물잔을 받아 들어 단숨에 마셨다.

"아침은 못 먹을 것 같아요."

물잔을 돌려주며 지환이 은수에게 눈조차 마주치지 않고 말했다. 은수는 알겠다며 짧게 대답하고는 방을 나섰다.

아침의 수고를 묵살하는 잔인한 남편에게 일말의 투정도 없었다. 종이 인형이라면 차라리 나았다. 이렇게 마음이 답답하지는 않을 테니.

출근 준비를 하고 현관 앞에 섰다. 은수가 익숙하게 다가와 그의
삐뚤어진 넥타이를 고쳐 주었다. 한 번쯤은 눈을 맞춰 올 만도 한데,
그녀는 넥타이에만 집중했다. 결국 지환이 참지 못하고 말을 꺼냈다.

"장인어른은 잘 지내시죠?"

이 결혼의 대가를 잘 기억하고 있냐는 확인 같은 물음이었다. 은
수는 짤막하게 웃으며 고개를 끄덕였다. 그리고 다시 넥타이를 바로
잡았다.

"이번 주말에 같이 갑시다. 결혼하고 얼굴도 안 비친다고 욕하시
는 거 아니에요?"

은수는 넥타이를 마무리하고 지환의 재킷을 깔끔하게 털어 주었
다. 뭐라고 대답할까. 그녀의 집까지 신경 쓸 필요가 없다고 말할까.
아버지는 지환이 찾아가면 분명 좋아할 것이다. 하지만 그녀의 이방
인 같은 삶을 내비치고 싶지 않았다. 굳이 마음의 불편함을 감수할
필요가 없었다.

"아버지도 병원장 되시고 바쁘신 것 같아요. ……천천히 해요."

은수는 챙겨 놓은 손수건을 지환에게 건넸다. 지환은 그걸 받아
들고서 가만히 서 있었다.

은수가 무슨 일인가 싶어 눈을 맞췄다. 그의 눈이 무슨 말을 하는
지 알았다. 그녀가 자신의 친정에 대한 이야기를 피하고 있는 것을,
눈치가 빠른 사람이니 모르진 않을 것이다. 은수는 어떤 말도 받아
낼 자세로 서 있었다. 그러나 지환은 아무 말도 하지 않았다. 그저

은수를 가만히 바라볼 뿐이었다.

□ □ □

"병원까지 어쩐 일이야? 어서 앉게나."

윤 박사가 테이블로 지환을 안내했다. 자리에 앉자 탁 트인 전망
이 인상적인 병원장 자리가 눈에 들어왔다. 책상 위에는 가족사진이
맞춤처럼 놓여 있었다. 반듯하게 웃고 있는 세 사람. 그 사진 안에는
은수가 없었다.

"결혼하고 제대로 인사도 못 드린 것 같아서 장인어른 바쁘신 걸
알면서도 들렀습니다. 그 사람 가는 길에 같이 갔어야 했는데 일이
생겨서 죄송합니다."

"아니야. 사업하는 사람이 뭘, 집안일에 일일이 신경을 쓰나. 다
이해하네."

윤 박사는 흡족한 표정으로 지환을 바라봤다. 만약 최 회장의 자
리를 지환이 차지한다면 그의 신분 상승은 여기서 끝나지 않을 것이
다. 병원장은 그 시작에 불과할지도 몰랐다.

"은수 씨, 아, 죄송합니다. 아직 호칭이 익숙하지 않아서."

"그래, 그래. 천천히 해. 처음엔 다 그렇지."

"이해해 주셔서 감사합니다. 그리고 보면 은수 씨가 참…… 장인
어른을 많이 닮은 것 같습니다."

무슨 뜻으로 말하는 것인지 윤 박사는 선뜻 감이 오지 않았다. 사
위라고는 하지만 이 결혼에서 칼자루를 쥔 사람은 지환이었다. 힘의

논리는 언제나 모든 것을 앞섰다.

"이해심이 많다는 얘깁니다."

지환이 걱정하지 말라는 눈빛으로 그를 바라보며 웃어 보였다. 윤 박사는 그제야 안심하고 여러 말들을 두서없이 쏟아 냈다.

"우리 은수가 그렇지. 참 조용하고 착해. 이해심은 말해 뭘 하겠나. 살면서 화 한 번 내는 걸 본 적이 없어. 제 동생한테도 끔찍하고. 우리 은솔이는 결혼식 때 본 게 다지?"

이 집 역시 족보가 깔끔하지 않다는 것을 처음부터 강 여사에게 들어 알고 있었다. 그걸 너무 대놓고 드러내는 윤 박사를 보며 지환은 마음 한편이 불편했다. 은수에게 친정이 친정 같지 않을지도 모른다는 생각이 들었다.

"언제 한번 처제 만나서 맛있는 거 사 주도록 하겠습니다. 형부는 저 하나뿐인데 제가 너무 무심했죠?"

"아니야. 부담 가지라고 하는 말은 아닐세. 은수가 동생 생각을 많이 하고, 또 은솔이도 항상 제 언니 얘기만 하고 다니는 애라 많이 서운한 것 같아. 은수 결혼하고 나선 말수도 줄어서 자네 장모가 걱정이 많아."

은수의 이야기는 없었다. 시집을 보낸 이는 큰딸인데, 윤 박사의 가슴엔 막내딸 걱정뿐이었다. 지금껏 그 집에서 이런 취급을 받으며 살아온 걸까. 그녀가 종이 인형이 될 수밖에 없었던 이유에 대해 지환은 조금씩 공감하기 시작했다.

"그 사람 많이 보고 싶으실 테니 자주 보내도록 하겠습니다."

"어? 어, 그래. 마음 써 줘서 고맙네."

당황한 윤 박사가 서둘러 테이블 위의 찻잔을 들어 올려 차를 마시며 표정을 감추었다. 그 모습을 지환은 조용히 지켜봤다.

□ □ □

― 병원에 형부가 다녀갔나 봐. 아빠 엄청 기분 좋아 보여.

스피커폰을 켜고 통화하던 은수는 신이 난 은솔의 목소리에 빨래를 개던 손을 멈추었다. 아침의 그 눈빛이 이런 뜻이었나. 은수는 잠깐 생각했다.

"아침에 들른다고는 했어. 할아버지 제사 때 같이 못 가서 마음이 쓰였나 봐."

은수는 자신도 모르게 거짓말을 꺼내 놓았다. 어찌 보면 틀린 말도 아니었다. 이렇게 금방 그가 행동을 취할 것이라 예상하지 못했을 뿐이다.

― 형부가 나 맛있는 거 사 준다는데? 뭐 먹으러 가지? 오랜만에 언니 대학교 앞에 있는 파스타집으로 게살파스타 먹으러 갈까? 안 간 지 오래돼서 아직도 맛있을지는 모르겠지만.

은솔이 들떠 있다는 것이 목소리에서도 느껴졌다. 그저 인사치레로 건넨 말일 수도 있었지만 아버지는 그걸 놓치고 싶지 않은 듯했다. 은수는 세 사람이 앉아 파스타를 먹고 있는 모습이 상상되지 않았다.

"형부한테 한번 물어볼게. 요즘 좀 바쁜 것 같으니까 날짜는 천천히 맞춰 보자."

— 그래, 언니. 얻어먹는 입장인데 재촉할 수 있나, 뭐. 근데 형부
는 몰라도 언니도 시간이 안 되는 거야? 언니 왔다 가니까 더 보고
싶어.

은솔이 하는 말이 거짓이 아닌 걸 알았다. 하지만 은수는 선뜻 나
도 보고 싶다는 말이 나오지 않았다.

결혼을 한 뒤로 은솔에 대해 생각한 적이 없었다. 은솔을 떠올리
면 아버지의 집에서 자신이 느꼈던 감정도 함께 떠올랐다. 은솔과
함께 있는 그 집에서 은수는 언제나 가해자인 것 같은 기분으로 살
았다. 한 번씩 그녀를 원망하듯 바라보는 새어머니의 눈빛을 받아
내는 건 감정적으로 쉬운 일이 아니었다.

이 집에서는 지환만을 신경 쓰면 되었다. 특별히 부딪치는 일도
없었고 그녀가 가해자가 되는 일도 없었다. 은수는 지금이 감정적으
로는 훨씬 편안했다.

"자주 놀러 갈게. 행주 삶느라 불 올려 놨어. 미안해, 솔아."

— 어, 언니 볼일 봐. 또 전화할게. 안녕.

은솔과의 전화가 끊기고 은수는 가만히 개어 놓은 옷들을 바라봤
다. 그러다 또다시 울리는 전화벨 소리에 정신을 차렸다. 전화를 건
사람은 유럽 여행을 다녀온 강 여사였다.

□ □ □

회사로 돌아온 지환이 대표실로 들어서자 반갑지 않은 인물이 제
집인 양 앉아 있었다.

"어딜 이렇게 바쁘게 다니시나, 최 대표?"

작은형 기주였다. 분기마다 한 번씩 염탐하듯 그를 찾아오는 게 형의 습관이 된 지 오래였다.

처음부터 이랬던 것은 아니었다. 한때는 작은형을 부러워하기도 했었다. 삼 형제 중 가장 머리가 좋았던 형은 높은 성적으로 외국 대학에 입학해 할아버지의 기대를 받았었다.

하지만 범생이처럼 조용히 공부만 하던 그가 어느 날 갑자기 스무한 살 아이돌 연습생을 임신시켜 주저앉았다. 그리고 그는 다른 사람처럼 변해 버렸다. 공부는 뒷전이었고, 바람까지 피우기 시작했다.

큰형이 사라진 후 지환이 스스로 사업을 확장하면서 두각을 나타내자 할아버지는 작은형보다 그에게 더 기대를 품어 갔다. 그때부터 기주의 시기와 질투는 더욱 심해졌다. 요즘은 그의 뒷조사도 하고 다니는 것 같아 지환은 딱한 눈으로 작은형을 바라봤다.

"형은 항상 한가해 보여서 부럽네."

뼈 있는 지환의 말에 기주는 얼굴을 붉혔다. 하지만 더 이상 도발하지 않고 조용히 동생의 의중을 살폈다.

지환은 곧 형이 무언가를 부탁하러 왔다는 것을 눈치채고 그의 곁으로 다가가 앉았다.

"할 말이 뭐야?"

"스캔들 하나 터질 거야. 그것 좀 막아 줘."

여섯 살 딸아이와 아내를 두고 형은 줄기차게 바람을 피워 왔다. 집안의 피가 어디 가겠냐면서 강 여사가 혀를 차며 이야기했던 것이 생각났다. 그 피를 지환도 같이 물려받았다는 사실은 전혀 모르는 것처럼 말이다.

어쨌든 절대 이혼은 안 된다는 둘째어머니의 강경한 태도 때문에 형은 이리저리 눈치를 보며 감출 수 없는 핏줄의 힘을 사방에 뿌리고 다녔다.

"그만할 때도 되지 않았어?"

"충고까지 들어야 하는 거면 다른 사람한테 부탁하고."

기주가 자리에서 일어서려 하자 지환은 알겠다며 입을 닫았다. 어머니는 달라도 형은 형이었다. 부끄러운 집안일을 남에게 맡기고 싶은 생각은 없었다.

"충고는 아닌데, 한마디만 하자. 나중에 형수가 떠나도 후회 안 할 자신 있어?"

기주가 지환을 돌아봤다. 무언가 할 말이 있는 듯한 눈이었다. 하지만 끝내 어떤 대답도 하지 않은 채 그는 사무실을 빠져나갔다.

ㅁ ㅁ ㅁ

"최 대표는 잘 지내니?"

"네, 어머니."

강 여사의 말에 은수는 곧장 대답했다.

오늘도 강 여사의 쇼핑 조수는 은수의 차지였다. 몇몇 매장의 매니저들이 은수를 알아보며 인사를 건네 오기도 했다. 은수는 그것이 부담스럽고 낯설었지만 티 내지 않도록 노력했다. 강 여사의 눈초리가 예사롭지 않다는 것을 파악했기 때문이었다.

"어머, 이게 누구신지? 잘나신 최 대표 어머님 아니신가?"

시크릿 회원들만 드나드는 매장 앞에서 강 여사의 발걸음이 멈췄다. 당당히 그녀를 불러 세운 사람은 지환의 둘째어머니 우진희 여사였다. 그녀의 옆에도 한 명의 조수가 불만 가득한 표정으로 달라붙어 있었다.

은수는 기주의 와이프인 해인에게 고개를 숙여 짤막하게 인사했다. 은수를 알아본 해인이 불만 가득한 표정을 지우고 구세주를 만난 것처럼 해맑게 인사를 건넸다. 일종의 동지애를 표현하는 방식이라고 은수는 느꼈다.

"그동안 잘 지내셨어요, 형님?"

재빨리 낯빛을 바꾼 강 여사가 우 여사에게 다가가 살갑게 인사를 건넸다. 시어머니와 함께하는 시간이 많아지면서 은수는 그녀가 표정이 다양한 사람이란 걸 저절로 깨닫게 되었다.

"그래. 만난 김에 같이 점심이라도 할까? 다른 스케줄은 없지?"

"그럼요, 형님! 어디로 예약할까요? 얘 새아가, 갈 만한 레스토랑 좀 알아봐 주련? 천천히 얘기하면서 먹을 수 있는 곳으로."

은수는 강 여사의 분부에 얼른 전화기를 꺼내 들었다. 그 모습을 해인이 신기하게 바라봤다.

식사 자리는 지루했다. 은수의 입장에선 그랬다. 서로의 자식 자랑을 앞다투어 쏟아 냈고, 결국 누가 최 회장의 자리를 차지하고 앉느냐는 쟁점으로 서로의 아킬레스건을 마구 찔러 댔다.

은수는 최대한 대화에 방해되지 않는 선에서 다른 생각을 했다.

오늘 저녁은 무엇을 차릴까. 집으로 돌아가는 길에 서점에 들러 어떤 책을 살까. 지환이 오늘은 잠자리를 가지려 할까, 하는 고민해 봤자 쓸모없는 것들을 나열하듯 머릿속에 떠올렸다.

그러다 어딘가에서 느껴지는 규칙적인 움직임에 시선을 내려 그곳을 찾았다. 작은 움직임은 맞은편에 앉은 해인에게서 느껴지는 것이었다. 탁자 아래에 놓인 그녀의 두 다리가 불안한 듯 떨리고 있었다.

고개를 들어 얼굴을 바라보자 어딘가 불편해 보이기도 했다. 아닌 척 참고 있었지만 은수의 눈에는 분명히 불안한 기운이 느껴졌다. 그 순간 해인과 은수의 눈이 마주쳤다. 그녀는 무언가 들킨 사람처럼 얼른 자리에서 일어나 핸드백을 들고 화장실로 향했다.

서로의 대화에 열을 올리는 강 여사와 우 여사는 해인의 행동을 전혀 신경 쓰지 않았다. 은수는 조용히 일어나 해인이 사라진 화장실로 뒤따라갔다. 아무래도 불안했다. 아무도 신경 쓰지 않는 그녀가 예전의 자신을 생각나게 했기 때문이었다. 혼자 앓다 지쳐 잠들어도 아무도 몰랐던 그때, 은수는 모르는 사람의 손이라도 잡고 따라가고 싶었다.

화장실 안은 해인이 들어간 것으로 보이는 한 칸만 닫혀 있었다. 볼일을 보러 온 것을 착각한 것이라면 우스운 일이었다.

은수는 차라리 자신의 걱정이 오버라면 다행이라고 생각했다. 그 순간 물소리가 들리고 해인이 평온한 표정으로 걸어 나왔다. 그러다 은수를 보고 흠칫 걸음을 멈추었다.

"어, 동서도 볼일 보러 왔어?"

"아, 네."

은수는 아무렇지 않게 손을 씻었다.

"휴. 싸는 줄 알았네. 늙은 여우들 눈치 보느라 타이밍을 놓쳤다니까."

해인은 거침없이 속엣말을 쏟아 냈다. 시어머니의 말에 의하면 고등학교도 졸업하지 않고 연예인을 하다 기주를 만났다고 했다. 그러다 덜컥 임신이 되자 그녀는 어린 사모님으로 인생 역전을 했고, 그 행복을 누리고 사는 중이라 했다.

"이제 살 것 같네. 그럼, 동서는 일 보고 와."

해인은 손도 씻지 않은 채 화장실을 돌아 나갔다. 그녀가 지나쳐 간 자리엔 알싸한 알코올 향이 남았다.

그날 밤, 지환은 은수를 안지 않았다. 은수는 지환이 잠든 것을 확인하고 조용히 침대를 내려와 거실로 나섰다. 누군가와 같이 잔다는 사실이 여전히 낯설었다.

그녀와 달리 그는 아무렇지도 않은 것 같았다. 그가 한 번씩 코를 골 때면 부러운 마음까지 들었다. 누군가가 옆에 있는 것이 편하다는 건 어떤 느낌일까. 새로운 숙제가 주어진 것처럼 오늘도 머릿속이 복잡했다.

일을 쉬면서 시간이 많아지자 생각까지 많아졌다. 하지 않아도 될 생각들이 끝없이 이어지다 보면 어느새 날이 밝았다. 그러면 은수는 아침을 준비했다. 요즘은 매일 이러한 생활의 반복이었다.

그가 없을 때 자는 낮잠이 편하게 잠들 수 있는 유일한 시간이었지만 특별히 피곤하거나 잠이 부족하진 않았다. 이상할 정도로 잠이 사라졌다. 결국 오늘도 잠을 자지 못하는 걸까. 은수는 그 생각을 하며 저녁에 사 온 책의 첫머리를 읽어 내려갔다.

책을 읽다 잠들면 책 속의 내용이 꿈에 나타나는 경우가 종종 있었다. 평소 보지 않던 연애 서적을 읽었기 때문일까. 은수는 꿈속에서 누군가에게 안겼다. 남자의 얼굴은 보이지 않았다.

소파에서 잠든 그녀를 안아 올린 남자는 천천히 방 안으로 들어갔다. 그녀를 살며시 침대 위에 내려놓고는 한참 동안 내려다봤다.

그가 손을 들어 그녀의 얼굴을 만지려다 망설이며 내리는 게 보였다.

잠시 뒤 남자는 그녀를 두고 조용히 사라졌다.

은수는 가슴이 아팠다. 얼굴도 모르는 남자가 야속했다. 그 남자는 분명 선배일 거라고 은수는 멋대로 결론 내렸다.

7. 노력해 볼게요

주말이었다. 은수는 평소와 다르지 않게 아침 청소를 시작했다. 요즘은 하루의 대부분을 청소를 하며 보내고 있었다.

희숙은 신부 수업이라는 명목 아래 은수에게 집안일을 곧잘 시켰다. 거기에 은수는 토 한 번 달지 않고 묵묵히 따랐다. 그것 덕분일까. 결혼 생활은 수월했다.

당연히 도우미 아주머니를 쓸 것이라 생각했던 지환은 은수가 혼자서 살림을 꾸리자 의아해했다. 강 여사도 혼자서는 힘들지 않겠냐고 말을 건넸지만 내심 기특해하는 표정이었다.

일까지 쉬고 있으니 집안일만으로 하루를 보내는 건 휴식을 취하는 듯한 기분이었다. 깨끗해지는 집을 보며 마음이 정돈되는 느낌을 받았다. 상처받은 마음들이 말끔한 모습으로 씻겨 내려가는 것만 같았다.

"점심은 나가서 먹을까요?"

서재에서 걸어 나온 지환이 불쑥 말을 꺼냈다. 은수는 걸레질을 멈추고 자리에서 일어났다.

"뭐 먹고 싶은 거라도 있어요? 장 봐서 만들게요."

은수의 말에 지환이 피식 웃었다.

"주말까지 밥하는 거 지겨울까 봐 말하는 거예요."

그가 보기보다 다정하고 배려가 많은 사람이란 건 결혼 생활을 하면서 조금씩 느낄 수 있었다. 웃고 있는 얼굴 속에 냉정하고 차가운 기운이 묻어나긴 했지만 그는 한 번씩 너무도 따뜻했다.

"그럼, 여기만 치우고 준비할게요."

은수는 다시 걸레를 잡았다. 당연히 서재로 돌아갈 거라 생각했던 지환이 거실 소파로 다가와 앉았다. 그러고는 가만히 은수가 청소하는 모습을 지켜봤다.

"왜……?"

은수가 고개를 돌려 되물었다.

"내 눈엔 청소할 것도 없는데, 습관처럼 하는 거 같아서요. 너무 무리하지 마요."

은수도 알았다. 더 이상 청소할 곳도 없었다. 일종의 습관 같은 것이 맞았다. 몸을 움직이지 않으면 안 된다는 강박. 가만히 아무것도 하지 않고서는 살 수가 없었다. 그 집에서는 항상 무언가를 해야만 밥값을 하는 것 같았다.

언제나 그녀에게 무심했던 희숙도 은수가 집안일을 도와줄 때면 한 번씩 웃는 얼굴을 보여 주고는 했었다. 사랑받고 싶었던 걸까. 은수는 문득 그런 생각이 들었다.

"배고픈 거면 그만할게요."

은수가 말하자 지환은 졌다는 듯 자리에서 일어났다.

"난 잠깐 잘게요. 다 하면 깨워 줘요."

메뉴를 정하지 않고 지환의 차에 올랐다. 당연히 그가 먹고 싶은 음식을 파는 곳으로 차를 몰아갈 줄 알았는데 그는 또 은수에게 물었다.

"먹고 싶은 거 있어요?"

은수는 곧바로 대답하지 못했다. 언제나 누군가의 의견에 따르며 살아왔다. 아버지가 갔으면 하는 학교에 갔고, 했으면 하는 직업을 가졌다. 이 결혼도 마찬가지였다.

"지환 씨가 먹고 싶은 거 먹어요."

그럴 줄 알았다는 표정이었다. 지환은 차를 출발시키지 않고 은수를 바라봤다.

"난 은수 씨가 먹고 싶은 게 당기네요."

의도가 분명한 대답이었다. 은수는 먹고 싶은 걸 생각해야 했다. 형식을 갖춘 곳은 답답했다. 강 여사와 만날 때면 항상 입에 맞지 않는 양식들을 먹었다.

"그때…… 거기, 해장국 먹어요."

첫 만남을 얘기했다. 지환은 의외라는 듯 웃음을 지으며 차를 출발시켰다.

해장국집 사장님은 단골인 지환을 알아보고 눈인사를 건넸다. 같은 아가씨를 또다시 데려온 것은 처음이라 은수를 한 번 눈여겨봤다.

"국밥 먹을 거죠?"

지환의 물음에 은수는 짤막하게 고개를 끄덕였다.

"여기 국밥 두 개요."

주문을 마친 지환은 은수의 앞에 물잔을 놓고 물을 따라 주었다. 첫 만남 때와 다를 바 없는 행동이었지만 그때와는 조금 다른 감정이 느껴졌다. 바람둥이 같았던 행동들이 다정한 배려라고 생각되었다. 은수는 자신의 생각이 바뀌고 있는 것이 놀라워 잠깐 웃음 지었다.

"뭐, 웃기는 생각이라도 들었어요?"

"네?"

"갑자기 웃길래."

"아, 아니에요. 그냥, ……그냥요."

지환은 싱겁다는 듯 한 번 웃고는 물수건으로 손을 닦았다. 은수도 그를 따라 물수건을 뜯었다. 결벽증이 있는 성격 탓에 깔끔하지 않은 곳에는 잘 다니지 않았다. 국밥집도 지환과 왔던 것이 처음이었다. 그러나 두 번째가 되자 은수는 이곳이 조금은 편안해지기 시작했다.

시간이 조금 지나자 국밥 두 그릇이 그들 앞에 놓였다. 사장님은 다시 한번 은수를 보고는 지환에게 말을 뱉었다.

"바람둥이 청산했어? 어째 이번에는 다른데?"

거침없는 사장님의 공격에 지환의 얼굴이 당황스러움으로 잠시 붉어졌지만 금세 맞받아쳤다.

"제 색시예요. 예쁘죠?"

색시라는 말에 이번엔 은수의 얼굴이 붉어졌다.

"아이고. 이 능구렁이 같은 자식. 몇 번 봤다고 색시야? 아가씨, 요놈 적당히 만나고 치워. 내가 엄마 같아서 하는 말이니까, 새겨들어."

"아, 사장님. 색시 맞다니까 그러네. 저 거짓말은 안 해요."

"염병하네. 얼른 먹고 가. 주말이라 귀찮아."

사장님이 지환의 말은 귓등으로 들은 채 쟁반을 들고 사라졌다. 지환은 그제야 단골 해장국집을 온 게 후회스러웠다.

"얼른 먹어요."

은수를 의식하며 뜨거운 국밥을 한술 떠 입에 넣는데 그녀가 조용하게 물었다.

"제가 몇 번째예요?"

국밥이 그대로 목구멍에 내려가 사레가 들리고 말았다. 캑캑, 거리는 지환을 보고 놀란 은수가 얼른 물잔을 건네주었다. 쉬운 타입이 아닌 줄은 알았지만 말갛고 순한 얼굴로 그를 케이오시켰다.

"그게…… 캑, 왜 궁금합니까?"

은수가 아니라며 조용히 웃었다. 어쨌든 웃는 모습은 마음에 들었다. 지환은 멍청하게 그렇게 생각했다.

국밥값을 계산할 때도 사장님은 은수에게 신신당부를 했다. 이런 남자 놈들이 여자 마음고생 시킨다고. 적당히 만나고 치우라고. 은수는 또 그 말에 알겠다며 대답했다. 지환은 어이가 없어 두 사람이 하는 모습을 지켜보기만 했다.

은수는 지환보다 먼저 국밥집을 나섰다. 밥은 생각보다 맛있었다. 사장님의 충고에 당황하는 지환을 보는 재미도 쏠쏠했다. 웃고 있는 얼굴 속에서도 차가운 기운이 묻어나던 남자가 얼굴을 붉히니 마음이 조금 따뜻해졌다.

"같이 갑시다."

지환이 앞서 걷고 있는 은수에게로 다가갔다. 여느 여자들에게 했던 것처럼 익숙하게 손을 잡을 수도 있었지만 거리를 두고 걸었다. 좁은 골목길에서 사람들이 지나갈 때마다 은수는 지환의 옆에 가까워졌다 멀어지기를 반복했다. 은수가 다가올 때마다 지환은 가슴이 두근거렸다.

□ □ □

"아직 애 소식은 없니?"

강 여사가 작정을 하고 묻자 지환은 밖이 보이는 대표실 창문의 블라인드를 내렸다. 웬만해선 회사로 찾아오는 분이 아니니 그만큼 마음이 급하다는 뜻이었다.

"왜요? 회장님이 뭐라고 하세요?"

아버지와 큰어머니가 돌아가신 뒤 어머니는 할아버지가 사는 본가로 들어갔다. 시집살이는 절대 싫다는 둘째어머니보다 점수를 딸 수 있었던 것도 그 때문이었다.

하지만 꼬장꼬장한 영감과 함께 사는 것은 그리 녹록지 않았다. 입맛 또한 까다로워 손수 해서 올린 강 여사의 음식이 아니면 수저도 들지 않았다. 거기다 먼지 한 톨 보지 못하는 성격은 늘 며느리를 긴장하게 만들기에 충분했다.

할아버지로 인해 스트레스를 받을 때면 강 여사는 더욱더 지환을 쪼았다. 너만 회장 자리에 앉으면 다 끝날 일이라고. 어머니는 그렇게 생각하고 버티는 중이었다.

"말은 없어도 안 기다리시겠니? 아들 낳으면 너한테 물려주실 게 확실하니까 노력 좀 하지, 아들?"

"딸이면요?"

지환은 농담처럼 가볍게 웃으며 물었다.

"말이라도 그런 소리 하지 마."

"어머니."

지환이 타이르듯 강 여사를 불렀다.

"아들 낳을 때까지 낳아, 그럼."

"어머니."

이번엔 여기서 그만하시라는 경고 같은 부름이었다.

"걔가 못 낳으면 다른 배에서 낳든지."

"……."

지환은 말없이 어머니를 노려봤다. 둘째어머니는 절대 두 명의 며느리는 없다고 못 박았다. 그녀 자신이 후처의 인생을 살면서 겪은 그 상처들을 자식과 손주, 며느리에게까지 넘겨줄 수는 없다는 거였다.

하지만 강 여사는 달랐다. 넘버쓰리라도 넘버원이 되면 그만이라는 거였다. 과정은 중요치 않았고, 누가 상처받던 상관이 없었다. 지환은 그런 어머니가 낳은 하나뿐인 자식이었다.

"일이 많아요. 그만 가세요."

"지환아."

"당분간은 아이 가질 생각 없어요. 그 사람이 낳고 싶다고 해도 제가 원하지 않아요. 그렇게 아시고 그 사람 괴롭히지 마세요."

"최지환."

"중요한 건 회장 자리 아닌가요? 원하는 거 해 드리겠다고요. 과정은 제가 알아서 해요."

더 이상 재촉할 수 없었다. 싸늘한 공기가 모자 사이에 흘렀다. 강여사는 자리를 뜰 수밖에 없었다.

□ □ □

저녁 식사를 하는 중에도 지환은 말이 없었다. 표정을 보니 무언가 좋지 않은 일이 있는 듯했다. 혹시나 그녀가 무엇을 잘못한 것은 아닌지 은수는 걱정이 되었다.

바깥일을 하다 보면 스트레스받는 것은 당연했다. 그녀도 사회생활을 했으니 그걸 모르지 않았다. 하지만 그것과는 다른 이유라는 생각이 자꾸만 들었다.

며칠 전부터 마음에 걸려 오던 일이 있어서 더욱 그랬다. 지환은 은수가 밤마다 제대로 잠들지 못한다는 것을 알고부터 서재에서 잠드는 일이 많았다. 이삼일에 한 번 그러다가 요즘은 거의 매일 서재에서 잠들었다. 그 덕분에 은수는 숙면을 취할 수 있었다. 하지만 마음은 편하지 않았다.

"일할 게 있어요. 먼저 자요."

반 정도 밥을 남긴 지환이 자리에서 일어나 은수에게 말했다. 은수는 알겠다며 고개를 끄덕였다. 남은 반찬과 자리를 정리하고 설거지를 마쳤다. 샤워를 하고 잠옷을 갈아입을 때까지 지환은 서재에서 나오지 않았다.

은수는 먼저 침대에 누워 책을 잡았다. 그가 옆에 있어 잠이 잘 오지 않았던 게 거짓말인 것처럼 그가 없어서 쉽게 잠들지 못했다. 은수는 작은 한숨을 내쉬고 책을 덮었다. 일부러도 잠을 청해 보려 스탠드의 불빛을 줄였다. 눈을 감고 양을 세었다. 바보 같았다.

며칠은 불편하다가 그새 익숙해졌는지 지환은 서재가 편해지기 시작했다. 침대도 없어 1인용 소파에서 쪽잠을 자야 했지만 은수가 거실에서 밤을 지새우는 걸 보는 것보다는 나았다. 매일 아침 하얗게 뜬 얼굴을 보는 건 벌이나 다름없었다. 차라리 몸이 불편한 게 마음 편했다.

누구를 얼마나 배려하며 살아왔다고. 지환은 자신의 행동이 우스웠다. 그런다고 감정 없는 저 여자가 반응할 리 없었다. 다 부질없는 행동이라고 마음을 다잡지만 어느새 그 마음은 제멋대로 커져 가고 있었다.

강 여사는 벌써 지환이 은수를 마음에 품었다는 사실을 눈치챘을 것이다. 위험했다. 감정이 생기면 상처받게 되어 있었다. 그게 누가 되었든 간에.

지환은 다시 한번 마음을 다잡으며 소파에 누워 최 회장의 자리를 차지할 수 있는 묘책을 생각하고 또 생각했다.

똑똑.

작은 노크 소리에 몸을 일으켰다. 잘못 들은 것이 아닐까 생각하며 다시 누우려는데 또다시 똑똑, 노크 소리가 들려왔다. 문을 두드릴 사람은 은수밖에 없었다. 지환은 얼른 자리에서 일어나 서재 문을 열었다. 잠옷 차림에 하얗게 질린 얼굴을 한 은수가 서 있었다.

"왜 그래요? 무슨 일 있어요?"

"……노력해 볼게요."

은수가 조그맣게 말했다.

"네?"

"당신 옆에서 잘 수 있도록…… 노력해 볼게요."

지환은 은수와 가만히 누워 있었다. 노력해 본다고 말하는 여자가 절박해 보인다고 느낀 건 그의 착각인 걸까. 지환은 어떤 것에도 먼저 행동을 한 적이 없던 은수가 자신을 찾아와 말을 건넸다는 것만으로도 만족했다.

"잠 잘 오는 이야기라도 해 줘야겠네요."

"네, 해 줘요."

어둠 속에서 은수가 조용히 대답했다.

"음…… 이건 좀 웃기면서 슬픈 얘긴데, 웃기다고만 생각하고 들어요. 어릴 적에 친구들이 자기 집 자랑을 하나씩 늘어놓는 거예요. 그 얘기를 들으면서 난 아주 강력한 걸 가지고 있다고 생각했어요. 그래서 당당하게 말했죠. 나는 엄마가 세 명이나 있다고. 애들이 다들 졌다는 눈빛으로 바라봤어요. 부러워하기도 했고요. 아직 뭐가 뭔지 모를 나이였으니까 난 승리했다고 생각하고 집에 갔죠. 그리고 그다음 날 어머니한테 죽을 만큼 맞았어요."

지환은 다시 그때가 떠올랐다. 그날, 강 여사가 우는 것을 처음 보기도 했다.

"그때부터였나……. 숫자 3이나 세 번째는 죽도록 멀리했어요. 학교에서 공부로 3등 할까 봐 공부도 안 했고, 군대 가서는 선착순으로 뛰어오다가 세 번째면 한 바퀴 더 돌았어요. 완전 꼴통 소리 들었죠."

어느새 새근새근 은수가 잠자는 소리가 들려왔다. 이런 얘기를 듣고도 잠드는 여자라니. 지환은 허탈한 마음이 들었다.

"그래도…… 세 번째라는 건 평생 따라붙더라고요. 포기했어요, 이제. 또…… 세 번째면 어떠냐고 생각하니까 마음이 편해졌어요. 뭐든 집착하면 탈이 나더라고요. 마음이 생기면 어렵죠."

지환은 잠든 은수의 옆모습을 바라보며 혼잣말처럼 말했다.

"근데 이미 생긴 마음은 어떡합니까?"

은수가 대답할 리 없었다.

8. 나한테 궁금한 건

— 반찬 몇 가지만 해서 가져다줘. 며느리 복 없는 양반이니 샘나겠지. 내가 그때 괜한 소리를 해서 널 귀찮게 하는구나.

"아니에요, 어머님."

아침부터 걸려 온 강 여사의 전화에 은수는 오늘도 쇼핑을 나서야 하나 생각했다. 그런데 강 여사의 부탁은 은수의 예상과는 달랐다. 둘째어머님 댁에 직접 한 음식을 가져다주라는 거였다.

은수는 그날의 해인을 떠올렸다. 알코올 중독인지는 알 수 없었다. 그녀가 관여할 일도 아니었다. 하지만 마음이 쓰였다. 한 번씩 불안해하던 해인의 눈빛이 떠올랐다. 아마 해인에게서 그녀와 닮은 외로움을 보았기 때문일 것이다.

은수는 서둘러 장을 보고 음식을 만들었다. 체계적으로 전문가에게서 배운 것은 아니었지만 어릴 때부터 해 오던 일이라 모양이나 맛이 그럴듯했다. 지환도 대부분 그릇을 다 비웠고 강 여사가 찾아왔을 땐 맛있다는 칭찬을 받기도 했다.

적당한 찬합에 요리한 음식들을 담고 외출 준비를 했다. 늦을 일은 없을 테니 지환에게 보고하지는 않았다. 은수는 두 손 가득 짐을 들고 강 여사가 보내 준 주소지로 향했다.

그녀를 맞은 건 잠이 덜 깬 해인이었다. 얇은 슬립에 간단한 로브만 걸친 그녀는 은수의 등장에 조금 놀란 눈치였지만 이내 평상시의 모습으로 돌아갔다.

"어머님은 방금 나가셨는데."

"아, 이것만 전해 드리고 가려고요."

은수는 주방 식탁 위에 종이 가방을 올려놓았다.

"뭐, 일단 앉아. 커피 줄까? 아님, 차?"

해인이 주방으로 들어서며 말했다.

"그냥, 물 한 잔만 주세요."

오래 앉아 있을 마음은 없었다. 개인적인 공간을 존중해야 한다고 생각했다. 은수는 더 이상 해인의 비밀을 알아선 안 될 것 같았다.

"편하게 있다 가. 어머님도 안 계시고. 뭐 계셔도 안채에서 지내시니까 여기론 잘 안 와."

본채와 안채로 분리된 기주의 집은 두 집 살림이나 마찬가지였다. 해인은 그것이 익숙한 듯 편한 복장으로 앉아 있었다. 늘 반듯하게 옷을 갖춰 입고 있는 은수와는 너무도 달랐다.

"자, 여기 물."

은수 앞에 물잔이 놓였다. 해인은 커피 한 잔을 들고 은수 맞은편에 앉았다. 나이는 해인이 두 살 어렸지만 형님과 동서라는 서열은 명확했다. 해인은 처음부터 그랬던 것처럼 은수에게 반말을 했다.

"어머님이 또 이상한 짓 시키셨네."

해인이 종이 가방 안을 살피며 혼잣말을 했다. 지난번 식사 자리에서 강 여사가 지나가는 말로 은수의 음식 솜씨를 자랑했는데, 그걸 눈으로 확인해 보고 싶어 하는 것 같았다. 그 심보가 무엇인지 해인은 묻지 않아도 알 수 있었다.

"대충 몇 가지만 했어요. 저도 잘 못해요. 드셔 보시고 맛없으면 버리셔도 돼요."

은수의 말에 해인이 알 수 없는 웃음을 터뜨렸다.

"버릴 걸 왜 했어? 동서도 참, 나만큼 답답하게 사는구나."

은수는 무슨 뜻인지 알았다. 그래서 대꾸할 수 없었다.

"나 술 먹는 건 어머님도 그 사람도 몰라."

해인이 별일 아니란 듯이 말했다.

"……."

"비밀 지켜 달라는 건 아니고. 그냥 그렇다고. 동서한테 들키고 나니까 마음은 편해. 누구 하나는 아니까 위안이 되는 느낌?"

해인이 슬프게 웃었다.

"병원은 다니세요?"

은수는 담담하게 물었다.

"병원 가서 나을 거였으면 먹지도 않았겠지. 그냥 습관 같은 거야. 안 하면 안 되는. 나, 좀 바보 같지?"

은수는 이해했다. 그래서 마음이 쓰였던 것 같다.

"사모님, 지아가…… 어, 손님이 와 계셨네요?"

안방에서 걸어 나온 유모가 은수를 보고 걸음을 멈췄다.

"지아 작은엄마예요. 동서, 우리 지아 봐 주시는 분."

"아, 네. 안녕하세요."

은수는 자리에서 일어나 인사를 건넸다. 그러는 사이, 뒤쪽에서 꼬마 숙녀가 아주머니의 엉덩이에 달라붙어 얼굴만 내놓고 은수를 바라봤다.

"지아야, 인사해야지. 작은엄마야. 삼촌 결혼식 때 봤지?"

지아는 아주머니의 뒤쪽으로 더욱 숨어 버렸다.

"동서가 이해해. 쟤 원래 낯가려. 나한테도 잘 안 와."

해인은 그렇게 말하곤 싱겁게 웃었다.

그 뒤로도 꼬마 숙녀는 얼굴을 보였다 감추기를 반복했다. 은수는 자신도 모르게 얼굴에 미소를 띠웠다. 그러다 지아와 눈이 마주쳤다. 지아의 조그마한 얼굴이 붉어졌다.

□ □ □

"형수님이랑, 요리를요?"

저녁밥을 먹는 자리에서 은수는 해인과 함께 요리를 배우게 되었다고 말했다. 지환은 의외라는 듯 은수를 바라봤다. 그가 아는 한 형수와 은수는 너무도 다른 타입의 사람이었다. 하고 싶은 말은 하고 살아야 하는 여자와 무슨 말이 하고 싶은지 알 수 없는 여자가 만나서 같이 요리를 배운다고 했다.

"어머니가 시켰어요?"

지환은 그 이유뿐이라고 생각했다.

"아뇨. 저도 전문적으로 배운 적은 없어서 시간 여유 있을 때 배워 보려고요. 혼자 하는 건 그래서 형님한테 제가 같이 하자고 했어요."

형수님이 요리를 배울 여자가 아닌 것도 알았다. 지환은 두 여자의 마음이 궁금했다. 어찌 보면 경쟁자의 와이프들이었고, 같이 붙어 다닐 이유가 없었다.

"뭐, 하고 싶으면 해요. 나한텐 더 좋은 일이죠."

지환은 지금도 만족스러운 식사가 더 품격 있게 바뀔 거라 생각하니 은수가 요리를 배우는 것도 나쁘지는 않겠다는 마음이 들었다. 은수는 지환의 대답을 듣고 조용히 식사를 이어 갔다. 어쩐지 그녀가 관심을 갖는 대상은 그가 아닌 듯해 지환은 마음이 서운했다. 아내를 짝사랑하기 시작한 남자의 이상증세였다.

□ □ □

"그럼 재료 손질부터 시작할게요. 감자는 깎아서 각자 앞에 있는 볼에 담아 주세요."

은수는 필러를 들고 익숙한 솜씨로 감자를 깎았다. 매일 해 오던 일이니 어려울 게 없었다. 그러다 아차, 싶어서 옆을 바라봤다. 해인이 전투적으로 감자를 난도질하고 있었다. 앞쪽에 서 있던 요리 강사가 해인을 보고 얼굴을 찌푸리는 게 보였다.

"형님."

"어? 왜?"

해인이 은수의 부름에 잠깐 옆을 바라봤다.

"손에 너무 힘을 주면 잘 안 깎여요. 살살 아기 다루듯이 껍질만 벗겨 낸다고 생각하세요."

"아기 잘 못 다루는 거 봤잖아. 나 이런 거에 소질 없다니까 그러네. 지금 심각하게 튈까 고민 중이야."

"여기, 형님 얼굴 아는 사람 많아요."

한물간 여자 아이돌의 등장에 요리 교실은 잠깐 술렁였다. 해인은 어쩔 수 없다 생각하며 필러를 내려놓고 식칼을 들었다. 과정이 어찌 됐든 해내기만 하면 되는 것이었다. 은수는 놀란 눈으로 해인을 바라봤다. 요리 강사가 이쪽으로 걸어오는 게 보였다.

"두 번은 못 해."

수업이 끝나고 해인은 그렇게 외쳤다. 은수는 해인의 앞에 커피를 내려놓으며 조그맣게 웃었다. 처음부터 쉽지 않을 거라는 생각은 했지만 예상보다 더 심했다.

해인의 요리는 클래스의 모든 사람을 놀라게 만들었고, 어느 누구도 손을 대지 않았다. 은수는 따로 챙겨 온 해인의 요리를 잠깐 내려다봤다. 오늘 저녁은 아마 이것이 될 것 같았다.

"근데, 동서는 이거 왜 들어? 강사보다 동서가 더 잘하는 것 같던데."

"아니에요. 저는 제 마음대로 순서 없이 하는 경우가 많아요. 그냥 맛 내기 위해서 하다 보니 재료들이 따로 놀아요. 오늘 배워 보니까 뭘 잘못하고 있었는지 알겠더라고요."

"선생님 했다더니 역시 다르네. 난 가방끈이 짧아서 배우는 건 딱 질색이야. 우리 지아는 그걸 안 닮아야 할 텐데……."

해인은 한탄하며 앞에 놓인 커피를 마셨다. 아직까지는 불안해 보이지 않았다. 적어도 은수의 눈에는 그랬다. 무언가에 집중을 하다 보면 마음이 다스려지는 경우가 많았다. 은수의 경우에는 청소가 그 방법이었는데, 해인에게는 무엇이 좋을까 생각해 봤다.

두 사람이 함께할 수 있는 걸 찾다 보니 요리가 제일 적당했다. 은수는 자신이 왜 해인을 낫게 해 주고 싶어 하는지 알 수 없었지만 그러고 싶었다. 해인도 그 마음을 이해한 듯 흔쾌히 은수의 제안에 따라 주고 있었다.

"서방님은 잘 있어?"

해인이 이제야 생각난 듯 물었다.

"네."

"처음엔 차가워 보여도 알고 보면 다정한 사람이야. 이건, 내가 보장해."

기주가 여자 문제를 일으킬 때마다 지환은 지아를 핑계로 해인에게 전화를 걸어 왔다. 차갑고 이성적인 충고를 하며 참기만 하는 그녀를 탓했지만 그것이 그녀에게 건네는 지환만의 따뜻한 위로라는 걸 해인은 알고 있었다. 대놓고 표현하지 못한다는 게 이 집 남자들의 장점이자 단점이었다.

"네……. 좋은 사람 같아요."

해인은 은수의 표정을 보며 자신의 걱정이 의미 없음을 알게 되었다. 어떻게 만나게 되었든 결혼은 두 사람의 인생이 한곳으로 합쳐지는 운명이었다. 그 운명을 거스르는 것은 무척 힘든 일이었다. 그래서 해인이 끝없이 기주를 기다리는 것인지도 모르겠다.

"형님, 전화 와요."

해인의 가방에서 벨소리가 울렸다. 발신인을 확인한 그녀의 표정이 굳어졌다.

"네. ……알았어요. ……네. ……준비할게요."

건조한 몇 마디만 남기고 해인은 전화를 끊었다. 은수는 모른 척 커피를 마셨다. 해인은 그런 은수에게는 자신의 속마음을 말하고 싶었다. 그래야 살 수 있을 것 같았다.

"출장 준비 하래. 좀 긴 거 보니 어디 밀월여행이라도 가는가 보네. 일어나자, 동서."

은수는 조용히 해인을 따라 일어섰다.

ㅁ ㅁ ㅁ

"무슨 생각 하는데?"

윤석의 물음에 지환은 그제야 정신이 돌아왔다.

녀석을 불러 놓고 은수에 대한 생각만 하고 있었다. 오늘 첫 요리 수업을 간다고 말했다. 형님이 잘 따라서 배웠으면 한다고 했다. 그러고는 싱긋, 그에게 웃어 주었다.

다시 잠자리를 같이 하면서부터 그녀는 말이 늘었다. 단답형으로

만 대답하던 여자가 가끔씩 먼저 묻기도 했다. 지환은 그 이유가 무엇인지 생각하지 않을 수 없었다.

"무슨 생각 하겠어. 영감을 어떻게 구워삶을까 그 고민이지."

"너도 거짓말을 하는구나."

지환은 들켰다며 웃었다.

"그래서 캐낸 정보는 뭐야?"

화제를 돌리기 위해 지환이 물었다.

"그냥 정 비서님이 서류 하나를 만들려고 하는 거. 유언장은 아니겠지?"

지환은 그럴 리 없다고 생각하며 코웃음을 쳤다. 최 회장은 아직 그 자리에서 내려올 마음이 없어 보였다. 모두를 붙잡아 두기 위한 미끼로 이러는 것이리라 생각했다.

"유언장을 만들었다 해도 수시로 바꿀 양반이야. 의미 없어. 또 다른 건?"

"아까부터 말하고 싶었는데 너는 나를 합법적인 일을 하는 변호사로 보지 않는 듯하다? 왜 자꾸 뒤를 캐라고 시키는 거야?"

"너밖에 믿을 사람이 없으니까."

"자꾸 거짓말해라?"

지환은 항복하듯 두 손을 들었다.

"어머니가 재촉하셔. 빨리 소원 들어드려야 덜 괴롭힐 것 같아. 할아버지가 부를 때까지 기다리다가는 우리 강 여사, 본가에 불 지를지도 모르겠다."

"애 하나 낳으면 끝난다며?"

지환은 대답 없이 웃었다.

어쩌면 정답일지도 몰랐다. 큰형은 떠나 버렸고, 작은형은 딸만 낳았으니 은수가 아들을 낳아 준다면 회장 자리는 그의 차지가 될 수도 있었다.

하지만 어쩐지 회장 자리를 얻기 위한 수단으로 여자를 이용하고 싶지는 않았다. 감정조차 없는 여자에게 나의 아이를 낳으라고 강요하고 싶지는 않은 마음이었다. 누구보다 쉽게 그녀의 몸을 가졌으면서 이제 와 망설이고 있었다. 지환은 자신이 점점 이해되지 않았다.

그리고 그의 앞에서 자꾸만 웃고 있는 이 여자도 이해되지 않았다. 은수는 저녁 식사 자리에서 미안한 웃음을 흘리고 있었다. 두 사람의 앞에 놓인 음식은 해인이 실패하고 모든 이들에게 외면받은 감자 요리였다.

"이걸 왜 내가 먹어야 합니까?"

지환은 이해되지 않는 것투성이였다.

"미안해요. 형님이 버리려는 걸 제가 먹는다고 가져왔어요. 그래도 열심히 만든 건데 정성이 아깝잖아요."

지환은 웃을 수밖에 없었다. 이 여자다웠다. 고운 마음결이 그의 마음을 또다시 술렁이게 만들었다. 답이 없었다.

"형수랑 잘 맞나 봐요?"

지환은 해인의 요리를 한술 떠먹어 보았다. 맛은 생각보다 괜찮았다.

"저랑 다르잖아요. 그래서…… 좋아요."

다른 사람. 좋은 사람. 좋아하는 사람.

지환은 자꾸만 은수의 생각을 읽고 싶었다.

"형 때문에 많이 힘들 거예요. 은수 씨가 잘 챙겨 줘요."

지환의 말에 은수가 알겠다며 조용히 고개를 끄덕였다. 그러다 문득 생각난 듯 그에게 물었다.

"작은아주버님은…… 어떤 분이에요?"

남편에게는 관심이 없고 주변 인물에게만 마음을 쓰는 것 같아 지환은 괜한 심술이 일었다.

"삼 형제 중에 젤 멀쩡한 게 나라면, 이해가 빠를 거예요."

이건 거짓말일지도 몰랐다. 하지만 거짓말을 해서라도 지환은 은수가 자신을 바라봐 주길 바랐다. 자꾸만 욕심이 생겼다.

"큰아주버님은 언제 돌아오세요?"

은수는 또다시 다른 사람을 물었다.

"나한테 궁금한 건 없어요?"

지환이 참지 못하고 말했다. 은수가 조용히 생각하다 입을 열었다.

"혹시…… 화났어요?"

지환은 웃을 수밖에 없었다.

9. 자꾸만자꾸만

에어컨 공기를 벗어나면 숨이 막히는 날씨였다. 반팔 소매 아래로 드러난 살갗에 닿는 따가운 햇살로 인해 불쾌지수가 더 올라서는 점심시간, 은수는 지환의 회사 앞에 섰다.

최 엔터테인먼트는 사람들이 붐비는 시내 한가운데 우뚝 자리를 잡고 있었다. 은수는 자신이 가지고 온 서류와 지환의 회사를 번갈아 바라본 후 건물 앞으로 다가갔다.

어린 소녀들은 폭염에도 아랑곳하지 않고 회사 앞에 삼삼오오 무리 지어 앉아 있었다. 손에 든 플래카드에는 자신이 좋아하는 연예인의 이름과 응원 문구가 쓰여 있었다. 그들을 지나 마치 자신이 연예인이라도 된 것처럼 경비를 통과해 회사 안으로 들어선 은수는 시원한 에어컨 바람 앞에서야 숨을 고르고 거울로 자신의 차림을 정리하며 여유를 부렸다.

안내데스크에서 대표실 위치를 확인하고 곧장 엘리베이터를 탔다. 공간 안에는 회사를 안내하는 큼지막한 게시판이 붙여져 있었다. 소속 연예인의 프로필 사진과 히트 작품이 줄지어 나열되어 있었고 그 아래에 대표라는 이름으로 지환의 얼굴이 찍혀 있었다. 다른 연예인과 비교해도 밀리지 않을 만큼 훤칠한 마스크에 대표로서의 분위기까지 갖춘 그에게서 멋스러움이 느껴졌다.

은수는 지환의 사진을 한참 동안 바라보다 원하는 층수에 도착했다는 소리를 듣고 나서야 고개를 돌리고 몸을 움직였다.

사무 여직원이 안내한 사무실로 들어서자 테이블에 앉아 열띤 토의를 벌이는 지환이 보였다. 은수는 방해가 될까 싶어 발걸음을 멈추고 잠시 대기했다. 지위와 나이에 상관없이 서로의 의견을 주고받는 모습이 공무원 생활을 한 은수에게는 생경하게 느껴졌다.

그렇게 주변을 관찰하다 지환과 눈이 마주쳤다. 지환은 은수에게 손짓했고 서둘러 회의를 정리했다. 그가 그녀 쪽으로 걸어오자 은수는 주변 사람들의 시선을 홀로 감당해야만 했다.

"왔으면 말하죠. 많이 기다렸어요?"

아침에 보았던 깔끔한 슈트 차림은 아니었지만 와이셔츠를 걷어붙인 모습은 일하는 남자가 얼마나 매력적인지를 보여 주는 것 같아 은수는 눈을 맞추기가 힘들었다.

"금방 왔어요. 이거, 말한 거."

은수가 얼른 서류 봉투를 지환에게 건넸다.

"그럼, 일 보세요. 전, 이만……."

"무슨 소리예요?"

지환이 가지 못하게 막듯 은수의 팔을 붙잡았다.

"이렇게 보낼 거였음 퀵으로 배달시켰죠. 왜 일부러 은수 씨보고 오라고 했겠어요?"

은수는 영문을 몰라 눈만 크게 뜨고 있었다.

"같이 점심 먹어요. 잠깐 마무리만 하면 되니까 내 방에서 기다려요."

지환의 말에 은수는 조용히 고개를 끄덕일 수밖에 없었다.

지환은 은수를 대표실 소파에 앉혀 놓고 그녀에게 부탁한 서류를 확인했다. 필요하긴 했지만 급한 것은 아니었다. 그 핑계로 은수의 얼굴을 보고 싶은 게 맞았다. 매일 보는 얼굴인데 잠시 떨어져 있는 시간도 참지 못하고 또 보고 싶다니. 지환은 차라리 현재 자신을 이해하지 않는 것이 더 편할 지경이었다.

"먹고 싶은 거 있어요?"

지환이 서류에 눈을 두고 물었다. 은수는 멀리서 그의 모습을 훔쳐보다 대답했다.

"오늘도 내가 정해야 하는 거예요?"

은수의 말에 지환이 피식 웃으며 고개를 들었다.

"뭘 좋아하는 사람인 줄 알아야 나도 맞추죠. 은수 씨는 내가 많이 먹는 것들로 알아서 식탁에 올리고 있으니 내 기호에 대해선 당연히 알 테고. 아니에요?"

맞는 말이긴 했다. 은수는 자신이 무엇을 먹고 싶은지 생각했다. 항상 누군가 정해 준 대로 따랐기에 뭘 좋아하는지도 모르고 살았다.

지환이 조금씩 그것을 찾아 주는 듯해 은수의 마음이 뜨끈해졌다.

"이 근처에서 맛있는 거 추천해 주세요. 그거 먹어 볼게요."

지환은 알겠다며 서류를 정리하고 자리에서 일어났다. 걸어 둔 재 킷을 챙겨 은수와 함께 대표실을 나가려는데 눈치 없는 불청객이 들 이닥쳤다.

"더운데 냉면 한 그릇……."

윤석이 대표실로 들어서다 그대로 멈춰 섰다. 지환의 뒤에 서 있 는 은수를 보고 눈을 키웠다.

은수는 결혼식에서 봤던 윤석에게 짤막한 인사를 건넸다.

"아, 제수씨가 오셨구나. 그래서 실장님이 문 열면 큰일 난다고 하 셨네. 난 또 사장이 열받아서 갑질 하나 싶었는데."

"너랑 같이 점심 못 먹어. 다른 사람 찾아."

지환이 윤석의 말을 끊고 대표실을 나서려 했다. 그걸 보고 가만 히 있을 은수가 아니었다.

"괜찮으시면…… 같이 드세요."

착한 것도 어쩌면 병이었다. 지환은 야속한 눈빛으로 은수를 바라 봤다. 그 뜻을 그녀가 알 리 없었다.

"저야 좋죠! 오랜만에 점심이 맛나겠는걸요?"

윤석은 웃음을 참으며 신난 걸음을 옮겼다. 최지환의 얼굴이 썩어 들어가는 모습을 보는 건 오랜만이라 감정을 주체할 수가 없었다.

근처에서 유명하다는 냉면집은 점심을 먹으러 나온 사람들로 붐 볐다. 대기번호까지 받아 가며 먹을 이유가 뭐 있느냐는 지환의 말에 윤석은 그 맛에 먹는다며 지환이 아닌 은수를 설득했다. 은수는 흔쾌히 기다리겠다고 했다. 지환은 자신의 계획이 수포로 돌아가자 모든 것을 포기했다. 윤석이 낀 점심은 그에게 무의미한 것이기 때문이었다.

"맛있기는 한가 봐요. 이렇게 줄까지 서는 걸 보면."

은수가 옆에 선 지환에게 조용히 말을 건넸다. 그 순간 밥을 먹고 나온 직장인들이 우르르 그녀의 옆으로 지나갔다. 지환은 안 되겠다 생각하며 은수의 손을 붙잡아 자신의 뒤로 이끌었다. 은수는 순식간에 지환의 뒤에 숨는 꼴이 되었다.

"괜, 괜찮아요."

"내가 안 괜찮아요. 내 뒤에 있어요."

지환은 잡은 손을 더 꼭 붙잡았다. 은수는 기분이 이상했다. 잠까지 자는 남자인데 손잡은 게 뭐라고 설레고 떨리는 기분이 들었다. 그것을 들키지 않으려 은수는 땅만 내려다봤다. 지환의 등이 그녀에게 그늘을 만들어 주었다.

"어, 제수씨 어디 갔어?"

잠깐 화장실을 다녀온 윤석이 은수가 보이지 않자 주변을 두리번거렸다. 그러다 지환의 손을 따라 시선을 움직이자 한 여자가 숨어 있는 것이 보였다.

윤석은 자신의 친구를 바라봤다. 소유욕에 불타는 최지환이라니. 사진으로 남겨 두지 못한다는 게 억울한 심정이었다.

"7번 손님. 들어오세요."

"아, 우리다."

윤석이 번쩍 손을 들어 올렸다. 지환과 은수는 그제야 잡고 있던 손을 천천히 풀었다.

"어때요, 제수씨?"

"맛있어요."

은수는 웃는 얼굴로 말했다.

줄을 서서 먹을 만큼은 아니었지만 맛이 없진 않았다. 이곳으로 안내한 윤석이 무안하지 않도록 은수는 최대한 맛있게 음식을 먹으려 애썼다.

"냉면이 다 똑같은 거지. 월등하다 그런 건 아니네."

"너한테 안 물었거든?"

윤석은 지환에게 초를 치지 말라며 눈빛을 쏘았다.

은수는 지환에게 이런 친구가 있어서 다행이라고 생각했다. 그와 함께 지내는 동안 그 역시 그녀처럼 외로운 사람이라는 것을 알게 되었다.

나조차 감당하지 못하는 상처와 외로움은 또 다른 나를 만들었다. 그래서 망나니라는 소문도 붙게 되었으리라 짐작했다. 내가 아닌 나로 살면 조금은 마음이 편했다. 속마음을 들키지 않아도 되니까. 은수는 조용히 웃는 지환을 물끄러미 바라봤다.

"야, 너 전화 온다."

윤석의 말에 지환이 핸드폰을 들었다.

"네, 상무님. 네…… 네……."

업무 전화를 받기 위해 지환이 잠시 자리를 옮겼다. 그러자 윤석이 기회라는 듯 은수에게 질문을 던졌다.

"저 녀석 어때요?"

"네?"

은수는 질문의 의도를 곧바로 파악하지 못했다.

"잘해 주냐고요. 집에서도 회사에서처럼 갑질 하지 않아요?"

윤석의 농담에 은수는 웃으며 고개를 저었다.

"아뇨. 잘해 줘요. 생각하시는 것보다 더요…….."

"그럼, 다행이네요. 저 녀석…… 자기가 느끼는 감정 표현에는 서툰 놈이라 제수씨가 오해할까 봐 걱정했거든요. 근데 진짜 결혼하고 나서 좀 달라졌어요. 매일 저녁 먹자고 하던 놈이 꼬박꼬박 칼퇴근이에요. 그 덕에 전 요즘 혼밥 신세지만."

윤석의 말에 은수는 그저 웃을 뿐이었다.

조용한 여자라는 건 알았지만 이렇게 맑은 느낌일 줄은 몰랐다. 윤석은 은수를 바라보며 그런 생각을 했다. 지환이 왜 은수에게 빠지게 되었는지 어느 정도는 알 것 같았다. 요즘 여자들처럼 당당한 느낌은 없었지만 착하고 선한 기운이 주변 사람을 조금씩 흔드는 듯했다.

"매일 혼자 드시기 그러면…… 한 번씩 지환 씨랑 같이 저녁 드시러 오세요. 잘은 못하지만, 밖에서 사 먹는 것보다는 나을 거예요."

윤석은 은수의 말에 마음이 따뜻해질 수밖에 없었다.

지환과 점심을 먹고 난 후 정확히 한 시간 뒤에 은수는 또 다른 점심을 먹을 수밖에 없었다.

"어때?"

자신을 바라보는 해인의 눈빛에 은수는 고민했다.

"……괜찮은 것 같아요."

"맛은 없다는 얘기지?"

"아, 그게…… 가능성은 보여요."

"차라리 맛없다고 해."

해인의 실망한 표정에 은수는 머쓱해졌다.

당장 그만둘 줄 알았던 요리 수업에 해인은 어느새 재미를 붙이고 있었다. 둘째어머니가 안 계실 때마다 은수를 불러 직접 요리한 음식을 맛보도록 했다.

하지만 대부분 실패할 때가 많아 은수는 자신이 더 미안해졌다. 요리는 타고나는 것이 아닐까, 문득 생각해 보기도 했다.

"뭐가 문제일까? 동서랑 똑같은 재료를 쓰고 양념도 계량해서 하는데 말이야."

"너무 자책하지 마세요. 저도 처음엔 이랬어요. 그러다가 천천히 맛이 나기 시작하더라고요. 열심히 노력하면 안 되는 건 없어요."

"또 선생님 같은 소리 한다?"

해인의 말에 은수가 작은 웃음을 터뜨렸다. 어느새 두 사람은 농담을 주고받을 정도로 친해져 있었다. 일주일에 두세 번은 만나 요리를 하고 이야기를 나눴다. 요즘은 수업이 없는 날에도 만나는 경우가 많았다.

"암튼 이건 못 먹겠다. 우리 뭐라도 시켜 먹을까?"

해인이 자신이 한 요리를 치우며 물었다.

"저 사실은 점심 먹고 왔어요."

"그랬구나. 혼자서?"

"아뇨. 지환 씨 회사에 서류 가져다주고 얻어먹었어요."

은수의 말에 해인이 묘한 미소를 지었다.

"데이트했다는 소리네?"

"아, 아뇨. 그냥 점심 먹은 거예요."

"우리 서방님 생각보다 로맨티스트네."

해인이 놀리자 은수의 볼이 발개졌다. 자신도 모르게 은수는 감정이라는 것을 느끼고 있었다. 그걸 그녀 자신만 알아채지 못하고 있었지만 말이다.

"작은엄마……."

어느새 은수의 옆에 지아가 다가와 있었다. 집에 자주 드나드니 이제는 제법 곁을 주었다. 은수는 지아가 내민 그림을 과장되게 칭찬하며 엄지를 들어 보였다. 지아는 신이 나 또 그려 주겠다며 자신의 방으로 돌아갔다.

깜박 잠이 들었을까. 은수는 놀라서 벌떡 자리에서 일어났다. 지아와 놀아 주다 보니 몸이 고단했나 보다. 해인이 덮어 준 얇은 담요를 치우며 벽에 걸린 시계를 바라봤다. 저녁 7시. 지환이 돌아왔을 시간이었다.

"깼어, 동서?"

"아, 저도 모르게 자 버렸어요."

"그래. 피곤했나 보더라. 그래서 일부러 안 깨웠어. 자꾸 전화 들어오던데, 서방님 아니야?"

은수는 급하게 자신의 가방을 찾았다. 지환에게서 온 부재중 통화는 모두 4통이었다. 얼른 통화 버튼을 누르려는데 해인이 불쑥 말을 꺼냈다.

"저녁 먹고 가면 안 되겠지……?"

은수는 핸드폰을 내려놓고 해인을 바라봤다.

"그냥, 동서 있으니까 북적이고 좋아서. 지아가 중국 음식 먹고 싶다고 해서 시켜 먹을까 하는데, 둘이서 먹긴 좀 많을 것 같아서……."

은수는 해인의 마음을 이해했다. 마음을 주기 시작하면서 해인은 은수에게 더욱 기대 오고 있었다. 그 이유가 그녀가 술을 조금씩 줄여 가게 된 데에 많은 도움이 되었다는 것도 알았다.

"일단 지환 씨한테 물어볼게요."

은수는 통화 버튼을 눌렀다. 곧바로 지환의 목소리가 들려왔다.

— 어디예요?

"아, 형님한테 왔다가 깜박 잠들었어요. 미안해요."

전화기 너머로 안심하는 것 같은 작은 한숨이 흘러나왔다.

— 그래요……. 그럼, 지금 오는 거예요? 내가 데리러…….

"아, 근데 형님이 저녁을 먹고 가라고 하셔서요. 지아랑 둘뿐이라…….."

은수가 말을 줄이자 지환이 알아들은 듯 흔쾌히 대답했다.

— 알았어요. 먹고 와요. 난 알아서 먹을게요.

"네. 미안해요. 출발할 때 연락할게요."

은수가 전화를 끊자 해인은 안도하듯 웃었다. 얼른 전화기를 찾아 중국 음식을 시켰다.

은수는 그 모습에 마음이 안심되다가도 자꾸만 지환이 걸려 왔다. 따로 저녁 준비를 해 놓지도 않았다. 반찬도 오늘 아침에 먹고 남은 것들뿐이었다. 점심에 냉면을 먹었으니 다른 때보다 더 배가 고플 게 분명했다.

"동서."

"네?"

"서방님 걱정 하지?"

해인이 은수에게 다가와 물었다.

"아…… 저녁 준비를 못 하고 와서요."

해인은 알겠다며 웃어 버렸다.

"난 괜찮으니까 가 봐."

"아, 아니에요. 저녁만 먹고……."

"지아랑 둘이 먹는 거 하루 이틀도 아니고. 그냥 오늘은 내가 심술 부려 본 거야. 동서 불안해하는 모습 보면 내가 더 불안해질 것 같아. 무슨 말인지 알지?"

은수는 자신이 어떤 표정을 짓고 있는지 몰랐다. 해인이 가방을 챙겨 현관 앞으로 끌고 가는데도 어떻게 반응해야 할지 알 수 없었다.

"형님."

"택시 타고 가."

해인이 지갑에서 지폐 몇 장을 꺼내 은수의 가방에 넣어 주었다.

"아니, 안 그러셔도……."

"빨리 안 가면 나 또 술 먹는다. 진짜 오늘은 맹세하고 술 안 마실 테니까 얼른 가. 다음에 꼭 같이 저녁 먹자."

은수는 더 이상 해인의 행동을 막을 수가 없었다.

"죄송해요. 다음에 꼭 같이 먹어요. 그땐…… 저녁 준비해 놓고 나올게요."

"그래, 알았어."

못 말리겠다며 해인이 웃음을 터뜨렸다.

은수는 해인의 집을 나오자마자 뛰었다. 자신이 왜 뛰는지 몰랐지만 그래야 할 것만 같았다. 큰길까지 뛰어 내려와 택시를 잡아탔다. 퇴근 시간이라 거리는 차들로 붐볐다.

"아저씨, 좀 빨리 가 주세요."

은수는 택시기사에게 부탁했다. 그리고 손목시계를 내려다봤다. 그녀가 도착하면 그는 이미 저녁을 해결했을지도 몰랐다. 은수는 지환에게 전화를 걸려다 또 무슨 말을 해야 할지 몰라 그만두었다. 당신 저녁이 걱정되어 아무것도 할 수가 없었다고 말할 수는 없었다.

은수는 냉정을 찾으려 창밖을 바라봤다. 그래도 지환을 생각하는 마음은 사라지지 않았다. 자꾸만 택시가 빨리 집에 도착하기를 바랐다.

10. 화내지 마요

"서방님, 좋아하지?"

이제는 제법 칼질이 늘어 소리가 규칙적인 해인이 은수에게 물었다.

은수는 해인의 말에 어제를 떠올렸다. 급하게 도착한 택시에서 내리자마자 집까지 뛰어 올라갔다. 문 앞에 서서 가까스로 숨을 고른 뒤 비밀번호를 누르고 문을 열었다. 가지런히 놓인 지환의 신발을 보며 안심했다.

그녀가 들어서자 거실에 앉아 멍하니 티브이를 보던 지환이 귀신이라도 본 것처럼 벌떡 자리에서 일어났다.

거실 탁자에는 방금 물을 부은 듯한 컵라면이 하나 놓여 있었다. 은수는 지환과 눈도 맞추지 못하고 컵라면을 들고 주방으로 들어갔다. 강 여사가 봤으면 크게 노할 일이었다. 먹지도 않은 컵라면의 국물을 개수대에 버리고 남은 면을 음식물 쓰레기통에 넣었다.

지환은 멍하니 서서 은수가 하는 것을 지켜보았다. 저녁을 먹고 온다던 그녀가 생각보다 일찍 나타나 그의 허술한 저녁을 빼앗아 가 버렸다.

은수는 곧장 저녁을 준비하고 뚝딱 한 상을 차렸다. 지환은 왜 일찍 오게 되었는지 묻지 않았다. 그저 자신의 눈앞에서 밥을 먹고 있는 은수를 바라보고 또 바라볼 뿐이었다.

늦은 저녁을 먹고 상을 치운 뒤 일찍 잠자리에 들었다. 지환은 그날 밤, 은수를 조용히 안았다.

"그래서…… 좋은 밤 보냈어?"

"네?"

그녀의 생각을 읽기라도 한 듯 물어 오는 해인에게 은수는 눈이 동그래져 되물었다.

"맞구나. 신혼은 신혼이다. 부럽네, 이거."

해인이 완성된 요리를 테이블 위에 올려놓으며 은수에게 하나를 건넸다. 은수는 강사의 눈을 피해 조용히 맛보고는 오케이 사인을 눈짓으로 보냈다. 해인은 뿌듯한 기분으로 자신의 요리를 내려다봤다. 오늘은 이 음식을 누군가 맛있게 먹어 주기를 바랐다.

"연습생 동기 모임이요?"

"응. 두 달에 한 번 모여서 생각 없이 술 먹는 모임이야. 스무 살때 같이 기획사에서 춤 배운 애들인데, 반은 결혼했고, 반은 연기 쪽으로 빠져서 아직도 잘나가는 애들도 몇 있고. 올해는 내가 총무라 빠지기가 그래."

"그럼, 술 안 먹을 순 없겠네요?"

은수는 걱정이 되었다. 한동안 술을 멀리한 해인은 상태가 많이 호전되었다. 하지만 여기서 또다시 많은 양의 술을 먹게 되면 그동안의 노력은 의미가 없어질 것이 분명했다.

생각에 잠긴 듯 잠시 말이 없던 은수가 조심스레 해인에게 물었다.

"저도…… 갈까요?"

"동서가?"

해인은 구세주를 만난 것처럼 눈을 반짝였다.

"제가 옆에 있으면 예전처럼 그렇게 마시진 않을 것 아니에요?"

"그거야 그렇지. 근데 동서가 불편하지 않겠어? 걔네들 나보다 더 기 센 애들인데, 감당 못 할지도 몰라."

"설마…… 죽이기야 하겠어요?"

말을 마친 은수가 싱긋 웃었다. 해인은 고마웠다. 은수가 있다면 참아 볼 수 있을 것 같았다. 그녀는 친구처럼 편했고, 엄마처럼 따뜻했다. 열두 살에 집을 나간 엄마가 다시 생각날 만큼 은수는 해인에게 오랜만에 포근한 마음을 느끼게 해 주었다. 해인은 그래서 지환에게 한 번 더 미안해하기로 했다.

그에게는 미리 약속이 있다고 알렸다. 저녁을 밖에서 해결하라는 말과 함께 인스턴트 음식은 안 된다고 경고했다. 웬만하면 윤석을 만나서 제대로 된 밥을 사 먹으라고 일렀다. 지환은 자신이 알아서

한다고 말하고는 웃으며 전화를 끊었다.

은수는 해인이 건네준 화려한 옷을 입고 진한 화장을 받으며 무언
가 일이 잘못되어 가는 듯하다는 생각을 했다. 마치 그녀에게 일탈
을 경험하게 해 주는 비밀 작전 같았다. 단 한 번도 입어 본 적 없는
짧은 미니스커트를 자꾸만 끌어 내리며 은수는 해인과 택시를 타고
강남으로 향했다.

"여긴, 우리 동서. 인사해, 다들."

해인이 친구도 아니고 동서를 데리고 왔다는 말에 룸 안의 여자들
은 동시에 당황했다. 몇몇은 티브이에도 자주 나오는 인물이라 낯이
익었다.

은수는 조용히 고개를 숙이고 인사를 건넸다. 여자들이 단체로 만
나는 모임에는 참여해 본 적이 없어서 어떻게 말을 건네야 할지 몰
랐다. 조용히 테이블 끝에 앉아 은수는 앞쪽에 놓인 거대한 과일 안
주를 바라봤다. 흡사 예술 작품처럼 과일들이 창의적으로 깎여 있었
다.

"누구?"

미림은 친한 웨이터 한 명이 건넨 말에 되물었다.

"왜, 최 대표님 형수님 있잖아요."

"이해인 말하는 거야?"

"네. 그 무리들이 왔더라고요. 방 하나 잡고 놀고 있어요. 아, 누님
이랑 옛날에 같은 기획사였던 윤수진인가, 그 여자도 끼여 있고요."

수진이 있다면 알은척을 하기에는 우습지 않았다. 미림은 자신의

룸으로 돌아가는 대신에 웨이터의 안내를 받아 해인의 룸으로 향했다.

"안녕하세요, 선배."

미림의 등장에 룸 안의 모든 눈이 문 앞으로 집중되었다.

"어, 미림이 아니니? 여긴…… 웬일이야?"

서로 인사를 주고받을 만큼 친한 사이도 아니었기에 수진은 미림에게 오히려 되물었다. 그럼에도 미림은 친근하게 수진의 옆으로 다가가 앉으며 애교를 떨었다. 선배가 여기에 있다는 말에 인사도 드릴 겸 들렀다는 말도 덧붙였다.

미니시리즈 한 작품이 대박 난 이후부터 콧대가 높아져 선배를 물로 알던 후배였다. 수진은 이건 또 무슨 꿍꿍이야, 생각하며 대충 인사치레를 받아 주었다.

미림은 어느새 무리와 어울리듯 들어와 술을 마시기 시작했다. 그 모습을 못마땅하게 지켜보던 해인이 옆자리의 친구에게 속삭였다.

"저년은 왜 기어들어 온 거야?"

"모르지. 요즘 기획사 알아보고 다닌다더니, 아부할 데가 필요한가 보지."

해인은 미림이 지환과 잠깐 만났던 사이라는 것을 알고 있었다. 그걸 이용해 드라마의 배역도 따냈었고, 더 이상 얻어 낼 게 없자 저절로 떨어져 나갔다는 사실도 알았다. 철새처럼 스폰서를 옮겨 다니는 걸로 유명한 미림이니, 특별히 나쁜 감정을 가지지도 않았었다.

"안녕하세요, 선배."

언제 다가왔는지 미림이 해인의 앞자리에서 인사를 건넸다.

"그래. 오랜만이네."

나이는 해인이 어렸지만 데뷔를 먼저 했기에 미림은 깍듯이 선배 호칭을 건넸다. 같이 활동을 한 적은 없었지만 그녀가 지환을 만나고 나서부터는 해인에게 알은척을 해 왔다. 시동생의 연인이라는 것을 어필하고 싶은 것이었다.

"최기주 이사님은 잘 계시죠?"

무슨 뜻으로 묻는지 알았다. 기주의 바람기는 이미 주변 사람들에게까지 소문이 나 있었다. 미림의 눈이 그런 남자를 왜 바보처럼 붙잡고 있냐고 묻는 것만 같아 해인은 참을 수 없었다. 또다시 마음이 불안해졌다. 무의식적으로 술잔을 잡으려는데 은수와 눈이 마주쳤다. 그녀는 괜찮다며 자리에서 일어났다.

"나, 화장실 좀……."

해인은 우선 이 자리를 벗어나야겠다고 생각했다. 그 외엔 아무것도 생각할 수 없었다.

미림은 해인의 옆에 있던 은수에게로 시선을 옮겼다. 못 보던 얼굴이었다. 외모가 나쁘지는 않았지만 연예인을 할 분위기는 아니었다.

"해인 선배 옆에 계신 분은…… 처음 보는데, 친구분이세요?"

은수는 무리에서 조용히 앉아 있다 시선을 받게 되자 긴장했다.

"해인이 동서래."

무리 중 누군가가 대신 소개를 했다.

은수를 바라보던 미림의 눈이 한순간 싸늘히 식었다. 이 여자란 말인가. 이렇게 바보같이 앉아 있는 여자가 최지환을 차지한 여자라고? 미림은 우습다는 듯 조소를 내비쳤다.

"아, 그럼 최 엔터 대표님 와이프 되시는 거네요?"

"아, 네."

은수는 작게 고개를 끄덕였다.

"어떻게 이런 인연이……. 제가 요즘 최 엔터 쪽이랑 계약을 조율하고 있거든요. 대표님 사모님을 이런 데서 만나게 되다니 너무 영광인데요."

은수는 조용히 미림을 바라다봤다. 몇 번 티브이에서 본 적이 있는 여배우였다. 요즘은 중국 쪽에서 더 인기가 있어 회당 출연료를 어마어마하게 받고 있다는 연예 뉴스 기사를 본 기억도 났다. 이런 여자와 일을 하게 될지도 모르는 지환이 조금 낯설게 느껴졌다.

"이것도 인연인데, 제 잔 한 잔 받으세요."

미림이 은수에게 양주잔을 건넸다. 은수가 놀란 듯 망설이자 그녀는 웃음으로 회유했다.

"술 못하셔도 한 잔 정도는 마셔 주셔야죠. 요즘은 내조가 얼마나 중요한 세상인데, 사모님 보고 제가 내일 당장 계약할 줄 누가 알아요?"

은수는 거절하지 못하고 양주를 받아 마셨다. 한 번도 마셔 본 적 없는 양주가 목에서부터 타는 듯 불을 일으켰다. 정신이 번쩍 들다가도 어느새 희미해지는 듯했다. 하지만 어쩐지 미림에게는 약한 모습을 보이고 싶지 않았다.

"뭐야? 우리 동서, 누가 이랬어?"

소파에 뻗어 있는 은수를 보고 해인이 소리쳤다.

"몰라. 좀 전부터 그러고 있네. 아, 미림이랑 대작하더니 그런가."

"뭐? 송미림 이년은 어디 갔어?"

미림은 어느새 사라지고 없었다. 해인이 씩씩대자 수진이 말을 덧붙였다.

"송미림이 어디 한 군데 진득하니 있는 거 봤어? 또 먹튀 하고 날랐지, 뭐."

해인은 참을 인을 새기며 우선은 은수를 일으켜 세웠다. 하지만 얼마나 마셨는지 은수는 정신을 차리지 못했다. 한눈에 봐도 술과 거리가 멀어 보이기는 했지만 이 정도로 쉽게 무너질 줄은 몰랐다.

엎친 데 덮친 격으로 은수의 주머니에선 벨소리가 울리고 있었다. 안 봐도 누구인지 알았다. 해인은 어쩔 수 없다 생각하고 은수의 전화를 대신 받았다.

"네, 서방님."

— 아, 형수⋯⋯님이랑 같이 있는 겁니까?

"뭐, 그렇게 됐어요. 내가 벌은 나중에 달게 받을 테니까 우선 이쪽으로 좀 와 줘요."

해인은 전화를 끊고 문자를 보내 위치를 알렸다.

은수는 일어나 앉히면 푸스스, 웃고는 또다시 소파에 누워 버렸다. 미칠 노릇이었다.

웨이터의 도움을 받아 간신히 문 앞까지 나오긴 했지만 그 이상은 힘들었다. 은수가 문 앞에 쪼그리고 앉아 일어날 생각을 하지 않고 있었다. 해인의 무리는 어느새 흩어졌고, 은수와 해인만이 주점 앞에 남았다.

그렇게 기다리기를 얼마 지나지 않아, 지환의 차가 주점 앞에 급정거하며 멈춰 섰다. 차에서 내린 지환은 지금의 상황이 믿기지 않는다는 듯한 눈빛으로 그들 앞에 다가왔다.

"이게…… 어떻게 된 일이에요?"

지환이 해인을 보자마자 눈에서 불을 쏘았다.

"말하자면 길어요. 우선, 동서 좀 일으켜 세워 봐요. 도대체가 움직이지를 않으려고 해요."

지환은 급하게 은수 곁으로 다가갔다. 술 냄새가 진동을 했다. 그리고 그녀의 화장과 옷차림에 놀라지 않을 수 없었다. 짧은 치마 아래로 은수의 가녀린 다리가 그대로 드러나 있었다. 지환은 한 번 더 해인에게 눈빛을 쏘았다. 해인은 무슨 의미인지 곧장 파악하고 두 손을 모아 비는 흉내를 냈다.

절대 변하지 않을 것 같았던 여자였다. 그래서 변하는 모습을 보고 싶어 일부러 자극하기도 했었다. 그런데 요즘은 자꾸만 변화무쌍한 모습을 보이는 은수가 오히려 불안할 지경이었다.

"은수 씨, 정신 좀 차려 봐요."

지환의 목소리가 들리자 은수가 고개를 들었다. 그러고는 또 푸스스, 웃었다. 잘 웃으니 그건 고맙다고 해야 하나. 지환은 깊은 한숨을 내쉬며 은수를 업기 위해 뒤로 돌아앉았다.

"형수, 좀 업혀 줘요."

해인은 급하게 지환을 도왔다. 은수는 순순히 지환에게 업혔다. 웨이터가 손을 댈 때는 기겁을 하고 거부하더니, 그래도 남편이라고 지환에게는 편하게 의지했다. 해인은 웃을 수밖에 없었다.

"계속 이런 일 있으면, 앞으로 두 사람 만나는 거 제한할 겁니다."

지환이 등 뒤에 서 있는 해인에게 경고하듯 말을 뱉었다.

"아, 서방님. 오늘은 사정이 있어서 그랬어요. 앞으로 이런 일 절대 없어요."

"그건 두고 봐야 알죠. ……갑니다."

지환은 싸늘하게 말하고 멀어져 갔다. 해인은 조금 억울한 마음이 들었지만 지환이 이해되기도 했다. 그러다 자신이 오늘 술을 한 모금도 먹지 않았다는 것을 깨달았다. 이걸 좋아해야 하나. 해인은 또다시 웃을 수밖에 없었다.

그런 해인의 모습까지 조용히 차 안에서 지켜보던 미림은 그제야 차를 출발시켰다.

최지환이 그 여자를 바라보는 눈빛에 가슴이 무너져 내렸다. 그녀가 그토록 가지고 싶었던 눈빛이었다. 스타가 된 삶에는 만족했지만 가지지 못한 단 하나가 그녀를 끝없는 나락으로 떨어트렸다. 인생은 그렇게 그녀에게만 잔인했다.

차에 타자마자 잠이 든 은수는 웃다가도 곧 울 것 같은 표정을 지었다. 꿈속에서 누구를 만난 것일까. 지환은 그것까지 걱정을 하며 은수를 다시 업어 집으로 들어왔다.

침대 위에 은수를 조심히 내려놓자 그제야 긴장했던 온몸에서 힘이 빠졌다. 술 취한 마누라를 업고 들어오는 남편이라니. 이 여자를 만나고 단 한 번도 상상해 본 적 없는 시나리오였다. 지환은 저절로 허탈한 웃음이 나왔다.

"……더워요."

은수가 이리저리 뒤척이며 칭얼거렸다. 지환은 어쩔 수 없이 은수를 일으켜 앉혔다. 정신이 들어왔다 나갔다 반복하던 은수는 조심스레 자신의 옷을 벗기는 지환을 바라보곤 조용히 웃었다.

"……간지러워요."

은수가 조금씩 몸을 비틀었다.

"몽땅 벗기기 전에 가만히 있어요."

지환이 경고하듯 말을 뱉었다. 그러자 은수는 곧 울 것 같은 표정을 지었다.

"아, 미안해요. 화난 거 아니에요. 그러니까…… 제발, 가만히 좀 있어요."

지환은 미칠 노릇이었다. 하루에도 열두 번 생각나는 여자의 옷을 벗기는 중이었다. 그러나 그 이상은 할 수가 없었다. 참을 수 있는 남자는 이 세상에 아무도 없을 것이란 소리였다.

"……미안해요. 그러니까…… 나한테 화내지 마요……."

은수의 조용한 말이 지환의 가슴을 울렸다.

혹시나 잘못한 것이 없을까, 늘 눈치를 보며 살아왔을 인생이었다. 누구에게 화 한 번 내 보지 못하고 감정을 죽이는 은수가 불쌍해 지환은 더 이상 참을 수가 없었다.

지환이 와락 끌어안자 은수는 또 언제 우울했냐는 듯 푸스스, 웃음을 터뜨렸다.

11. 너만 생각하면

속이 쓰라려 더 이상 잠들 수 없어 눈을 떴다. 은수는 침대에 누워 눈만 깜박였다. 그러다 벌떡 일어났다. 시계를 보니 오전 9시가 지나고 있었다. 지환은 이미 출근했을 것이다. 도대체 무슨 일이 있었던 걸까.

지난밤의 기억을 되짚으며 침대에서 내려오다 해인에게 빌려 입은 옷들이 고이 접혀 있는 것을 발견했다. 은수는 자신의 모습을 급하게 확인했다. 언제 입은 것인지 매일 입는 잠옷 차림이었다. 은수는 다행스러우면서도 뭔가 찜찜한 마음이 들었다.

모든 기억은 술자리에서 끊겨 버렸다. 집에는 어떻게 온 것일까. 해인이 데려다준 것일까.

여러 가지 가설을 세우며 거실로 나왔다. 주방으로 들어서자 테이블 위에 봉투 하나가 놓여 있었다.

술국은 못 끓여요.

속 아플 때 먹는 약이니 먹어 둬요.

그리고 오늘은 형수 만나지 마요.

나랑 놀아요.

지환의 메모에 은수는 자신도 모르게 웃었다.

— 나, 만나지 말라고 하지?

"아, 그게……."

은수가 제대로 대답을 못 하자 해인은 그럴 줄 알았다며 웃음을
흘렸다.

— 서방님, 이해는 해. 어제 눈빛이 나 죽일 것 같았거든. 안 죽인
게 어디야?

"어제요……?"

— 동서, 기억 안 나? 아, 완전 뻗었으니 기억 안 나겠지. 서방님이
동서 데리러 왔잖아. 아니면 꿈쩍도 안 하는 동서를 어떻게 데려가.
그래도 서방님이 말 걸고 업으니까 웃으면서 순순히 따라가더라. 남
편이라 이거지?

자신이 그랬다고? 은수는 놀라지 않을 수 없었다. 그렇다면 잠옷
으로 갈아입힌 사람도 지환이라는 소리였다. 부끄러움이 온몸을 휘
감는 것 같았다. 은수는 애꿎은 약봉지만 내려다봤다.

— 그래서, 오늘은 외출 금지령이야?

"……네. 속도 안 좋고, 쉬는 게 좋을 것 같아요."

— 그래. 신혼인데 내가 요즘 너무 눈치 없이 동서 데리고 놀았지? 서방님한테 화 풀라고 전해 줘. 그래도 동서 못 놓는다고도 일러 주고. 알았지?

은수는 조용히 웃으며, '네' 라고 대답했다.

해인과의 전화 통화를 마치고 집안일을 시작하기 위해 몸을 일으켰다. 그러자 그 모습을 보기라도 한 것처럼 지환에게서 문자가 들어왔다.

[청소하지 말고 쉬어요. 일찍 들어갈게요.]

은수는 알겠다고 조심해서 들어오라는 문자를 남겼다. 그의 말처럼 청소를 하루 정도는 쉬어도 되지 않을까 싶었다. 나 자신을 너무 가혹하게 밀어붙이진 말자는 생각이 들었다. 이제는 나를…… 조금은 사랑해도 되지 않을까 하는 마음이 생겼다.

□ □ □

"큰형님 입출국 기록을 알아보고 있어. 그 서류랑 무슨 상관이 있는 거 아닐까?"

윤석의 분석에 지환은 전혀 가능성이 없진 않다는 생각이 들었다. 형이 돌연 떠나 버리긴 했지만 회사를 포기한다는 그 어떤 서류도 남기지 않았다. 돌아오기만 한다면 최 회장의 마음은 큰형에게 쏠릴 것이 분명했다.

처음부터 회장의 자리는 큰형으로 정해져 있었다. 그것에는 어느 누구도 불만을 품지 못했다. 강 여사만이 그 자리에 자신의 아들을 앉히겠다는 집념을 떨쳐 버리지 못했을 뿐이다.

그 끝없는 욕심이 현실로 이뤄질 수 있다고 희망을 품게 만든 건 최 회장이었다. 할아버지는 지환에게 먼저 결혼을 제안했고 아들 손자를 낳으면 회장 자리를 넘겨줄 것 같은 기대를 가지게 만들었다. 하지만 그는 여전히 꿈쩍하지 않고 있었다. 기약 없이 떠난 큰형을 기다리는 걸까. 지환은 그 생각을 할 수밖에 없었다. 결국 또 한 번의 기대는 좌절과 함께 저 밑바닥으로 가라앉기 시작했다.

할아버지가 큰형에게 가지고 있는 집착은 미련 같은 것이었다. 한날한시에 부모를 떠나보낸 뒤 세상을 등지고 살아가는 손자가 가슴속에 한처럼 남았을 것이다. 그 마음을 이해하지 못하는 것은 아니지만 지환은 최 회장이 야속했다.

늘 세 번째로 눈길을 받았다. 최 회장에게서 그는 지환이 아니라 세 번째였다. 그래서 더 첫 번째가 되어야 한다고 강 여사는 주입시켰다. 끝내 그 자리를 차지하겠다는 욕망은 그가 좋다 싫다 할 수 있는 종류의 것이 아니었다. 그건 세 번째가 되어 보지 않으면 이해할 수 없는 것이었다.

"형 쪽은 따로 알아봤어?"

지환은 윤석이 내민 서류를 확인하며 물었다.

"대학 때 친구들 몇 명. 외국에 있는지도 모르는 사람이 많고, 알아도 연락 두절이래. 전화번호도 없앴는데 어떻게 연락을 하겠어. 그리고 여자면 모를까, 굳이 연락할 필요가 있을까?"

여자. 형에게 여자가 있었을 것이란 생각은 하지 못했다. 늘 조용하고 비밀스러운 사람이라 지환은 다가가지 못했다. 하지만 좋아하는 여자를 두고 긴 여행을 떠났다는 것은 말이 되지 않았다. 어쨌든 이 싸움의 키를 쥔 것은 큰형이 확실해 보였다.

"영감이 나서기 전에 먼저 형이랑 연락해서 담판 지어야 해. 좀 서둘러."

지환이 시계를 확인하며 자리에서 일어났다. 은수에게 약속한 시간이 다가오고 있었다. 마음이 급했다.

거리를 카레이서처럼 질주하고 달려왔더니, 은수는 조용히 잠들어 있었다. 허탈한 마음보다 이제는 편안해 보이는 모습에 안심이 되었다. 늘 잠들지 못하고 몸을 움직이는 은수가 안쓰러웠다. 무엇이 그녀를 이토록 불안하게 만드는 것일까. 그 원인을 그가 해결해 주고 싶은 마음이 자꾸만 들었다.

누군가를 변화시키고 싶은 마음은 어떤 의미일까. 관심일까. 집착일까. 아니면, 정말로…… 사랑일까. 지환은 곤히 잠든 은수가 너무도 예뻐 가만히 지켜볼 수가 없었다. 얼른 몸을 일으켰다.

술의 영향이 컸던 것인지 아니면 지환이 주고 간 약 때문인지 잠이 쏟아지듯 밀려왔다. 은수는 어느새 어두워진 밖을 확인하고 침실을 나왔다. 그러자 거실엔 거짓말처럼 지환이 앉아 있었다.

"이제 깼어요?"

"아…… 언제 왔어요? 깨우지 그랬어요?"

은수는 급하게 시계를 확인하고 주방으로 들어갔다.

"아픈 마누라 밥하게 만들려고 일찍 온 거 아니에요."

지환이 거실 티브이를 끄고 자리에서 일어났다.

"네?"

은수가 쌀을 씻으려다 지환을 돌아봤다.

"오늘은 나랑 놀기로 했잖아요. 나가서 맛있는 거 먹어요. 시간 되면, ……영화도 한 편 보고."

데이트를 하자는 소리였나. 은수는 그런 생각을 했다. 데이트라니. 어느새 지환을 남자로 느끼는 자신이 부끄러워 조용히 옷방으로 들어섰다.

술을 마셔서인지 얼굴은 거칠했고, 옷은 무엇을 입어야 할지 몰랐다. 그렇다고 마냥 그를 기다리게 할 수도 없는 노릇이었다. 서둘러 편한 원피스를 꺼내 입고 간단하게 립스틱만 발랐다. 옷방 거울 속에 비친 자신이 너무 못생겨 보여 은수는 속상했다. 그에게 예뻐 보이고 싶은 걸까. 누군가에게 잘 보이고 싶은 건 선배 이후로 처음이었다. 은수는 깊은숨을 내쉬었다.

선배가 아니면 그 누구도 상관없다는 다짐이 거짓말인 것처럼 자꾸만 지환을 생각하고 있었다. 이 감정이 무엇일까, 생각해 보기 겁날 정도였다. 선배가 이렇게 잊힐 수 있는 사람이라는 것도 혼란스러웠다. 잊었다고, 지웠다고, 마음속에서는 정의를 내렸지만 그것은 그녀를 버리고 간 미움 때문이었다.

언제나 꿈속에 등장한 사람은 선배였다. 은수는 혼란스러워하는 자신이 더 혼란스러웠다.

"형수가 별말 안 해요?"

차가 출발하자 지환은 은수가 에어컨 바람에 춥지 않도록 얇은 담요를 건네주었다. 은수는 고맙다며 웃어 보이고는 물음에 대답했다.

"화 풀래요. 어제는 미안하다고……."

이건 은수가 지환에게 하고 싶은 말이었다. 어제의 일에 대해서 무슨 말을 어떻게 꺼내야 할지 몰랐다. 술에 취한 부인을 집까지 업고 온 남편의 마음은 어떤 걸까. 은수는 자꾸 생각만 많아졌다.

"은수 씨랑 형수는 노는 물이 달라요. 형수가 나쁘다는 게 아니라, 괜히 잘못 물들면……."

"어제 일은 형님 잘못 아니에요. 제가 따라간다고 했어요. 술도 형님 없을 때 제가 마신 거고요."

갑자기 해인의 편에 서서 그녀를 두둔하자 지환은 이상한 질투심이 들었다. 남자가 아니라 여자에게 질투를 느끼다니. 심각한 병이 아닐 수 없었다.

"형수한테 뭔가 있나 봐요."

"네?"

무슨 소린가 싶어 은수가 되물었다.

"나보다 형수를 더 좋아하는 거 같아 보여서요."

이 말은 나를 좋아해 달라는 뜻이기도 했다. 은수는 한순간 벙어리가 되었다. 지환은 더 이상 말을 잇지 않고 운전에만 집중했다. 은수는 자신의 얼굴이 발개지진 않았을까 그 걱정이 앞섰다.

은수가 고른 메뉴로 저녁 식사를 하고 영화관에 도착했다. 평일 저녁이라 따로 예매를 하지 않았음에도 좋은 자리에 앉을 수 있었다.

은수는 지환과 영화관에 나란히 앉은 자신이 어색해 자꾸만 주변을 두리번거렸다. 그러다 지환과 눈이 마주쳤다.

"손잡을까요?"

"네? 아, 아뇨."

"불안하게 그러면 나도 어쩔 수 없어요."

은수는 알겠다며 자세를 바로 했다. 손잡는 게 싫은 건가, 지환은 또 그렇게 멍청하고 웃긴 생각을 했다.

곧 영화가 시작되고 불이 꺼졌다. 시간이 맞는 영화가 몇 없어 그들이 고른 것은 잔인한 전쟁 영화였다. 은수는 사람들이 죽어 나가는 모습에서 몸이 움츠러들고 저절로 눈이 감겼다. 별나다는 소리를 들을까 봐 괜찮은 척 참아 보려 했지만 쉽지가 않았다.

"힘들면 나가요."

지환이 은수에게 속삭였다.

은수는 괜찮다고 말하려 했지만 지환은 대답도 듣지 않은 채 은수의 손을 붙잡고 상영관을 빠져나왔다.

은수는 미안했다. 그와 처음으로 보는 영화인데 자신이 망친 것만 같았다.

"미안해요……."

"뭐가요?"

주차장으로 내려가는 엘리베이터를 잡으며 지환이 되물었다.

"나 때문에 영화 제대로 못 봤잖아요."

지환은 웃어 버렸다.

"그럴 수도 있죠. 사람인데 싫은 것도 있고, 안 맞는 것도 있는 거죠. 힘들고 싫으면 나한테 짜증 내고 화내도 돼요. 그러라고 남편이 있는 거 아니에요?"

은수는 상상이 가지 않았다. 자신이 화를 내는 건. 그래도 지환이 이렇게 말해 주니 마음은 편했다. 참아 내고 받아 내는 것에 인이 박였지만 그렇게 사는 것이 쉬울 리 없었다.

"지환 씨도 화내요, 나한테."

지환은 어젯밤 생각이 나 웃을 수밖에 없었다. 화를 냈다가는 곧 울어 버릴 것 같은 여자 앞에서 아무것도 할 수가 없었다.

"그건 생각 좀 해 봐야겠네요."

"네?"

은수는 영문을 몰라 물었다. 지환은 대답 없이 웃었다.

엘리베이터가 지하에 도착하고 문이 열리자 반가운 얼굴이 두 사람 앞에 나타났다.

"언니!"

은솔이 은수를 알아보고 소리쳤다.

"은솔아."

은수도 오랜만에 보는 동생이 반가웠다. 친구들과 영화를 보러 온 것인지 그녀의 옆에는 예쁜 화장을 한 젊은 아가씨들이 모여 있었다.

"뭐야? 바쁘다더니 형부랑 영화 보러 온 거야?"

은솔은 아직 낯선 지환에게 눈인사를 건넸다. 지환도 조용히 알은 척을 했다.

"아, 그게…… 어쩌다 보니. 너한테 연락 못 한 건 미안해."

무슨 소리인가 싶어 지환이 은수를 내려다보자 그녀가 뒤늦게 설명을 했다.

"솔이가 형부랑 밥 먹자고, 시간 약속 잡아 보자고 했거든요. 내가…… 깜박했어요."

지환은 무슨 소리인지 금방 이해했다. 윤 박사를 만나고 왔을 때 그가 지나가는 말로 내놓은 약속이었다.

"아, 처제. 내가 미안해. 그동안 일이 많아서……. 이번 주말에 시간 되면 같이 점심 먹어. 내가 좋은 곳 예약해 놓을게."

"아, 진짜요? 전 당연히 콜이죠! 언니, 그럼 연락해. 나 영화 시간 다 돼서 가 봐야 할 것 같아."

"그래. 연락할게. 재미있게 봐."

은솔이 지환에게 깍듯이 인사를 건네고 은수에게 아쉬운 듯 손을 흔들었다. 무리와 함께 엘리베이터에 오른 은솔이 뒤돌아선 은수에게 소리쳤다.

"아, 언니! 집에 언니한테 택배 온 거 있어."

은수는 은솔을 향해 다시 돌아섰다. 지환은 먼저 차를 빼 놓겠다며 앞서 걸어가고 있었다.

"외국에서 온 거던데, 이름이……."

"야, 윤은솔. 우리 늦어."

친구가 닦달하자 은솔은 전화하겠다는 손짓을 했다. 엘리베이터 문이 닫히고 은솔은 곧 사라졌다. 하지만 은수는 그대로 멈춰 서 움직이지 못했다.

12. 빨리 와요

평소와 다르지 않게 지환이 출근한 후 집 안 청소를 마친 은수는 친정으로 건너왔다. 갑작스러운 은수의 등장에 희숙이 놀라긴 했지만 은수는 가져갈 물건을 챙겨 금방 돌아갈 것이라 안심시켰다.

마음의 거리가 가깝지 않았던 사이는 몸이 멀어지자 더욱 어색해졌다. 은수는 희숙을 보자 다시금 이 집에서의 생활이 떠올랐다. 항상 새어머니의 눈치를 봐야 했고, 조용하고 착한 첫째 딸이 되어야 했다. 오직 방 한 칸. 은수의 공간만이 제대로 숨 쉴 수 있는 곳이었다.

그곳에 들어서자 그제야 깊은 한숨이 흘러나왔다. 오랜만에 들어선 방 안은 변한 게 없었다. 희숙은 절대 이 공간에 들어오지 않는다는 것을 알았다. 은솔만이 한 번씩 찾아와 은수를 그리워했을 것이다. 어쨌든 상관은 없었다. 이제는 이 집에서 눈치 보지 않아도 된다는 것만으로도 그녀는 만족했다.

은솔이 두고 간 택배가 책상 위에 포장된 그대로 놓여 있었다. 일부러 은솔이 없는 시간에 찾아온 데에는 이유가 있었다. 혹시나 이 택배의 주인이 누구인지, 택배로 보낸 물건이 무엇인지 꼬치꼬치 묻기라도 한다면 그녀는 대답하지 않을 자신이 없었다.

택배 상자는 외국에서 비행기를 타고 왔다는 것을 보여 주듯 여기저기 통관 마크들이 찍혀 있었다. 은수는 조용히 포장을 뜯었다. 선배가 보낸 물건은 조그만 상자였다. 상자의 입구를 열자 낡은 수첩이 여러 권 들어 있는 게 보였다.

선배가 쓴 습작품이라는 것을 직감으로 알았다. 두 사람은 대학 문예 창작 동아리에서 만났다. 조용한 국어교육학과 신입생과 경영학과 킹카 회장의 연애는 아무도 상상하지 못했다. 선배는 시를 썼고, 은수는 소설을 지었다. 수업이 빌 때나 학교를 마치면 늘 선배를 만나 서로의 글에 대해 이야기를 나누고 작품을 고쳐 나갔다.

은수는 선배의 시가 좋았다. 그녀가 쏟아 내지 못한 마음의 아픔을 선배는 유려한 시들로 위로해 주었다. 그러다 선배라는 사람까지 마음에 품게 되었다.

선배가 보낸 수첩은 열어 보지 않았다. 이제는 이어 갈 수 없는 마음이었다. 선배에게도 그녀의 결혼을 알려야 했다. 단 한 번도 선배가 보낸 메일에 답장하지 않았지만 선배는 은수의 마음을 의심하지 않았을 것이다. 그건 그녀도 마찬가지였다. 누구와 결혼한다고 해서 달라질 것이라 생각하지 않았다.

은수는 지환을 떠올렸다. 그의 눈, 웃음, 아픔, 상처, 그리고 그녀를 움직이게 만드는 마음들.

그 감정이 무엇이든 은수는 이제 더 이상 선배를 생각하지 말아야 한다고 느꼈다.

침대 밑에서 상자 하나를 꺼냈다. 선배와 나눈 편지, 선물, 사진들이 보물처럼 보관되어 있었다. 그곳에 선배가 보내온 수첩을 고민없이 담았다. 그러다 은수는 수첩 사이에 끼어 있는 봉투 하나를 발견했다. 등으로 서늘한 기운이 흘렀다. 선배가 수첩과 함께 보내온 것은 은수를 위한 비행기 표였다.

口　口　口

"중국 출장?"

민철이 내민 계약서에 지환은 얼굴을 찌푸렸다.

"설마, 신혼이라 가기 싫다는 건 아니지?"

민철은 일부러 더 지환을 놀렸다. 이미 회사 안에는 지환이 결혼생활에 흠뻑 빠졌다는 소문이 자자하게 나기 시작했다. 그렇게 여자를 바꿔 만나더니 이제야 정착을 한 것이냐며 그를 변화시킨 와이프에 대한 궁금증과 존경심이 나날이 치솟고 있었다.

지환의 가장 최측근인 민철도 그의 변화가 낯설었다. 대학 1학년 때 학기 내내 수업은 들어가지 않고 동아리실에서 잠만 자던 녀석을 끌고 나와 무작정 기차에 오른 것이 그의 인생에서 가장 후회되는 일이 될 줄은 몰랐다.

꼴에 선배 노릇을 한답시고 세상에 대한 불만이 있으면 네 실력부터 제대로 갖추고 덤벼야 한다며 지금 들어도 손발이 오그라드는 충고를 내뱉던 그때, 지환은 딱 한 문장을 건넸다.

'덤벼서 이기면 뭐가 남아요?'

민철은 대답하지 못했다. 그도 세상을 향해 제대로 덤빈 적 없는 스물 초반이었고, 그보다 어린 지환이 왜 시작도 하기 전에 놓을 생각부터 하는지 알지 못했기 때문이었다.

어느샌가 친해져 같이 먹고 자고 의욕만 앞선 설익은 사업에 대해 이야기를 나누는 사이가 되고부터는 더 물을 수가 없었다. 네가 재벌 3세인 줄은 알겠는데, 이 이유 없는 반항이 진짜 이유가 없는 거 아니냐고. 돈도 많은 애가 무슨 반항이냐고. 그저 다 가졌으니 모든 게 시시한 것 아니냐고.

하지만 지금은 그 이유를 알았다. 그래서 네 자신을 버리지 말고, 사랑하라고 말하고 싶었는데, 이미 그 사랑을 시작한 것 같아 민철은 뿌듯한 마음이 들었다. 어쩐지 그의 짐을 하나 던 것 같기도 했다.

"형이 갈 수 있으면 가요. 일부러 나 보내지 말고."

"대표님이 안 가면 누가 가?"

민철이 싱긋 웃었다.

"이럴 때만 대표지. 나, 회장 자리 앉으면 이거 다른 사람한테 팔 거야."

지환의 엄포에 민철이 잠깐 움찔했다.

"그런 협박이 하고 싶지?"

지환은 너무했나 싶어 잠깐 웃어 보였다.

어쨌든 예상치 못한 출장은 탐탁지 않았다. 그 여자를 일주일이나 보지 못한다니. 그건 이제 상상도 할 수 없는 일이었다. 부부란 이런 건가 싶기도 했다. 어느새 스며들어 하나가 되어 가는 기분이었다.

그녀도 그와 같은 생각을 할까. 지환은 궁금하지 않을 수 없었다.

□ □ □

"동서? 이봐요, 동서 씨?"

해인의 손짓에 그제야 정신이 돌아온 은수였다.

"무슨 생각을 그렇게 해? 오늘 요리 수업도 집중 못 하던데. 서방님한테 무슨 일 있어?"

은수는 아니라며 고개를 젓고 일부러 웃어 보였다. 감정을 저 끝으로 밀어내야 했다. 포커페이스를 유지해야만 한다. 누구에게도 들켜선 안 되는 것이었다.

"그래서…… 지아는 언어치료를 하는 거예요?"

은수가 화제를 돌렸다.

"응……. 말 안 하고 그림만 그리니까……. 그 사람은 다 내 탓이래."

해인이 슬프게 웃었다.

"자책하지 마세요. 누구 탓이 어디 있어요?"

"근데 솔직히 그 말이 맞단 생각이 들어. 뭘 알지도 못하는데 덜컥 아기를 낳아서……. 책임감도 없이 내 생각만 했지. 나 하나도 감당하기 힘든데 애까지 낳았으니, 지아가 제대로 못 큰 것도 당연한 거야."

해인은 누구에게도 말하지 못한 죄책감을 처음으로 은수에게 꺼내 보였다. 그러자 조금은 마음이 편안해지는 기분이었다.

"치료하면 좋아질 거예요. 지금도 저한테는 자꾸 말하려고 노력해요. 천천히 마음 열면 돼요. 이 세상에 안 되는 게 어디 있어요?"

또 선생님 같은 소리 한다고 핀잔을 주지는 않았다. 해인은 그저 은수를 바라보며 웃었다. 은수를 만나지 못했다면 어땠을까. 아직도 그녀는 남몰래 술을 마시며 지아가 어떤 상태인지 관심 가지지 못했을 것이다. 은수는 힘내라며 해인의 손을 꼭 붙잡았다.

"동서는 아기 낳으면 잘 키울 거야."

해인이 말하자 은수는 아니라며 고개를 흔들었다.

"저도 똑같아요. 누굴 키울 만큼…… 마음이 건강하지 못해요."

해인은 은수의 말을 이해할 수 없었지만 더 묻지 않았다. 누구에게나 비밀은 있었고, 그것을 감당해 내는 법은 달랐다.

ㅁ　ㅁ　ㅁ

"출장이요?"

은수가 설거지를 하다 돌아서 물었다.

식사를 마쳤는데도 지환은 주방을 떠나지 않았다. 물 한 잔을 가져와 식탁에 앉아서는 은수에게 이런저런 얘기를 꺼냈다.

"중국 쪽이랑 계약할 게 있어서요. 일주일 정도 걸릴 거예요."

"아, 네."

은수는 아무렇지 않은 듯 고개를 끄덕이고 설거지를 이어 갔다.

지환은 서운한 기색이 없는 은수가 야속했다. 자신은 이리도 떨어져 있기가 싫은데 은수는 아무 감정이 없는 듯 보여 허무해지기도 했다. 짝사랑이 확실한 것이었다.

"혼자 있기 그러면 형수 불러서 같이 있어요. 형한테는 내가 미리 말해 놓을게요."

"아니에요. 일주일 정도는 혼자 있을 수 있어요."

은수는 그를 안심시키듯 대답하고 앞치마를 정리한 뒤 잠깐 눈을 맞추고는 옷방으로 사라졌다. 지환은 쓸쓸히 식탁 의자에 앉아 있었다.

잠옷을 갈아입은 은수는 그대로 옷방에 주저앉았다. 무슨 생각일까. 무슨 마음일까. 지환을 보자 은수는 더욱더 죄책감에 휩싸였다.

그토록 바라던 비행기 표였다. 선배가 함께 떠나자고 말해 주길 원했다. 혼자서는 너무 외롭다고 말하고 싶었다. 하지만 그러질 못했다. 선배가 떠난 뒤 기다리고 또 기다렸다. 그녀를 데려가길……. 이 지옥 같은 새장에서 구해 주길 바랐었다. 그런 선배가 이제 와 손을 내밀었다. 함께 있자고.

은수는 서늘해진 마음을 느끼며 카디건 하나를 더 꺼내 입었다.

□　□　□

꼼꼼하게 출장 가방을 싼 은수는 지환에게 사서 쓸 물건들 몇 가지를 찬찬히 일러 주었다. 그런 뒤 현관 앞까지 따라 나와 웃는 얼굴로 그를 배웅했다.

지환은 다녀오겠다는 말을 남기고 떠났다. 눈치가 빠른 사람이니 은수에게 무슨 일이 있다는 사실을 알아챘을 것이다. 은수는 그가 없는 동안 빨리 마음을 정리해야 한다고 생각했다.

간단한 청소를 마치고 식탁에 앉아 노트북을 열었다. 메일함에는 확인하지 않은 선배의 메일 한 통이 들어와 있었다. 아마 표를 보냈다는 내용일 것이다.

은수는 어느 순간부터 선배의 메일이 중요하지 않았다. 이렇게 확인하고 나면 그만이었다. 며칠은 마음이 무거웠지만 시간이 흐르면 또 아무렇지 않게 일상으로 돌아갔다. 은수에게 선배는 현실이 아니었다. 꿈처럼 앓고 나면 사라지는 사람이었다. 그 사람이 현실이 된다는 건 이제 상상할 수가 없었다.

선배, 라고 첫말을 쓰다 지워 버렸다. 잘 지내죠, 라고 안부를 묻다가 또다시 지웠다. 이제는 연락하지 않았으면 좋겠다는 본론만 건조하게 쓰다 손을 멈췄다. 왜 이 사람은 그녀에게 이렇게 아픈 사람이 되었을까.

은수는 모든 게 그녀의 잘못이라고 생각했다. 이렇게 지워질 마음이라면 차라리 시작을 하지 않는 편이 나았다. 그녀는 또다시 자신을 동굴 속으로 집어넣고 있었다.

나, 결혼했어요.

은수는 짤막하게 답장을 쓰고 노트북을 닫았다.

□ □ □

불면증이 도졌다. 멍하니 거실에 앉아 있다 해가 뜬 것을 확인하고 침실로 들어갔다. 커튼을 닫고 잠을 청해 보지만 정신이 더 맑아지는 기분이었다.

청소는 더 이상 하고 싶지 않았다. 지환의 부재는 은수에게 의무감마저 사라지게 만들었다. 해인에게서 걸려 온 전화를 받을 때에만 다른 사람처럼 웃었다. 그녀는 또다시 외로워졌다.

이렇게 사람이 길들여지나 싶기도 했다. 그의 빈자리는 너무나도 컸다. 밥을 하면 익숙하게 두 그릇을 폈고, 퇴근 시간이 되면 저절로 현관문을 바라보게 되었다. 당장이라도 그가 '은수 씨' 하며 등장할 것 같아 마음이 서걱거렸다.

은수는 어느 순간부터 전화기만 바라보고 있었다. 지환은 아침에 한 번, 잠들기 전 한 번, 하루에 두 번 정도 전화를 했다. 간단한 안부를 묻는 게 다였다. 중국은 한국처럼 덥고, 음식이 입에 맞지 않아 챙겨 준 고추장이 유용하다는 칭찬. 그녀가 해 준 김치찌개가 먹고 싶다는 얘기. 모두 다 소소한 것들이었지만 은수는 지환의 목소리가 아쉽고 기다려졌다.

아침 9시. 그에게서 전화가 걸려 올 시간이었다. 은수는 침대에서 일어나 핸드폰을 내려다봤다. 혹시나 일에 방해가 될까 먼저 전화를 걸지도 못했다. 전화를 걸어서 무엇을 물어야 할지도 몰랐다. 다른 사람들에겐 쉬운 일들이 그녀에게는 너무도 어려웠다.

전화기가 울리자 은수는 긴장을 했다. 그러나 발신인을 확인하자 그대로 긴장이 풀렸다. 해인이었다.

─ 동서, 일어났지?

"네, 형님."

─ 그래, 동서는 나완 다르게 아침형 인간이니까 일어났겠지. 오늘 요리 수업 뭐 만든다고 했지? 일정표 종이를 잃어버렸어. 가기 전에 미리 공부 좀 하고 가게.

은수는 해인의 말에 가방을 뒤져 일정표를 꺼냈다. 요즘은 은수보다 해인이 더 요리 수업에 적극적이었다. 가끔은 해인의 요리가 더 맛있을 때도 있었다. 역시 노력하니 안 되는 것이 없네, 하면서 해인이 자신감을 가지며 웃는 모습에 은수는 보람을 느꼈다.

"오늘은…… 갈비찜이랑 냉채네요."

─ 그래, 고마워. 근데, 동서…….

"네?"

─ 서방님 없으니까 너무 힘없는 거 아니야?

해인의 지적에 할 말이 없었다. 맞는 말이기도 했다.

"……아니에요. 그냥……, 더위 타서 힘이 좀 없어요."

─ 내가 서방님한테 전화해서 빨리 돌아오라고 할까?

해인의 농담에 은수는 그저 웃었다.

─ 왜 대답이 없어? 진짜 내가 할 수 있다니까?

"……며칠 안 남았어요."

은수는 애써 담담한 목소리로 대답했다.

─ 아님, 동서가 전화해서 빨리 오라고 졸라 봐. 사장인데 스케줄

조정하면 될 것 아니야.

은수는 그것이 불가능하다, 라는 걸 그녀 자신이 더 잘 알았다. 그러는 사이, 통화 중 대기로 지환에게서 전화가 들어왔다. 은수는 가슴이 뛰고 마음이 급해졌다.

"아, 형님. 아침 먹으려던 중이라서요. 먹고 연락할게요."

— 어, 그래. 알았어. 수업 때 보자.

해인과의 전화가 끊어지고 은수는 얼른 통화 버튼을 눌렀다.

"네, 저예요……."

— 바빠요? 안 받기에 끊으려던 참이었어요.

무슨 말을 해야 할까. 마음이 급해지자 은수는 말이 잘 나오지 않았다.

— 뭐 하고 있는 중이면, 나중에…….

"아니에요. 아무것도 안 해요. 그냥 있어요……."

은수는 애꿎은 침대보만 자꾸 구겨 댔다. 지환이 무슨 말이든 해 주었으면 했다.

— 한국은 어때요? 아직도 더워요? 여기는 소나기가 엄청나네요. 중국이라 그런가. 비 오는 스케일도 대륙다워요.

지환의 농담에 은수는 소리 없이 웃었다.

"……."

— …….

두 사람의 숨소리가 짙어질 즈음 지환이 또 다른 말을 꺼냈다.

— 나 없으니까 편하죠? 꼬박꼬박 밥 차릴 필요도 없고. 일찍 일어날 필요도 없고……. 그 휴가도 얼마 안 남았어요. 난 한국 갈 날

만…….

"……빨리 와요."

은수의 입에서 예상치 못한 말이 튀어나왔다.

— 네……?

지환이 되물었을 때는 아무 말도 할 수가 없었다.

— 뭐랬어요, 지금?

가슴이 뛰어 대답할 수가 없었다.

13. 이제는 그러고 싶었다

지환이 출장에서 돌아오는 날이었다. 은수는 거실 바닥과 안방을 좀 더 깨끗하게 쓸고 닦았다. 입맛을 잃었을 그를 위해 좋아하는 음식들로 충분히 장을 봐 두었다. 쓸쓸했던 공간이 그의 온기로 따뜻해질 것이라 생각하자 은수는 저절로 몸과 마음이 바빴다.

지금 그녀의 직업은 지환의 아내였다. 그 역할만 충분히 수행하면 흔들릴 일은 없었다. 이렇게 또 흘러가면 되는 것이었다. 그러면 선배에게선 더 이상 메일이 오지 않을 것이고, 그의 소식은 먼 훗날 추억처럼 어느 누군가에게 듣고 잊히게 될 것이다.

은수는 마음을 다잡으며 걸레질에 온 힘을 쏟았다. 그러다 식탁 위에 올려 둔 핸드폰에서 벨소리가 울리자 급하게 그 앞으로 달려갔다. 혹시나 지환일까 싶어 내려다봤지만 다른 이였다.

"네, 어머님."

— 그래, 새아가.

한동안 뜸했던 강 여사의 호출에 은수는 저절로 몸이 긴장되었다.

— 오늘 최 대표 돌아오는 날이지?

"네. 오후 5시 비행기라고 했어요."

— 그럼, 지금 본가로 넘어오련? 웬일로 할아버님께서 가족 식사를 하자고 하시네. 최 대표는 공항에서 바로 넘어오라고 연락할 테니까 넌 나랑 미리 음식 준비 좀 하자.

"네, 어머님."

은수는 지환을 위해 채워 놓은 냉장고를 한 번 바라보고는 미련 없이 대답했다. 그의 아내라는 직업에는 며느리의 역할도 포함되어 있었다. 그 모든 걸 수행해야만 이 자리를 지킬 수 있는 것이었다.

빵빵!

은수는 집 앞을 나서다 세찬 클랙슨 소리에 고개를 돌렸다. 빨간 외제차 한 대가 그녀의 앞에 세워졌다. 창문이 열리고 반가운 사람이 고개를 내밀었다.

"형님?"

"타, 동서. 일부러 동서 태워 가려고 우리 어머님한테 거짓말까지 했어."

은수는 뒷좌석에서 그림책을 보다 잠든 지아를 확인하고 얼른 조수석 문을 열었다.

"이 차는 뭐예요?"

평소 해인이 타던 차가 아니라서 은수는 차에 오르자마자 의아한 눈으로 물었다.

"이것도 내 차야."

해인은 유려한 운전 솜씨로 집 앞을 빠져나갔다. 다소 거친 면이 없지 않아 은수는 조심히 창문 쪽 손잡이를 잡았다. 해인은 그 모습에 또 웃음을 터뜨릴 수밖에 없었다.

"이래 봬도 무사고야. 걱정 마. 지아 태우고 내가 설마 카레이싱을 하겠어?"

은수도 그 말에는 동의했지만 마음이 불안한 것은 어쩔 수가 없었다. 그러고 보면 옆 사람을 편안하게 해 주던 지환이 운전을 아주 잘하는 편이라는 것을 비교 대상을 만나고 나서야 깨달았다. 은수는 또다시 그를 생각하고 있는 자신을 다잡으려 해인에게 물었다.

"왜 갑자기 차를 바꾸셨어요?"

"원래 있던 거야. 내 명의로 한 다섯 대는 있을걸."

"아, 네."

은수는 이제야 해인이 재벌 집 며느리 같다는 생각이 들었다. 그녀와 노는 물이 다르다는 지환의 말이 이해되기도 했다.

"그 사람이 바람피운 거 들킬 때마다 사 줬어."

해인은 담담히 말했다. 노는 물은 달라도 아픔을 느끼는 것은 모두가 똑같았다.

"처음엔 차 사 주니까 기분이 풀리더라. 나도 참 단순한 년, 아니 여자지."

뒤쪽의 지아를 의식하고는 해인이 얼른 말을 고쳐 내놓았다. 은수는 해인이 노력하는 모습이 예뻐 보였다.

"근데 이제는…… 아무 감정이 없어. 차 바꿔 준다고 하면 또 다른 여자가 생겼구나, 그 생각뿐이야. 차가 늘어날수록 내 사리는 더욱 쌓인다는 얘기니까. 그래서 친구들한테 차 많다고 자랑하지도 못해. 내가 내 자신한테 쪽팔려서. 나 참, 웃기지?"

해인이 어느 순간부터 은수에게 마음속 이야기를 모두 꺼내 놓는다는 것을 알았다. 은수는 그런 해인이 고마우면서도 한편으로는 부러웠다. 누군가에게 나의 이야기를 한다는 것은 그만큼 그 사람을 믿는다는 뜻이었다.

은수는 그 누구도 믿지 못했다. 그녀를 따르는 동생 은솔에게도 은수는 좋은 언니로만 보이기 위해 자신을 감췄다.

선배에게는 어땠을까. 선배가 알고 있는 그녀가 정말로 그녀일까, 은수는 문득 그런 생각이 들었다.

"이 차는 그중에서도 제일 좋은 거. 본가 갈 때만 타는 차라고 해야 하나. 어머님이 이런 거라도 이기고 싶으신지 가장 좋은 거 타고 가래. 우리 어머니도 참 불쌍하지?"

재벌이라고 모두 행복하지 않다는 것을 알았다. 하지만 그 누구보다 불행할 수 있다는 생각은 하지 못했다.

이 집안에서 행복한 사람이 있을까. 며느리를 셋이나 두고 손자들을 경쟁시키는 지환의 할아버지는 과연 행복할까, 그런 물음을 가져 보기도 했다. 그녀는 점점 그의 주변이 알고 싶어졌다.

"어떻게…… 두 사람이 같이 와?"

해인의 시어머니 우 여사가 현관 앞의 세 사람을 보고 의아한 눈으로 물었다.

"집 앞에서 만났어요. 제가 벨 누르고 있는데, 동서가 택시에서 내리더라고요."

눈 하나 깜짝하지 않고 거짓말을 건네는 해인을 보고 은수는 그저 입을 닫고 웃었다. 두 사람이 친하게 지내는 것을 굳이 내색할 필요는 없었다. 항상 관계를 계산하는 시어머니 강 여사에게도 좋은 소리를 듣지 못할 것이라는 걸 알았다.

은수는 조용히 주방으로 들어가 강 여사에게 자신의 도착을 알렸다. 그리고 원래 그 자리에 있었던 사람처럼 익숙하게 앞치마를 찾아 두르고는 식사 준비를 거들었다. 해인이 그런 은수를 생경한 눈으로 바라봤다.

"아니, 얘가 왜 여기서 이러는 거야. 지아야!"

갑작스러운 소란에 주방에 있던 해인과 은수, 강 여사는 거실 쪽을 바라봤다. 나물을 다듬고 있던 해인이 얼른 손을 닦고선 거실로 뛰어나갔다.

"무슨 일이에요, 어머님?"

부엌일은 맞지 않는다는 핑계를 대며 집 안을 배회하던 우 여사가 거실 바닥에 앉아 그림을 그리고 있는 지아를 보고는 놀라서 잔소리를 하고 있었다.

"아니, 얘가 여기서 이러고 있다. 할아버지 아시면 어떡하려고. 바닥에 크레파스 묻기라도 해 봐. 내가 오늘 또 무슨 소리를 들으라고."

"지아야, 어서 일어나. 엄마랑 2층 가서 색칠하자."

164

해인이 얼른 지아에게로 다가가 일으켜 세우려 했지만 지아는 고집을 부리며 그 자리에서 움직이지 않으려고 했다.

"얘가 오늘따라 왜 이래? 그림은 또 왜 그린다고 난리야. 크레파스는 네가 챙겨 오게 했니?"

불똥이 해인에게로 튀었다. 우 여사는 지아에게 받은 짜증을 해인에게 풀기 시작했다.

"너는 애를 어떻게 가르치기에 여기까지 와서 지 고집대로 하도록 놔두는 거니? 매일 집에서 애 보는 것 말고는……."

"으앙앙앙……."

우 여사의 잔소리가 길어질 즈음 지아는 무서움을 참지 못하고 울음을 터뜨렸다. 은수가 도저히 지켜보고만 있을 수 없어 거실 쪽으로 나서려는데, 강 여사가 그런 그녀의 걸음을 막았다.

"네가 낄 일이 아니야. ……가만히 있어."

짧게 말을 던지고는 강 여사는 자리에서 일어나 거실로 나섰다. 표정을 바꾸고 우 여사의 옆에 다가가 기분을 맞춰 주었다. 그러는 사이 해인과 지아는 2층으로 사라졌고, 집 안은 아무 일도 없었던 것처럼 조용해졌다. 은수는 해인과 지아가 걱정되었지만 그 자리에서 움직일 수가 없었다.

"이러니, 막내 사모님한테 둘째 사모님이 안 되는 것이제. 저 여우 같은 분을 누가 당해. 맞지요, 막내며느님?"

조용히 부엌일을 하던 입주도우미 아주머니가 은수의 곁으로 와 속삭였다. 나이는 강 여사보다 어려 보였지만 말투나 행동에선 연륜이 느껴졌다.

"아들 하나 회장 자리에 앉혀 보겠다고 다 늙은 영감 수발에, 눈칫밥이 몇 년이여……. 저 양반 정도 되니까 하제, 이건 아무나 못 하는 것이여. 얼매나 독하냐믄은……."

아주머니는 누구라도 들을까 더욱더 작은 목소리로 은수에게 속삭였다.

"이 집 큰 사모님 돌아가시고…… 큰 도련님 훌쩍 사라지고부터는 여기에 사진 하나 없이 싹 다 치워 버렸당께. 원래 없던 사람 맹키로 싹 다 없애 버렸어야."

그만큼 욕심도 있고 집착이 있는 사람이라는 걸 은수도 모르지는 않았다. 그 밑에서 자라 온 지환이 그래서 더 마음이 쓰였다. 자식은 부모를 선택할 수 없지만 부모의 운명은 자식의 운명이 되기도 했다. 그것은 노력으로 바꿀 수 있는 것이 아니었다. 은수 역시 마찬가지였다.

"아이고…… 이래 막내 서방님까지 결혼하고 잘 사는 거 보니께, 내 맴이 안 좋아야……. 울 큰 도련님 불쌍해서 어쩌누. 말이 나와서 하는디, 이 집에서 제일 아픈 손은……."

"아줌마!"

언제 돌아온 건지 강 여사가 아주머니를 보고 낮게 경고했다. 허튼소리 하지 말라는 눈빛이었다. 아주머니는 그대로 목소리를 죽이고 하던 일로 돌아갔다.

은수는 강 여사와 잠깐 눈이 마주쳤지만 아무 말도 건네지 않았다. 그녀가 푼수처럼 입을 놀릴 사람이 아니란 걸 시어머니도 알았다. 어떤 말들은 듣고도 듣지 않은 척해야 한다는 것을 그 누구보다 가장 잘 알고 있었다.

"먹자."

저녁이 차려지고 최 회장이 수저를 들었다.

모두 그를 뒤따라 식사를 시작했다. 최 회장을 중심으로 강 여사와 우 여사가 양쪽으로 자리를 잡고 앉았고, 그 옆으로 그들의 식솔들이 순서대로 자리를 채웠다.

은수는 해인과 마주 보고 앉아 그녀의 옆에 앉은 기주를 바라봤다. 결혼식장에서 얼굴을 확인하고 처음 대면하는 자리였다. 생각했던 것보다 선한 인상의 기주를 보고 은수는 옆자리의 해인을 건너다봤다.

그녀가 남편을 의식하고 있다는 것을 한눈에 알아챌 수 있었다. 그 모든 아픔을 참으며 해인이 버티는 건, 아마도 남편을 사랑하기 때문일 것이다.

은수는 비어 있는 자신의 옆자리를 내려다봤다. 비행기가 연착을 한 것인지 지환은 아직 소식이 없었다. 밥을 떠서 입 안으로 집어넣었지만 아무런 맛도 느껴지지 않았다. 더위를 타고 있는 게 확실한 것 같았다. 은수는 그 이유뿐이라고 생각했다.

대화 없는 식사 자리가 답답해질 즈음, 초인종 소리가 들리고 지환이 도착했다는 아주머니의 목소리가 들려왔다. 은수의 가슴이 조금씩 뛰기 시작했다.

"아, 제가 좀 늦었죠?"

말끔한 슈트 차림의 지환이 식탁 쪽으로 다가왔다. 최 회장은 고개 한 번 끄덕이고는 아무 일 없다는 듯 계속해서 식사를 이어 갔다. 은수는 반사적으로 몸을 일으켜 그가 재킷을 벗을 수 있도록 도와주었다.

지환은 은수와 눈을 맞추려 했지만 그녀는 묵묵히 제 할 일만 해 내고 있었다. 일주일간의 그리움이 또다시 허무해지는 순간이 아닐 수 없었다. 하지만 은수의 얼굴을 보는 것만으로도 그는 만족했다.

"최 엔터 너무 잘나가는 거 아니야?"

지환의 등장에 기주는 기어이 배 아픈 한마디를 건네야 속이 풀리는 것 같았다. 지환은 자신의 자리에 앉으며 형의 심술에 유연히 대꾸했다.

"잘 키워서 형한테 넘길 수 있도록 할게요."

회장 자리는 넘보지 말라는 경고를 돌려 말하는 것이기도 했다. 기주는 얼굴이 굳어졌지만 최 회장의 눈치에 감정을 죽였다. 아슬아슬한 줄다리기를 하며 밥을 먹는 것처럼 모두가 긴장의 끈을 놓지 못했다. 지환만이 은수가 만들어 놓은 익숙한 반찬으로 편안히 식사를 마쳤다.

"조금 더 있다 가라니까……."

강 여사는 지환과 은수를 배웅하며 서운한 감정을 감추지 않았다.

"방금 비행기에서 내려서 달려왔어요. 쓰러지기 직전이에요, 어머니."

지환이 앓는 소리를 했다. 거짓말은 아닐 것이다. 얼굴은 까칠해 보였고, 살은 중국에 가기 전보다 조금 빠져 있었다. 더 붙잡을 수 없다는 것을 알면서도 강 여사는 지환을 보내기 아쉬웠다. 결혼을 하고 나서는 얼굴조차 제대로 비치지 않는 아들이 야속하게 느껴졌다. 그 이유가 옆의 은수 때문이라는 것도 알았다.

녀석이 은수에게 빠져 있다는 것을 강 여사는 모를 수가 없었다. 그럴 때도 있는 것이지 생각하면서도 마음엔 자꾸만 심술이 생겼다. 여유 있고 쿨한 시어머니가 되겠다고 다짐했지만 현실은 며느리에게 질투나 느끼는 실속 없는 뒷방 늙은이가 되어 가고 있었다.

"그래. 가자마자 푹 쉬고. 새아기는 최 대표 잘 챙겨 주고."

"네, 어머님."

은수는 옆에 서서 조용히 대답했다. 감정 없는 은수가 이런 때는 마음에 드는 강 여사였다. 남편이 좋아 시어머니를 더욱 약 올리는 아이였다면 그녀의 심술은 여기서 그치지 않을 것이 분명했다. 지환의 감정이 아직 여물지 않은 혼자만의 것이란 걸 눈치챘기에 강 여사는 미련 없이 두 사람을 보내 주었다.

대문을 빠져나와 차로 향하는 길이 되어서야 비로소 둘만 남게 되었다. 지환은 은수에게 어떤 말이든 걸어야 한다고 생각했지만 어떤 말부터 시작해야 할지 몰랐다. 오랜만에 보는 은수는 더욱더 조심스러웠다. 좋아하는 여자에게 말조차 걸지 못하는 머저리 같은 녀석이 바로 자신이었음을 깨닫고서는 웃을 수밖에 없었다.

"잘 지냈어요?"

차에 오르고 본가를 벗어날 즈음 지환이 말을 걸었다.

"……네."

은수는 덧붙이는 말 없이 간단히 대답했다.

가까워졌다고 생각했던 거리가 어느새 멀어진 기분이었다. 며칠 전 아침, 빨리 오라고 말한 여자가 이 여자가 맞을까 하는 의문이 들기도 했다. 멍청한 짝사랑에 자꾸 마음만 소심해져 갔다. 지환은 자신답지 않다고 생각하며 분위기를 전환하려 애썼다.

"일정을 당겨 보려고 했는데, 정해진 개국 행사가 있어서 조정을 못 했어요."

"……괜찮아요."

은수는 웃으며 대답했다.

"안 괜찮다고 해 주면 좋겠는데."

지환이 혼잣말로 덧붙였다.

"뭐 하다가 이제 나타났냐고 화 좀 내 봐요. 시댁에 나 혼자 두고 싶냐고. 오늘 밤에 각오하라고……."

지환의 농담에 은수는 웃을 수밖에 없었다. 그제야 오늘 하루 긴장됐던 마음이 풀어지는 기분이었다.

"나, 안 보고 싶었어요……?"

지환은 더 용기를 내 말을 던져 보았다.

"……."

은수는 보고 싶었다고 말하고 싶었다.

이제는…… 그러고 싶었다.

14. 혹시, 옛사랑?

지환이 돌아오고 은수는 이전처럼 바쁜 일상으로 돌아갔다. 그보다 먼저 일어나 아침을 준비하고, 출근을 돕고, 그가 집을 나선 순간부터 청소를 시작했다. 말끔해진 집 안을 보며 만족감을 느끼고 간단한 점심을 먹은 후 해인을 만나 요리 수업을 듣거나 지환이 돌아올 때까지 책을 읽고 음악을 들었다. 너무도 평온해 행복하다는 생각이 들 정도였다.

그는 이전보다 더 자주 은수에게 전화를 걸거나 문자를 보냈고, 일찍 퇴근하는 날이면 외식을 하고 영화를 보기도 했다.

결혼 생활이 이런 것이었다면 은수는 진작 결혼을 하는 것도 좋았을 거란 생각을 했다. 누군가의 그늘 안에서 소속감을 느끼고 살아가는 것은 그녀를 더 이상 불안하지 않게 해 주었다. 가족이라는 틀 안에서 살아오긴 했지만 온전한 가족이 아니었다. 은수에게는 그랬다.

네 명의 가족 안에 그녀는 있다가도 없었다. 그래서 늘 불안했다. 아버지는 은수가 새어머니의 눈 밖에 나면 곧장 갖다 버릴 것처럼 그녀에게 정조차 주지 않았다. 살아남기 위해, 가족으로 보이기 위해, 그녀는 끊임없이 자신을 지우고 그들이 원하는 윤은수로 살아왔었다.

지환을 만나고 은수는 진짜 윤은수는 누구일까 생각하게 되었다. 자신이 무엇을 좋아하는지, 어떤 감정을 느끼는지, 어떤 마음으로 살고 싶어 하는지. 그는 그녀에게 그런 것들을 조금씩 천천히 알려 주고 있었다.

만약 지환이 아닌 다른 남자를 만났다면 어땠을까 하는 생각도 해보았다. 그 누구라도 상관없었던 결혼이었다. 선배가 아니라면 모두 다 똑같다는 생각을 했었다.

선배를 지우고 잊을 만큼 그녀에게 지환은 큰 존재가 되어 가는 걸까. 은수는 지환이 보내온 달콤한 문자를 내려다보며 그런 생각을 했다.

[뭐 하고 있어요? 내 생각 하는 중이면 방해 안 할게요.]

그가 어떤 마음으로 그녀를 대하는지 모르지는 않았다. 그것이 잠깐의 호기심인지 변하지 않을 사랑인지 그녀는 알 수 없었다. 다만 그 마음을 막고 싶지 않다는 것이었다. 이용한다 해도 어쩔 수 없었다. 은수는 지환의 따뜻함이 필요했다. 기댈 수 있다면 어디든 상관없었다. 사랑한다는 거짓말을 해서라도 옆에 있고 싶었다. 은수는 더 이상 외롭고 싶지 않았다.

[방해하지 마세요.]

짤막한 문자가 그에게로 날아갔다.

문자를 확인한 지환이 미소를 짓자 곁에 있던 민철이 고개를 저었다.

"집중 좀 하지?"

지환이 고개를 들어 민철을 바라봤다.

"다 듣고 있어. 나 원래 멀티플레이 하는 줄 몰랐어, 형?"

"허세는. 넌, 내가 사장이면 진작 잘랐어. 총각 때도 안 하던 짓을 왜 결혼하고 하는 거냐?"

지환은 전화기를 내려놓고 앞에 놓인 서류를 움켜쥐었다. 더 했다가는 사표 쓴다는 소리까지 나올까 싶어 먼저 눈치껏 행동했다.

하지만 자꾸만 심장이 간질거려 일에 집중할 수 없었다. 천하의 최지환도 사랑이라는 감정 앞에선 나약한 존재일 뿐이었다. 사랑이라니. 김칫국을 너무 많이 들이마시는 것 같아 지환은 차가운 물이 필요했다.

똑똑.

대표실 문을 두드리는 소리에 지환과 민철이 동시에 문 쪽을 바라봤다.

"왜?"

민철이 문을 열고 안절부절못하는 비서를 향해 재빨리 물었다.

"송미림 씨가…… 찾아왔는데요?"

미림의 출입을 금하라는 지환의 명령이 떨어졌다는 것을 모든 직원들이 숙지하고 있었다. 민철은 얼른 지환의 표정을 살폈다. 차갑게 식은 얼굴이 지금의 기분을 말해 주는 것 같아 서둘러 상황을 수습하기 위해 몸을 일으켰다.

하지만 미림이 한발 앞서 대표실 문을 열고 들이닥쳤다. 다루기 힘든 여자라는 걸 민철은 알고 있었다. 그녀를 건드리면 어떤 일이 벌어지는지도 알았다. 지환이 그런 그녀를 가만히 두고 보지 않는다는 것도 말이다.

"미림 씨, 계약은 나랑 얘기하자니까 그러네?"

민철이 얼른 미림의 곁으로 다가가 그녀를 붙잡았다.

"실장님이랑 얘기할 정도로 내 급이 낮았던가요?"

미림이 기분 나쁘다는 듯 민철의 손길을 뿌리치고 지환의 곁으로 다가왔다.

"알은척은 좀 해 주지 그래요?"

지환은 얼른 표정을 바꾸고 민철에게 나가 있으라는 손짓을 했다. 민철은 조용히 일이 마무리되길 바라며 대표실을 빠져나갔다.

미림은 지환의 맞은편에 자리를 잡고 앉았다. 이제는 얼굴조차 보려 하지 않는 옛 남자 앞에서 자존심 따위는 버려야 한다고 생각했다.

"우리가 더 이상 할 말은 없는 걸로 아는데?"

지환이 차갑게 말을 뱉었다.

"조건은 이쪽에 다 맞출게. 지금처럼만 활동할 수 있게 해 줘. 사적으로 당신 괴롭히는 일도 없을 거야. 이건 약속해."

미림의 다급한 말에 지환은 낮게 웃었다.

"괴롭힐 생각이 있었나 보지?"

174

"아니, 그런 게 아니라……."

"네가 지금 무슨 생각 하는지 내 눈에 안 보이는 줄 알아? 나랑 만나 보고도 아무 생각이 안 들어? 그냥, 여기서 연예인 생활 접을 거면 계속 내 앞에서 알짱대. 봐주는 것도 한두 번이야. 왜 이렇게 미련스러워졌어, 송미림?"

지환은 정말 안타까워서 미림에게 충고했다. 이렇게 매달려도 그가 돌아보지 않는다는 걸 미림은 이미 알고 있을 것이다. 욕심은 인간을 한순간에 추락하게 만들었다. 그 끝을 알면서도 미련하게 걸어 들어가는 모습은 어떤 설명으로도 합리화할 수가 없었다. 모두 자신의 잘못된 선택이었기에.

"다 당신을 사랑하기 때문이야. 그걸 몰라?"

사랑. 미림의 말에 지환은 어쩔 수 없이 피로감을 느꼈다. 모든 게 사랑으로 덮어질 수 있는 것이 싫어 사랑을 믿지 않았다. 잘못된 집착과 미련도 사랑으로 둔갑하여 포장되었다. 그 껍데기뿐인 허상에 누군가 상처받는다는 것도 모른 채 모두 자신의 감정만을 앞세웠다.

"난 너 사랑 안 해. 그럼 이제 좀 꺼져 주라."

지환이 차갑게 말하고 몸을 일으켰다.

"그럼, 와이프는 사랑해? ……소중해 죽겠다는 표정이던데."

기어이 그 선을 넘겠다는 미림에게 지환은 충고조차 아깝다는 생각이 들었다.

"너한테 스토커 기질이 있었다는 건 미처 몰랐네. 그래, 보니까 어때? 내가 지금 무슨 재미로 사는지 알겠지?"

"당신도 그 여자 때문에 상처받을 거야. 나처럼 이렇게 처절해질 거라고……."

미림은 독기를 품으며 예언했다.

"네가 말하는 사랑이 그런 거면 그것도 해 보지, 뭐. 영원히……
한 여자만 사랑하는 거."

□ □ □

— 서방님 왔다고 난 이제 찬밥 신세지?

해인의 전화에 은수는 미안한 웃음을 흘렸다.

"형님도 우리 집에서 같이 밥 먹을래요?"

— 아서. 서방님 눈빛에 밥 먹다가 체하라고?

"그 사람, 형님한테 나쁜 감정 없어요."

은수는 해인이 오해하는 것일까 진지하게 말했다.

— 아이고, 이 바보 동서야. 서방님이 나한테 나쁜 감정 있어서 그
러겠어. 둘만 있고 싶은데 자꾸 누가 끼면 좋겠어? 본가에서 보니까
눈이 아주 온니 동서던데. 동서는 그게 안 느껴져?

은수는 지환의 감정이 어디쯤인지 가늠할 수 없었다. 그건 그녀의
감정도 마찬가지였다. 그를 기다리는 시간이 지루하지 않았고, 그와
함께 먹는 저녁이 편안했고, 그가 옆에 있어야 잠들 수 있는 것을 어
떻게 설명해야 할지 몰랐다. 이런 그녀를 지환이 답답해하거나 오해
하면 어쩌나 걱정이 되기도 했다.

"책만 봐서 그런 거 잘 몰라요. 선생이 괜히 선생이겠어요?"

— 자랑 아니다, 동서.

"죄송해요."

은수가 민망해 웃었다.

— 뭐, 내가 봤을 땐 그런 동서니까 서방님이 빠진 것 같다. 요즘 여자 안 같으니까. 동서는 사람을 편안하게 만드는 매력이 있어. 이건 칭찬이니까 기분 좋아도 되는 거야.

"네, 감사해요."

— 오늘도 좋은 밤 보내고. 내일은 나랑 좀 놀아 주고. 알겠지?

"네, 형님."

은수는 해인과의 전화를 끊으며 거실의 시계를 바라봤다. 지환이 도착할 시간이었다.

재킷을 걸고 넥타이를 건네받는데, 지환이 물끄러미 은수를 내려다봤다.

"하루 종일 내 생각 한 얼굴은 아닌데요?"

은수는 지환과 눈을 맞추고는 대답했다.

"……들켰네요."

이렇게 시답잖은 농담을 주고받는 사이가 될 것이라고 두 사람은 모두 상상하지 못했었다. 사랑해서 한 결혼은 아니었지만 조금씩 마음을 쌓아 가는 지금이 나쁘지 않았다. 서로를 배려하고 선을 지킨다면 두 사람의 관계가 꽤 오래도록 지속될 수 있을 것이란 생각도 들었다.

"형수가 놀자고 안 해요?"

지환이 편안한 티셔츠로 옷을 갈아입으며 물었다.

"내일은…… 만나기로 했어요."

은수가 지환의 눈치를 보며 말을 건넸다.

"나 마누라한테 집착하는 남자로 찍혔겠군요."

"아니에요, 그런 건. 형님도…… 이해해요."

지환은 진지한 은수가 귀여워 웃음을 터뜨렸다.

"농담이에요. 눈치 보지 말고 만나요. 나야 우리 집 사람들이랑 잘 지내 주면 고맙죠. 아, 그러고 보니 처제랑 밥 먹기로 한 건 어떻게 됐어요?"

지환의 갑작스런 출장으로 미뤄진 은솔과의 식사 자리를 은수도 깜박 잊고 있었다. 아무 잘못도 없는 은솔에게 자꾸만 거리를 두는 것 같아 미안한 마음이 들었다. 은수는 내일쯤 은솔에게 전화를 걸어야겠다고 생각했다.

그러는 사이, 갑작스러운 초인종 소리가 들려왔다. 두 사람은 눈을 키웠다. 이 시간에 이 집을 방문할 사람은 없었다. 은수는 강 여사가 갑자기 찾아온 것인가 싶어 얼른 현관 앞으로 다가가 비디오 인터폰을 바라봤다. 문밖에는 뜻밖의 사람이 서 있었다.

"은솔아!"

— 언니, 미안……. 갑자기 찾아와서……. 잠깐 얘기할 수 있어?

은수는 얼른 현관문을 열었다. 은솔은 촉촉이 젖은 눈으로 우두커니 서 있었다.

"무슨 일이야, 솔아?"

이렇게 집까지 찾아올 정도면 심각한 일인 게 분명했다. 은수는 놀란 마음에 서둘러 은솔을 데리고 들어와 주방 식탁에 앉혔다. 은솔이 옷방에서 걸어 나오는 지환을 보고는 작게 인사를 건넸다. 지환은 분위기를 파악하고 서재로 자리를 비켜 주었다.

"자, 일단 물 한 잔 마셔."

은수는 은솔 앞에 보리차 한 잔을 내려놓았다.

"미안해, 언니. 이렇게 갑자기, 찾아올 생각은 없었는데. 찾아갈
사람이 언니밖에 없었어."

늘 밝은 동생이지만 마음이 여린 편이란 것을 알았다. 친구와 싸
우기라도 하면 늘 언니에게 하소연을 하며 감정을 풀었던 은솔이었
다. 은수는 자신이 결혼하고부터 은솔이 많이 외로웠을 것이란 생각
이 들었다.

"엄마랑…… 싸웠어."

은수는 가슴이 철렁했다. 늘 언니 편에 서서 말해 주어도 새어머
니와 다툰 적은 없었던 착한 딸이었다.

"엄마 요즘 이상해. 하나부터 열까지 다 짜증이야. 자기 혼자만 동
동거리고 아무도 자기 마음 안 알아준대. 집안일은 나도 할 만큼 도
와주고 있거든? 언니가 없는데, 어떻게 언니만큼 도와줘? 아빠는 차
라리 아줌마를 쓰라고 하는데, 남의 손에 안 맡긴대. 그건 엄마 고집
아니야? 언닌 어떻게 생각해?"

은수는 대답 없이 웃었다. 아닌 척해도 그녀의 빈자리를 어디서든
느낄 것이라 생각했다. 특히 희숙은 은수를 인정하지는 않았지만 그
녀를 너무도 잘 이용했다. 밥값을 한다는 생각으로 은수는 토 한
번 달지 않고 그 모든 것을 해냈었다. 은수의 마음이 씁쓸했다.

"언니한테 와서 이런 말 하는 거, 염치없다는 거 알아. 엄마가 이
제까지 어떻게 언니를 이용했는지도 알고……. 그러니까 내가 엄마

한테 말하는 거야. 있을 때 좀 잘해 주지 그랬냐고. 왜 우리를 다 죄인처럼 만드냐고…….”

“은솔아.”

“미안해, 언니. 이런 말 하려고 온 거 아닌데. 그냥…… 언니가 너무 보고 싶었어. 결혼하고 뭔가 나하고 멀어지는 것 같았어. 나는 여전히 언니가 좋은데 언니는 나를 밀어내는 듯한 기분이 들었어…….”

은수는 은솔의 손을 꼭 잡았다. 아니라는 말은 하지 못했다. 은솔에게 가지는 감정이 늘 좋을 수만은 없다는 것도 인정했다. 같은 아버지 밑에서 태어났지만 살아가는 방법은 너무도 달랐다. 왜 나만 그래야 하는지 억울할 때면 은솔이 얄밉기도 했었다. 하지만 이제는 은솔의 미안함을 받아들이는 게 더 마음 편할 것 같다는 생각이 들었다. 은수는 더 이상 외롭지 않았기 때문이었다.

“안 그래도 너한테 전화하려고 했어. 형부랑 같이 밥 먹자고. 외식은 아니어도 온 김에 언니 밥 먹고 갈래?”

은수의 제안에 은솔이 언제 울었냐는 듯 밝은 표정으로 웃었다.

“진짜? 그럼, 눈치 없이 껴서 저녁 먹고 갈까?”

은수는 흔쾌히 고개를 끄덕였다.

“내가 망나니라고, 언니한테 조심하라고 한 거 알아요?”

지환은 국을 삼키다 사레가 들릴 뻔한 것을 가까스로 참고 은솔을 건너다봤다.

“솔아!”

은수가 더 놀라 동생을 말렸다.

"그래서 언니가 처음 날 봤을 때 ……그랬군."

어쨌다는 것인지 은수가 더 궁금한 눈으로 지환을 바라봤다.

"사실, 형부는 언니 스타일이 아니에요. 언닌 너무 잘생긴 사람 싫어해요."

이걸 좋아해야 하는 건지, 말아야 하는 건지. 팩트 폭력이 아주 수준급인 은수의 여동생을 보며 지환은 모래알 같은 밥알을 웃음으로 삼켰다.

"이제 언니 스타일이 아주 잘생긴 사람으로 바뀔 예정이야, 처제. 그렇게 알고 있으면 고맙겠다."

"울 언니가 벌써 그렇게 좋아요?"

시간차 공격에 지환은 주춤했지만 이상하게 지고 싶지는 않았다.

"눈앞에서 확인시켜 줄까?"

"두, 두 사람 다 그만해요."

은수가 민망함을 참지 못해 소리쳤다. 이럴 때 보면 지환은 아이 같은 면이 있었다. 은솔도 언니를 빼앗기고 싶지 않은 이상한 심술이 발동한 것 같았다.

"아, 맞다! 언니 저번에 갖고 간 택배, 남자한테서 온 거 맞지? 혹시, 옛사랑?"

은수는 놀라서 숨을 멈췄고, 그런 은수를 보는 지환의 눈이 질투심에 짙어졌다.

15. 오해할 거예요

"만나던 남자예요?"

은수가 침대로 들어서자 지환은 기다렸다는 듯 물었다.

"아, 그냥……. 물어보는 거예요. 대답하기 싫으면 안 해 줘도 돼
요. 알다시피 나도 은수 씨가 처음이라고 말할 수 있는 처지는 아니
라서……. 그래도 궁금은 하네요. 당신이 만났던 사람이라……."

지환은 은수에게 진지한 옛사랑이 있을 것이라고는 상상도 못 했
다. 그녀는 남자를 대하는 모든 것에 서툴렀고, 그의 마음을 눈치채
고 알아주거나 여우같이 이용하지 못했다. 그동안 스쳐 간 많은 여
자들을 통해서 그런 행동이 일부러 꾸며 낸 것이 아니란 걸 지환은
저절로 터득할 수 있었다.

"대학 때…… 좋아한 선배예요."

은수는 거짓 없이 대답했다. 지환은 조금 허무한 마음이 들었다.

그 말이 진실이라는 것을 알았다. 질투심에 들끓는 남자에게 거짓 없이 진실을 말해 주는 여자. 어떻게 해석해야 할지 가슴이 답답해져 왔다.

"더 묻다가는, 오늘…… 못 잘 것 같네요."

지환은 의미 없이 읽던 책을 덮고 스탠드 불을 줄였다. 은수는 지환과 나란히 누우며 그의 말을 해석해 보았다. 혹시나 그녀가 잘못한 것이 있는 걸까. 선배의 이야기를 거짓으로 둘러대긴 싫었다. 의미 없는 오해를 만들고 싶진 않았다. 마음으로라도 지환에게 죄책감을 가지고 싶지 않았다.

그런 생각을 하는 사이, 지환이 은수를 끌어안고 입을 맞추었다. 은수는 그제야 안심이 되었다. 급한 손으로 잠옷 안의 속옷을 풀어 내자 언제나처럼 가슴이 뛰었다. 처음인 것처럼 설레었다. 은수는 이 감정이 설렘이라는 걸 이제는 느낄 수 있었다.

□ □ □

"삐진 남편 풀어 주는 법이라……."

"아니, 그게 아니라 뭔가 오해하는 부분이 있을 때 어떻게 하나 싶어서요."

"혹시 간밤에 사랑싸움?"

해인의 물음에 은수는 아니라고 대답할 수 없었다. 일방적이긴 했지만 지환이 마음 상한 것은 맞았다.

"동서가 또 눈치 없이 있는 그대로 다 말한 거 아니야?"

"아니, 전……."

"원래 남녀 사이란 말이야, 적당한 거짓말도 필요한 거야. 진짜 그런 줄 상대방도 왜 모르겠어. 나를 위해서 거짓말까지 해 주는구나. 나를 이만큼 의식하고 생각하고 있구나. 내 존재를 확인받고 싶은 거라고."

"존재요……?"

은수는 너무 어려웠다. 선배를 만나서 한 연애는 매일 시를 읽고 소설을 고친 것이 다였다. 마음은 그 사람을 다 품었어도 그 마음을 제대로 표현해 내지 못했었다. 자신의 마음을 표현하는 것. 그것이 은수에게는 제일 어려운 숙제였다.

"또 그러면서 속마음은 제대로 말 못 하지? 서방님한테 좋아한다고 말해 봤어?"

"……."

은수는 벙어리가 되었다.

"내 이럴 줄 알았어. 마음을 표현해야 알지. 말 안 하면 상대가 어떻게 알겠어? 너무 들이대는 것도 매력 없지만 어쩔 땐 적극적으로 표현하는 게 필요하다고."

"근데, 형님……."

"어?"

"뭔가…… 전문가처럼 보여요."

은수는 해인을 보며 진심으로 말했다.

"돌려 까는 거야? 이렇게 잘 알면서 현실은 왜 시궁창이냐고?"

해인이 또 해탈한 듯 웃어 보였다.

"저, 알아요. 작은아주버님…… 아직도 많이 좋아하시죠?"

은수는 용기 내 물어보았다. 해인이 하는 사랑이 조금 덜 아프기를 바라는 마음에서였다.

"내가 또 얼굴이랑 안 어울리게 일편단심과라……. 어느 순간부터 내가 하는 사랑은 종교 같아. 나 혼자 좋아서 죽도록 믿는 거지. 돌아오지 않아도 괜찮아. 근데 나니까 버티는 거다. 동서는 함부로 이런 사랑 하지 마라."

해인의 말이 시처럼 은수의 가슴에 와 꽂혔다. 종교 같은 사랑. 돌아오지 않아도 괜찮다는 사랑은 어떤 것일까. 선배가 떠난 후 은수는 조금씩, 천천히 그를 마음에서 지웠다. 은수에게 사랑은 곁에 있지 않으면 의미가 없었다. 영원한 사랑. 은수는 이제 그걸 믿지 않았다.

"지아만 아니면 동서 집에서 좀 더 놀다 가는데. 서방님, 애달파하는 것도 좀 보고."

둘만의 저녁을 먹고 은수를 데려다주는 길이었지만 해인은 아쉬웠다. 친구를 만나 보기도 했지만 모두 자기 자랑 릴레이뿐이었다. 누구 하나가 자신의 속마음을 터놓고 고민을 꺼내면 그 불행은 가십이 되어 내 삶을 안도하는 식이었다.

종교 같은 사랑을 하는 것보다 마음 터놓을 친구가 없다는 것이 해인은 더 힘들었다. 그래서 은수가 너무도 소중했지만 한편으로는 불안했다. 조금씩 속내를 내놓긴 했지만 여전히 거리를 유지했다.

은수는 아프고 아파 더 이상 아플 수 없는 것처럼 표정 없는 얼굴로 웃었다. 그 마음이 어떤 것인지 모르지 않는 해인은 그래서 더 안타까웠다. 은수가 행복해지길, 해인은 마음으로 빌었다.

"엄마 뺏겼다고 지아한테 미움받기는 싫어요."

"요즘 작은엄마가 엄마인 줄 알거든?"

해인의 말에 두 사람 모두 웃음을 터뜨렸다.

"그럼, 조심해서 가세요."

"그래. 동서도 서방님 그만 애달프게 만들고. 좋은 밤 보내."

해인이 눈을 찡긋거리자 은수는 부끄러워 얼른 차 문을 열고 내렸다. 그러다 집 앞에 누군가 쓰러져 있는 것을 발견하고 긴장했다.

"뭐야, 쟤 송미림 아니야?"

은수네가 독채처럼 쓰는 고급빌라 화단에 미림이 흐트러진 채 앉아 있었다. 해인의 차가 내비친 헤드라이트 불빛에 눈을 찡그리는 걸 보니 아직 정신은 남아 있는 듯했다.

해인은 얼른 차 밖으로 나와 미림에게 다가갔다. 그녀에게선 독한 술 냄새가 진동을 했다. 톱 연예인이라는 사람이 이렇게 무방비한 상태로 돌아다녀도 되는 걸까 하는 생각부터 들었다.

"일단, 저희 집으로 옮겨요."

"뭐?"

은수가 자신의 겉옷으로 미림의 얼굴을 감추며 해인에게 다급히 말했다.

"모르는 사람도 아니잖아요. 이런 모습 누가 보면 어떡해요."

"그게 무슨 상관이야? 동서, 얘가 무슨 맘으로…… 아니다. 이건 오지랖이야. 정 마음에 걸리면 택시 태워 보내자. 뭐가 예쁘다고 동서 집엘 데려가!"

해인은 미림이 이러는 이유를 모르지 않았다. 지환과의 관계가 끝나고 저 혼자 미련을 떨고 있다는 것도 알았지만 어쨌든 이런 여자를 만난 사람도 지환이었다. 은수에게 그 속사정을 말할 수 없는 해인은 발만 동동 굴렀다.

지환에게도 화가 나기 시작했다. 은수가 어떤 이유로든 상처받지 않기를 원했다. 해인은 무엇보다 그것이 제일 중요했다.

"택시 기사가 소문이라도 잘못 내면 이미지 안 좋아질 거예요."

"그걸 왜 동서가 걱정해!"

"지환 씨 회사랑 계약한다고 했어요. 그럼, 우리가 챙겨 줘야 하는 게 맞잖아요. 형님 바쁘시면 제가 경비 아저씨 불러서……."

"그래, 알았어. 알았으니까, 일단 옮기고 나서 얘기해."

해인은 어쩔 수 없다 생각하며 미림의 옆으로 와 한쪽을 부축했다. 은수와 해인에게 끌려가면서도 뭐가 좋은지 미림이 실실 웃어 댔다. 그 모습이 마음에 들지 않아 해인은 은수 몰래 손으로 미림의 옆구리를 꼬집었다. 미림이 참지 못하고 신음 소리를 내자 그제야 조금 속이 시원했다. 그녀는 이 모든 일의 원흉인 지환을 죽이고 싶을 뿐이었다.

미림을 거실 소파에 눕히고 은수는 주방 안으로 들어갔다. 꿀물을 타 주려는 것 같았다. 해인은 얼른 미림의 주머니를 뒤졌다. 전화기를 찾아 당장 매니저에게 끌고 가라고 할 참이었다. 하지만 미림은 아무것도 없는 맨몸이었다. 정말 가지가지 진상이었다. 어쩔 수 없이 해인은 은수의 눈치를 살피며 현관 밖으로 나왔다. 망설임 없이 지환에게 전화를 걸었다.

— 네, 형수님.

"지금 어디예요?"

— 아, 은수 씨랑 저녁 먹는다기에 야근하······.

"당장 뛰어 와요."

— 네? 어디······ 혹시 은수 씨가 또······?

"송미림이랑 동서가 지금 한집에 있다고요!"

은수가 미림에게 다가가 꿀물이 든 잔을 건넸다. 미림은 웃음이 나왔다. 이런 여자여서 빠진 거라고? 그래서 행복하다고? 조용히 일어나 은수가 건넨 물잔을 받아 들며 미림은 생각했다. 지환을 마음에 품은 여자라면 그녀와 그의 관계를 의심해야 맞았다. 이렇게 아무렇지 않게 그녀를 집으로 끌어들여서는 안 되는 것이었다. 그와 그녀의 행복한 신혼집을 보자 미림은 더 큰 벌을 받는 기분이었다. 이 여자는 이것까지 계산한 걸까 하는 생각이 들자 미림은 은수가 더 얄미웠다.

"눈치가 없는 거예요? 아님······ 없는 척하는 거예요?"

미림이 묻자 은수는 조용히 대답했다.

"그냥······ 그 사람을 믿는 거예요."

미림이 코웃음을 쳤다.

"자신 있다 이건가요?"

은수는 미림을 안타깝게 내려다보며 말했다.

"당신이 이런다고…… 달라질 건 없다는 거예요."

"알아요……. 그 남자가 단단히 빠진 여자라면…… 뭔가 다를 거라고 생각했어요. 결혼 같은 건 생각도 없고, 만나는 여자한테 정조차 주지 않는 남자가…… 쩔쩔매는 모습을 보니까 처음엔 억울한 기분이 들었어요. 난 단 한 번도 진심이 아닌 적이 없었는데……. 그 사람은 단 한 번도 나를 진심으로 받아 주지 않았어요. 뭐…… 당신이랑 나랑…… 다르니까 그랬겠죠. 이해해요……. 머리로는 이해하는데…… 마음으로는…… 그게 안 되네요."

문밖에서 해인과 지환이 목소리를 높이는 게 들려왔다.

"저 남자…… 이제 날 가만히 안 두겠죠. 잔인하게 내 목을 조르겠죠. 그래도…… 괜찮아요. 이제…… 아무래도, 상관없어요."

미림이 은수를 보며 슬프게 웃었다.

"동서 상처 주면 내가 가만히 안 있어요."

해인의 경고에 지환은 대답하지 않고 현관문을 열었다. 거실 한가운데에 우두커니 서 있는 은수가 보였고, 소파에 미림이 앉아 있는 게 눈에 들어왔다.

지환은 계산을 잘못했다는 생각부터 들었다. 미림의 질투심을 자극해서 그에게 좋을 것은 없었다. 적당한 말로 맞춰 주고 마음을 다른 곳으로 돌리도록 만들었으면 될 일이었다. 의미 없는 미련을 부추긴 사람은 바로 지환 자신이었다.

"매니저 불렀으니까 일어나."

지환이 차갑게 일갈했다. 미림은 순순히 자리에서 일어났다. 술기

운에 잠깐 비틀거렸지만 지환은 눈조차 마주치지 않았다. 그가 바라보고 있는 건 오직 은수였다. 미림은 이렇게 해서라도 자신의 존재를 확인받고 싶었던 지금의 행동이 얼마나 의미 없는 것인지를 그제야 비로소 깨달았다.

미림이 돌아가고 집 안은 다시 고요해졌다. 해인은 은수에게 전화로 간단히 인사를 남기고 사라졌다. 은수는 아무 일도 없었던 것처럼 외출복을 갈아입고 주방으로 들어가 내일 아침 준비를 했다.

서재에 앉아 멍하니 생각에 잠겨 있던 지환은 도저히 참을 수 없어 거실로 걸어 나왔다. 은수는 평상시와 다를 바가 없었다. 그가 누굴 만났던 아무 상관이 없는 것 같았다.

지환은 은수가 만났다는 옛사랑이 질투 나 미칠 지경이었고, 형수인 해인과 만난다고 해도 서운했다. '윤은수'라는 여자를 오로지 혼자만 차지하고 싶은 소유욕에 불타는데, 은수는 여전히 방관자였다. 그것이 이젠 화나기보단 억울했다.

"뭐, 필요한 거 있어요?"

"물 마시려고요."

냉장고 쪽으로 걸어가는 지환을 보고 은수가 자신이 하겠다며 막았다. 그런 은수를 지환이 또 저지했다.

"내가 할게요. 괜찮아요."

싸늘한 지환의 말투에 은수는 심장이 쿵, 하고 내려앉았다. 가까스로 참고 있는 감정이 흐트러지지 않도록 입술을 깨물었다. 그가 물컵을 꺼내고 물을 따르는 소리를 들으며 두 손을 움켜쥐었다. 은수는 예전처럼 감정을 없애는 것이 쉽지 않았다.

"먼저 자요."

지환이 차갑게 돌아서자 은수는 감정선이 뭔가 툭, 하고 끊긴 기분이었다.

"……내가 잘못한 거예요?"

돌아선 지환에게 은수가 물었다. 지환이 말없이 되돌아서 은수를 바라봤다.

"……."

"다, 이해해요……. 오해 같은 거 안 해요. 그 여자 마음까지 당신이 어떻게 할 수 있는 게 아니잖아요. 난, 괜찮아요."

"은수 씨가 괜찮으면 괜찮은 거겠죠. 난, 신경 쓰지 말아요."

지환이 다시 돌아서려 하자 은수는 억울했다.

"근데, 왜 그래요? 왜 화난 것처럼 그래요? 왜…… 그래요?"

지환도 더 이상 감정을 참을 수가 없었다.

"지금…… 다른 여자 같으면, 어떻게 하는 줄 알아요? 내 따귀를 때려서라도 화를 내요. 그 여자랑 이미 끝난 사이라고 해도 그건 아무 상관이 없어요. 너 때문에 내 감정이 상했다고 책임지라고 해요."

은수가 다른 여자들과 다르다는 것을 알았지만 그는 사랑 앞에서 보통의 남자들과 똑같았다.

"근데, 지금 은수 씨는 너무 아무렇지도 않아요. 그럼 난 이걸 어떻게 해석해야 할까요? 그래요. 알아요. 나 혼자 미친 듯이 앞서가고 있다는 거……. 짝사랑인 걸 인지했고, 거기에 불만 없어요. 하지만 자꾸 욕심이 난다고요. 빌어먹을……!"

지환이 작게 욕을 뇌까렸다. 그러다 냉정을 찾듯 깊은숨을 쉬었다.

"미안해요. 내가…… 지나쳤어요. 못 들은 걸로 해요."

지환은 돌아서 서재가 아닌 현관 쪽으로 걸어 나갔다. 그가 신발을 신으려고 하자 은수는 무언가에 홀린 듯 뛰어가 그를 막아섰다.

"어디 가요?"

"……바람 좀 쐬고 올게요."

지환은 은수와 눈도 맞추지 않은 채 말했다.

"가지 마요."

은수의 말에 지환이 고개를 들었다.

"지금 나가면…… 그 여자한테 가는 걸로 오해할 거예요."

16. 사랑 앞에서

　은수는 곤히 잠들었다. 지환은 그런 은수를 가만히 건너다봤다. 이 여자가 어떻게 살아왔을지 짐작하지 못한 게 아니었다. 그 역시 그런 삶을 살아왔고, 어떤 아픔일지 모르지 않았다. 그래서 어떤 일이든 참는 것도 알았고 머리로도 이해했다.

　하지만 자꾸 욕심이 났다. 그도 감당할 수 없는 감정이 은수에게 다그치고 있었다. 왜 당신은 나만큼 다가오지 않냐고.

　지환은 은수가 어떤 용기를 내서 그에게 가지 말라고 했는지 깨달았다. 그 말을 듣고 나서야 지환은 후회했다. 그가 돌아설까 봐 무턱대고 붙잡는 그녀의 마음이 느껴져 가슴이 아려 왔다.

　중심을 잡으려고 해도 쉽지 않았다. 이런 감정은 경험하지 못한 것이었다. 많은 여자를 만났지만 그건 껍데기뿐인 만남이었다.

　어쩌면 겁이 나 마음을 주지 못했는지도 모르겠다. 사랑이란 게 그에게는 지옥이었고, 두려움이었다. 어머니의 집착과 아버지의 후회를 바로 눈앞에서 지켜보며 지환은 스스로 겁쟁이가 되었다.

사랑이란 걸 하지 않으면 된다고 오만했다. 사랑이라는 감정이 아니라면, 모든 것이 평온할 것이라 여겼다. 이번 생은 그에게 그런 운명이라고만 생각했다.

하지만 은수를 만나 그 마음이 바뀌고 있었다. 한 번은 노력해 보고 싶었다. 나도 사랑이라는 걸 해 봐도 되지 않을까. 이 여자라면 내 사랑을 후회로 남기지 않을 것이란 믿음이 생겨나기 시작했다.

지환은 잠든 은수의 볼을 쓰다듬다 입을 맞추었다. 은수는 익숙하게 안겨 왔다. 눈을 감은 채로 그에게 몸을 맡겼다. 행복했다. 이 여자로 인해 행복하다는 것을 느꼈다.

그가 가진 사랑으로 은수를 행복하게 만들어 주고 싶었다. 그에게 다가온 사랑은, 오직 그 이유에서였다.

□ □ □

"미림 씨는…… 그냥 뒀으면 좋겠어요."

출근하는 지환을 배웅하며 은수가 말을 꺼냈다.

"남편 옛 여자까지 마음 쓸 필요 없어요."

지환은 단칼에 대답했다. 은수는 그가 어떤 사람인지 알았다. 그녀에게는 달콤하고 다정한 남자였지만 냉정한 판단으로 지금의 자리를 지켜 왔다는 걸 모르지 않았다. 하지만 의미 없는 곳에 악한 마음을 쏟아 낼 필요는 없다는 생각이 들었다. 그 마음들은 결국 돌아와 자신을 괴롭혔다. 은수가 살아온 삶에서는 그랬다.

"좋든 나쁘든 지환 씨가 신경 쓴다는 거잖아요. 그냥, 계약만 안 했으면 좋겠어요. 그거면 됐어요."

"송미림까지 당신 편으로 만들면…… 난 감당 못 해요. 그것만 알아 둬요."

지환의 농담에 은수는 그제야 마음이 놓였다. 그녀에게만은 져 주는 그가 고마웠다. 특별한 존재라는 기분이 들기도 했다. 누군가에게 1순위가 된다는 건 묘한 감정이었다. 그가 그녀에게 집중하고 질투를 느끼고 소유하고 싶어 하는 마음이 부담스럽기보단 안도감을 느끼게 만들었다.

선배의 1순위가 되고 싶었지만 그는 자신의 아픔을 홀로 감당하기 위해 은수를 떠났다. 어떠한 마음으로 그랬는지 알았다. 그녀에게까지 자신의 아픔을 짊어지게 하고 싶지는 않았기 때문이었겠지만 은수는 절망할 수밖에 없었다.

그녀가 생각하는 사랑은 힘들어도 곁에 있는 것이었다. 그 부분에서 선배와 그녀는 사랑하는 방식이 달랐다. 그래서 은수는 지금 그녀의 곁에 있는 지환이 고마웠다. 그녀에게 집중하고 그녀만이 전부인 것처럼 행동하는 그가 살아 있는 사랑 같았다.

지환과 있으면 따뜻한 햇볕에 앉아 빛을 받고 있는 듯한 기분이었다. 언제나 주변인 같았던 그녀의 삶이 이제는 주인공이 된 것 같았다. 깨고 싶지 않은 꿈처럼, 지환은 은수를 밝은 곳으로 이끌었다.

"먹고 싶은 거 있어요? 장 봐서 만들어 놓을게요."

은수는 이제 마음을 표현하는 일에 조금씩 익숙해졌다.

"일찍 들어오라는 소리로 이해하면 되죠?"

지환의 짓궂은 물음에 은수가 고개를 끄덕이며 웃었다.

"오늘 저녁은 안 돼."

퇴근 무렵 등장한 윤석에게 지환은 묻지도 않았는데 답했다.

"언제는 됐냐? 이제 치사해서 같이 밥 먹자 소리 안 해."

윤석은 그럴 생각이 없었는데 이상하게 거절당한 기분이 들었다.

지환은 결혼을 하더니 아주 바른 생활 사나이가 되었다. 이럴 줄 알았으면 지환에게 좀 더 일찍 결혼하라고 부추길 걸 그랬나 하는 생각도 들었다. 지환이 와이프에게 갖는 감정이 어느 정도인지 가늠할 수는 없었지만 이전과 다르다는 것은 확연히 느낄 수 있었다.

여자를 만났지만 만나는 것 같지 않다. 늘 중심을 잡고 냉정했다. 그런 지환이 자꾸만 시계를 바라보는 모습은 윤석도 차마 봐 주기 힘들 정도였다. 처음 연애를 하는 것처럼 지환은 들떠 있었다. 살아 있는 녀석의 표정을 보며 윤석은 조금은 안도했다. 녀석도 이제 사람답게 사는 것 같아서였다.

"이참에 너도 윤주 잘 꼬셔서 결혼해. 인생 안 길다."

독신주의자를 꼬셔서 결혼하라니. 녀석이 너무 긍정주의자가 된 것 같아 윤석은 이상하게 배가 아팠다.

"바람둥이 최지환이 결혼 전도라니. 네가 만났던 여자들, 다 들고 일어나겠는데?"

"안 그래도 그 대가 톡톡히 치르고 있으니까 기름 붓지 마라."

지환이 눈썹을 일자로 모으자 윤석은 어쩐지 통쾌한 기분이 들었다.

"내가 네 변호사이긴 한데, 어째 이건 변호 안 하고 그냥 놔두고 싶냐?"

"재밌지, 너?"

"이런 재미라도 있어야지. 너 결혼해서 나 심심한 거 안 보여?"

윤석은 올라간 입꼬리를 내릴 수가 없었다.

"너, 덜 심심하라고 천당 지옥 오가긴 싫다. ……안 그래도 후회 중이야. 잘못 살면 어떻게든 벌받는다는 거 알았어."

"개과천선까지. 제수씨, 혹시 천사야? 어깨에 날개 달렸는지 잘 봐 봐. 그러다 훌쩍 떠나 버릴라."

농담이라도 그런 말 하지 말라는 듯 지환의 눈에 불꽃이 일었다.

"못 떠나게 빨리 아기부터 낳는 게 어때?"

기어이 탁자 위에 놓인 티슈 통이 날아오게 만들었다. 윤석은 그것을 스피드하게 피하며 자리에서 일어났다.

"너, 약 올리는 건 여기까지 하고. 본론만 말하고 꺼져 줄게."

지환은 시간이 없다는 듯 시계를 보며 눈으로 재촉했다.

"뭔데?"

"얼마 전에 큰형님 만났다는 대학 친구랑 연락됐어. 출장 갔다가 우연히 만났다고 하더라. 내가 이것저것 물으려니 좀 경계하는 것 같아서……. 네가 동생이라고 하고 만나 보는 게 어때? 형이랑 연락할 수 있는 방법이 나오겠지. 여기, 연락처."

윤석이 내민 메모를 바라보며 지환은 회장 자리에 앉아 있는 자신을 떠올렸다. 어머니의 소원풀이라 생각했던 그것이 이제는 그도 욕심이 났다. 은수에게 더 큰 행복을 주고 싶었다. 그를 통해서라도 윤

박사에게 대접을 받을 수 있는 은수가 되길 바랐다. 지환의 생각의
끝은 오직 은수였다.

ㅁ ㅁ ㅁ

"이제 오니?"

지환에게 먹일 음식을 한가득 손에 들고 빌라 안으로 들어서던 은
수가 그대로 발걸음을 멈추었다. 기사를 대동한 강 여사였다. 잠깐
마트에 다녀오기 위해 나왔던 참이라 전화기를 놓고 온 것을 알고도
되돌아가지 않았었다. 은수는 얼른 현관으로 다가가 비밀번호를 누
르고 문을 열었다.

"죄송해요. 전화기를 두고 나갔어요."

"그래. 그런 것 같아서 앞에서 잠깐 기다렸단다. 미리 말 못 하고
와서 미안하구나."

은수는 아니라고 대답하고 서둘러 주방으로 들어갔다. 냉장고를
열고 차가운 보리차를 꺼내 유리잔에 따랐다. 강 여사는 익숙하게
식탁으로 다가와 자리를 잡고 앉았다.

몇 번 방문을 한 적이 있지만 이렇게 불쑥 나타난 것은 처음이었
다. 일종의 점검 같은 걸까. 은수는 그것에 불만은 없었다. 집 안은
항상 깨끗했고, 강 여사의 마음에 들지 않을 행동은 애초에 하지 않
았기 때문이다.

"최 대표 먹일 것들이니?"

강 여사의 눈이 장바구니로 향했다.

"네. 중국 갔다 와서 살이 좀 빠진 것 같아서요. 입맛 당길 만한 것들로 사 왔어요."

"그래. 네가 옆에서 잘 챙겨 주니까 든든하고 고맙구나."

"아니에요. 제가 할 일인데요."

은수의 겸손에 강 여사는 흡족한 웃음을 보였다.

그러다 들리는 벨소리에 은수의 눈이 거실 테이블 위로 향했다. 얼른 일어나 전화기 쪽으로 뛰어갔다. 전화를 건 사람은 해인이었다. 뒤편에서 강 여사의 눈길이 느껴졌지만 은수는 어쩐지 받아야 할 것만 같아 통화 버튼을 눌렀다.

"네, 형님……."

— 뭐 해, 동서?

"아…… 어머님이 집에 오셨어요."

— 어, 그래? 미안. 나중에 통화하자.

전화기 너머의 해인도 당황해하는 게 느껴졌다.

"네, 형님."

은수는 얼른 전화를 끊고 강 여사에게로 다가갔다.

"기주 처니?"

"아, 네……."

강 여사의 눈이 날카롭게 변했다.

"뭐든…… 적당한 게 좋은 거야."

"……."

강 여사의 말이 무슨 뜻인지 이해하지 못하는 건 아니었다.

"네가 무슨 마음으로 그러는지 충분히 이해한다. 나도 그렇게 살

앗으면 했어. 그런데…… 이 정글에서 살아남으려면 어쩔 수가 없단다. 가진 것만큼 내려놓는 게 있어야 해. 모든 걸 다 가질 순 없어. 이기는 사람은 한 명뿐이야. 다 같이 승리할 수는 없어. 너랑 나는…… 지환이가 승리할 수 있도록 옆에서 도와주면 되는 거야."

은수는 그 승리가 지환을 위한 것이 아니란 걸 이미 깨달았다. 아버지의 욕심을 지켜보며 살아왔으니 강 여사가 어떤 마음인지도 이해할 수 있었다. 은수는 조용히 강 여사의 충고를 들었다. 분란을 만들 생각은 없었다. 그저 모두가 편안하고, 행복하길. 은수는 그것만 바랄 뿐이었다.

지환은 커피숍 앞에 차를 세우고 은수에게 전화를 걸었다. 출장 준비로 인해 만남을 꺼려 하는 형의 지인에게 잠깐의 시간만을 약속받고 달려온 길이었다. 은수가 집에서 기다리고 있다는 생각이 마음속을 온통 차지하고 있었지만 머리는 이 기회를 놓치면 안 된다는 생각이 강했다.

― 네, 저예요.

은수의 목소리가 들리자 지환의 입꼬리가 저절로 올라갔다.

"안 좋은 소식과 좋은 소식이 있어요. 뭐부터 들을래요?"

은수는 잠깐 말이 없다 조그맣게 속삭였다.

― ……안 좋은 소식이요.

"매도 먼저 맞는다는 거죠?"

― 마지막은 기분 좋고 싶어서요.

평화주의자 은수다웠다.

"안 좋은 소식은 내가 조금 늦는다는 거예요."

— ·······.

은수는 대답이 없었다.

"설마, 슬퍼서 우는 거 아니죠?"

은수의 작은 웃음소리가 들려왔다.

— 네······. 입은 웃고 있지만 눈은 울고 있어요.

지환은 커피숍 앞을 배회하며 나사 빠진 놈처럼 웃었다.

"그럼, 좋은 소식. ······금방 갈게요."

싱겁다며 또다시 웃는 은수가 그려지는 것 같았다.

— 네······. 조심해서 와요.

다정한 은수의 목소리가 지환의 마음을 따뜻하게 물들였다. 행복은 멀리 있는 것이 아니었다. 지환은 은수를 통해 그것을 천천히 깨닫는 중이었다. 꿈이면 깨고 싶지 않았고, 이렇게 행복하다면 세상의 모든 것을 용서할 수 있을 것 같았다. 지환은 사랑 앞에서 그렇게 자만했다.

커피숍 안으로 들어선 지환은 형의 친구를 찾았다. 전화를 걸자 멀리서 한 남자가 손을 드는 게 보였다. 남자에게 다가가 지환은 자신의 명함을 건넸다.

"최우진 씨 동생 최지환이라고 합니다."

형의 친구는 지환을 보고 그가 건넨 명함을 확인했다.

17. 늦은 연락

"지환 씨?"

"······네?"

은수의 부름에 지환이 그제야 눈을 맞추었다.

"맛이 없어요?"

특별히 더 신경 써 차린 음식이었다. 은수는 지환의 젓가락질이 평소보다 더딘 것을 보고 조금은 실망했다. 어쩐지 늦을 거라는 장난스러운 소식을 전하던 지환과는 다른 느낌이었다. 처리하고 온 일이 제대로 성사되지 않았나 싶어 은수는 조용한 지환에 맞춰 들떴던 마음을 가라앉혔다.

"너무 맛있어서 뭐부터 손대야 할지 몰라서 그래요. 준비한다고 고생했어요."

지환이 웃어 보였다. 그러자 은수의 마음도 조금 풀어졌다. 어느새 그녀는 지환의 표정만을 의식하고 있었다. 모든 중심이 그의 생각과 마음이었고, 거기에 그녀 자신의 마음도 똑같이 반응한다는 것을 깨달았다.

감정적 반응이었다. 은수는 점점 자신이 변해 가고 있다는 것을 느꼈다. 이것이 좋은 현상인지 그녀 자신도 해답을 내릴 순 없었다. 하지만 중요한 건 저절로 그렇게 된다는 것이다. 지환이 그렇게 그녀를 변화시키고 있었다.

"일이 잘 안 풀렸어요?"

은수가 참지 못하고 물었다. 그의 바깥일에 대해서 단 한 번도 관심을 가진 적이 없었다. 그녀의 역할은 집안을 평온하게 만들어 그에게 휴식처가 되어 주는 것이었다. 그 이상으로 관여하는 것은 간섭이라고 생각했다.

철저히 서로의 세계를 존중하고 선을 넘지 않는 것이 이 결혼에 대한 무언의 약속이라고 여겼다. 적어도 은수에게는 그랬다. 지환도 일정 부분, 그녀의 사생활이나 가족사에 대해 선을 넘어 묻지 않았다.

그것이 고마우면서도 때로는 겁이 나기도 했다.

얼마만큼 그에게 보여 주어야 하고, 감춰야 하는지. 결혼이라는 것을 해 본 적 없는 그녀이기에 항상 그 고민이 앞섰다. 모든 것을 다 말하면 그는 무슨 생각을 할까. 그녀에 대한 그의 생각을 알고 싶은 것처럼, 은수는 조금씩 지환이 궁금해지기 시작했다.

"우리 회사 걱정 하는 거예요? 아님, 내 걱정 하는 거예요?"

지환이 웃으며 되물었다. 여태껏 은수는 한 번도 그의 일에 관심을 가진 적이 없었다. 다른 여자들처럼 모든 것을 공유하거나 소유하고 싶어 하지 않는 그녀에게 자유를 느끼면서도 지환은 한편으론 서운했다. 그것이 그에 대한 그녀의 감정 표현이기도 했으니까.

"지환 씨 걱정 하는 거라고 말해야 되겠죠?"

은수가 다시 되물었다.

"당연하죠. 그래야 지금 내 마음이 조금 풀릴 것 같아요."

지환이 희미하게 웃었다. 분명 무슨 일이 있어 보였다. 그 일에 대해서 말하고 싶지 않아 하는 것도 느껴졌다. 은수는 더 이상 묻지 않고 그가 밥을 남기지 않도록 이것저것 반찬을 챙겨 주었다. 지금 그녀가 할 수 있는 건, 이런 것뿐이었다.

"어머님…… 다녀가셨어요."

화장대에 앉아 지환의 눈치를 살피던 은수가 말을 던졌다. 침대에 기대 경제 잡지를 읽던 지환이 작은 소리로 대답했다.

"그래요……."

"형님이랑 자주 연락하고 만나는 거, 아시는 것 같아요."

은수는 지환에게 이런저런 얘기를 하고 싶었다. 그의 마음이 그녀에게로 향해 있다는 것을 확인받고 싶었다. 왜 그런지는 몰랐다. 알 수 없는 불안감이 그녀를 가만두지 않고 있었다.

"마음 쓸 거 없어요."

지환이 이번엔 고개를 들어 은수를 바라봤다.

"특별히 잘못한 것도 아니고. 그냥, 조금 걱정하시는 걸 거예요. 워낙…… 우리 형제들이 사이좋게 지내지를 않아서."

지환에게서 슬픈 웃음이 흘러나왔다.

은수는 안타까운 눈으로 그를 바라봤다. 은솔에 대한 그녀의 마음도 그랬다. 자매이지만 다른 자매들과는 달랐다. 엄마가 다르다는 것은 엄청난 벽이 두 사람 사이에 놓여 있는 기분이었다. 그 벽은 처음부터 너무 단단해 깰 수 있다는 생각조차 하지 못했다.

지환도 마찬가지일 것이다. 회장 자리를 두고 경쟁을 하는 사이라면 은수가 느끼는 감정보다 더할 것이란 생각도 들었다. 그의 마음을 이해하지만 또 그래서 쉽게 그를 위로해 줄 수 없었다. 누군가의 위로로 바뀔 수 있는 운명이 아니기 때문이었다.

은수는 조용히 침대 안으로 들어섰다. 지환은 읽던 잡지를 내려놓고 스탠드 불을 줄였다. 익숙하게 은수에게 팔베개를 만들어 주어 그녀의 불안감을 단숨에 없애 버렸다. 은수는 용기 내 그의 허리를 끌어안았다.

지환은 망설임 없이 은수에게 키스했다. 달콤하면서도 아팠다. 은수가 느끼기에 그랬다. 급하게 그녀를 끌어안는 그의 행동이 평소와 다르다고 느꼈지만 은수는 고민하지 않기로 했다. 그가 옆에 있고, 그녀는 그의 옆에 있기 때문이었다.

□ □ □

"작은어머니가 별말 안 하셔?"

어제의 전화 통화가 마음에 걸렸는지 요리 수업이 끝나고 커피 한 잔을 앞에 놓자마자 해인이 물었다. 은수는 괜찮다는 웃음을 보였다.

"잘 지내면 좋은 거죠."

"그래도……."

해인은 더 할 말이 있었지만 참는 것 같았다. 은수는 해인에게 묻고 싶어졌다. 이들 형제 사이가 어느 정도인지. 얼굴조차 모르는 큰형은 지환에게 어떤 존재인지도 알고 싶었다. 그래야 그의 아픔을 알고 위로라도 해 줄 수 있을 테니까.

"큰아주버님은 언제 돌아오세요?"

뜬금없는 은수의 물음에 해인이 난처한 눈빛을 보였다.

"나도 몰라……. 근데, 그게 왜 갑자기 궁금해?"

"아, 그냥…… 얼굴도 못 봤고, 뭔가 분위기가…… 없는 사람처럼 여기는 것 같아서요."

"아, 동서도 어느 정도는 눈치챘구나. 그래, 모르는 사람이 보면 분명 이상하니까."

해인은 뭔가 알고 있는 것 같았다.

"유학 가신 거예요?"

"뭐, 공식적으로는 여행인데…… 내가 볼 땐 도피야. 나라도 그 상황에선 다 내려놓고 떠날 것 같아."

"무슨 일이 있었어요?"

해인은 누가 들을까 은수에게 가까이 다가와 속삭였다.

"나한테 들었다고 절대 말하면 안 돼. 작은어머니가 날 죽일지도 모르니까……."

이 일의 중심에 강 여사가 있는 것은 분명해 보였다. 본가에 갔을 때 도우미 아주머니에게 보내던 경고의 눈빛에는 들켜선 안 되는 무언가가 비쳐 보였다. 은수는 조용히 고개를 끄덕였다.

"아버님이 좀 오래 아프셨어. 그때 병간호한 사람이 작은어머니인데, 어쩐 일인지 그날은 큰어머니가 병간호를 하신다고 계셨어. 그리고…… 아버님이 돌아가셨어."

이상하게도 은수의 심장이 뛰었다.

"또 그날 밤에…… 큰어머니가…… 약을 드시고 아버님을 따라갔지. 뭐, 작은어머니가 직접적인 이유는 아니었지만…… 다들 느꼈지. 그 원인이 된 사람이 작은어머니라는 거."

"어떤 이유 때문에요?"

은수는 강 여사가 의심받는 이유가 궁금했다.

"작은어머니는 이 집안 족보가 깨끗하지 못한 건 모두 다 큰어머니 때문이라고 생각하셨어. 그걸 우리 어머님한테 편 가르기 하려고 하소연처럼 내놨으니까, 나도 알고 있는 거고. 어른들 일이라 속속들이 아는 건 아니지만, 분명한 건 큰어머니가 아버님을 사랑해서 결혼한 건 아니었다나 봐. 그러니 자연스럽게 아버님은 겉돌게 되셨고, 둘째, 셋째 부인을 만들었지."

그게 모두 큰어머니의 탓이라는 것은 비약이 심했다. 사랑으로 한 결혼이 아니었다고 하지만 그녀는 책임감을 가지고 아들을 낳았고 죽기 전까지 키워 내지 않았는가. 마지막으로 남편의 병간호까지 마음먹었을 때는 분명히 화해와 용서의 마음이 있었을 것인데.

"작은어머니는 억울하다고 하시지만 큰어머니가 돌아가시기 전에 마지막으로 만난 사람이 작은어머니니까. 큰 목소리가 나기도 했다나 봐. 이건 도우미 아주머니 증언이고."

도대체 무슨 말이 오갔던 걸까. 지환은 그 진실을 알고 있는 걸까. 은수는 좀처럼 뛰는 심장이 가라앉질 않았다.

"아무튼 그 일로 집안은 쑥대밭이 됐고, 아주버님은 뒤도 안 보고 떠난 거지. 그때 아주버님 짐들 싹 다 치우고 제일 많이 기뻐한 사람이 누굴 것 같아? 바로, 작은어머니야."

무서운 사람이라는 것은 알았지만 자신의 안위를 위해, 자식을 위해, 어떤 것도 가리지 않는 행동은 은수 역시 받아들이기 쉽지 않았다.

"서방님도 어느 정도는 예상하고 있을 거야. 큰어머니를 죽게 만든 게 작은어머니일지도 모른다는 거. 근데 다들 직접적으로 터뜨리지는 않았으니까. 믿고 싶지 않은 거지. 그냥…… 다 덮어졌으면 하는 것도 있어. 어차피 아주버님만 용서하면 끝나는 문제니까."

은수는 지환의 큰형이라는 사람에 대해 생각했다. 부모를 모두 잃고 떠난 사람. 은수는 큰아주버님이 가엽다는 생각이 들었다.

그리고 아무 잘못도 없이 가해자가 되어 버린 지환의 마음도 모두 다 이해되었다. 일부러 더 자신을 악하게 만들었을 그가 불쌍해 마음이 아팠다.

"그럼…… 큰아주버님은 안 돌아오실까요?"

"모르지. 다 용서하면…… 그땐 돌아올지도. 근데, 돌아올 이유가 없다면 굳이 오겠어? 부모님도 안 계시고, 할아버님이야 걱정할 필요 없고. 근데 할아버님이 그냥 놔두시진 않을 것 같아. 그래서 작은어머니가…… 불안하신 거지. 하루라도 빨리 서방님 회장 자리에 앉혀야 마음이 놓이지 않겠어?"

해인은 자신의 남편인 기주보다는 지환이 회장 자리를 차지할 것이라 생각하는 듯했다. 자리에 대한 욕심은 그 자식들에게는 해당 사항이 없었다. 오직 부모의 욕심으로 빚어진 비극이었다. 은수도 해인도 그 현실에 씁쓸한 마음뿐이었다. 어느 누구도 상처받지 않은 사람이 없었다. 어느 누구도 행복하지 못했다.

□ □ □

"안 들어가는 게 좋을 거야."

윤석의 등장에 대표실 앞에서 민철이 충고를 건넸다.

"왜요? 뭔 일 터졌어요?"

"나도 몰라. 그냥 하루 종일 저기압이야. 그 덕에 다들 야근 준비 중."

민철이 어깨를 으쓱였다. 정말 시계는 퇴근 시간을 넘어서고 있었다. 평소 같으면 집으로 칼퇴근을 할 녀석이 사무실에 있다는 게 놀라워 지나치지 못하고 들른 길이었다. 윤석은 궁금증을 참지 못하고 대표실 문을 열었다. 지환은 눈을 감은 채 생각에 잠겨 있었다.

"혹시…… 부부 싸움?"

윤석의 말소리가 들리자 그제야 지환이 눈을 떠 등장인물을 확인했다.

"헛소리할 거면…… 가라."

정말 분위기가 남달랐다. 어떤 것에도 심각하지 않던 녀석이다. 회사가 망해도 웃어넘길 것이라 생각했던 지환이 심각하자 윤석은 덜컥 겁이 났다.

"뭔데 그래?"

"……."

지환은 대답 없이 윤석을 바라봤다.

"지환아."

"형이 자주 쓰던 메일 좀 알아봐 줘. 그건 확인하는 것 같아."

갑자기 등장한 큰형 이야기에 윤석은 상황 파악이 제대로 되지 않았다. 형을 만날 수 있는 단서를 찾았다면 좋은 일이 아닌가. 이렇게 심각할 이유가 없었다.

"형님 친구 만난 거야?"

"……."

지환은 또 대답이 없었다. 생각에 잠긴 듯 테이블 위에 놓인 꽃병만을 바라보고 있었다.

"그리고…… 형 학교 동아리 하나만 알아봐 줘."

"동아리……?"

"아니다. 이건 내가 알아볼게. 그만 가라."

지환이 일어서 재킷을 챙긴 뒤 대표실을 나섰다. 윤석은 마음이 불안했다. 지환에게서 단 한 번도 본 적 없는 표정이었다.

지환의 늦는다는 문자에 은수는 어쩔 수 없이 실망하게 되었다. 해인이 지아와 함께 저녁을 먹는 게 어떠냐고 넌지시 물었을 때 은수는 모른 척 지환이 오늘 일찍 귀가를 한다고 둘러댔다.

바라는 것이 없었을 때는 아무래도 상관이 없었다. 하지만 이제는 그녀가 더 조바심이 났다. 자꾸만 욕심이 생겼다.

은수는 저녁 식사도 미뤄 둔 채 멍하니 거실에 앉아 핸드폰만을 내려다보았다. 일찍 들어오라는 문자를 보내 볼까 하다가 내려놓았다. 왜 이렇게 쉽지 않을까. 남들은 그리도 쉽게 마음을 내비치는데 그녀는 왜 이렇게 어렵기만 할까. 은수는 자신을 책망했다.

그리고 깨달았다. 왜 이렇게 어려운 것인지.

더 이상 상처받기가 싫은 것이다. 더 이상…… 누구에게도 상처받기가 싫었다.

닫고 닫았던 마음의 문을 열어 좋아한 선배는 홀연히 떠났다. 그리고 은수는 어느 누구도 좋아하지 않겠다고 다짐했다. 하지만 그 다짐이 무색하게 또 누군가를 마음에 들였다. 은수는 지환을 생각했다. 이제는 누구도 떠나보내고 싶지 않았다.

전화가 울렸다. 은수는 얼른 전화기를 붙잡아 발신인을 확인했다.

잊었던 사람이었다. 은수는 망설이다 전화를 받았다.

"……네, 선배."

18. 절박해 보였다

　― 은수야……. 은수야?

　"……네."

　― 전화번호 안 바꿨구나. 혹시나 해서 해 봤는데.

　동아리 회장이었던 규찬은 선배와 가장 친한 사람이었다. 늘 그녀와 선배를 의심의 눈초리로 바라봤지만 사귀냐고는 묻지 않았었다.

　규찬은 선배가 떠나고 나자 은수에게 더 이상 연락하지 않았다. 공통분모가 사라지자 내통할 이유가 없어진 것이었다. 은수는 선배 이외에는 어느 누구와도 감정을 나누지 않았기에 서운하거나 생각나지도 않았다. 그런 그가 은수에게 전화를 걸었다. 이유는 공통분모밖에 없었다.

　― 얼마 전에 출장 갔다가…… 그 녀석 만났어.

　"……."

은수는 선배의 소식을 언젠가는 누군가에게 전해 듣게 될 거라 생각했다. 그래도 그 언젠가가 이렇게 빨리 찾아올 줄은 몰랐다.

"그래요……."

은수는 아무 일 아닌 것처럼 대답했다.

— 아, 이거부터 물어야 하나……. 니들, 아직도 친하니?

은수는 뭐라고 답해야 할지 몰랐다. 그가 선배와 그녀의 사이를 어디까지 짐작하고 있는지도 몰랐다. 선배는 단 한 번도 둘 사이를 발설하지 않았지만 둘 사이에 무언가 있을 것이란 추측은 하게 만들었다.

단체 사진을 찍을 때도 꼭 그녀를 옆에 세웠다. 모르는 사람이 본다면 동아리에서 겉도는 여자 후배를 그저 배려하는 모양새였겠지만 그와 조금이라도 친하거나 그를 마음에 둔 사람이라면 오해할 만한 행동이었다.

은수도 선배와의 연애가 그랬다. 어쩔 땐 확신하면서도 또 어쩔 땐 사랑이 아닌 것만 같았다. 그래서 은수는 규찬의 질문에 곧바로 대답하지 못했다. 그들은 친했을까. 사랑이었을까.

"연락 안 한 지…… 좀 됐어요."

선배의 메일은 꼬박꼬박 도착했지만 은수는 자신의 결혼 소식을 알렸던 단 한 번을 제하고는 답장을 하지 않았다.

— 그래, 그랬구나. 내가 너무 뜬금없이 전화해서 물어봤지. 요즘 그 자식 찾는 사람이 많아서 생각하다 보니까…… 제일 먼저 네가 떠오르더라. 바쁜데, 전화한 거야? 아 참, 너 어떻게 사는지 안부도 안 물어봤다. 그때 듣기로 선생님 됐다던데, 어느 학교야?

허겁지겁 안부를 묻는 규찬이 안쓰럽기도 했다.

"……그만뒀어요."

— 아, 그래? 그럼, 요새는 뭐 하는데?

"저…… 결혼했어요, 선배."

은수의 대답에 건너편에선 잠깐 할 말을 잃은 듯 아무 소리가 없었다.

— ……야, 인마! 그럼, 말을 했어야지! 이렇게 조용히 가는 게 어디 있어? 아무리 없는 사람처럼 동아리 다녔어도, 나도 있고, 후배들도 몇 명 끌고 가서 축하해 줄 수 있는데, 너무 섭섭하다, 윤은수.

그게 빈말이라는 것을 은수도 알았다. 단순히 그녀의 안부를 묻기 위해 전화한 게 아니란 것도 알았지만 그에게 더 이상 해 줄 말도 없었다. 그들의 공통분모는 이제 그녀에게 큰 의미를 차지하지 못했다.

"저도…… 선배 소식은 잘 몰라요."

— 아…… 그렇구나. 미안하다. 불쑥, 전화해서……. 그래, 은수야. 다음에 꼭 얼굴 한번 보자.

"네, 선배."

은수는 조용히 전화를 끊었다. 지환에게선 아직 소식이 없었다. 더 이상 참을 수 없었다. 은수는 전화기를 들어 지환의 번호를 눌렀다.

□ □ □

"누구시라고요?"

앳된 얼굴의 동아리 회장이 지환의 소개에 고개를 갸웃거렸다. 이들과 형 우진 사이에 기수 차이가 있으니 모르는 게 당연하다고 생각했지만 지환은 어떤 단서라도 찾아야 했다. 하지만 한편으론 이 궁금증을 풀지 말아야 한다는 생각도 들었다. 마치 판도라의 상자처럼 열어 버리면 모든 것이 끝날 것만 같아서 가슴이 옥죄어 왔다.

그렇다고 모른 척할 수도 없었다. 의심은 멈추지 않았고, 은수를 오해하고 있는 자신을 느껴야만 했다. 더 이상은 안 되었다. 지환은 무엇보다 사실을 파악하는 게 우선이라는 생각이었다.

"우진 선배는, 왜요?"

지환과 나이가 비슷해 보이는 여자가 그들의 대화에 불쑥 끼어들었다.

"아, 선배는 알 수도 있겠다. 02학번이면 그때 학교 같이 다니신 거 아니에요?"

어린 회장이 여자에게서 단서가 나올 것이라 힌트를 주었다. 여자는 지환을 경계하는 눈빛이었다. 지환은 얼른 주머니에서 명함 하나를 꺼내 건넸다.

"최지환입니다. 최우진 씨 동생이에요."

지환의 소개에 그제야 여자의 눈빛이 풀어졌다.

"선배, 외국으로 떠났다고 하던데……."

일부러 학교 밖 고급 커피숍으로 데려와 비싼 케이크까지 먹이며 취조를 시작했다.

여자는 형과 같이 학교를 다녔고, 형보다는 여섯 살 어린 후배였다. 현재 국어국문학과 조교로 일하는 중이라고 자신을 소개한 여자는 우진과의 추억에 잠긴 듯 잠깐 얼굴을 붉혔다. 혹시나 형의 친구가 잘못 오해하고 있을 수도 있다는 생각이 들었다. 은수가 아니라 이 여자면 그의 모든 걱정과 오해들은 깔끔하게 정리될 수 있을 것이다.

"아, 지금 외국에 있어요. 형이 책을 하나 만드는데, 동아리 이야기를 넣고 싶은가 봐요. 출판사에서 사진이나 작품 같은 게 있으면 같이 첨부하면 좋을 것 같다고……. 그런데 그것 때문에 귀국하는 것도 그래서, 제가 대신 알아봐 주는 거예요."

지환의 그럴듯한 거짓말에 여자는 완전히 속은 듯 고개를 끄덕여 주었다. 지환이 예상한 사진은 없을 수도 있었다. 그리고 그들은 단순한 선후배 사이일 수도 있었다. 어떤 것이 진실이든 눈으로 확인해야만 이 마음속 감옥에서 탈출할 수 있을 것 같았다.

"진짜 작가로 나서는구나……. 선배 시는 학교 때도 유명했죠. 그때 동아리 여자애들 중에 선배 안 좋아한 애가 없었을걸요. 분명 누구 한 명이랑 사귄 것 같은데, 아직도 그게 미스터리예요."

자신은 아니란 것을 은연중에 꺼내 놓은 말이었다. 지환은 그대로 기대가 무너지고 말았다. 정말 은수였을까. 꽁꽁 숨기듯이 사귄 여자라면, 그 마음은…… 지금 어디쯤일까. 형이 보냈을지도 모르는 그 택배는 무슨 의미일까. 그리고 은수는……. 지환은 더 생각하기조차 싫어 고개를 흔들었다.

"사진은 동아리방 가면 찾을 수도 있을 거예요. 행사 있거나 놀러 갔을 때 찍은 사진들은 모아 놓거든요. 오비모임 때도 들고 가서 안

줏거리 삼기도 하고…….”

그곳에 은수가 있을까. 형과 함께 서 있는 은수를 지환은 상상조
차 할 수 없었다. 처음 형의 친구에게서 들었던 '은수'라는 이름에는
웃어 버렸다. 그리고 '윤은수'라는 말에는 심장이 바닥을 쳤다.

운명의 장난이라고? 그럴 수는 없었다. 그 많은 세상 여자들 중에
윤은수가 한 명일 리는 없다고 생각했다.

“혹시…… 형이랑 친했던 사람 중에 윤은수……라고 알아요?”

케이크를 입으로 가져가던 여자가 눈을 동그랗게 떴다.

“아, 은수도 아세요? 우진 선배랑 아직도 연락한대요? 진짜 둘이
사귄 거 아니야…….”

여자의 혼잣말에 지환은 모든 것을 내려놓았다. 그 수수께끼를 그
가 풀어야 한다는 운명은 판도라를 연 그의 잘못이었다.

□ □ □

“왜 또 시무룩해?”

“……네? 아, 그런 거 아니에요.”

“아니긴. 내 눈은 못 속여.”

해인이 은수의 눈앞까지 얼굴을 들이밀며 애써 장난을 쳤다. 그녀
의 기분이 다운되어 있는 것 같아 풀어 주려는 마음일 것이다. 은수
는 그 배려가 고마웠지만 좀처럼 기분이 나아지지가 않았다.

지환은 어제 뒤늦게 전화를 걸어 와 미안하다고 말했다. 은수가
잠들 즈음 들어와 조용히 그녀를 내려다보고 있었다. 술 냄새는 나

지 않았다. 무엇이 그를 괴롭히고 있는 것일까. 털어놓고 말해 보라고 은수는 말하지 못했다. 그가 말하는 마음의 거리를 좁히기 위해선 더 노력해야 한다는 것도 알았다. 그래야 그는 계속 그녀를 바라봐 줄 것이고, 떠나지 않을 것이다.

하지만 쉽지가 않았다. 은수는 또 그렇게 선배와 만났을 때처럼 겁쟁이가 되어 가고 있었다. 더 이상 상처받을 마음도 남아 있지 않다고 생각했지만 지환을 좋아하고 나서는 겁이 났다. 한 번씩, 마음이 아팠다.

"동서…… 그거 알아? 동서 표정, 처음이랑 많이 달라진 거."

해인의 말에 은수는 감출 수 없는 마음에 대해 떠올렸다.

"처음엔 뭐랄까…… 사막 같았는데, 지금은 꽃이 조금 피기 시작한 화단 같다고 해야 하나. 암튼 희로애락이 있어, 얼굴에. 이건 좋은 뜻이야. 알지?"

"정말…… 좋은 게 맞겠죠?"

은수가 되물었다. 해인은 그런 은수가 다행이면서도 또 걱정이 되었다. 감정에 휩쓸린다는 것은 살아 있다는 뜻이기도 했지만 그만큼 쉽게 무너질 수 있다는 소리이기도 했다.

누구로 인해 휩쓸리고 무너지는지 알았다. 지환이 이런 은수의 마음을 다치지 않게 잘 이끌어 갈 수 있을까. 해인도 그 답엔 물음표였다.

지환이 이전과 다르다는 것은 느껴졌지만 그가 살아온 삶은 그를 믿지 못하게 만들기 충분했다. 기주처럼, 지환도 그렇게 변해 버리는 것이 아닐까 해인은 두려웠다. 해인도 이제 두려운 것이 생겼다. 은수로 인해 그녀도 조금씩 변하고 있었다.

"그래. 그냥 질러. 인생 뭐 있어? 서방님이 짜증 나게 굴면 막 머리끄덩이를 잡고 흔들어. 뒤는 내가 책임질게."

"꼭…… 머리를 잡아야 해요?"

은수가 상상이라도 한 듯 얼굴을 찌푸렸다.

"왜? 다른 곳 잡고 싶어? 어디, 밑에?"

"……네?"

은수의 얼굴이 그대로 붉어졌다. 해인은 알 거 다 아는 사이끼리 왜 이러냐며 능글맞은 웃음을 보였다.

"난 몇 번 잡아 봤는데. 함부로 씨 뿌리고 다니지 말라고. 해 볼 만해."

은수는 얼른 주변을 살폈다. 해인은 그런 은수가 귀여웠다.

살아온 삶이 다르다는 것을 알았다. 결국엔 그녀도 은수를 온전히 이해할 수 없고, 은수도 그녀를 이해하지 못할 일이 생길 수도 있다는 것을 알았다. 하지만 그래도 은수는 그녀를 이해해 주었으면 했다. 은수만은 그녀의 삶을, 그녀의 행동을, 그녀의 아픔을 보듬어 주었으면 했다.

그런 용기를 만들어 준 이가 은수였기에 해인은 은수만은 그녀의 편이 되어 주었으면 했다. 어떤 운명의 장난이 그녀를 괴롭힌다고 할지라도.

□ □ □

"여기. 전에 알아봐 달라고 한 형 메일이야. 진짜 떠난 뒤로도 이

건 확인하고 메일도 썼더라. 두 달에 한 번 꼬박꼬박 한곳에 보냈던데, 아무래도 여자 같지?"

지환은 윤석이 내민 자료를 내려다보며 은수를 생각했다. 그리고 저절로 형을 떠올렸다. 전혀 접점이 없던 두 사람이 마치 한 쌍처럼 수면 위로 떠올랐다. 추측했던 일들이 현실로 점점 드러나자 지환은 제대로 정리조차 되지 않았다.

그럼 이제 어떻게 해야 할까. 지환은 답이 나오지 않았다. 이미 지난 과거라고 묻어 버리기엔 여러 단서들이 그를 찝찝하게 만들었다. 형은 얼마 전까지도 은수에게 메일을 보냈다. 그리고 집으로 택배까지 보낸 상태였다.

그 택배를 받은 은수는 아무 일도 아닌 것처럼 넘겼다. 은수에게는 이제 형의 존재가 무의미한 것일까. 그렇다면 아무 상관이 없었다. 형이 만난 여자라고 해도 지금은 그의 곁에 있는 사람이었다. 법적으로 은수를 소유한 사람은 그였다. 하지만 불안했다. 형의 마음이, 이 모든 사실을 알게 될 은수가. 지환은 생각하고 또 생각했다. 답이 나와야 했다.

"너, 문자 계속 들어오는데."

윤석의 말에 지환은 핸드폰을 꺼내 확인했다.

동아리 여자였다. 지환의 부탁을 이리도 빨리 수행할 줄은 몰랐다. 그녀는 형이 찍힌 사진들을 차례대로 전송해 왔다. 그 사진들 속에 은수는 등장하지 않았다. 눈으로 확인하지 않았다면 어떤 것도 진실이 될 수 없었다.

지환이 안도하는 순간, 마지막 사진이 그의 눈을 붙잡았다. 모든 사람들이 모인 단체 사진이었다. 전화기를 들고 사진을 확대해 보았다. 형이 뒤쪽에 우뚝 서 있었다. 그리고 그런 형의 옆에 선 어린 은수가 보였다. 그녀의 눈은 형에게로 향해 있었다. 그녀는 그가 단 한 번도 본 적 없는 밝은 미소를 짓고 있었다.

"무슨 사진인데?"

윤석이 전화기 쪽으로 다가오자 지환은 얼른 화면을 닫고 자리에서 일어났다.

"그만 가라."

"지환아."

"그만 가라고!"

지환이 소리쳤다. 윤석은 놀라 지환을 바라봤다. 녀석의 눈빛은 정상이 아니었다.

"무슨 일인지 말해야 같이 고민해 볼 것 아니야. 네가 이렇게 감정적으로 나올 정도면 큰일……."

"……몰라도 돼. 아무도 모르게 하면 돼. 그렇게 하면…… 아무 문제 없어."

지환은 결의를 다지듯 되뇌었다.

ㅁ　ㅁ　ㅁ

"무슨 일인지 말해 줬으면 좋겠어요."

저녁 식사 자리에서 은수가 참지 못하고 지환에게 말을 걸었다.

그는 퇴근 시간에 맞춰 집에 도착했고, 은수는 기분이 좋았다. 재빨리 식사 준비를 하고 그와 식탁에 앉았다. 그런데 그의 표정이 한 번씩 심각해졌다. 은수는 그 모습을 가만히 지켜보기가 힘들었다. 그녀가 예민한 것일 수도 있었다. 하지만 어느 순간부터 그의 감정에 따라 그녀의 감정도 똑같이 휩쓸리는 것을 느꼈다. 더 이상 참기가 어려웠다.

은수의 말에 지환이 눈을 맞춰 왔다.

"아무 일도…… 없어요. 세금 문제 때문에 신경 쓸 게 많아서 그런가 봐요."

지환이 애써 웃어 보였다. 그가 감추는 것에 능한 사람이라는 것을 알았다. 그런 남자가 은수에게 들킬 정도로 감정을 컨트롤하지 못한다는 건 그가 감당하기 힘든 일이 생겼다는 것을 의미했다. 은수는 지환이 그녀에게 기대길 바랐다. 그녀가 그를 위로해 줄 수 있길 원했다.

"연기력이 예전만 못해요. 얼굴에 다 드러난다고요. 말 안 하면 그 말 못 할 일이 나랑 관련된 거라고 생각할 거예요."

은수의 말에 지환은 맞다, 고도 아니다, 라고도 할 수 없었다.

맞는다고 하면 어찌 될까. 당신이 예전에 만났던 남자가 내 형이냐고 묻기라도 한다면. 자신도 모른 채 형제 사이를 오간 그녀는 어떤 반응을 보일까. 우리 둘 사이는 이전처럼 이어질 수 있을까. 지환은 차라리 그가 모든 걸 끌어안고 가는 편이 낫다고 생각했다.

"일이 있는 건 맞지만 은수 씨 때문은 아니에요. 이건 믿어 줘요."

지환은 거짓말을 했다. 은수가 잠깐 지환을 바라봤다. 지환은 제발 이 여자가 속아 주길 바랐다.

"알았어요. 그 일…… 빨리 해결되었으면 좋겠어요."

은수의 바람에 지환도 같이 고개를 끄덕였다.

"네……. 금방 해결될 거예요."

두 사람은 서로를 바라보며 웃었다.

일찍 잠자리에 들었다. 요즘은 거르지 않고 매일 섹스를 했다. 지환은 늦게 들어온 날도 은수를 깨워 몸을 섞었다.

은수는 그것이 더 불안했다. 그녀가 옆에 있어도 그는 없는 것처럼 그녀를 확인하는 것 같았다. 거칠게 몰아붙이다가 부드럽게 끌어안았다. 익숙하게 한 몸이 되면 중독이라도 된 듯 안심이 되었다.

평소보다 그의 키스가 길어지자 은수는 숨을 참지 못해 그를 밀어냈다. 가쁜 숨이 잦아질 즈음 그가 더없이 깊어진 눈빛으로 물었다.

"……우리, 아기 가질까요?"

은수는 지환의 눈을 바라봤다. 그의 눈은 절박해 보였다.

19. 그저 운명일 뿐이었다

형에게 메일을 보냈다. 만나고 싶다는 간단한 내용이었다. 시간이 걸릴 줄 알았던 답변은 이틀 뒤에 곧바로 날아왔다.

형은 여행 중에도 매일 메일을 확인하는 것 같았다. 누구의 소식을 기다리는 걸까. 그 사람은 은수일까. 그녀는 형에게 메일을 보내고 있는 걸까. 확인하려면 해 볼 수도 있었다. 하지만 지환은 이제 그러고 싶지 않았다. 의심에 의심을 더할수록 그 자신이 더욱 힘들었다.

은수가 누구를 만났던 상관없었다. 현재의 사랑이 그이면 된 것이다. 형의 감정만 단념시키면 될 문제였다. 형을 만나면 무슨 말을 해야 할까. 지환은 어쩔 수 없이 그 끝을 생각했다. 영원히 두 사람을 만나지 못하게 하는 것이었다. 잔인하다고 해도 그가 살아야 했다. 형은 이곳의 삶을 버리고 떠난 사람이었다. 그가 버린 것 중에는 은수도 포함되어 있었다. 정말로 사랑한다면 데리고 떠났어야 하는 게 맞았다.

그가 생각하는 사랑은 그러했다. 아무리 달콤한 말들로 멀리서 속삭여도 옆에 없다면 그것은 환상일 뿐이었다. 현실로 그녀를 만지고 가질 수 있는 사람은 그였다. 느리지만 은수도 그에게 마음을 주고 있었다. 만약 형이 나타난다고 해도 그녀의 마음이 그라면 그것으로 된 것이었다. 다른 무엇은 아무것도 중요하지 않았다.

"형님이 너무 쉽게 만나 주는 거 아니야?"

윤석은 불안한 눈빛으로 지환에게 물었다.

"한 번은 만나야 한다고 생각했을 거야."

"그럼 네가 무슨 얘기를 할 줄 안단 말이야? 난 좀 이상해. 아무리 떠난 사람이지만…… 그래도 쉽게 그 자리를 내놓을 생각은 못 할 것 같은데. 형님도 사람이야. 욕심이 있을 거 아니야?"

형이 어떤 생각을 하고 있을지는 지환도 가늠할 수 없었다. 본처의 자식이라는 것이 그랬다. 어쨌든 형은 피해자였고, 지환은 가해자였다. 기주와 지환은 항상 우진에게 피해 의식을 느껴야 했다. 생각 없이 베푼 형의 친절은 동정으로 비꼬아졌고, 곧 끝없는 열등감으로 변했다. 할아버지는 형보다 앞선 그들을 인정하지 않았다. 항상 우진이 먼저였고, 모든 중심은 우진으로 돌아갔다.

형이 가졌을 상처를 모르는 게 아니었다. 하지만 모른 척하고 싶었다. 악랄한 마음의 병은 그를 방관자로 만들었다. 큰어머니가 돌아가시고 나서 형이 강 여사에게 가지는 감정이 어떤 것인 줄 알았지만 지환은 모른 척하고 싶을 뿐이었다. 진실은 중요하지 않았다.

인생은 공평하게 돌아간다고 생각했다. 형이 받은 상처만큼 그 역시 힘든 삶을 살아왔다. 누가 더할 것도 덜할 것도 없이 모두가 상처를 안고 가는 것이었다.

"욕심…… 버리게 만들면 돼."

지환의 눈이 차갑게 변하자 윤석은 더 불안한 마음이 들었다. 그래도 형이었다. 큰형에 대한 지환의 마음을 모르는 게 아니었다. 그가 가질 수밖에 없는 미안함으로 제대로 다가가지조차 못했다. 큰어머니가 죽고 나서는 친구인 그의 집으로 와 남모르게 며칠 밤을 앓기도 했다. 감정이라는 것이 없는 줄 알았던 녀석이 잠결에 울음을 터뜨리자 안타까움에 가슴이 아려 오기도 했었다.

부모는 선택할 수 없는 것이었기에 지환도 어머니의 욕심에 대해서는 어찌할 수가 없었다. 그 하나만 믿고 버텨 온 삶이었다. 회장 자리에 올라 주는 것이 어머니에 대한 그의 도리라는 것도 알았다. 하지만 그 과정은 형제들에게 너무도 잔인한 형벌이었다.

"그럼, 다행이고. 아무래도 형님, 여자가 있는 것 같으니까 그쪽으로 마음 돌리게 하면 되겠지. 평범하게 살고 싶어서 떠났을 테니까."

평범한 행복. 여자. 그리고 은수.

윤석의 해석에 지환의 가슴이 잔인하게 할퀴어졌다.

형의 행복이 그의 불행이었고, 그의 행복이 형의 불행이었다. 잔인한 운명의 장난은 도대체 언제쯤 끝이 날까. 끝이 나기는 할까. 지환은 아예 생각하지 않기로 했다. 어떤 것도 생각하지 않고 오직 은수를 지켜야 한다는 목표만 되뇌었다.

"서방님 또 출장 간다고 이런 표정이라면, 차라리 따라가라고 하고 싶다, 동서."

은수는 감추려 했지만 이제는 그것이 잘되지 않았다. 그리고 해인에게는 굳이 감추고 싶지 않았다. 해인과 있을 때만큼은 그녀가 느끼는 감정에 대해 이야기를 나누고 싶었다. 이런 감정들을 무엇이라고 하는지. 정말 지환을 가슴 깊이 담은 것인지. 은수는 아직도 혼란스러웠다.

"내가 따라간다고 하면, 그 사람…… 안 간다고 할 거예요."

"아, 뭐야? 지금 염장 지르는 거야? 서로 배려하다가는 죽도 밥도 안 되는 거 알지?"

"전 좀…… 어려워요, 형님. 남들은 쉽게 질투도 하고, 애교도 부리고 하던데."

은수의 고민에 해인은 참지 못하고 웃음을 터뜨렸다.

"이제…… 진짜 여자 사람 같네. 그래, 그런 고민 할 수 있지. 나라고 안 하겠어?"

"형님도…… 하세요?"

은수는 해인이 가진 밝은 성격과 직설적인 화법이 부러웠다. 자신의 잘못도, 아픔도, 감추지 않고 털어놓을 수 있는 그녀가 진정한 어른이라는 생각이 들기도 했다.

"나도 여자거든? 그 사람 마음에 들려고 고상한 척도 많이 해 봤어. 내 아킬레스건이 가방끈이잖아. 결혼하고 처음 몇 년은 음악회

다, 뮤지컬이다, 재벌 집 며느리들이 모이는 곳에 가서 이것저것 주워들었지. 근데…… 어느 순간 느껴지더라. 뭔가 내가 아닌 느낌. 나는 분명 잘 살고 있는데, 그 사람은 내가 아닌 것 같았어. 그때부터…… 차라리 내가 좋아하는 거 하자. 그렇게 생각하고 춤추러 다녔지. 그러면서 그 사람이랑 많이 싸우기도 했고."

무엇이 정답일까. 그 사람을 있는 그대로 사랑해 주는 것이 정답일까. 아니면 그 사람을 위해서 변하도록 노력하는 것이 정답일까. 은수도 아직 그 답을 찾을 수가 없었다. 그녀는 이런 사람인데, 이런 사람으로는 그 사람 곁에 있을 수 없을 것만 같았다. 변해야 한다고 생각하면서도 내가 아닌 나로 변하는 것이 두려웠다.

"어렵네요."

"그치? 세상에 쉬운 게 어디 있겠어. 그래도…… 마음만 있으면 또 살아지더라. 내가 그 사람을 놓지 못하는 거, 그것 때문 아니겠어. 수없이 무너지고 상처받아도 그 사람 사랑하니까."

은수는 해인의 사랑이 더욱 안타까웠다.

"작은아주버님 마음은…… 어디쯤인 거예요?"

"그걸 알면 내가 이러고는 안 살겠지?"

해인이 애써 웃었다.

"요즘은 나도 잘 모르겠어. 자꾸 전화해서 지아 얘기 묻고……, 집에도 잘 들어오는데, 그게 더 불안해. 아무래도 짝사랑하는 데 익숙해졌나 봐."

정말 웃지 않을 수 없었다. 사랑받길 원해 기다리고 기다리는데 그 사람이 돌아봤을 땐 겁이 났다. 등만 보고 살고 있는데 얼굴을 보여 주니 여기가 정말 끝일 것 같은 기분이 들기도 했다. 차라리 모르는 척 무시를 당하는 게 마음 편했다. 체념으로 학습된 결과는 놀라웠다.

은수는 그 마음이 이해되기도 했다. 아버지가 한 번씩 은수의 안부를 묻거나 어깨를 두드려 주면 마음이 불안했다. 차라리 그녀를 모른 척하는 것이 마음 편했다. 항상 외톨이였고, 사랑받는 것에는 익숙하지 못했다.

"작은아주버님도…… 변하시는 중이겠죠."

그 변화가 좋은 것인지는 어느 누구도 확답할 수 없었다. 그저 각자가 가지는 마음의 시간으로 흘러갈 뿐이었다. 그 시간이 조금 늦을 수도, 너무 빠를 수도 있었다. 시간이 만나지 못하는 건 누구의 탓도 아니었다. 그저 운명일 뿐이었다.

□ □ □

형이 있는 곳은 네팔의 포카라란 오지였다. 히말라야를 등반하려는 배낭여행객의 성지 같은 곳이라고 했다. 히말라야산맥 아래에 있는 작은 도시라 네팔 수도인 카트만두에 도착한 후 다시 비행기를 타고 형이 있는 포카라로 들어가는 일정이었다.

은수가 챙겨 준 캐리어는 차 안에 두고 배낭 하나만 멘 채 떠났다. 윤석이 내민 포기 각서는 캐리어에 그대로 남겨 두었다. 이 출장의 원래 목적은 형의 경영권 포기를 날인으로 받아 오는 것이었지만 지환의 마음은 달랐다.

형의 마음이 어디쯤인지 알고 싶었다. 은수를 향한 형의 사랑이 어디로 향하는지. 아직도 끝나지 않은 것이라면 그가 막아야 한다. 은수를 흔들 수 있다면 그는 그에 맞서 대비를 해야만 했다.

형도, 은수도, 모르는 사이에 이들의 잘못된 운명을 끊어 낼 것이다. 형이 한국에 미련을 가지지 않도록 그는 어떤 수단과 방법도 가리지 않고 지원할 생각이었다. 영원히 해외를 여행하고 싶다면 금전적인 지원도 약속할 것이고, 어딘가에 정착하고 싶다면 거기에서 살아갈 수 있는 밑바탕을 마련해 주면 된다.

지금 지환에게 제일 필요한 것은 시간이었다. 은수가 그를 온전히 받아들이고, 떠나지 못할 방법을 찾기 위한 시간. 그것만 보장되면 먼 훗날 이 사실을 알게 되더라도 추억처럼 지나가 버릴지도 몰랐다.

지환이 생각을 정리하고 마지막 목적지인 포카라 공항에 도착하자 저 멀리 그를 기다리고 서 있는 한 남자가 보였다. 형은 다른 사람 같았다. 정리되지 않은 수염과 머리, 핼쑥해진 얼굴이 그간의 고행을 모두 말해 주는 것 같아 지환은 형에게로 발걸음을 떼는 것이 어려웠다.

잔인하게 자신을 괴롭히는 게 형이 하는 용서의 방법인 걸까. 차라리 이해하고 싶지 않았다. 이제까지 그래 왔던 것처럼 모른 척하는 게 그가 할 수 있는 최선이었다.

"지환아……."

형이 그의 이름을 부르고 웃었다.

모든 걸 내려놓고 떠나던 날, 어머니를 독기 가득한 눈으로 바라보던 형은 없었다. 지환은 다행이라고 생각하면서도 차라리 형이 자신을 미워했으면 좋겠다고 바랐다. 영원히 미워해 그가 구원받지 않기를 원했다. 죄를 짓는 것도 그이고, 죄를 받는 것도 그가 되길.

"……살아 있었네요."

지환도 우진을 향해 웃어 보였다. 두 사람은 어쩔 수 없이 닮은 모습이었다.

형이 지내는 곳은 좁은 방 한 칸이었다. 1인용 침대 아래에는 벌레들이 기어 다녔고, 간이로 만들어 놓은 빨랫줄에는 낡은 수건들이 마르지 않은 채 걸려 있었다. 텅 빈 공간 안에 덩그러니 놓인 작은 책상 위에는 빛바랜 노트와 종이들이 두서없이 흩어져 있었다.

형이 시를 쓰는 사람이라고는 단 한 번도 생각해 보지 않았다. 아니, 형이 어떤 생각을 하고 어떤 일을 하고 싶어 하는지 관심 가지지 않았다. 넘버원은 항상 정해져 있었고, 거기에 관심을 가지고 질투심을 느끼는 것조차 자존심이 상했다. 그래서 형은 지환에게 항상 먼 존재였다.

"하루라도 여기서 자기엔 네가 불편할 것 같아서…… 바로 밑에 제일 괜찮은 호텔로 예약해 뒀어. 짐은 조금 있다 가서 풀고, 밥부터 먹자. 동네는 이래도 기대 안 하고 먹으면 먹을 만해. 나가자."

지환은 형이 이끄는 대로 움직였다. 그는 원래 이곳에 살았던 사람처럼 익숙하게 동네를 누볐다. 지나가다 만나는 동네 사람들과 간단히 인사를 나누기도 했고, 트래킹을 온 한국 배낭객들에게는 친절하게 요긴한 정보를 알려 주기도 했다.

"이렇게 쉽게 만나 줄 거라고는 생각 못 했어요……."

밥을 먹고 지환이 처음으로 건넨 말이었다. 우진은 지환의 말을 예상했다는 듯이 웃어 버렸다.

"그래……. 나도 왜 이런 마음이 들었는지 모르겠다."

한국에서 날아온 메일은 우진을 긴장하게 만들기 충분했다. 비록 그가 기다리던 사람은 아니었지만 이제는 만나도 되지 않을까 생각해 봤다.

"그냥…… 날 시험해 보고 싶었어. 널 봐도 아무렇지 않으면, 그 땐…… 내 마음의 병이 다 나은 거니까."

우진은 지환에겐 아무 잘못이 없다는 것을 알았다. 그저 그의 어머니가 강 여사일 뿐이었다. 그래서 한 번씩 동생을 볼 때면 가여웠다. 그에게는 다가오지도 못한 채 방관자처럼 살고 있었다. 모른 척하기 위해서 제 인생도 흘러가는 대로 버려두는 것 같았다.

"……어때요? 날 용서할 수 있어요?"

지환은 정말 묻고 싶었다. 당신이 원하는 그 여자를 내가 차지하고 있는데, 용서할 수 있냐고.

"용서하고 말고도 없어. 여기 있으면…… 아무 생각도 안 들어. 그 냥, 나한테 가장 소중한 게 뭔지만 생각날 뿐이지."

그게 은수라도 지환은 내어 줄 수 없었다.

"한국, 돌아오고 싶어요……?"

지환의 물음에 우진이 고개를 저었다.

"너…… 뭐 때문에 찾아왔는지 안다. 확실하게 확인받고 싶으면 사인이라도 해 줄 수 있어. 회장 같은 거…… 처음부터 생각 없었다.

다 할아버지 욕심이지. 그 욕심 때문에 어느 누구도 행복하지 않다는 걸 할아버지가 아셔야 할 텐데……. 어쩔 수 없이 이게 우리들 운명이겠지."

"계속…… 이렇게 살 순 없잖아요."

지환은 정말 우진을 걱정해 물었다. 그도 이런 상황을 바라지는 않았다.

"그래……. 여행은 이제 끝내야겠지. 조만간 정리하고, 아프리카 쪽으로 가서 선교사로 좀 있을까 해. 아는 교수님이 거기 계신데, 도움이 필요하다고 해서."

지환은 이렇게 형의 얼굴을 보고 가는 게 다행이란 생각이 들었다. 형이 한국을, 은수를 잊어 가는 것이라면 그는 응원해 주고 싶었다. 혹여나 뒤늦게 돈이라는 것에 욕심이 생긴다면 내어 줄 마음도 가졌다. 그도 은수가 아니라면 어떤 것도 차지할 마음이 없었다.

"너무 내 얘기만 했네. 넌, 어때? 이제, 결혼도 해야지."

"……했어요, 결혼."

우진은 지환의 대답에 진심으로 축하의 눈빛을 보냈다.

"아, 그랬구나……. 미안하다. 형인데, 참석도 못 하고……. 할아버지 좋아하시겠네."

지환은 대답 대신 희미하게 웃었다.

행복하다고 말할 수 없었다. 은수로 인해 행복했지만 형에게는 말할 수 없었다.

형과 헤어져 숙소로 돌아온 지환은 은수에게서 들어온 문자를 확인했다.

[밥은 잘 챙겨 먹고 있어요? 오늘은 형님이 같이 있어 주신다고 해서 함께 있어요. 내 걱정은 안 해도 된다는 소리예요. 지환 씨…… 잘 자요.]

가슴속에서 따끈한 무언가가 감돌았다. 지환은 자신이 은수를 사랑한다고 느꼈다. 사랑이 무엇인지도 몰랐지만, 이게 사랑이라고 생각했다. 절벽 끝이라도 은수만 곁에 있으면 살아갈 수 있을 것 같았다. 한 번도 무언가를 이토록 가지고 싶다고 바란 적이 없었다.

그도 행복하고 싶었다. 그럴 자격이 있다고 생각했다. 지환은 망설이지 않고 은수에게 전화를 걸었다. 몇 번 통화음이 울리고 곧 따뜻한 목소리가 들려왔다.

— ……네, 지환 씨.

들뜬 은수의 목소리가 지환을 저절로 미소 짓게 만들었다.

"뭐 하고 있어요?"

— 아, 형님이 요리 중이라…… 잠깐만요. 형님, 식초는 밑에 쪽 서랍에 있어요. 지아야, 그거 작은아빠 거야! 만지면 혼나.

정신없는 은수의 목소리에는 행복감이 묻어났다. 지환은 그 목소리를 오래도록 간직하고 싶었다.

— ……여보세요? 지환 씨? 여보세요?

"……듣고 있어요."

— 아, 미안해요. 정신없죠? 지환 씨랑 조용히 있다가 북적이니까 우리 집이 아닌 것 같아요. 형님이 또 정리가 잘 안 되는 타입이라

서…….

은수의 말에 '뭐? 동서, 지금 서방님한테 내 욕 하는 거야? 나, 다 들리거든!' 하고 외치는 해인의 소리까지 겹쳐 들리자 지환은 웃을 수밖에 없었다.

"……보고 싶어요."

지환의 달콤한 말에 은수는 잠깐 숨을 참다 말을 이었다.

— 나도…… 보고 싶어요.

해인이 달려와 놀려 대는 목소리가 겹쳐 들렸지만 지환은 은수의 한마디가 전부인 것처럼 심장이 뜨거워졌다. 세 번째라도 상관없었다. 은수에게만, 이 여자에게만 첫 번째가 되면 그것으로 만족했다. 세상에 더 이상 바랄 것은 없었다.

"내일…… 아침 일찍 갈 거예요."

— 아, 진짜요? 일이 잘 풀렸어요? 다행이에요. ……조심해서 와요.

지환은 알겠다고 말하며 전화를 끊었다. 그리고는 모든 걱정을 잊기로 했다.

ㅁ ㅁ ㅁ

다음 날 공항 앞까지 배웅을 나온 형은 이것저것 현지 기념품을 챙겨 주었다. 작은형의 딸 지아가 생각나서인 것 같았다. 지환은 거절하지 않고 그것을 받아 배낭 안에 챙겨 넣었다. 형의 마음을 외면하고 싶지는 않았다.

수속 시간이 다가오자 형은 일정이 있다며 먼저 자리에서 일어났다. 지환은 형에게 악수를 청했다.

"……건강해요, 형."

"그래. 너도, 잘 지내고……. 모두 잘 부탁한다."

우진은 지환의 어깨를 두드려 주었고, 지환은 돌아섰다.

"지환아……!"

형의 부름에 지환이 다시 몸을 돌렸다. 우진이 지환에게로 다가왔다.

"이거…… 부탁할까 말까 고민했는데, 너 믿고 한다."

우진은 주머니에서 종이 하나를 꺼내 지환에게 내밀었다.

"형한테…… 소중한 사람이야. 결혼했다고 하는데…… 진짜인지 좀 알아봐 주라. 좀…… 걱정이 되는 아이라. 결혼했으면, 진짜 행복한지도…… 눈으로 확인하고 싶어. 꼭 부탁한다, 지환아."

형이 돌아서자마자 지환은 종이를 열어 보았다. '설마' 하는 마음과 '그럴 리 없다'는 마음이 공존했다. 숨도 쉬지 못하고 내려다본 종이 안에는 '윤은수'라는 이름이 적혀 있었다. 그녀의 전화번호와 학교, 집 주소까지. 모두 지환에게 익숙한 것들이었다. '결국'이라는 답이 나와 버렸지만 그의 선택은 처음부터 하나였다. 지환은 형이 남긴 종이를 구겨 바지 주머니 안에 넣었다. 서울로 돌아가야 하는 시간이었다.

20. 고지가 코앞이었다

형을 만나고 돌아온 일상은 평온했다. 은수는 좀 더 그에게 감정 표현을 했고, 지환은 그것이 사랑이라고 믿고 싶었다. 사랑이 아니라고 해도 사랑으로 만들면 된다고 생각했다. 그는 하루 종일 은수만 생각했다.

"이렇게…… 빨래들을 개고 있으면 마음이 편해요. 내 마음도 가지런히 정리되는 느낌이라고 해야 하나……."

은수는 거실 바닥에 앉아 빨래를 개며 혼잣말처럼 말했고, 지환은 그런 은수를 소파에 기대 느긋하게 바라봤다.

주말이었고, 늦은 점심을 먹은 후 한가롭게 시간을 죽이고 있었다. 주말만은 쉬라고 했지만 은수는 손을 멈추지 않고 무엇인가 할 일을 만들었다. 지환도 더 이상 잔소리를 하지 않았다. 이렇게 해야만 마음이 편안해진다면 일부러 빨래를 만들어 줄 수도 있었다.

"나도 해 볼까요? 마음이 편안해지는지……."

지환은 은수의 곁으로 가 자리를 잡고 앉았다. 손에 잡히는 수건 하나를 들고 이리저리 접어 보았다. 군대에 있을 땐 눈 감고도 해내었던 것이 금세 잊혔는지 쉽지 않았다.

"마음 더 불편해질 것 같은데요?"

은수는 얼른 지환의 손에서 수건을 가져가 버렸다. 그러고는 손쉽게 수건을 개어 옆쪽에 쌓아 두었다.

"지금 수건 한 장도 못 개는 남편이라고 속으로 욕하는 중이죠?"

"아…… 들켰네요."

은수가 소리 없이 웃었다. 지환도 어쩔 수 없이 따라 웃게 되었다. 은수가 웃을 땐 심장에서 장난이라도 치는 것처럼 간질거렸다.

"난 언제 마음이 편한 줄 알아요……?"

은수도 궁금한지 지환에게 눈을 맞춰 왔다.

"당신…… 안을 때."

빨래를 개던 은수의 손이 그대로 멈췄다. 지환은 그런 은수를 더 놀리고 싶어졌다.

"지금 좀…… 마음이 편해지고 싶어요."

은수는 지환의 도발에 쥐고 있던 수건으로 입가 쪽을 막았다. 지환이 은수의 행동에 웃었다.

"키스 안 하고도 할 수 있어요."

지환은 단숨에 은수의 허리를 낚아채 끌어왔다. 그리고 서슴없이 그녀의 치마를 벗겨 버렸다. 은수는 누가 보기라도 하는 것처럼 주변을 두리번거렸다. 시간은 대낮이었다. 그들이 있는 장소도 익숙한 침실이 아니었다.

"자, 잠깐만요."

은수는 얼른 지환의 손을 붙잡았다.

"3초 안에 결정해요. 수건 내려놓고 나한테 키스하든지, 아니면 여기서…… 하든지. ……3, 2, 1."

지환이 악동처럼 씨익, 웃자 은수는 수건을 내리고 질끈 눈을 감은 뒤 그의 입술에 자신의 입술을 가져다 댔다. 키스라고도 할 수 없는 작은 입맞춤이 끝나자 지환은 만족한 듯 은수를 한 팔에 안아 뜨겁게 키스했다. 익숙하게 혀가 엉키자 지환은 은수의 팬티까지 한 손에 잡아 벗겨 냈다.

"지, 지환 씨……."

"금방 끝낼게요…… 금방."

은수는 또 바보처럼 지환의 말을 믿어 버렸다.

거실에서 한 번, 침실로 들어와 두 번을 괴롭힌 뒤에야 지환은 아쉬운 표정으로 은수를 놔주었다.

점심 먹은 것을 단숨에 소화시킨 두 사람은 달콤한 낮잠에 빠져들었다. 은수는 잠깐 누워 있는다는 게 잠들어 버려 놀란 마음에 얼른 몸을 일으키려 했다. 하지만 지환의 팔에 단단히 묶여 움직이기가 쉽지 않았다.

뒤쪽으로 그녀를 끌어안고 잠든 지환은 그 순간에도 은수를 놓칠 수 없다는 듯 팔을 풀어 주지 않았다. 은수는 포기하듯 뒤돌아 지환을 보고 누웠다.

잠든 그의 얼굴이 어두웠다. 악몽이라도 꾸는 걸까. 은수는 지환의 한쪽 볼을 조심스레 쓰다듬었다. 그러자 지환은 악몽에서 벗어난 듯 어두웠던 표정을 풀었다.

손에 잡히는 사랑은 이런 걸까. 은수는 가슴속이 빈 공간 없이 꽉 들어차는 기분이었다.

선배와 만날 때는 늘 겁이 나고 불안했다. 그는 모든 사람들이 좋아하는 따뜻한 성격을 가졌고, 마음을 보듬어 주는 시를 썼다. 동아리의 여자애들은 선배가 나타날 때마다 설레어 했다. 그건 은수도 마찬가지였다. 늘 사람을 경계하고 선을 지켜 왔던 그녀도 선배의 따뜻한 웃음 앞에서는 모든 것이 녹아 버렸다.

그런 선배를 사랑하는 것은 그녀에게 고통이었다. 어쩔 수 없는 질투심으로 그를 혼자만 차지하고 싶었고, 그가 떠난다고 했을 땐 마음속 미움이 더 커 붙잡지 못했다. 설익은 그녀의 첫사랑은 사랑이라는 것에 회의감이 들도록 했고, 두 번 다시 어느 누구도 좋아하지 않겠다는 덧없는 다짐을 하도록 만들었다.

그런 그녀의 말라 버린 마음속으로 지환이 걸어 들어왔다. 선배와 하던 사랑과는 달랐다. 그는 어느새 그녀의 모든 것을 차지하고 있었다.

은수는 천천히 지환의 입에 자신의 입을 맞추었다.

"이거, 꿈이에요……?"

지환이 눈을 감은 채로 장난스럽게 말했다.

"아주 현실이에요. 이거 좀…… 풀어 줘요. 저녁 준비 해야 해요."

은수가 이런 여자라서 지환은 더 헤어 나올 수 없는 것도 같았다.

자꾸만 그녀를 놀리고 싶어졌다.

"난 당신이 먹고 싶은데."

지환이 눈을 뜨고 진지하게 말했다.

"그만 먹어요. 체해요."

은수의 대답에 웃을 수밖에 없었다. 지환이 이번만 봐준다며 팔을 풀어내자 은수는 얼른 자리를 털고 일어나 간단히 씻고 저녁 준비를 했다.

익숙하게 야채를 썰고 분주하게 음식을 만드는데, 한순간 두 팔을 쓸 수 없게 되었다.

지환이 샤워를 마치고 나와 젖은 몸으로 등 뒤에서 은수를 끌어안았다. 그대로 얼음이 된 은수는 포기하듯 칼을 내려놓았다.

"이러면 저녁 못 먹어요."

"한 끼 정도는 안 먹어도 상관없어요."

"후회할지도 몰라요."

지환은 그렇지 않다는 걸 보여 주듯 은수를 돌려세워 달콤하게 키스했다. 찌개가 끓고 있었지만 두 사람은 서로를 붙잡은 마음을 멈출 수가 없었다.

"짜죠? 그럴 줄 알았어요."

은수는 지환의 표정을 보고 숟가락을 찌개 쪽으로 가져갔다. 그냥 먹자는 지환의 재촉에 다시 끓이지 않은 것이 바보 같았다. 은수가 맛을 보고 망설임 없이 그릇을 들고 일어섰다.

"내가 다 먹을게요. 앉아요."

은수는 지환을 노려봤다. 그만하라고 발버둥을 쳐도 그가 놓아주지 않은 탓이었다. 한 번씩 지환이 보이는 집착이 은수는 무섭기도 했다. 온통 그녀만 생각하는 눈빛이었다. 이 세상이 끝날 것 같은 눈으로 그가 바라보면 은수는 어찌해야 할지 몰랐다.

"맛없는 거 먹이고 싶지 않아요."

은수도 지지 않았다. 찌개를 개수대에 버리고 다시 물을 올렸다.

"물 끓을 동안 나머지 할까요?"

지환이 일어서자 은수는 국자를 들고 바리케이드를 쳤다. 지환이 우습다는 표정으로 다가오는데 어디선가 벨소리가 들렸다. 이런 구세주가. 은수는 얼른 국자를 놓고 전화기가 있는 곳으로 뛰어갔다.

전화를 건 사람은 해인이었다. 은수는 반가운 마음에 통화 버튼 눌렀다.

"네, 형님."

— 동서…….

해인의 젖은 목소리를 듣자 은수의 심장이 쿵, 하고 내려앉았다.

"형님, 무슨 일 있어요?"

— 나한테 좀 와 줘…… 동서.

모두가 행복하길 바랐다.

그녀가 행복했기에 누구도 상처받지 않기를 바랐다.

그건 욕심인 걸까.

해인이 입원한 병동은 보안이 철저한 VIP들만 드나드는 곳이었다. 지환과 함께 달려온 병실 앞에는 기주가 멍하니 앉아 있었다. 함

게 있었던 걸까. 지환과 은수를 알아본 기주가 병실을 눈으로 가리
켰다. 은수는 지환에게 눈짓을 하고 홀로 병실 문을 열었다.

창밖을 바라보고 앉아 있던 해인이 고개를 돌려 은수를 바라봤다.
그제야 그녀는 웃을 수 있었다.

"형님……."

"미안해, 동서……. 누구한테든 말을 하고 싶은데……, 부를 사람
이 동서뿐이었어."

은수는 괜찮다며 고개를 끄덕였다. 해인에게로 다가가 그녀의 손
을 붙잡았다. 주삿바늘이 꽂힌 해인의 손은 얼음처럼 차가웠다.

"괜찮아요. 이제 다…… 괜찮을 거예요."

은수는 그렇게 무턱대고 말을 했다. 해인이 지금 어떤 상황인지
알 수 없었다. 하지만 지금 그녀가 할 수 있는 모든 말로 위로를 건
네고 싶었다. 해인이 더 이상 아프지 않길 바랐다.

"아…… 동서 보니까, 이제야 눕고 싶네. 나 좀 누울게."

해인이 접었던 몸을 펴고 침대 위로 몸을 뉘었다. 그러고는 옆에
앉은 은수를 한참 동안 바라봤다. 그녀는 무슨 말이든 하고 싶었지
만 무슨 말을 해야 할지 몰랐다. 은수는 그런 해인의 마음을 이해한
다는 듯 가만히 기다려 주었다.

"……저 사람이랑 잤어."

해인이 그렇게 말하고 슬프게 웃었다.

변하고 있던 기주의 마음이 이것일까. 은수는 자신의 생각이 맞아
떨어지자 더 안타까웠다. 해인이 아파하는 이유를 그녀는 이해할 수
있어 더 가슴이 저려 왔다.

"그렇게 기다렸는데…… 돌아오길 기다렸는데…… 난 이미 끝났나 봐. 어떡하지, 동서……? 우리 지아는…… 어떡해?"

해인의 눈가에선 어느새 눈물이 흘렀다.

"형님……."

"나도 모르게 술을 꺼내 마셨어. 정신을 차리고 보니까 마시고 있었어……. 어떻게 해야 할지 몰랐어. 저 사람한테…… 제발 도와 달라고 했어……. 그러니까, 여기로 데려온 거야. 무슨 마음인지 알겠는데, 나를 위해서 그러는 줄 알겠는데, 이제 저 사람 얼굴을 못 보겠어……. 나한테 미안하다고 하는데, 그 말이 들리지 않아. 동서, 나 어떡해……?"

해인이 어린아이처럼 울음을 터뜨렸다. 늘 밝은 모습으로 자신을 감추었지만 그녀는 더 이상 누군가를 용서할 마음이 남아 있지 않았다. 설령 그 사람이 사랑하는 남자여도, 그로 인해 받은 상처들이 그 사랑보다 더 크게 그녀를 잠식해 왔다.

은수가 천천히 선배를 잊은 것처럼, 해인도 기주를, 남편을 천천히 사랑하지 않게 된 것이다. 그것을 그녀 자신만 모르고 있었다. 은수는 해인을 끌어안았다. 조용히 그녀가 울 수 있도록 어깨를 빌려 주는 게 그녀가 할 수 있는 전부였다.

"마셔."

지환이 생수병 하나를 내밀자 기주는 그것을 받아 들어 뚜껑을 따고서는 그대로 다시 내려놓았다. VIP병동 한편에 마련된 고급 휴게실에는 두 사람뿐이었다.

지환은 기주의 눈빛에서 지금의 마음을 저절로 읽어 냈다. 후회는 언제나 늦은 법이었다. 그래서 후회라고 이름 붙여진 것이겠지만.

"저 여자…… 결국, 끝까지…… 나를 나쁜 놈으로 만들어. 쓰레기는 영원히 쓰레기라는 걸 알려 주고 싶은 건가."

기주가 쓸쓸하게 웃었다.

"알코올 중독이래. 나한테 도와 달라고 애원하는데, 망치로 머리를 치는 것 같더라……. 내가 무슨 잘못을 했는지 아는데…… 나도 너무 잘 아는데, 그래도…… 이렇게 잔인할 수 있는 거냐?"

기주의 눈이 지환을 바라보지 못하고 허공을 맴돌았다.

"저 여자가 답답할 때도 있고, 싫을 때도 있었지만…… 도망갈까 봐 겁났다고. 그래서 더 못 다가갔어. 항상 그 자리에 있었어……. 웃어 달라면 웃어 줬고, 미안하다고 하면 받아 줬어."

자신이 하는 것이 변명일 뿐이라는 걸 기주도 모르지 않았다. 그러나 변명이라도 해야 했다. 그래야 놓치지 않을 것 같았기 때문이다.

"형수도 사람이야. 형이 밖에서 하는 게 장난이었다고 해도 형수 입장에선 상처가 된다고."

"알아, 안다고. 아니까…… 무릎이라도 꿇고 빌려는데…… 이제, 놔 달래. 옆에 가지도 못하게 해. 이렇게…… 복수하는 건가?"

표정은 웃고 있지만 기주는 물조차도 못 넘길 정도로 충격을 받은 것 같았다.

지환은 형의 후회에 그 어떤 조언도 해 줄 수 없었다. 늦은 사랑이었다. 은수에 대한 큰형의 사랑도 그랬다. 다시 붙잡으라고 말할 수 없었다. 지환은 기주의 행복을 위해서, 지아의 미래를 위해서, 되돌리라고 말해 줘야 했지만 그러지 못했다. 마음속 이기심이 그와 은수만을 생각하고 있었다. 지환은 그런 자신이 조금씩 무서워지기 시작했다.

"제수씨랑은…… 언제부터 친했던 거야?"

그것을 몰랐다는 듯 기주가 지환에게 물었다.

"좀 됐어……."

"넌 알고 있었던 거야?"

기주가 다른 것을 묻듯 비꼬는 말투로 말했다.

"친해서 나쁠 것 없잖아."

"강 여사님도 아시냐……?"

기주는 늘 지환의 어머니를 작은어머니라 부르지 않고 강 여사라 칭했다. 가까이하고 싶지 않은 존재처럼.

"형이 뭘 묻고 싶은지 알겠는데, 그런 일 없어. 그럴 여자 아니야."

"……너, 설마…… 사랑이라도 하는 거야?"

기주에게선 자신에게 그러했던 것처럼 비웃음이 흘러나왔다.

"천하의 최지환도 별수 없구나. 그럼, 이제 너도 무서운 게 생기는 건가……?"

소중한 것을 뺏고 뺏기는 게 이들 형제의 운명인 것인가.

기주가 무슨 의미로 하는 말인지 알았다. 가지고 싶고 지키고 싶은 것. 그것은 이들에겐 공격당하기 쉬운 위험한 아킬레스건으로 통했다. 서로의 약점을 밟고 일어서야 이길 수 있는 게임이었다. 가진

들, 차지한들, 누군가는 상처받아야 했다. 상처 내고 상처받아 이뤄낸 그것이 결국 자기 자신을 잡아먹는다는 것도 두 사람 모두 깨닫고 있었다.

"난 형처럼 바보같이 놓치지 않아……. 내 것은 끝까지 지켜 내."

"그래……. 나처럼, 후회하지 마라."

기주가 알 수 없는 표정으로 웃었다.

□ □ □

기주는 그간의 잘못을 반성하듯 해인의 병실 앞을 지켰다. 그리고 그녀가 부르기 전까지는 먼저 그곳에 들어가지 않았다. 은수는 해인의 부재로 인해 홀로 남겨진 지아를 챙겼다. 우 여사는 잠깐 해인의 상태를 살펴보기 위해 방문한 후, 조용히 돌아갔다. 그녀도 아들만큼 충격을 받은 듯 보였다. 하지만 절대 이혼은 없다고 못 박았다.

해인은 은수가 없을 땐 창밖만 바라봤다. 약물치료와 정신과 치료를 병행했지만 나아지는 느낌을 받지 못했다. 그렇다고 퇴원을 하겠다는 말도 없었다. 지아가 보고 싶다고 말했지만 지금은 만나면 안 될 것 같다고 거부했다.

지환은 은수를 해인에게 내어 주고 홀로 저녁 먹을 때가 많았다. 은수가 한 번씩 멍하니 생각에 잠길 때면 불안했다. 해인을 걱정하는 마음이라는 것을 알지만 지환은 해인보다 은수가 걱정되었다.

큰형에게선 그 이후로 별다른 소식이 없었다. 그는 부탁을 들어줄 지환을 기다리고 있는 것일까. 아니면 포기하듯 은수를 조금씩 잊어

가는 것일까. 후자이기를 바라며 지환은 조금씩 형에 대한 죄책감을
지워 갔다.

이대로 흘러가면 되는 것이었다.

고비를 넘겼다고 생각할 즈음 할아버지에게서 연락이 왔다. 지환
만을 부른 독대였다. 강 여사는 드디어 영감이 회장 자리를 내놓을
준비를 한다며 미리 축하 파티를 열었다.

지환도 안심했다. 회장 자리로 강 여사의 입을 틀어막으면 형과
은수의 옛일에 대한 것은 이후에 가십처럼 넘어갈 것이라 여겼다.
고지가 코앞이었다.

21. 남들처럼, 평범하게

"형수님은 어때요?"

조용히 지환의 넥타이를 매 주던 은수가 고개를 들었다.

최 회장을 만나러 가야 하는 날이라고 일부러 강 여사가 전화를 넣은 것이 분명했다. 골라 준 넥타이의 종류도 평소와는 조금 달랐고, 여러 가지로 조금 더 신경을 쓰고 있는 듯했지만 은수는 거기에 대해 어떤 말도 내놓지 않았다.

지환은 처음부터 알았다. 은수는 그가 회장이 되든 되지 않든 상관이 없다는 것을. 자신의 아버지를 위해 이 결혼을 수긍한 것일 뿐 그녀의 마음속에는 어느 누구도 자리 잡고 있지 않았다. 그 텅 빈 자리에 지환은 자신이 들어서길 바랐다. 그녀도 지환 때문에 무엇인가를 원하고, 그것으로 행복해지길.

은수는 지환이 걱정하지 않게 웃어 보였다.

"오늘 퇴원하기로 했어요."

지환은 다행이라며 은수를 따라 웃어 보였다.

"형은 아직도 그러고…… 있어요?"

은수는 짤막하게 고개를 끄덕였다.

기주가 미련한 사람이라는 걸 지환은 알고 있었지만 이번처럼 바보 같다는 생각을 한 적은 없었다. 하긴, 그가 기주의 상황에 놓였어도 무엇을 어찌해야 할지 몰라 그러고 있을 테다. 해인이 어느 순간 사라져 버릴까 봐 스토커처럼 그 앞을 지키고 있는 마음이 미련인지 사랑인지도 제대로 깨닫지 못한 채 형은 바보가 되어 가고 있었다.

"밥은 먹고 바보짓 하는 거예요?"

"한 번씩 챙겨 드리는데, 받아 두고 드시지는 않으세요. ……형님도 못 드시는 건 마찬가지예요."

쌍으로 바보짓을 한다고 누군가 욕이라도 시원하게 해 주면 좋겠지만 어느 누구도 그 두 사람의 마음을 제멋대로 판단할 수 없었다. 어디서부터 어떻게 잘못되었는지는 당사자들만 알 수 있는 것이었다. 그러니 결론도 그 두 사람만이 낼 수 있었다.

"퇴원하면, 어떻게 한대요?"

해인은 집으로 돌아가지 않겠다고 선언했다. 재테크 명목으로 그녀에게 주어진 조그만 원룸 건물로 들어가겠다는 말에 우 여사는 입을 닫았고, 기주는 그저 쓸쓸하게 웃었다. 지아는 해인이 데리고 있겠다고 말했지만 우 여사는 그것만은 안 된다고 물러서지 않았다. 당분간 그곳에서 마음을 추스르고 돌아오라는 말과 함께 시간이 지나면 모든 것이 저절로 해결된다고 했다. 해인은 그 어떤 대답도 하지 않았다.

"……원룸으로 들어갈 것 같아요. 오늘 이것저것 지내는 동안 쓸 물건들 장 보기로 했어요."

"그래요. 은수 씨가 옆에서 고생이 많네요. ……미안해요."

"아니에요. 형님 일인데요, 뭘……. 옆에서 이런 것밖에 해 줄 수가 없어요. 마음은…… 제가 어떻게 할 수가 없는 것 같아요."

지환은 묻고 싶어졌다. 은수는 어떤 생각인 건지. 해인이 형을 용서하고 받아 주어야 하는지. 아니면 모든 것을 정리하고 새 출발을 해야 하는지. 떠난 사랑에 대한 그녀의 마음이 궁금했다.

"은수 씨라면…… 어떻게 할 것 같아요?"

"네?"

"형을…… 용서할 수 있을 것 같아요?"

뒤늦게 나타나 그간의 일을 설명하며 용서해 달라고 하면, 나한테 너밖에 없다고 애원하면, 어찌할 것인지 지환은 생각하지 않을 수 없었다.

은수는 그의 곁에 있었지만 지환은 불안했다. 아닌 척하려 했지만 매일 밤 꿈에 형이 나타나 그를 슬프게 바라보고 있었다.

가져도, 옆에 있어도, 끝없이 불안한 것이 사랑이라면 그것마저도 받아들이고 감수하겠다고 했지만, 목 바로 옆에서 성난 가시가 늘 그를 찌르기 위해 대기하는 기분이었다. 목을 움직일 수도 돌릴 수도 없었다. 가시를 없애겠다고 생각했지만 그것은 그의 선에서 해결할 수 있는 일이 아니란 것을 점점 깨달아 가고 있었다.

"……나도 잘 모르겠어요. 그냥 형님이 이러고 있다가 이혼한다고 해도, 다시 작은아주버님이랑 합친다고 해도, 아무것도 이상하지 않을 것 같아요. 그건…… 어떤 마음이 형님한테 행복일지 모르는 거니까요."

"그럼…… 은수 씨는, 지금 행복해요?"

지환의 뜬금없는 물음에 은수는 작게 웃었다.

"……네. 그래서 모두 다 행복했으면 좋겠어요."

지환은 은수를 조용히 끌어안았다. 그녀가 행복하다면 그걸로 만족했다. 이 행복을 잃게 만들지 않을 것이다. 형에 대한 죄책감은 그가 안고 가면 되었다. 은수도 이런 그를 이해해 줄 것이라고 믿었다.

□ □ □

"1인용으로 사야 하니까…… 이건 좀 크겠지?"

이부자리를 펼쳐 보던 해인이 고민하듯 은수에게 물었다.

혼자 살 집에 들어갈 살림살이는 생각보다 많지 않았다. 요리에 흥미가 붙어 직접 해 먹는 일이 많아졌지만 그것이 혼자만의 청승이라면 해인은 외식을 선택할 생각이었다. 간단한 세간들만 구입하자 쇼핑은 생각했던 것보다 빨리 끝날 것 같았다.

"저도 한 번씩 잘 테니까 2인용으로 사세요."

은수의 진지한 말에 해인이 웃음을 터뜨렸다.

"난 여자랑은 한 침대 안 쓰거든요?"

해인은 대충 쓸 만한 1인용 이불을 하나 고르고 계산대로 향했다. 그 모습을 지켜보던 은수가 조용히 웃었다. 해인은 이전으로 돌아온 듯 밝아졌다. 병원 밥이 맛없다며 퇴원을 요구했을 때 은수는 해인이 마음을 붙잡았다고 생각했다.

그래도 지아를 생각할 때면 한 번씩 우울해했다. 못난 엄마라고 자책을 하다가 시원하게 시어머니 욕을 하기도 했다. 그렇게 그녀는 그녀 나름대로 앞으로 나아가고 있었다. 기주만이 그대로 머물러 있을 뿐이었다.

퇴원을 하면 돌아갈 것이라 생각했던 기주는 저 멀리 해인의 눈에 띄지 않는 곳에 앉아 있었다. 은수에게 몇 번이나 들켰지만 그는 갈 곳 잃은 오리 새끼처럼 해인만을 졸졸 따라다녔다.

해인은 그에게 따라오지 말라고 소리치지도, 그렇다고 같이 있자는 용서의 말도 건네지 않았다. 그들에게는 이미 좁혀질 수 없는 거리가 생겨났고, 해인은 그것으로 만족하는 듯했다.

"우리 맛있는 거 먹으러 갈까?"

해인이 기분 전환을 하겠다는 듯 밝게 웃으며 제안했다. 은수는 흔쾌히 고개를 끄덕였다.

"이게…… 맛있는 거예요?"

허름한 분식집에 도착해 해인이 주문한 것은 빨간 떡볶이였다. 그녀는 은수에게 얼른 먹어 보라며 젓가락을 내밀었다.

"난 어쩔 수 없는 입맛인지 이게 제일 맛있어. 동서도 곱게 자라서 이런 거 못 먹어 본 거 아니지?"

"……설마요."

어쩌다 분수에 맞지 않게 재벌 집 며느리가 된 두 여자는 학교 앞

떡볶이를 먹으며 오랜만에 학창 시절로 돌아갔다. 맵다고 혓바닥을 내밀다가 서로를 바라보며 웃음을 터뜨렸다.

"저 사람은…… 이런 거 못 먹어."

해인이 불쑥 말했다. 가게 밖에는 기주의 차가 세워져 있었다. 그녀는 그가 이제 깨닫기를 바랐다. 우리는 너무 다르다고. 누구의 잘못이 아니라 서로가 달라 마음이 같은 곳으로 흐르지 못했다고. 각자의 인생에서 스쳐 가는 것으로 끝을 맺자고 말하고 싶었다.

"그건…… 작은아주버님 잘못이 아니잖아요."

"그래. 내가 더 노력했어야 했는지도 몰라. 저 사람이 내 모습을 받아들이기 힘들어할 때 좀 더 나를 사랑할 수 있도록……. 근데, 그때는…… 나조차도 나를 사랑하기가 힘들었어."

해인이 그때를 떠올리듯 눈시울을 붉혔다.

"열두 살 때 엄마가 도망갔어. 몇 년 동안 아빠는 내가 엄마로 보이는지 눈길조차 안 주더라……. 가출하다시피 나와서 친구 따라 춤추러 다녔지. 운이 좋아서 기획사 들어가고 연습생 생활을 할 때까지 나는 내가 나를 싫어하는 줄 몰랐어."

해인의 유년 시절이 그려져 은수는 더 가슴이 아팠다. 그녀도 다르지 않았다. 허울뿐인 의사 집안의 첫째 딸은 속이 바짝 말라 누군가를 담아낼 공간조차 가지지 못했다.

"저 사람이 나를 사랑해 줄 때…… 그때 진짜 내가 보이더라. 처음엔 겁이 났어. 내 진짜 모습을 알면 어쩌지. 어린 마음에 무턱대고 집착만 했어. 나만 봐 달라고 했어. 답답했을 거야. 이해해."

"작은아주버님이…… 계속 이러시면, 어떡하실 거예요?"

은수는 자신도 어떤 게 정답인지 알 수 없었다. 지아를 위해서라면, 그녀를 두고 홀로 저세상으로 떠난 이기적인 엄마를 떠올리면, 다시 사랑하라고 말해 주고 싶었다.

하지만 끝난 사랑에 마음을 이어 붙이는 건 서로에게 더 잔인한 일일 수도 있었다. 선배가 그녀에게 남긴 모든 물건을 불태우며 은수는 그렇게 생각했었다.

"저 사람…… 저러다 금방 지칠 거야. 나처럼 바보같이 한 사람만 사랑하는 그런 짓 못 해."

해인은 이미 기주의 마음을 단정 지어 버렸다. 그녀는 사랑에 지쳐 버렸고, 또다시 그것에 속지 않을 것이라 다짐했다. 누구의 충고가 아닌 그녀 자신이 그렇게 결론을 내렸다.

"아, 서방님 오늘 할아버님 만난다며?"

떡볶이를 모두 비워 내고 해인이 생각난 듯 은수에게 물었다.

"아, 네……."

"우 여사님, 오늘 새벽에 전화해서는 고래고래 소리 지르면서 울던데."

해인은 그렇게 말하고 웃었지만 은수는 따라 웃을 수 없었다.

"결국…… 서방님이 회장이 되는구나. 마지막 승자는 작은어머니인 건가?"

강 여사는 오늘 아침 밝은 목소리로 은수에게 전화를 걸어 특별히 지환을 신경 쓰라 일렀다. 그리고 앞으로 더 몸과 마음가짐에 유의하라는 충고도 덧붙였다. 은수는 알겠다며 간단히 대답하고 전화를 끊었었다.

"큰아주버님은…… 결국 안 돌아오시는 건가 봐요?"

"이제 돌아올 이유가 없어진 거겠지."

해인은 간단히 말하고 몸을 일으켰다.

ㅁ ㅁ ㅁ

지환이 비서실로 들어서자 할아버지의 수족인 정 비서가 그에게 깍듯이 인사를 건네 왔다. 지환이 태어나기 전부터 정 비서였던 그는 아버지의 외도를 모두 소상히 보고한 사람이었고, 큰어머니의 시신을 제일 먼저 발견한 목격자였다. 할아버지는 그를 가족들보다 더 신뢰했고, 그를 통해 자신의 의견을 내비쳤다.

그래서 지환은 회장이 되면 정 비서부터 잘라 내겠다고 생각했다. 그로 인해 생긴 가족의 상처는 봉합조차 되지 않을 만큼 벌어져 늘 그 자리였다. 할아버지와 한마디라도 하려면 그를 통해야만 했기 때문이다.

견고한 벽처럼 할아버지는 가족을 등지고 있었다. 자신의 감정을 꽁꽁 감추었다. 그것이 이 자리를 지키는 법이라 생각하는 것 같았다. 그는 누가 상처받는지 알지 못했다. 그가 지키고자 하는 것들 때문에 누구도 행복하지 않다는 것을 몰랐다.

"회장님이 기다리고 계세요."

정 비서가 회장실로 앞장서 걸어 나갔다. 문을 두드리자 할아버지의 짤막한 대답이 돌아왔다. 정 비서는 문을 반쯤 열고 지환에게 들어가라는 눈짓을 보냈다. 곧 문이 닫혔고, 회장실에는 지환과 최 회장 둘만 남게 되었다.

"……앉거라."

사무를 보던 책상에서 일어나 넓은 접대 테이블로 최 회장이 걸어왔다. 지환은 짤막하게 목 인사를 건네고 그의 옆으로 다가갔다.

테이블 위에는 이미 따뜻한 차 두 잔이 준비되어 있었다. 느긋하게 차나 마시면서 이야기할 것이었다면 왜 그렇게 돌고 돌아 오게 만들었을까, 지환은 그 생각부터 들었다.

"왜 불렀는지는 네가 더 잘 알 테지."

최 회장은 지환 앞에 서류 봉투 하나를 올려놓았다.

지환은 일전 윤석이 보고한 내용이 문득 떠올랐다. 이 서류가 경영권 승계를 위한 제반 서류라면 너무도 쉽게 이야기가 흘러갔다. 지환은 어쩔 수 없이 의심할 수밖에 없었다. 최 회장이 내민 서류 봉투를 가져와 내용을 확인했다. 첫머리를 읽어 내려간 순간, 지환은 누군가에게 뒤통수를 얻어맞은 기분이었다.

"이 자리를 지키려면…… 어느 누구도 믿어선 안 돼. 나조차도 믿어선 안 되는 게야."

지환에게 이 회사를 넘기는 조건으로 우진에게서 경영권 및 상속 포기를 받아 내야 한다는 내용이 담긴 유언공증서였다. 할아버지는 마지막까지 그의 목을 잡고 흔들 셈인 것 같았다. 지환은 흔들리는 모습을 보이지 않기 위해 서류를 내려놓고 최 회장의 얼굴을 똑바로 바라봤다.

"……이미 떠난 사람입니다. 서류에 사인을 받는다고 뭐가 달라집니까?"

"너도 네, 어미랑 똑같구나."

최 회장의 말에 지환의 눈빛이 굳어졌다.

"……."

"……바로 앞의 욕심만 생각하지. 그게…… 가장 큰 실수라는 걸 몰라."

"이 회사를 가지는 게 저한텐 욕심입니까? 똑같은 자리에서 경쟁하라고 하셔도 이길 자신 있습니다. 기회조차 안 주신 건 할아버지 아니셨습니까? 형은 처음부터 생각조차 없었습니다. 그런 사람한테는 포기란 것도 의미 없는 일 아닙니까?"

"큰놈이 저리 떠도는 게 누구 탓인 줄 몰라서 하는 소리야?"

최 회장의 목소리에는 원망이 섞여 있었다.

"네. 알죠. 제 어머니가 그러셨습니다. 그래서 제가 모든 걸 포기해야 합니까?"

지환도 할아버지를 원망했다. 그는 아무 잘못이 없었다. 어머니의 자식으로, 할아버지의 세 번째 손자로 태어난 죄밖에 없었다.

"그 녀석 만났더구나. 네놈이 지키려고 하는 게 뭔지 깨달았으면 이 자리에 앉아 있지 말았어야지."

지환은 할아버지의 말을 이해할 수 없었다. 그가 형을 만나 지키려고 한 것은 은수였다. 그걸 할아버지가 알 리 없다고 생각했다. 지환은 최 회장을 바라봤다. 한순간 심장이 저 밑바닥으로 곤두박질쳤다. 모든 것이 이해되었다.

"설마…… 다…… 할아버지가 꾸미신 일입니까?"

지환의 싸늘한 물음에 최 회장은 대답하지 않았다.

"형이 사랑하는 여자를 일부러 저랑 결혼시키신 거냐고요!"

잔인했다. 아니, 무서웠다. 그리고 할아버지에게 조금이라도 기대한 자신이 우스웠다. 최 회장의 마음속에는 지환이 존재하지 않았다. 그저 넘버원을 되돌아오게 하려는 경쟁자로 치부되었다. 차갑게 식어 가는 지환의 가슴속에는 악마만이 살아 있었다.

"어머니 때문에 그러시는 거예요? 제가 망가져야 어머니도 망가지니까요? 그렇다면 잘못 생각하셨어요."

지환이 비릿하게 웃었다.

"이 일로 형은 상처받지 않을 것 같으세요? 제가 둘 다 가지겠다면요? 그 여자는 이제 저를 사랑합니다."

지환은 확신했다.

"그 녀석한테는…… 아무 말도 안 했더구나."

지환이 밝히지 못한 진실은 할아버지에 의해 형에게 밝혀질 것이다. 우진은 모든 것을 알면서도 모른 척한 지환을 원망할 테고, 은수를 가지기 위해 다른 마음을 먹을지도 몰랐다. 강 여사를 용서했다고 생각한 순간, 지환이 그의 전부를 빼앗아 갔으니.

지환은 냉정해지기 위해 노력했다. 전쟁이 벌어진다면 싸워야 했다. 그 어떤 것도 포기할 생각이 없었다.

"다 풀어낼 기회를…… 네놈이 놓친 거다. 네 어미처럼. 그래서, 욕심이 무서운 법이지."

지환은 그저 행복해지고 싶었다. 사랑하는 여자와 미래를 꿈꾸고 싶었다.

남들처럼, 평범하게. 그것이 욕심인 걸까.

전화기가 울렸다. 은수였다. 지환은 최 회장을 바라보며 통화 버튼 눌렀다.

— ……지환 씨, 통화돼요?

"네, 괜찮아요."

지환은 감정을 억누르며 대답했다.

— 어머님이 부탁하셔서 지금 본가예요. 할아버님이 오늘 저녁에 식사하자고 말씀하셨대요. 마치면 이리로 바로 올래요?

"……네, 그럴게요."

지환은 다행스러웠다. 아직 시간이 있다고 생각하며 전화를 끊으려 했다.

— 아, 지환 씨. 큰아주버님이 돌아오셨대요. 지금 2층에 계신데, 제가 인사를…….

그 뒤는 듣지 않았다. 지환은 그대로 전화를 내팽개치고 회장실을 뛰쳐나갔다. 그 모습을 지켜보던 최 회장은 가만히 눈을 감았다.

22. 누군가는 벌을 받아야 했다

몇 분 뒤, 한국 공항에 도착한다는 안내 멘트가 흘러나왔다. 우진은 비행기 창밖으로 어렴풋이 보이는 떠나온 나라를 내려다봤다.

모든 것을 내려놓고 떠난 날, 이렇게 돌아올 날을 생각했었던 것도 같았다. 다 포기하고 떠난 것이 아니라 다시 돌아오기 위해 그는 먼 길을 떠났었다.

돌아올 것이란 데에 의심을 하지 않았던 것은 은수 때문이었다. 제대로 설명조차 하지 않고 헤어지듯 그녀를 등지고 떠났다. 어떤 생각을 했을지, 어떤 마음을 먹었을지, 모르지 않았다. 그가 이 여행을 하면서 가장 후회하는 것이었다.

정 비서를 통해 전달된 할아버지의 메일은 간단했다. 이번에 돌아오지 않는다면 회사를 지환에게 넘긴다는 것이었다. 우진은 이제 그에게는 통하지 않는 협박이라 생각하며 메일을 닫으려 했다. 그러다

'윤은수'라는 이름으로 첨부된 사진 파일을 열었을 땐 결국, 이라는 생각이 들었다.

그가 그토록 그리워하던 은수가 활짝 웃고 있었다. 그녀를 꽁꽁 숨기듯이 만나 왔던 이유는 이런 할아버지 때문이었다. 그를 붙잡고 흔들 미끼로 그녀를 이용할까 봐 아무도 모르게 그녀를 마음에 품었다. 하지만 사랑은 숨길 수 있는 것이 아니었고, 할아버지는 끝까지 그를 고통스럽게 할 작정인 듯했다.

누군가를 보고 서 있는 은수는 행복해 보였다. 우진은 그것이 다행이라고 생각했다. 이런 그녀를 보고 할아버지는 그가 돌아올 것이라 생각했을까. 할아버지의 생각이 잘못되었다고 말하고 싶던 순간, 그녀의 옆에 서 있는 한 남자를 알아챘다.

두 눈을 의심했다. 지환이 은수를 사랑스럽게 바라보고 있었다.

마지막으로 그들의 결혼사진을 바라봤을 땐 우진은 칼로 가슴이 잔인하게 도려내지는 것만 같았다. 아무 생각도 들지 않았다. 아니, 감정은 배신감보다 어쩔 수 없는 질투심으로 들끓었다.

버리고, 지워 내고, 깨끗이 청소되었다고 믿었던 마음이 바닥도 보이지 않는 구정물 속에 다시 담긴 기분이었다. 그를 만나러 왔던 지환의 눈빛. 마지막 인사를 하고 돌아선 후 다시 돌아봤을 때 그가 건넨 메모를 바지에 구겨 넣던 행동. 모든 게 그의 가슴을 조여 왔다.

녀석도 몰랐던 것이라면 그에게 말을 했어야 했다. 뺏길까 봐 두려운 걸까. 그는 가진 것을 모두 다 잃었는데, 지환은 그가 가지고 싶었던 단 하나조차 뺏기기 싫어 두려운 걸까. 우진은 이해하고 용서해 보려 했지만 힘이 들었다.

아무것도 모른 채 이용당한 은수는 어찌할까. 우진을 만난 벌로 이런 잔인한 운명에 휘말린 거라면 그녀가 너무도 불쌍했다.

누구를 원망하면 할수록 끝이 보이지 않았던 싸움이었다. 그래서 용서하려고 했다. 모두 다 용서하고 나면 가장 소중한 것 하나는 가질 수 있을 것이라 착각했다. 우진은 잔인하게 갈라지는 가슴을 온 힘으로 모른 척했다.

목적지에 도착했다는 멘트에 사람들이 어수선하게 움직였다. 그 틈에서 우진도 몸을 일으켰다. 모든 것을 두고 떠났던 것처럼, 그는 모든 것을 잃고 돌아왔다.

"아이고…… 이게 누구여?"

"잘…… 지내셨어요?"

우진을 가장 아픈 손가락으로 여겼던 황씨 아주머니가 그의 등장에 반가운 눈물을 훔쳤다.

"요 며칠 자꾸 꿈에 큰 사모님이 나오시더니…… 다 이럴라고 그랬구마잉……. 아이고, 주책없게 내가 자꾸 눈물이 난다냐."

우진은 최대한 밝은 표정을 지으며 집 안으로 들어섰다. 어머니가 돌아가시고 얼마 후, 지환의 어머니가 이 집을 차지하고 들어왔을 때처럼 집 안은 예전 기억을 지워 버린 듯 낯설었다.

따로 집을 얻겠다는 말에 할아버지는 그러면 아무것도 가질 수 없다고 말했다. 무엇을 가지고 싶은 걸까. 우진은 아직 그 생각조차 정리되지 않았다.

단지 이제는 도망치고 싶지 않았다. 부딪쳐야 한다면 부딪치고 싶었다. 잔인하게 피를 흘려야 한다면 흘려 내리라 다짐했다.

모든 것을 제쳐 두고 그는 은수가 너무나 보고 싶었다. 그게 그녀에게 잔인한 형벌이라는 것을 알았지만 마지막으로 욕심을 부려 보고 싶었다. 포기를 한다고 해도, 그녀 앞에서 무릎을 꿇고 싶었다.

"도련님, 일단 방에 가서 짐 풀고 있으쇼잉. 내가 금방 맛난 거 채려서 부를 테니. 아, 그래서 회장님이 가족 식사 하자고 하신 거구마잉."

우진은 조용히 짐을 들고 2층으로 향했다.

"누구요?"

"아, 이 집 큰 도련님이 왔다 카니께."

은수는 두 손 가득 들고 있던 장바구니를 내려놓으며 도우미 아주머니에게 한 번 더 물었다.

이 집 큰 도련님이라면 지환의 큰형이었다. 돌아온다는 그 어떤 말도 없었다. 지방에 내려갔다 올라오는 중이라는 강 여사는 은수에게 저녁 식사 준비만을 부탁할 뿐, 다른 이야기는 없었다.

지환이 회장에 오르는 것을 축하하는 자리라고만 일렀다. 그 자리에 큰아주버님이라니. 무언가 상황이 맞지 않는다는 생각이 들었지만 은수는 그 어떤 추측도 할 수 없었다. 얼굴도 본 적 없는 지환의 큰형을 함부로 평가할 수도 없었다.

강 여사의 말처럼 지환의 경쟁자라면 연민을 가져서도 안 되는 것이었고, 지환의 아내 그 이상의 행동도 해서는 안 되는 것이었다.

"이제…… 칼바람이 불 탠게, 막내며느님도 맘 단단히 먹으쇼잉."

그 칼바람을 기다리기도 한 것처럼 아주머니는 연신 바쁜 걸음으로 식사 준비를 했다.

"아닌 말로…… 회장 자리는 큰 도련님 몫 아닌겨? 애비 애미 다 잃고 저리 떠돌아다니는디. 불쌍해서라도 그라믄 안 되지라. 이참에 막내 사모님도 욕심부리다가 큰코다친다는 걸 알아야지잉."

은수가 그 막내 사모님의 며느리라는 것을 잊은 것처럼 아주머니는 담아 온 말을 쏟아 냈다. 은수도 어느 부분은 수긍하기도 했다. 하지만 옳고 그름을 판단해서 살아가기엔 세상은 이해하지 못할 일 투성이였다.

"아, 둘째 며느님은 좀 어뗘?"

어느새 소문을 주워들었는지 아주머니가 은수에게 대놓고 질문을 던졌다. 이 집안엔 비밀이 많았지만 그 비밀은 어느 것 하나 제대로 지켜지지 못했다.

"……네, 괜찮아요."

"내 그럴 줄 알았지. 곪아 터져야 그제야 돌아본당께. 옛말에, 윗물이 맑아야 아랫물도 맑다 했어잉. 둘째 서방님도 이참에 세게 정신을 차려야지. 그렇게 정신 팔다가 동생한테 치이고, 회장까지 내주게 생겼잖혀."

끊어 내지 않으면 아주머니의 이야기는 끝이 없을 것 같아 은수는 전화 통화를 이유로 주방을 나섰다.

일단은 지환에게 형이 돌아왔다는 사실을 알려야 한다는 생각이 들었다. 신호가 가고 지환이 전화를 받았다.

"……지환 씨, 통화돼요?"

— 네, 괜찮아요.

괜찮다는 지환의 목소리가 조금 흔들리는 것 같아 은수는 걱정이 되었지만 그녀가 예민한 것이라 생각하며 넘겼다.

"아, 지환 씨. 큰아주버님이 돌아오셨대요. 지금 2층에 계신데, 제가 인사를……."

전화가 그대로 끊겼다. 은수는 잠깐 놀라 끊긴 핸드폰을 내려다봤다.

충격을 받은 것일까. 정말 아주머니의 말처럼 큰형님의 귀국이 그의 회장 취임에 걸림돌이 될 수도 있는 것일까. 은수는 모른 척하고 있는 것이 맞는 것인가 고민이 되기도 했다. 형제이지만 서로에게 두려움의 존재라니. 마음이 착잡해졌다.

"막내며느님. 큰 도련님 좀 불러 줄랑가? 식사하시라고잉. 2층 왼편이 방이여. 내가 지금 손이 바빠가……."

정신없는 아주머니의 말에 은수는 핸드폰을 주머니에 넣고 2층을 바라봤다. 어쨌든 한 번은 인사를 드려야 하는 것이 맞았다.

은수는 천천히 2층으로 올라갔다. 제대로 살펴본 적 없는 공간이었다. 본가이긴 했지만 지환은 이곳에 정을 두려 하지 않는 것 같았다. 왼편으로 꺾어 방 앞에 서서 노크를 했다. 조금 뒤 짤막하게 대답하는 목소리가 들려왔고, 은수는 조심히 문을 열었다.

"안녕하세요, 아주버님. 처음 뵙죠, 저 지환 씨……."

은수는 그대로 굳어졌다. 꿈을 꾸는 것처럼 익숙한 한 남자가 그녀의 앞에 서 있었다.

"……."

"……."

세상이 정지된 것처럼 두 사람은 서로를 바라보고만 서 있었다.

거짓말. 꿈이라도 있어서는 안 될 일이었다.

"……은수야."

선배의 목소리를 듣고서야 은수는 꿈이 아닌 현실임을 깨달았다. 야윈 모습의 한 남자가 그녀 앞에 돌아왔다. 그녀가 이제 사랑하게 된 남자의 형으로. 웃음밖에 나오지 않았다.

"은수야……."

우진이 그녀에게 다가서려 하자 은수는 급하게 한 발 물러섰다. 상처받은 그의 눈이 아프게 흔들리는 것이 보였다.

"지환 씨도…… 알아요?"

우진은 대답하지 않았다. 의미 없는 질문이었다.

모른다면 달라질까. 안다고 어찌할까.

은수는 숨이 막혔다. 머리가 터질 것만 같았다.

"너한테…… 미안하다."

우진의 말에 은수는 돌아섰다. 이런 말을 듣자고 가슴속에서 그를 지워 버린 게 아니었다. 이런 잔인한 운명을 원해서 그를 사랑했던 것이 아니었다. 은수는 도망치다시피 그곳을 빠져나왔다.

"큰 도련님, 집에 도착하셨다고 합니다."

정 비서의 보고에 최 회장은 잠깐 고개를 끄덕였다.

"왜…… 오해라고 말씀 안 하셨습니까?"

정 비서의 물음에도 그저 창밖만 내려다볼 뿐이었다.

지환의 날 선 눈빛이 다시금 떠올랐다. 세 번째라고 항상 끝인 것처럼 살아온 녀석이었다. 결혼을 하고 나서는 정신을 차리는 모습에 잠시 마음이 놓이기도 했다. 모든 사실을 알기 전까지는.

"그게…… 무슨 의미가 있나. 저 녀석은 나를 이미 그렇게 생각하는 것을……. 원망할 사람이 필요할 게야. 제 어미보다는 내가 낫겠지……."

"……그럼, 되돌리실 수 없을지도 모릅니다."

그렇게 되기를 바라는 사람처럼 정 비서는 앞을 내다봤다. 최 회장은 그의 옆에 선 괴물을 더 이상 감당할 힘이 남아 있지 않았다. 어느 순간부터 가족이 무너져 버렸는지도 모른 채 앞만 보고 달려온 길이었다. 모든 것은 그의 덧없는 욕심으로 비롯된 일이었다. 그 대가도 그의 몫이었다.

"큰 도련님이…… 이 자리에 앉으실까요?"

그것 또한 최 회장의 손을 떠난 일이었다. 지환이 했던 말처럼 우진도 피를 흘려야 했다. 녀석은 모두가 덜 상처받을 수 있는 방법을 생각하고 있을 것이다. 그렇게 하기 위해 그 자신을 희생할 것이고. 운명이 어떻게 흘러갈지는 어느 누구도 예측할 수 없었다.

"이미…… 내 손을 떠난 일 아닌가?"

최 회장이 정 비서에게 되물었다.

"저를, 원망하십니까?"

그가 이 모든 악연의 끈을 처음부터 계획하였다고 한들, 그렇지 않은들, 진실은 중요하지 않았다. 그에게 조금씩 팔다리를 조종당하며 벗어나지도 못할 약점을 하나둘씩 쥐여 준 것도 최 회장 자신이었다.

이 괴물을 옆에 둔 것도 그였으며, 괴물로 만든 것도 그였다. 누구를 탓하고 싶은 생각도 없었다. 이미 엎질러진 물이었고, 누군가는 벌을 받아야 했다.

그저, 언젠가는 모든 게 평온해지길. 그를 원망하더라도 자신이 원하는 것을 놓지 않기를. 최 회장은 그것만 바랐다. 이미 세상은 그에게 살아갈 이유를 남겨 놓지 않았다.

"왜 혼자 내려오는 겨⋯⋯?"

아주머니 말에 정신을 차린 은수는 거실 가운데 멈춰 섰다. 그리고 지금 그녀의 역할이 무엇인지 떠올렸다. 늘 하던 것처럼 감정을 지워 내면 그만이었다. 지환이 하는 것처럼 모른 척해 버리면 끝이었다.

지금 그녀가 사랑해야 하는 사람은 우진이 아니라 지환이었다. 흔들려선 안 되었다. 그것이 어느 누구에게도 도움이 되지 않는다고 생각했다. 은수는 말없이 주방으로 들어가 설거지를 시작했다.

"막내며느님, 왜 그려? 큰 도련님 없어?"

"⋯⋯저 여기 있어요."

뒤쪽으로 우진의 목소리가 들렸다. 은수는 입술을 깨물었다. 흔들려선 안 되었다.

"에 난 또⋯⋯ 같이 안 내려오길래 어데 간 줄 알았지. 어서 와서 안져잉, 시장하지라?"

"밥은 공항에서 먹고 왔어요. 죄송한데, 제 물건들 어디 있는지 아세요?"

우진의 물음에 아주머니는 당황했다. 강 여사가 모조리 쓰레기차에 실어서 버린 물건들이 있을 리 만무했다. 황 씨는 얼른 말을 만들어 냈다.

"아이고 마…… 지하에 있을랑가. 내가 한번 찾아보께잉. 우짜다가 같이 휩쓸려 버렸을 수도 있는디, 어디 보자……."

아주머니는 말을 흘리며 현관 쪽으로 사라졌다. 은수는 신경 쓰지 않고 계속 설거지를 했다. 씻었던 그릇을 씻고 또 씻었다. 그동안 당연히 우진도 사라졌을 거라 생각했다.

"너…… 난처한 일 안 만들게. ……도망가지만 마라."

아무것도 들리지 않았다. 듣지 않는 게 맞았다. 은수는 철저히 우진의 말을 무시했다. 그게 그녀가 할 수 있는 유일한 대답이었다.

"볼일이 있어서 나간다고 전해 주세요."

우진은 다른 사람처럼 말하고 돌아섰다. 돌아서자 그의 앞에 지환이 서 있었다. 재회의 순간은 일찍 찾아왔다.

"……왔니?"

우진의 목소리를 듣고 은수는 숨을 삼켰다. 그대로 심장이 내려앉았다.

"이렇게…… 복수하는 거예요?"

복수, 라는 말에 우진이 쓸쓸히 웃었다. 누구에게 하는 복수인지 몰랐다. 그 자신에게일까.

270

"……나중에 얘기하자."

우진이 물러나려 하자 지환은 참지 못했다.

"다 내놓으라면…… 내놓을게요. 어머니가 한 잘못 내가 다 빌게요. 그러니까 제발, 저 사람은 흔들지 마요."

지환의 부탁에 은수는 눈을 감았다. 이대로 사라져 버리고 싶었다. 어디서부터 잘못된 것인지 알 수 없었지만 이 끔찍한 삼각관계의 주인공이 자신이 아니기만을 바랐다.

다리의 힘이 저절로 풀려 버렸다. 그대로 주저앉듯 몸을 내리던 은수는 어느 순간 자신의 손에서 접시가 떨어져 나가는 것을 막지 못했다. 깨진 접시의 파편이 그녀의 손을 순식간에 베고 지나갔다. 뚝뚝, 피가 흘러내리는 것 같았지만 아무런 아픔도 느껴지지 않았다.

"괜찮아?"

누군가의 물음에 눈을 뜨자 눈앞에 우진이 있었다. 그녀의 손을 지혈하는 그의 다급한 행동에 예전의 선배가 떠올랐다. 늘 그녀를 걱정하던 착한 사람. 그리고 그 남자를 노려보며 서 있는 다른 한 남자가 뒤늦게 눈에 들어왔다. 상처받은 그의 눈에선 그녀의 손보다 더 뜨거운 피가 흘러내리고 있었다.

"건드리지 마."

지환의 입에선 시커먼 한마디가 뱉어졌다.

23. 후회는 이미 진행 중이었다

응급실은 고통을 호소하는 사람들로 가득했다. 그 틈에서 은수는 조용히 앉아 멍하니 한쪽 벽만을 바라보고 있었다. 지환은 얼른 접수를 마치고 은수에게로 돌아왔다. 찢어진 손의 상처는 크지 않았지만 피가 너무 많이 나 그냥 넘길 수 없었다.

"금방 봐 준다고 하니까 아파도 조금만 참아요."

지환은 이전처럼 다정한 모습으로 돌아왔다. 은수는 고개를 돌려 지환을 바라봤다. 무슨 말을 어떻게 물어야 할까. 이야기를 꺼내는 것조차도 엄두가 나지 않았다. 우진을 향한 그의 독기 어린 한마디가 그녀의 가슴을 잔인하게 내리쳤다. 언제부터, 어디까지 알고 있는 걸까. 우진은 왜, 무슨 생각으로 돌아온 것일까.

마음속 물음들이 입 밖으로 쏟아져 나오지 못한 채 그녀를 조금씩 죽여 가고 있었다.

"환자분, 잠깐 볼게요."

어디선가 나타난 젊은 의사가 은수에게로 다가왔다. 지환은 상황을 상세히 설명했고, 피가 멈추지 않았다고도 덧붙였다. 의사는 그 말을 듣지 못한 것처럼 간단히 처치를 하고 약 처방을 내려 주었다. 은수는 아프다는 소리 한마디 없이 자리를 털고 일어났다.

"어머님 기다리실 거예요."

응급실을 나와 차에 오르자 은수가 그제야 한마디를 건넸다. 다시 본가로 돌아가겠다고? 지환은 은수의 마음을 알 수가 없어 답답했다. 차라리 어떻게 된 일이냐고 화라도 내면 모든 것을 설명해 주려고 했다.

왜 그가 알면서도 모른 척을 했는지. 왜 그런 마음을 먹었는지. 당신이 알까 봐 두려웠다고. 당신을 잃을까 봐 겁이 나 바보 같은 짓을 했다고. 모두 다 토해 내고 씻어 내고 싶었지만 은수는 예전으로 돌아간 듯 종이 인형처럼 감정 없이 앉아 있었다.

"어머니한테는 내가 전화할게요. 집으로 가요."

지환은 은수의 말을 무시하고 액셀을 밟았다. 죽을 것같이 가슴을 조여 오는 답답함에 운전대를 몇 번이나 세게 붙잡았다. 은수가 옆에 있는데, 그를 보지 않고 있었다. 심장이 저 밑으로 떨어져 나간 기분이었다. 지환은 모든 것이 두려웠다.

"누가…… 왔다고요?"

"크, 큰 도련님이유……."

강 여사의 날 선 눈빛에 황 씨는 얼른 눈을 피해 버렸다. 큰 도련님은 볼일을 보러 갔는지 어느새 사라져 버렸고, 막내며느님은 음식 재료들만 펼쳐 놓고 행방불명이었다.

강 여사는 황 씨의 말을 믿을 수 없었다. 갑자기 왜? 돌아올 이유가 없었다. 시아버지는 지환에게 모든 것을 넘길 것처럼 오늘 아침에도 그녀의 말에 맞장구를 쳐 주었다. 그런데 이렇게 뒤통수를 친단 말인가.

강 여사의 심장이 어느 순간 미친 듯이 두근거렸다. 지환은 이 사실을 알고 있을까. 그녀는 얼른 아들에게 전화를 걸었다. 신호가 갔지만 전화는 받지 않았다. 급한 마음에 은수에게 전화를 걸었다.

— ……네, 어머니.

은수가 아닌 지환이 전화를 받았다.

"이게 무슨 소리니? 네 큰형이 왔다고?"

— ……나중에 말씀드릴게요. 은수 씨가 조금 다쳐서 집으로 왔어요.

"걔 아픈 게 대수야!"

강 여사가 날카롭게 소리쳤다.

— …….

"망할 영감탱이, 이럴 줄 알았어. 너무 순순히 넘겨준다고 했어. 그러니까 내가 서두르라고 했잖아. 할아버지 비위 맞추게 애도 빨리 가지고. 여자한테 빠져서 큰일을 그르칠 셈이야?"

뚝. 그대로 전화가 끊겨 버렸다. 강 여사는 지환의 행동에 화가 났지만 지금 그것이 문제가 아니었다. 우진이 이 집으로 다시 돌아온 것이면 그녀에게는 나가라는 뜻이었다. 두 사람이 한 공간에서 지내는 건 처음부터 있을 수 없는 일이었다.

"……잘 지내셨어요?"

뒤쪽에서 들리는 우진의 목소리에 강 여사가 얼른 표정을 바꾸고 돌아섰다.

"아, 돌아왔구나……. 미리 말을 하지 그랬니? 얼굴이 많이 상했네. 밥은 먹었니? 내가 금방 차려 줄 테니……."

"좀 쉬어야 할 것 같아요."

우진은 강 여사의 말을 잘라 내고 2층으로 향했다. 강 여사는 순간 그의 짐을 모조리 버려 버렸던 것이 떠올랐다. 이미 그 사실을 알고 있겠지. 강 여사는 핑계라도 대려다 그만두었다. 우진이 돌아왔다면 전쟁을 하겠다는 소리였다. 애써 가면을 쓸 필요가 없었다.

조금 자겠다며 안방으로 들어갔던 은수는 저녁 식사 때가 되자 칼같이 문을 열고 나왔다. 거실에 앉아 있던 지환은 은수의 모습에 얼른 몸을 일으켰다.

"저녁…… 준비할게요."

한 손에 칭칭 붕대를 감고 있으면서도 은수는 저녁을 차리겠다고 했다. 그녀가 지금 어떤 상태인지 느껴졌다. 생각 없이 습관처럼 행동하고 있었다. 자신이 처한 상황을 받아들이기 쉽지 않다는 말이기도 했다. 지환은 은수에게로 다가가 그녀를 끌어안았다.

"다…… 내가 잘못했어요. 당신한테 아무 말도 안 한 거, 두려워서 그랬어요. 당신을 못 믿은 게 아니라 나를 믿을 수가 없었어요. 당신을 내 마음속에 넣고 나서 어떻게 지켜야 할지 몰랐어요. 당신이 예전에 누굴 만났던지 그건 아무 상관 없어요. 지금 내 옆에 있으면 된 거예요."

은수는 그저 멍하니 지환에게 안겨 있었다. 누구의 잘못이 있을까. 누구의 잘못인지 따지면 이 상황을 벗어날 수 있을까. 은수는 지환의 다급함이 안쓰러웠다.

그리고 우진이 가여웠다. 왜 떠날 수밖에 없었는지. 이제서야 이해가 되었다. 연인으로서 그는 나빴지만 지환의 형으로서는 가슴이 아팠다.

"형이랑 싸울 거예요……?"

은수가 물었다. 건조한 그녀의 목소리에는 감정이 없었다. 무슨 의미로 묻는 것인지 지환은 알 수가 없었다.

"싸울 수밖에 없으면요. 내 것을 지키기 위해서 어쩔 수 없는 거면요. 난 형처럼 사랑하는 사람을 두고 도망가지 않아요."

은수의 마음이 또 한 번 칼로 할퀴어졌다. 그의 승리가 우진의 패배일 수밖에 없는 운명. 그녀의 애달팠던 과거는 이들에게 잔인한 공격으로 이용될 것이다.

"내가 싫다고 하면…… 아무것도 하지 말라고 하면…… 그렇게 해줄 수 있어요?"

"은수 씨."

"미안해요. 나도 정리가 안 돼요. 생각할 시간을 줘요."

은수는 다시 안방으로 들어갔다. 지환은 우두커니 거실 한가운데 서 있었다.

□ □ □

은수는 누군가 문을 두드리는 소리에 이불을 걷어 내고 거실로 나왔다. 시계는 오전 9시를 가리키고 있었다. 지환은 이미 출근을 하고 없었다. 그가 새벽까지 잠들지 못하고 거실에 앉아 있는 것을 알았다. 하지만 그녀는 어떤 말도 건네지 못했다.

아무렇지 않은 척, 예전처럼 대하는 것도 우스웠다. 흔들리지 않겠다고 생각했지만 흔들리지 않는 것이 더 이상했다. 형을 만나고 동생과 결혼했다. 그녀가 사랑한 두 사람이 형제였다. 어떤 말로도 합리화될 수 없었다.

"……형님."

은수는 뒤늦게 현관문을 열었다. 전화기는 어디에다 두었는지도 잊었다. 제정신이 아닌 채 뜬눈으로 밤을 지새우다 그가 서재로 들어가는 소리를 듣고서야 잠이 들었다.

"살아 있는 거 확인. 동서, 정말 나 걱정시킬래? 서방님이 아침부터 전화해서 동서랑 같이 좀 있어 달라는데, 왜 그러냐고 물어도 대답을 안 해 줘. 설마 부부 싸움을 아주 활기차게 했나 싶어서 머리도 안 감고 달려왔잖아."

해인이 등장하자 은수는 그제야 마음이 조금 편해졌다. 어느새 그녀도 해인에게 많은 것을 의지하고 있었다. 때때로 언니처럼, 엄마처럼 그녀를 챙기는 해인이 은수는 고마웠다. 자꾸만 가슴속에서 무언가 울컥, 하고 올라오는 것 같아 은수는 얼른 주방으로 들어가 차를 만들기 시작했다.

"앉으세요. 커피 드릴까요?"

"근데, 동서 손 왜 이래?"

해인은 얼른 은수의 붕대 감긴 손을 내려다봤다.

"설거지하다가, 접시가 깨져서……."

"진짜지? 서방님 한 칼 먹인 거 아니지?"

해인의 농담에 은수는 그제야 잠깐 웃었다.

해인은 은수의 얼굴을 보고 무슨 일이 벌어지긴 한 것이라 확신했다. 싸울 일이라고는 없을 것 같은 두 사람이 이렇게 거리를 두게 된 이유는 무엇일까. 해인은 지환보다 은수에 대한 걱정이 앞섰다.

"송미림이 또 헛짓거리했어? 내 그년 이번에 걸리면 반 죽여 버린다고 경고했는데, 서방님한테."

"……그런 거 아니에요."

은수는 식탁으로 다가와 해인에게 커피를 건네주었다.

"그럼? 나한테 말 못 할 일이야? 그냥 묻지 말까?"

해인의 물음에 은수는 조용히 자리에 앉았다.

"큰아주버님이…… 돌아오셨어요."

"뭐? 진짜? 언제?"

해인의 눈이 커졌다.

"……근데, 아주버님 돌아온 거랑 동서랑 무슨 상관이야? 서방님이 울상이면 몰라도. 아, 부부는 일심동체라서 그런가."

"놀라지 마세요."

은수가 해인에게 경고했다.

"뭐야, 겁나게. 동서가 그러니까 더 겁난다."

"대학 때…… 만났던 선배예요."

"으…… 응? 뭐, 누가? 뭐, 뭔 소리야? ……아주버님 말이야? 지, 진짜야?"

해인은 놀라운 사실에 입을 다물지 못했다. 어떻게 이런 운명이 있을까. 생각이 쉽게 정리되지 않았다. 그녀가 이런데 은수는 어떠할까. 해인은 무슨 말을 어떻게 건네야 할지 몰랐다.

"……놀라셨죠?"

"나, 나야……. 근데, 그게 가능해? 어떻게 만나도…… 아주버님이 비밀스러운 사람이긴 했지만, 정말 이런 인연이 있다고? 그럼, 서방님이랑 아주버님이랑 다 알게 된 거야?"

은수가 고개를 끄덕였다. 가슴이 또 어제처럼 뛰기 시작했다. 우진의 익숙한 행동. 지환의 날 선 눈빛. 그 가운데에 선 그녀의 모습까지. 모든 게 악몽 같은 현실이었다.

"설마…… 아주버님이 돌아온 이유가, 동서 때문이야?"

해인의 생각도 그 끝에 가게 되었다. 은수는 아닐 거라 생각했다. 그는 미련한 사람이 아니었다. 그녀가 지금 사랑해야 할 사람이 누구인지 알았다. 그리고 그의 사랑이, 이미 늦어 버린 것도 깨달았을 것이다.

그가 돌아올 수밖에 없었던 이유. 그것이 앞으로 지환에게 어떤 영향을 줄까. 은수는 그 생각부터 들었다.

"뭐, 이미 엎질러진 물이니까……. 교통정리만 확실하게 하면 될 것 같은데. 난 작은어머니가 걱정이네."

강 여사가 원하는 것은 회장직이었다. 그것을 뺏긴다면 그녀도 가만히 있지 않을 것이다. 은수는 아무것도 상상하고 싶지 않았다. 그러기엔 모든 것이 그들에게 너무 가혹했다.

"어머님, 오셨는데……?"

예상했던 대로 강 여사는 아침 일찍 지환의 회사로 찾아왔다. 형과 한 공간에 있는 것이 그녀에게 얼마나 고행일지 보지 않아도 그려졌다.

"넌…… 지금 일이 눈에 들어오니?"

지환을 보자마자 강 여사는 답답한 마음을 퍼부어 댔다.

"일단 앉으세요."

지환은 무슨 일이냐며 눈으로 묻는 민철에게 빠져 달라는 눈빛을 보냈다. 그가 조용히 사라지자 강 여사는 본격적으로 말을 쏟아 냈다.

"어제 영감 만나서 무슨 얘기를 한 거야? 당장이라도 자리 넘길 것처럼 굴던 양반이 왜 이런 짓을 벌이냐고! 넌 우진이 오는 거 알고 있었던 거야?"

"……그만하시고, 물 한 잔 드세요."

지환은 강 여사에게 물잔을 건넸다.

"물이 넘어가게 생겼어? 바로 코앞까지 다 왔는데, 억울해서 잠도 안 와."

"……회장 자리, 포기하세요."

"뭐……?"

지환의 말에 강 여사가 잘못 들은 것이라 생각하며 되물었다.

"처음부터 형 자리였어요. 이제 돌아왔으니……."

짝. 강 여사의 손이 지환의 얼굴로 날아왔다. 지환에게선 허탈한 웃음이 잇새로 터져 나왔다.

"무슨 헛소리를 하는 거야? 처음부터 정해진 자리가 어디 있어? 네가 못 할 이유 아무것도 없어. 회장감은 너야! 내가 그 자리를 얻어 내려고 어떻게 참아 왔는데……."

지환의 눈이 원망하듯 강 여사를 바라봤다.

"회장 아니어도 어머니 지금처럼 누리게 해 드릴 수 있어요. 회장이 된다고 해도 달라질 거 없어요. 세 번째는 영원한 세 번째인 거예요."

"그래서 첫 번째가 되라는 거잖아. 엄마는 그것밖에 바라는 게 없어. 지환아……."

"이렇게 해서라도…… 형한테 진 빚 갚고 싶어요."

지환이 자리에서 일어서며 냉정하게 말했다.

"빚이라고? 누가 그래? 우진이가 그래? 이제 와서 책임지고 다 내놓으라니?"

"어머니……!"

지환이 참지 못하고 소리쳤다.

그만하라고. 이제 그만하면 안 되냐고.

그가 행복하길 빌어 주면 안 되냐고 말하고 싶었다.

"은수 걔가 그러니? 형한테 양보하라고? 둘째네한테 세뇌당하듯이 이상한 말 듣고 와서 너한테 그러라고 가르쳤어?"

"그러게 왜 그러셨어요? 큰어머니한테 왜 그러셨어요?"

지환은 이제 어머니가 모든 것을 인정하길 바랐다.

"난 무슨 소리를 하는지 모르겠구나."

강 여사는 지환의 눈길을 피하며 흔들리지 않았다.

"다…… 어머니가 만든 일이에요. 더 이상은 저도 어머니 뜻에 따를 수가 없어요. 이제는 눈감아 드리고 싶지 않아요."

지환은 확고했다.

"1년도 안 본 여자 하나 때문에 네가 어미를 버리는구나. 그래. 네가 그렇겠다면, 힘없는 내가 포기해야겠지."

강 여사는 미련 없이 자리에서 일어났다.

"그 사람 만나지 마세요. 어머니 뜻대로 되는 일 없을 겁니다. 처음이자 마지막으로 부탁드려요."

강 여사는 지환의 말에 대답하지 않고 대표실을 빠져나갔다.

똑똑. 우진은 최 회장의 서재 앞에서 조용히 문을 두드렸다. 아침은 먹지 않았다. 강 여사도 그도 곤욕이었다. 우선은 할아버지와 담판을 지어야 모든 결론을 내릴 수 있을 것 같았다.

"들어와."

최 회장의 목소리가 들리고 우진은 안으로 들어섰다.

"앉아라."

오랜만에 만나는 큰손자를 보고도 반가운 인사조차 없었다. 조각나 깨져 버린 가족을 억지로 이어 붙이고 있는 할아버지가 우진은 어쩔 땐 안쓰럽기도 했다.

아버지의 외도를 알면서도 막지 않은 사람은 할아버지였다. 어머니가 점점 죽어 가고 있어도 할아버지는 철저히 외면했다. 누구를 원망해야 한다면 우진은 할아버지여야 한다고 생각했다.

"……그래. 이제 어쩔 셈이냐?"

"할아버지가 원하시는 것부터 말씀하시죠."

최 회장은 우진의 눈빛에서 정답을 찾은 것도 같았다.

"회장 자리에 앉아. ……그것 말고는 바라지 않으마."

"……그럼, 약속해 주세요."

우진은 최 회장을 똑바로 바라보았다.

"……지환이랑 은수, 지켜 주세요. 더 이상 걔들 이용해서 욕심을 채우지 마세요."

경고 같은 부탁에 최 회장은 잠깐 쓴웃음을 내놓았다. 이 녀석은 이런 아이라는 것을 알고 묵인했었다. 그러면서도 이번만큼은 제 인생에 욕심을 부려 보지 않을까 바라기도 했었다.

"……그 아이를 위해서냐?"

"아뇨. 이것도 저를 위해서겠죠. 나 때문에 불행해졌다는 말은 듣고 싶지 않은 이기심이겠죠."

오직 하나만 가져야 한다면 은수이길 원했다. 그러나 그 또한 깨어질 바람이었다. 사랑은 영원하지 않았고, 혼자만의 사랑은 상대에게 독이 되어 버렸다.

그 현실을 이제야 깨달았다. 후회는 이미 진행 중이었다.

24. '생일 축하해'란 말 대신

내 고통은 자막이 없다. 읽히지 않는다. *

시의 한 구절을 읽다 은수는 세탁기 알람 소리에 시집을 덮었다.
일상은 예전처럼 평온했다. 달라진 것은 없었다.

지환은 그녀의 곁에 있었고, 그녀도 그의 곁에 있었다.

시어머니에게선 별다른 연락이 없었다. 해인에게 전해 듣기로는
우진이 회장 자리에 앉을 준비가 한창 진행 중이라고 했다. 기주와
별거 중이었지만 해인은 시어머니 우 여사의 전화를 무시하거나 부
탁을 거절하지 않았다.

일주일에 두세 번 지아를 만나기 위해 우 여사를 만났고, 그녀의 하소
연을 들어 주었다. 또 그렇게 해인은 착한 마음을 어쩌지 못하고 있었다.

---

* 김경주, 《나는 이 세상에 없는 계절이다》 비정성시(非情聖市) 中

모진 소리를 들을 때도 많았지만 항상 기주의 바람기를 같이 욕했던 것도 우 여사였다. 시어머니와 며느리이기 전에 같은 여자였고, 그녀로 인해 해인은 위로받은 적이 많았다고 고백하기도 했었다.

은수는 세탁기에서 빨래를 꺼내 건조실로 가지고 나왔다. 하나씩 탈탈 털어 깔끔하게 줄지어 나열하듯 널었다. 마음이 조금씩 편안해졌다.

요리 강좌도 이미 끝이 났기에 바깥 외출을 할 일도 줄었다. 간단한 찬거리를 사기 위해 마트를 가거나 일주일에 한 번 정도 해인의 원룸을 방문했다. 그마저도 해인이 은수의 집으로 찾아올 때가 많아 넘겨 버리곤 했다.

은솔은 잊을 만하면 한 번씩 문자를 보내 언니를 그리워했다. 며칠 뒤에 있을 은수의 생일 때 꼭 형부와 함께 친정에 찾아오라고 당부했다.

은수는 빨래를 다 널고 난 뒤 깜박하고 놓친 쓰레기봉투를 사기 위해 대충 겉옷만 걸치고 집 밖으로 나왔다. 언제부터인가 보이던 수상한 차가 그녀를 확인한 것처럼 꿈틀거렸다. 사설 미행 업체 같았다. 그녀가 가는 곳마다 차가 멀찍이서 따라붙었다. 그녀를 감시하라고 시킨 사람은 누구일까. 은수는 어쩔 수 없이 지환을 생각했다.

그 마음이 이해되기도 했다. 입장 바꿔 생각하면 은수도 그럴 것 같았다. 만약 은솔과 사귀었던 남자가 그녀와 결혼했다. 언제든지 두 사람은 만날 수도 있었고, 감정이 뒤바뀔 수도 있었다. 믿고 믿지 않고의 문제가 아니었다. 지키고 싶은 것이었다. 사랑을 지키기 위해서 지환은 그 어떤 것도 망설이지 않았다.

쓰레기봉투를 계산하고 나오는데 지환에게서 전화가 걸려 왔다. 오늘은 일찍 퇴근할 수 있다고 했다. 은수는 알겠다며 맛있는 것을 해 놓겠다고 약속했다. 그녀가 나서는 줄 알았던 미행인은 은수가 다시 마트 안으로 들어서자 당황하는 것 같았다. 은수는 잠깐 웃어 버렸다.

— 마트를 다녀온 게 전부입니다.

남자의 보고에 지환은 알겠다며 전화를 끊었다. 강 여사는 지환의 말을 수긍한 것일까. 아직까지도 행동을 취하지 않고 있었다. 우진과 아침 식사도 함께 하는 것 같았다. 이렇게 흘러가 버리면 될 것이었다.

지환은 차라리 잘되었다고 생각했다. 형에게 죄책감을 가질 필요도 없었다. 형은 오해할 행동을 일체 하지 않았고, 지환의 형으로서만 은수를 대했다.

자신에게 소중한 사람이라며 찾아봐 달라고 말하던 애절한 눈빛의 형은 다른 사람 같았다. 은수가 행복하면 된 것이라고 생각한 것일까.

지환은 모든 게 평온해도 불안함을 지울 수가 없었다.

도대체 이 불안은 언제쯤 없어질 수 있을까. 설마 평생 동안 그의 업처럼 따라붙는 걸까. 형의 것을 뺏은 죄로 그는 평생 동안 불안감에 떨며 살아야 하는 걸까. 지환은 모든 생각을 잊기 위해 일에 집중했다. 그의 잡념을 없애 주겠다는 듯이 친구 윤석이 등장했다.

"정말 왜 포기하는지 말 안 해 줄 거냐?"

얼마 동안은 지환의 회장 취임을 위해 본업도 잊은 채 이 집안의 뒤를 캐고 다녔다. 고지가 코앞인 것처럼 할아버지를 만나러 갔던 지환은 다음 날, 그에게 회장 자리를 형에게 넘길 것이라 짤막하게 말할 뿐이었다. 이렇게 쉽게 포기할 일을 그동안 온 힘으로 도왔다는 게 허탈했다.

이 녀석의 마음은 뭘까. 형에게 원죄처럼 미안함을 가지고 있긴 했지만 어머니에 대한 도리를 무시할 만큼은 아니었다. 자리에 대한 욕심이 없는 편도 아니었다. 사업에 소질이 있었고, 윤석이 생각하기에 이 집안의 가업을 물려받을 인물로 지환이 제일 적합하다고 생각했다.

"사랑 때문에……."

지환이 뜬금없이 말을 하고 웃어 버렸다.

"뭐? 무슨 헛소리야?"

"헛소리겠지."

지환도 수긍했다. 그러고는 진짜 이유를 덧붙였다.

"형 만나러 갔을 때부터 어느 정도는 생각했었어. 일부러 네가 만든 서류도 두고 갔고. 아무도 없는 곳에서 혼자 그러고 있는 게 마음 아팠다기보다는, 자존심이 상했어. 페어플레이라는 말도 있잖아. 그래도 우리 집 첫 번째이고. 기회는 줘야 하지 않을까 싶었다. 형이 못 이끌면 그때 내가 받아서 맡으면 되겠지."

그 형이 영원히 그 자리에서 내려오지 않는다면 지환에게는 기회조차 주어지지 않을 것이다. 그래도 괜찮다는 것일까. 윤석은 이해되지 않았지만 지환의 말을 믿을 수밖에 없었다. 농담처럼 건넨 사랑 때문이라는 이유는 너무도 지환과는 어울리지 않았다.

"네 어머니…… 감당할 수 있어?"

감당해야 했다. 그것도 그의 업이었다. 그녀의 아들로 태어난 업. 지환은 또다시 웃어 버렸다.

"하루 종일 청소만 해?"

지환에게 먹일 저녁을 준비하던 중, 해인이 불쑥 나타났다.

항상 반들반들 깨끗한 집 안을 돌아보며 그렇게 물었다. 해인의 말에 은수는 그저 웃었다. 맞는 말이기도 했다. 하루 종일 집안일만 할 때가 많았다. 할 일이 없어 한 번 빨았던 옷을 또 빤 적도 있었다.

이것이 무슨 의미인지 은수는 알고 싶지 않았다. 시간은 흘러가고 있었고, 조금씩 제자리를 찾아가고 있었다. 서로 조심하면 아무것도 문제 될 것이 없었다.

"나, 오늘 여기서 저녁 얻어먹고 가도 돼?"

해인이 부끄러운 웃음을 흘렸다. 홀로 나와 살면서 혼자 먹는 밥에는 질려 버렸다. 그 집에 있을 때도 늘 혼자였는데, 마음으로 느끼는 외로움이 달랐다. 저녁이면 항상 집 밖에 서 있는 기주의 차를 외면하다가도 어쩔 때는 같이 밥만 먹어 주면 안 되냐고 바보 같은 부탁을 하고 싶기도 했다. 이기적이고 멍청한 마음이 아닐 수 없었다.

"항상 먹고 가라고 말하잖아요, 제가."

"그거야 서방님 눈치 보이니까 그렇지."

해인이 입을 삐쭉였다.

"그 사람, 그 말 안 믿을 거예요."

은수는 확실하다며 웃어 보였다.

"그래. 그렇게 좀 웃어라, 동서. 겨우 좀 사람 같아졌다고 생각했는데, 또 감정이 없어져서 내가 얼마나 마음이 아픈 줄 알아? 뭐, 다 이유가 있어서 그런 거지만, 동서가 잘못한 거 하나도 없잖아. 다 운명의 장난이지. 솔직히 이 상황에서 제일 피해자는 동서라고 생각해, 난. 그러니까 난 무조건 동서 편이야. 내가 다 무찔러 줄게."

해인이 유치한 태권도 동작을 선보이며 일부러 은수를 웃겨 주려 했다. 은수는 고맙다며 한 번 더 해맑게 웃었다.

시간은 벌써 지환이 퇴근할 시간이었다. 은수는 서둘러 저녁 준비를 마쳤다.

"이럴 거면 왜 나와 살아요, 형수님?"

지환의 핀잔에 은수가 가만히 그의 허벅지를 눌렀다.

그만하라는 것이었다. 이 두 사람은 영원히 사이좋을 수 없는 건가 보았다.

"내가 이래서 저녁 안 얻어먹는 거라고 했지, 동서?"

해인은 지환의 짓궂은 농담에 되받아쳤다.

"농담이에요. 많이 드세요."

지환이 싱겁게 웃으며 식사를 시작했다. 해인은 어쩐지 한 칼 먹은 것 같아 억울했다.

"오늘 여기서 자고 가는 수가 있어요?"

"……."

지환은 그제야 조용히 입을 닫았다. 승리는 언제나 해인의 몫이었다.

"형은…… 언제까지 저렇게 달고 다닐 생각이에요?"

지환은 아무래도 은수를 순순히 넘겨줄 생각이 없는 듯했다.

"그걸 왜 나한테 물어요? 서방님 형한테 직접 물어요."

해인은 기주의 이야기만 나오면 차갑게 변했다. 그게 지금 그녀가 할 수 있는 최대한의 방어였다.

"내 말을 들을 형이었으면 형수님이 지금 내 앞에 앉아 있는 무서운 일을 만들었겠어요?"

"저러다 지칠 거예요."

"안 지치면요?"

지환이 해인의 말에 곧바로 받아쳤다.

"그럼, 내가 저 사람이랑 불쌍한 마음 때문에 다시 살아야 한다는 거예요?"

"형수님."

"저 사람…… 일부러 저러는 거예요. 내가 이러면 약해진다는 아니까, 저러는 거예요. 그래서 더 모른 척할 거예요. 나도 한 번은 그래도 되는 거잖아요. 이 집안에 들어와서 참기만 했어요. 서방님 입장에선 내가 하고 싶은 말, 하고 싶은 거 다 한 것 같겠지만 난 맞출 수 있는 만큼은 최대한 노력했어요. 심지어 저 사람이…… 바람피우는 것까지도요."

은수는 해인과 지환의 대화를 멈춰야 한다고 생각했다. 상처는 조금씩 아물어질 뿐, 금세 없었던 것처럼 낫는 것이 아니었다.

"그만해요, 지환 씨. 형님도 물 한 잔 드시고 진정하세요."

은수는 얼른 물을 가져와 해인에게 내밀었다.

"내가 지나쳤어요……. 미안해요, 형수."

지환은 해인에게 사과를 하고 자리에서 일어섰다. 그의 식사는 제대로 이뤄지지 않았다. 은수는 지환의 밥그릇을 내려다보며 그 걱정부터 했다. 그런 모습을 바라보던 해인과 그만 눈이 마주치고 말았다.

"미안해, 동서. 이러려고 저녁 먹는다고 한 건 아닌데."

"아니에요, 형님. 저 사람이 지금……. 형님이 좀 이해해 주세요."

"알아. 이해해. 어쨌든 그 사람 동생이니까. 형이 걱정되겠지. 내가 바보 같은 걸까, 동서? 그 이상으로 발을 못 내딛겠어. 하루에도 열두 번 이혼을 생각해. 그런데, 지아 때문에 막히다가, 또 어느 날은 저 사람 때문에 막혀. 평생 이렇게 고통스럽게 만들어야. 용서도 안 하고, 놔주지도 않고. 너도 한번 당해 보라고 복수하고 싶어. 동서, 내가 이상한 거겠지?"

"정답은 없어요, 형님. 형님이 만드는 게 정답이에요……."

해인은 은수의 말이 맞는 것처럼 느껴졌지만 지금은 모르겠다고 생각했다. 차라리 어느 누가 이것이 정답이라고 말해 주길 바랐다. 고민하고 갈등할수록 정답에서 더 멀어져 가는 느낌이었다. 이미 너무 먼 길을 와 버렸다고 생각했는데, 앞으로 나아갈 길도 막혀 버린 기분이었다. 그래도 참고 모른 척하는 것이 문제를 해결하는 것은 아니라고, 지환이 깨닫게 해 주는 것 같았다.

은수는 해인을 돌려보내고 안방으로 들어섰다. 지환은 침대에 앉아 멍하니 은수의 화장대만 바라보고 있었다.

"형수…… 갔어요?"

"……네."

은수는 조용히 지환의 곁으로 와 그의 옆에 앉았다.

"팔은 안으로 굽는다고 생각하죠."

"지환 씨 입장에선 그럴 수 있어요."

은수는 차분하게 대답했다. 그를 이해하지 못하는 게 아니었다. 그리고 지금 그의 마음이 어떨지 모르지 않았다.

"당신한테 물었었죠. 지금 형수 입장에 선다면…… 어떻게 할 거냐고. 마음속으로는 큰형이랑 은수 씨를 생각하면서 물었어요. 형은 분명히 늦었고, 당신을 두고 떠난 사람이니까. 안심하면서도 그래도 불안한 마음이 들었어요. 지금 기주 형처럼 형수를 흔들면 어떡할까. 당신은 형수가 어떤 결정을 해도 이상하지 않다고 했죠. 형수…… 지금 흔들리고 있어요."

지환은 은수가 흔들릴까 봐 불안하다고 말하고 싶은 것 같았다. 은수는 그의 불안을 없애 줄 수 없어서 안타까웠다.

"그래서…… 빨리 결론을 내라고 말하고 싶었어요. 이렇게 계속 지내는 건 서로한테 좋지 않아요. 난 그렇게 생각해요."

"형님이랑 나는 달라요."

은수가 지환이 지금 원하는 대답을 꺼냈다.

"그러니까 불안해하지 마요."

지환은 그제야 은수를 끌어안았다. 제발. 이 불안이 멈춰지길. 그는 바라고 바랐다.

□ □ □

은수는 아침 청소를 마치고 전화기를 확인했다. 부재중 전화 목록에 윤 박사의 이름이 찍혀 있었다. 그녀의 전화번호를 알고 있을까 싶을 정도로 연락 한 번 한 적이 없는 부녀 사이였다.

며칠 뒤가 은수의 생일이라는 것을 은솔이 일러 준 것일까. 윤 박사는 항상 그녀에게 무심했지만 생일날만큼은 용돈을 쥐여 주거나 어깨를 두드려 주었다.

아버지에게 전화를 거는 대신 문자를 남겼다. 곧 그에게서 답장이 날아왔다. 얼굴을 보고 할 말이 있다고 했다. '생일 축하해'는 아닐 거라 은수는 생각했다.

윤 박사의 병원은 최신식이라는 것을 알리고 싶은지 리뉴얼 공사가 한창이었다. 아버지는 병원도 장사라고 생각하는, 의사 가운을 입은 장사꾼이었다.

어릴 적 아버지가 치료를 거부했던 환자가 그들의 집 앞으로 찾아와 고래고래 소리를 질렀던 일이 떠올랐다. 치료 시기를 놓쳐선 안 되는 환자는 돈이 없었고, 아버지는 의사로서의 소명 대신 병원의 발전을 택했다.

모든 것을 포기한 환자의 서늘한 눈빛이 아직도 은수의 뇌리 속에 박혀 있었다. 아버지는 그런 사람이었다. 은수는 이해할 수도, 다가

설 수도 없는 분이셨다.

"왔니? 앉아라."

은수의 등장에 윤 박사는 하던 일을 놓고 접대 테이블로 다가왔다. 낯선 병원장실이 아버지의 욕망을 보여 주는 것 같아 은수는 몸속으로 소름이 돋았다.

"아주…… 이상한 소리를 들었다."

윤 박사는 그렇게 입을 열었다.

"최 서방네 큰형이랑…… 만났던 사이라고?"

은수는 가슴이 차갑게 가라앉는 것을 느꼈다. 그 집안 사람들은 모두 알아도 은수의 집은 모를 거라 생각했다. 왜 그렇게 생각했을까. 은수는 자신이 한심했다.

"어떻게 그런 일이……. 처음엔 몰랐다고 해도, 다 알아 버린 이상 그냥 넘길 수가 없어."

그걸 왜 아버지가 재단하냐고 말하고 싶었지만 말한다고 해도 달라질 것은 없었다.

"이혼해라."

'결혼해라' 라고 말했던 것처럼 윤 박사는 아무런 감정도 없이 은수에게 이혼을 얘기했다. 이 말이 '생일 축하해' 였으면 어땠을까 은수는 멍청하게 그런 생각을 하고 말았다.

25. 사랑이 무서웠다

"이혼하는 조건이 뭐예요?"

은수가 윤 박사에게 담담히 물었다.

"뭐……?"

윤 박사의 눈빛이 흔들렸다.

"무슨 소리를 하는지 모르겠구나."

"제가 이혼하면 아버지는 뭘 받으실 수 있느냐고요."

단 한 번도 덧붙이는 말 없이 그의 결정을 따랐던 딸이었다. 윤 박사는 은수의 물음에 어떤 대답을 해야 할지 망설여졌다.

"설마…… 최 서방을 사랑해서 못 헤어지겠다는 말은 아니겠지?"

사람들은 결혼을 사랑의 완성이라 불렀다. 그것이 그녀에게는 있을 수 없는 일일까.

아버지의 물음이 이상해 은수는 웃어 버렸다. 단 한 번만이라도 아버지로서 그녀를 바라봐 주길 바랐는데, 그건 영원히 이루어질 수 없는 꿈인 것만 같았다.

"은수야."

"차라리 솔직하게 말하세요. 그러면 생각해 볼게요."

어디서 이런 용기가 생겼는지 그녀도 몰랐다. 이제는 이 악몽 같은 새장을 벗어나고 싶었다.

"네 시어머니…… 어떤 사람인지 네가 더 잘 알 거다. 가만히 있지 않을 거야. 그걸 다 감당하고 살겠다는 거냐?"

"아버지도, 새어머니도, 감당하고 살았어요. 피도 안 섞인 시어머니 때문에 제가 이혼을 해야 하나요?"

"최 서방 때문이냐? 영원히 너를 지켜 준다고 약속하든?"

은수는 아버지의 말이 더 비현실적이라고 생각했다. 영원한 사랑은 없었다. 그걸 누구보다 아버지가 더 잘 알고 있어야 했다. 엄마를 버렸으면.

"아버지처럼 저도 계산을 해 봐야죠. 나한테 어떤 게 더 이득일지. 그 사람 옆에 있으면 뭐라도 떨어지지 않겠어요? 그 사람이 저를 사랑하면 제가 주도권을 쥔 거 아니에요?"

그가 알던 은수의 모습이 아니었다. 윤 박사는 그것이 충격적이면서도 서글펐다. 그동안 은수가 참아 온 울분이 그를 바라보는 눈빛 안에 가득했다.

"너도 알 거다. 내가 여기까지 어떻게 올라왔는지. 그래. 마지막은 너를 이용했어. 그래서 더 포기할 수가 없어. 네 말대로, 네 시어머니가 찾아와서 너를 이혼시키지 않으면 이 자리도 끝이라더군. 그리고 나는, 너를 위해서도 그게 낫다고 생각했다. 네 시어머니가 너를 말려 죽일 거다."

은수는 처음으로 아버지가 불쌍하다는 생각이 들었다. 단 한 번도 그녀에게 존경받지 못했다. 그 마지막 기회마저도 그는 자신의 오류로 놓쳐 버렸다. 은수는 말없이 자리에서 일어났다. 윤 박사는 은수의 뒷모습을 바라보지 못했다.

─ 병원에 갔다가 택시로 이동 중입니다. 집 쪽은 아닌 것 같습니다.

남자의 보고에 지환은 머리를 굴렸다. 윤 박사가 은수를 부른 것은 분명 강 여사의 입김이 들어갔기 때문일 것이다. 이혼이라도 종용한 것이면 그가 어떻게든 막아야 했다.

하지만 머리가 돌아가지 않았다. 그저 가슴이 답답하고 막막할 뿐이었다. 사업은 절대 감정이 들어가서는 안 되는 일이었다. 그렇게 사람을 대하며 상대방의 감정도 무시하고 죽여 왔다. 그게 성공이라고 생각했다.

그때처럼 일을 처리해야 승리할 수 있었지만 그 과정에서 은수가 다치는 것은 지켜볼 수가 없었다. 어머니를 이기려면 그것을 감수해야 하지만 흔들림과 고통의 연속이었다. 상대가 어머니였다. 그를 태어나게 만든 사람. 물러설 수도 앞으로 나갈 수도 없었다.

[강 여사님을 만났습니다.]

문자로 들어온 보고에 지환은 급하게 겉옷을 챙겨 사무실을 빠져

나갔다.

"네가 먼저 연락하다니 좀 놀랍구나."

강 여사는 커피숍에 자리를 잡고 앉자마자 여유로운 웃음을 흘렸다.

은수가 왜 자신을 찾아왔는지 묻지 않아도 알 수 있었다. 윤 박사는 생각보다 행동이 빨랐다. 그래도 피 섞인 딸아이인데, 딸의 행복따위 눈앞의 욕심을 이길 수 없었나 보다. 일이 생각했던 것보다 빨리 풀릴 것 같은 예감이 들었다.

"아버지를 만나고 왔어요."

은수는 돌려 말하지 않고 직진했다. 강 여사는 가장 다루기 어려운 상대가 은수 같은 아이라는 것을 알았다. 그래서 더 긴장의 끈을 늦추지 않았다.

"그래. 너도 충격이 크겠지만 나도 그 얘기를 듣고…… 얼마나 놀랐던지. 있을 수 없는 일 아니겠니?"

"저도 몰랐고, 지환 씨도 몰랐던 일이에요. 그리고 저희는 아무렇지 않아요. 지금이 중요하다고 생각해요."

윤 박사를 통해 내민 카드는 먹혀들지 않았다. 강 여사는 결국 마지막 카드를 내미는 수밖에 없었다.

"우진이가 너만 놔주면, 회사는 포기한다고 그러더구나. 어차피 회사에 마음이 있었던 아이가 아니야. 지금은 단순히 질투심에 눈이 멀어서 할아버지 꾐에 넘어간 것이지. 곧 후회할 거다. 회사를 운영하게 되면 너랑 계속 마주치게 될 텐데, 너도 지환이도 감당할 수 있겠니? 지환이가 지금은 괜찮다고 하겠지만, 항상 불안할 거다. 너랑 우진이를 의심할 테지. 사랑이라는 게 그렇단다."

은수는 강 여사가 하는 말이 거짓인지 진심인지는 중요하지 않다는 생각이 들었다. 이런 생각까지 할 만큼 강 여사는 그 자리가 중요한 것일까. 그것이 정말 지환을 위한 일이라고 생각하는 걸까. 은수는 그것만이 궁금했다.

"어머님 말씀은…… 지환 씨를 위해서 제가 헤어져 주라는 건가요?"

은수의 정리된 물음에 강 여사가 오랜만에 얼굴 위로 미소를 띠웠다.

"이제야 내 뜻을 알아듣는구나. 그게 서로를 위하는 길이야."

"지환 씨가 회사가 아니라 저를 택하겠다면요?"

되받아치는 은수의 물음에 강 여사의 미소가 한순간에 사라졌다.

"불안해도, 다 감수하겠다면요?"

"그런 지환이를 보고도 옆에 남는 거면 너는 그 녀석을 사랑하는 게 아니겠지."

은수가 웃어 버렸다.

"어머님은 그 사람을 사랑하세요? 그래서…… 저한테 이러시는 거예요?"

은수의 되바라짐에 강 여사의 눈가가 가늘게 떨렸다.

"지환이 마음이 너한테 있다고 이렇게 자신만만한 거니? 너도 어리석구나. 그 마음이 영원할 것 같아? 둘째네를 보고도 그런 생각을 하니? 해인이가 왜 매일 술을 마셨을 것 같니? 멍청하게 사랑을 믿어서 그런 것이지."

"지환 씨가 평생 어머님을 원망할지도 몰라요. 그래도 괜찮으세요?"

강 여사는 은수의 말이 우스웠다. 사랑을 믿게 되면 가지는 자만심이었다. 사랑이라는 것은 결국 감정일 뿐이었다. 허상 같은 그것을 믿어서는 아무도 이기지 못한다. 아무것도 가지지 못한다.

"결국 지환이는 나를 이해할 거다. 어쩌면 고마워할 수도 있지."

강 여사를 바라보고 있자 피곤이 몰려왔다. 얼른 이 자리를 끝내고만 싶었다. 그것을 알기라도 하는 것처럼 커피숍 안으로 지환이 들어섰다. 은수는 자리에서 일어났다. 강 여사는 지환을 보자 표정 관리를 했고, 은수의 여우짓에 조용히 화를 삭였다.

은수는 아무 말이 없었다. 지환은 어머니를 무시하고 은수를 커피숍에서 데리고 나와 차에 태웠다. 다른 것은 생각하지 않았다. 그저 그녀가 옆에 있어야 안심이 되었다. 점점 중심을 잃어 가고 있음을 깨달았지만 어찌할 방법이 없었다. 이미 이성은 감정을 이기지 못했다.

"어머니가 하신 말씀, 못 들은 걸로 해요. 나보다 본인 생각이 더 중요한 분이에요."

은수는 다급히 변명을 쏟아 내는 지환을 건너다봤다. 불쌍한 사람. 마음이 아려 왔다.

닮은꼴처럼 부모로 인해 삶의 굴레를 벗어나지 못하는 가여운 영혼들.

"한동안 계속 저러시겠죠. 감당해야 한다고 생각해요."

담담한 은수가 지환은 더 고통스러웠다. 이 여자의 인내는 어디까지일까. 혹여나 지환과 헤어진다고 해도 은수는 조용히 눈물을 삼킬 것 같았다. 그렇게 형도 잊은 것일까. 지환은 은수의 참을성마저도 두려웠다.

"한 가지 묻고 싶은 게 있어요."

은수가 다시 입을 열었다.

"나 때문에 회사를 포기하는 거예요?"

이런 질문을 은수에게 받을 줄은 몰랐다. 은수도 의심하는 걸까. 그의 사랑을. 혹여나 그가 후회라도 할까 봐 이리 묻는 걸까. 지환은 쓸쓸히 웃었다.

"어떤 것도 당신보다 중요하지 않아요."

슬픈 사랑 고백이었다. 제대로 사랑한다는 말조차 건네지 못하고 절벽 끝에 세운 기분이었다. 지환은 은수에게 미안했다. 이런 남자를 사랑하게 만들어서. 당신을 편안하게 해 주지 못해서.

"……고마워요."

나를 사랑해 줘서. 은수는 그렇게 말하는 것 같았다.

□ □ □

윤 박사와 강 여사를 만나고 돌아온 후에도 은수는 흔들림 없이 일상을 살았다. 생일은 지환과 해인의 축하를 받으며 흘러갔고, 은솔의 전화는 받지 않았다. 희숙에게서 한 번 전화가 왔지만 되걸지 않았다. 듣지 않아도 무엇 때문에 그녀에게 전화를 걸었는지 알았다.

아버지는 어머니까지 이용해 그 자리를 지키고 싶은 것 같았다. 온통 불쌍한 사람투성이였다. 가장 불쌍한 것은 그녀 자신이겠지. 은수는 자조하며 그 자리를 꿋꿋이 지켰다.

감정을 지우는 것은 그녀에게 너무도 쉬웠다. 그만큼 그녀는 쉽게 흔들리지 않았다. 기대한 적이 없기에 실망도 하지 않았다.

그래도 한 번씩 멍하니 앉아 눈물을 흘렸다. 눈물이 나오는지도 모르고 흘렸다. 빨래를 개다가도 흘렸고, 홀로 점심을 먹다가도 흘렸다. 소중한 것을 잃었을 때의 감정을 알기 때문인 듯도 했다. 지환에게는 절대 들켜선 안 되는 일이었다. 은수는 철저히 두 가지 얼굴로 살기 시작했다. 이것 또한 어느 순간 지나갈 것이라 생각할 뿐이었다.

"의사가 아무래도 돌팔이 같아."

은수는 해인의 외래 진료를 따라갔다. 해인을 만날 때면 미행은 경계를 늦추고 제 볼일을 보는 것 같았다. 지환이 해인과 있을 때는 안심하라고 일러 준 것일까. 은수는 해인과 만나면서도 다른 생각을 하고 있었다.

"동서……?"

"네?"

은수는 깜짝 놀라 해인을 바라봤다.

"무슨 생각 해?"

"아니에요. 의사가 뭐라고요?"

"돌팔이라고. 하나도 낫지가 않잖아."

"형님이 나으려고 하지 않는 건 아니고요?"

은수의 말이 해인의 가슴에 박혔다.

"동서, 지금 나 혼내는 거야?"

"안타까워서 그래요."

강 여사는 해인이 멍청하게 사랑을 믿어서 이리 아픈 것이라고 했다. 은수는 강 여사의 말이 틀리다는 것을 보여 주듯 해인이 행복해지길 바랐다. 그건 어느 누구도 아닌 자신에게 달린 문제라고 생각했다.

"동서도 내가 그 사람이랑 다시 합치기를 원해?"

"작은아주버님 아직도 사랑하세요?"

은수의 뜬금없는 물음에 해인의 눈빛이 흔들렸다. 그녀에게선 아무 대답도 흘러나오지 않았다.

"……."

"기회는 줄 수 있잖아요."

은수도 지환과의 사랑이 또 한 번의 기회라고 생각했다. 누군가를 마음에 넣어 행복해질 수 있는 기회. 이번마저 실패해 버리면 영원히 사랑이란 것을 하지 못할 것 같았다.

"나 부른다. 진료 보고 올게."

해인이 얼른 엉덩이를 떼고 일어섰다. 도망가듯 진료실로 향하는 그녀의 뒷모습이 답을 말해 주는 것 같았다. 사랑이 그랬다. 멍청했다. 그래서 사랑이었다.

"어? 제수씨 아니에요?"

이유도 없이 흐르는 눈물을 참으며 멍하니 벽을 바라보고 있는데 누군가 은수에게 말을 걸어왔다. 지환의 친구 윤석이었다. 은수는 등을 바로 세우며 긴장했다. 흔들리는 모습을 보여 주면 안 되는 사람이었다.

 "안녕하세요."

 은수는 자리에서 일어서 목 인사를 건넸다.

 "진료 보러 온 거예요? 어디?"

 "아, 제가 아니라 누구 좀 따라왔어요."

 은수가 말을 얼버무리자 윤석은 더 이상 묻지 않았다. 자신은 친한 친구가 이 병원 의사라 잠깐 얼굴을 보러 왔다고 전했다. 점심시간 전까지 기다려야 하는데 마침 아는 사람을 만나 잘됐다고 했다. 은수는 지금 윤석을 상대할 감정의 평정심이 남아 있지 않았지만 모르는 척할 수도 없었다. 어떤 것도 쉽지 않았다.

 "그 녀석…… 무슨 일이 있는 것 같은데 저한테는 말을 안 해 주네요."

 그 일을 은수도 말해 줄 수 없었다. 은수는 그저 기계적으로 웃었다.

 "회장 자리 앉겠다고 나를 얼마 전까지 들들 볶더니, 지금은 말도 못 꺼내게 해요. 솔직히 제가 볼 때는 지환이가 그 자리에 가는 게 맞거든요. 큰형님, 이론으로는 많이 아셔도 경험이 부족하신 편이라. 아, 너무 재미없는 얘기죠?"

 은수는 괜찮다며 또 웃어 보였다. 윤석은 그런 은수가 조금 불안하다는 생각이 들었다. 20년 지기 윤주가 정신과를 택하면서 그도 반은 정신과 전문의가 되어 가고 있었다. 눈빛을 보면 대충 그 사람의 마음을 알 수 있었고, 감추는 것이 많은 사람일수록 상처가 깊다는 것도 알았다.

"어, 동서…… 누구야?"

때마침 진료를 마친 해인이 은수의 곁으로 다가왔다. 은수는 다행이라고 생각했다.

"아, 일행분이시구나. 어, 혹시 기주 형님……? 저, 지환이 친구 윤석입니다. 지환이 결혼식 때 인사드렸었는데."

윤석이 해인의 얼굴을 알아보고 알은척을 했다. 해인은 난처했다.

"아, 안녕하세요."

"그럼, 다음에 뵙겠습니다."

윤석은 눈치를 보는 두 여자를 알아채고 얼른 자리를 비켜 주었다. 어느 누구에게나 비밀은 있었지만 그걸 들춰낼 자격은 어느 누구에게도 없었다.

지환을 만나기로 했다는 거짓말로 해인을 보내고 은수는 버스를 탔다. 마음이 너무 힘들면 기점과 종점을 몇 번 왕복하는 게 그녀의 습관이었다.

창밖으로 보이는 사람들은 열심히 살고 있는 듯했다. 그녀의 눈에 그들은 행복해 보였다.

그녀가 가지는 절망적인 감정이 얼마나 무의미한지 보여 주는 것도 같았다. 어디 힘든 일이 없는 사람이 있을까. 모두 다 자신이 지닌 삶의 무게를 감내하면서 살아 나가는 것이지. 슬프면 울고 기쁘면 웃으며. 은수는 그렇게 마음을 정리했다. 그래야 한다고 생각했다.

버스는 은수가 다니던 대학교 근처를 지나치고 있었다. 이곳에서
이 버스를 타고 종점까지 간 적이 셀 수 없이 많았다. 그것은 모두
우진 때문이었다. 그가 전화를 받지 않아서. 다른 여자 동기를 보고
웃어서. 그때의 은수는 사랑에 서툴렀고, 너무 약했다. 조그마한 감
정에도 쉽게 흔들렸다.

차가 대학교 앞에 멈췄다. 은수는 습관처럼 그곳에서 내렸다. 이
전과는 다른 모습으로 변한 학교 앞의 풍경을 감상하다가 은수는 눈
앞의 한 남자와 마주했다. 거짓말처럼 우진이 서 있었다.

가장 먼저 든 생각은 미행이었다. 은수는 얼른 고개를 돌려 이제
는 익숙한 차를 눈으로 찾았다. 다행히 보이지 않았다. 그녀가 어디
에서 내릴지 모르니 버스 뒤만 쫓다가 그대로 따라간 것 같았다.

"……여기서 볼 줄은 몰랐네요."

우진은 은수와 제수씨 사이를 오가는 말로 알은척을 했다.

"잠깐 얘기할 수 있어요?"

은수는 왜 그런 말을 했는지 우진과 찻집에 앉으면서도 생각해야
했다. 그만큼 충동적으로 꺼낸 말이었다.

두 사람이 늘 함께 갔던 조용한 찻집은 아직도 남아 있었다. 예전
의 추억을 머금은 채.

"커피 두 잔 주세요."

우진이 나이 든 주인에게 말했다. 모든 것이 변했지만 이곳만 변
하지 않은 듯했다.

"교수님이…… 얼굴 좀 보자고 하셔서 들렀어."

은수가 묻지도 않았는데, 우진이 먼저 대답했다. 은수는 그저 가만히 고개만 끄덕였다. 둘 사이에 흐르는 침묵은 이제 그 어떤 감정으로도 이어 붙일 수 없는 거리를 연상시켰다. 우진은 그저 가만히 은수가 말을 꺼낼 때까지 기다려 주었다.

"혹시…… 예전에 여기 와서 글 쓰던 분들 아니세요?"

커피를 가져온 주인장이 잠깐 우진과 은수의 얼굴을 살피더니 생각난 듯 알은척을 했다. 그 시절 찻집이 아직도 남아 있다는 사실도 놀라웠는데, 그들을 알아보는 주인장이 있다는 것은 더 놀라웠다. 우진은 맞다며 잠깐 웃어 보였다.

"그때 써서 주고 가신 시가 좋아서, 계속 기억하고 있었거든요. 아, 이제…… 결혼하셨겠네요?"

주인장의 오지랖에 우진은 아니라며 고개를 흔들고는 슬프게 웃었다. 은수는 그 어떤 말도 할 수가 없었다. 그때는 우진과 다시 이 자리에 앉을 수 있을 것이라 상상조차 해 보지 못했었다.

"이제 그 시를 보면, ……부끄럽겠지."

주인장이 사라지고 우진이 혼잣말처럼 말했다.

"선배가 나한테 보낸 시들은, 돌려주지 못할 것 같아요."

은수가 그렇게 첫입을 열었다. 우진은 예상했다는 듯이 웃었다.

"일기같이 쓴 거야. 이제, 의미가 없는 거니까."

은수와의 사랑이 끝났다면 그 시들은 모두 운명을 다한 것이었다. 예전엔 왜 그 시들이 은수의 마음을 붙잡을 것이라 생각했을까. 한낱 글자일 뿐인데. 그녀의 마음은 서서히 죽어 갔는데. 그녀는 그의 시가 아니라 그를 원했던 것인데. 우진은 후회로 가슴이 잔인하게 찢겼다.

"나한테…… 죄책감은 가질 필요 없어요. 그냥 타이밍이 맞지 않았을 뿐이에요."

은수는 헤어진 연인처럼 담담히 말했다. 누구의 잘못도 아니라고. 이런 운명의 장난처럼 만나지 않았다면 서로 얼굴을 볼 필요도 없이 조용히 각자의 길을 갔으면 됐었다고. 은수는 그렇게 정리를 해 주는 것 같았다.

"지환이…… 사랑하니?"

의미 없는 질문일 것이다. 그래도 우진은 듣고 싶었다. 누군가를 사랑해서 행복하다고 말하는 은수의 목소리를. 그래야 그의 가슴속 상처도 조금씩 아물어질 것 같았다.

"네."

은수가 짤막하게 대답했다.

"그래. 그 녀석 많이 외로웠을 거야. 너를 만나서…… 다행이다."

"그래서 선배한테, 부탁하고 싶은 게 있어요."

우진이 고개를 들어 은수를 바라봤다. 그녀는 곧 눈물이 쏟아질 듯한 눈으로 그를 바라보며 말했다.

"다시…… 떠나 줘요."

은수는 사랑이 무서웠다. 아니, 그녀 자신이 무서웠다. 그래서 우진을 바라볼 수 없었다.

26. 너로 인해 나는

[오늘도 정신과 상담을 받는 것 같습니다.]

남자의 문자 보고에 지환은 눈을 감았다. 며칠 동안 제대로 잠조
차 자지 못했다. 은수는 자는 척 침대에 누웠다가 지환이 잠들면 조
용히 거실로 나갔다.

처음 그녀를 만났을 때로 돌아갔다. 이제는 그녀를 너무나 사랑하
는데도, 그때처럼 아무것도 해 줄 수가 없었다. 그가 옆에 있어야 잠
들 수 있게 되었던 그녀는 다시 그가 있어서 잠들 수 없게 되었다.

무엇이 그녀를 고통스럽게 하는가. 지환은 묻지 못했다. 그러고
나면, 모두 다 토해 내고 나면, 그녀는 바람처럼 떠나 버릴 것 같았
다.

지난주부터 은수는 해인을 만날 때마다 정신과 상담을 받고 있는

것 같았다. 일부러 해인이 진료를 받을 때 볼일을 보는 척 혼자서만 따로 행동하고 있었다.

해인에게도 말 못 하며 그녀 홀로 아파하는 이유는 뭘까. 그가 이렇게 그녀의 곁에 있는데. 어쩔 수 없는 불안이 또다시 지환을 괴롭혔다.

형을 만났다고 했다. 남자의 보고는 간단했다. 학교 앞에서 차 한 잔. 그리고 은수는 서서히 종이 인형으로 돌아갔다.

충분히 오해할 수 있었다. 지환의 말에 기계적으로 대답했고, 기계적으로 웃었다. 이제는 그녀의 모든 것을 알았다. 그래서 지환은 더 마음이 아팠다. 그러면서도 형과 무슨 이야기를 나눴는가에 대해 궁금해하는 자신에게 환멸을 느꼈다. 발가벗은 감정은 그에게 이성적으로 생각할 기회조차 주지 않았다. 지환은 점점 자신이 두려워졌다.

"최 대표. 큰형님이 오셨는데?"

민철이 불쑥 문을 열고 나타나 그렇게 말했다. 지환은 자신이 잘못 들은 것인 줄 알았다. 기주 형이 아니라 큰형이라고? 우진이 제 발로 지환을 찾아왔다고? 지환은 가슴이 뛰기 시작했다.

"들어오시라고 해."

지환의 말에 민철이 알았다며 문을 닫았다. 곧 다시 문이 열리고 우진이 나타났다. 한 번도 형에게 보여 준 적 없던 회사였다. 서로에게 거리를 유지하는 게 두 사람이 할 수 있는 최선의 배려였다.

지환은 자리에서 일어나 우진을 테이블로 안내했다.

"마실 거라도 줄까요?"

일상적인 대화였다. 그들은 은수의 문제에 대해서 더 이상 이야기를 나누지 않았다. 그 말을 하는 것 자체가 두 사람에게는 고통이었다.

"아니. 마시고 왔어."

형이 거절하기에 지환도 테이블에 앉았다. 어쩔 수 없는 침묵이 흘렀다.

"역시…… 넌 사업에 소질이 있는 것 같다."

우진이 대표실을 둘러보며 멋쩍은 듯 말했다.

"공부는 일찍 포기했었잖아요. 살길 찾으려고 시작한 거예요."

지환은 우진이 왜 이곳에 왔는지 머리를 굴려 봤지만 답이 나오지 않았다. 타국에서 마지막으로 형에게 했던 행동들이 자꾸만 그를 주저앉게 만들었다.

"우연히 은…… 제수씨를 만났어."

우진은 조심히 말을 꺼냈다. 지환은 긴장된 손을 조금 더 움켜쥐었다.

"제수씨란 말이 아직 익숙하지가 않아. 실수하더라도 네가 이해해. 고치도록 노력할게."

"괜찮아요."

지환은 신경 쓰지 않는다는 듯 곧바로 대답했다.

"그래. 어쩌면 네가 다 알고 있을지도 모르겠지만…… 그래도 네 생각을 묻고 싶었어."

지환은 우진에게서 어떤 말이 나올지 추측할 수 없었다.

"나한테…… 떠나 달라고 부탁했어."

우진은 그렇게 말하고 담담히 웃었다. 이미 모든 것을 체념한 웃음 같았다. 지환은 와르르 무너지는 가슴을 모른 척해야 했다.

"무슨 마음일지 알아. 널 위해서겠지."

그것 때문에 이리도 아파하는 걸까. 지환을 위해서 우진에게 할 수밖에 없었던 잔인한 말. 그녀를 그 끝까지 몰아세우게 만든 자신이 지환은 원망스러웠다.

"내 잘못이 뭔지 알아. 어쩌면 다시 돌아오지 말았어야 했는지도 모르지. 그랬다면 달라졌을까. 난 아니라고 생각해. 할아버지가 원하시는 건 내가 회장 자리에 앉는 거야. 그래서 은수까지 이용한 거고. 내가 떠난다고 해도 그 자리에 네가 앉으리라는 보장은 없어."

우진은 현실적이었다. 그에게 남아 있는 감정은 이제 더 이상 어느 누구도 상처받지 않는 배려뿐이었다.

"그리고…… 네 어머니. 우리들 사이를 안 이상 그대로 두지 않을 거야. 은수가 계속 상처받을 수도 있어. 난 아직도 어떤 방법이 최선인지 모르겠다."

지환은 형에게 미안했다. 왜 그를 믿지 못했을까. 은수가 자신으로 인해 행복하다고, 그날 말했다면 형은 그 사실을 받아들이고 물러났을 것이다. 지환이 미리 말했다면, 할아버지의 계략에 의해 돌아올 일은 없었을지도 모른다. 지금처럼 모두가 상처받는 일도.

"난 은수 씨처럼 나를 위해서 떠나 달라는 말은 못 하겠어요. 다 뺏고 싶지 않아요. 그 자리는…… 처음부터 내 자리가 아니었어요."

지환의 결론에 우진이 슬프게 웃었다. 형이 어떤 선택을 해도 지환은 받아들여야 했다. 그게 우진에게 할 수 있는 최선의 사죄였다.

"한 가지만 약속할 수 있어?"

우진이 마지막인 듯 물었다.

"은수…… 잘 지켜 낼 자신이 있어?"

그러면 떠나 주겠다는 말 같았다. 지환은 대답해야 했다.

"걱정 마요. 처음부터…… 절대 놓을 생각 없었으니까."

□ □ □

정신과 의사는 은수에게 눈물이 나면 그냥 울어 버리라고 했다. 남편이 알게 될까 봐 겁난다고 하자, 남편이 그 사실을 모른다면 절대 이 병을 고칠 수 없다고 했다. 숨기는 것이 있으면 언젠가는 드러나게 된다고 충고했다.

숨기지 않고 말하면 무엇이 달라질까. 은수는 진료실을 나서면서 그런 생각을 했다. 당신의 형에게 내가 떠나 달라 부탁했다고 말할까. 내가 당신과 나를 위해서 그렇게 했다고 말할까. 누군가에게 속마음을 말하면서 자라지 않았다. 감정을 감추고 숨기는 데 이골이 난 삶이었다. 은수는 의사의 충고가 그녀에게는 전혀 맞지 않는다는 생각이 들었다.

미행은 병원을 나서면서부터 따라붙었다. 이제는 일부러 기다려 주는 배려까지 하고 있는 자신을 느끼며 은수는 허탈했다. 얼마 동안은 그럴 수 있을 것이라 생각했다. 하지만 지환은 멈추지 않았다. 도대체 언제쯤이면 그는 그녀를 믿을 수 있게 될까. 이렇게 평생을 미행과 함께 다닐 수는 없었다. 은수는 조금씩 참을 수 없게 되었다.

집 앞에 도착하자 만나고 싶지 않은 얼굴이 문 앞에 서 있었다.

"언니……."

계속해서 연락을 거부했던 동생 은솔이었다. 왜 자신의 전화를 피하는 거냐고 문자를 보내와도 답장하지 않았다. 예전처럼 착한 언니 노릇도 지겨웠다. 은수는 모든 것이 더 이상은 참기가 힘들었다.

"무슨 일이야?"

은수가 차갑게 말을 뱉었다.

"왜 내 전화 안 받아?"

"바쁘면 못 받을 수도 있지. 이렇게 불쑥 찾아오는 거 불편해. 앞으로 조심해 주라."

은솔은 지금 눈앞에 있는 은수가 여태껏 봐 왔던 자신의 언니가 아닌 것만 같았다. 날카로운 말로 그녀의 가슴을 잔인하게 찔러 대고 있었다. 도대체 누가 언니를 이렇게 변하게 만든 것일까. 은솔은 두려웠다.

은수는 말없이 문을 열어 주고 은솔에게 들어가라는 눈짓을 보냈다. 은솔이 쭈뼛쭈뼛 안으로 들어가 주방 식탁에 앉았다. 마실 것을 준비하는지 냉장고를 여는 은수에게 은솔이 참지 못하고 말을 꺼냈다.

"엄마, 아빠랑 이혼한대."

주스를 꺼내던 은수의 손이 그대로 멈췄다. 하지만 이내 아무렇지 않은 듯 컵에 주스를 따라서 은솔의 앞에 가져다주었다.

"언니……."

은솔이 무슨 말이라도 해 보라며 은수를 불렀다.

"그분들 일이야. 우리가 참견할 게 아니라고."

"언니 이상해. 왜 그래? 내가 의지할 사람은 언니밖에 없는 거 알잖아. 나한테 이유도 말 안 하고 그냥 이혼하겠대. 아빠는 서재에서 나오지도 않아. 진짜 이혼하면 어떡해……?"

은솔의 눈에선 곧 눈물이 쏟아질 것 같았다. 부모의 이혼만으로도 이렇게 충격을 받는데, 은수는 엄마를 잃고 의무감만 있는 아버지 밑에서 삶의 전부를 보냈다. 누가 더 불쌍할까. 은수는 은솔의 고민이 시시할 뿐이었다. 누구를 이해하고 위로하고 받아 주는 것도 지쳐 버렸다.

"이혼하신다면 그럴 만한 이유가 있겠지. 우리 둘 다 성인인데, 뭐가 문제야?"

"언니…… 지금 언니 친엄마가 아니라고 이러는 거야?"

궁지에 몰리면 결국은 잔인한 속마음을 보이는 게 사람이었다. 은수가 우진에게 그랬고, 은솔이 은수에게 그랬다.

"네 말대로 너희 엄마가 나한테 친엄마처럼 느끼도록 해 줬어?"

은수의 눈이 모든 것을 잃은 듯 텅 비어 있었다.

"……."

은솔은 아무 변명도 할 수가 없었다.

"다 똑같아. 너도 나도 모두 다 똑같아. 너도 착한 척할 필요 없어. 내 생각 하는 척할 필요 없어. 네가 하는 의미 없는 말들이 나한테 얼마나 상처인지 몰라? 너도 알면서 내가 이해하길 바라잖아. 내가 용서해 주길 바라잖아. 왜 나만 용서하고 이해해야 하니? 왜 나만 그래야 해?"

"언니……."

"이게 내 본모습일지도 몰라. 그러니까 이제 나한테 기대지 마. 너스스로 생각해서 부모님 문제 해결해. 나는 더 이상 상관하고 싶지 않으니까."

은솔이 조용히 일어나 문을 나설 때도 은수는 돌아보지 않았다. 자신의 바닥을 본 기분이었다. 정말 의사의 말대로 참고 숨겨 온 것들은 드러나게 되어 있는 듯했다. 이러고 나면 병이 낫는 걸까. 은수는 그것을 알 수가 없었다.

전화기가 울렸다. 해인이었다. 은수는 감정을 정리하고 통화 버튼을 눌렀다.

— 동서, 어디야? 할아버님이 쓰러지셨대.

병원 수술실 앞에는 지환을 제외한 모든 가족이 모여 있었다. 은수는 얼른 지환에게 전화를 걸었지만 받지 않았다. 일단 지금의 상황을 문자로 보내 놓았다.

해인은 아직 이 집 며느리라는 생각이 들었는지 기주와 나란히 앉아 있었고, 강 여사와 우 여사는 연신 정 비서에게 최 회장의 상태에 대해 물었다. 그리고 그들과는 한 가족일 수 없는 것처럼 저 멀리 끝자리에 우진이 앉아 있었다.

은수는 가슴이 아팠다. 이리도 외로운 사람에게 떠나라니. 그로인해 외로웠다고 이렇게 복수를 한단 말인가. 그럴 권리는 누구에게도 없었다. 은수는 우진을 바라보지 못한 채 그에게서 가장 멀리 떨어진 곳에 자리를 잡고 앉았다.

"동서……."

해인이 그녀의 옆으로 다가왔다.

"할아버님 상태는 어떠신 거예요?"

"회장실에서 쓰러지신 걸 정 비서님이 발견해서 급하게 왔는데…… 시간이 많이 흘렀나 봐. 응급 수술 들어가시긴 했는데, 어떻게 될지는 모르겠어."

최 회장이 이대로 깨어나지 않는다면 이 집안의 방향은 또다시 어디로 향할지 몰랐다. 모두 다 각자의 욕심과 이기심으로 움직이겠지. 은수도 마찬가지였다. 우진이 떠나면 모든 게 평화로울 거라 생각했다. 하지만 마음속은 지옥으로 향해 가고 있었다.

"……이래서 집안에 사람이 잘 들어와야 한다는 거야."

이 말을 한 사람은 강 여사가 아니라 우 여사였다. 해인이 놀라 그녀의 시어머니를 말리려고 해도 이미 그녀는 이성을 잃은 것 같았다.

"형제가 한 여자를…… 이게 말이나 되는 소리야? 할아버지가 왜 쓰러지셨겠어? 얼마나 충격을 받으셨으면……."

"어머님, 그만하세요."

해인이 목소리를 높였다.

"내가 못 할 말 했니? 너희들 문제도 마찬가지야. 너 쟤랑 어울려 다니면서 물들어 가지고 이혼한다, 어쩐다, 이러고 버티는 거 아니야? 내가 모른 척 넘어가니까……."

"저는 욕하셔도 동서는 건드리지 마세요!"

해인의 눈빛이 변했다.

"동서 때문에 여기까지라도 온 거예요. 아니면 벌써 저 사람……
죽었을지 몰라요."

해인이 기주를 바라보며 차갑게 말했다. 기주는 해인을 한참 동안
바라보다 말없이 일어나 우 여사를 데리고 사라졌다.

한차례 소동이 일어났지만 은수는 흔들리지 않았다. 이런 말 따위
에 흔들릴 거였으면 우진에게 그런 독한 말도 하지 않았다.

"독한 줄은 알았지만…… 이 정도까지일 줄은 몰랐네. 기어이 네
가 이 집안을 다 망치는구나."

강 여사가 은수에게로 다가와 일갈했다. 해인은 두려움을 넘어서
며 은수를 방어했다.

"이 집안 망친 건 동서가 아니라 작은어머니겠죠."

"뭐라고……?"

해인도 더 이상 참을 이유가 없었다.

"작은어머니 욕심 때문에 몇 사람이 고통받은 거예요? 서방님도
동서 안 만났으면……."

짝. 해인의 얼굴이 돌아갔다. 은수가 나서려다 우진과 눈이 마주
쳤다. 그가 천천히 다가왔다.

"그만하세요. 병원이에요."

날카로운 우진의 말에 강 여사는 가까스로 화를 감췄다. 다행히
다툼이 수습되고 난 후에 복도 반대편에서 지환이 뛰어오는 게 보였
다. 아무 일도 없었던 것처럼 그녀는 아들에게 할아버지의 상태를
알렸다.

지환은 은수를 내려다봤다. 그녀는 그에게 눈길조차 주지 않았다.

318

해인의 눈만이 지환을 원망하듯 노려보고 있었다.

□ □ □

최 회장은 의식이 돌아오지 않은 채 일주일 동안 누워 있었다. 회사는 주주들의 동의로 정 비서의 지휘 아래 비상 경영 체제로 돌아갔고, 모두들 어느 정도는 장례를 준비하는 분위기였다.

우진은 할아버지가 쓰러지고 나자 더욱더 회사는 지환이 맡아야 한다는 생각이 들었다. 현재로서 회사의 사정을 가장 잘 파악하고 있는 사람은 지환이었으니 할아버지가 없는 상황에서 급하게 회사를 넘겨받아도 큰 착오 없이 해낼 수 있을 것이다.

우진은 지환을 만나 할아버지가 건넨 유언 공증 서류에 사인했다. 경영권 및 상속을 포기하면 지환이 회장으로 오른다는 내용이었다. 기주는 지환에게 회장 자리를 넘기겠다는 형의 말에 아무런 반대 없이 동의했다. 그리도 서로를 경계하며 경쟁자로 살았던 삼 형제는 할아버지가 부재하자 무엇이 옳고 그른지 스스로 판단하고 있었다.

우진은 선교사로 떠나기 위해 준비를 시작한다고 했다. 지환은 형에게 언제든지 오고 싶을 때 돌아오라는 말은 하지 못했다. 잔인한 이기심이었다.

결국 형의 모든 것을 빼앗았다. 이것이 그의 운명인 것처럼.

은수는 지환이 퇴근을 해도 멍하니 창밖만 보며 앉아 있었다. 뒤늦게 지환의 귀가를 알아차리고 급하게 저녁 준비를 하다 몇 번이나 음식을 태웠다. 지환이 해인과 어디 여행이라도 다녀오는 게 어떻겠냐고 말하자 은수는 할아버지가 돌아가실지도 모르는데 그럴 수 없다고 했다. 할아버지. 지환은 은수의 말을 듣고서야 할아버지가 돌아가실지도 모른다는 것을 깨달았다.

사랑 앞에서 천륜도 소용이 없었다. 그저 은수가 떠날까 봐 전전긍긍했다. 그녀가 어떤 상태인지 생각하지 않고 그 몸만 붙잡고 있는 것 같았다. 이대로는 모두가 미쳐 버릴지도 몰랐다.

"은수 씨……."

지환이 불러도 은수는 돌아보지 않았다. 은수는 밥을 푸다 말고 가만히 멈춰 서 있었다. 지환이 다가서 그녀를 돌려세우자 은수는 울고 있었다. 지환의 가슴이 무너졌다. 은수는 자신이 우는지도 모르는 것처럼 지환을 바라봤다.

"은수 씨, 왜 그래요……?"

지환이 은수를 끌어안았다. 밥그릇이 바닥으로 떨어지는 소리가 들렸지만 지환은 은수를 놓을 수가 없었다.

"내가…… 다 잘못했어요. 미안해요. 당신, 힘들게 만들었어요. 그러니까…… 제발……."

"너무…… 힘들어요. 당신을 사랑하는 게."

은수의 진심이 지환의 가슴을 찢었다. 당신이 힘드니 사랑하지 말라는 말도 할 수가 없었다. 세상 끝에 서 있는 기분이었다. 지환은 모든 것을 내려놓아야 했다.

"뭐가 힘든지 말을 해 봐요. 내가, 내가 다, 해결해 줄게요."

지환은 안고 있던 은수를 풀어 주며 그녀에게 애원했다.

"언제까지…… 날 감시할 거예요?"

은수가 텅 빈 눈으로 물었다. 지환의 심장이 저 바닥으로 떨어졌다.

"은수 씨, 그건……."

"선배를…… 볼 수가 없어요. 내가 떠나게 만들었어요. 당신이랑 있으면 선배 생각이 나요. 밤마다 내 목을 졸라요. 이걸…… 당신이 해결해 줄 수 있어요?"

더 이상 감출 수 없었다. 은수는 지환에게 모든 것을 쏟아 냈다.

"형…… 떠날 거예요. 그러고 나면 괜찮아질 거예요. 시간이 해결해 줄 거예요."

은수가 힘없이 웃었다.

"그리고…… 우리는 행복하게 살아요?"

은수의 물음에 지환은 대답하지 못했다. 그래도 그녀를 놓을 수 없었다.

"그래서, 날 떠나기라도 하겠다는 거예요?"

지환이 화난 눈으로 물었다.

"처음부터 잘못된 인연이었어요. 당신도 나도 조건 맞춰서 한 결혼이었잖아요. 1년도 안 살았어요. 선배를 잊었던 것처럼 또 그렇게……."

지환의 눈빛이 차갑게 변했다. 은수를 붙잡아 그의 눈을 맞추게 했다.

"나도 다 버리고 떠날 수 있어요. 멀리 외국에라도 가서 살아요. 우리 둘만, 그렇게 다 잊고 살아요."

은수는 지환의 말이 들리지 않는 것처럼 멍한 눈으로 대답하지 않았다. 지환이 다시 은수를 끌어안아도 그녀는 감정 없이 그대로 서 있었다.

지환은 모든 것을 처음으로 되돌리고 싶었다. 은수가 우진을 만나지 못한 때로. 그가 먼저 은수를 사랑할 수 있을 그 시간으로. 하지만 모두 다 그의 바람일 뿐이었다. 시간은 되돌아가지 않았다. 태어날 때부터 운명은 늘 그에게만 가혹했다.

ㅁ ㅁ ㅁ

은수는 짐을 정리했다. 원래부터 떠날 계획을 했던 사람처럼. 차곡차곡 꼼꼼히 그녀의 성격처럼 하나씩 지워 가기 시작했다. 지환은 그녀가 정말로 떠나지는 않을 것이라 생각했다. 이렇게 그에게 겁만 주고 그가 애원하고 붙잡으면 주저앉아 줄 것이라 생각했다.

아버지에 의해 감정 없는 결혼도 했던 여자였다. 그러니 누군가를 위해 살 수도 있는 여자라고 멋대로 결론을 내렸다. 하지만 은수는 그것을 비웃기라도 하는 것처럼 모든 짐을 정리하고 홀가분한 몸으로 그의 앞에 앉았다.

"……미안해요."

술에 취해 들어온 그에게 은수는 담담히 말했다. 지환은 모든 것이 우스웠다. 사랑이 시시했다. 이런 것인 줄 알았다면 시작하지 않았다.

"이대로 떠나면, 끝이에요. 되돌릴 생각 없어요. 그래도 괜찮아요?"

지환이 차갑게 말했다. 은수는 잠깐 웃더니 고개를 끄덕였다. 이 여자에게는 이리도 쉽다니. 지환은 사랑이 무서웠다.

"······서류 정리는 천천히 해도 괜찮아요. 그 전까지 제 역할은 최대한 할게요."

은수의 말에 지환이 비웃음을 내놓았다.

"그럴 필요 없어요. ······정리할 남자한테 희망 고문 하는 것도 아니고."

지환이 비틀거리며 몸을 일으켰다. 서재 쪽으로 향하다 문 앞에 놓인 은수의 캐리어를 발견했다. 참고 있던 울분이 터져 나왔다. 뒤돌아서 은수에게로 다가갔다.

"날······ 사랑하긴 했어요?"

지환의 말이 은수의 가슴을 잔인하게 갈라놓았다. 은수는 입술을 깨물고 자리에서 일어났다. 거실로 나서려던 그녀의 몸이 지환에 의해 그와 벽 사이에 갇혔다.

"대답해 봐. 날 사랑하긴 했냐고!"

젖은 지환의 눈이 발악하듯 그녀를 노려봤다. 하지만 은수는 흔들림이 없었다. 잔인한 여자. 지환은 허무한 웃음으로 눈물을 삼켰다. 그리고 싸늘하게 일갈했다.

"안 보내. 못 가. 가기만 해 봐."

이제 지환의 눈은 독기로 가득 찼다.

"안 놔준다고 했잖아. 도망갈 거면 처음에, 그때 가라고 했잖아. 너 하나면 돼. 나도······ 너 하나면 된다고."

은수는 가슴이 너무 아파 차라리 눈을 감았다.

"회장이 뭔데. 한 번도 내가 되고 싶다고 한 적 없어. 형이 다 하라고 해. 난 윤은수 하나면 돼. 씨발, 도대체 나보고 어쩌라는 거야!"

은수는 지환을 밀치고 현관 앞까지 걸어갔다. 더 이상 지환을 지켜볼 수가 없었다.

은수가 캐리어를 끌고 현관을 나서는 소리가 들렸지만 지환은 움직일 수가 없었다. 문이 닫히는 소리에 그대로 무너지듯 주저앉았다. 거실 바닥에 누워 미친 사람처럼 웃어 버렸다. 그러다 흐느끼듯 소리쳤다.

"은수야……! 은수야……! 가지 마……."

지환의 애절한 목소리만 그곳에 남았다.

2부 ————

나로 인해 너는

1. 그해 여름

　차가운 바람이 정신을 깨웠다. 은수는 계절이 바뀌는 것을 피부로 느끼며 큰 기지개를 켰다. 치약을 짠 칫솔을 입에 물고 마당 수돗가로 다가갔다. 양치를 하며 바다를 바라보는 것은 그녀가 이곳 생활에서 제일 만족하며 행복해하는 순간이었다.

　바다가 보이는 앞마당을 보고는 집도 제대로 둘러보지 않고 계약을 했다. 주인집 아주머니는 이상한 사람을 보듯 그녀를 의심했고 은수는 조그맣게 변명했었다.

　여기라면…… 잊을 수 있을 것 같다고.

　무슨 말을 하는지 알아들을 수 없었던 아주머니는 은수를 요양을 위해 섬마을에 들어온 약간 정신이 나간 뜨내기라고 생각했었다. 그러나 그녀는 새로 부임한 중학교 선생님이었고, 아주 꼼꼼하고 착실한 성격을 가진 보기 드문 아가씨였다.

"윤 선생, 일어났나?"

새벽 바다 일을 마치고 집으로 들어서던 아주머니가 은수를 보고 알은척을 했다. 은수는 급히 입 안에 있던 거품을 뱉어 내고 조용한 웃음으로 아침 인사를 건넸다.

"물 대피는 시간 아까워서 카제? 보일러가 와 자꾸 말썽인가 모르겠네. 이참에 저 양반한테 바까라 카게, 내가."

은수의 집주인이자 동네일을 도맡아 보는 이장 부부는 모든 일에 적극적이었다.

"아니에요. 전, 괜찮아요. 이렇게…… 바다 보면서 양치하는 게 좋아서 일부러 나와서 해요. 저 때문에 보일러 바꾸실 필요 없어요."

"그래. 여기서 바다 보면 좋제? 나도 그래가 이 집 안 샀나."

아주머니가 후회하지 않는다는 웃음을 보였다. 은수는 동의하듯 고개를 끄덕여 주었다.

"아, 맞다. 그거 물어볼라 캤는데. 윤 선생 반에 기철이 있다 아이가?"

"아…… 네."

은수는 얼른 한 남자아이를 떠올렸다. 반항기 가득한 눈빛도 저절로 함께 떠올랐다. 은수의 반 아이들은 채 열 명도 되지 않았다. 외우지 않아도 저절로 아이들의 모든 것을 알게 되었다. 시골 학교만의 매력이라고 옆자리 영어 선생이 말했던 게 생각났다.

"가 엄마가 어젯밤에…… 도망갔단다. 짐 싸 들고 막 배 타는 거 누가 봤다 카대. 아이고, 그놈 자식 불쌍해서 우짜노."

요즘 들어 더 수업에 집중하지 못하는 모습이 이 이유 때문이었을까. 은수의 마음이 안타까움에 가라앉았다.

"왜……?"

"마 할매 때문에 그렇겠지. 치매 할매 모시는 게 어데 쉬운 일이가? 긴병에 효자 없다 안 하나. 아들도 집에 안 들어오는데 며느리한테 그 짐 다 지우고. 참…… 사는 게 그렇다. 죽는 것도 안 쉽제? 자식들 짐 안 지우고 죽는 게 최고다, 최고."

아주머니는 자신의 바람 같은 말을 내놓으며 안채 쪽으로 사라졌다. 은수는 입을 다 헹궈 내고 가만히 앞쪽의 바다를 바라봤다.

누군가에게 쉽지 않은 죽음이 어떤 누군가에게는 또 너무나 쉬웠다. 할아버님은 쓰러지고 정확히 한 달 뒤, 홀연히 숨을 거두셨다. 은수는 장례식에 참석하지 못했다. 지환이 오지 않길 원해서였다. 해인에게 전해 들은 말로는 지환만이 눈물을 흘리지 않았다고 했다.

벌써 2년이나 지난 일이었다. 그런데 마치 어제 일처럼 가슴이 아파 올 때면 은수는 무엇을 어찌해야 할지 몰랐다. 선배를 잊은 것처럼 시간이 해결해 줄 것이라 믿었다. 그래서 일부러 지방 곳곳을 전전하며 입시학원 교사로 일을 했고, 이곳 섬마을에 기간제 교사로 자리를 잡을 즈음에는 모든 것이 무뎌졌다고 생각했었다. 하지만 그것은 그녀의 잘못된 판단이었다.

출근 준비를 마치고 중고로 산 자전거에 몸을 실었다. 학교의 위치가 걷기엔 애매한 거리였고, 그렇다고 차를 타기엔 교통편이 많지 않았다. 주민들 모두 오토바이와 자전거에 익숙한 동네였고, 은수도 저절로 그들의 생활에 물들어 갔다.

학교 앞 언덕에서 가쁜 숨을 몰아쉬며 페달을 밟는데 투득, 하고 발이 헛나갔다. 또다시 체인이 말썽이었다. 중고를 사면 이렇다고 주인집 아저씨가 충고를 했지만 그래도 은수는 자전거를 바꾸지 않았다. 조심해서 타면 그런대로 나쁘지 않은 자전거였고 그새 정이 들어 버렸다.

자전거를 세워 놓고 논밭 옆을 뒹구는 꼬챙이 하나를 들어 체인을 이리저리 맞춰 보는데 저 멀리서 오토바이가 달려오는 소리가 들렸다. 은수는 반가워 고개를 들었다. 노총각 수학 선생이었다. 유독 은수에게만 쌀쌀한 남자는 예상한 대로 쌩하니 은수 옆을 그냥 지나쳐 갔다.

서운함이 몰려오려는데 왁자지껄한 아이들의 목소리가 뒤쪽으로 따라왔다. 운 좋게도 은수네 반 아이들이었다. 아이들은 앞다투어 은수의 곁으로 와 자신이 자전거를 고치겠다고 했다. 은수는 고맙다며 아이들에게 햄버거 쿠폰을 쏴 주었다. 배보다 배꼽이 더 컸다.

"그러니까 선생이란 말이지."

교권이 땅에 떨어졌다는 기사는 남의 나라 일인 것처럼 주간 교무 회의에서 교장은 열심히 교사의 사명에 대해 원론적인 이야기를 꺼냈다. 은수는 그 틈에서 멍하니 회의 자료를 내려다보다 주머니에서 울리는 진동음에 책상 밑으로 핸드폰을 꺼내 보았다.

[동서. 나 지아랑 내일 갈 거야. 거절은 거절한다.]

해인이었다. 아직도 그녀를 부르는 호칭은 동서였다. 언니라고 불

러 주냐고 묻기에 편한 대로 하라 일렀더니 동서가 편하다고 했었
다. 그 뜻이 무엇인지 알았지만 은수는 모르는 척했다. 간단히 알겠
다는, 조심해서 오라는 말을 덧붙여 해인에게 문자를 보냈다.

"흠……."

그러는 사이, 볼펜 끝이 은수 앞에서 톡톡, 두드려졌다. 놀라 고개
를 드니 교장이 그녀를 보고 있었다. 은수는 죄송하다며 얼른 고개
를 숙이고는 핸드폰을 주머니에 넣었다.

갑작스럽게 관심이 모이자 은수는 얼굴이 뜨거워졌다. 허둥대는
그녀를 다잡아 주듯 옆자리에 앉은 수학 선생 찬일이 회의 자료의
순서를 거칠게 짚어 주었다. 돌아보니 그는 언제나처럼 화난 표정이
었다. 은수는 조그맣게 한숨을 내쉬었다.

"누구? 장기철이 말하는 거야?"

"네. 오늘 결석해서요."

결국 주인아주머니의 전언이 맞았던 것 같았다. 아침 조례 시간에
기철의 자리만이 비어 있었다. 핸드폰으로 전화를 걸어 보았지만 받
지 않았다. 어머니의 전화 역시 예상대로 꺼져 있었다. 외국으로 돈
을 벌기 위해 나간 아버지의 번호는 인적 사항에 적혀 있지도 않았
다. 하는 수 없이 집으로 찾아가 봐야 할 듯싶었다.

"집은 수학 쌤이 잘 알걸? 작년까지 담임이라 많이 찾아갔었던 거
같은데."

영어 선생 미화가 간단히 정보를 주고 사라졌다. 은수는 비어 있
는 찬일의 자리를 바라봤다. 부탁하면 들어주기나 할까. 그 생각부

터 들었다. 주소를 들고 혼자 찾아가 보자, 하는 결론으로 마무리되었다.

서둘러 퇴근을 하고 자전거에 오르려 했다. 그 순간 시끄러운 오토바이 소리가 그녀의 옆으로 다가왔다. 그냥 멀어져 갈 줄 알았던 소리가 계속 옆에 있자 은수가 돌아봤다.

"그거 갖고 못 갑니다. 타요."

찬일은 다짜고짜 오토바이 뒷자리를 눈으로 가리켰다.

"네?"

"기철이 집에 간다면서요? 산 아래라서 자전거 타고 못 간다고요. 얼른 타죠. 시간 가는데."

"아, 네네."

은수는 뭔가에 홀리듯 찬일의 오토바이 뒤에 올랐다. 구형 오토바이는 재빨리 학교를 벗어났다. 은수는 자신도 모르게 찬일의 허리를 꽉 붙잡았다.

"계십니까? 기철아? 안에 아무도 안 계세요?"

산 아래 작은 오두막 같은 집이 기철이네라고 했다. 은수는 가슴 한편이 싸늘해졌다. 작은 시골 동네라 사는 것이 다 고만고만했지만 거기에서도 빈부 격차는 있었다.

"누고? 성탁이가? 우리 아들 왔나?"

허름한 쪽문이 열리자 늙은 노모가 보였다. 치매를 앓고 있다는 할머니는 찬일을 자신의 아들로 착각한 것 같았다.

"아이고 우리 성탁이, 와 이제 왔노? 얼매나 기다린 줄 아나!"

할머니는 신발조차 신지 않고 달려 나왔다. 찬일은 자신이 아들인 것처럼 노모를 안아 주며 집 안을 살폈다. 기철이 녀석은 보이지 않았다. 티브이 앞에 덩그러니 놓인 밥상만 눈에 들어왔다. 녀석이 차린 듯한 어설픈 밥상이었다. 할머니의 끼니를 걱정하면서 이 녀석은 대체 어디를 간 것일까. 찬일은 어쩔 수 없이 마음이 쓰였다.

"아무래도 뭍에 나간 것 같네요."

"아…… 그럼 어떡하죠?"

은수는 막막했다. 크게 말썽을 피우는 아이들은 없었다. 아무리 무서울 게 없는 중딩이라 해도 때 묻지 않은 순수함이 있었다. 시골 학교 선생의 좋은 점 중 하나라고 생각하기도 했었다.

"윤 선생은 그만 퇴근해요. 내가 갈 만한 곳 몇 군데 찾아볼 테니까."

"아, 말씀해 주시면 제가 찾아볼게요. 여기까지 도와주신 것도 감사해요. 저희 반 아이니까 제가 알아서……."

"도시에서는 그럽니까?"

찬일이 말을 잘라 내며 물었다.

"네?"

"내 일, 네 일, 선 그어 놓고 하냐고요. 지금은 윤 선생 반이지만 작년엔 내 반 녀석이었어요. 얼마 안 되는 애들인데, 네 반 내 반이 어디 있습니까? 그래도 내가 윤 선생보다 그 녀석에 대해서 더 많이 아니까 나서는 거예요. 윤 선생 도와주려는 게 아니라 그 녀석이 걱정돼서 하는 거라고요."

냉정한 찬일의 말에 은수는 저절로 입이 닫혔다. 맞는 소리이긴 했지만 이렇게까지 정색할 필요가 있나 싶었다. 갑자기 오기 같은 게 생겼다.

"그럼 강 선생님 눈에는 제가 기철이 걱정하는 건 안 보이시나 봐요? 아직 애가 어디 있는지도 모르는데 강 선생님한테 맡기고 내려가서 모르는 척하는 게 맞나요?"

"……."

이번엔 찬일의 입이 닫혀 버렸다.

"아이고, 기철아!"

갑자기 할머니가 뛰어가는 소리에 은수와 찬일의 눈이 동시에 대문 쪽으로 향했다. 문 앞에 서 있던 기철은 둘을 보고 뒤돌아 도망치려 했다. 그러나 곧바로 쫓아간 찬일에 의해 한쪽 귀가 잡힌 채 마당 안으로 들어섰다.

"장기철이, 선생님 걱정시켜라?"

"아, 쌤. 잠깐만요. 사정이 있었단 말이에요. 아아, 쌤."

기철의 귀가 점점 더 위로 올라가자 괴성이 흘러나왔다.

"사정은 무슨 사정. 학생이 공부 말고 뭔 사정이 있어? 3학년 되고 정신 좀 차리나 했더니 또 시작이야? 정신 교육이 필요한 시점이지?"

"저기, 강 선생님."

은수는 급한 대로 찬일과 기철을 분리해 놓았다. 기철은 그 틈에 얼른 담임인 은수의 뒤로 숨었다.

"너, 이 새끼. 일로 안 나와?"

"아, 진짜 저한테 왜 그러세요? 이제 담임 선생님도 아니잖아요. 제가 다 알아서 한다고요."

기철은 매를 벌고 있었다. 찬일이 참지 못하고 은수의 뒤에 서 있는 기철에게로 다가왔다. 투닥거리는 두 사람 사이에 끼여 은수가 샌드백처럼 이리저리 치였다.

"두 사람 다 그만해요!"

결국 참지 못한 은수가 크게 소리치자 두 남자는 그대로 동작을 멈추었다.

"기철이 만났으니까 강 선생님은 얼른 내려가시고요. 기철이 넌 선생님이랑 얘기 좀 하자. 따라와."

기철은 은수가 이렇게 소리를 지를 수 있는 사람이라는 것을 처음 알았다는 듯 놀란 표정으로 그녀를 뒤따랐다. 찬일이 그런 기철의 뒤에서 넌 이제 끝이라는, 손으로 목이 잘리는 시늉을 해 보였다.

"어머님 얘기는 들었어."

은수의 한마디에 기철은 숙였던 고개를 들어 은수를 바라봤다. 녀석의 눈에는 어른을 향한 원망 같은 것이 섞여 있었다.

"……그럼 오늘 왜 학교 안 갔는지 아시겠네요."

"기철아."

"엄마 원망 안 해요. 내가 그렇게 힘들면…… 도망치라고 했어요. 할머니가 엄마한테 아빠 뺏어 간 죽일 년이라고 할 때마다 차라리 엄마가 도망가길 바랐어요. ……후회 안 해요."

"기철아……."

녀석의 눈은 어느새 붉어져 있었다.

"저 신경 쓰실 필요 없어요. 학교도 그만둘 거예요. 일할 곳 알아보고 왔어요. 아무한테도 안 기댈 거예요. 저 혼자서……."

"착각하지 마. 너 아직 미성년자야. 뭘 어떻게 혼자서 한다는 거야? 할머니 문제는 선생님이 아버님이랑 통화되면 상의드리고 군청 복지과에 연락해서……."

"굳이 그러실 필요 없어요."

기철이 잘라 말했다.

"뭐?"

"괜히 정 주는 것처럼 그러실 필요 없다고요. 몇 년 지나면 모르는 사람처럼 돌아간 쌤들 많아요. 쌤도 마찬가지일 거잖아요. 다 똑같아요. 어른들…… 다 똑같아요."

녀석이 받은 상처는 얼마만 한 걸까. 그것을 은수는 이해할 수 있을까. 이 녀석을 보듬어 주는 게 맞긴 한 걸까. 모든 것이 점점 더 어려워졌다.

은수는 녀석의 눈빛에서 돌이킬 수 없는 원망과 체념을 읽었다. 그 모습이 누군가를 떠올리게 했다. 그녀가 버려두고 온 사람. 그 마지막 눈빛과 똑같이 닮아 있었다.

□ □ □

지환이 테이블 위로 서류 뭉치를 집어 던졌다.

"적자 운영이 불가피? 이게 보고라고 올라옵니까? 책임지지 않겠다는 소리랑 뭐가 다릅니까? 사고 치는 사람 따로 있고 뒷수습하는 사람 따로 있습니까? 누구 믿고 이러는 건지 이제는 좀 알고 싶네요. 자리가 편하니까 그러십니까? 영원히 편하게 해 드릴 테니까 알아서 행동하십시오. 나가 보세요."

자신보다 한참이나 나이가 많은 임원진들에게도 지환은 거침이 없었다. 새파랗게 젊은 놈이 할아버지 잘 만나 회장 자리에 오른 것도 배 아픈데 회사를 하루아침에 자신의 방식으로 모조리 뒤바꾸려 하는 모습에 모두들 못마땅한 얼굴을 감추고 있었다.

그러나 지환은 신경 쓰지 않았다. 누구든 일을 못하면 목이 잘릴 수도 있다는 것을 그는 2년 동안 흔들리지 않고 보여 줄 뿐이었다.

— 정 비서님 들어가십니다.

비서실의 보고에 지환이 회장 자리로 되돌아왔다.

문을 두드리는 소리가 들리고 정태섭이 들어섰다. 지환에게 다가오는 그의 걸음이 언제나처럼 여유로웠다.

"이후 스케줄 보고드리겠습니다. 오후 3시에 삼진물산 방문 일정 잡혀 있으시고 저녁 6시에 세계 산업 박람회 초청 행사 참석하실 예정입니다. 점심 식사 후에 함께 출발하겠습니다."

"아뇨. 동행은 김 비서와 하겠습니다. 정 비서님은 연세도 있으신데 무리하지 않으셔도 됩니다."

지환은 처음의 계획과는 달리 정 비서를 내치지 않았다. 곁에 두되, 철저히 그의 행동을 살폈다. 괴물을 상대하려면 그를 알고 더 큰 괴물이 되어야 할지도 몰랐다.

회장 자리에 올랐지만 어쩐지 허수아비 같은 기분이 들었다. 모두가 정 비서를 통해서 지환을 만났다. 정 비서가 실세인 것처럼 회사는 돌아가고 있었다.

가슴속에서 불이 일었다. 할아버지도 돌아가신 마당에 한순간 회사를 뺏길지도 몰랐다. 그의 무능력함을 핑계로 여론 몰이라도 한다면 회사는 정 비서의 손에 넘어갈 게 뻔했다. 그 순간만을 기다리는 것처럼 정 비서는 지환이 하는 행동 그대로를 두고 보고 있었다.

태섭은 지환의 경계에도 그러시라며 짧은 웃음을 보이고는 사라졌다.

— 강 여사님 들어가십니다.

괴물들이 줄줄이 그를 찾아왔다. 지환은 그들을 끝까지 상대하는 게 이 전쟁에서 승리하는 것이라 생각했다. 이제 그에게 남은 것은 괴물들과 싸워서 승리하는 일뿐이었다.

"아들 얼굴 한번 보기 힘들구나."

번번이 퇴짜를 맞거나 전화 통화조차 되지 않는 아들을 만나기 위해 강 여사는 자신이 움직일 수밖에 없었다.

지환이 이럴 것이란 예상은 당연했다. 은수와의 이혼 이후, 지환은 회사 일에만 매달렸다. 그러던 어느 날, 술에 취해 본가로 찾아와 강 여사에게 이제 만족하냐는 말 한마디를 건넨 뒤 더 이상 그녀를 만나려 하지 않았다.

"아들이든 회장이든 하나만 원하세요."

지환이 경고하듯 웃어 보였다. 강 여사는 모르는 척 가방 안에서 사진첩을 꺼내 놓았다.

"회장만 원할 테니까 이제 아들 걱정은 끊게 재혼해."

2년을 기다려 준 걸 고맙다고 해야 하나. 지환은 자신 앞에 나열된 여자들의 사진을 내려다보며 생각했다. 재혼. 또 어떤 여자의 인생을 망치려나 싶었다.

"선생은 없어요?"

"어? 선생이 맘에 들어?"

지환이 관심을 보이자 강 여사가 눈을 반짝였다.

"그리고 이왕이면 엄마가 둘이면 좋겠어요. 아, 아버지 자리는 병원장이었음 하는데?"

강 여사의 눈이 싸늘하게 식었다. 그게 재밌다는 듯 지환의 눈이 잔인하게 휘어졌다.

"지환아."

"이제 여자는 필요 없어요. 그럴 나이도 아니고. 며느리를 원하시는 거면 포기하세요. 경험하셨잖아요? 어머니 마음대로 조종할 수 있는 사람은 없어요. 여기서 만족하세요."

지환이 자리에서 일어섰다.

"아직도 날 원망하니?"

강 여사가 묻자 지환이 그녀를 돌아봤다. 그러나 그의 입에선 어떠한 대답도 나오지 않았다.

더웠던 밖은 어느새 가을이었다. 창밖으로 내다보이는 사람들의 바뀐 옷을 보며 지환은 계절이 변하고 있다는 것을 느꼈다.

2년 동안 일만 하며 살았다. 할아버지의 장례도 치르기 전에 입사를 하고 단계를 밟아 초고속 승진을 하며 경영 수업을 받았다. 마침 내 회장 자리에 앉았을 때는 모든 게 끝인 줄 알았는데 그게 시작이었다.

출근하면 일을 하고 퇴근을 하면 잠이 들었다. 술도 마시지 않았고 친구도 만나지 않았다. 망나니 최지환으로 되돌아갈 것이란 사람들의 예상은 보기 좋게 빗나갔다. 지환은 흔들리지 않았다. 흔들리는 시간조차 주지 않으며 자신을 혹사시켰다. 그러다 보니 어느새 2년이란 시간이 흘렀다.

"밥 먹을 시간은 주고 일 시키지?"

이제는 실장이 아닌 지환의 비서로 일하고 있는 민철이 운전을 하며 입을 씰룩였다. 지환이 명진그룹의 회장이 되면서 민철은 당연히 최 엔터를 자신이 넘겨받을 거라 생각했다. 하지만 지환은 그에게 회사를 넘기는 대신 스카우트 제의를 했다. 기사 겸 비서라는 말에 그는 지환을 죽일 만큼 노려보았었다. 사표를 내던지고 돌아서려 했지만 민철은 그러질 못했다. 그 당시 지환을 본 사람이라면 모두가 그럴 수밖에 없었을 거라며 이해할 것이다.

민철과 지환이 운영했던 최 엔터는 작은형 기주에게 넘겼다. 둘째 어머니 우 여사는 회장 밑의 큰 자리 하나를 내줄 거라 기대했는지 지환이 엔터테인먼트 사업을 넘기자 실망한 표정을 감추지 않았다. 아들도 어머니를 닮아 욕심이 하늘을 찌르겠다며 악담을 퍼부었다.

정작 기주는 지환이 넘긴 사업에 만족해 했다. 예전부터 미디어 사업에 관심이 있기도 했고 아침드라마 연기자로 나선 해인을 지원해 줄 밑거름이 될 거라는 생각을 하는 듯했다.

기주는 언제 바람을 피웠냐는 듯 순애보를 보이며 2년 동안 해인만을 바라보고 있었다. 그런 형을 놓지도, 그렇다고 받아 주지도 않으며 해인은 자신만의 길을 찾아가고 있었다. 모두들 자리를 잡아 가는 것 같았다. 지환은 창밖을 바라보던 눈길을 거뒀다.

"정 비서는 어때?"

지환이 민철에게 물었다.

"날 못 죽여서 안달이지. 내가 초딩 때도 안 당하던 왕따를 여기서 당하고 있다. 어떤 놈 하나 잘못 만나서."

"잘 감시해. 틈도 주지 말고."

"그래. 너 때문에 내가 똥도 못 싸고 일하고 있잖아?"

민철의 앓는 소리가 심해지자 지환은 웃어 버렸다. 이러다 도망이라도 갈까 봐 무섭긴 했다. 지환은 어쩔 수 없이 한 사람을 떠올렸다.

"이번 달에 보너스 더 넣어 줄게. 미안해요, 형."

"왜 그래? 겁나게. 됐어. 이미 변비야. 돈으로도 손쓸 수 없어."

민철이 때마침 배를 움켜잡았다. 그러다 어떤 건물 앞에 차를 세웠다. 모종의 거래가 있는 것처럼 주변을 살피던 한 남자가 그들의 차에 올랐다.

"비서 형님 왜 똥 씹은 표정이세요?"

비밀 접선자는 지환의 변호사 친구 윤석이었다.

"변비래."

지환이 팩트를 말해 주었다.

"에? 회장님이 똥도 못 싸게 해요?"

회장님이 얼굴을 찌푸렸다. 억울한 감이 없잖아 있었다.

"이게 다 정 비서 나부랭이 영감탱이 때문이야. 얼른 다 털어 내서 죽여 버리자."

민철이 변비로 인해 과격해졌다. 윤석은 변호사이기에 중심을 잡아야 했다.

"미끼 몇 개 잡았다고 쳐 버리면 알맹이는 못 잡아요. 비서님이 좀 더 고생해 주세요. 보상은 회장님이 두둑하게 하시겠죠."

"회장이 호구야?"

지환이 눈을 날카롭게 만들었다.

"너 말 한번 잘했다. 그럼 난 네 호구냐? 돈은 주고 부려 먹어. 네일 캐내랴, 내 일 하랴, 잠도 못 자, 인마."

"어떤 놈 하나 잘못 만났다고 생각해."

민철의 말을 그대로 이용해 먹으며 지환은 모른 척 윤석이 가져온 서류를 내려다봤다.

"독해. 더 독해졌어. 혹시 가슴에 심장 없는 거 아니냐?"

지환이 눈을 돌려 윤석을 노려봤다.

"내가 귀신이야? 심장도 없이 살게."

어쩌면 그 말도 맞을지 몰랐다. 그에게 심장의 역할은 생존뿐이었다. 감정은 이제 그의 가슴에 남아 있지 않았다.

"진짜 귀신 정도 돼야 정 비서 치겠더라. 아주 치밀하고 계획적이야. 할아버님 돌아가실 거 이미 예상한 것처럼 모든 걸 그쪽으로 연결시켜 놨어. 그런데 또 살아 있는 사람들은 다 정 비서 손에서 움직이고 있어. 이게 뭘 의미하는 걸까?"

"뭐긴 뭐야. 영감 가지고 인형놀이 한 거지. 그럴 수밖에 없는 이유를 찾아야 해. 할아버지가 잘라 내지 못한 이유."

"그건 할아버지가 살아 계셔야 밝힐 수 있는 거 아닐까?"

그렇기에 정 비서가 고개를 **빳빳**이 들고 다니는 것일 테다. 지환의 어리석음을 비웃기라도 하는 것처럼. 쉽지 않은 싸움이란 것을 알았다. 하지만 그 역시 지는 게임을 한 적이 없었다. 할아버지처럼 허수아비가 되어 줄 생각이었다면 회장 자리에 앉지도 않았다.

"능구렁이 같은 영감이야. 안 들키게 조심하고."

"그래서 이렇게 숨겨 둔 애인처럼 너 만나고 있잖아."

"토 나오는 소리는 집어치우고. 어머니 일은 잘 진행되고 있지?"

지환의 물음에 윤석은 잠자코 친구를 건너다봤다.

"정말…… 이렇게까지 할 거야?"

"네가 하기 싫으면 다른 사람 시키고."

"지환아."

"보험 같은 거야. 내가 살기 위해서."

지환은 대수롭지 않다는 듯 말하며 서류를 넘겼다.

차는 한적한 골목길을 돌아 큰 도로로 나섰다. 가을이 오긴 온 걸까. 지환은 아직도 그해 여름에 머물러 있었다.

2. 또다시 운명

저 멀리 배 위에서 손을 흔드는 해인이 보였다. 이곳 섬마을에서 자리를 잡기 전 스쳐 가듯 만났던 게 벌써 6개월 전이었다.

빚쟁이가 쫓아오는 것도 아닌데 왜 전국 일주하듯 사는 곳을 바꾸느냐고 툴툴거리던 해인이 떠올랐다. 이제는 제발 한곳에 오래 머물러 있으라고. 그래야 사람도 사귀고 조금씩 잊고 무뎌지지 않겠냐며. 일부러 잊지 않기 위해 도망치는 것 같다는 해인의 말 때문에 이 섬마을에 들어온 것인지도 몰랐다.

정말 그랬다. 교장을 만나고 계약을 하고 학교를 다니고 수업을 하면서 조금씩 예전의 삶을 잊어 가게 되었다. 나이는 동생이었지만 해인은 여전히 은수에게 언니 같은 존재였다. 지환과 결혼을 하고 이혼을 하며 그녀에게 남은 건 해인뿐이었다.

"동서! 보고 싶었어!"

해인이 캐리어도 버려두고 은수에게로 뛰어와 안겼다. 그런 엄마를 조용히 바라보는 지아가 뒤에서 무표정한 얼굴로 서 있었다. 올해 초등학교에 입학한 지아는 여전히 말이 없었지만 자신이 해야 할 일은 똑 부러지게 해내고 있다며 해인이 자랑스럽게 말했다.

"지아야, 얼른 인사해야지."

해인이 뒤쪽의 지아에게 다가오라고 손짓했다.

"안녕하세요, 작은엄마."

은수는 해인을 두고 지아에게로 다가가 아이를 꼭 끌어안았다. 꼬마 숙녀가 다 된 지아는 말없이 그녀의 등을 감쌌다. 지아의 손은 여전히 따뜻했다.

"오. 뷰도 끝내주고, 생각보다 괜찮은데?"

해인은 바닷가 경치를 감상하며 연신 감탄했다. 도시에서만 살았던 그녀는 바닷가의 삶이 상상되지 않았다. 빨려 들어갈 것 같은 바다를 매일 바라보고 사는 삶은 어떤 것일까. 배를 타고 오는 동안 내내 그런 걱정을 했었다. 은수에 대한 걱정을 하는 일이 이제 해인에게는 인생의 업 같았다.

"집은 작아요. 그래도…… 여기서 보는 경치가 좋아서, 다 참을 수 있어요."

해인은 지아와 함께 은수가 안내하는 집 안으로 들어섰다. 방 한 칸에 주방이 조그맣게 분리되어 있었다. 밥을 제대로 해 먹지 않는 건지 싱크대 위가 말끔했다. 화장실 겸 욕실은 신발을 신고 바깥으로 나서면 그 자리에 있는 게 신기할 정도로 건물 끝에 덩그러니 놓여 있었다. 해인은 그녀가 원룸에서 살 때 사서 고생이라고 했던 은수의 말을 되돌려 주고 싶었다.

지환이 거금의 위자료를 통장에 이체해 주었다고 했었다. 하지만 그 돈을 은수가 쓰지 않을 것이란 건 해인도 알고 있었다. 그녀가 먼저 버리고 떠났으니. 그 죄책감으로 은수는 이런 고행을 사서 하는 중일 것이다.

"밤에 오줌 싸다가 귀신 보겠는걸."

"요즘은 잘 안 나타나요."

"진짜? 진짜 귀신이 있다고?"

해인이 눈을 키우자 은수가 피식 웃었다.

"농담이에요."

"아, 동서. 그러지 마. 나 무서워서 《그것이 알고 싶다》도 안 보는 사람이야. 이따가 화장실 가고 싶으면 같이 가 줄 거지?"

"네. 그럼요."

은수가 흔쾌히 웃으며 대답했다. 해인은 그제야 안심이 되었다.

방으로 들어와 커피를 탔다. 지아에게는 학부모가 주고 간 감귤주스를 따라 주었다. 엄마와 작은엄마가 오랜만에 담소를 나눌 수 있도록 지아는 가방 안에서 스케치북과 색연필을 꺼내 그림을 그리기 시작했다. 모든 게 익숙했다. 달라진 것은 2년이란 시간이 지나 변해 버린 계절뿐이라는 생각이 들었다.

"그래도 좀 가까운 곳에 자리 잡지. 오는 데 몇 시간 걸렸는지 계산도 안 된다."

"죄송해요."

그게 또 무슨 죄송할 일인지 예전처럼 사과를 하는 은수를 보며 해인은 깊은 한숨을 내쉬었다. 왜 이렇게 돼 버렸을까. 이혼은 그녀가 할 줄 알았는데, 왜 은수가 해서 그녀는 아무것도 못 하게 만드는 걸까.

이해하지 못하는 건 아니지만 해인은 안타까웠다. 두 사람이 사랑하는 게 눈에 훤히 보였다. 사랑만으로도 안 되는 게 결혼이라면 이제 무엇을 믿어야 할까. 또다시 가슴이 무거운 돌을 매단 것처럼 가라앉았다.

"나 티브이 나오는 건 잘 보고 있지?"

분위기를 바꿔 해인이 자랑하듯 말을 꺼냈다.

"네. 그건 꼭 챙겨 봐요."

아침드라마를 챙겨 보는 스타일이 아니란 걸 알았지만 해인은 모니터를 해 달라고 졸랐었다. 아마도 은수는 의무처럼 보고 있을 것이다.

"반응은 어때요?"

"뭐, 욕밖에 더 있겠어. 어제는 지아랑 마트 갔다가 모르는 아줌마한테 등짝 스매싱 당했다니까. 우리 감독한테 화풀이하니까 뭐 인기의 척도라나 뭐라나."

해인이 아침드라마에서 맡은 역할은 불륜녀였다. 아이러니하게도 그녀가 그렇게 경멸하던 반대편의 여자가 되어 해인은 사서 욕을 먹고 있었다.

"근데 이상하게 이 역할을 하니까, 왜 불륜을 하는지 조금 이해가 되기도 하더라. 나 미쳤나 봐."

이해되는 것이 아니라 그 위치가 되어 깨닫게 되니 더 가슴이 무너지는 것일 테다. 진심이면, 그런 것이면, 그녀는 남편을 놓아주지 않는 본처일 뿐일 테니까.

로맨스와 불륜은 한 끗 차이인데, 왜 그 차이를 사람들은 알아차리지 못하는 걸까. 해인은 어쩔 수 없이 기주를 생각했다. 때마침 텔레파시라도 통했는지 주머니에게 진동이 울렸다. 보나 마나였다.

"……왜요?"

해인은 지아가 신경 쓰여 핸드폰을 들고 일어섰다. 좁은 방 안에서 그나마 먼 문가로 몸을 움직인 그녀는 속삭이듯 나지막이 통화를 이어 갔다.

"동서 만난다고 했잖아요. ……스토커예요? 그만 좀 전화해요. 오늘만 해도 몇 통이에요? ……하, 안 도망가요. 도망가면 끝까지 잡으러 올 거잖아요. 바보 같은 짓 안 하거든요. ……누구요? 김 피디가 왜요……?"

해인은 전화가 길어지자 아예 문을 열고 밖으로 나섰다. 은수는 그들의 통화 소리가 사라지자 지아의 곁으로 다가섰다. 지아는 은수와 해인이 재회하며 안고 있던 모습을 그리고 있었다.

"이 사람이 작은엄마야……?"

은수의 물음에 지아가 얼굴을 들고 고개를 끄덕였다.

"예쁘게 그려 줘."

은수가 부탁하자 지아는 가만히 그녀를 바라보았다.

"왜……?"

"작은엄마."

지아가 은수를 조용히 불렀다.

"응?"

"이제 여기 안 아파? 엄마가 작은엄마는 여기 아파서 바닷가에 사는 거랬어."

지아가 손으로 가리킨 곳은 가슴이었다.

마음. 여전히 그를 생각하면 욱신거리는 통증을 모른 척하며 은수는 웃어 보였다.

"……응. 다 나았어. 그러니까 작은엄마 걱정 안 해도 돼. 알았지?"

지아가 그제야 처음으로 활짝 웃었다. 은수는 지아를 꼭 안아 주며 해인이 이혼을 하지 않아서 다행이라고 생각하고 말았다. 어쩔 수 없이 그런 생각이 들었다.

저녁은 근처 중국집으로 정했다. 예전 같았으면 장을 봐다가 이것저것 만들었겠지만 요리에 싫증이라도 난 사람처럼 은수는 주방을 멀리했다. 살기 위해서 먹을 뿐 더 이상 음식은 그녀에게 행복감을 주지 못했다.

"남자한테 등짝 맞아 본 적은 없는데."

은수는 갑자기 무슨 말인가 싶어 해인의 시선을 따라가다 테이블 건너편에 앉은 남자와 눈이 마주쳤다. 수학 선생이었다. 해인이 무슨 말을 하는지 그제야 이해가 되었다. 또 그녀를 노려보고 있었겠지.

"저 보는 거예요. 우리 학교 수학 선생님이에요."

"뭐? 근데 왜 동서를 노려봐?"

그러게요. 은수는 곰곰이 생각해 보았지만 아무리 생각해도 이유가 떠오르지 않았다. 그녀가 이곳에 선생으로 온 것밖에는.

"혹시 돈 빌렸어?"

"아뇨."

은수가 고개를 저었다.

"싸웠어?"

"아니요."

"쌈도 아니면 혹시…… 썸이야?"

은수는 짬뽕을 건져 먹다 기어이 사레가 들리고 말았다.

캑캑, 거리는 은수에게 물을 건네주며 해인은 건너편에 앉은 찬일을 바라봤다. 혼자 와서 짜장면 한 그릇을 시켜 먹고 있는 걸 보니 솔로일 거라는 느낌이 들었다. 사람은 사람으로 잊으라 했나. 그런 생각을 하는데 지환의 얼굴이 훅 하고 그녀의 머릿속을 스쳐 갔다. 조금 무섭긴 했다.

"위험하겠다, 저 남자."

"네?"

"아, 그냥 그렇다고. 먹자. 지가 노려보면 어쩔 거야. 무시해."

은수는 알겠다며 고개를 끄덕이고는 식사에 집중했다. 뒤통수가 따가웠지만 무시했다. 누군가와 싸울 힘이 이제 그녀에게는 남아 있지 않았다.

□ □ □

"저랑 싸워 보겠다는 겁니까?"

"……."

태섭은 말이 없었다. 지환에게서 저절로 비릿한 웃음이 흘러나왔다. 그동안도 많이 참았다는 생각이 들었다. 꼬리를 감추고 앉아 있으니 입이 근질근질할 것이었다.

"임원진 대표로 말씀드리는 겁니다."

"아, 그 임원진들은 왜 눈앞에 있는 회장실을 놔두고 비서실만 줄기차게 드나드는 걸까요? 누굴 만나서 무슨 얘기를 하는 걸까요? 이 회사를 지키겠다는 걸까요? 말아먹겠다는 걸까요?"

"……회장님."

태섭의 눈썹이 꿈틀거리자 지환은 더 몰아붙였다.

"지금 우리가 처한 상황에서 돌파구를 찾는 건 당연한 겁니다. 제가 객기를 부린다고요? 돈 나올 구멍은 뚫어 놓고 말씀하시죠? 주식 팔아 적자 메꾸는 짓도 이제 한계라는 거 모릅니까? 이렇게 야금야금 죽어 가게 놔두는 게 정 비서님의 회사 살리는 계획입니까?"

"말씀이 지나치시네요. 저는…… 생전에 최 회장님 경영 방침을 말씀드리는 겁니다. 막무가내 투자는 더 큰 손실을 불러옵니다. 할아버님은 돌다리도 두드리며 건너야 한다고 말씀하셨고, 때를 기다리며 몸을 움츠릴 필요도 있다고 충고하셨습니다."

할아버지. 할아버지. 아직도 모든 것이 할아버지를 기준으로 돌아가는 게 정상인 것처럼 말하는 정 비서가 더 비정상 같아 보였다. 그 할아버지가 자신일 것이고, 대신 내세울 그 최 회장은 이제 없으니 사지가 비틀리고 배알이 꼴릴 것이다.

자신을 죽이고 싶어 안달인 태섭이 지환은 재미있었다.

"그 때라는 게 기다려도 영원히 오지 않을 수도 있죠. 인생은 타이밍이라는 말도 모르십니까? 제가 어떻게 이 자리까지 올라왔는지 정 비서님이 더 잘 아시지 않나요? 세상이 다 저를 위해 돌고 있는데 무슨 걱정이세요? 복합 리조트 사업 투자 문제, 정 비서님이 임원들 설득시키세요. 분명히 저는 기회를 드렸습니다. 나가 보세요."

태섭이 무슨 생각인지 모르지 않았다. 어쩌면 그에게는 더 좋은 기회일지도 몰랐다. 사업의 성공과 실패는 동전의 양면 같은 것이어서 그도 가늠할 수 없었다. 하지만 지환에게 타고난 감이 있음을 정 비서가 더 잘 알 것이다.

누가 이기는 싸움인지 싸워 보면 알 것을. 할아버지가 그랬듯 그의 주변에 있는 영감들은 현실에 안주하는 것이 문제였다. 그래서 일을 키웠고, 후회를 남겼다.

지환은 잃을 것이 없다는 표정으로 회장실을 나섰다. 금요일 오후 3시였다.

— 환자면 환자답게 굴라는 충고가 있었다.

VIP병동 안으로 들어서며 지환은 핸드폰을 바꿔 들었다. 윤석은 거기서부터 몇 마디 더 잔소리를 늘어놓았지만 조용히 무시해 버렸다. 뒤따르던 민철이 경비가 철저한 곳으로 들어서자 마음을 놓고 멈춰서는 그를 홀로 보내 주었다.

접수도 하지 않고 곧장 진료실 앞에 도착한 지환은 '정신건강의학과 전문의 조윤주'라는 팻말을 확인하고는 노크도 없이 문을 열고 들어섰다.

"네 여친 앞이다. 끊는다."

야, 라는 짧은 외침이 있었지만 지환은 그대로 종료 버튼을 눌렀다.

윤석과 윤주는 20년간 우정으로 감춘 사랑을 끝내고 연애를 시작했다. 지환은 그들의 뒤늦은 고백에 웃어 버렸다.

독신주의 여자는 1년에 6개월을 여행 다니며 살던 자유로운 삶을 내려놓았고, 매일 클럽을 다니며 이름도 모르는 여자들과 술자리를 즐기던 남자는 강남 어딘가에 좋은 집이 있는지 살펴보고 다니는 중이었다.

사랑이 그랬다. 대단했고, 또 무서웠다.

"윤석이한테 충고 들었으면 좀 똑바로 앉지?"

윤주는 여전히 철들지 않은 소년처럼 구는 지환을 보고 고개를 저었다. 고등학교 때 만났던 그 모습 그대로였다. 세상을 향해 냉소적이던, 그러나 자신의 감정에는 절대로 굴복하지 않는. 지환이 이혼을 했다는 말에 여자가 불쌍하다는 생각을 했다. 결혼을 한다고 했을 때 가졌던 감정과 같았다.

윤주는 지환을 환자로 보기 위해 차트를 열었다.

"하나만 묻자. 20년이나 버티던 걸 왜 이제야 받아 준 건데?"

지환은 정말 궁금해하는 눈빛이었다. 윤주는 친구로서 답해야 하는 질문에 차트를 덮고 앞의 지환을 바라봤다.

"시간."

"뭐?"

"시간이 흘렀잖아. 그 녀석이랑 절대 연애는 안 하겠다는 마음이, 시간이 지나니깐 달라졌어. 해도 되지 않을까, 하는 걸로. 영원한 마음도 없지만 영원히 안 되는 것도 없어. 또…… 나 아니면 누가 구제하겠나, 싶고."

마지막 말은 거짓말인 것을 알았다. 누가 누굴 구제한다고. 서로가 서로를 필요로 하는 것이겠지. 윤석은 항상 받아 줄 마음으로 기다린 것이고, 윤주는 그 마음속에 이제 들어가 볼까 생각을 바꾼 것이고.

기다리면 올까. 윤석이 하는 것처럼 끝없이 기다리면 와 줄까. 그를 불쌍하게 여겨서 그 여자가 다시 나타나 줄까.

지환은 그럴 리 없다고 단념했다.

2년이 흘렀다. 은수에게서는 그 어떤 연락도 없었다. 오기가 치밀어 그 여자가 어디에서 지내는지 알아보지 않았다. 그의 옆집에 세를 얻어 살고 있다 해도 찾아가지 않을 것이다. 이제는 절대, 후회할 일을 만들지 않을 것이라 다짐했다.

"질문 끝났으면 진료 볼까? 지난번까지 이혼에 대해서 얘기했으니까 이제 형 얘기 해 볼래?"

윤주의 말에 지환이 굳은 듯 표정을 지웠다. 그의 상처는 여전히 현재 진행형이었다.

□ □ □

"아주버님은 잘 지내고 계신대. 지아 앞으로 편지랑 사진 보내셨더라고."

그게 누구를 위한 것인지 해인도 은수도 잘 알고 있었다.

"다행이네요."

"그러니까…… 더 이상 죄책감 가질 필요 없어. 어차피 아주버님은 그게 행복인 거야. 할아버님이 원하신 대로는 안 됐지만 지금 모습 보고 만족해하실 거야. 사람은 다 자기 길이 있다고 하니까."

지환은 지금 원하는 길을 가고 있을까. 은수는 그 생각을 잠깐 하다 해인에게 캐리어를 건네주었다. 1박 2일의 짧은 만남을 끝내며 다음을 기약했다.

"내가 일부러 자주 안 오는 거 알지?"

해인의 물음에 은수가 웃었다.

"네. 죄송해요."

"뭐가 또 죄송이야. 죄송할 것도 많다. 다음에 볼 때는 동서 옆에 누가 있었으면 좋겠다."

그게 누구든.

해인은 마지막 인사를 건네고 지아와 함께 배 위로 올라섰다. 저 멀리 은수가 보였지만 끝까지 바라보지 못했다. 마음이 허전해지는 건 어쩔 수 없었다. 그런 해인의 마음을 아는 것처럼 지아가 엄마의 손을 꼭 잡아 주었다. 해인은 그제야 입가에 미소를 띠웠다.

□　□　□

"도착했는데, 회장님. 여기는 접근성부터가 제로다. 너무 멀어. 일부러 찾아오지 않으면 못 오겠는데. ……야. 내가 주말까지 반납하고 일하는데, 꼭 그렇게밖에 말 못 하십니까, 회장 새끼님? ……알았어. 알았다고. 좀 더 둘러보고 갈게. 끊어."

민철이 통화가 끊긴 전화기에다가 대고 주먹 날리는 시늉을 했다. 이제 시킬 일이 없어 현장 시찰까지 시키고 있었다. 그놈의 정 비서 영감탱이 때문에 모든 행동을 조심해야 한다나 뭐라나. 그 덕에 민철만이 동에 번쩍 서에 번쩍이었다.

이미 이곳에 보낼 때부터 부지 후보에서 제외될 것이란 생각을 하고 있었다. 정 비서 또한 이것이 쇼임을 모르지 않을 텐데. 지환은 그것 또한 계산에 넣은 것처럼 철저히 조사해 보고를 올리란 말을 남겼다. 민철은 지환의 머릿속을 추측하려다 그만두었다. 최지환이 어떤 인간인가. 한 발을 내디디면 그 뒤에 뒷발까지 계획해 옮기는 철저한 놈이었다. 걱정하는 자체가 무의하다고 생각했다.

"저기, 어르신. 말씀 좀 묻겠습니다. 이장님 댁이 어딥니까?"

민철의 물음에 가는귀가 어두운 노인은 몇 번이나 질문을 다시 묻더니 바닷가 끝 쪽으로 보이는 집을 가리켰다. 민철은 감사하다며 고개 숙여 인사를 건넸다. 가능성은 제로였지만 보고는 해야 했기에 이장 댁으로 발걸음을 옮겼다.

"계십니까? 아무도 안 계세요?"

바닷가가 내려다보이는 집은 경치가 아주 끝내주었다. 한 번쯤은 이런 곳에서 아무 생각 없이 살고 싶다는 생각이 들 정도였다.

민철이 풍경을 감상하고 있는 사이, 안쪽에서 인기척이 들려왔다.

"누군교?"

이장의 부인으로 보이는 아주머니가 민철을 향해 경계하는 눈빛을 보였다.

"아, 저는 서울 건설 회사에서 온 김민철이라고 합니다."

민철이 얼른 주머니에서 명함을 꺼내 내밀었다. '명진그룹 비서실'이라고 적힌 글씨를 보고 춘자는 민철을 쏘아보았다. 그 뜻이 무엇인지 민철은 모르지 않았다.

"아이고, 또 시작이네. 개발이고 뭐시고 우리 집 양반 그만 괴롭히소. 여는 돈에 눈멀어가 집 파는 사람 없다 카이. 고마, 가이소. 얼른."

떠밀리다시피 문전 박대를 당하는데, 민철이 우뚝 걸음을 멈추었다.

"윤 선생 왔나? 오늘은 퇴근이 일찍이네. 이 양반은 신경 쓰지 말고 드가 쉬라."

아주머니의 말에도 그녀는 대문에 들어선 그대로 얼어붙은 듯 움직이지 않았다. 꼼짝없이 발이 붙들린 건 민철도 마찬가지였다.

3. 꿈도 없는 단잠

　"……아시아 여러 국가들이 복합 리조트를 도입하기 위해 노력하고 있는 이유는 복합 리조트 개발이 경제, 사회, 문화, 환경적 측면에서 커다란 긍정적 효과를 발생시킬 수 있기 때문입니다. 복합 리조트의 대표적인 성공 사례로 싱가포르를 들 수 있습니다. 도덕적으로 엄격한 국가라고 평가받아 오던 싱가포르는 2010년에 합법적으로 카지노 중심의 복합 리조트를 세워 경제적 효과를 비롯한 다양한 긍정적 효과를 발생시켰……."

　프로젝트 팀의 브리핑을 듣던 지환은 시선을 돌려 민철을 바라봤다. 분명히 뭔가 감추는 듯한 표정이었다.

　그 시작은 주말에 부지 시찰을 마치고 돌아온 순간부터였다.

　소득을 가져오라고 보낸 것이 아니었다. 정 비서의 눈을 돌리고, 그가 준비하는 이 리조트 사업에 대한 더러운 방해 공작을 막고자 눈속

임으로 보낸 곳인데, 무언가 지환에게 숨겨야 할 비밀이라도 있는 것처럼 민철은 며칠 전부터 그의 눈을 똑바로 바라보지 못하고 있었다.

"이상, 보고를 마치겠습니다."

"네. 수고하셨습니다. 발전 가능성을 어필할 수 있는 부분에서 좀 더 설득력이 필요한 것 같네요. 다음 주에 한 번 더 보고 듣죠."

"네. 알겠습니다."

우르르, 프로젝트 팀이 사라지고 나서도 지환은 자리에서 일어서지 않았다. 민철이 의아해 그를 돌아보는데, 지환의 눈빛이 무언가를 요구하는 듯 매서웠다.

"형이 왜 그러는지, 내가 알아보는 게 빠를까? 아니면 지금 형이 나한테 부는 게 빠를까?"

"무, 무슨…… 소리신지? 다음 스케줄이 바쁘십니다."

민철이 또다시 지환의 눈을 피했다.

"알았어. 내가 알아보지, 뭐."

지환이 뒷감당은 형이 하라는 경고처럼 말을 뱉고 회의실을 빠져 나가려 했다.

"……아, 나도 몰라몰라. 절대 너한테 말하지 말아 달라고 부탁했단 말이야."

그 말에 짐작 가는 사람이 단 한 명뿐인 지환은 천천히 민철을 돌아봤다.

"섬에서…… 선생님 하더라. ……은수 씨."

그가 찾을까 봐 꽁꽁 숨듯 그곳으로 들어간 것일까. 지환은 숨 쉬는 것 이외의 기능을 상실한 것 같았던 심장이 덜컹거리자 허무해 웃어 버렸다.

2년이나 지났다. 겨우 이름 두 글자를 들었다고 이럴 순 없었다. 지환은 그것을 인정할 수 없다는 것처럼 민철의 말을 무시하고 회의실을 빠져나갔다.

　　□　□　□

"윤 선생. 윤, 선생님?"

"……네?"

놀라듯 은수가 고개를 들었다. 옆자리 영어 선생 미화가 은수네 반 출석부를 건네주었다.

"무슨 일 있어? 꼼꼼한 사람이 출석부를 복도에 버려두고 다니고."

"아…… 죄송해요. 감사합니다."

은수는 정신을 차리고 출석부를 제자리에 꽂아 두었다.

"점심 안 먹어?"

"아, 전…… 속이 좀 안 좋아서. 먼저 드세요."

그 말에 미화가 걱정이 담긴 말을 건네고 사라지자 은수는 그제야 작은 한숨을 내쉬었다.

지환의 회사 사람인 민철을 만나고 난 뒤 은수는 좀처럼 어떤 것에도 집중하지 못했다. 그는 이제 지환의 비서로 일하게 되었다면서 명함을 내밀었다. 여기서 만나게 될 줄은 몰랐다며 웃는 그에게 무턱대고 이곳에 있다는 것을 지환에게 말하지 말아 달라고 부탁했다.

우스운 착각이었다. 그가 그녀를 찾기라도 하는 것처럼. 은수는

360

민철을 만난 것보다 자신의 이기적인 무의식이 더 놀라워 민철을 보내고도 한참이나 그 자리에 머물러 있었다.

이런 이기심으로 그를 버린 것이겠지. 저 밑바닥에 감추고 있는 그녀도 몰랐던 이기심이 지환을 처절하게 피해자로 만들어 버렸다.

그녀를 붙잡던 그의 마지막 표정이 자꾸만 떠올라 은수는 자리에서 일어섰다. 뭐라도 해야 했다.

한 달에 한 번 있는 대청소를 혼자서 당겨 하는 것처럼 은수는 교무실과 학교 이곳저곳을 깨끗하게 치우기 시작했다. 안 쓰는 폐품들을 모아 소각장으로 끌고 가는데, 찬일이 누군가와 서서 이야기를 나누는 게 보였다.

모르는 척 그들이 있는 곳으로 다가서자 그 누군가가 한집에 사는 이장님인 것을 알게 되었다. 은수는 이장님께 짧게 인사를 건넸다. 이장은 은수의 인사를 손으로 간단히 받고 찬일과의 대화를 이어 갔다. 아무래도 마을에 급한 일이 있는 것 같았다.

"또 시작이야, 또. 그 골프장 새끼들 몰아내는 데도 얼마나 걸렸노? 다시는 그런 일 만들지 말라고 군수 놈한테 그래 일렀는데, 또 이 지랄이다. 이래서 머리 검은 짐승은 믿으면 안 돼."

"뭐, 그렇게 쉽게 허가 나겠습니까? 아무리 몸집이 큰 회사라 그래도 이리저리 눈치 볼 게 많을 겁니다."

두 사람이 친하다는 것은 알았지만 찬일이 이 정도로 마을 일에 앞장서는 줄은 몰랐다. 은수는 그들의 이야기를 의도치 않게 엿들으며 몸집이 큰 회사가 어디인지 저절로 깨닫게 되었다. 민철이 이곳에 찾아온 이유는 그것밖에 없었다.

"군수도 몇 번이나 움직이고, 도의원 새낀가 뭐시긴가, 그 인간도 왔다 갔다 그러네. 골프장 놈들이야 뒷배가 없으니까 무서워가 내뺐지만 이번에는 느낌이 쎄하다. 돈으로 밀어붙이면 우에 이기노. 이 판사판이다, 이제. 내가 그 회사 대표 새끼 목을 딸 기다. 가만히 안 있는다. 이 박서필을 뭐로 보고 자꾸 지랄들이고."

서필이 씩씩대자 찬일이 그를 진정시켰다. 이런 일일수록 감정적으로 나서면 지는 싸움이었다. 마을을 지키기 위해 일부러 자원해 이곳의 선생으로 발령을 받아 들어왔다. 모두들 미친 짓이라고 비웃었지만 찬일은 이곳에 들어온 것을 후회하지 않았다. 할아버지가, 할머니가, 부모님이 평생을 살다가 숨을 거둔 곳이었다. 그에게는 마음속 무덤 같은 곳이었다. 이곳이 외지인들로 인해 변해 가는 것을 바라보고만 있을 순 없었다. 어쩔 수 없는 변화는 필요했지만 사업을 위한 도구로 허비된다는 것은 가슴이 허락하지 않았다.

"저녁엔 쌀쌀하니까, 감기들 조심하고. 이상."

반장의 인사를 받으며 은수는 비어 있는 기철의 자리를 바라봤다. 몇 명 되지도 않는 아이들이라, 그 빈자리가 더 크게만 느껴졌다.

기철이는 뭍에 나갔다 돌아온 후, 줄곧 집에는 붙어 있는 듯했지만 학교에는 오지 않았다. 할머니를 돌볼 사람이 없어서 그럴 것이라고 생각했지만 은수는 마음이 불안했다. 마지막에 마주한 녀석의 눈빛은 세계의 끝을 본 것처럼 차가웠고, 냉정했다.

"기철이 아버지 돌아오셨다면서요. 가 봐야 할 거 아닙니까?"

퇴근 시간에 맞춰 찬일이 은수 앞에 나타났다. 은수는 어쩐지 오늘만은 그의 오토바이를 얻어 타고 싶지 않았다.

"혼자 갈 수 있어요. 신경 쓰지 마세요."

찬일은 은수의 태도가 우습하다는 듯 실소를 터뜨렸다.

"누가 태워 준다고 했습니까? 윤 선생, 가만 보면 자뻑 기질 있는 거 압니까?"

그런 은수를 보며 재미있어하는 찬일이 은수는 하나도 재미없어 대꾸하지 않았다. 도시에서 온 선생을 놀려 먹고 싶은 마음 그 이상도 이하도 아닌 것을 아는 탓이다.

이곳의 분위기가 그랬다. 철저히 외부인과 토박이로 나눠 마음의 선을 그었다. 비집고 들어갈 틈조차 주지 않으면서 겉돈다고 수군거렸다. 은솔이 있는 집도 그랬다. 은수는 온전한 가족도, 그렇다고 남도 될 수 없었다.

그 생각이 떠오르자 은수는 불쑥, 오기가 생겼다.

"강 선생님도 그만하시죠. 텃세 부리는 걸로밖에 안 보여요. 이곳 토박이인 줄은 알겠는데요. 제가 도시에서 온 게 죄는 아니잖아요? 그럼, 먼저 퇴근할게요."

은수는 충고인 것처럼 찬일에게 경고를 하고는 교무실을 벗어났다.

어쩐지 꾸중을 들은 학생이 된 것 같아 찬일은 억울했다. 그래도 은수가 제 속마음을 처음으로 내놓은 것 같아 기분이 나쁘지는 않았다. 그 이유는 그도 알 수 없었다.

이장님의 오토바이를 얻어 타고 기철의 집에 방문한 은수는 마를 대로 마른 기철의 아버지와 마주해야 했다. 그는 치매에 걸린 노모를 요양병원에 보내기로 마음먹은 듯 보였다. 그 옆에서 기철은 학교를 그만두겠다는 생각을 고수했다.

은수가 여러 말로 녀석을 설득하고 설득했지만 기철은 그녀와 눈조차 마주치려 하지 않았다. 그 모습을 보며 조용히 마당으로 나선 기철의 아버지는 담배만 피워 댔다. 그는 아들의 생각에 대해 그 어떤 의견도 내놓지 않았다. 미안함일까. 아니면 체념인 걸까.

은수는 모든 것이 답답하기만 했다. 그리고 그녀가 해결할 수 있는 일이 없다는 것에 무력감을 느꼈다.

"선생님…… 이제 그만 가이소. 밤도 늦었는데……."

한참 만에 방으로 들어온 기철의 아버지가 조용히 입을 열었다. 은수는 어쩔 수 없이 몸을 일으켰다.

"죄송해요, 아버님……."

"아이고…… 선생님이 죄송할 게 뭐 있습니까? 그런 생각 하지 마이소. 살다 보면…… 뜻대로 안 되는 일이 안 있습니까……? 그래, 생각하이소. 기철아, 선생님 집까지 모셔다드리라."

"아니에요, 괜찮습니다. 혼자 갈 수 있어요."

은수가 괜찮다고 말려도 녀석은 겉옷을 집어 들고 먼저 밖으로 나가 버렸다. 은수는 할머니와 아버님께 인사를 드리고 집을 나섰다.

"장기철, 같이 가."

저만치 앞서 걷는 기철에게로 은수가 따라붙었다.

"학교 그만둔다고 쌤이랑 말도 안 할 거야?"

"……."

기철은 잠깐 은수를 돌아보다 터벅터벅 그대로 언덕을 걸어 내려 갔다. 고집이 센 녀석인 걸 처음부터 알았다면 더 신경을 썼을 텐데, 하는 후회가 찾아왔다.

녀석의 모습은 꼭 한 남자를 떠오르게 만들었다.

가슴속에 상처가 많은 사람. 그걸 아무도 알아주지 않았던 남자. 그 래서 세상이 시시했고, 미련도 없었던 그가 한 여자를 만났다. 위로받 고 싶었을 것이다. 사랑이란 것도 해 보려고 했다. 온 마음을 주었는 데, 그 여자는 도망가 버렸다. 영원히 구원받을 수 없다는 것처럼.

"······엄마, 전화 왔어요."

기철이 은수의 집 근처에 도착했을 때 끝인사처럼 말을 꺼내 놓았 다.

돌아가는 녀석의 뒷모습이 덜 쓸쓸하다고 느끼는 것은 어쩌면 그 녀의 착각일지도 몰랐다.

ㅁ ㅁ ㅁ

"어쩔 거······ 어쩌실 겁니까······?"

"뭘?"

지환은 섬마을 부지 자료를 내려다보며 무슨 뜻인지 모르겠다는 듯 민철에게 되물었다.

"그만하면 눈속임은 된 거 같은데. 더 들어갔다가는 회사 이미지 만 나빠질 거야. 벌써부터 주민들 움직임이 심상치가 않아."

"······형은 왜, 여기를 눈속임하는 곳이라고 생각해?"

"……뭐?"

민철은 마주한 지환의 싸늘한 눈빛이 두려웠다. 감정이 들어간 문제는 언제나 중심을 잡기가 힘들다. 지금이 바로 그러했다.

"여기로 정할 수도 있어. 패는 뒤집어 봐야 알 수 있는 거 아닌가?"

지환은 재밌는 일이라도 만난 것처럼 입가에 미소를 머금었다. 하지만 민철은 그가 다른 이유 때문에 이곳을 고집한다는 생각이 여전히 놓아지지가 않았다.

"은수 씨 때문이라면, 다시 생각해 봐라. 큰 사업이야. 실패 가능성이 제일 높은 곳이야. 괜히 정 비서한테 흠잡혀서 미끼 만들어 주지 말라고."

"미끼 만들어 주고 다 뺏기지, 뭐."

"지환아."

역시 녀석은 정상이 아니었다.

"그 여자는 내가 자기를 찾을까 봐 겁난 거 같지? 난 그런 거 같은데, 형은…… 어떻게 생각해?"

상처받은 눈으로 지환이 물었다. 2년 전, 그에게 비서가 되어 달라고 부탁하던 그 눈빛이다.

민철은 자신의 실수를 인정했다. 애초에 모른 척 입을 닫았어야 했다.

물론 지환이 찾아낸다고 해도 말뿐일 수도 있었다. 지환의 삶은 민철의 불안한 눈빛 따위를 신경 쓸 만큼 한가하지 않았다. 괜한 오지랖으로 일을 키워 버렸다. 민철은 지환의 감정을 잠재울 수 있는 방법을 생각해야만 했다. 그게 지금 그의 자리에서 할 일이었다.

— 최 엔터 대표님 찾아오셨습니다.

비서실의 보고가 끝나기도 전에 회장실 문이 벌컥, 열렸다. 핸드폰을 쥐고 누군가와 싸우듯 통화하는 기주가 뒤쪽으로 꼬마 숙녀 한 명을 데리고 나타났다. 지아는 책가방을 멘 채 무표정한 얼굴로 아빠와 지환을 번갈아 바라보았다. 기주는 지환과 책상을 사이에 두고 마주한 민철을 보고서는 서둘러 통화를 마무리하고 안도한 얼굴을 내보였다.

"아, 김 비서님. 왜 전화가 안 돼요? 혹시 경찰에 아는 사람 있어요?"

애기를 들어 보니 소속 연예인 한 명이 사고를 쳐 기주는 정신이 없어 보였다. 민철이 그제야 핸드폰을 확인하고 기주에게 아는 연락처들을 가르쳐 주었다.

"아, 지환아. 미안한데, 한 시간만 지아 좀 봐 주라. 그 사람 지금 갑자기 촬영 잡혀서 지아 볼 사람이 없어. 아주머니도 갑자기 아프시고, 어머니 해외여행 가신 걸 미처 생각 못 했다. 미안하다."

기주는 급하게 자신의 할 말만 해 놓고 사라졌다. 지아가 낯을 가려 아무에게나 맡기지 못한다고 했었다. 회장실이 낯설어 불안해하는 지아가 눈에 보였다. 지환은 자리에서 일어나 지아에게 다가갔다.

"내가 볼 테니까……."

민철이 말했지만 지환은 듣지 않았다.

"한 시간은 나도 좀 쉬자. 형이 잠깐 회장 해라."

지환은 그렇게 말한 뒤 지아의 손을 붙들고 회장실을 나섰다.

"딸기 맛이라고 했는데……."

지아가 조그마한 목소리로 아쉬운 듯이 말하자 지환이 다시 아이스크림을 사 오려 얼른 엉덩이를 들었다. 지아가 먹을 수 있는 것을 찾다 보니 생전 처음 아이스크림 가게란 곳에 들어오게 되었다. 이름들도 다양한 여러 가지 종류 중에서 지아가 원하는 것을 찾는 건 쉽지 않았다. 대충 주문하고 자리로 돌아왔더니 역시나 아니었던 모양이다.

"괜찮아, 작은아빠. 그냥 이거 먹을게."

지아가 조용히 아이스크림을 한입 베어 물었다. 지환은 그제야 안심하며 다시 엉덩이를 붙이고 앉았다.

"미안해. 다음에 딸기 맛 사 줄게."

"응."

슈트 차림의 그는 아이스크림 가게 안에서 홀로 튀었다. 사람들의 눈길이 그에게로 향했지만 지환은 나쁘지 않았다. 이곳에 오니 오히려 꽉 죄어 오던 숨통이 조금은 트이는 것 같았다.

"학교는 재밌어?"

지환은 자신이 묻고도 질문이 우스웠다. 이제 고작 1학년인데 뭘 알까 싶었다. 지아는 아이스크림을 먹으며 작은아빠의 질문에 또박또박 대답했다.

"나쁘진 않아. 선생님이 잘해 주셔."

조용하고 차분한 지아는 기주도 해인도 닮지 않은 것 같았다. 마치, 은수를 닮은 것 같았다. 지환은 그런 생각을 하는 자신이 우스웠다. 아직도 모든 생각이 그 여자로 향해 있었다.

민철의 짐작처럼, 정말 객기를 부리는 것이었다. 그 여자가 있다는 그곳을 부지로 정하는 것은 바보 같은 짓이었다. 하지만 그렇게 해서라도 그 여자를 흔들고 싶은 마음은 무엇일까. 찾지 말라는 그 여자를 찾아서 헤집고 싶은 마음은 어디에서 오는 걸까. 사랑에서 비롯된 거라면, 참…… 지독하다. 이 사랑이란 건.

"작은아빠, 그림 그려 줄까?"

아파하는 지환의 표정을 읽은 것처럼 지아는 책가방에서 스케치북을 꺼냈다.

"작은엄마 그린 거 있는데, 그 옆에 그려 줄게."

그 말에 지환의 가슴이 벌에 쏘인 것처럼 아려 왔다.

지아가 스케치북을 열어 펼친 곳에는 그토록 보고 싶던 은수가 있었다. 바다를 바라보며 쓸쓸히 서 있는 그 여자. 어린 지아의 서툰 솜씨로 그린 그림에서도 은수가 고스란히 묻어 있었다.

"작은엄마…… 만났어?"

"응. 엄마랑 배 타고 갔었어."

해인은 아직도 은수를 놓지 못하고 있구나. 지환은 두 여자의 우정을 부러워해야 하나, 응원해야 하나 잠시 헷갈렸다.

"작은엄마…… 이제 여기 안 아프대. 다 나았대."

지아가 조그만 손으로 가슴을 짚으며 웃었다. 지환은 지아를 따라 웃을 수 없었다. 정말 그 말대로라면 믿기 어려운 기적일 것이다.

"정말…… 다 나았대……?"

지환이 떨리는 마음으로 다시 물었지만 지아는 그림 그리기에 빠져 대답하지 않았다.

□　□　□

또다시 체인이 말썽이었다. 자전거를 바꿔야 하나 고민하며 집 앞에 다다른 은수는 마당 평상에 앉은 동네 사람들과 마주해야 했다. 긴급회의라도 열리는 것처럼 모두가 이장의 말에 집중하고 있었다.

언제 퇴근을 한 건지 찬일도 거기에 끼어 있었다. 은수와 눈이 마주쳤지만 그는 알은척을 하지 않았다. 그러거나 말거나. 은수도 모른 척 마당 안으로 들어섰다.

"내가 대표라는 새끼 얼굴이랑 이름도 알아 놨으니까, 오기만 하면 아작을 낼 끼다."

은수는 서필의 말을 엿들으며 자전거를 마당 한곳에 세워 놓았다. 그녀에게는 관심이 없는 사람들을 뒤로하고 안채 쪽으로 다가갔다. 주인아주머니는 사람들이 먹을 음식을 준비하는 것 같았다. 도와주는 시늉이라도 해야 할 듯싶어 은수는 집 안으로 걸어 들어갔다.

"다녀왔습니다."

"아, 윤 선생 왔나? 미안한데, 내 이것만 좀 도와줄래?"

아주머니는 고기를 접시에 담다가 은수를 보고 반가운 손짓을 했다.

"오늘은 왜 마을 회관이 아니라 여기서 회의를 해요?"

"아, 그게…… 패가 갈린 거지, 뭐. 저번에 골프장 때도 안 그랬나. 돈만 많이 주면 집 뺀다는 사람들하고 죽어도 안 판다는 사람들하고. 노인네들이 도시 자식들 때문에 이참에 팔아야 한다고 들고일어났다 안 카나. 마을 회관 뺏겼지, 뭐."

골프장 때의 일이라면 은수가 이곳에 들어오기 전이었다. 늘 개발이라는 명목 아래 섬마을을 팔아넘기려는 사람들이 많다고 했다. 조용히 살기에는 이만한 곳이 없다는 사람들도 있었지만 돈 앞에서는 어느 누구나 흔들리기 마련이었다. 이곳이 발전하기 위해서는 이곳 사람들이 쫓겨나야 하는 현실에서 어떤 것이 정답인 건지는 어느 누구도 확신할 수 없었다.

"회장이 뭐 한다고 여까지 오겠노? 밑에 놈들 시키지. 이장만 믿었다가 우리도 뒤통수 맞는 거 아이가?"

언제나 서필과 투덕거리던 바다횟집 남 씨가 단합된 분위기를 흐려 놓기 시작했다.

"그래 내 못 믿겠으면 니도 마을 회관 패거리에 가서 붙든가. 뭐한다고 여기까지 올라와서 사람 성질 디비노? 와, 여기서 장사는 계속하고 싶은데, 또 땅값은 아쉽고 그렇나?"

"이 새끼가 진짜 함 해보자 이기가? 내가 이장, 이장, 받들어 주니까 눈에 뵈는 게 없제?"

"뭐? 이 새끼, 너 뭐라 캤어!"

종국에는 싸움으로 번진 회의가 돼 버렸다. 찬일이 말리고 나섰지만 두 어른의 골 깊은 싸움은 끝날 기미가 보이지 않았다. 은수는 조용히 고기를 들고 다시 안채로 돌아갔다. 밖의 일을 안에서 모두 듣고 있던 주인아주머니는 깊은 한숨을 내쉬며 애써 만든 음식을 한곳에 버리듯 정리하기 시작했다.

"내 이럴 줄 알고 개발, 개발, 하는 거에 학을 뗀다 아이가. 좀 조용하다 싶으면 쑤시고. 또 조용하다 싶으면 쑤시고. 사람을 가만히 안 놔두노."

"……나가서 말리셔야 하는 거 아니에요?"

은수가 상황의 심각성을 알렸다.

"됐다, 마. 나도 지겹다, 이제. 뭐 한다고 이장은 한다 캐서 내까지 사서 고생인지. 나도 고마 이참에 다 팔아 뿌고 정리했으면 싶다. 공기 좋고 사람들 좋다 캐서 다시 들어왔는데, 편할 날이 없다. 편할 날이. 차라리 도시 사는 게 더 속 편타."

말은 그렇게 해도 아주머니가 이곳에 가지고 있는 애착은 쉬이 놓을 만큼 작지 않았다.

은수는 지금의 상황을 만든 지환의 마음이 궁금해졌다.

사업이라면, 돈이라면, 자식을 이혼까지 시키는 어머니 밑에서 자란 그가 이곳 사람들의 마음을 이해할 수 있을까. 그가 틀리다고 말할 수는 없었지만 또 그를 응원할 수도 없었다.

은수가 이곳에 있다는 것을 알게 된다면, 그와 얼굴이라도 마주친다면, 그는, 그녀는, 어떤 결론을 내려야 할까. 마음이 또 외줄 타기를 하는 것처럼 위태로워지기 시작했다.

"윤 선생아, 내 진짜 이런 말은 안 할라고 했는데."

음식을 치우던 아주머니가 참아 왔다는 듯 말을 꺼냈다.

"지난번에 건설 회사에서 왔다는 사람, 아는 사람 맞제?"

"……."

은수는 어떤 대답도 할 수가 없었다. 아주머니가 무슨 얘기를 꺼낼지 짐작이 돼서 더욱 아무 말도 할 수 없었다.

"어떻게 아는 사인지 내 일부러 안 물어봤다. 저 양반한테도 암 말 안 했고. 괜히 윤 선생 오해받아가 시끄러워지는 것도 싫고. 근데…… 이 꼴 저 꼴 다 보니까, 이제 이런 부탁도 하게 되네."

은수는 가만히 아주머니를 바라봤다.

"그 사람 만나가 부탁 좀 해 주면 안 되긋나? 여 아니라도 리조트 만들 데 많다 아이가? 꼭 여기서 해야 하는 법 없잖아. 그거 세워지면 여기 사람들 다 나가란 소린데, 저 양반이나 여기 토박이들 고향 뺏기는 거나 마찬가지 아니가. 밤마다 울면서 고향, 고향, 하길래 내 눈 딱 감고 여기 안 들어왔나. 이장 하면서 목에 힘도 좀 주고 사니까 웃기도 많이 웃는다. 내가 말년에 소원이라고 뭐 있겠노. 여기서 이래 살다가 죽는 거지. 윤 선생아…… 내가 염치없이 부탁 좀 하자."

아주머니가 붙잡은 손을 은수는 뿌리치지 못했다. 그 남자와 이제는 아무런 관계가 아니라고도 말할 수 없었다. 더구나 그 남자가 이제 그녀를 만나 주지 않을지도 모른다는 소리는 더욱 할 수 없었다.

운명처럼 그 남자가 다시 그녀의 앞에 있었다. 선택은 네 몫이라고 말하는 것처럼. 그를 버리고 돌아섰으니 그 벌을 이렇게 받으라는 것만 같았다. 은수는 가만히 눈을 감았다.

□ □ □

한 번씩 날을 정한 것처럼 아팠다. 그 여자와 결혼했던 날. 그 여자가 태어난 날. 그 여자가 떠나던 날. 지환은 집 안에 있는 이름 모를 약을 입에 털어 넣고 다시 침대에 누웠다.

식은땀이 발끝까지 흘러내리는 것을 느꼈지만 이를 악물고 참았다. 이렇게 잠들어 버리면 내일이 왔다. 똑같은 하루가 또 시작되는 것이다. 참으면, 이겨 내면 그뿐이었다.

다 잊었다고 했다. 이제는. 미련 같은 것이 없다는 그 여자에게 그가 할 수 있는 것은 죽을 때까지 아닌 척을 하는 것이다.

그리워하지 않은 척. 사랑하지 않은 척. 되돌리고 싶지 않은 척. 나 자신을 속이면 되었다. 그러다 보면 정말 그리워하지 않게 될 것이고, 사랑하지 않았다고 생각할 것이고, 되돌리는 것 따위가 의미 없다는 것을 깨닫게 될 것이었다.

어디선가 핸드폰이 울렸다. 하루에도 수십 통씩 울리는 전화기 소리에 한 번쯤은 그 여자가 아닐까, 기대해 보기도 했다. 그러나 그것은 정말 상상 속에서만 일어나는 일처럼 단 한 번도 그 여자는 그를 찾지 않았다.

괘씸한 마음에 전화번호를 바꿔 보려고도 했지만 마지막 미련처럼 다음에, 다음에, 미뤄 버리다 2년이 흘렀다. 이제는 정말 전화번호를 바꿔 버리고 새 출발을 하고 싶었다. 아파도, 아파도 낫지 않는 이 몹쓸 병에서 벗어나고 싶었다.

도돌이표처럼 또다시 그 여자를 원망하다 잠이 들었다. 얼마가 지났을까. 탕탕탕. 현관을 두드리는 소리에 눈을 떴다. 몸은 여전히 돌같이 무거웠다. 그의 상태를 눈치챈 민철이거나 민철이 보낸 윤석일 것이다. 모든 게 다 귀찮았지만 문을 두드리는 소리가 더 거슬려 지환은 자리에서 일어났다.

"내 이럴 줄 알았다. 병원은 왜 안 가는 거야, 대체?"

민철이 현관 앞에 선 지환을 밀고 들어섰다. 불 꺼진 거실이 지환의 마음 같아 민철은 가슴이 시큰거렸다. 무슨 부귀영화를 누리겠다고 회장이 되어서는, 마음에 둔 여자도 만나지 못한 채 병신처럼 살고 있었다.

누가 이런 줄 알까. 아침이면 멀쩡한 모습의 회장님이 되어 수많은 일을 처리했다. 건전지로 돌아가는 몸이라면 배터리는 이미 방전인데 어떻게 돌아가는지 신기할 따름이었다.

"⋯⋯좀 자면 나아. 시끄럽게 하지 말고 용건만 말해."

"전화는 대체 왜 안 받는 거야? 받기 싫으면 나랑 같이 있든지."

"잔소리할 거면 가라, 형. ⋯⋯잘 거야."

지환이 거실을 지나 안방으로 들어서려 했다.

"⋯⋯은수 씨가, 너 만나고 싶대."

걸음이 그대로 멈췄다. 그리고 심장도 멈췄다. 그 여자는 늘 이렇게 뒤통수를 때렸다.

"너한테 전화했는데, 안 받는다고 나한테 했더라. ⋯⋯자세한 건 말 안 하던데, 아무래도 리조트 일 때문인 것 같다."

지환은 더 이상 민철의 말이 들리지 않았다. 그저 눕고 싶었다. 돌처럼 굳어 버린 몸을 누이고 아무 생각도 하고 싶지 않았다. 꿈도 없는 단잠이 필요했다. 그 여자가 떠나는 꿈은 이제 그만 꾸고 싶었다.

4. 인생은 타이밍

지환에게 전화를 걸었다. 그는 받지 않았다. 다시 민철에게 전화를 걸어 그를 만나고 싶다고 했다. 그로부터 일주일이 지났지만 그에게서는 아무런 소식이 없었다. 은수는 그럴 수 있다고 생각했다. 떠난 여자를 다시 만나는 멍청한 남자가 아닐 것이다. 이제 은수는 그에게 그저 떠난 여자일 뿐이었다. 그런 여자가 만나고 싶어 한다고 만나 줄 만큼 그가 한가하지 않다는 것도 알았다.

주인집 아주머니의 부탁에 대한 노력은 여기까지라고 생각했다. 그쪽에서 만나 주지 않았다고 말하면 그뿐이었다.

"진짜…… 이번에는 생길라나?"

미화가 기지개를 켜며 운을 뗐다.

"리조트 얘기 하는 거죠? 저희 엄마 말로는 돈도 엄청 높게 쳐 준다던데. 바보가 아니면 팔아넘기고 뭍으로 나가는 게 맞는 거죠."

조용한 시골 학교 교무실도 리조트 사업 얘기로 후끈거렸다. 이곳 출신이라는 음악 선생 유진은 고향이 사라지는 것에 대한 미련이 없어 보였다. 젊은 사람이니 도시가 끌리는 것은 당연했다. 고향이고 경쟁률이 낮아 이곳 학교에 지원해 들어왔지만 늘 도시에서 사는 생활을 동경하던 그녀였다. 누가 맞고 틀리다는 없었다. 모두 다 각자의 생각이 있었고, 흐름에 맞춰 흘러가는 게 세상이었다.

"윤 선생은 이런 얘기 잘 모르지?"

미화가 여교사들의 대화에 은수를 끼워 넣었다.

"아…… 네. 이장님 사모님께 대충 듣기는 했는데 저도…… 어떤 게 정답인지 잘 모르겠어요."

"그래. 나도 마찬가지야. 어차피 개발될 거, 큰돈 받고 나가는 게 맞는 것도 같은데. 또 이런 곳이 다 사라지면 너무 마음이 쓸쓸할 거 같고……. 에휴. 나도 고민이다, 고민."

"아, 김 쌤도 여기 집 샀다고 했죠?"

유진이 생각난 듯 물었다.

"응. 난 어차피 여기서 오래 살 생각으로 들어왔으니까."

남편과 사별하고 홀로 아이 둘을 키우는 그녀는 섬 생활에 만족한다고 했다. 자식들이 도시 아이들처럼 공부에 치여 살지 않아도 되었고, 무엇보다 사람들이 그녀와 아이들을 색안경 끼고 보지 않아서 좋다고 했다. 이유가 어찌 됐든 아버지 없는 자식을 키우는 건, 여러 가지로 편견에 부딪치는 일이 많았다.

"근데 난 몰라도…… 우리 찬일 쌤은 어쩌나. 아까 보니까 점심도 안 먹고, 이장님 만나던데."

미화가 정말 안타까워 걱정을 내비쳤다.

"근데, 전 너무 그러니까…… 보기 안 좋아요. 자기만 여기가 고향인가. 우리 엄마 말로는 옛날부터 유별났대요. 그 집 할아버지부터 아버지까지. 아마 그 윗대에서 분명히 독립운동을 했을 거라고 울엄마가 그러던데요."

유진의 말에 미화가 작은 웃음을 터뜨렸다. 정말 그럴지도 몰랐다. 찬일은 모든 일에 열정적이었고, 특히나 부당한 일에는 자신이 먼저 발 벗고 나섰다. 그러다 징계를 받고 터무니없는 헛소문이 나돌아도 그는 신경 쓰지 않았다. 흔들림이 없는 게 꼭 독립투사 같아 보였다.

"네, 다 실었어요. 일단 마을 회관 앞쪽으로만 걸게요. 네. 아, 오토바이가 말썽이라, 곧 내려가겠습니다. 네. 앞에서 뵐게요."

퇴근길에 자전거가 세워진 곳으로 다가가던 은수는 오토바이를 고치고 앉아 있는 찬일과 마주쳤다. 은수의 중고 자전거처럼 그의 애마도 수명을 다한 것 같았다.

은수는 인사도 하지 않고 조용히 자전거만 빼서 돌아설 생각이었다.

"아, 윤 선생."

웬일로 찬일이 그녀를 불러 세웠다. 은수는 어쩔 수 없이 고개를 돌렸다.

"왜요?"

"집으로 갈 거죠?"

그건 왜 궁금하냐고 묻기도 전에 그가 그녀의 두 팔 위에 현수막

뭉치를 내려놓았다. 이게 무슨 짓인가 생각하는 사이, 찬일은 은수의 자전거를 자신의 것처럼 타고 은수에게 뒤쪽을 가리켰다.

"타요. 집까지 데려다줄게요."

누가 누구를 데려다준단 말인가. 어이가 없어 노려보고 있는 사이, 찬일이 자전거를 출발시켰다. 은수는 황당해 그의 뒤에서 소리쳤다.

"뭐 하는 짓이에요? 강 선생님!"

찬일이 운동장 한 바퀴를 휘, 돌고 오더니 은수 앞에 다시 섰다.

"뭐 하는 거예요?"

"우와, 윤 선생도 화를 내긴 하는구나."

얄밉게 웃는 찬일의 얼굴에 은수는 그대로 현수막을 던져 버렸다. 집까지는 걸어가면 그뿐이었다. 자전거 도둑에게 애원할 생각은 전혀 없었다.

"진짜 화났어요, 윤 선생?"

뒷자리에 현수막까지 챙겨 싣고 자전거를 탄 찬일이 걸어가는 은수의 곁으로 다가왔다.

"……."

은수는 대답하지 않았다. 그저 매일 말썽인 체인이 그의 발목을 붙잡아 새로운 자전거를 받아 낼 수 있기를 바랄 뿐이었다. 윤은수를 건드리면 대가가 따른다는 것을 알려 주고 싶었다.

ㅁ ㅁ ㅁ

"저를 자꾸 건드려서 정 비서님이 얻는 게 뭐죠? 아…… 정말 궁금해서 묻는 겁니다. 누가 이 회사를 정 비서님 걸로 만들어 준다고 바람을 넣던가요? 아니면 정 비서님이 그들을 바람 넣고 있으신 건가요?"

지환은 돌려 말하지 않고 돌직구를 날렸다. 태섭의 눈빛이 조금 흔들리긴 했지만 그는 여전히 포커페이스였다. 상대를 알아야 싸움도 이길 수 있는 법이었다. 지환은 점점 더 이 싸움에 흥미가 일었다.

윤석이 알아본 바에 의하면 얼마 전부터 임원들의 주식이 정 비서 쪽으로 흘러들어 간다는 소문이 나돌았다. 새로운 회장의 독단적인 경영 방식에 불만과 회의를 느껴서라고 했다.

독단. 어디서 그런 말을 지껄이는 걸까. 철저히 자본의 논리로 일을 평가했다. 실적이 없으면 물러나는 게 맞았다. 자리를 지킨 값으로 받은 월급이 쌓이고 쌓여 적자를 만든 거라고는 절대 인정하고 싶지 않은 거겠지.

이 줄일까 저 줄일까 눈치를 보다가 이제야 노선을 정했는데 그 줄이 썩은 동아줄이면 누구 탓을 할까. 머리를 잘못 굴린 자신 탓을 해야지. 멍청한 것들.

지환은 서류를 덮고 자리에서 일어났다.

한적한 일식집에서 늦은 점심을 먹는데 윤석이 앞자리에 앉았다. 민철이 보냈을 것이다. 독방에 갇힌 죄수처럼 홀로 앉아서 밥을 돌처럼 씹어 먹고 있는 친구를 구제하라는 엄명이겠지. 지환은 수저를 내려놓고 하고 싶은 말을 뱉어 보라는 뜻으로 윤석을 바라봤다.

"입 싼 김 비서 형님이 다 불었을 테고. 네 참견은 뭔데?"

"……만나 봐."

지환이 웃었다. 누구를. 주어가 빠진 그 자리에 단 한 명만 존재하는 것처럼 모두들 그를 애처롭게 바라보고 있었다. 그러면 인간은 더 모른 척하고 싶은 법이지.

"만나야 할 이유 없어. 나 버리고 떠난 여자, 다시 만날 만큼 병신도 아니고."

"지환아."

"만나면…… 뭐가 달라지는데? 다시 만나면…… 다시 행복해지나……? 내가 이까짓 것들 다 버리고 너만 갖겠다고 하는데도 떠났어. 그 여자는…… 내가 그만큼 소중하지 않았던 거야. 그걸 2년 동안 나만 처절하게 깨닫고 느끼고 있어, 알아……? 이미 병신이라고."

지환은 다시 수저를 들었다. 맨밥만 입 안으로 쑤셔 넣었다. 그는 자신이 무엇을 하고 있는지 알지 못했다. 일주일 동안 그 여자 꿈만 꾸었다. 행복했던 지난날의 추억이 악몽으로 변했다.

어떻게 잊은 걸까. 그 여자는 어떻게 잊을 수 있을까. 그는 이토록 생생하게 아픈데. 억울함이 턱 밑까지 차올랐다.

"네 마음…… 이해해. 근데…… 내가 충고해 주고 싶은 건…… 그렇게 미워한다고 해서 마음이 지워지는 게 아니란 거야. 20년을 미워한 여자가 윤주야. 그런데도…… 사랑해. 어쩔 수 없는 거야."

그래. 넌 그 여자가 이제 널 봐 주니까 그렇지. 이 여자는 여전히 냉정할 거야. 2년 동안 단 한 번도 연락하지 않다가 그 마을을 갈아

엎는다고 하니까 떠밀려서 전화를 해. 그것도 한 번. 그리고 또 일주일이 지나자 아무 일도 없었던 것처럼 조용해. 이건 어떻게 설명할 거야? 사랑? 혼자 하는 사랑이 무슨 의미인지 설명해 봐.

지환이 눈으로 모든 얘기를 하는 것처럼 윤석을 바라봤다. 윤석은 더 이상 말을 꺼내지 못했다.

□ □ □

한참을 걸어 내려와 마을 회관 근처에 도착해서야 은수는 찬일과 다시 마주쳤다. 그녀의 자전거가 회관 앞에 고이 모셔져 있었다. 은수는 회관 앞으로 다가가 자전거를 가지고 돌아섰다.

"아, 윤 선생. 이것만. 이것만 좀, 잡아 주고 가면 안 됩니까?"

찬일은 혼자서 현수막을 건다고 낑낑대고 있었다. 쌤통이기도 했지만, 결사반대라는 붉은 글씨가 그의 의지를 보여 주는 듯해 안타까운 마음이 들었다. 은수는 어쩔 수 없이 자전거를 세워 두고 찬일 쪽으로 다가갔다.

"여기 잡고 있을 테니까 묶으세요."

은수가 현수막 한쪽을 잡고 당겨 주었다.

"아, 고마워요. 이장님이 갑자기 군수 전화 받고 가 버리셔서 이 꼴이네요. 윤 선생 자전거 함부로 탄 벌인가?"

찬일은 어찌 된 일인지 은수에게 많은 말들을 쏟아 냈다. 그동안의 경계가 거짓이라 의심될 만큼 다정한 말투가 낯설었다. 은수는 한 가지 묻고 싶은 게 생겼다.

"이렇게까지…… 하시는 이유가 뭐예요? 리조트가 안 생기면 그 다음엔 또 골프장이 생길 수도 있는 거잖아요. 언젠가는 모든 게 변하게 될 거예요."

은수의 물음에 찬일이 인정한다는 듯 슬픈 웃음을 보였다.

"윤 선생 말이 맞아요. 지금 막는다고 영원히 막아지는 건 아니겠죠. 그래도…… 끝까지 지키고 싶어요. 나한테 소중하다고 생각하는 건."

소중한 것. 지키고 싶은 마음. 찬일의 말들이 가시가 되어 은수의 가슴을 찔러 댔다. 소중한 것을 끝까지 지키지 못했다면 어찌해야 할까. 그 해답도 찬일이 알고 있을까.

"사람들이 소중한 걸 잃었을 때 마지막으로 남는 게 뭔 줄 알아요? 기억이에요. 하지만…… 그 기억이 사람을 죽이기도 하죠. 그러니 나를 죽이지 않기 위해서…… 끝까지 노력해야 하지 않겠어요?"

현수막을 단단히 건 찬일이 뿌듯하게 그것을 바라봤다. 은수는 그런 찬일을 건너다봤다. 처음으로 가까이에서 본 그의 얼굴은 따뜻한 느낌이었다.

"윤 선생아. 안에 있나……?"

주인집 아주머니의 목소리에 읽고 있던 책을 덮고 은수가 자리에서 일어났다. 주방 쪽 문을 열자 아주머니가 쟁반 하나를 들고 서 있었다.

"이거…… 빈대떡인데, 맛보라고."

"아, 네. ……감사합니다."

은수가 쟁반을 받아 들었는데도 아주머니는 더 할 말이 남은 것처럼 그녀의 눈치를 살폈다. 무슨 얘기를 하려는지 알았다. 은수에게 부탁을 하고 일주일이 지났다. 결과 보고를 하고도 남는 시간이지만 은수는 묵묵부답이었다. 얼마나 답답했을지 이해가 가기도 했다.

"죄송해요, 아주머니."

"어? 아…… 글체. 힘들겠다 카제?"

은수의 말이 무슨 뜻인지 단번에 알아챈 아주머니는 아쉬운 표정을 감추지 못했다. 은수 때문에 그 큰 사업을 포기할 것이라고 기대한 것은 아니지만 무언가 다른 길이 있을지도 모른다는 생각을 했었다.

"윤 선생이 뭐가 죄송하노. 내가 미안하다. 괜히 난처한 부탁해가 서로 사이만 멀어진 거 아이가? 이만치 해 준 것도 고마우니까 너무 맘 쓰지 마래이. 언능 이거 무라."

아주머니는 은수와 더 이상 눈을 맞추지 못하고 돌아섰다. 문이 닫히고 은수는 자신의 손에 들린 쟁반을 내려다봤다. 빈대떡을 한참이나 바라보고 있으니 무슨 생각인지 한 번 더 용기가 나기 시작했다.

핸드폰을 찾아 쥐고 전화 목록에 찍힌 지환의 번호를 찾았다. '남편'이라고 저장된 이름을 바꾸어 놓지 않았다. 그때의 그녀는 다른 사람인 것처럼 그대로 놔둔 채 도망쳐 나온 것만 같았다.

윤은수의 삶에서 가장 행복했으며 가장 절망스러웠던 순간. 결혼과 이혼 사이의 그녀는 누구였을까. 지환은 그 여자를 어떻게 기억하고 있을까.

신호음이 갔지만 전화는 받지 않았다. 혹시나 하는 마음이 무너져 내리는 것을 느꼈다. 기대하지 않는다고 했지만 실망하는 마음은 무엇으로 설명할까. 버리고 도망쳤으면서도 전화 한 통에 웃으며 반가워해 줄 거라고 착각이라도 한 것일까.

선배가 보낸 메일에 단 한 번도 답장하지 않은 예전의 그녀가 떠올랐다. 이미 떠나 버린 남자였다. 아직도 그녀의 마음이 여전할 것이라고 착각하는 그의 메일을 보고 비웃어 주었던 것도 같았다.

당신이 그리워하는 그 사람은 이제 없다고. 버리고 떠났으면 끝이라고. 미련을 떠는 그를 보며 단념하라는 말조차 하지 않았다. 그렇게 평생을 착각하며 살게 해 주고 싶었다. 그게 그녀가 할 수 있는 유일한 복수였다. 사랑은 원망이 되고 복수심으로 변했다.

지환의 무시는 복수일까. 그 복수 속에 사랑은 남아 있지 않는 것일까. 이제라도 그녀가 다가가 빌고 빌면 받아 줄까. 절대 일어나지 않을 일을 생각하는 것처럼 은수는 자신이 낯설었다.

거울을 보자 쓸쓸하게 앉아 있는 한 여자가 보였다. 외로움으로 몸부림치던 예전의 윤은수가 거기 그대로 남아 있었다.

□ □ □

주말 아침, 은수는 간단히 짐을 쌌다. 지환을 만나야겠다고 마음먹었다. 해인을 이용해서라도 그를 만나서 무슨 말이든 해야만 했다. 그녀를 원망하면 그 원망도 다 받아 낼 마음의 준비를 했다.

리조트라는 핑계를 대서라도 그의 얼굴을 보고 싶었다. 당신을 떠나고 나서 나는 행복하지 않다고. 예전처럼 외롭고 불행하다고. 당신을 버리고 떠난 벌을 달게 받고 있다고.

이것 역시 그녀의 이기심이라는 것을 알았다. 하지만 은수는 견딜 수가 없었다. 2년 동안 참아 왔던 아픔들이 한꺼번에 쏟아져 나오는 것처럼 그 남자가 너무나 보고 싶었다. 오직 그 이유뿐이었다. 다른 것은 생각하고 싶지 않았다.

가방을 들고 조용히 마당을 나서자 그녀의 자전거를 끌고 오는 찬일이 보였다.

"아…… 완전 범죄 하려고 했더니, 들켰네요."

찬일이 멋쩍게 웃었다. 자전거를 고치고 온 건지 그의 얼굴에는 기름때가 거뭇하게 묻어 있었다.

"체인만 새걸로 바꿨는데도 훨씬 낫네요. 당분간은 문제없이 탈 거예요."

"……고마워요."

은수는 선을 긋듯 차갑게 말했다. 지금 그의 마음이 단순한 호의든 갑자기 피어난 호감이든 그것은 중요하지 않았다.

"……어디 가요?"

"서울이요. 그럼."

그녀는 언제든 이곳을 떠날 수 있는 사람이라는 것처럼 은수는 뒤돌아보지 않고 걸었다.

"선착장까지 태워 줄게요."

찬일이 은수의 자전거를 다시 끌고 그녀의 옆으로 다가왔다. 은수는 걸음을 멈추었다.

"강 선생님."

"네, 왜요. 부담스럽다고 말하고 싶어요?"

은수는 찬일을 건너다봤다. 이 남자 역시 상처가 많다는 것이 느껴졌다. 그래서 어떤 누군가에게도 마음을 주지 않지만 주고 나면 쉽게 거두어들이지 못하는 사람이라는 것도 알았다. 윤은수가 그랬다. 그래서 안 되는 것이었다.

"호의와 호감 사이가 맞을 거예요. 윤 선생이 싫다고 하면 호의로 끝날 거고, 기회를 준다고 하면 호감으로 발전하겠죠. 마음에…… 다른 사람이 있다는 거 알아요. 그 사람을 잊으려고 여기 들어온 거 아니에요? 나를 이용해 봐요. 그래도 그 사람이…… 안 잊히면…… 그땐…… 돌아가요. 어때요, 내 제안?"

또다시 멋대로 은수의 가방을 낚아채 자전거에 싣고 먼저 걸어 내려가는 찬일의 뒷모습을 한참 동안 바라봤다.

저 남자는 은수가 자신을 좋아할 리 없다는 것을 알면서도 마음을 감추지 않았다. 은수는 생각했다. 지환에게 그럴 수 있을까. 그녀를 다시 좋아할 리 없다는 것을 알면서도 잊지 못했다고 말할 수 있을까. 다시 시작하자고 말할 수 있을까.

선착장 앞에 자전거를 세우고 찬일이 은수의 가방을 건네주었다.

"잘 다녀와요."

"강 선생님……."

가방을 받아 들며 은수가 찬일을 바라봤다.

"……천천히 해요. 어차피 무슨 말 할지 아니까. 다녀와서 해도 달라질 거 없잖아요."

지환을 알지 못했다면, 이 남자를 만났을까. 은수는 그런 생각이 들었다.

인생은 타이밍이라고들 했다. 우진을 만나지 않고 지환을 먼저 만났다면, 지환을 만나지 않고 이 남자를 만났다면, 그녀의 인생은 행복했을까.

정답의 열쇠를 쥔 것은 그녀 자신이었다. 끝내 지환을 버린 것도 그녀였고, 찬일의 마음을 받아 줄 수 없는 사람도 그녀였다. 다만 인생의 타이밍이 늘 그녀에게만 잔인한 것은 아닐까, 생각해 본다.

찬일이 건네준 가방을 들고 돌아서자 눈앞에 익숙한 한 남자가 서 있었다.

그녀가 만나러 갈 사람.

꿈에서라도 보고 싶었던 사람.

그녀를 시리도록 아프게 노려보는 사람.

지환이었다.

5. 사랑해. 당신을 못 잊겠어. 다시 돌아와

한참을 바라만 보고 있었다. 다른 세계가 만난 것처럼 서로가 서로에게 한 발짝도 움직이지 못했다. 찬일은 지환을 바라보는 은수의 눈빛에서 모든 사실을 알게 된 것처럼 말없이 뒤돌아 갔다.

지환은 혼자였다. 비서도 대동하지 않고 그가 만나러 온 사람은 은수인 걸까. 그에게 한 걸음 다가서려 하자 지환은 부두의 막다른 곳으로 달려가 구토를 했다. 은수는 반사적으로 그에게 달려가 등을 두드렸다.

"괘, 괜찮아요?"

"멀미약을…… 깜박했어."

지환이 은수에게 건넨 첫말이었다.

은수는 뒤쪽으로 따라 걸어오는 지환을 한 번씩 확인했다. 하얗게 질린 얼굴을 보니 정말 뱃멀미가 심한 듯 보였다. 그녀도 처음 이곳에 들어왔을 때 공포증마저 생길 정도로 뱃멀미가 심했다. 배를 타기 싫어 육지의 볼일을 보지 않을 정도였으니 지환의 상태를 충분히 이해했다. 지금 어떤 곳이든 딱 눕고 싶은 마음까지.

짐 가방을 들고 다시 집으로 돌아왔다. 안채에서는 인기척이 없었다. 주말이면 두 분 다 친척 할머니의 집으로 마실 다녀오는 것을 알았기에 은수는 자신의 집으로 지환을 안내했다.

2년 만에 만났지만 낯선 감정은 없었다. 그의 얼굴은 좀 더 성숙하게 짙어졌지만 그녀가 사랑하던 그 모습 그대로였다. 다정한 눈빛이 건조하게 말라 있었지만 그것은 그녀가 감수해야 할 벌이었다. 순순히 그녀의 집으로 따라 들어오는 걸 고맙다고 해야 하나. 은수는 모든 게 다행스럽기만 했다.

"……좀 쉬어요. 자고 나면 괜찮아질 거예요."

좁은 방 안으로 들어서서 이부자리를 폈다. 그와 함께 이곳에 살고 있는 것처럼 익숙한 행동이었다. 지환은 은수의 방 안을 둘러보며 가만히 서 있었다. 무슨 생각을 하고 있을지 알았다. 해인이 이곳을 처음 봤을 때 짓던 표정 그대로였다.

"내가 준 위자료가 부족했나?"

그의 말이 날카롭게 가슴에 와 박혔다. 은수는 신경 쓰지 않는 척 그가 누워 쉴 공간을 만든 후 일어났다.

"내가 그 돈…… 쓸 거라고 생각 안 했잖아요. 당신 마음은 충분히 받았어요."

지환이 힘 빠진 웃음을 터뜨렸다. 웃을 힘조차 없는 것처럼 그는 위태로워 보였다.

“쉬어요. 난…… 장 좀 봐 올게요.”

은수가 지갑을 챙겨 나서려고 했다.

“누가 보면 어디 펜션이라도 놀러 온 줄 알겠어. 내가 어떻게 이해해야 하지?”

지환이 은수를 돌아보며 아프게 말했다. 은수는 다시 돌아서 지환을 바라봤다.

어떤 말부터 시작해야 할까. 무슨 말을 해야 할까. 머릿속에 꽉 찬 생각들이 입 밖으로 소리가 되어 나오지 못했다.

모른 척하고 싶었다. 용건만 간단히 말하고 돌아설지도 모르는 그를 붙잡아 두고 싶었다. 은수는 자신의 이중적인 마음에 신물이 났다. 버릴 땐 언제고 붙잡아 두고 싶다니. 점점 더 지독해졌다.

“지금…… 나랑 말할 힘 있어요? 쉬고 나서 해도 안 늦어요.”

찬일이 그녀에게 말한 그대로였다. 돌아와서 거절해도 늦지 않는다는 그 말. 어쩌면 그만큼이라도 시간을 벌고 싶은 마음일 것이다. 은수는 그랬다. 조금만 더. 시간을 붙잡아 두기 위해 집을 나섰다.

“웬일이래? 윤 선생이 이렇게 장을 보고. 집에 귀한 손님 왔어?”

동네에서 그나마 제일 큰 마트에 들어가 이것저것 장을 봤다. 언제나 인스턴트식품만 사 가던 도시 선생이 어쩐 일로 제대로 된 장을 보자 캐셔로 일하는 동네 아주머니가 눈을 키웠다.

“……얼마예요?”

부끄러운 표정을 감추고 은수는 계산을 마쳤다. 해인이 왔을 때도 대충 차려 내던 밥상을 지환이 왔다고 신경 쓰는 자신의 모습이 놀라운 것은 이제 그러려니 했다.

지금 그녀는 중심이 없었다. 감정, 마음이 이끄는 대로 행동하고 있었다. 잠깐이라면 그래도 되지 않을까 생각했다. 현실로 되돌아가기 전 꿈꾸는 환상처럼. 하지만 그와 살던 예전은 다시 꿈꿀 수도 없는 환상이었다. 그녀가 망친.

가슴이 무언가에 의해 잘린 것처럼 욱신거렸지만 은수는 모른 척했다.

마트를 나와 자전거에 짐을 실었다. 마음이 급했다. 은수는 얼른 자전거에 올라 힘차게 페달을 밟았다. 찬일이 고친 자전거는 새것처럼 가볍게 길가를 질주해 나갔다.

은수는 조용히 집 안으로 들어와 주방에 짐을 내려놓았다. 혹시라도 잠든 지환이 깨기라도 할까 봐 그녀의 행동은 조심스러웠다. 부스럭거리는 봉지의 소리도 용납할 수 없다는 듯 은수는 천천히 장본 물건들을 하나씩 꺼내 정리했다.

평소 그가 좋아하던 음식들로만 차릴 생각이었다. 재료를 꺼내 씻던 은수는 그대로 동작을 멈추었다. 집 안으로 들어오며 스쳐 바라본 현관 쪽에 낯선 신발이 없었다. 늘 보던 익숙한 모습이라 아무렇지 않게 지나쳐 왔었다.

은수는 급하게 안방 문을 열었다. 텅 빈 방 안이 그녀의 마음 같았다. 왜 이 남자가 가 버릴 수 있다고 생각하지 못했을까. 어리석었다. 자만심에 들떠 그의 얼굴을 제대로 보지도 않은 채 시간을 허비했다.

은수는 자신이 싫었다. 무엇을 가지고 싶다는 생각을 해 본 적 없었다. 가진 것을 어떻게 곁에 두어야 하는지도 배우지 못했다. 소중한 것을 잃고 나서야 그것이 소중하다는 사실을 알아챘다.

주방으로 들어가 장 본 재료들을 다시 봉지에 담았다. 쓰레기를 버리듯 거칠게 물건들을 치웠다. 어느새 눈물이 차올랐다. 다시는 울지 않겠다고 다짐하며 2년 동안 독하게 버텨 왔었다. 한데 모든 게 부질없었다. 버티고 참으면 그가 돌아봐 준다고 하던가. 그 남자의 시간이 아직도 그녀를 위해 돌 것이라고 착각했다면 이제는 정신을 차려야 하는 게 맞았다.

은수는 거친 손길로 눈물을 훔치고는 봉지를 들고 집 밖으로 나왔다. 모두 다 버리고 비워 내야 했다. 그에 대한 미련까지도. 그게 그를 위한 길이었다.

"어디 가?"

손에 들린 봉투가 떨어져 감자가, 당근이, 바닥에 뒹굴었다. 은수는 마당으로 들어서며 오히려 그녀에게 묻는 지환과 마주쳐야 했다. 이것 또한 그녀에게 내려진 벌일까. 미련조차 버릴 수 없게 만드는 희망 고문. 은수는 그녀에게로 가까이 다가오는 지환을 잠자코 바라볼 수밖에 없었다.

"……울었어? ……왜?"

눈치 빠른 이 남자가 모를 리 없었다. 하지만 은수는 거짓말을 해야만 했다.

"청양고추를 만졌어요. 지나면…… 괜찮아질 거예요."

지나면. 당신이 가고 나면, 괜찮아질 것이라고 마음속으로 다짐하듯 외쳤다.

"이거…… 다시 사 오려면 오늘 안에 밥은 못 먹겠는데."

지환이 떨어져 나뒹구는 재료들을 다시 챙겨 담으며 은수를 바라봤다.

급한 대로 라면을 끓여 그의 앞에 내놓았다. 몸에 좋지 않은 라면을 먹지 못하게 새로 식사를 챙겨 주었던 예전의 자신이 떠올랐다. 그녀가 요즘 매일 먹는 음식이 라면인데, 그에게 먹으라고 내놓은 라면은 죄책감마저 들게 만들었다. 은수는 조그맣게 한숨을 내쉬었다.

"어차피 밥상 차렸어도…… 제대로 못 먹었어. 신경 쓰지 마."

지환은 은수의 마음을 읽기라도 한 것처럼 몇 마디 내놓고는 라면을 먹기 시작했다. 배 속에 음식이 들어가자 울렁거리던 속이 조금은 가라앉는 것 같았다. 지환은 허겁지겁 라면을 입 안으로 집어넣었다. 그 모습을 지켜보며 한 입도 먹지 못하는 은수가 보였지만 그는 그대로 내버려 두었다. 이 집에 들어왔을 때부터 그는 은수가 하는 대로 내버려 둘 생각이었다.

"라면 먹고…… 그다음은 뭐야?"

은수의 손이 생각을 들킨 것처럼 멈칫했다.

"일부러 시간 끌고 있는 거잖아. 나한테 할 말이 있는 걸로 아는데, 그 말은 할 생각이 전혀 없어 보여서 묻는 거야. 굳이 말하기 싫으면 안 해도 난 상관없어. 급한 건 내가 아니라 당신이니까."

은수는 모든 걸 그에게 읽히고 있다는 사실이 부끄러웠다. 이미 그녀의 마음을 다 알고 있는 이 남자는 대체 무슨 생각으로 억지스러운 시간 앞에 붙들려 있는지도 묻고 싶었다.

"근데, 왜…… 반말해요?"

질문은 엉뚱한 곳에서 흘러나왔다. 지환은 피식, 웃더니 대답했다.

"이제 마누라도 아닌데, 반말해도 되잖아. 내가 한 살 많은 걸로 아는데. 그게 또 억울한가 보지? 뭐, 다시 내 마누라 된다고 하면 존대해 줄 의향은 있어."

간단한 농담을 꺼낸 것처럼 웃어 보이는 지환이 은수는 무서웠다. 이 남자에게 그것은 아무렇지도 않은 일일까. 한 여자와 결혼을 하고, 이혼을 하고, 또 그 여자와 재혼을 하는 것이 이 남자는 어제 먹은 밥을 오늘 다시 먹는 것처럼 쉬운 것일까.

은수는 수저를 내려놓고 할 말을 꺼내겠다는 듯 그를 바라봤다.

"지환 씨."

그 순간 지환의 주머니에선 시끄러운 벨소리가 울려 퍼졌다. 전화기를 꺼내 화면을 확인한 지환은 통화 버튼을 누르며 자리에서 일어났다.

"……어, 형. ……뭔 헛소리야? 주주들 움직임도 파악 안 하고 뭐 했어? ……누가?"

지환이 밖으로 나서고 은수는 방 안에 홀로 남았다.

문득 그런 생각이 들었다. 2년이란 시간은 흘렀고, 둘은 다른 세계에 살고 있었다. 예전으로 돌아가기엔 서로의 일상이 너무도 달라져 버렸다. 그는 막대한 리조트 사업을 성사시켜야 하는 한 회사의 오너였고, 그녀는 배를 타고 몇 시간이나 들어가야 하는 섬마을 중학교의 국어 교사일 뿐이었다.

은수는 점점 불어 가는 라면을 더 이상 먹지 못할 것이라 확신했다. 그릇을 치우고 설거지를 끝마쳤는데도 지환은 소식이 없었다. 시계를 보자 뭍으로 나가는 마지막 배가 출발할 시간이었다.

— 오늘 안 올 거야?

민철의 물음에 지환은 멀어져 가는 배를 보며 대답하지 못했다.

— ……알았다. 여기는 내가 잘 처리하고 있을 테니까, 걱정 말고.

"고마워, 형."

전화를 끊고 지환은 은수가 살고 있는 집 쪽을 뒤돌아봤다. 시간을 끄는 건 그녀가 아니라 그일지도 몰랐다. 그녀의 전화를 받지 않은 건 일종의 복수였다. 나로 인해 무너져 내리라고.

그렇게 모른 척 뒤돌아서면 될 것을, 멍청하게 참지 못하고 그녀를 보러 날아왔다. 나로 인해 힘든 너를 보면 내 마음이 조금이라도 치유받을 수 있을까 하고.

그가 돌아간 줄 알고 울어 버린 그 여자를 보자 다행스러웠다. 차갑게 할 말만 꺼내 놓고 내칠 줄 알았던 여자가 눈앞에서 조용히 그를 바라보고 있는 게 꿈만 같았다. 지환은 조금 용기가 나는 듯했다.

"어…… 윤 선생 만나러 오신 분 맞죠?"

낡은 오토바이 한 대가 지환의 앞에 멈춰 섰다. 은수의 옆에 서서 다정하게 그녀의 가방을 건네던 남자였다. 지환의 가슴에서 화마 같은 불길이 일었다. 그 여자는 항상 이랬다. 그가 안심하고 놔두면 뒤통수를 휘갈겨 정신 차리라고 경고했다. 지금 안심하고 있을 때냐고.

"누구시죠?"

지환이 경계하듯 차갑게 말을 뱉었다. 찬일은 웃으며 자신을 소개했다.

"아, 저는 윤 선생이랑 같은 학교에서 일하는 수학 선생 강찬일이라고 합니다. 서울에서 오셨나 보죠? 근데…… 오늘 나가는 배는 저게 마지막인데……?"

그 배를 놓치고 윤은수의 집에서 같이 하룻밤을 보낼 거냐고 묻는 것만 같은 찬일에게 지환은 대꾸할 의무가 없었다. 수컷의 본능은 그랬다. 경쟁자가 생기면 더 달아오르기 마련이었다.

"자고 갈 겁니다. 아, 그리고 우리 은수…… 잘 부탁드립니다."

지환은 지갑에서 명함 하나를 꺼내 찬일에게 건넸다. 그는 명함 속의 이름을 확인하고, 그의 직책과 회사명을 알아챈 후, 차갑게 식은 얼굴로 지환을 바라봤다.

지환은 이미 알고 있었다. 결사반대라는 현수막을 오토바이 뒤에 싣고 있는 그가 같은 편이 아니라는 것을. 어쩌면 일부러 끄집어낸 도발일 수도 있었다. 당신이 마음에 둔 그 여자는 당신과 같은 생각을 가질 수 없는 여자라고. 당신이 싸워야 할 대상은, 나를 사랑하는 여자라고 못 박아 두고 싶었다.

"리조트 때문에 오신 겁니까? 아니면…… 윤 선생 때문에 오신 겁니까?"

남자의 질문은 너무 겁이 없었다. 지환은 저절로 입꼬리가 올라섰다.

"둘 다, 라고 해 두죠. 그럼."

싸움이라면 어느 누구라도 이길 자신이 있었다. 윤은수만 아니라면 그는 세상이 쉬웠다. 그에게서 어려운 것은 윤은수라는 여자뿐이었다.

그걸 이미 알고 있다는 것처럼 은수는 다시 나타난 지환에게 하룻밤 묵을 수 있는 민박집을 소개해 주었다. 그리고 친절히 내일 아침 떠나는 배의 시간까지도. 지환은 은수가 하는 말을 듣고만 있다 그 이야기가 끝나자 되물었다.

"날 여기서 내보내면 말할 기회도 사라지는 거야. 그래도 괜찮겠어?"

"……."

눈빛이 흔들렸지만 은수는 어떤 말도 하지 않았다.

지환은 또 자신만이 이 여자를 붙잡고 있는 것일까 겁이 났다. 무엇이 그리도 어려울까. 서로가 서로를 원하는데. 2년이란 시간이 흘러도 이 마음이라는 것은 변할 생각이 없는데.

"왜…… 그 수학 선생이 오해라도 할까 봐 그래?"

유치했고, 졸렬했다. 사랑이 멋있고 낭만적이며 젠틀하다고 누가 말했나. 적어도 지환은 그런 말을 한 사람은 사랑을 모른다고 생각했다. 이성보다 감정이 앞선 사랑은 아이 같았다.

"그 사람…… 만났어요?"

그렇지 않으면 찬일이 수학 선생인지 지환이 알 리 없었다.

"그래. 친절하게 내 명함까지 건네줬어. 내가 누군지 알아차린 얼

398

굴이 아주 볼만하던데."

잔인하게 구는 지환을 은수는 가만히 바라만 볼 뿐이었다.

이렇게 이 여자를 절벽 끝까지 몰고 가도 은수는 절대 돌아보지 않는다는 것을 알았다. 다 부질없는 헛짓이라는 것을 알았지만 지환은 무엇이라도 해야 했다. 나를 붙잡으라고. 시간이 얼마 없으니 빨리, 제발, 붙잡아 달라고.

"안채 이장님이 당신 목을 딴다고 했어요. 일부러 죽여 달라고 고사를 지내는군요. 오늘은 살려 줄 테니까 들어와요. 원래 등잔 밑이 어두운 법이니까."

그제야 윤은수가 움직였다. 목이 잘려 나가도 윤은수만 옆에 있다면. 지환은 멍청하게 그런 생각을 했다.

간단하게 씻고 은수가 만들어 준 이부자리에 몸을 누였다. 그 옆으로 휴전선을 긋듯 다른 자리를 만든 은수가 조용히 다가와 자리에 누웠다. 방 안은 조용했고, 두 사람의 숨소리만 눈치 없이 가슴을 두근거리게 만들었다.

한 손에 잡아 안을 수 있는 거리에 은수가 있었다. 이런 날을 2년 동안 그려 왔다. 죽이고 싶을 만큼 미웠지만 또 그만큼 그리웠다. 다른 여자는 생각조차 나지 않을 만큼 은수의 빈자리는 너무나도 컸다.

고자가 되어 버린 게 아닐까 하는 생각이 들 정도로 사라져 버린 성욕이 누워 있는 은수를 보자 거짓말처럼 치솟았다. 신의 장난이라면 그 신을 죽이고 싶었다.

지환은 은수가 누운 쪽으로 돌아누웠다. 똑바로 누워 눈을 감고 있는 은수가 보였다. 자고 있는 걸까. 아니면 그녀도 그처럼 이제 그만 이 빗장을 부수고 무너져 내릴까, 고민하고 있는 것일까. 후자라는 것처럼 은수도 몸을 돌려 지환이 누운 쪽을 바라봤다.

두 사람의 시선이 어두운 방 안에서 마주쳤다. 가슴이 욱신거리고 시큰거렸다. 그를 설레게 만들던 여자가 이제 병처럼 아팠다. 이것은 사랑이 아니라 집착일까. 어떤 것이든 이제 상관없었다.

"무슨 말이든 해 봐."

지환이 명령하듯 어둠 속에서 말했다.

"잘…… 지냈어요?"

은수가 물었다. 정말 묻고 싶었던 말일지도 몰랐다.

"또."

"……."

"또."

"……아프지 마요."

"또."

"지환 씨……."

"또."

"……미안해요."

"또."

은수가 울음을 참는 것 같았지만 지환은 멈추지 못했다.

"……."

"미안하단 말 들으려고 여기 온 줄 알아? 미안하면 왜 떠났어? 왜

날 혼자 뒀어? 떠나 놓고 왜 이러고 골방 같은 곳에 숨어 사는 거야? 이러면 내가 용서할 줄 알았어? 이러면 당신이 나한테 가지는 죄책감이 사라지나 보지? 끝까지 윤은수는 윤은수 당신만 생각하는 거네."

일부러 더 상처 주듯이, 더 아프게 만들기 위해 뱉어 내는 말들이 오히려 지환을 더 아프게 만들었다. 은수는 어떤 변명도 하지 않은 채 지환을 바라볼 뿐이었다.

"여기에 리조트를 세울 거야. 내가 당신 전남편이라는 것도 소문낼 거야. 그래서 동네 사람들한테 손가락질받게 만들 거야. 그러면 당신은 견디지 못하고 또 어딘가로 도망가겠지. 거기서 끝날 줄 알아? 그러면 난 또 윤은수가 있는 곳을 찾아낼 거야. 영원히 도돌이표지. 어때? 그래도 괜찮겠어?"

그러니까, 빨리 나를 붙잡으라고 몰아붙여도 은수는 꼼짝하지 않았다. 독한 여자.

"그렇게 해서…… 당신 마음이 풀리면…… 그렇게 해요."

모든 것을 포기한 듯 은수가 말했다.

"그래. 이래야 윤은수지. 내가 또 그걸 잊고 있었네."

지환이 뒤늦게 깨달은 듯 몸을 일으켰다. 의미 없는 짓이었다. 미움이. 아픔이. 사랑이. 너무 부질없어 허탈할 지경이었다. 형이 늦었던 것처럼, 지환도 늦어 버린 걸까. 딱딱하게 굳어 버린 은수의 마음이 이제 그를 붙잡지 못하는 걸까. 지환은 말없이 그녀의 집을 빠져나왔다.

□ □ □

뒤늦게 찾아 들어간 민박집에서 뜬눈으로 밤을 지새우고 배가 떠나는 시간에 맞춰 선착장에 도착했다. 지환은 저 멀리 대합실 앞에 서 있는 은수를 발견했다. 가슴이 또다시 도끼에 내려찍히듯 욱신거려 왔다. 자존심도 버리고 그를 기다리는 이유는 뻔했다. 왜 그에게 전화를 걸었는지도 알았다. 정작 해야 할 말을 못 했겠지. 이해했다.

"이 정도 정성이면 들어는 줘야지. 따라와."

지환은 은수에게 다가가 말을 뱉고 대합실 안 작은 카페로 들어섰다. 종업원조차 보이지 않는 조용한 카페에서 두 사람은 서로를 바라보고 앉았다.

은수가 테이블 위로 작은 종이 가방을 올려놓았다.

"멀미약이랑 주먹밥이에요. 배 타기 전에 먹어요."

지환은 웃음이 터져 나와 은수를 노려보았다.

"이러면 내가 감동이라도 해서 당신 부탁 들어줄 거라 생각했나 보지?"

은수의 눈이 상처로 굳어졌다. 아무래도 상관없었다. 지환은 제정신이 아니었다.

"어차피 내 부탁…… 들어줄 생각 없잖아요."

"그래도 부탁해 봐. 뭐라도 해 보라고!"

두 사람의 눈이 서로를 아프게 찔러 댔다.

"그래요. 당신한테 리조트 일 때문에 전화했어요. 만나서 뻔뻔하게 부탁하려고 했어요. 여기 개발하지 말아 달라고. 내가 왜 그랬을 것 같아요……?"

은수의 눈이 어느새 붉어졌다. 눈물을 참기 위해 테이블 아래로 내려놓은 두 손을 온 힘으로 움켜쥐었다.

"당신 버리고 나서 알았어요. 내가 얼마나 이기적인지. 나만 피해자라고 생각했어요. 난 아무 잘못도 없는데, 왜 나한테만 그러냐고. 당신 어머니. 내 아버지. 그리고 선배까지. 모두 내 목을 조르는데, 내가 살아야 했어요. 살려고 도망쳤는데, 더 지옥이에요. 왜…… 그럴 것 같아요……? 당신 말대로 떠나면 그뿐인 여기를, 개발하든 말든 나랑 상관도 없는데, 당신을 만나고 싶었어요. 어제부터 오늘까지. 내가 얼마나 바보인지 당신도 봤을 거예요. 붙잡지도 못하면서 놓지도 않고. 얼마나 이기적인지 내가 싫……."

"윤은수."

"당신이 날 얼마나 원망했을지 알아요. 나 때문에 얼마나 아팠을지 알아요. 2년 동안 단 한 번도 연락하지 않다가 이제 와서 리조트 핑계를 대면서 연락하는 여자. 신물이 나고 질릴 거예요. 그런데도…… 그래도…… 나는 당신이 그리워요."

독하게 참아 낸 눈물이 기어이 볼을 타고 흘렀다.

"더 해 봐. 멈추지 마. 그래서, 그래서 어쩌겠다는 거야?"

지환은 더 모질게 밀어붙였다. 도끼에 찔린 가슴에선 피가 철철 흘러넘쳤지만 신경 쓰지 않았다. 아픔 따위가 뭐라고.

"……이제 와서 당신을 찾아가려고 했어요. 그렇게 해서라도 당신을 보고 싶었어요. 어제는 무슨 생각이 들었는 줄 알아요? 차라리 당신이 여기를 개발했으면 좋겠다고 생각했어요. 그러면 한 번이라도 더 당신을 볼 수 있을지도 모른다고……. 도망치면 또 쫓아오겠다는 말에 다행이라고 생각했어요. 그렇게 해서라도 당신 마음이 풀린다면…… 원하는 거 뭐든 할게요."

"이제야 마음에 드는 말을 하네. 뭐든 한다고 했지?"

지환이 거절할 수 없는 제안을 하듯 말을 꺼냈다.

"나랑 연애해."

은수의 눈빛이 그대로 초점을 잃었다.

"일종의 계약 연애 같은 거지. 내가 헤어지자고 할 때까지 당신은 절대 헤어지자는 말 못 해. 내가 이 마음이 풀릴 때까지 연애하다가 당신을 버릴 거야. 그래서 당신도 나처럼 죽을 만큼 아프게 만들 거야. 영원히. 그게 내가 원하는 거야."

사랑해. 당신을 못 잊겠어. 다시 돌아와.

그런 말은 하지 못했다. 서로를 죽도록 미워하고 그리워하는 마음만 남았다. 그래도 좋았다. 그 미움이, 아픔이, 다시 사랑이 되길. 그 부질없는 바람을 가져 볼 수 있으니까. 그들의 사랑은 미련했다. 그래서 그들은 또다시 함께하기로 했다.

6. 이번 생은

"윤은수 씨를 만나고 왔습니다."

수족의 보고에 태섭은 눈썹을 잠깐 꿈틀거릴 뿐 별다른 반응이 없었다. 이렇게 되기를 바란 것처럼 그는 창밖만 내려다보았다. 억지로 찢어 놓듯 헤어진 사이이니 마음이 남아 있다는 것은 모두가 추측하는 사실이었다. 2년이나 버텨 낸 것을 보면 그 감정이 쉽게 소비되고 끝나지 않을 것이란 사실도 예상할 수 있었다.

"당분간은…… 내버려 둬."

미행을 그만두라는 지시에 수족은 의아했지만 알겠다며 사무실을 벗어났다.

최지환. 윤은수. 인연. 사랑. 운명. 엇갈림. 재회. 그런 명료하지 않은 단어들이 태섭의 머릿속을 떠돌았다. 아주 오래전의 아픔이 되살아나는 것 같았다. 미처 다 태우지 못하고 끝나 버린 재처럼 멈춰 버린 시간의 숙제가 가슴을 무겁게 내려앉도록 만들었다.

어떤 이의 행복은, 어떤 이의 불행이 되었다. 아니, 모두가 행복하지 못했다. 운명의 화살이 서로의 아픔만을 찔러 대다 방전되듯 끝이 나 버렸다. 그리고 이어진 또 다른 운명.

태섭은 그 중심에 자신을 세웠다. 이미 먼 길을 돌아와 되돌아갈 수 없다는 것을 알면서도 감정이라는 것이 그를 쉽게 놓아주지 않았다.

모두가 사라지고 홀로 그 길을 걷고 있었다. 이해를 바란 적은 없었다. 지환이 그를 경계하고 들쑤실 때마다 차라리 다행이라고 생각한 적도 있었다. 용서받고 싶지 않았다. 원망해야 할 상대는 원망할 수 없는 상대로 바뀌어 버렸다.

그래서 화살이 바뀐 복수는 그 의미조차 퇴색되게 만들었다. 어쩌면 복수를 이유로 또 다른 욕심을 채우고 있는지도 모르겠다. 변명할 생각은 없다. 그들을 무너뜨린 뒤 모든 것을 가지고 나면 알게 될까. 이것이 복수인지, 욕심인지. 태섭의 입가가 조그맣게 올라섰다.

ㅁ ㅁ ㅁ

벨이 울렸다. '남편' 이라는 이름이 화면에 떠올랐다. 은수는 잠깐 웃음을 짓고 말았다.

계약 연애라는 핑계를 대고, 만나다가 시시해지면 당신을 갖다 버리겠다는 남자라도 사랑했다. 나를 너무 미워해 그런 말을 해 버렸다고 해도 감사했다. 그녀를 더 이상 보고 싶지 않다고 한 것은 아니니까.

"네, 저예요."

— ……뭐 해?

지환은 잠깐 시간을 두다 뱉어 내듯 물었다.

"집이에요. 방금 저녁 먹었어요."

— ……뭐 먹었는데?

그게 정말 궁금해서 묻는 것 같기도 하고, 아니면 그런 말들로라도 그녀와 이어지고 싶어 하는 것 같기도 했다. 은수는 찬찬히 오늘 저녁에 먹은 음식을 말해 주었다.

"주인아주머니가 주신 김치가 맛있어서 그거랑 계란프라이. 밥. 이렇게 먹었어요. 당신은요? 저녁은 먹고 일하는 거예요?"

지환은 대답이 없었다. 건너편에서 웃고 있는 것 같았다.

— 계약 연애나 하자는 남자가 뭐 먹었는지 궁금해? 안 미워……?

미안해하고 있다는 것도 알았다. 그리고 2년 동안 미워하고 그리워하고 아파한 시간들이 순간의 눈빛이나 말 한마디, 손짓으로 단번에 지워질 수 있다는 것도 알았다.

그것이 연애였고, 사랑이었다.

"미워요. 미워도…… 밥은 먹었는지 궁금하니까."

지환이 또다시 웃는 것만 같았다.

— 그냥 난 도시락. ……나가서 사 먹으면 그것도 다 시간이니까. 감옥에서 배식받는 느낌이 들기도 하는데, 이 감옥은 사람들이 함부로 들어올 수 있는 곳이 아니라서 그냥 참고 견디는 중이야.

회장이라는 감옥. 지환은 그 감옥 속에서 홀로 견뎌 낸 것 같았다. 은수는 마음이 아팠다. 왜 그런 선택을 했는지 너무도 이해가 되었기에, 그 감옥에서 벗어나라고 말할 수도 없었다. 이제 그녀는 그럴 자격이 없을지도 몰랐다.

"너무 무리는 하지 마요. 밥은 꼭 챙겨 먹고요."

— 벌써 끊으려고?

서운한 목소리가 그대로 흘러나왔다. 은수는 그래서 고마웠다.

"일하는 데 방해될까 봐 그러는 거예요. 밥 먹으러 나갈 시간도 없다고 하니까."

— 밥 먹으러 나갈 시간 아껴서 당신이랑 통화하잖아, 지금. ……조금 더 해도 돼.

은수는 알겠다며 보고 있던 책을 덮었다.

지환은 그녀가 이해할 수 없는 회사 얘기를 하다가, 민철의 잔소리를 고자질하다가, 윤석이 연애를 시작해서 눈꼴이 셔 봐 주기 힘들다고 배 아파 하기도 했다. 담아 온 얘기는 끊어 낼 수가 없었다. 하긴, 설사 할 말이 없다고 해도 만들어 낼 수 있었다.

그 밤, 늦게까지 통화를 하다 잠이 들었다. 은수는 지환이 주말 약속을 몇 번이나 확인하는 목소리에 미소 지었다. 사랑이 되돌아왔다. 행복했다.

□ □ □

— 공항이야. 택시 타면 30분 정도.

그들이 데이트하기로 한 곳은 육지와 섬마을을 잇는 작은 도시였다. 서울로 가겠다는 은수에게 지환은 시간을 아끼자고 했다.

은수가 사는 섬마을로 들어갈 수 있는 배는 하루에 몇 번 없었다.

배의 출발 시간에 맞추다가 보면 이동하며 길바닥에 시간을 버릴 것이 뻔했다. 지환이 비행기로 날아와 택시를 이용하는 게 더 효율적이었다. 연애도 사업처럼 효율성을 따지는 남자에게 은수는 보조를 맞출 수밖에 없었다.

"네. 기다리고 있을게요."

은수는 이미 뭍으로 나와 시내 커피숍에 자리를 잡고 앉아 있었다.

— 계약서는 준비됐지?

계약서라는 말에 가슴이 덜컹거렸다. 미운 사람.

"그럼요. 도장도 갖고 왔어요."

눈에는 눈 이에는 이였다. 저 너머에서 지환이 웃음을 참는 게 느껴졌다. 이 남자. 은수를 놀려 먹기 위해서 태어난 것일지도 모른다.

— 오늘 계약하고 바로 헤어지자고 말할지도 모르니까 마지막인 것처럼 열심히. 알았지?

진짜 옆에 있었다면 한 대 때렸을지도 몰랐다. 은수는 얄미운 마음이 들어 대답하지 않았다.

— 왜 아무 말이 없어? 나, 다시 돌아가? 후회할 텐데?

"……그러고 싶어요?"

입술을 깨물어 참고 참다가 터져 나온 은수의 원망에 지환은 이제 참지 않고 웃음을 터뜨렸다.

— 난 원래 복수 이렇게 해. 아직 풀리려면 멀었어. 마음도 그렇고, 몸도 그렇고.

몸이라는 말에 은수는 벌써부터 두려워지기 시작했다. 누가 최지환을 당할까. 은수를 정신 못 차리게 만드는 것은 그뿐이었다.

주말이 언제 오냐며 푸념을 한 것이 무색하게 시간은 금방 흘렀다. 지환의 스케줄 때문에 그들에게 주어진 날은 일요일 하루뿐이었다. 그래도 행복했다.

은수는 오랜만에 굽이 있는 구두도 신어 보았다. 주인집 아주머니가 나서는 은수를 보고 의미를 알 수 없는 웃음을 보였다.

그는 서울로 돌아간 뒤 곧바로 섬마을의 리조트 사업 추진을 철회했다. 아무래도 여러 후보 가운데 그곳이 제일 발전 가능성이 낮은 걸로 보였다. 그가 던진 미끼에 낚인 것처럼 은수의 걱정은 모두 허무하게 사라져 버렸다.

주인아주머니도, 찬일도, 은수의 입김 때문에 리조트 일이 잘 마무리된 줄 알고 고맙다는 인사를 건네기도 했다. 인생이 아이러니한 것일까. 아니면 이 남자가 아이러니한 것일까.

― 나한테 할 말 없어?

지환이 듣고 싶은 말이 있어 묻기에 은수는 망설이지 않고 말했다.

"보고 싶어요. 빨리 와요."

지환이 웃음 짓는 게 느껴졌다.

그는 차가워 보이는 슈트 대신 편안한 티셔츠와 면바지를 입고 나타났다. 훤칠한 키와 단정한 외모는 사람들의 눈길을 끌기에 충분했다.

연예인이라도 보는 것처럼 뒤돌아 그를 바라보는 몇몇 여자들에게서 은수는 이상한 승리감 같은 것을 느끼기도 했다. 그 잘난 남자가 직진하듯 걸어와 웃음 짓는 상대가 바로 그녀였다. 은수는 어색하게 지환을 따라 웃었다.

"뽀뽀 정도는 해 주는 줄 알았는데?"

그는 변한 게 없었다. 예전처럼 능글맞고 짓궂었지만 다정하기도
했다.

지환이 익숙한 일인 것처럼 은수의 손을 잡아 이끌었다.

"뭐부터 할까?"

데이트하는 연인들을 부러워한 적이 있었다. 평범한 사랑. 남들과
똑같은 마음. 사랑하고 다투고 그러다 또 아무 일 없었던 것처럼 화
해하고. 결혼을 하고 아기를 낳고 함께 늙어 가며 예전을 추억하고.
윤은수도 남들처럼 그러고 싶었다.

"배고파요. 밥부터 먹어요."

하지만 현실은 평범함도 허락하지 않았다. 낳아 온 자식. 아버지
의 무시. 단 한 명도 내 편이 없었던 외로움. 팔려 가듯 눈감고 해 버
린 결혼. 평범한 행복은 처음부터 그녀의 것이 아니라고 생각했다.
그래서 삶을 버려두었다. 희망을 가지면 더 실망을 하고 상처받는
법이니까. 희망을 가지지 않는 편이 나았다.

"밥 먹고 뭐 할 건지 생각해 둬. 난 잠깐 누워 쉬는 걸 추천할게."

이 남자를 만났을 때, 절대 사랑하지 않겠다고 다짐했었다. 희망
을 가져서 실망하고 싶지 않았다. 분명히 아플 테니까. 하지만 사랑
하지 않겠다고 다짐한 남자는 조금씩 그녀를 물들게 만들어 어느새
사랑으로 행복하다는 감정까지 느끼게 해 주었다.

"아예 누워 쉬면서 밥 먹자고 하죠, 왜?"

이대로만. 이대로만 그의 옆에서 살다가 남들처럼 평범하게 죽고
싶었다. 그렇게 바라니 역시나. 윤은수에게 평범한 행복이란 있을

수 없는 것처럼 뿌리까지 잡고 흔들었다. 네가 얼마나 버틸 수 있냐, 하고.

"당신, 안 본 사이 눈치가 빨라졌는데?"

다 놓았다. 알겠다고. 행복 같은 거 바라지 않겠다고. 그러니 타협을 하자고 지환을 버렸다. 이기적이게. 잔인하게. 나만 생각하며 그를 버려두고 도망쳐 왔다.

"눈치는 원래부터 빨랐어요. 잘 생각해 보면 내가 당신, 다 이겼을 걸요."

다시 만날 것이라 생각하고 그를 놓았던 걸까. 이렇듯 그녀를 기다리고 있다 다시 달려와 주길 바라면서도 당장 내가 너무 힘드니 도망치겠다고 한 걸까. 지환이 그녀를 절대 놓을 수 없을 거라고 확신하면서.

바보 같은 사람. 왜 윤은수 같은 여자를 사랑해서. 은수는 그가 안타까웠다.

"내가 다 져 준 거라고는 생각 안 하지?"

정답일 수도. 지환은 영원히 윤은수에게만은 지는 남자였다.

"알아요. 고마워요."

날 잊지 않아 줘서. 은수는 지환의 손을 더욱 꼭 붙잡았다.

"그러니까, 이번에는 내가 좀 이기자."

모텔 문 앞에서 은수가 지환을 노려봤다. 지환은 미소를 머금은 채 모르는 일인 것처럼 먼 곳을 바라봤다. 만나자마자 모텔이라니. 첫 데이트를 위해 차려입고 나온 것이 허무했다.

밥을 먹고 커피 한 잔을 마신 뒤 영화를 한 편 볼까 싶기도 했다. 바닷가를 산책하는 건 어떨까도 생각했었다. 여자와 남자의 데이트는 이렇게 다르다는 것을 말해 주는 것처럼 지환은 오직 하나만을 고수했다.

"누가 첫 데이트부터 여기를 와요?"

"요즘은 그래. 당신은 트렌드를 모르는군."

능구렁이. 잘도 빠져나갔다. 말로는 그를 이길 수 없다는 걸 알았다.

"나 선생님이에요."

"선생은 연애도 안 해? 선생은 남자랑 잠도 못 자?"

"아, 조용해요!"

대낮에 모텔 앞에서 실랑이를 벌이는 것도 부끄러운 일인데, 지환은 동네방네 그녀가 선생이라는 것을 알려 주고 있었다.

"들어가면 조용히 다물 테니까, 얼른 결정해."

또 결정은 그녀의 몫으로 남겨 두었다. 얄미워 돌아서려 하면 지환이 그녀의 손을 붙잡았다.

"가만히 안고만 있을게."

은수는 웃음을 터뜨렸다.

"차라리 솔직해져 봐요."

"솔직히 장소가 중요한 게 아니야."

"뭐라고요?"

아무래도 놀리는 게 맞았다. 은수는 그래서 더 삐딱해지고 싶었다.

"비행기까지 타고 왔어. 불쌍하지도 않아?"

"전혀요. 내가 분명히 서울로 간다고 했어요."

"무섭다. 네, 네, 하던 착한 윤은수 어디 갔어?"

지환이 은수를 세워 놓고 이리저리 눈을 돌려 누군가를 찾는 시늉을 했다.

"그 윤은수 찾는 거면 돌아가요. 나도 변했어요."

은수가 차가워지자 지환은 덜컥, 했다. 너무 놀랐나 싶었다.

"변한 윤은수도 좋아. 나 때문에 변했을 거 아니야?"

잘난 척은. 은수는 졌다는 듯 웃어 버렸다.

안고만 있겠다더니 거짓말쟁이였다. 엘리베이터에서부터 두 다리가 흔들릴 만큼 진한 키스를 퍼부었다. 숨 좀 쉬자고 등을 두드리면 그제야 씨익, 웃고는 번진 입술을 닦아 주었다. 무섭게 몰아붙이는 건 변하지 않았다. 은수는 두근거리는 심장이 곧 고장 나 버릴 것 같아 자꾸 바닥만 내려다봤다.

"죄졌어? 왜 그래?"

"이 시간에, 여기 오는 건 불륜이라고 생각할 거예요."

"오해하라고 해. 우리만 아니면 됐지, 뭐. 고개 들어."

그의 말대로 고개를 들면 또 입술을 부딪쳐 왔다. 숨 쉴 틈을 주지 않았다. 은수는 그대로 포기하듯 지환의 키스를 받아들였다. 방 안까지 가는데도 험난한 기분이 들었다.

그와의 연애는 가슴이 설레기도 했지만 무겁게 아려 오기도 했다. 평범한 것 같지만 평범하지 않았다. 이혼한 남녀가 계약 연애라니. 드라마에서도 너무 꼬았다고 악플이 달릴 게 뻔했다.

"준비됐지?"

지환이 모텔 방문을 열며 비장하게 말했다.

뭘 얼마나 괴롭힐 건가 싶어 겁이 났는데, 은수가 욕실 안에 들어
가 한참을 망설이다 나오자 지환은 소파에 누워 조용히 잠들어 있었
다. 의미 없이 틀어 놓은 티브이에서는 지방 방송 특유의 억양 강한
사투리가 흘러나오고 있었다.

어떻게 잠들 수 있지. 은수는 이상하게 서운한 마음이 들었다. 그
러다 그가 이곳에 오는 시간을 벌기 위해서 얼마나 많은 일들을 처
리하고 왔을지 상상이 되었다. 그는 은수에게 2년 전과 같은 최지환
이었지만 밖에서는 큰 회사를 이끄는 회장이었다.

은수는 지환의 옆으로 가 가만히 그를 내려다봤다. 여전히 잘생긴
얼굴이었다. 눈, 코, 입. 어디 한 군데도 미운 구석이 없었다. 짓궂게
못된 말을 할 때만 미워 보일 뿐.

하지만 그것마저도 은수의 눈에는 매력적이었다. 이렇게 괜찮은
남자인 줄 알았기에 더 사랑하면 안 된다고 생각했다. 그녀만 마음
을 준다면 쓸쓸할 테니까. 이 남자는 어떤 여자에게도 인기가 많을
테니까.

"도대체 언제 뽀뽀할 거야? 잠든 척하는 것도 힘든데, 이거?"

지환은 눈을 감은 채로 말했다. 분명히 잠들었다는 것을 알았다.
은수는 그의 유려한 변명에 또 한 번 혀를 내두를 수밖에 없었다.

"계속 그렇게 잠든 척해요. 이미 타임 오버니까."

"뭐?"

지환이 눈을 뜨고 벌떡 몸을 세웠다.

"농담이 지나치네. 이번 한 번만 용서해 줄 테니까 이리 와."

지환은 자신의 허벅지를 손으로 툭툭 쳤다. 은수는 못 들은 척 리모컨을 들고 침대 위로 가 앉았다. 이리저리 채널을 돌리다 재방송되는 해인의 드라마에서 손을 멈췄다. 연기에 물이 올랐는지 해인은 본처를 향해 독한 말을 뻔뻔하게 퍼붓고 있었다.

지환이 지금 상황에 티브이가 눈에 들어오나 싶어 돌아보자 자신의 형수가 거기에 있었다. 말로만 듣던 아침드라마의 신예와 조우했다. 또 이렇게 형수에게 밀리나 싶어 승부욕이 생겼다.

"티브이 끄는 데 3초 줄게. 아니면 배 타기 전까지 여기서 안 나갈 거야."

지환이 은수에게 다가와 무섭게 경고했다. 은수의 눈빛이 잠깐 흔들리다 순순히 전원 버튼을 눌렀다. 지환이 만족스러운 웃음을 보였다.

"티브이 껐으니까 한 시간 안에 여기서 나가요. 됐죠?"

누가 요물일까. 윤은수가 요물이지.

지환은 백 미터 달리기 선수라도 된 듯 급하게 은수에게 달려들었다.

왜 한 시간이 짧을 것이라 생각했을까. 은수는 길고 긴 여정을 돌고 온 것처럼 지쳐 침대에 퍼져 버렸다. 섹스는 사랑이라고 누가 말했나. 거짓말이었다. 섹스는 운동이었다. 오랜만에 숨차는 달리기를 한 것처럼 은수는 온몸이 뻐근했다. 지환은 다음 달리기를 준비하는 것처럼 옆에서 사악하게 웃고 있었다.

"죽을 거 같아요. 더 이상은…… 못 해요."

"당신이 시간을 걸어서 그런 거야. 아니면 아주 천천히, 부드럽게 했을 텐데."

거짓말. 피곤해 잠든 것은 정말 쇼인 것 같았다. 어디서 그런 체력이 나오는 것일까. 성욕은 다른 에너지일까. 혼자서 쓸데없는 고민을 하고 있는데 지환이 은수를 가만히 바라다본다. 그의 깊은 눈빛은 가슴을 아릿하게 만들었다. 은수도 지환을 가만히 바라만 보았다.

"……."

"……."

"왜요……?"

은수가 겁이 나 물었다.

"내가…… 당신을 버릴 수 있을까……?"

지환이 진지하게 물었다. 은수는 그의 눈빛을 피하며 대답했다.

"버릴 생각부터 하는 게 잘못된 거예요."

그럼 당신은 나를 왜 버렸는데. 그렇게 묻지는 않았다. 은수 역시 버릴 생각이 없었다는 것쯤은 지환도 알았다. 반성하듯 지환이 은수를 끌어와 키스했다.

젖은 입술을 물고 빨다 혀를 집어넣자 또 심장이 찌릿, 하게 떨려 왔다. 은수는 부끄러웠다. 질리지도 않는 반응들. 너는 그로 인해 살아 있다는 것을 느낀다는 듯이 몸이 증명했다. 그래서 들키고 싶지 않았다.

떨림. 흥분. 절박함. 그에게 향하는 그녀의 무너짐을 모두 다 들키고 나면 지환은 사라져 버릴 것만 같았다. 불안했다. 어디서부터 오는 것인지, 왜 오는 것인지, 알 수 없는 감정 때문에 은수는 차라리 눈을 감았다.

"눈 떠. 눈 떠 봐, 은수야……."

그의 애타는 목소리에 눈을 떴다. 지환이 그녀만이 전부인 것처럼 내려다보고 있었다. 안으면 안을수록, 잡으면 잡을수록, 좀 더. 좀 더. 끝이라고 하는데 더 끝을 갈망하는 것처럼. 은수는 지환에게 녹아들었다.

"다른 여자랑…… 안 잤어요?"

바지를 입고 셔츠를 집던 지환이 은수의 질문에 고개를 돌렸다.

"잤다고 하면 믿을 거고, 안 잤다고 하면 안 믿을 거야?"

지환이 조금 화난 목소리로 말했다. 은수는 자신이 실수를 했다는 생각이 들었다. 물은들, 그녀가 뭐라고 할 수 있을까. 떠난 여자를 두고 지조를 지키라는 것도 웃겼다. 아내를 두고도 바람을 피우는 마당에 자유의 몸으로 다른 여자를 만나지 말라는 법은 없었다.

"너무…… 참은 것처럼 보여서 그랬어요. 미안해요."

은수는 사과를 해 놓고도 웃겼다. 참은 것처럼 보였다니. 지환을 욕정에 눈먼 짐승으로 취급하는 것 같았다. 수습 불가였다.

"그럼, 나도 수위 넘는 질문 하나만 하자. 왜 나하고만 자는 건데?"

"무, 무슨 소리예요?"

지환이 특유의 사악한 미소를 지었다.

"당신 처음도 나고, 마지막도 나잖아. 아니야?"

모르는 줄 알았다. 은수는 시치미를 떼려고 했지만 표정 관리가 잘되지 않았다.

"……어떻게 알았어요?"

"내가 바본가? 처음은…… 나도 좀 당황하긴 했어. 미안하기도 했고. 설마, 처음일 줄은 몰랐거든."

상견례 날이었다. 두 번째로 얼굴을 본 날. 지환은 은수에게 도망치라고 했고, 은수는 도망치지 못했고, 그는 은수를 안았다. 처음. 그런 것은 아무 의미가 없다고 생각했다. 사랑이 아니었기에. 그녀가 마음으로 사랑하는 남자는 선배였기에.

우진과 자지 않았다는 것을 지환은 이미 알고 있었다. 형이 사랑한 여자. 하지만 그 여자를 처음 안은 건 그였다.

"당신이 좋아한 사람이 형이라는 거 알았을 때, 한편으로는 승리감 같은 것도 있었어. 몸은 내가 가졌구나. 그거면 다 가진 거야. 멍청한 생각도 했지."

이제는 이런 말도 아무렇지 않게 내놓을 만큼 시간이 흐른 걸까.

상처가 무뎌진 걸까. 죄책감은 사라질 수 있을까.

"선배는…… 그러니까……."

"설명 안 해도 돼."

지환이 은수의 말을 막았다.

"이런 말을 아무렇게나 한다고 해도, 당신이 사랑한 옛 남자잖아. 아무렇지 않을 수 있겠어? 나같이 삐뚤어진 놈이 머리로 이해할 리 없잖아? 그냥 시간이 흘렀으면 좋겠어. 더. 더 많이. 윤은수 머릿속에 나만 살아 있을 수 있게."

미친 사랑이라 해도 좋았다. 형제가 한 여자를 두고 나눠 가졌다는 말을 들어도 괜찮았다. 그러나 그녀의 현재와 미래는 최지환이어야 했다. 영원히 윤은수의 마지막은 그이고 싶었다.

"나랑만 했다고 억울해도 어쩔 수가 없어. 그게 당신 운명인 거야. 당신은 이미…… 나한테 길들여졌어."

지환이 옷을 다 입은 채로 다가와 은수에게 키스했다. 길들여진 게 맞았다. 은수는 또다시 가슴이 떨렸다.

모텔을 나와 근처 전통 시장에서 늦은 점심을 먹었다. 메뉴는 따끈한 칼국수. 날이 조금씩 선선해지자 사람들의 입맛도 비슷해지는지 유명한 곳에는 줄을 서서 기다리는 사람도 있었다.

줄 서서 먹는 음식은 더 기대를 하게 만들어 실제로 먹으면 맛이 없다고 언젠가 지환의 친구 윤석과 냉면을 먹으며 했던 말이 생각났다.

은수가 대충 사람이 없는 곳으로 들어가자 말하니 지환은 줄지어서 있는 곳에서 꼭 먹고 싶다고 했다. 남들처럼 즐기고 싶다고. 좋아하는 사람과 맛집을 찾아다니며 함께 먹는 행복을 누리고 싶다고. 그는 평범한 행복이 그립다고 했다.

그러면서 밥을 먹을 때도 은수의 손을 놓지 않았다. 도망가지 않는다고 농담을 건네도 그는 두 번은 안 속는다는 눈빛으로 은수를 바라봐 그녀를 아무 말도 하지 못하게 만들었다.

식당을 나와 커피 두 잔을 테이크아웃했다. 바닷가 근처 동네라 조금만 벗어나면 해수욕장을 낀 산책로들이 나왔다. 그 길을 함께 걸었다. 주말이라 연인들이 많았고, 그 무리 속에 자연스럽게 어울리며 은수는 평범하게 웃었다.

그가 말한 평범한 행복이라는 것이 이런 걸까. 지환이 만담꾼이라도 된 것처럼 여러 이야기를 하며 은수를 웃겨 주었다.

은수가 웃을 때마다 지환은 심장이 예전처럼 간지러웠다. 살아 있는 심장에 안도했다. 지구 끝까지 갈 것처럼 걷다, 웃다, 를 반복했다.

그러니 어느새 해는 모습을 감췄다. 헤어져야 할 시간이었다.

"내일이…… 월요일이 아니라고 빨리 말해 줘."

진지한 지환의 투정에 은수는 담담히 웃을 수밖에 없었다.

"일주일 금방 가요."

은수가 학생을 타이르듯 지환의 어깨를 쓰다듬었다.

"나랑 서울 갈래?"

"학교는 어쩌고요."

"휴가 쓰면 되잖아. 한 일주일……."

"지환 씨."

또 냉정해지는 건 윤은수였다. 지환에게선 서글픈 웃음이 흘러나왔다.

"다음 생에는 당신이 나 짝사랑하라고 빌 거야. 공평하게."

"……."

"난 이번 생은 틀린 것 같으니까."

지환이 은수를 보내 주기 위해 자리를 털고 일어났다.

7. 그들의 밤이 달았다

그리움에는 여러 종류가 있는 것 같았다. 그의 소식조차 모른 채 꿈처럼 그리워하던 마음과 서로의 마음을 확인하고 날마다 만날 날을 기다리며 그리워하는 마음은 또 달랐다.

은수는 수업을 하다 지환이 건넨 농담이 생각나 뜬금없이 웃음 짓기도 했다. 수업을 듣던 아이들이 잠깐 그녀를 이상하다는 듯 쳐다봤지만 은수는 부끄럽거나 창피하지 않았다.

사랑했던 남자와 다시 사랑을 시작했다. 아니, 영원히 그 남자만 사랑해야 하는 벌을 받았다. 그 벌은 은수를 아프게도 만들었지만 또다시 행복감을 느끼게 했다. 벌일까, 상일까. 헷갈릴 때면 지환은 사랑이라고 달콤하게 속삭였다.

— 왜 거짓말했어? 아직 수요일이야. 일주일 금방 간다고 했잖아.

은수는 퇴근을 하고 간단히 저녁을 먹자마자 지환과 통화를 시작했다.

"수요일이나 됐네, 그렇게 생각해 보는 건 어때요?"

— 왜, 윤은수가 지금 옆에 있다, 그렇게 생각하라고 하지?

정말 말로는 못 이기는 남자였다. 은수는 대꾸할 말이 없어 그냥 웃어 버렸다.

— 윤은수가 내 옆에 누워 있다. 나도 같이 눕는다. 날 보게 만든다. 내가 좋아하는 곳을 만진다.

"지환 씨."

— 알았어. 수위 조절 중이야. 그래야 주말에 많이 하지.

이렇게 또 확답을 받는 그는 연애의 달인인 것만 같았다. 그를 평범하게 만났다면 진한 연애를 했을까. 정말 사랑해 결혼하고 싶다는 생각을 했을까. 이혼 같은 건 감히 생각하지 못할 정도로 서로에게 믿음이 생겼을까. 은수는 어쩔 수 없이 그에게 상처 준 것이 후회스러웠다.

"오늘은 몇 시에 퇴근해요?"

아닌 척 여유를 부리지만 지환은 그 누구보다 치열하게 살고 있었다. 이렇게 전화를 할 수 있는 것도 그가 은수의 퇴근 시간엔 일을 멈춰서라는 것도 알았다. 잠을 자기는 할까. 걱정스러웠지만 묻기도 조심스러웠다.

— 퇴근? 음, 몹시 흥분에.

그저 웃고 말았다. 걱정이 무슨 소용이란 말인가. 지금이 행복한데. 은수는 그렇게 생각하기로 마음먹었다.

"오늘은 아마 퇴근을 못 하겠네요."

은수의 안타까움에 지환이 대답했다.

— 아마도. 이게 다 당신 때문인 줄은 알지?

"그럼요. 반성할게요."

달달한 은수의 목소리에 지환이 속절없이 웃었다.

"그렇게 좋냐, 회장님?"

언제 들어와 서 있었는지 민철이 지환을 보고 눈을 흘겼다. 지환은 아무렇지 않은 척 핸드폰을 내려놓고 다시 서류 업무에 집중했다. 그러자 어느새 그의 앞으로 다가온 민철이 책상 위로 늦은 저녁을 올려놓았다. 오늘도 저녁 식사는 간단한 도시락이었다.

"너, 나 일부러 어디 보내 놓고 전화하지?"

"알면 눈치 좀 있어 줄래요, 비서 형님?"

"싫은데요, 회장 새끼님?"

"뭐?"

지환이 고개를 들자 민철이 평소처럼 물러서지 않고 되받아쳤다.

"눈꼴셔서 그런다. 나는 어떤 새끼 잘못 만나서 여자 구경도 못 하고 노총각으로 늙어 가는데, 그 새끼는 이 세상 이별은 저 혼자 겪는 것처럼 2년 동안 일만 하는 송장처럼 살다가 얼마 전부터 인간으로 다시 태어나서 내 앞에서 웃고 있네. 이게 다 누구 때문인지 아시죠, 회장 새끼님?"

민철의 수위 높은 도발에도 지환은 그저 웃어 버렸다. 요즘은 그랬다. 모든 일이 심각하지 않았다. 피곤함도 참아 낼 수 있었다. 잠이야 죽으면 평생 잘 텐데, 그 여자를 생각하는 마음을 잠에게 빼앗기고 싶지 않았다. 지환은 지금 열병을 앓는 중이었다. 그가 만든 불치병.

"형이 여자 못 만나는 걸 내 탓 하면 안 되지. 난 회장도 하면서 연애도 하고 있잖아, 지금?"

"그래 네 똥 굵다, 인마. 난 연애도 못 하고 똥도 못 싼다. 됐냐?"

민철은 툴툴거렸지만 마음은 편했다. 예전의 최지환을 다시 만나는 것 같아 다행스러웠다.

괜한 오지랖인 줄 알았는데, 아주 칭찬받아 마땅할 오지랖이었다. 이럴 것을 왜 2년이란 시간 동안 앓아 왔는지. 그래. 어쩌면 그만큼 시간이 지났기에 지환도 은수도 서로를 잡아 볼까 생각했을 수도 있을 것이다. 어찌 됐든 민철은 지환이 더 이상 아파하지 않았으면 했다.

"일부러 초 치는 건 아니지만, 네 어머니…… 요즘 이유도 없이 자주 전화하신다. 대충 둘러대긴 했는데, 이것도 얼마 못 간다는 건 알지?"

지환은 그럴 줄 알았다는 듯 흔들리지 않고 서류를 내려다봤다. 하지만 그의 표정 아래로 그늘이 지는 것은 어쩔 수 없는 일이었다.

"지금처럼만 해 줘. 계산적인 분이니까 섣불리 나서진 않을 거야. 어차피 한 번은 감당해야 할 일이야."

지환이 가져다 놓은 도시락도 잊은 채 일에 집중했다. 민철은 안타까운 마음을 뒤로하고 회장실을 빠져나왔다.

부모이기에, 버릴 수는 없었다. 그런 부모가 낳은 사람이 자신이니까. 자신을 부정하는 건 쉬운 일이 아니다. 시골에서 묵묵히 자식의 행복만을 바라고 있는 그의 어머니와 지환의 어머니는 결부터 다른 사람이다. 그래도 자식을 낳은 어머니였다. 하나는, 같을 수 있지 않을까 생각했다. 하나쯤은 남들과 같이 약한 부분이 있지 않을까 지환도 기대를 걸어 보는 것 같았다.

매주 금요일 시간을 쪼개 거짓 진료를 다니면서 그가 바라는 바를 강 여사는 깨달을 수 있을까. 그 결론은 아직 아무도 알 수가 없었다.

□ □ □

기다리던 주말이었다. 은수는 새벽부터 거울 앞에 섰다. 도망치다시피 나온 삶에서 여자답게 사는 건 사치였다. 강 여사를 따라다니며 얻어 입은 고가의 옷들은 그곳에 그대로 두고 나왔다. 그녀의 몫이 아닌 것 같은 생각에서였다. 더 소중한 것도 버렸기에 사치를 두고 오는 건 너무나 쉬웠다. 그 뒤로 더 고통스럽게 자신을 조이기 위해 은수는 최소한의 삶만을 자신에게 허락했었다.

시장에서 산 색깔만 다른 블라우스 몇 장과 무늬 없는 치마와 바지 몇 벌이 옷의 전부였다. 이리저리 스타일을 맞춰 보지만 마음에들 리 없었다. 공들여 한 화장은 혼자만 들떠 그녀의 얼굴에 붙어 있는 것 같았다. 옷이 뭐가 중요하냐고. 어차피 다 벗길 건데, 이렇게 말해 버릴 지환이 떠올라 은수는 그냥 웃어 버렸다.

배가 떠날 시간이 다가오고 있어 서둘러 옷을 챙겨 입고 나섰다. 그러다 마당 안으로 들어선 주인아주머니와 마주쳤다. 은수는 짧게 인사를 건넸다.

"또 뭍에 가나?"

"아, ……네."

은수가 부끄러운 듯 얼굴을 붉혔다.

"윤 선생, 요즘 연애하제?"

아주머니는 근질한 입을 참지 못하고 물었다.

은수는 조용히 고개를 끄덕였다. 거짓말을 할 필요는 없었다. 감추고, 모른 척하고, 감정을 죽이던 윤은수는 이제 그만하고 싶었다. 행복하면 안 된다는 강박이 나도 행복해 보자, 하는 오기로 변했다. 어차피 그녀는 그에게서 도망칠 수도 없으니까.

"좋은 일인데, 윤 선생이 웃어서 좋은데, 난 왜 이래 서운하노."

"네?"

"이러다 금방 결혼한다고 여 나갈까 봐 그러지. 그래…… 언제는 안 나가겠나. 그래서 사람한테 정 주면 안 되는데, 내가 주책이다, 그자. 재밌게 놀다 온나."

아주머니가 사라졌지만 은수는 그대로 마당 한가운데 서 있었다.

결혼. 은수의 얼굴에선 쓸쓸한 미소가 떠올랐다.

저 멀리 지환이 보여 은수가 반갑게 손을 흔들었다. 하지만 어쩐지 그의 얼굴이 밝아 보이지 않아 덜컥, 걱정이 되었다. 그때 낯익은 얼굴이 그의 뒤에서 나타나 은수에게 인사를 건넸다.

"오랜만이네요, 제수, 아, 은수 씨."

지환의 친구 윤석이었다.

"나는 모르는 사람이야. 인사 안 해도 돼."

지환이 왜 심통 난 얼굴인지 알았다. 은수는 그저 웃으며 윤석에게 인사를 건넸다.

"잘 지내셨어요?"

그리고 그의 옆에 서 있던 한 여자가 은수에게 다가왔다.

"처음 뵙죠. 조윤주라고 해요. 지환이랑 윤석이 친구예요. 지금은 이 남자, 애인이고요."

윤주가 옆의 윤석을 가리켰다. 은수는 뒤늦게 축하 인사를 건넸다. 커플 사이에 끼어 심통이 난 지환은 얼른 은수에게로 다가와 그녀의 손을 붙잡았다.

"그럼, 재밌게 놀아라. 우린, 할 일이 있어서."

지환이 제 말만 하고 은수를 끌고 돌아섰다. 이래도 되나 싶어 지환을 보면 그는 오직 하나만을 생각하는 것처럼 걸음을 옮겼다. 일주일 동안 참았으니 그럴 만도 했다. 그런 그가 아이 같다는 생각이 들었지만 한편으로는 애처롭기도 했다.

은수 역시 둘만 있고 싶은 마음은 당연했다. 자주 만나지도 못하는데, 그 시간을 다른 누군가로 인해 방해받고 싶지 않았다. 그래도 분명히 지환을 따라왔을 두 사람을 모른 척할 수는 없었다. 윤은수는 윤은수였다.

"나, 더블데이트 하는 게 소원이었어요……."

은수가 지환의 팔짱을 끼며 속삭였다. 은수의 한마디에 마음이 약해지는 이 남자. 어떻게 사랑하지 않을 수 있을까 싶었다. 은수는 마음이 저절로 따뜻해졌다.

"몇 시 비행긴지 알아내느라고 고생했어요. 김 비서 형님의 역할이 컸죠."

이 스파이, 라고 낮게 읊조리는 지환의 손을 은수가 가만히 붙잡았다.

네 사람은 근처 맛집에 들러 점심 식사를 시작했다. 경쟁하듯 서로의 여자를 챙겨 주는 모습에 은수도 윤주도 난처했지만 기분이 나쁘지는 않았다. 남자들이란, 경쟁 상대가 있어야 더 불타오르는 존재인 것 같았다.

"뭐가 궁금한데? 왜, 내가 있지도 않은 여자랑 연애한다고 거짓말하는 줄 알았어?"

"몇 주 전에도 절대 안 만난다고 하던 인간이 하루아침에……."

"야!"

지환이 경고하듯 윤석을 불렀다. 윤주는 그런 둘을 보고 고개를 흔들었다.

"은수 씨가 이해해요. 밖에서는 변호사다, 회장이다, 가면 쓰고 있어도 아직 애들이에요. 고등학교 때랑 달라진 게 하나도 없어요. 아, 하나는 있네요. 이제 내 말은 듣지도 않는다는 거."

'내가 언제?' 라며 되묻는 윤석에게 지환은 고소하다는 듯 웃어 보였다.

은수는 지환이 웃자 따라 웃게 되었다. 이 남자의 웃는 모습을 몇 번이고 상상하고 그려 보았다. 하지만 지난 2년 동안 지환은 그녀에게 단 한 번도 웃는 모습을 보여 주지 않았다. 꿈에서조차.

은수는 지환의 웃음을 눈에 담고 또 담았다. 영원히 기억하고 기억하기 위해.

점심을 먹고 네 사람은 주변 관광지를 돌았다. 은수는 이곳의 홍보 대사가 된 것처럼 여러 곳을 안내했다. 남들이 하는 건 다 해 보고 싶어 하는 윤석이 어린 커플들처럼 큰 발통이 달린 전동 기구까지 타 보자고 해서 윤주에게 등짝을 맞아야 했다.

지환은 윤석과 윤주가 보지 않는 사이에 은수에게 뽀뽀를 하느라 바빴다. 다 같이 길가를 걷다가도 호시탐탐 두 친구를 따돌리고 숙박업소로 들어가려 노력했다.

정신이 없다가도 이성적으로 모든 상황을 꿰뚫는 윤석의 방해로 그의 작전은 실패로 돌아갔지만 은수는 행복했다.

친구도 만들지 않았고, 무리 속에서 어울리는 걸 두려워했었다. 혼자가 익숙했고, 상처받기가 싫었다. 나를 가두고 건조하게 살았다. 그것이 운명인 것처럼.

그런데 지환을 만나면 그녀는 다른 사람이 된 것 같았다. 남들처럼 평범하게 웃고, 남들처럼 아프게 울고, 그러다 다시 행복해지고. 그와의 모든 것이 소중했다.

"우리 때문에 아까운 시간 날리고 있죠?"

윤주가 은수에게 편의점에서 사 온 캔 커피를 건네며 미안한 웃음을 흘렸다.

어느새 밖은 어두워졌다. 밤바다를 걷다 지환과 윤석은 불꽃놀이에 꽂혀 서로 더 높이 날리겠다며 다투고 있었다. 그런 두 남자를 멀리서 지켜보며 두 여자는 서로의 행복에 안도했다.

"윤석 씨가 그렇게 순정남인 줄 몰랐어요."

둘은 20년이나 친구로 지내다 연인으로 발전했다고 전했다. 그 기나긴 짝사랑의 주인공이 모두들 남자 혼자인 줄만 알았다. 윤주는 윤석을 깊은 눈으로 바라보며 고해 성사를 했다.

"지환이도 모르는 이야긴데, 우리는 만나면 안 되는 사람들이에요."

은수는 무슨 소리인가 싶어 윤주를 건너다봤다.

"저 녀석 아버지랑 우리 엄마랑 바람이 났어요. 아주 예전에."

그렇게 말하며 웃는 윤주의 눈이 슬퍼 보여 은수는 쉽게 시선을 옮길 수가 없었다.

"지금이야 이혼하고 각자 재혼해서 잘 살고 있지만 우리가 만나는 건…… 서로가 가진 상처를 끄집어내는 일밖에 안 됐어요. 저 녀석 마음, 알고는 있었지만 철저히 모른 척했어요. 나한테 고백조차 못 한 걸 보면 저 녀석도 안 되는 걸 알고 있었던 거죠."

상처는 누구에게나 있었다. 그것을 감추고 아닌 척 살아가는 것일 뿐. 누구의 상처가 더 아픈가는 가늠할 수도, 가늠해서도 안 되는 일이었다. 그 상처를 극복해 내는 방법만이 중요할 뿐. 모두 다 각자의 노력으로 이겨 내야만 했다.

"안 되는 줄 알면서도 독하게 내치진 못했어요. 친구로라도 옆에 있고 싶어 하기에 마음대로 하라고 했죠. 내가 더 나빴다는 것도 알아요. 저 녀석 피해서 1년에 6개월은 외국으로 돌았으니까. 그리고 마지막 방법으로 독신 선언을 했죠. 그때 윤석이가 나한테 보인 눈빛이 아직도 잊히지가 않아요. 나의 원죄 같은 놈이에요, 저 녀석이."

처음 만난 은수에게 이런 깊은 얘기를 꺼낸다는 건, 윤주도 그녀와 지환의 사랑을 안다는 것이었다.

이루어질 수 없는 사랑. 그것은 원래부터 존재하지 않는지도 몰랐다. 사랑이 이루어지지 않는다는 건, 사랑하지 않을 때뿐이었다.

"그렇게 밀어내고 밀어내는데, 어느 순간 내가 왜 밀어내야 하지, 그런 생각이 들었어요. 우리는 왜 만나면 안 되는 거지? 왜? 우리 잘못은 아무것도 없는데. 한 번뿐인 인생인데 왜 이렇게 어렵게 살아야 하는 거지. 그런 생각이 드는 거예요. 그건 저 녀석도 마찬가지였나 봐요. 어느 날…… 술을 진탕 먹고 찾아와서는 한 번만 자자고 하더라고요. 그러면 깨끗이 잊을 수 있을 것 같다고. 그게 처음으로 한 고백이었어요. 그리고…… 잤어요. 너무 좋았죠."

윤주가 그때를 기억하듯 행복한 웃음을 보였다. 그 순간 멀리서 불꽃을 성공적으로 쏘아 올린 윤석이 윤주를 향해 손을 흔들었다. 사랑은 어려웠지만 또 너무 쉬운 것이기도 했다.

"어쩌다 보니 은수 씨랑 지환이 이야기를 알게 됐어요. 은수 씨 마음…… 충분히 이해해요. 남자랑 여자는 다른 법이니까요. 저 녀석들이야 몸이 반응하는 대로 움직이겠지만 우린 또 이성적이고 수준이 높은 고상한 여자들 아니겠어요?"

윤주가 일부러 으스대자 은수는 작게 웃었다.

"내가 하고 싶은 말은…… 깊이 생각할 필요 없다는 거예요. 어떤 일은 시간이 해결해 주기도 하고요. 이기적이라고 자책할 필요도 없어요. 인간은 이기적일 수밖에 없어요. 그리고 좀 이기적이면 어때요? 지금이 행복하면 그뿐인데."

이번엔 지환이 윤석보다 더 높이 불꽃을 쏘아 올렸다. 그가 두 팔을 들어 올리며 은수를 향해 큰 하트를 그려 보였다.

그래. 지금이 행복하면 그뿐이다. 오늘이 마지막인 것처럼 사랑하면 그뿐이었다. 밤하늘엔 지환이 쏘아 올린 불꽃이 그들의 행복을 빌었다. 영원하라고. 팡팡 터지는 불꽃이 달콤한 사탕 같았다. 그들의 밤이 달았다.

8. 영원히 끝나지 않길 바랐다

"윤 선생은 내일 뭐 할 거야?"

잊고 있었던 학교 개교기념일이었다. 주말마다 데이트. 새벽까지 이어지는 통화. 현실이 아닌 것만 같은 행복에 일상이 어떻게 흘러 가는지도 모른 채 정신을 놓고 있었다.

당장 내일 쉰다고 하니 드는 생각은 지환이었다. 서프라이즈 선물을 준비하는 것처럼 은수의 마음이 저절로 부풀어 올랐다. 이렇게 보고 싶어 하면서, 애타면서, 서울로 올라가지 않는 건 또 이곳에 정을 준 때문인지도 몰랐다.

매일 아침 뭘 먹고 나왔는지까지 모두 알고 있는 아이들과 그녀를 단순히 윤은수라는 사람으로만 대해 주는 사람들. 그들은 누구의 딸이 아닌 국어 교사 윤은수로서 그녀가 이곳에서 살아 나갈 수 있게 만들어 주었다.

예전처럼 마음의 빗장을 굳게 닫지도 않았다. 그녀를 챙겨 주면 그녀 또한 마음의 빚을 갚았다. 그녀를 미워하면 똑같이 미워하며 혼자서 상처받지 않으려 했다.

그렇게 은수는 변했다. 예전의 모습처럼 살지 않기 위해. 하지만 단 하나. 그 남자는 잊지 못했다. 절대 잊어서는, 놓쳐서는 안 되는 사람처럼 은수는 지환을 마음속에서 끄집어내지 않았다. 일부러 지우지 않은 것이 맞았다.

그를 잊겠다고 찾아 들어온 이곳에서 더 그를 그리워했다. 잊으려 하면 더 기억해야 하는 사람처럼, 그를 추억했다. 최지환. 최지환. 마음속으로 이름을 부를 때면 가슴이 찢기듯 아팠지만 그래도 행복했다. 사랑이라고 느꼈으니까. 이번 생은 사랑할 수 없을 거라 생각했지만 사랑이란 것이 어떤 것인지 알게 되었으니까.

"윤 선생, 나랑 얘기 좀 합시다."

찬일이 씩씩대며 교무실 안으로 들어섰다. 그의 손에는 쓰레기봉투가 들려 있었다.

"이거 3학년만 두 개 더 가져간 거 압니까?"

또 시작이라는 듯 미화가 자리를 피해 주었다. 은수는 영문도 모른 채 찬일의 화를 받아 내야 했다. 언제 그녀에게 고백했냐는 듯 찬일은 예전처럼 쌀쌀맞게 굴었다. 지환을 만났으니 현실 파악은 되었겠지만 그걸로 이렇게 복수하는 건 너무하다 싶었다.

"아이들이 모자라서 가져갔나 보네요. 주의 주도록 할게요."

"이럴 거면 뭐 하러 매달 정확히 나누겠습니까? 그리고 쓰레기봉투 개수를 제한하는 것도 다 이유가 있어서 하는 거 아닙니까? 아이들 습관 길러 주고 최소한의 쓰레기만 만들어서 환경 보호하자는 건데, 제일 모범을 보여야 할 3학년이 이렇게 규칙을 어기면 밑에 아이들은 뭘 보고 배우겠습니까?"

"……어떻게 매달 규칙에 딱딱 맞게 살아요? 아이들 서클 모임이 있거나 만들기를 하거나 그러면 어쩔 수 없이 생기는 쓰레기도 있는데, 매번 어떻게 제한을 하죠? 그러면 너희들이 버리는 쓰레기는 너희들 돈으로 봉투 사서 버리란 소리밖에 더 되겠어요? 강 선생님은 그러길 바라세요?"

은수가 지지 않고 받아치자 찬일은 더 할 말을 꺼내려다 입을 닫았다.

옹졸해 보일 것이다. 좋아한다고 고백해 놓고 받아 주지 않자 화풀이하는 걸로밖에 보이지 않을 것이다. 찬일은 자신의 행동이 지나쳤다는 것을 알았지만 또 모든 일에 고백의 사건을 연관 지어 생각할 순 없었다.

"이번은 넘어갈 테니 제대로 주의 줘요. 뭐든 습관이 무서운 법이니까."

찬일이 돌아서자 은수는 참지 않고 말을 뱉었다.

"저한테 감정 남아서 이러시는 거면, 불편해요. 저는 충분히……."

"……또 오버하네요, 윤 선생. 임자 있는 사람 안 건드립니다. 그리고 내가 그것 때문에 해야 할 말까지 참아야 합니까?"

"누가 참으라……."

은수가 또다시 받아치려 하자 찬일이 차갑게 일렀다.

"……그리고, 여기 나갈 거면 빨리 나가요. 괜히 아이들 정 주게 만들지 말고.”

　찬일의 마지막 말은 은수를 아프게 했다.

　떠나는 사람. 남는 사람.

　그건 영원히 그녀를 괴롭힐 상처 같았다.

□　□　□

　“아시아 지역의 복합 리조트와 라스베이거스 대형 카지노 호텔의 매출 구성을 보면 라스베이거스는 카지노 수익이 50% 내외이고, 아시아 지역 복합 리조트는 80~90%를 차지한다는 겁니다. 외국인 전용 카지노를 가지고 외화벌이를 한다는 건데, 위험 부담이 너무 큽니다. 중국과 동남아시아 지역의 관광객들이 성장을 주도하는 현시점에서 사드처럼 예외적으로 발생하는 사회적인 문제도 무시할 수 없고요.”

　반대를 위한 반대라고 했던가. 정 비서의 편에 선 일부 임원들이 지환이 추진 중인 복합 리조트 사업에 적극적인 브레이크를 걸고 나섰다. 평소 한 시간이면 끝이 났던 임원 회의가 세 시간을 넘어가고 있었다. 지환은 반격에 나서려는 프로젝트 팀의 보고를 끊고 직접 마이크를 잡았다.

　“카지노 수익만을 노린 것이면 애초부터 복합 리조트라는 말을 붙였겠습니까? 현재 싱가포르에 있는 두 개의 복합 리조트는 카지노 이미지보다는 싱가포르의 관광 상품으로 자리를 잡고 있습니다. 마리나 베이 샌즈의 경우는 카지노보다 스카이 수영장이 더 유명하고, 월드 리조트 센토사는 유니버설 스튜디오가 있는 가족 휴양지로 인식된다는 걸 여러분들이 더 잘 알고 있으실 겁니다. 그렇다면 여기서, 한국형 복합 리조트는 무엇에 중점을 두고 차별화해야 하겠습니까?"

모두들 지환의 목소리에 귀를 기울였다.

할아버지가 깔아 놓은 배경 아래 사업 놀이를 하는 것이 아니라 앞뒤를 모두 파악하고 철저한 준비 아래 투자한다는 것을 보여 주는 듯 지환은 모든 내용을 주도해 나갔다. 그 밑바탕에 얼마나 많은 노력과 계산이 있을지 모르지 않기에 반대파는 더 이상 입을 열 수도 없었다.

태섭은 조용히 상황을 분석했다. 처음부터 쉬운 게임이라고는 생각하지 않았다. 인생은 그에게 단 한 번도 쉽게 열매를 주지 않았다. 그래서 그 열매가 더 가지고 싶은 것이었다.

지환의 막힘없는 전략을 듣고 있던 민철은 주머니에서 울리는 진동에 핸드폰을 확인했다. 전화를 건 사람은 은수였다. 지환은 회의 중이라 전화를 확인하지 못할 것이다. 혹시 급한 일이 있는 것인가 싶어 민철은 회의실을 빠져나와 통화 버튼을 눌렀다.

"네, 은수 씨."

— ……아, 바쁘시죠?

"네, 뭐. 무슨 일이에요? 지환이 전화 안 돼서 그러는 거예요?"

— 아…… 혹시 같이 있나 싶어서요.

은수가 부끄러워하는 게 전화에서도 느껴졌다. 민철은 어쩐지 심술이 나기도 했다. 일주일에 한 번 보는 것만으로 해소되지 않는 마음은 무엇으로 막을까. 안타까운 연인에게 저절로 혀가 차졌다.

"지금 회의 중이에요. 오늘은 많이 길어지네요. 은수 씨 만나러 가는 시간 벌려고 얼마나 열심히 일하는 줄 알아요, 저 녀석? 오늘도 곧장 제주도 출장이에요. 주말 일정은 다 주중으로 몰고 있거든요."

— ……아, 네. 김 비서님이 고생이 많으세요. 힘드시더라도 끼니 거르지 않게 잘 부탁드려요.

"네, 그럼요. 저는 안 먹어도 저 녀석은 꼭 먹이고 있습니다. 걱정 마세요."

— 네, 그럼. 수고하세요.

은수의 전화가 끊기고 민철은 핸드폰을 다시 주머니에 넣었다. 그러다 문득 은수가 자신에게 전화한 이유가 궁금해졌다. 잠깐이라도 통화가 되지 않는 애인의 행방을 파악하기 위해서란 이유는 은수에게 너무나 어울리지 않았기 때문이다.

은수는 가만히 핸드폰을 내려다보았다. 애초부터 말없이 서울로 올라온 것이 잘못이었다. 서프라이즈 선물은 무슨. 그런 시간의 여유가 있는 사람이 아니란 것을 잠시 잊고 있었던 것 같았다.

서울은 여전히 바쁜 곳이었다. 사람들은 옆도 보지 않은 채 앞만 보고 걸어갔다. 목표를 향해. 미래를 위해.

예전이 떠올랐다. 아버지. 새어머니. 동생 은솔까지. 이혼을 하고 철저히 무시했던 가족들이 있는 곳 서울. 되돌아오고 싶지 않은 곳처럼 이곳이 낯설었다.

복잡한 생각을 지우고 은수는 자리에서 일어났다. 볼일을 보고 오늘 안에 섬으로 돌아가려면 시간이 부족했다. 전화기로 기차표를 예매하고 동료 선생들이 부탁한 물건들을 적어 놓은 메모장을 열었다. 그 순간 전화가 들어왔다. 익숙한 이름. 은수는 미안한 웃음을 흘릴 수밖에 없었다.

"네, 형님."

— 동서, 요즘 전화하기가 왜 이렇게 힘들어? 매번 통화 중이던데, 누구랑 폰팅이라도 해?

반가운 해인의 목소리가 서울행을 후회하지 않게 만들어 주었다.

"형님, 저 지금 서울이에요."

해인은 정확히 30분 만에 은수가 있는 카페로 달려왔다. 촬영 중이었던지 헤어와 메이크업이 평소 그녀와 달랐다. 해인이 은수를 보자마자 섭섭한 눈빛을 쏘아 댔다. 은수는 감수해야 하는 벌처럼 그저 미안한 웃음을 보였다.

"그렇게 보고 싶다고 말해도, 한 번을 안 올라오더니."

"……죄송해요."

"말뿐인 거 필요 없어. 빨리 이실직고해. 왜 갑자기 서울 왔는지."

은수는 무슨 말을 어떻게 꺼내야 할지 몰랐다. 지환과 다시 만난다고 할까. 다시 연애한다고 하면 해인은 뭐라고 말할까. 은수의 입이 좀처럼 떨어지지 않았다.

"그래. 알았다. 남자지? 당연히 상대는 내가 너무 잘 알아서 짜증 나는 사람일 테고. 이 바보들, 하고 놀릴 사람이지?"

은수는 조용히 고개를 끄덕였다.

"지겹지도 않아, 서방님? 아, 이건 내가 할 말은 아닌 것 같다. 나부터가 이 꼴이니. 아무튼 잘됐어. 인생 한 번뿐인데, 마음 가는 대로 하는 거지. 또 동서 괴롭히면 고민하지 말고 차 버려. 알았지?"

영원히 은수의 편이란 해인이 은수는 고마웠다. 너무 좋으면 닮는다더니. 정말 해인과 그녀는 닮아 있었다.

"형님은…… 괜찮은 거죠?"

이제야 해인의 사랑도 묻게 되었다. 그동안 아무 말도 할 수가 없었다. 기주의 이야기를 한다는 건 지환의 이야기를 하는 것만 같았다. 삼 형제의 이야기는 은수에게 늘 죄의식을 느끼게 만들었었다.

"그냥…… 뭐. 계속 놓지도 그렇다고 받아 주지도 않으면서 복수하고 있어. 이 복수가 사랑 같기도 하지만 인정하긴 또 싫네. 지겹게 했더니 사랑도 사랑 같지가 않아. 평생 이럴지도 몰라. 그럼, 그 인간 미치겠지, 아마?"

말은 이렇게 해도 해인이 조금씩 기주를 용서하고 있는 것이 느껴졌다. 바보같이 한 남자만 사랑한 여자니 용서하는 것도 바보같이 느린 것이다. 자책할 필요 없다며 해인의 손을 잡아 주는데 갑자기 해인이 테이블 아래로 몸을 숨겼다. 그러고는 은수에게도 숨으라는 듯 옷을 당겼다. 졸지에 첩보 드라마를 찍게 된 은수는 해인에게 눈으로 물었다. 무슨 일이냐고.

"스토커야. 내 스토커."

진짜 연예인을 쫓아다니는 스토커인 줄 알고 은수가 주변을 살피다가 기주를 발견했다. 그는 해인을 찾는 듯 카페 안을 살피고선 급하게 사라졌다. 해인은 그제야 테이블 아래에서 몸을 뺐다.

"이렇게…… 숨을 정도로 아주버님이 싫은 건 아니죠?"

은수가 묻자 해인이 얼굴을 붉힌 채 대답했다.

"……겁나서 그래."

"형님."

"다시 떨려. 그걸 알고 저 사람, 이러는 거야. 이래도 안 돌아올 거냐고. 동서, 나는 겁쟁이야. 사랑만 하면 겁쟁이가 돼. 바보 같다, 그치?"

바보 같아야 사랑할 수 있는지도 몰랐다. 나를 죽일 만큼 힘들게 만든 사람을 다시 사랑하게 된다는 건, 바보만이 할 수 있는 것일 테니까.

"저도 바보예요, 형님."

□ □ □

제주도 출장을 마무리하고 올라와 차로 이동하는 중에서야 첫 식사를 할 수 있었다. 수시로 걸려 오는 전화와 보고들은 지환의 몸을 둘로 나누고 싶게 만들었다. 어느 정도는 맡기고 내려놓을 필요가 있다고 민철과 윤석이 충고했지만 지환은 그럴 수가 없었다.

혼이 빠질 정도로 모든 일을 처리하고 나야지만 은수를 만날 수 있을 것 같았다. 그래야 그에게 그 행복이 주어질 수 있다고 생각했다. 내 몫을 했으니 내가 원하는 바를 달라고. 보이지 않는 운명의 신에게 그렇게 부탁하고 싶었다.

오늘 은수와의 통화는 제주도 비행기에 오르기 전 잠깐뿐이었다. 지환은 밥을 몇 술 뜨지도 않고 핸드폰을 찾았다. 은수에게서 온 다정한 문자에 웃음 짓다 통화 버튼을 누르려는데 피하고 싶은 이름이 화면을 차지했다.

강 여사였다. 거절 버튼을 누르려다 혹시 모를 불안을 잠재우기 위해 통화 버튼을 눌렀다.

"네, 저예요."

— 어쩐 일로 내 전화를 다 받니?

"이동 중이에요. 통화 오래 못 합니다."

지환의 냉정한 말투에 운전을 하던 민철이 잠깐 룸미러로 뒤를 바라봤다. 전화를 건 사람이 누구인지 저절로 알게 되었다.

— ……오늘, 그 아이 만났다.

심장이 쿵, 하고 떨어져 내렸다. 이렇게 빨리 행동할 줄은 몰랐다. 지환은 자신의 안일함을 자책했다.

— 여전히 미련하더구나. ……본가에 들러라. 들어와서 얘기하자.

지환은 끊긴 전화기를 저 멀리 던져 버렸다. 삶이 굴레 같았다. 인생이 죄악 같았다. 그에게만 잔인했다.

지환이 거실로 들어서자 강 여사는 아주머니에게 차 두 잔을 부탁했다.

할아버지마저 떠난 집은 마녀 혼자만 사는 귀곡 산장 같았다. 아무도 찾지 않는 섬 속에서 혼자만 고립된 채 꼿꼿이 제 목표를 향해 정진하는 외골수처럼 다른 것은 생각하지 않았다. 목표는 오로지 자신의 아들을 피 말려 죽이는 것뿐인 듯했다.

지환은 차라리 어머니를 이해하지 않기로 했다. 이제는 그래야지만 그가 살 수 있었다.

"……이러려고 2년을 참았니?"

어머니의 원망 같은 물음에 지환은 웃어 버렸다.

"원하시는 거 해 드리고 있잖아요? 회장 역할 충실히 하고 있으니까 제가 누굴 만나든 신경 꺼 주세요."

지환이 차갑게 경고했다.

"네가 지금 떠난 여자랑 사랑놀이나 할 때야? 너한테, 네 사업에 도움이 될 여자를 만나서 재혼해. 정 비서 쪽에서 어떻게 움직이고 있는지 네놈이 더 잘 알면서 다 뺏기려고 이러는 거야? 왜 이렇게 미련하니? 지환아, 엄마는……."

"도대체 어디까지 원하시는 거예요? 회장 하라고 해서 회장 했어요. 그 여자 떠나고 죽을 것 같았어도 어머니 아들로 태어난 죗값 치르려고 아무 말 않고 2년이나 버렸어요. 그러면 된 거 아닙니까? 왜요, 여기서 만족 못 하세요?"

욕심이라는 것은 원래 끝이 없는 것이었다. 끝이 있다면 욕심이 아니었다.

"……."

"회장에서 더 높은 건 뭐예요? 대통령이라도 될까요? 그러면 만족하시겠어요? 제가 대통령 되면 어머니는 죽을 날 받아 놓고 계셔야 할 텐데, 그래도 꼭 그걸 이루셔야겠어요? 아, 아들을 피 말려 죽이는 게 어머니 소원이신가 보죠?"

날아온 찻잔이 벽에 부딪쳐 산산이 부서져도 두 사람의 눈빛은 흔들림이 없었다. 이런 어머니 밑에서 자랐으니 지환도 지금의 자리를 지킬 수 있는 것이었다.

"한 번 도망간 아이가 두 번은 안 가겠니? 네가 생각하는 만큼 나도 생각한다는 걸 알아라."

강 여사는 제 할 말을 마치고 일어나 아주머니에게 깨진 잔을 치우라고 일렀다. 굳게 닫힌 문처럼 어머니는 지환을 받아들이지 않았다. 아들의 아픔을 이해하지 않았다. 지환은 조용히 몸을 일으켰다.

본가를 나서자마자 은수에게 전화를 걸었다. 그 여자에게라도 위로받아야 했다. 언제나 참고 참은 상처를 이제는 그냥 모른 척하기가 싫었다.

— 네, 지환 씨.

"……뭐 해?"

은수는 바쁘게 움직이다 어딘가에 앉는 것 같았다.

— 저녁 먹고, 설거지했어요.

"……나한테 할 말 없어?"

지환의 물음이 무엇을 뜻하는지 알았을 것이다. 은수는 잠깐 말이 없다 대답했다.

— 어머님이…… 뭐라고 하세요?

"내가 저번에도 말했지. 이럴 땐 나한테 화내는 거라고. 당신 어머니가 나한테 무슨 권리로 이래라저래라 하냐고. 시집의 '시' 자도 싫어서 그 좋아하는 시집도 안 읽는 사람한테 왜 다시 시집살이하는 기분 느끼게 하냐고. 이럴 거면 계약 연애고 뭐고 다 때려치우자고 해야지."

— 나한테 헤어질 권한 없다면서요?

"말이 그렇단 얘기야."

은수는 싱겁다며 웃어 버렸다. 지환은 그제야 답답함이 조금 풀리는 것 같았다. 은수는 은수대로 노력하고 있는 것일 테다. 강 여사와 싸워서 이겨 보겠다고. 차갑게 깨졌던 지환의 가슴이 금세 은수로 인해 따뜻해졌다.

그리고 반성이 되기도 했다. 이 의미 없는 회장 노릇, 때려치우면 그만인 것을 그러지 못했다.

어머니도 그것을 알 것이다. 지환이 자신과 같은 욕심을 가진 인간이라는 것을. 어머니를 위해서란 말은 핑계였다.

첫 번째가 되고 싶었다. 세 번째로 태어나 지독하게 살아온 삶이 억울해 첫 번째가 되어 보고 싶었다. 이 삶의 굴레는 아마 그 자신이 만든 것일지도 몰랐다. 누구를 탓해서는 안 되는 것이었다.

— 밥은 먹었어요? 어디예요?

집으로 오는 내내 은수가 건네는 걱정스러운 말들에게서 치유받듯 마음을 녹인 지환은 천천히 현관문을 열었다. 지금 이 순간, 그녀가 이 집 안에 있다면 얼마나 행복할까. 그런 생각이 들수록 마음은 또다시 가라앉았다.

"집에 왔어. 오늘은…… 참 하루가 기네."

불 꺼진 거실이 그에게 인사를 건넸다. 하루 종일 외로웠다고.

— 그래요. 아무 생각 하지 말고 푹 쉬어요.

은수의 전화가 끊어지자 적막은 더 깊게 느껴졌다.

지환은 목을 조이던 넥타이를 풀고 안방에 들어가는 대신 거실 소파에 누웠다. 이렇게 자 버리면 그만이었다.

"……안 씻어요?"

누가 물었다. 은수의 목소리 같았다. 벌써 꿈일까.

"하루 종일 기다렸는데…… 얼굴 좀 보여 줘요."

지환은 두 눈을 가리고 있던 팔을 내렸다. 눈앞에 은수가 있었다.

"……고생했어요."

와락, 그녀를 끌어안았다. 거짓말. 거짓말일 것이다. 그러나 온몸으로 은수가 느껴졌다.

지환은 감사했다. 오늘이, 지금이.

9. 이미 준비해 두었던 것처럼

"⋯⋯빨리 눈 감아요."

은수가 혼내듯 목소리를 깔아도 지환은 그녀를 보고 있는 눈길을 거두지 않았다.

정신없이 몸을 탐하고 더 이상은 채울 수 없을 것 같은 충만함에 서로를 바라보고만 있었다. 오늘이 끝이면 좋으련만 내일이 또 그들을 기다렸다. 이러다 쓰러지기라도 할까 봐 은수는 강제로 지환이 눈을 감게 했다. 그러면 그는 시위하듯 또다시 눈을 떴다.

"자고 있는 중이야. 걱정 마⋯⋯."

이 남자의 고집은 늘 마음을 아련하게 만들었다. 나의 상처. 나의 운명. 나의 사랑. 지환은 은수를 어디로도 도망치지 못하게 했다. 도돌이표는 이런 것일 테다. 도망치고 잊어 보려 해도 결국은 늘 그의 옆자리. 은수가 홀쭉해진 지환의 볼을 쓰다듬었다.

"잠 잘 오는 얘기라도 해 줄까요……?"

예전, 어느 날의 그들이 생각났다. 은수는 지환의 옆에서 잠들 수 있도록 노력해 보겠다고 했고, 지환은 은수에게 자신의 상처를 농담처럼 전해 주었다. 그리고, 그녀를 이미 마음속에 품게 되었다는 짧은 고백. 그 고백을 잠든 은수는 듣지 못했었다.

"어린 윤은수는 정말 잘 울었어요. 엄마가 잠깐 시장에 갔다가 온다고 해도 울고, 외할머니가 방 안에서 기침을 쏟아 내도 울고, 햇볕 좋은 날에 엄마가 날 보면서 누군가를 생각할 때도 울고, 항상 울기만 했어요."

지환은 은수를 끌어와 안았다. 그의 품에 안긴 은수는 더 이상 울지 않았다.

"그런데, 그 집에 가서는 절대 울지 않았어요. 그래야 거기서 계속 살 수 있을 것 같았거든요. 어느 날은 너무 아파서 울고 싶은데, 못 울었어요. 울면 새엄마한테 혼날까 봐. 그래서 아픈 게 두려웠어요. 몸이 아파서 두려운 게 아니라 아프다고 칭얼거릴 수가 없으니까. 엄마, 나 아파, 하고 울 수가 없으니까……."

지환은 그만하라고, 눈을 감았다. 이제 잠들었으니, 더 이상 말하지 않아도 된다고.

"애들이 넌 아빠가 의사라서 좋겠다고 했어요. 아프면 바로 고쳐 준다고. 근데, 난 절대 아플 수가 없었어요. 울 수가 없었어요. 그렇게 참고 깨물고 삼키면서 아픈 게 뭔지도 모르고 컸어요."

"그만해."

"그때, 당신이 나한테 했던 말……. 너무 가슴이 아파서 알은체를 할 수가 없었어요. 그때는 누구를 위로하는 게 쉽지 않았어요. 그러면서도…… 당신이 날 좋아한다고 했던 말. 그 말에는, 나…… 위로받았어요. 나만 생각해서 미안해요."

지환이 사과를 받아 주듯 은수에게 키스했다. 이 여자여서 다행이었다. 그와 닮아서. 그를 이해하고 받아 줄 수 있어서. 모든 것을 내려놓고 기댈 수 있는 사람이라서. 지환은 다행이라고 생각했다.

□ □ □

아쉬운 인사를 하고 지환을 출근시켜 보냈다. 은수는 그가 두고 간단히 먹을 수 있는 밑반찬을 만들어 냉장고에 넣어 놓고 메모를 남겼다. 꼼꼼한 메모 속에는 그녀의 마음을 담은 하트도 빠짐없이 들어가 있었다. 구석구석 깔끔하게 정리를 마친 후에야 짐 가방을 들고 일어섰다.

학교에는 하루 휴가를 쓴다고 알렸다. 평소 지각 한 번 없는 모범생 교사였기에 갑작스러운 연락에도 허락이 떨어진 것 같았다. 이러다 한 번이 두 번이 되고, 계속해서 나사를 빼고 일을 한다면 어느 순간 그녀는 모범생이 아니라 게으르고 책임감이 없는 교사가 되어 버릴 것이다.

그렇게 어긋나고 선을 벗어나는 게 무서워 바르게만 살아왔었다. 반항 한 번 해 보지 않은 걸 자랑처럼 생각했었다. 나 자신에게 실망하는 게 죽기보다 싫었다. 그렇게 살다가 저 자신이 누구인지도 모른 채 감정마저 지워 버렸다. 바보. 그 말이 딱 맞았다.

은수는 지환의 집을 빠져나오다 지나는 눈길로 우편함을 바라봤다. 쌓여 있는 우편물은 저절로 손이 가게 만들었다. 하나하나 꺼내 보자 모두 그녀의 앞으로 온 것들이었다.

지환은 이 우편물들을 보며 무슨 생각을 했을까. 왜 그를 혼자 남겨지게 만들었을까. 은수는 목이 따끔거렸다.

몇 가지 홍보 우편물을 제외하고는 모두 한 사람에게서 온 것들이었다. 윤은솔. 이제는 부르는 것조차 낯설어진 동생의 이름이었다. 그녀를 찾아온 은솔과 서로 모진 소리를 주고받은 그날 이후, 은수는 철저히 친정집과의 인연을 끊었다. 메일도 확인하지 않았고 전화번호 또한 차단해 버렸다. 동생 은솔이 혹시나 하는 마음에 편지를 보낼 수 있는 곳은 이곳뿐이었던 것이다.

은수는 지환의 집을 빠져나와 서울역으로 향하는 버스를 탔다. 버스 안에서 은솔이 보내온 편지를 하나씩 뜯어 가며 읽어 내려갔다. 어떤 날은 미안하다는 말들만이 가득했고, 어떤 날은 원망하는 소리가 가득해 그녀의 가슴을 찔렀다. 어느 순간부터는 언니와의 추억이 그립다는 글들이었다. 그리고 마지막 편지 끝에 결혼 소식을 알렸다.

날짜를 확인하자 세 달 전이었다. 은수는 무슨 마음에서인지 차단한 번호를 풀고 은솔에게 전화를 걸었다. 신호음이 갔지만 전화는 받지 않았다. 놀랐을 동생을 생각하니 미안한 마음이 들었다. 철저히 무시하고 돌아서 놓고 이제 와 내 마음이 편하다고 찾는 언니. 누가 피해자인가 가해자인가, 하는 것은 의미가 없었다. 누구나 피해자가 되기도 가해자가 되기도 하니깐.

서울역에 도착해 지환에게 전화를 걸고 새로 나온 책 한 권을 샀
다. 또 언제쯤 서울로 올라올지 몰랐다. 홀로 외로워하는 그가 마음
에 밟혀 결심은 쉽지 않았다. 언제나 겁쟁이 윤은수였으니까. 대기
의자에 앉아 책에 대한 간략한 소개를 읽는데 전화가 걸려 왔다. 은
솔이었다. 은수는 망설이다 통화 버튼을 눌렀다.

　"……."

　— …….

　한참을 서로가 말이 없었다.

　"……솔아."

　은수가 참지 못하고 이름을 부르자 은솔이 작은 목소리로 대답했다.

　— 어디야……?

　기차표를 취소하고 역 앞의 커피숍으로 들어가 은솔을 기다렸다.
다행히 은솔은 서울역 근처에 있다며 잠깐만 만나 달라고 부탁했다.
그것은 부탁이 아니라 애원 같았다.

　"언니!"

　은솔은 여전했다. 예뻤고 밝았으며 그녀의 마음을 아프게 했다.

　"……잘 지냈어?"

　은수가 묻자 은솔은 곧 울음을 터뜨릴 것 같은 눈으로 대답했다.

　"얼마나…… 내가 얼마나…… 미안했는지 알아."

　은솔은 그렇게 사과했다. 무슨 일이 있었는지도 기억나지 않았다.
시간은 그만큼 흘렀고, 상처는 아물어 더 이상 그녀를 괴롭히지 않
았다.

"결혼했다며? ……늦었지만 축하해."

결혼식에 가지 못해서 미안하다는 말은 하지 않았다. 만약 은솔과 계속 연락을 했어도 은수는 그 결혼식에 갈 생각이 없었을 것이다. 허울뿐인 언니 노릇은 그만두는 게 맞았다.

"그냥…… 아빠가 정해 준 사람이랑 했어."

절대 정략결혼은 하지 않겠다던 은솔이었다. 지환과의 결혼을 반대하던 예전 모습이 떠올라 은수는 쓸쓸하게 웃을 수밖에 없었다.

"아빠도 예전 같지 않아. 이빨 빠진 호랑이야. 엄마가 이혼한다고 악을 쓴 게 먹힌 거지."

결국 두 사람은 이혼하지 않은 것 같았다. 젊은 사람들에게는 쉽고 명쾌한 그것이 그 나이의 어른들에겐 쉬운 결정이 아니었다. 그만큼 살아온 세월이 있었고, 원망하는 자식이 있었고, 마지막엔 홀로됨을 받아들이기 힘든 자신이 있었다.

"……아빠, 언니 기다려. 이 말 하려고 만나자고 한 거야. 언니한테 아빠가 어떤 의미인지 알고 마지막에 아빠가 어떻게 했는지 아는데, 그냥 모른 척하고 잘 살고 있다고 생각할까 봐 말하는 거야."

은수는 시계를 확인했다. 다음 기차가 올 시간이었다.

"아빠, 암이래. 의사가 자기 병은 못 고치는지 수술도 안 하고 버텨."

"……."

은솔은 어느새 울고 있었다.

늦지 않게 기차를 타고 섬에 돌아왔다. 은수는 아버지를 만나겠다고 말하지 않았다. 처음엔 홀로 죽어 가는 그를 상상했다. 그리고 그녀를 두고 떠난 엄마. 그녀 대신 하늘이 복수를 해 주는 것만 같았다.

아직은 누구를 용서할 정도로 마음이 편안해지지는 않았다. 용서할 수 없는 일도 있었다. 은수는 지환을 생각했다. 그녀의 행복. 마음이 약해지면 안 되는 것이었다.

— 그냥, 거기에 리조트를 개발할 걸 그랬어. 그 핑계라도 대서 당신한테 가 있을 수 있잖아.

지환이 섬으로 내려왔다는 은수의 보고에 아쉬움을 감추지 않았다.

"……내가 올라갈까요?"

진지한 은수의 물음에 지환은 한참을 대답하지 않고 있었다.

— 지금…… 나, 시험하는 거지?

"아뇨. 나 진지해요."

— 목소리가 떨리는데?

은수는 또 그냥 웃어 버렸다. 이젠 이 남자가 그녀의 마음을 더 잘 아는 것만 같았다.

"미안해요……."

— 뭐가?

"그냥…… 다요."

— 뭐, 예전 같았으면 당장 올라오라고 말했겠지. 아니면 그 섬을 몽땅 사서라도 내 옆에 데려다 놓았겠지. 근데…… 그런 게 의미 없다는 걸 2년 동안 깨달았잖아. 당신 마음속에 내가 있으면 됐어. 그걸로 만족해.

"나중에 후회하지 마요."

— 어, 혹시 녹음 중인 건 아니지?

지환의 다급한 목소리에 은수는 마음이 편안해졌다. 아버지의 소식 따윈 생각나지 않았다. 그러면 된 것이라 생각했다. 지환만 그녀의 옆에 있으면 아무것도. 아무도 필요가 없었다.

핸드폰을 내려놓고 지환은 한참을 멍하니 앉아 있었다. 멋있는 척을 한다고 겁 없는 소리를 지껄인 것만 같았다. 그 여자가 집에 있는 그 하루가 얼마나 소중했는지 알면서. 그러나 함부로 당겨서는 안 된다는 생각도 들었다.

어머니. 따를 수도, 버릴 수도 없는 그의 숙명. 한 번쯤은, 이제는, 그의 마음을 헤아려 줄 줄 알았다. 하지만 아픔을 알아주고 물러나 줄 것이라는 기대는 산산이 부서져 버렸다. 가장 기대고 싶은 사람이었다. 그 사람이 그의 행복을 막겠다고 했다. 너 따위는 행복해질 수 없다고. 내가 받은 운명의 무게만큼 너도 감당해 보라고.

"지환아!"

회장실 문이 벌컥 열리고 민철이 등장했다.

무슨 일이 터졌음을 직감적으로 알았다. 지환은 각오하고 있었다는 것처럼 고개를 들었다.

"무슨 일이야?"

"어머님이……."

손목을 그었다고 했다. 딱 죽기 직전에 병원에 도착했다고 의사가 전했다.

지환은 그냥 웃어 버렸다. 제 어미가 자살을 시도했는데, 웃음이라니. 패륜아라고 손가락질하고 돌을 던져도 지환은 다시 되돌려 줄 수 있었다. 차라리 죽어 버리지 그랬냐는 말까지 지껄일 수 있었다.

"도우미 아주머니 말로는…… 정 비서가 왔다 갔대. 아무래도 무슨 소리를 한 것 같은데. 진짜 움직임이 심상치 않아. 이번 리조트 건도 입찰 안 되게 막으려고 일부러 우리 부채 자료를 흘려 놓는다는 정보가 있어."

민철의 보고에도 지환은 그저 멍한 웃음을 흘릴 뿐이었다. 도무지 끝이 보이지 않았다.

강 여사가 잠들어 있는 것을 보고 나와 대기실 의자에 앉았다. 피곤이 한꺼번에 몰려오는 것만 같았다. 눈을 감고 고개를 뒤로 젖혔다. 이대로 잠들어 버리고 싶었다. 꿈에는 윤은수라는 여자만 나왔으면 좋겠다고 빌어 보기도 했다.

"지환아……."

"……어머니부터 만나고, 그다음에 정 비서 처리하자. 윤석이한테 전화해서 자료들 다 만들어 오라고 해. 단 한마디도 변명 못 하게. 이제 그만 끝내자, 형."

"그래. 잘 생각했다. 뭐 하러 적을 옆에 끼고 있어. 스트레스만 받는다. 다 처리하고 편하게 살아. 어머니도 정 비서 사라지면 덜 불안해하실 거고, 은수 씨도 허락하실 거야. 지환아, 힘내자."

민철의 위로를 받고 자리에서 일어났다. 지환은 성큼성큼 강 여사가 누워 있는 병실 안으로 다시 들어섰다. 깨어 있는 걸 확인했지만 그녀는 지환이 들어오자 눈을 감아 버렸다.

"……이제야 부끄러우세요? 부끄러운 줄은 아세요?"

지환의 모진 말에도 강 여사는 눈을 뜨지 않았다. 더 해 보라는 것이었다.

"이러신다고 해도 저 눈 하나 깜짝 안 해요. 은수도 건드리세요. 그러면 제가 찾고 또 찾아와서 제 옆에 가둬 둘 테니까. 저를 키워 보시고도 모르세요? 제가 어떤 놈인지? 결국 마지막엔 어머니만 손해 보는 싸움이에요. 그만 포기하세요."

"……나를, 날…… 감방에라도 집어넣으려고 ……했니?"

나오지도 않는 목소리로 악을 쓰면서 묻는 질문의 뜻이 무엇인지 단번에 파악됐다. 정 비서가 그녀를 찾아가 무슨 소리를 지껄인 것인지도 알았다. 영감탱이. 모르는 게 없었다.

"정 비서가 뭐라던가요? 당신 아들이 당신 뒤통수를 치려고 아주 오래전부터 차근차근 준비 중이라고 하던가요? 그러면 어머니가 대답하시지 그러셨어요. 내 아들은 내 손안에 있어서 그럴 수가 없다고. 내가 감방에 가기 전에 내 아들이 피 말라 죽을 거라고. 왜 그런 말은 안 하셨어요?"

협탁 위에 놓여 있던 꽃병이 날아와 벽에 부딪쳐 깨졌다. 분이 풀리지 않으면 무엇이든 집어 던지는 버릇은 여전했다. 아들의 따귀 정도는 습관적으로 내리치는 사람.

세 번째라서 그렇게 된 거라고 이해하려 했다. 어머니도 불쌍한 사람이니까. 하지만 이제는 그런 연민조차도 남아 있지 않았다. 그저 끝없이 돈을 좇는 불쌍한 여자일 뿐이었다.

회장이 되길 원해서 회장이 되어 주었다. 하지만 강 여사는 거기에 만족하지 못했다. 욕심은 끝이 없었다. 결국엔 그 욕심으로 모두

다 죽어 버려야 깨닫고 후회할 사람일지도 몰랐다.

"너도…… 내가…… 우진이 엄마를 죽였다고 생각하니……?"

꺼내지 말았어야 할 진실. 그 앞에서 지환은 사라지고 싶었다.

"어떤 게 진실이든 이제 상관없어요. 현실은 달라지지 않아요."

지환은 돌아서려고 했다.

"내가…… 내가, 첫 번째였어. 내가…… 그 자리는…… 내 몫이었다고. 처음부터 네 할아버지가 나한테 돈 봉투만 던지지 않았어도 이렇게 되지 않았어. 네 할아버지만 아니었으면 내가 첫 번째가 되었고, 너한테 배다른 형제를 만들어 주지도 않았어! 난 아무 잘못이 없어. 내 자리를 되찾으려고 했던 것뿐이야. 그 여자 잘못이야. 잘못인 걸 잘못이라고 말한 게 죄니? 평생을 다른 남자를 마음에 품고 살면서 네 아버지부터 모든 사람들의 인생을 망쳤어. 그 죗값은 당연히 받아야 하는 게 아니니?"

"그만하세요."

지환이 조용히 일렀다. 불쌍한 사람. 자신의 인생을 자기 자신이 망치고 있었다.

"정 비서가 그러더구나. 일부러 너를…… 은수와 결혼시켰다고. 우진이랑 만났다는 걸 알고 일부러 꾸민 짓이라고 했어. 왜 그랬냐고? 왜 그런 짓을 했냐고? 자기가 당한 만큼, 갚아 주려고 했단다. 네 할아버지가…… 그 여자를, 네 아버지랑 결혼시켜 버려서. 똑같이 당해 보면 알게 될 거라고. 근데 그 벌을…… 왜 네가 받아야 해? 왜 너랑 나한테만 이러는 거냐고!"

아무것도 들리지 않았다. 귀가 먹먹해졌다. 할아버지는 끝까지 그에게 거짓말을 했다. 그가 용서할 수 없게 만들어 버렸다.

병원을 나와 회사로 돌아왔다. 회장실로 들어서자 기다렸다는 듯
태섭이 자리를 잡고 앉아 있었다. 당당해 보였다. 모든 일에는 원인
이 있었고 그래서 이러한 결과가 나타났다는 듯 뻔뻔스러워 보였다.
30년을 넘게 복수심 하나만으로 살아온 남자. 그를 이해해 보려 했
지만 힘이 들었다. 모든 것이 이해할 수 없는 것투성이였다.

"⋯⋯부르셨다고요."

태섭이 자리에서 일어나 지환을 맞이했다.

"불러 달라고 어머니 만난 거 아닙니까?"

지환의 날카로운 되물음에 태섭은 예상했다는 듯 웃었다.

"⋯⋯여사님도, 많이 약해지셨습니다. 이렇게 쉽게 스스로를 놓을
분이었으면, 이 싸움 시작하지도 않았을 겁니다."

싸움을 시작한 사람이 자신이라는 것을 당당히 말하고 있었다. 지
환은 책상 위에 놓인 서류를 가져와 태섭 앞에 던져 놓았다. 무엇을
의미하는지 알고 있다는 것처럼 태섭은 서류를 확인하며 눈빛조차
흔들리지 않았다.

"물러날 이유, 충분할 겁니다. 오늘 어머니와의 일은 덮겠습니다.
무슨 뜻인지는 본인께서 더 잘 아실 테니, 알아서 행동하시길 바랍
니다."

지환의 싸늘한 경고에도 태섭은 그저 낮게 웃을 뿐이었다.

"큰 회장님도⋯⋯ 지금 제 앞에 계신 회장님도, 적을 곁에 두는 과
오를 범하셨습니다. 적은 적으로 내치셔야지, 무슨 욕심인지 곁에

데려다 놓고 잔인하게 조롱하셨지요. 그 대가가 클 것이라는 생각도 못 하셨고요. 똑같이 현명하지 못하십니다."

"당신이 하는 짓은 현명한 겁니까? 자기가 받은 벌을 죄 없는 우리들한테 똑같이 뒤집어씌우는 게, 그게 현명하다고 말하는 겁니까, 지금!"

결국, 참지 못했다. 참아지지가 않았다. 모든 것을 내려놓고 떠난 형이 생각났고, 그런 형에게 잔인하게 떠나 달라 말할 수밖에 없었던 은수가 떠올랐다. 그들을 보내 놓고 2년이란 세월 동안 눈물조차 흘릴 수 없는 원망과 죄책감에 시달렸던 자신이 억울했다. 지환은 당장이라도 태섭의 목을 따 죽이고 싶었다.

"압니다. 세 분은 아무 잘못도 없다는 것을. 윗대에서 벌어진 잔인한 운명 놀이에 이용된 것일 뿐이죠. 그래서 기회를 드리려고 합니다."

태섭은 지환이 내민 것과 같은 똑같은 서류를 그의 앞에 내놓았다. 자신이 한 수 위라는 것을 알리려는 것처럼, 그는 자신의 복수를 차근차근 진행시켰다.

"운명은 늘 주인공 편에 서는 것 같지만, 현실은 아닐 때가 많습니다. 제가 원하는 것은 회장 자리가 아닙니다. 회사를 살리는 것이지요. 제 편에 서세요. 저의 이야기를 들으세요. 그러면 큰 회장님이 하신 일은 모두 묻고 넘어가겠습니다."

하하하. 헛웃음이 터져 나왔다. 할아버지처럼 허수아비가 되라는 말을 이렇게 당당하게 말하다니. 이제 지환에게 남은 것은 독밖에 없었다.

"차라리 솔직해지시죠. 회장 자리가 탐난다고. 그래서 할아버지부터 처리하고 이제 남은 건 말 안 듣는 세 번째라고 솔직하게 말하면 생각이라는 것도 해 보려고 했는데, 이건…… 너무 구역질 나는 핑계 아닙니까?"

"생각할 시간이 필요하시겠죠. 일주일 드리겠습니다. 그 이후, 선택은 회장님 본인 몫입니다. 만약 제가 한 제안을 받아들이지 않으신다면 모든 걸…… 포기하셔야 할 겁니다. 잠시라도 왕관을 쓴 벌은 받아야 하지 않겠습니까?"

어쩌면 지환이 이길 수 없는 싸움이었는지도 몰랐다. 욕심을 부려 이 자리에 앉은 순간부터.

"당신…… 착각하나 본데, 명분이 없으면 이 자리는 못 가져. 내 경영 방식이 독단적이라고? 그걸로 날 쳐 낼 이유가 될 것 같아? 내가 진짜 허수아비인 줄 아나 보지? 그깟 회장 비서 30년에 사람들이 회장까지 만들어 줄 줄 압니까?"

태섭은 지환의 앞에 꽁꽁 감춰 둔 서류 하나를 더 내밀었다. 이런 상황을 이미 예상하고 있었던 것처럼.

"왜 제가 곧바로 회장직을 맡지 않은 줄 아십니까? 생전…… 큰 회장님이 저에게 남긴 마지막 유언이셨습니다. 2년이면 충분합니다. 아버지를 애도하는 기간은 끝이 났습니다."

10. 너무 늦지 않기를

정 비서는, 그러니까 정태섭은 할아버지의 숨겨 둔 아들이었다. 더할 수 없는 막장에, 지환도 지쳐 버렸다. 숨겨 둔 아들을 곁에 두고 그 아들이 사랑한 여자를 다른 아들과 결혼시켜 버리는 사람. 할아버지. 그 남자에 대한 원망은 이제 소용도 없어졌다. 그는 죽어 버렸기에.

"이렇게 대단한 괴물일 줄은 몰랐다. 우리가 찾아낸 건 게임도 안돼. 횡령, 탈세, 비자금, 안 건드린 게 없어. 교묘하게 모두 다 네 쪽으로 화살을 돌려놨어. 지환아, 우리 현실적으로 생각하자. 단순히 굴복하는 게 아니라……."

"……넌 빠져. 지금이라도 손 떼."

지환이 싸늘하게 말했다.

"최지환! 이거, 들어가면 언제 나올지도 모른다고!"

"어머니 일, 너까지 걸고넘어질지 몰라. 나 하나만 감당하면 돼. 그러니까……."

"그래서 나보고 지켜만 보고 있으라고? 진짜 너, 네 생각만 하는구나? 왜 이렇게 미련해? 너, 그리고 교도소 들어가면 은수 씨는 어떡할 거야? 그 생각은 안 해?"

은수라는 이름을 듣고서야 지환은 차갑게 식은 눈을 감았다.

안다. 그 여자는 아무 죄가 없다는 것을. 이 모든 것이 그의 욕심으로 벌어진 일이라는 것을. 알지만, 머리로는 알지만 가슴이 허락하지 않았다. 태섭과 손을 잡는 건 그가 벌인 일들을 모두 받아들이고 용서하는 것이나 마찬가지였다.

형이 저절로 떠올랐다. 자신이 왜 그런 운명의 수렁에 빠져야 하는지도 모른 채 상처만 받은 인생이었다. 지환은 자신의 무능력함에 절망했다. 태섭을 이길 수 있을 것이라 자만했다. 30년쯤이야. 무서운 복수의 칼날이 철저한 계산 아래 그의 턱밑까지 다가온 줄도 모른 채 괴물을 옆에 두고 키웠다. 그 괴물은 절대 사람이 될 수 없는 것이었는데.

"내 말 들어. 일단은 정 비서 만나서 제안 받아들인다고 해. 몸을 낮춰. 지금 칼자루 쥔 사람은 정 비서야. 우리 쪽이 너무 불리해. 누군가는 이 일에 책임을 져야 하겠지만 그걸 네가 뒤집어쓰는 일은 없어야 해. 알았지, 지환아?"

"……."

윤석의 충고에도 지환은 감은 눈을 뜨지 않았다.

□ □ □

부재중 전화 3통. 모두 지환에게서 온 것들이었다. 수업 중이라 받지 못했다고 문자를 쓰다 마음이 불안해 전화를 걸었다. 받지 않았다. 타이밍이 맞지 않을 땐 하루 종일 목소리 한 번 듣기가 힘들었다.

이것이 더 애틋한 감정을 일으키기도 하지만 한편으로 허망한 느낌이 들기도 했다. 사랑할 시간도 모자란데. 서로를 그리워하다 끝이 나 버릴 것 같은 불길함.

은수는 책상 서랍 속에 넣어 둔 사직서를 꺼내 보려다 옆자리 영어 선생 미화가 다가오자 얼른 서랍을 닫았다.

"뭔데 그래? 괜히 알고 싶게."

미화는 캔 커피를 마시며 은수 앞에 똑같은 캔 하나를 내려놓았다.

"아무것도 아니에요."

"아무래도 수상해. 윤 선생, 연애하지?"

그렇게도 티가 나나. 감정 없이 살 땐 감추는 게 숨 쉬는 것보다 쉬웠는데 이젠 그것이 제일 어려워졌다.

"아, 어떻게 아셨어요?"

"하하하. 뭘 그렇게 또 바로 인정해? 그냥 찔러본 건데. 서울 왔다 갔다 하는 거 보니 이쪽 사람은 아닌 것 같은데, 괜히 서운하네."

모두들 은수가 연애를 하자 서운한 마음부터 표현했다. 외부인, 토박이 선을 그어 나누었지만 한번 마음을 주기 시작하면 멈추지 않았다. 본인들이 상처받을 것을 감수하고도 이곳 사람들은 은수에게 마음을 열었고, 떠날지도 모르는 그녀에게 아쉬운 눈빛을 감추지 않았다. 은수는 그것이 고마우면서도 한편으로는 마음의 짐이 되었다. 그래서 망설여졌다. 그도 괜찮다고 했으니까. 꼭 옆에 있어야만 사랑은 아니니까.

이것도 어쩌면 핑계일지 몰랐다. 단단해졌다고 생각했는데 아니었는지도 모르겠다. 지환의 어머니를 만나고 그녀에게서 미련스러운 아이라는 단 한마디를 들었을 뿐인데 모든 게 까발려진 것만 같았다.

마음껏 연애하라고. 하지만 재혼은 없을 거라고 못 박는 그녀에게 한마디도 건네지 못했다. 이렇게 약해 빠져서야 지환을 지킬 수 있을까. 은수는 자책했다.

"아, 나 그 말 하려고 뛰어왔는데. 깜박했다. 장기철이 왔더라. 교실에 앉아 있던데. 어떻게 설득한 거야?"

은수는 기철이 왔다는 말에 놀라 얼른 몸을 일으켰다. 교무실 문을 열고 나서자 그 앞에 녀석이 서 있었다. 그녀를 만나러 온 것처럼.

"기철아!"

"쌤…… 죄송해요."

기철이 멋쩍은 듯 머리를 긁적였다.

"아, 아니야. 죄송하긴. 잘 왔다!"

은수는 정말 반가워 기철의 어깨를 두드려 주었다.

"쌤…… 때문이에요. 쌤이 속상해하실 것 같아서…… 그래서 왔어요."

기철은 그렇게 말하고 수줍게 웃었다. 은수는 가슴 한편이 따끔하면서도 먹먹해지는 걸 느껴야 했다.

□ □ □

— 하고 싶은 거……?

은수의 질문에 지환이 되물었다.

바쁜 그를 대신해 이번 주는 은수가 서울로 올라가기로 했다. 괜찮다는 그에게 그게 싫으면 보지 말자는 초강수를 두었다. 지환은 힘없이 웃더니 알겠다고 했다.

다른 이유가 아니라 그에게 미안해서였다. 곁에 있어 주지 못하는 미안함. 홀로 소파에 누워 잠들려는 그가 가슴에 사무쳐 섬에 돌아오고 며칠은 밤마다 잠을 설쳤다. 그러면서도 또 모든 걸 던져 버리고 그에게 달려갈 수가 없었다.

솔직히 모든 것을 던져 하는 사랑은 이제 자신이 없었다. 다 내어 주고 나면 아무것도 남지 않는 사랑이 두려웠다. 지금처럼만, 여기까지만, 더 이상 욕심부리지 않으면, 이 정도에서 만족한다면 영원히 그를 내어 주지 않아도 괜찮지 않을까 하는 안도감. 그것이 은수를 합리화시켰다.

"뭐든, 하고 싶은 거 들어줄게요. 이번 데이트에선."

지환은 생각하는 듯 대답하지 않다가 고민 끝에 입을 열었다.

— 나랑…… 술 마실래?

전혀 예상하지 못한 대답이었지만 은수는 흔쾌히 알겠다며 허락했다.

　지환이 정한 장소는 허름한 포장마차였다. 주말이라 연인들과 가족들이 많았지만 간간이 지환과 같이 양복 차림을 한 직장인들도 끼어 있었다. 술을 마시자기에 조용한 바를 생각했는데 그는 한 그룹의 회장과는 어울리지 않는 장소에서 어제도 왔던 사람처럼 등장했다.

　"아가씨, 혼자 왔어요?"

　지환이 은수의 자리로 와 앉으며 농담을 건넸다.

　"오빠 오늘 좀 외로운데, 같이 술 한잔할래요?"

　"이런 거 해 보고 싶어서 여기 오자고 한 거예요?"

　너무 능숙해 보여 심술이 생긴 은수가 지환을 노려봤다.

　"아가씨, 좀 까칠하네."

　지환이 한발 물러서듯 겉옷을 벗어 놓으며 은수의 눈치를 보았다.

　"아저씨는 너무 느끼하세요."

　"뭐라고?"

　두 사람은 동시에 웃음을 터뜨렸다. 행복한 웃음이었다. 은수가 지환을 보았고, 지환도 은수를 바라봤다. 사람들은 두 사람이 사랑하는 사이라는 것을 의심하지 않았고, 행복해 보인다고 부러워했다.

　포장마차는 아늑했고, 그들 앞에는 소주 한 병과 뜨끈한 우동, 싱싱한 해산물이 놓여졌다. 지환이 먼저 은수의 잔에 소주를 따라 주었다. 은수도 지환의 잔에 조심히 술을 따랐다. 두 사람은 동시에 술잔을 들었고, 짠, 하고 부딪친 후 원샷을 했다.

은수는 쓴 술에 얼굴을 찡그렸고, 지환은 안주 하나를 집어 은수의 입에 넣어 주었다. 은수는 질 수 없다 생각하며 지환을 따라 안주를 집어 그의 입에 넣어 주었다. 지환이 고맙다며 웃어 주었다. 은수도 따라 웃었다.

"전에…… 내가 연기 연습 했었다고 했지. 그때 같이 연습했었던 녀석이랑 여기를 처음 왔었어. 내가 재벌 집 손자라는 거 모르던 놈이라 뭘 해도 가장 싼 곳만 골라 다녔거든. 그 녀석이랑 있으면 나도 뭔가 평범한 사람이 된 것 같았어. 오늘 당신 말을 들으니 갑자기 그때 기억이 나더라고. 그래서 여기 오자고 한 거야."

소주 한 잔을 나눠 마시고 그 이상은 절대 은수에게 건네주지 않으며 홀로 소주 한 병을 비운 지환이 고해 성사를 하듯 말을 꺼내 놓았다. 은수는 그의 잔에 추가로 주문한 술을 따라 주며 묵묵히 그의 이야기를 들었다.

"그 녀석 부모님은 정말 아주 평범했어. 시골에서 고추 농사를 조그맣게 하셨는데, 그게 때를 잘못 맞으면 한 해 농사가 없던 게 되기도 했어. 그럴 땐 그 녀석이 울며불며 부모 탓을 했지. 다음 생에는 돈 많은 집 아들로 태어났으면 좋겠다고. 나는 그때…… 아무 말도 해 줄 수가 없었어. 그냥 웃었지. 세상이 그런 거 아니냐고. 결국엔 그 녀석…… 연습생 생활 접고 시골로 내려가 버렸어. 나는…… 모든 게, 시시해져 버렸고."

지환이 그때를 떠올리듯 쓸쓸하게 웃었다. 다 가진 그는 이해할 수 없는 삶이었다. 돈이 전부인 세상에서 그는 그 전부를 가지고 태어났다. 하지만 행복하지 못했다. 행복하지 못하다는 말조차 하지 못했다. 복에 겨운 소리라고 욕할 게 뻔하니까. 지환의 아픔은 소리 지를 수 없었다.

"……어쩔 땐 한 번씩 그런 생각을 해. 나는 재벌 집 손자로 태어 나지 않았어야 했다고. 가진 것을 지키고 불리고 누리고 사는 인생 에 당당해야 하는데, 그러지를 못해. 항상 평범한 게 부러웠어. 학교 를 버스 타고 다니는 애들이 부러웠고, 용돈이 모자라서 아르바이트 를 하는 애들이 부러웠고, 아빠랑 목욕탕에 갔다는 애들이 부러웠 고, 엄마가 한 명뿐인 애들이 부러웠어."

은수는 지환의 손을 꼭 붙잡아 주었다. 그것밖에 할 수 있는 게 없 었다.

"그러면서도…… 첫 번째가 되고 싶었어. 큰형이 미웠어. 형은 단 한 번도 나한테 미운 소리를 한 적이 없었는데, 나는 그런 형이 더 싫고 미웠어. 당신은 다 가졌으니까, 그런 거라고. 난 왜 당신처럼 첫 번째가 될 수 없냐고. 왜 나는 세 번째여야 하냐고."

"지환 씨……."

"그래. 욕심은 끝이 없는 거야. 당신만, 윤은수만 내 옆에 있으면 된다고 생각했는데, 형이 떠나 준다고 하니까 안심이 됐어. 드디어 첫 번째가 될 기회가 나한테 생기는구나, 그런 생각을 했어. 말로는 당신만 있으면 된다고 했지만 나는 회장 자리가 탐났어."

그게 어느 순간 죄책감으로 자리한 것인지 지환은 쓴 술을 안주도 없이 연거푸 마셔 댔다. 세 번째가 너무 억울해 첫 번째가 되고 싶었 던 남자는 첫 번째가 되고서도 첫 번째 위치를 마음껏 누리지 못했 다. 그 자리는 처음부터 자신의 자리가 아니었다는 것처럼.

은수는 지환이 지닌 왕관의 무게를 모두 다 이해하지는 못했지만 그래도 그가 잠깐이라도 왕관을 내려놓고 그녀의 옆에서 숨 쉴 수 있기를 바랐다.

"나도…… 그렇게 힘들면, 그 집에서 뛰쳐나오면 됐었는데, 그러질 못했어요. 왜 그랬을 것 같아요……? 그런 아버지라도 있는 게 낫다고 생각했으니까요. 남들이 보기에는 가족이었으니까. 그들은 인정하지 않아도 나는 가족이 필요했어요."

은수가 위로하듯 말을 꺼냈다.

"당신은 지금 당당히 벗어났잖아? 그럼, 나보다 어른이네."

어른이네, 하면서 지환이 웃었다. 어른이라면 은수는 지금 아버지를 만나서 건강을 챙기라는 말을 건네야 했을지도 몰랐다. 그런데 그녀는 그러질 못했다.

"암이래요, 아버지. ……은솔이 만났어요."

은수는 지나가는 말처럼 말했다. 지환은 잠깐 은수를 바라봤지만 어떤 말도 건네지 않았다.

"여전히 마음이 못된 윤은수는 아버지를 만나지 않을 거예요. 그러니까…… 당신도 너무 힘들어하지 말아요. 당신은 최소한 죄책감이라도 가지잖아요?"

은수가 어깨를 으쓱거리며 간단하게 웃어 보였다. 이게 위로라면 마음이 편해야 하는데 왜 더 아픈 것일까? 지환은 엉터리 상담사라며 또다시 술잔을 들었다. 오늘은 술을 마셔야 하는 날인 것 같았다.

"은수야……. 윤은수……."

포장마차 앞 길가에 지환을 앉혀 놓고 은수는 택시를 잡으려 했지만 쉽지 않았다. 지환은 몸조차 가누지 못하면서도 은수의 이름만을 불러 댔다. 이렇게 인사불성으로 마실 줄 알았으면 누구 하나 대동하고 마셨어야 했나, 후회가 생기기도 했다.

하지만 이미 엎질러진 물. 어떻게든 이 상황을 벗어나는 게 급선무였다. 그런 은수의 급한 상황을 알기라도 한 것처럼 지환의 슈트 주머니에선 시끄러운 벨소리가 울려 퍼졌다. 얼른 전화기를 꺼내 화면을 확인하자 예상처럼 너무도 반가운 인물이었다.

"네, 김 비서님!"

— 어, 내가 번호를 잘못 눌렀나 봐요. 죄송해요, 은수 씨!

민철은 다짜고짜 사과부터 했다.

"아니에요. 이거 지환 씨 전화 맞아요. 혹시 안 바쁘시면…… 지금 좀 와 주실 수 있으세요?"

민철은 당장 달려오겠다며 위치를 묻고 전화를 끊었다. 은수는 다행이란 생각이 들어 지환의 옆으로 가 앉았다. 그러자 기다렸다는 듯이 그의 머리가 그녀의 어깨로 쿵, 하고 기대 왔다. 술 냄새가 진동을 했지만 마음은 편안했다. 이렇게 그가 기댈 수 있는 사람이 그녀여서, 너무 다행이라는 생각이 들었다.

무슨 일이 생겼다는 것쯤은 알았다. 하지만 그게 무슨 일인지는 묻지 못했다. 다른 여자들처럼 모두 다 털어놓지 않는다고 투정을 부릴 수도 없었다. 다만 그가 옆에 있음에 안도하고 감사했다. 그것으로 은수는 만족할 수 있었다.

"은수 씨!"

민철이 길가에 차를 세워 두고 그들 앞으로 뛰어왔다. 지환의 상태를 보고서는 눈살을 찌푸렸다. 은수는 조금 민망한 마음이 들었다. 할 일이 태산인 남자를 케이오시켰으니 눈총을 받을 만도 했다.

"죄송해요, 김 비서님……."

"아, 은수 씨가 왜요? 이 녀석 지금 술이 필요했을 거예요. 잘했어요. 다른 사람이 아니라 은수 씨가 옆에 있으니까 안심이 되네요. 얼른 실을게요. 은수 씨도 타세요."

"아, 네."

은수는 민철을 도와 지환을 뒷좌석에 앉혔다. 그리고 그의 옆에 다가가 앉자 지환은 기다렸다는 듯 은수를 끌어안았다.

"지, 지환 씨!"

민철이 있는 상황에서 수위 조절을 못 하는 건 아닐까 싶어 은수는 가슴이 두근대기 시작했다. 얼른 지환의 옆구리를 꼬집었다. 그제야 잠깐 정신이 드는지 지환은 앞쪽을 향해 외쳤다.

"기사님, 지구 끝까지…… 가 주세요."

그리고는 털썩 은수의 무릎을 베고 누워 버렸다.

"네, 손님. 전 재산은 준비되셨죠? 그리고 토는 맘껏 하셔도 됩니다. 어차피 당신 차니까요."

민철은 이참에 복수를 하려는지 지환을 약 올렸지만 그는 이미 꿈나라였다. 아기처럼 은수의 무릎에 눕자마자 그는 곤히 잠들었다. 민철은 룸미러로 그 모습을 확인하고 안타까운 가슴을 쓸어내렸다.

"김 비서님……."

가만히 그의 이름을 부르는 은수의 목소리에 민철은 무엇을 묻는

지 곧장 깨달았다.

"네. 알아요. 은수 씨한테 설명해 줄 사람이 나밖에 없는 줄 아는데요. 나도 이걸…… 어떻게 설명해야 할지…… 잘 모르겠어요. 그냥…… 모르고 지나가는 게 맞는 것 같기도 해요. 아무 일도 없던 것처럼 지나갈 수도 있는 문제니까요. 괜히 은수 씨가 알면 마음 아플 것 같아서요. 그러니까 은수 씨한테 하나만 부탁할게요. 저 녀석 마음……, 꼭 붙잡아 주세요. 은수 씨 때문이라도 이상한 생각 안 하게……. 부탁합니다."

더 이상 말을 붙일 수 없도록 민철은 입을 닫았다. 은수는 가만히 누워 있는 지환을 내려다봤다. 가슴이 아려 왔다. 내 사랑. 아프지 말기를. 은수는 기도처럼 외웠다.

민철은 지환을 방 안에 눕히고 얼른 사라졌다. 그를 배웅하고 은수는 안방으로 돌아와 지환의 옷들을 하나씩 벗겨 냈다. 답답했던 몸이 조금 가벼워지자 지환은 한결 편안한 표정을 지었다. 간단하게 얼굴까지 닦아 주고 일어서려는데, 지환이 은수의 손을 잡았다.

"……어디 가?"

잠든 줄 알았더니 깨어 있었던 것 같다. 은수는 갑자기 얄미운 생각이 들기도 했다.

"내일 아침 준비하려고요. 술국 먹어야 할 거 아니에요."

"……화났어?"

눈치 빠른 남자가 은수의 목소리만 듣고서도 그녀의 기분을 알아챘다.

"네. 당신 몸 힘들게 하는데 기분 좋을 리 없잖아요. 얼른 준비하고 올게요."

은수가 다시 몸을 일으키려 하자 지환이 이젠 아예 그녀를 끌어와 그의 옆에 눕게 만들었다.

"지환 씨."

"가지 마. 내 옆에 있어……."

지환은 눈도 뜨지 않은 채 그렇게 말했다. 은수는 하는 수 없이 그의 가슴에 얼굴을 기대고 누웠다. 지환의 심장 소리만 방 안 가득 채워지고 있었다.

"무슨 일…… 있는지, 물어봐도 대답 안 해 줄 거죠?"

결국 은수는 참지 못하고 묻고 말았다. 그것도 대답해 주지 않을 거라는 체념을 덧붙여서. 윤은수다웠다. 지환이 은수의 물음에 눈을 떠 그녀를 바라봤다.

"나 없이…… 살 수 있겠어?"

지환이 물었다. 은수의 심장이 쿵, 하고 저 밑으로 떨어져 내렸다.

"무슨 질문이 그래요?"

"내가 잠깐…… 어디 가면……."

"나도 같이 가요. 나한테 헤어질 권한 없다면서요. 그럼 당신 옆에 꼭 붙어 있어야 하잖아요."

은수는 자신이 이런 말을 꺼낼 줄은 몰랐다. 망설임 없이 같이 가겠다는 말을 내놓고 나서야 자신이 어떤 말을 했는지 깨달았다.

지환은 무엇인가 무너져 내린 듯한 얼굴로 은수를 한참 동안 바라봤다. 그러고는 은수의 얼굴을 붙잡고 입을 맞췄다. 그에게선 진한

알코올 향이 났다. 그래도 괜찮았다. 술국은 잊어버렸다. 은수는 지
환을 꼭 끌어안았다. 어디라도 그녀를 두고 가지 못하게.

□ □ □

놀라듯 몸을 일으켰다. 은수는 얼른 시계를 바라봤다. 아침 9시를
넘기고 있었다. 익숙한 침대 위에 그녀 혼자만 덩그러니 남아 있었
다. 문득 어제 지환에게 술국을 끓여 주겠다고 했던 것이 생각났다.
은수는 얼른 주방으로 나섰다. 거기엔 따뜻한 해장국 한 그릇이 포
장된 채 놓여 있었다. 그 앞에 적힌 메모가 가슴에 사무쳤다.

나중엔 내가 꼭 요리해 줄게.

은수는 결심했다. 그의 곁에 돌아오기로. 그것이 너무 늦지 않았
기만을 바랐다.

11. 도돌이표

태섭이 들어와 자리에 앉을 때까지 지환은 창밖만을 바라보고 있었다.

은수는 그에게 함께 따라가겠다고 했다. 그곳이 어디인 줄 알고. 바보 같은 여자. 아니, 바보는 그녀가 아니라 그였다. 그깟 자존심이 뭐라고, 복수심 따위가 뭐라고, 이런 고민을 하고 있다니. 허수아비가 되라면 되면 그뿐이었다. 어머니의 아들로 산 세월 또한 허수아비가 아니었던가. 지환은 그것에 포기란 말도 쓰고 싶지가 않았다.

"……결정이 빠르시군요."

태섭은 모든 것을 읽는 사람처럼 지환의 목을 쥐고 흔들었다.

"제가 이럴 줄 알고 제안한 거 아닙니까?"

지환은 도리어 되물었다. 마음대로 하라고. 당신이 원하는 대로 다 해 주겠다고.

"사랑은 언제나 독이 되지요. 저 또한 그랬습니다."

때늦은 사랑 타령을 하려는 거라면 지환은 더 이상 듣고 있을 생각이 없었다. 허수아비라고 해도 모든 것을 용서하고 이해하라는 법은 없으니까.

"당신이 한 사랑은 사랑이 아니죠. 집착이라고 하죠."

"이해를 바라고 말한 줄 아셨습니까? 여전히 어리석군요. 이 나이가 되면 누군가에게 이해받는 게 중요하지 않습니다. 그건 회장님의 어머니를 봐도 그렇지 않습니까? 아들을 절벽 끝까지 몰고 간 당사자이면서도 피해자인 척을 하니, 이해할 수 없는 일이지요."

"이렇게 저를 괴롭혀서 당신이 얻는 게 뭡니까? 정말 궁금해서 묻는 겁니다."

지환은 그 이유가 합당하다면 기꺼이 당해 줄 생각이었다. 당신 또한 이유가 있지 않겠냐고.

"아주 어릴 적에는 행복할 수 있을 것이란 생각도 했습니다. 부친이 누구인지 알고 나서는 희망도 가져 보았지요. 하지만 그 부친에게 철저히 배신당했습니다. 그 뒤로는 복수를 꿈꾸며 살아왔지요. 이 집안을 파탄 내야만 인생을 끝낼 수 있을 것 같았습니다. 그런데 그 계획이 마무리되기도 전에 부친이 멋대로 세상을 등지셨습니다. 그리고 마지막 유언에서 당신을 말씀하셨습니다."

할아버지의 마음 같은 건 이제 와 알고 싶지 않았다. 지환은 그를 용서할 생각이 없었다.

"참, 웃기지요? 세 번째라고 늘 저 끝에 두었던 손자를 첫 번째로 걱정하다니. 그제야 고백하시더군요. 당신한테 더 고약하게 굴었던 이유를 말입니다. 첫째, 둘째와 다르게 단 한 번도 울지 않았던 녀석이라고 하셨습니다. 예전 자신을 보는 것 같았다고. 그래서 몰아붙이면 더 악착같이 해낼 녀석인 줄 아셨다고요. 할아버지의 그늘로거저 얻는 회장 자리가 아니라 혼자서 해내길 원하셨다네요. 그런데 마지막에 가서야 연민이 생기셨던 걸까요? 결국, 끝에는 첫 번째가 아니라 세 번째인 당신을 선택하셨습니다."

할아버지의 생각을 이해하지도, 이해하고 싶은 생각도 없었다. 하지만 혼자 서길 원하셨다는 말은 받아들이고 싶었다. 이제는 정말 그래야 한다고 깨달았기 때문이다.

"그렇다면 첫 번째는 어찌 되는 걸까요? 이 일이 벌어지면서 가장 고통받은 사람이 누구일까요? 제가 원한 건 이런 그림이 아니었습니다. 당신은 왜 형이 떠나게 두었습니까? 그렇게 회장 자리가 탐났습니까? 당신을 사랑한다는 그 여자는 왜 사랑이란 이유로 그 남자를 이 땅에 발도 못 붙이게 만든 겁니까? 그게 당신들 사랑입니까? 그러고도 다시 만났네요. 사랑이라는 허울 좋은 이름으로. 처음부터 해피엔딩은 있을 수 없는 사이였습니다. 제가 그렇게 만들 것이고요."

태섭이 섬뜩하게 웃었다. 지환은 온 힘을 다해 두 손을 움켜쥐었다. 누군가를 죽일 수도 있을 것 같은 무서운 감정이 가슴을 스쳤다. 살인자나 전과자나 그에게는 매한가지였다.

"자 그럼, 이제 일 얘기를 해 볼까요? 지금 회사가 많이 어렵다는 건 회장님이 더 잘 아실 테니, 굳이 설명하지 않겠습니다. 회사를 살릴 방법은 좋은 투자자를 끌어들이는 것이죠. 그 최선은 정략결혼이 아니겠습니까? 좋은 혼처가 있습니다. 준비해 두도록 하죠."

□ □ □

사직서를 내밀자, 교장은 난처한 표정을 지었다. 은수는 어느 정
도 예상했었다. 지원자가 많지 않은 섬마을에서 또다시 선생을 구한
다는 건 쉬운 일이 아니었다. 그래서 처음 이곳에 들어왔을 때 교장
은 은수에게 적어도 2년은 머물기를 못 박았었다.

"윤 선생, 책임감 있는 사람인 줄 알았는데 내가 잘못 본 건가요?"

"……죄송합니다, 교장 선생님."

교장은 자신이 사람을 잘못 보지 않았다는 것을 알았다. 그래서
더 미련을 가지게 되었다.

"윤 선생 여기 온 지…… 얼마나 됐죠?"

"……8개월 정도 됐습니다."

"힘들 시기네요. 윤 선생 마음 충분히 이해해요. 교사가 자주 바뀌
는 곳이니, 내가 선생님들 마음 더 잘 압니다. 대체 교사야 구하면
되겠지만 나는 윤 선생이 여기에 맞는 사람이라고 믿어요. 몸이 안
좋은 거면 몇 주 병가를 내줄게요."

"교장 선생님……."

"아이들 생각을 했으면 합니다. 부탁해요."

언제나 교사의 자질을 운운하던 교장은 그 누구보다 교육 철학이
확고한 사람이었다. 아이들을 위한 학교를 만들었고, 그곳에서 일하
는 교사를 우선으로 생각했다. 도시와는 다르다는 것을 처음부터 깨

닫고 있었는데, 한동안 잊어버렸던 것도 같다. 그 어떤 대답도 하지 못하고 교장실을 빠져나왔다.

계약 기간도 채우지 않은 채, 그것도 학기 중에 불쑥 사직서를 내민다는 것이 얼마나 무책임한 일인지 그녀 자신이 더 잘 알았다. 하지만 이럴 수밖에 없었다. 더 이상은 그녀가 힘이 들었다.

지환을 홀로 두고 이곳에 내려와 그를 만날 날만을 손꼽아 기다리는 생활은 점점 더 한계를 느끼게 만들었다. 무슨 부귀영화를 누리겠다고. 윤주의 말처럼 지금이 행복하면 그뿐인 삶을 위해서는 이곳에 머물러 있을 수 없었다. 그녀의 행복은 서울에 있는 지환이었다.

"꼭 가야만 하는 거야……? 이번 학기는 마치고 가도 되잖아, 윤 선생."

늘 좋은 소리만 하던 미화도 은수의 사직 소식에 뼈 있는 한 소리를 건넸다. 이곳에 들어온 도시 선생들의 공통점은 참을성이 부족하다는 것이었다. 은수는 그렇지 않을 것 같아 정을 주었는데, 결국 사람을 믿는다는 게 어리석은 짓이라는 걸 다시 한번 느끼게 되었다.

"죄송해요."

"조금 쉬고…… 다시 생각해 보는 게 어때?"

교장의 지시를 받은 걸까, 미화는 쉽게 은수를 보내려 하지 않았다.

잘못을 알았지만 물러날 수가 없었다. 은수는 불안했다. 어디서 오는 불안인지 알 수 없었지만 더 이상 시간을 끌 수가 없었다. 그의 옆에 있어야만 이 끝없는 불안을 잠재울 수 있을 것 같았다.

대체 교사를 쓰고 몇 주간 병가를 내는 걸로 우선은 합의를 보았다. 은수는 간단한 인수인계를 하고 집으로 돌아와 짐을 싸기 시작했다. 이곳에 들어올 때는 작은 캐리어 하나가 전부였는데 어느새 그녀에게는 짐들이 많이 늘어 있었다.

하나둘 사 모은 책들은 박스에 담아 학교에 기부할 생각이었다. 더 이상 입을 수 없을 듯한 옷들은 쓰레기봉투에 담아 버렸고, 주방에 있는 몇 가지 그릇과 살림 도구들은 안채의 주인아주머니께 드리기 위해 따로 챙겨 두었다. 무엇이든 버리는 것을 죄처럼 생각하는 분이셨기에 은수의 물건을 흔쾌히 받아 주실 것 같았다.

은수가 섬 생활을 조금씩 정리하고 있을 즈음 지환은 연락이 되기도, 되지 않기도 했다. 무언가 일이 생겨 수습하는 중이라고만 생각했다. 은수는 당장이라도 민철에게 전화를 걸어 무슨 사정인지 묻고 싶었지만 묻지 않았다. 그녀가 해 줄 수 있는 건 아무것도 없다는 것쯤은 이미 알았다. 차라리 모르는 편이 지환이 은수의 눈치까지는 보게 하지 않는 것이리라.

"윤 선생, 안에 있나? 들어왔나?"

갑작스럽게 들리는 아주머니 목소리에 은수는 얼른 바깥쪽 문을 열었다.

"네, 저 있어요."

"이게 무슨 소리고? 아파서 쉰다 카는 게 맞나?"

작은 동네라 벌써 소문이 돌아 버린 것 같았다. 은수는 대답 없이 미안한 웃음을 흘렸다. 아주머니는 은수가 정리해 놓은 짐들과 깨끗한 방 안을 보고는 허망한 듯 눈시울을 붉혔다.

"⋯⋯죄송해요."

"죄송하면 가지 마라, 마. 와 가노? 어디가 그래 아픈데? 도시 가면 낫나? 여가 공기도 좋고 훨씬 낫다. 일부러 병 나을라고 여기 오는 사람들도 많다 아이가. 윤 선생아……."

아주머니가 가지 말라고 은수의 손을 꼭 붙잡았다.

"좋아하는 사람, 옆에 있고 싶어요……."

은수는 토해 내듯 말하고 고개를 숙였다. 아주머니는 그런 줄 몰랐다며 가만히 은수의 어깨를 쓰다듬어 주었다.

"아이고, 그라믄 가야지. 그래 좋은 마음인데 왜 이라고 있노. 내가 미안타. 늙어가 주책스럽게……."

"아, 아니에요. 정말 감사드려요. 여기서 적응할 수 있었던 거 다 아주머니 덕분이에요."

"무슨. 그런 소리 마라. 다 윤 선생이 잘해서라 안 카나. 동네 사람들도 선생 한 명 잘 들어왔다고 얼마나 좋아했는데……."

아주머니는 또 아쉬운 듯 말을 잇지 못했다.

"그래, 이런 말 다 무슨 소용이고. 윤 선생도 살길 찾아 가야지. 다 내 욕심이다, 욕심……."

급히 눈물을 훔치고는 아주머니가 자리를 떠났다. 은수는 멍하니 방 안을 돌아봤다. 누구의 잘못도 아닌 일. 하지만 모두가 아파야 하는 일. 떠나는 것은 언제나 쉽지 않았다.

□ □ □

"밥은 좀 먹지? 그러다 너 쓰러져."

민철의 애타는 경고에도 지환은 창밖만을 바라보고 있었다.

윤석도 만나지 않았다. 혹여나 이번 일로 그에게 타격을 입힐까 미리 차단하고 있었다. 그런다고 윤석이 가만히 있을 녀석도 아니었지만 지환은 이렇게라도 해야만 했다. 벌을 받는 것은 그 하나로 족했다. 여기서 끊어 내야만 하는 일이었다. 더 이상은 운명의 장난에 피해를 입는 사람이 없어야 했다.

지환은 생각하고 또 생각했다. 어디서부터 잘못된 것인지. 그 답은 정해져 있었다. 어쩌면 바꿀 수 있었던 운명일지도 몰랐다. 형이 회장 자리에 앉았다면 정 비서는 복수의 의미를 잃고 포기했을지도 모르는 일이었다. 그가 사랑한 여자의 아들이니까. 그 아들의 행복은 빌어 주고 싶었을지도 모른다.

하지만 그것 또한 뜻대로 되지 않았다. 그의 모든 것을 뺏어 간 모자가 그렇게 둘 리 없었다. 끝없는 욕심으로 모든 것을 차지했다. 그리하여 그의 복수심은 처음으로 되돌아갔다.

그가 할아버지에게 느꼈을 감정을 이해했다. 독을 품고서라도 사랑하는 여자 옆에 있고 싶었던 남자의 순정에는 소금을 뿌리고 싶지 않았다.

하지만 그 모든 복수의 화살이 그에게 향한 것은 인정할 수 없었다. 그리고 은수. 그의 고통으로 은수가 받아야 할 상처는 누가 책임진단 말인가. 끝까지 신은 그의 편이 아닌 것 같았다.

행복을 허락하지 않는 것처럼 잔인한 운명의 굴레가 그를 마구잡이로 굴려 댔다. 이제는 그만하라고 소리치고 싶었다. 죗값은 충분하지 않았냐고. 그러자 네가 가질 수 없었던 왕관을 쓴 죄는 왜 모른 척하냐고 말하는 것만 같았다. 우스웠다. 하하하, 웃고 내려놓으면 그뿐이었다.

"내가 들어가면…… 주가는 얼마나 요동칠까?"

"……뭐?"

민철은 지환의 질문을 이해하지 못했다.

"저 괴물이 여기에 앉는다고 망해 가는 회사가 살아날 리 없잖아. 우리 쪽 지분 얼마인지 파악해서 보고해."

"지환아!"

깊게 충혈된 지환의 눈이 잔인하게 웃고 있었다.

"다 같이 죽지, 뭐. 공중분해 시켜. 아무도 못 가지게. 그러면 이 지긋지긋한 싸움 끝나겠지."

폭탄을 터뜨리기 위해 자신이 그 폭탄을 쥐고 들어가는 꼴이었다. 남을 죽이기 위해 자신도 죽어야 하는 운명. 민철은 지환을 말릴 수도, 그렇다고 떠밀 수도 없는 자신의 무능함에 그저 눈물을 삼킬 수밖에 없었다.

□ □ □

전화는 여전히 연결되지 않았다. 은수는 지환의 집으로 향하며 옆쪽에 놓인 가방을 내려다봤다. 우선은 급하게 쓸 물건들만 챙겨 왔다. 병가가 끝나고 나면 제대로 정리하기 위해 다시 내려가야 할지도 몰랐다. 그때 가더라도 이곳에 왔다는 것을 지환에게 보여 주고 싶었다. 그의 옆에 그녀가 있다는 것으로 힘을 주고 싶었다.

집에 도착해 짐도 풀지 않고 저녁을 준비했다. 아무리 일이 많아도 집에는 들어올 것이었다. 서울에 왔다고 문자를 보내 놓고 은수는 요리를 시작했다. 우선은 간단히 국을 끓이고 반찬 몇 가지를 만들었다.

삭막했던 집 안이 맛있는 음식 냄새가 가득한 살아 있는 공간으로 변해 갔다. 후식으로 먹을 과일까지 준비해 놓고 은수는 지환을 기다렸다. 다시 한번 전화를 하려다 재촉하는 것 같아 핸드폰을 내려놓았다. 그가 어디 도망가는 것도 아닌데 이럴 때면 마음의 중심을 잡기가 쉽지 않았다.

얼마나 지났을까. 식탁에 기대 깜박 잠이 들었던 은수는 인기척에 얼른 자리에서 일어났다. 거실 쪽으로 나서자 지환이 현관 앞에 서 있었다. 은수는 얼른 뛰어가 그를 껴안았다. 지환은 그저 가만히 그녀가 하는 것을 지켜보며 서 있을 뿐이었다.

"나…… 왔어요. 어떻게 왔는지 안 물어요?"

지환은 은수를 떼어 놓고 희미하게 웃었다. 피곤해 보이는 그의 얼굴이 은수의 가슴을 저리게 만들었다.

"아, 많이…… 피곤하죠? 우선, 밥부터 먹어요. 내가 당신 좋아하는 걸로 만들어 놨어요."

"좀…… 씻을게."

지환은 그렇게 한마디를 건네고 안방으로 들어갔다.

은수는 그가 전과 달리 차가워 보인다고 느꼈지만 그것은 그녀의 착각이라고 생각했다. 피곤하기 때문일 것이다. 하루 종일 일하고 들어온 사람에게 투정을 부릴 순 없었다. 얼른 국을 데우고 밥을 펐다. 따뜻한 집밥을 먹고 나면 그의 피곤이 조금은 풀리지 않을까 생각했다. 그녀의 이야기는 그 뒤에 해도 늦지 않았다.

"이것도 좀 먹어 봐요. 지환 씨, 옛날에 잘 먹던 거잖아요."

은수가 지환의 밥 위에 고기반찬 하나를 올려 주었다. 지환은 잠깐 웃어 주고는 밥을 삼켰다. 은수는 그제야 마음이 놓였다. 그는 살이 점점 더 빠져 얼굴이 핼쑥하니 말라 있었다. 이제라도 좋은 음식을 해 먹이고 몸보신을 시켜야 할 것 같았다. 은수는 또 다른 반찬을 지환의 밥 위로 올려 주었다.

"당신도…… 먹어. 나는 내가 알아서 먹을게."

"난 아까 음식하면서 조금 먹었어요. 괜찮아요. 지환 씨 많이 먹어요. 이거 다 먹고 밥 더 먹을래요?"

"……은수야."

지환이 가라앉은 목소리로 은수의 이름을 불렀다. 은수는 그의 눈을 피해 버렸다. 눈치란 것이 뻔했다. 아닌 척하려고 해도 서운한 감정이 턱 밑까지 차오르고 있었다.

"그래요. 말해 봐요……. 들어 줄게요."

은수는 애써 괜찮은 척 지환의 눈을 바라봤다.

"저거…… 뭐야?"

지환이 풀지도 않은 은수의 캐리어를 눈으로 가리켰다.

"뭐긴 뭐예요. 내 짐 가방이에요. 이제 여기서 살 거예요."

은수는 아무렇지 않게 대답하며 반찬을 집어 그의 그릇에 또다시 놓아 주었다.

"……무슨 소린지 알아듣게 설명해."

뛸 듯이 기뻐하지는 않아도 잘 왔다며 반갑게 안아 줄 거라 생각했다. 하지만 지환의 목소리는 너무나 차가웠다. 은수는 가슴이 조각나는 것 같아 제대로 숨 쉬기가 어려웠다.

"사직서 내고 왔어요. 당신 옆에 있고 싶어서요. 그러면 안 돼요……?"

붉어진 은수의 눈이 지환을 노려봤다. 왜 이렇게 딴사람처럼 구냐고.

"내가 연애하자고 했지, 같이 살자고 했어……? 이거, 당신…… 오버야. 학교가 그렇게 마음대로 그만둘 수 있는 곳이야? 책임감 강한 사람이 왜 그래? ……다시 내려가."

지환이 수저를 내려놓고 자리에서 일어났다. 은수는 가까스로 눈물을 참은 뒤 그를 따라 일어섰다. 안방으로 들어가려는 지환의 팔을 붙잡아 돌려세웠다.

"이러는 이유…… 내가 알아내려면 못 알아낼 것 같아요? 예전처럼 바보같이 가만히 앉아 울고 있는 윤은수로 보여요?"

지환은 모든 것이 다 빠져나간 눈으로 은수를 바라봤다. 무슨 말이라도 해 주길 바랐다.

변명이라도. 아니면 더 독한 말이라도.

"……"

"알았어요. 내 손으로 알아낼게요."

은수는 정신 나간 사람처럼 핸드폰을 찾았다. 민철에게 전화를 걸 것이다. 그가 아무 말도 하지 않는다면 윤석에게 전화할 것이고. 그래도 말하지 않는다면 그의 어머니에게 전화를 걸어서라도 이러는 이유를 알아내고야 말 것이다.

은수가 전화기를 잡아 통화 버튼을 누르려 하자 지환은 그녀의 전화를 낚아채 소파 쪽으로 던져 버렸다. 그러고는 은수를 돌려세워 그녀의 어깨를 세게 붙잡았다.

"잘 들어. 나는 이제 교도소에 내 발로 걸어 들어갈 거야. 언제쯤 나올지 몰라. 5년이 될지, 10년이 될지, 아니, 어쩌면 평생 못 나올 수도 있겠지. 그러니까 나는 당신한테 헤어지자고 말해야겠어."

은수는 지금 지환이 무슨 말을 하는지 이해하지 못했다.

"내가 나올 때까지 기다려 달라는 말 못 해. 당신이라면 그럴 수 있을 것 같아? 내가 당신 옥바라지 시키려고 다시 만나자고 한 줄 알아? 그냥…… 내가 나쁜 놈 되면 돼. 그러면 깨끗이 끝나는 이야기야. 나만큼 아파해 보라고 했던 말…… 거짓말이었어. 취소할게. 이제부턴…… 나 때문에 아파하지 마. 이것도 내 계약 안에 들어가는 거니까……."

바보. 헤어지자는 말을 이렇게 구구절절하게 아픈 가슴으로 말하는 거라면 헤어지지 않으면 되는 것이었다. 그렇게 만들면 되는 것이었다.

"그냥…… 우리 어디 외국으로 도망가서 살아요. 경찰이 찾아오면 이름 같은 것도 바꾸고 살면 되잖아요. 드라마에서도 그러잖아요. 우리도 그러면……."

은수는 무너지듯 주저앉았다. 가슴이 너무 아파 더 이상 말을 할 수가 없었다. 심장이 멈춘 것처럼 딱딱해져 움직여지지가 않았다.

일어나 보면 꿈일 것이다. 거짓말. 지환이 지금 하는 말이 모두 거짓이길 바랐다.

"나한텐 당신밖에 없어요. 당신만 두고 다른 거 다 내놓으라고 하면 다 내놓을게요. 제발…… 그러니까 제발…… 가지 마요."

도돌이표. 은수는 2년 전, 지환이 그녀를 붙잡기 위해 마지막으로 애원하던 목소리가 생각났다. 모두 다 그녀의 잘못이었다. 그때…… 도망치지 말았어야 했다.

12. 잊고 있었던 것처럼

"……그만 울어."

은수는 한참을 바닥에 앉아 꺼이꺼이, 누가 죽은 것처럼 울었다. 그러다 얼마간은 소리 없이 울기 시작했다. 지환은 소파에 앉아 그저 그 모습을 지켜볼 수밖에 없었다. 그녀에게 뭐라고 말해야 할까. 그녀가 원하는 답은 한 가진데. 가지 않는다는 것인데. 하지만 그 말만은 해 줄 수 없는데.

가지 않아도 상처받을 사람은 이 여자였다. 어떤 선택을 해도 상처받는 사람은 윤은수였다. 그렇다면 지환은 덜 상처받는 쪽을 선택해야 했다. 그를 잊게 만들어 상처가 아물기를 바랄 뿐이었다. 비겁하다고 해도 어쩔 수 없었다. 이기적이라고 해도 이렇게 할 것이다. 다른 건 아무것도 생각하지 않는다. 그저, 은수가 아프지 않기만을 바랄 뿐이었다.

은수는 한참을 멍하니 창밖을 바라보며 울다 자리에서 일어나 욕실로 향했다. 물소리가 나고 또다시 우는 소리가 잠깐 들렸지만 지환은 그 자리에서 움직일 수가 없었다. 얼마 후, 은수가 걸어 나와 지환의 앞에 자리를 잡고 앉았다. 세수를 한 건지 얼굴이 말갰다.

"……언제 들어갈 거예요?"

은수가 붉어진 눈으로 물었다.

"시간 끈다고 달라질 것 없어."

"……일주일만. 일주일만 나한테 줘요. 아무것도 안 하고 당신하고만 있게. 그러면…… 그러면, 미련 없이 보내 줄게요."

은수의 부탁이 가슴을 저몄다. 지환은 그저 은수를 내려다보며 그녀의 붉어진 볼과 눈을 쓰다듬었다.

"……."

"내가 많은 거 바라는 거예요? 이 정도는 나한테 해 줄 수 있잖아요? 당신 말대로 오늘 들어가나 내일 들어가나 상관없는 일이라면…… 그러면…… 그러면…… 나랑 조금만 더 있다가 들어가요. 제발……."

"일주일 지나면 보내 줄 수 있을 것 같아? ……당신 마음만 더 다쳐."

"다치든 말든 내가 알아서 할 테니까 일주일만요. 한 달도 아니고, 일주일인데. 그러면 나 견딜 수 있을 것 같아요. 5년이 됐든 10년이 됐든 견딜게요. 당신 나올 때까지 기다릴 수 있어요."

처음부터 이 여자가 이럴 것이라는 사실을 몰랐을까. 지환은 자신이 너무도 잔인하게 느껴졌다. 그가 하려는 복수 또한 이 여자를 생각하지 않는 것이었다. 어떻게든 이 여자의 옆에 있는 것이 사랑이라는 걸 알면서도 또 욕심에 눈이 멀어 이 여자를 울게 만들었다. 다른 누구도 아닌 그로 인해 은수는 아팠다. 그걸 모른 척하고 싶었을 뿐.

"……알았으니까, 이제 좀 누워. 당신 그러다 쓰러져. 도대체 얼마나 운 거야?"

지환은 은수를 단숨에 들어 안았다. 성큼성큼 안방으로 걸어 들어가 침대 위에 조심히 눕혔다.

"당신도 누워요. 안 그럼 나도 안 잘 거예요."

은수가 지환을 끌어와 옆에 눕혔다. 지환은 졌다는 의미로 은수의 옆에 누워 팔베개를 해 주었다. 그제야 만족한 듯 은수가 웃어 보였다.

"울다가 웃고……. 별걸 다 하는구나."

"당신이 그렇게 만들었잖아요. 당신 때문에…… 나 많이 변했어요. 그래서…… 고마워요."

은수는 지환의 까칠해진 볼을 쓰다듬었다. 아직은 그녀의 옆에 있었다. 이렇게 기억해 두면 되는 것이었다. 그가 꼭 가야겠다고 하면 보내 줄 것이다. 몇 년을 기다리는 건 아무 문제가 되지 않았다. 그가 그녀에게로 돌아오기만 한다면.

"나쁜 놈한테 고마워할 일이야? 그거…… 바로 후회하게 될지도 몰라."

지환은 일부러 더 미운 소리를 했다. 그다웠다. 최지환이 어딜 가겠는가.

"나한테는 세상에서 가장 착한 사람이 당신이에요. 세상 사람들이 다 당신이 잘못했다고 해도 난 당신 믿을 거예요. 진짜 당신이 잘못했다고 해도…… 그래도 당신 옆에 있을 거예요. 그게…… 내가 하는 사랑이에요."

"정말…… 지독하네."

지환이 얄밉게 말하고 웃자 은수는 그의 코를 맵게 비틀었다.

"계속 그렇게 삐딱하게 굴 거예요? 나, 다시 울어요?"

은수가 협박하자 지환은 항복한다는 뜻으로 그녀를 끌어안았다.

"……자. 자자, 우리. 일단은, 자 보자."

자고 나면 달라져 있기를. 정말 아무도 찾아오지 않는 오지의 섬에라도 떨어지기를. 두 사람은 빌어 보았다. 지환은 은수의 심장 소리를 들었다. 그거면 되었다. 은수는 지환의 온기를 느꼈다. 그것으로 만족했다. 아무것도 바라지 않았다.

▢ ▢ ▢

전화벨 소리에 눈을 떴다. 밖은 아직 어둠이었다. 시계를 확인하자 새벽 5시였다. 그의 팔을 베고서 잠든 은수를 내려다보다 지환은 조용히 몸을 일으켰다. 거실로 나와 핸드폰을 찾았다. 민철에게서 몇 통의 부재중 전화가 와 있었고, 윤석의 문자가 들어와 있었다. 그가 원하는 자료를 가지고 있으니 연락하라는 내용이었다.

멍청한 고집은 그의 친구다웠다. 지환은 윤석에게 전화를 걸었다. 곧바로 녀석의 목소리가 들렸다.

― 집 앞이야. 기다리고 있어. 나와.

지환은 외투를 챙겨 입고 조용히 현관문을 열고 나섰다.

겨울이 오고 있음을 알리듯 새벽 공기는 싸늘했다. 철없던 시절에 피웠던 담배가 생각나기도 했다. 무엇이든 중독되면 제어할 수 없을 거란 생각에 담배도 단숨에 끊었었다. 끊임없이 그에게 다가오는 유혹들을 물리치는 것은 쉬웠다. 그에게 무서운 것은 없었다. 왜냐하면 갖고 싶은 것도 없었으니까. 가져야만 하는 숙명이 있었을 뿐.

하지만 은수는 달랐다. 가지고 싶었다. 뺏기고 싶지 않았다. 그녀의 말처럼 그의 모든 것을 다 내어 주고 하나만 가질 수 있다면 그건 그 여자였다. 절절한 사랑 고백이었다. 지환은 마음을 정리하듯 마른세수를 하고 윤석의 차에 올랐다.

"……스토커야?"

아무렇지 않은 척 농담부터 던졌다. 윤석은 이럴 줄 알았다며 허탈하게 웃었다.

"당장이라도 교도소 들어갈까 봐 보초 서는 거야."

지환도 윤석을 따라 웃어 버렸다.

"집 안에도 한 명 있으니까 걱정 마. 당장은 안 보내 줄 거 같으니까."

"은수 씨 온 거야?"

윤석이 이 와중에 제일 반가운 소식이라고 목소리를 높였다.

"그래. 다 말했어. 들어갈 거라고. 헤어지자고도 했고."

"너, 정말……."

윤석은 은수를 대신해 지환을 한 대 패려다 주먹을 내려놓았다. 같은 편끼리 싸워 봤자 뭐 하냐는 생각이 들었기에. 지금은 똘똘 뭉쳐도 모자랄 판이기에. 윤석은 은수의 마음이 어떨지 이해가 돼 안타까웠다. 그도 다르지 않았기 때문이다.

"가져온 거나 꺼내 봐. 깨기 전에 들어가야 해."

지환이 재촉하자 윤석은 고개를 흔들었다.

"이러면서 어딜 간다는 거야. 너, 정말 은수 씨 두고 들어갈 수 있겠어? 이건 그냥 오기로 해서 될 문제가 아니야. 들어가면 끝이라고. 나오는 건 네 마음대로 할 수 있는 게 아니야."

윤석은 진지하게 설득했다. 어떻게든 상황을 벗어나 보자고. 다른 방법이 있을 거라고 생각했다.

"그 괴물이, 정략결혼부터 시키겠대. 그걸 은수보고 참고 있으란 말을 내가 어떻게 해? 너라면 할 수 있겠어? 이건 모두 다 망가져야 끝날 문제야. 내가 살려고 생각하면 그 괴물 못 이겨."

윤석은 깊은 한숨이 터져 나왔다. 어떻게 이리도 잔인할까. 왕관을 쓴 게 죄라면 왜 지환에게만 이리도 가혹한지 하늘에게 묻고 싶었다. 평범한 행복만 그리워하던 녀석이었다.

세상에 체념한 듯 쓸쓸한 눈빛이 늘 마음에 걸려 곁을 떠나지 못했었다. 은수를 다시 만나 이제는 행복할 수 있을 거라 생각했다. 그런데 그 행복을 질투라도 하는 것처럼 가만히 놔두지 않는다.

모든 것을 받아들이겠다는 듯 지환의 얼굴은 고요했다. 윤석이 내민 서류를 날카로운 눈으로 읽어 내려가는 모습이 평소와 다르지 않았다. 얼마나 많이 아파야 이럴 수 있을까. 윤석은 상상조차 할 수 없는 마음이었다.

"이 정도면 상대해 볼 만해. 우선은 우리 쪽 지분 넘겨받을 투자자부터 찾아. 굵직한 곳 말고 신생을 알아봐. 그래야 정 비서 쪽에서도 의심 안 할 거야. 내가 들어가면 곧장 작업하지 말고 시간을 두고 조금씩 진행해. 최 엔터 나올 때 옮겨 놓은 내 지분은 아직 눈치 못 챈 거 맞지?"

"그건 크기도 작고 지금 회사랑 연관이 없어서 모를 거야. 내가 세 번 정도 세탁했고."

"그래. 작은 거라도 무기가 될 수 있어. 들키지 않게 잘 묶어 둬."

지환의 계획은 아예 제3의 인물에게 회사를 팔아 버리는 거였다. 그게 회사에 손해를 입히지 않으면서 정 비서를 물러나게 할 수 있는 최선의 방법이었다. 우선은 지환이 구속되고 나면 회사 이미지가 실추되어 주가가 어느 정도 흔들릴 것이다.

곧바로 정 비서가 큰 회장의 핏줄이라는 명분을 앞세워 비상 체제에 돌입한다고 해도 반복되는 오너의 부재가 신뢰성을 잃는 데 작용할 것이고, 주주와 투자자들 사이에서 경영 안정화를 촉구하며 들고일어날 가능성이 크다. 새바람을 타고 신흥 세력이 힘을 받으면 판은 어떻게 뒤바뀔지 몰랐다.

"백 프로 성공한다는 보장은 없어. 변수는 늘 있는 법이니까. 그건 너도 잘 알지?"

"그래. 알아. 뚜껑은 열어 봐야 아는 거니까."

"참…… 남 일처럼 말한다. 실패하면 너 감방에서 썩을 수도 있다고, 인마."

윤석은 이 작전이 실패할 것을 대비한 생각도 해야만 했다. 재판을 해 봐야 알겠지만 아직까지 칼자루를 쥔 것은 정 비서였다. 그의 증언과 증거 자료가 재판 결과를 좌지우지할 것이다. 그도 최선을 다해 지환의 무죄를 입증하겠지만 그 싸움이 언제 끝이 날지는 아무도 모르는 일이었다. 재판이라는 것이 당사자와 그 주변인들을 얼마나 고통 속에 몰아넣는지 변호사인 그가 더 잘 알았다.

"윤석아."

"왜, 인마."

지환이 이렇게 낮은 목소리로 이름을 부르면 윤석은 겁부터 났다. 언제나 그보다 행동이 빠른 녀석이었다. 망설이는 법도 없었다. 아닌 것은 아니라고 했고, 가야 한다면 가고 말았다. 누가 말려도 이 녀석은 제 발로 그곳에 들어갈 것을 알았다. 윤석은 지환이 이제 그에게 무슨 부탁을 할지도 알고 있었다.

"은수…… 잘 좀 챙겨 줘. 처음엔 좀 힘들어하겠지만…… 단단한 여자니까 잘 이겨 낼 거야. 그러다 다른 남자 만나면…… 빼먹지 말고 축하한다는 인사도 해 주고. 알겠지?"

"그래. 안 그래도 너 들어가면 미련한 새끼는 그만 청산하고 꽃길만 가라고 충고해 줄 거니까 걱정 마."

부디. 윤석의 말처럼 되길. 지환은 바라고 또 바라며 녀석과 마지막 인사를 나눴다.

"그리고 부탁이다. 넌 나서지 마. 꼭 날 도와줘야겠다면 뒤에서 모르게 해. 재판은 다른 사람한테 넘기고. 그래야 내가 덜 미안하다, 너한테."

"알겠다고, 이 자식아! ……가, 가 버려."

윤석은 끝내 지환과 눈을 맞추지 않았다. 지환은 조용히 차에게 내렸다. 윤석의 차가 쌩하니 빌라를 돌아 나갔다. 아직 해는 뜨지 않았다. 은수가 깨지 않았기를 바랄 뿐이었다.

눈을 뜨자 지환이 없었다. 은수는 그대로 숨이 멈춰졌다. 이렇게 갔을 리 없었다. 그녀에게 거짓말로 회유하고 도망칠 리 없었다. 지환은 그녀가 아니었다. 은수는 다급하게 일어나 집 안 곳곳을 뒤졌다. 그는 어디에도 없었다. 어제 벗어 놓은 그의 신발도 보이지 않았다.

나쁜 사람. 이럴 거면서 왜 다정하게 팔베개를 해 주고, 웃어 주고, 안아 준 것일까. 은수는 처절하게 그를 원망했다. 그러다가 미안해졌다. 그를 붙잡고 있을수록 그녀의 마음만 더 다친다고 그가 이미 경고했었다.

족집게였다. 더 하고 싶은 말이 있어도 하지 못하게 만드는 능력자였다. 너무 잘 알아 얄미울 정도였다. 하지만 얄미워도 좋으니 다시 나타났으면. 이것이 거짓말이었으면 하고 바라자 정말 거짓말처럼 현관문이 열리고 지환이 나타났다.

은수는 온 힘으로 뛰어가 그를 껴안았다.

"간 줄 알았잖아요!"

눈물이 저절로 터져 나왔다.

"일주일 달라며. 아직 하루도 다 안 지났어."

지환의 덤덤한 말에 은수는 몸을 떼어 내고 그를 쏘아보았다.

"진짜 못됐어요!"

지환이 씨익, 웃고는 신발을 벗고 안으로 들어섰다. 그의 손에는 마트 봉투가 들려 있었다.

"장 봐 왔어. 당신 요리해 주려고."

은수의 가슴에서 파도가 일었다. 잔잔하다가도 아무것도 못 하게 확 하고 모든 것을 쓸어 내 버렸다. 이것은 온전히 지환만이 할 수 있는 묘기 같았다. 정작 그 당사자는 모르겠지만.

"수건도 잘 못 개는 사람이 무슨 요리를 해요?"

'어, 그걸 아직도 기억해?' 라는 듯한 지환의 표정에 은수는 얄밉게 웃었다. 그가 아직 가지 않았다. 울고 원망하며 아까운 시간을 허비할 순 없었다. 최대한 행복하고 싶었다.

"당신이 지시를 내리면 되지. 내가 아바타 하고. 여기 딱 앉아서 말만 해."

지환은 은수를 붙잡아 식탁 의자에 앉혔다. 그러고는 사 온 재료들을 하나둘 꺼내기 시작했다. 은수가 습관적으로 그것을 도우려 하면 지환은 눈으로 경고를 주었다. '동작 그만' 이라고. 말만 하라고. 아무것도 하지 말라고.

"그럼 우리 아침 몇 시에 먹을지 몰라요. 설명하다가 시간 다 갈 텐데요?"

"가면 좀 어때? 같이 있잖아. 그거면 된 거잖아."

맞았다. 원 없이 같이 있으면 된 것이다. 무엇을 하든 상관이 없었다.

"……어때?"

"짜요."

은수의 한마디에 지환은 울상이 되었다. 답답함을 참으며 몇 시간 만에 완성한 그의 첫 번째 요리는 깔끔하게 실패로 결론 났다. 은수는 그래도 노력이 고맙다며 맛있게 먹기 시작했다.

"내가 얼마나 대단한 사람인지, 이제 알겠죠?"

요리는 아무나 하는 게 아니라고 말하는 것처럼 은수가 어깨를 으쓱거렸다.

밝아진 은수가 사랑스러웠다. 지환은 밥을 먹다 은수의 볼에 쪽, 하고 뽀뽀를 날렸다. 은수가 무슨 의미냐며 눈을 동그랗게 뜨면 지환은 또다시 입에 쪽, 하고 뽀뽀했다.

"변하지 마…… 윤은수."

지환이 여운을 남기듯 말하자 은수가 물었다.

"무슨 뜻이에요?"

"이렇게…… 계속, 밝게 살라고. 옛날처럼…… 나 마음 아프게 종이 인형처럼 살지 말고. 알았지?"

"당신 가면 다시 종이 인형 될지도 몰라요."

은수도 지환처럼 덤덤히 말했다.

"가지 말란 협박이야?"

"네."

두 사람 모두 한 발짝도 움직이지 않는 것 같았다. 양보할 수 없는 싸움처럼. 그 이후로는 밥을 먹는 소리만 들릴 뿐, 한동안 대화가 없었다.

시간이 흘러가고 있었다. 시간은 멈출 수가 없었다.

늦은 아침을 먹고 소파에 기대 티브이를 보았다. 지환이 앉아 있으면 은수가 그의 무릎을 베고 누웠다. 먹는 방송이 나올 땐 같이 입맛을 다셨고, 예능 프로에 멈춰서는 깔깔대며 웃기도 했다. 해인이 등장하는 아침드라마를 보면서는 실컷 남자 주인공을 욕하기도 했고, 지루한 다큐멘터리를 틀어 놓고서는 진하게 키스를 하기도 했다.

지환의 전화가 자주 울렸지만 그는 받지 않았다. 은수는 모른 척했다. 그 전화를 받으면 그가 가 버릴 것만 같아 어딘가에 꽁꽁 숨겨 두고 싶기도 했다. 서로의 몸만을 탐하다 잠이 들었다.

자는 시간도 아까운데 자꾸만 잠이 왔다. 몸이 무겁고 피곤했다. 어딘가 아픈 것이 아닐까 생각했지만 그에게 걱정을 끼치고 싶지 않은 마음이 강했다. 지금은 다른 생각들로 시간을 보내고 싶지 않았다.

은수는 지환이 어디 가지 못하게 손을 꼭 잡고 잠들었다. 그러다 놀라듯 잠을 깨면 옆자리가 비어 있었다. 지환이 말도 없이 떠났을까 봐 불안해하다 거실에서 인기척이 들려오면 또 안심했다. 그가 떠나야 한다는 사실이 고문 같았지만 그 괴로움마저도 지금은 소중했다. 은수는 얼른 몸을 일으켜 거실로 나왔다.

지환은 어두워진 창밖을 가만히 내려다보고 있었다. 무슨 생각을 할까. 은수는 그 모습을 한참 동안 지켜보다 그의 곁으로 다가갔다.

"깼어? 더 자지. 나도 금방 들어갈 거야."

지환이 은수를 돌아보고 다정히 말했다.

"……사랑해요."

은수가 무언가 잊고 있었던 것처럼 그렇게 말했다.

13. 뒤늦게 깨달았다

　하루가 가고 이틀이 지났다. 사흘, 나흘, 시간은 속절없이 흘렀다. 은수는 약속한 일주일이 오지 않길 바랐다. 여기서 멈췄으면. 시간을 되돌릴 수 있다면 그녀는 어느 때로 돌아가야 할까. 그에게서 도망치려 했던 그 순간. 아니면 그를 처음 만났던 그 순간. 언제여도 상관이 없었다. 그와 함께할 수 있다면.

　지환은 잠깐 외출을 할 때도 있었지만 최대한 은수와 함께 있어주려 했다. 은수가 하자는 대로 아바타처럼 움직여 주었다. 가지 말라는 것만 들어줄 수 없다는 것처럼 다른 건 모두 은수에게 맞추며 아주 성실하게 그녀의 곁을 지켰다.

　"……어. 알았어. 나갈게."

　전화를 받은 지환이 은수에게 미안한 표정을 지어 보였다.

　"기주 형이야. 만나야 할 것 같아. ……금방 올게."

은수를 안심시키고 지환이 외출 준비를 했다. 현관 앞에서 그를 배웅하면서도 은수는 잡은 손을 놓아주지 않았다.

"은수야……."

"나도…… 같이 갈까요? 아니에요. 갔다 와요."

은수는 씩씩한 척 크게 웃어 보였다. 하지만 눈은 어느새 붉어져 있었다.

"……그래. 같이 가자. 형 집으로 간다고 할게. 지아도 보고. 형수님도 부르자."

마지막 인사를 지켜보는 것도 힘들겠지만 홀로 집 안에 있는 것도 고통이었다. 은수는 얼른 겉옷을 챙겨 입고 지환과 함께 나섰다.

그가 옆에 있다는 것이 이렇게 소중할 줄은 몰랐다. 바보같이 2년이란 시간을 허비했고, 그를 다시 만나고 나서도 멍청하게 함께할 시간을 놓쳤다. 누구를 탓할까. 소중함을 몰랐던 자신을 탓해야지.

은수는 지환이 운전을 하는 중에도 그에게서 시선을 떼지 않았다. 숨은그림찾기라도 하는 것처럼 하나, 하나 눈에 담고 가슴에 새겼다. 꺼내 생각하고 또 생각할 수 있게.

"내 얼굴 뚫리겠다. 그만 봐. 계속 멋있는 척해야 하잖아."

미워할 수 없는 사람. 은수는 웃을 수밖에 없었다.

"항상 멋있어서 원래 그런 줄 알았는데, 속았네요."

"원래 사랑받으려면 피나는 노력이 있어야 하는 법이야."

그의 말이 명언 같았다. 은수는 반성했다.

"노력도 안 하고, 항상 도망가기만 하고, 사랑한다는 말도 늦게 해서 미안해요."

"왜 얘기가 그렇게 흘러? 당신이 왜 노력을 안 했어? 나 눈 높아. 아무나 사랑 안 해. 그런 나를 지금까지 붙잡아 두는 거 보면 당신도 얼마나 많이 노력하고 있는 건데. 지금도 봐. 나만 바라봐 주고 있잖아. 그거면 돼."

서로를 바라보고 사랑만 하겠다는데 세상은 두 사람에게 그것을 허락하지 않는 것 같았다. 누가 이기는지 싸움을 벌이는 것이라면 은수는 이길 자신이 있었다. 어떤 장애물이 있어도 이제는 그를 포기하지 않을 것이다.

기다리면 그뿐이었다. 떨어져 있다고 해도 사랑하지 않는 건 아니었다. 세상이 잘못했다고 그들을 편하게 놓아줄 때까지 은수는 지지 않을 것이다.

"……이렇게 은근슬쩍 합치자는 수법이죠? 원룸 안 간 지 일주일이에요. 나, 이틀 밤새서 촬영했다고요. 피곤해서 죽기 직전인데 밥은 무슨……."

"형님!"

해인은 눈만 끔뻑인 채 지아와 그림을 그리고 있는 은수를 바라봤다. 왜, 어째서, 은수가 기주의 집에 있는 것일까. 머리로 생각하기 전에 눈물이 차올랐다. 반가워 한달음에 달려가 은수를 끌어안았다.

"어떻게 된 거야, 동서!"

그제야 해인의 눈에 은수의 뒤에 서서 그들을 못마땅한 눈으로 지켜보는 한 남자가 보였다.

"서방님……."

"저도 오랜만에 보는 거 아니에요? 너무 차별하는 거 같아서 섭섭함이 심술로 변하네요. 은수야, 일어서. 가자."

지환이 장난스레 은수의 손을 잡아 일으켰다. 그러자 해인을 대신하는 것처럼 지아가 은수의 반대편 손을 꼭 붙잡았다.

"작은엄마, 가지 마. 작은아빠, 나빠! 내가 그림에서 작은아빠만 뺄 거야!"

그건 또 받아들일 수 없어 지환은 항복하듯 은수의 손을 놓았다.

"됐지, 지아야? ……작은아빠도 그려 줘."

"응."

따라 들어온 기주까지, 다섯 명이 동시에 웃음을 터뜨렸다.

"진짜, 어떻게 된 거야?"

기주와 지환이 따로 차를 챙겨 정원으로 나가고 은수는 해인과 식탁에 마주 앉았다. 지아는 여전히 그들의 가족 그림을 완성하기 위해 열심히 그림을 그렸다. 모든 게 평온한 일상이었다.

"학교 그만두고 올라왔어요."

은수는 자신의 상황만 말하고 짧게 웃었다.

"정말? 잘됐다! 이제 서울에서 계속 보는 거야? 다시 내려간다고 하기만 해 봐. 내가 꽁꽁 묶어서 데리고 다닐 테니까. 이제야 내 마음이 편해진다. 동서 내려가고 얼마나 마음 아팠는지 알아? 내색도 못 하고. 그러니까 이제 행복하게 살아. 서방님이랑 같이 사는 거지?"

해인의 물음에 은수가 망설이다 고개를 끄덕였다.

"그래. 좋아하는데 뭐 하러 떨어져 있어. 그것만큼 바보 같은 짓이
어디 있냐고!"

"그러니까…… 형님도 얼른 합치세요."

허를 찔린 것 같아 해인은 민망한 웃음을 흘렸다.

"그래. 내가 누구한테 충고니. 나부터 잘 살고 동서한테 잘 살자
해야겠지."

"잃고 나서 소중한 걸 깨닫는 것만큼 바보 같은 일은 없어요. 뒤늦
게 후회해 봤자 소용없어요. 시간은 돌아오지 않아요. 되돌릴 수
가…… 없어요."

은수의 눈이 어느새 붉어져 버렸다.

"동서, 왜 그래……? 무슨 일 있어?"

"둘째어머니는……?"

커피 잔을 건네받으며 지환이 물었다.

"해외여행. 요즘은 거의 해외에서 사셔. 내 꼴 보기 싫다고. 지아
키우는 것도 나보고 알아서 하래."

기주는 체념한 듯 말하고 쓴웃음을 지었다.

잘 가꾼 정원은 계절의 색을 띠고 있었다. 철마다 변화하는 것이
당연한 것처럼 모든 것을 내어 주고 탄생시키며 꿋꿋이 살아 나갔
다. 인간처럼 멍청하게 아파하지도 무너지지도 후회하지 않는다는
듯이. 자신의 앞에 놓인 숙명만 받아들이고 살아 나가면 될 것을 인
간은 욕심을 부렸고, 뒤늦게 잘못을 깨달았으며, 되돌릴 수 없어 무
너졌다.

"지환아."

"어디까지 알고 있어?"

"너, 못 들어가게 방법을 찾아 달래. 김 비서가 찾아와서 울먹이더라. 난⋯⋯. 그래, 내가 너한테 이런 말 할 자격이 되는지도 모르겠다. 어찌 보면 나도 책임지기 싫어서 도망친 거나 다름없으니까."

기주는 처음으로 속마음을 열어 보고 싶었다. 이제는 그럴 수 있을 것 같았다.

"난 그냥⋯⋯ 두 번째가 좋았어. 형보다 공부 좀 잘한다고 어머니가 첫 번째라도 된 것처럼 굴 때⋯⋯ 사실은 무서웠어. 그때 저 사람 만났어. 행복했어. 지아 가진 거 운명이라고 생각했어. 하지만 어머니가 저 사람을 가만두지 않더라. 그게 다⋯⋯ 회장 자리 때문이겠지."

지환은 운명이 자신에게만 고약한 줄 알았다. 그러나 모두 다 각자의 운명 앞에서 싸워 내고 있었다.

"어디서부터 어긋났는지도 모르겠어. 사랑하는데, 싸우기만 했어. 제대로 된 사랑 같은 거 받아 본 적 없는 놈이니까 사랑을 어떻게 줄지도 몰랐어. 우리가 얼마나 다른지, 네가 나를 얼마나 힘들게 하는지만 말했어. 그 여자는 그럴 거면 놓아 달라고 말하더라. 미웠어. 후회하게 만들고 싶었어."

진심이 아닌 말들은 아팠고, 네가 나 때문에 상처받길, 후회하길 바라는 삐뚤어진 마음으로 번졌다. 결국 후회할 사람이 누군지 정답도 알고 있으면서 말이다.

"하루는 잔뜩 술에 취해서 해인이가 친구한테 전화하는 걸 들었어. 지옥 같다고. 차라리 저 사람이 바람이라도 피웠으면 좋겠다고. 그러면 도망갈 수 있지 않겠냐고. 저 여자는 기억도 못 할 말이겠지. 진심이 아닌 줄도 알아. 하지만 그때 난…… 영원히 저 여자를 고통스럽게 만들어야지 생각했어. 놔주지도 않으면서 사랑도 주지 않을 거라고. 그래서 지금 내가 그대로 고스란히 당하고 있지.”

기주는 후회로 가득한 쓴웃음을 보였다. 해인이 그로 인해 술에 중독되고 결국 모든 걸 놓은 후에야 기주는 깨달았다. 자신이 무슨 짓을 벌인 것인지.

“나는…… 지환아. 그때…… 다른 선택을 했으면 어땠을까 후회한다. 네가…… 나처럼 후회하지 않으면 좋겠다.”

“……은수가 날 용서 안 해 줄까?”

헤어지자고 해 놓고, 나를 잊고 살라 해 놓고, 용서를 걱정하고 있었다. 지환은 자신의 생각이 잘못되었다는 것을 이미 깨닫고 있었지만 모른 척해야만 했다. 아니, 그래야 한다고 마음을 다잡았다.

“네가 모두 다 책임지려고 하지 마. 큰형도 있고 나도, 있잖아. 우리 삼 형제 뭉치면 정 비서 하나 못 이기겠어? 설사 진다고 해도, 우리가 할아버지 죄를 물려받는다고 해도, 네가 모두…… 감당하려고 하지는 마. 우린 태어났을 뿐이야. 그게 죄는 아니잖아?”

이 싸움에서 형들에게 의지할 수 있을 거라는 생각은 하지 않았다. 더더군다나 큰형에게는 그럴 수 없다고 생각했었다.

우진은 매달 지환에게 메일을 보내왔다. 한 편의 시와 지내는 곳의 연락처. 언제든 힘든 일이 있으면 연락을 하라는 내용이었다. 도움이 되겠다고도 했다. 지환은 메일은 읽었지만 답장은 단 한 번도 하지 않았다. 답장하지 않는 게 형을 행복하게 만드는 것이라 여겼다.

"큰형한테는 말하지 말아 줘. 부탁할게, 형."

기주는 대답하지 않고 지환을 안타깝게 바라볼 뿐이었다.

ㅁ ㅁ ㅁ

"며칠 자택에서 지내다가 오늘은 최기주 대표 집에 방문했습니다. 윤은수 씨도 동행했습니다."

"그래. 계속 놓치지 말고 주시해. 이윤석 변호사 쪽은 어때?"

"……움직임이 달라 살펴보는 중입니다. 상황 파악되면 보고드리 겠습니다."

"그래. 나가 봐."

태섭은 수족을 보내고 블라인드를 올려 창밖을 바라봤다. 그의 아버지 최 회장도 늘 창밖을 바라보며 생각을 정리했었다. 그건 손자 지환도 닮아 있었다. 피는 그래서 무서운 법이었고, 그 피를 닮아 태섭도 모든 일에 냉정하려 애썼다.

고지가 코앞이었다. 예상치 못한 감정에 휘둘려 모든 일을 그르치지 말아야 했다. 그의 예상대로라면 지환은 제 발로 교도소에 들어갈 것이다. 승산 없는 싸움을 시작할 것이고, 회사를 그의 손에 넘기지 않기 위해 머리를 쓸 테다.

그가 살아온 인생의 반밖에 살지 않은 애송이에게 질 리는 없었다. 지환이 허를 찌르면 그는 나머지 반대편까지 찔러 인생의 쓴맛을 보여 줄 것이다. 무너지고 포기하고 후회하며 함부로 덤비면 안 되는 이유를 깨닫게 만들어 영원히 할아버지를 원망하며 살게 만들 것이다. 복수할 수 없는 대상을 향해 악, 소리조차 내지 못하게. 그가 당했던 것처럼. 그처럼.

태섭도 알았다. 이 복수의 화살이 잘못되었다는 것을. 지환은 아무 잘못도 없다는 것을. 하지만 태섭은 지환의 도전이 두려웠다. 세상조차 우습게 여기는 젊음이 부러웠고, 운명의 소용돌이 속에서도 자신의 사랑을 지켜 내는 강인함이 존경스러웠다.

그래, 질투가 맞을 것이다. 그가 꿈꿨던 삶. 평생을 꿈꿨지만 이제는 이룰 수조차 없는 행복. 죽음만을 향해 가는 그에게 남은 것은 단 하나뿐이었다. 오직 독밖에 없었다. 결국 이 독이 그 자신마저 죽여 버릴 것이란 사실도 알았다. 그러니 여기서 멈춰야만 했다. 하지만 되돌릴 수 없었다. 그러기엔 독을 품고 살아온 그의 30년 인생이 그 것을 허락하지 않았다.

"정 비서님, 강 여사님께서 찾아오셨습니다."

비서의 전언에 태섭은 흐트러진 정신을 바로잡았다. 이제 복수를 즐길 일만 남았다.

"들여보네."

문이 열리고 강 여사가 들어섰다. 한 손에는 붕대를 감은 채 산송장이 된 얼굴로 그에게 다가왔다. 태섭은 저절로 입꼬리가 올라섰다. 이런 날을 얼마나 기다려 왔던가.

"앉으시죠. 소식 들었습니다. 몸은 좀 괜찮으신지요?"

태섭의 뻔뻔한 물음에 강 여사의 눈이 독기로 가득 찼다.

왜 나여야만 하냐고. 왜 우리여야 하냐고. 따지고 싶었다. 도저히 이해가 되지 않았다. 복수를 하려면 죽어 버린 영감에게 해야지, 왜 우리냐고! 강 여사의 두 손이 바들바들 떨렸다.

"……원하는 게 뭐야? 당신이 원하는 게 뭔데 이래? 그 자리는 내 자리였어. 첫 번째는 나였어. 당신이 사랑한 그 여자가 아니라, 나였어야 했다고!"

태섭이 짧게 코웃음을 쳤다.

"아직도 자신의 잘못을 깨닫지 못하신 겁니까? ……당신이 그 자리를 버렸지 않습니까? 스스로 그 남자와 헤어지지 않았습니까? 그래서…… 그래서, 그 여자가…… 그 남자 옆에 갔다는 걸 왜 모른 척하는 겁니까!"

태섭의 목소리가 높아졌다. 감정이 되살아났다. 이래서 좋을 것은 없었다.

끝도 없는 욕심에 사로잡힌 여자. 이 한 사람의 변심으로 인해 어떤 일이 벌어졌는지 본인은 아직도 깨닫지 못하고 있었다.

최 회장이 건넨 돈 봉투를 받아 들고 그녀는 떠났다. 한 남자는 무너졌고, 어떤 여자든 상관이 없었다.

형이 태섭이 사랑한 여자를 선택한 건 숨겨진 동생이 있다는 것을 알고 벌인 아버지를 향한 복수였다. 아버지를 시험하고 평생 죄책감 속에서 살아가도록 만들기 위해 그가 벌인 복수극은 끝없는 비극으로 이어졌다.

부잣집 고명딸은 집안의 압박을 이기지 못하고 최 회장의 제안을 받아들였다. 모든 것이 꼬였고, 모두가 불행해졌다.

동생을 사랑한 여자는 형을 사랑할 수 없었지만 형은 동생의 여자를 사랑해 버렸다. 비극은 거기에서 또다시 시작되었다. 여자의 마음을 가지지 못한 남자는 다른 여자들을 품었다. 그로 인해 그녀는 조금씩 죽어 갔다.

곁에서 그저 모든 것을 지켜봐야만 했던 태섭은 모두가 죽었으면 좋겠다고 생각했다. 그래야 그 고통이 끝날 것만 같았다.

그녀를 선택한 형보다, 숨겨진 아들을 밝힐 수 없어 그를 배신한 아버지가 더 용서되지 않았다. 복수의 칼날을 세운 건 그때부터였다. 이 모든 일의 시작을 만들어 놓고 되돌아온 여자 역시 용서할 수 없었다.

"……나 때문이 아니라 그 여자가 스스로 선택한 거야. 바보같이. 멍청하게. 그렇게 그 남자를 선택해 놓고 마음도 안 줘서 그 남자 인생을 말아먹었잖아. 엄마가 다른 자식을 셋이나 만들어 놓고 행복하게 다 가지려고 했어? 그게 잘못된 거야. 그래서 잘못됐다고 말한 것뿐이야. 지금 당신 마음에 있는 남자가 최진수가 아니라 정태섭이냐고 물은 죄밖에 없어. 그냥…… 첫 번째에서 물러나라고만 했어. 그러면 모두 다 비밀로 가져갈 수 있다고. 그걸 죽으란 소리로 받아들인 그 여자가 잘못인 거지, 내가 죽인 게 아니라고!"

이 여자는 영원히 깨닫지 못할 것이다. 그래서 태섭은 이 여자가 아니라 지환을 선택했다. 그래야 이 여자를 죽일 수 있을 것 같았다. 죄 없는 자식의 불행 앞에서 얼마나 버틸 수 있냐고. 그것을 보고도 버티는 어미라면 당신은 어미 자격도 없는 것이라고.

"그래……. 그 여자는 자기 잘못이 뭔지 알고 스스로 죽었어. 근데, 당신은 어때? 손을 그었다고? 정말 죽을 생각이었다면 그러지 않았겠지. 당신 아들한테 면죄부를 받기 위해서 쇼를 한 거잖아. 내가 모를 줄 알았나?"

강 여사는 미친 여자처럼 웃어 댔다. 하지만 눈은 웃지 않았다.

"당신이 원하는 게 그거야? 내가 죽는 거? 이 자리에서 죽어 줄까? 그러면 모두 다 끝낼래?"

강 여사는 가방을 뒤져 약통을 꺼냈다. 협박하려는 거면 번지수를 잘못 찾았다. 태섭은 그녀 앞에 서류를 던졌다.

"당신 아들이 제 발로 교도소에 걸어 들어갈 거야. 모든 죄를 뒤집어쓰고. 우습지 않아? 어미는 이토록 자기 자신만 생각하는데. 불쌍한 아들은 당신한테서 태어난 죄로 평생을 감옥에서 썩어야 한다니."

인생이 어떠한 방향으로 흘러갈지는 아무도 알지 못했다. 감정도 마찬가지였다. 순간의 감정에 휩쓸려 일을 그르치지 말라는 명언이 가슴에 새겨져 있지만 인간은 망각의 동물이었다. 그래서 언제나 뒤늦은 후회를 한다.

□ □ □

"……내일이네요."

우리가 약속한 일주일. 은수가 불 꺼진 방 안에서 그의 등을 바라보며 말했다. 지환은 잠든 것인지 말이 없었다. 약속한 시간이 다가올수록 두 사람은 더 이상 웃을 수가 없었다. 최대한 행복하게 웃으며 지내다 그를 보내겠다고 다짐했지만 쉽지 않았다.

끝을 알고 하는 사랑은 사랑이 아닌 것만 같았다. 그래서 사람들은 영원하자고 약속하는 모양이다. 끝을 모른 척하면서 말이다.

"마지막 인사는 안 할래요. 그냥…… 나 잘 때 가 버려요. 내가 울면…… 당신 못 갈 거 아니에요. 당신 뒷모습 보기 싫어요. 그게 마지막일 거 아니야……. 기억하기 싫어요."

그러면서 은수는 돌아누웠다. 이제부터 그를 떠나보내고 이겨 낼 수 있는 힘을 길러 내야 했다.

은수가 돌아눕자 지환이 등 뒤로 그녀를 끌어안았다. 그들의 어긋난 사랑 같았다. 서로를 바라본다는 게 이토록 힘든 일이었다니.

사랑이 지독했다. 누가 사랑을 만들었을까. 이렇게 아프기만 한 것을 뭐가 좋다고.

"……내가 한 선택 후회해. 당신 때문이라도 멈춰야 하는데…… 나란 놈은 그렇게 못 해. 그래서 기다려 달라는 말도 못 하는 거야. 최선을 다해서 당신을 사랑하지 못해서 미안해. 나를…… 용서하지 마."

메마른 목소리는 눈물에 젖은 듯 그림자가 길었다.

은수는 그의 얼굴이 보려고 뒤돌아 누웠다. 지환이 어둠 속에서 울고 있었다.

□　□　□

날이 밝았다. 침대는 허전했다. 지환은 은수의 부탁대로 마지막 인사를 하지 않고 떠났다. 금방이라도 울음이 터질 줄 알았는데, 마음은 고요하기만 했다.

　은수는 아무렇지 않게 이부자리를 정리하고 일어나 세수를 하고 아침 청소를 시작했다. 늘 하던 것처럼 거실과 방들을 쓸고 닦고 그가 벗어 놓고 간 옷들을 깨끗하게 빨았다. 빨래 돌아가는 소리를 들으며 시집 한 권을 꺼내 읽었다.

　이렇게 흘러가면 된다. 하루, 이틀, 한 달. 1년, 2년, 10년. 아니면 평생. 어려울 것은 없었다. 윤은수는 참는 것도 잘하고 바보같이 사는 것도 잘하니까.

　배가 고팠다. 그가 떠나도 배는 고팠다. 삶이 그런 것이다. 누구를 탓할 필요도 없었다.

　주방으로 들어가 쌀을 씻고 밥을 안쳤다. 반찬 몇 개를 만들고 1인분의 음식을 차렸다. 수저를 들고 밥을 먹기 시작했다. 역겨움에 속이 뒤틀렸지만 참았다.

　먹어야 했다. 견뎌야 했다.

　결국 욕실로 뛰어가 모든 것을 게워 냈다.

　숨을 돌리고 멍하니 앉아 있다 은수는 뒤늦게 깨달았다.

　그의…… 아이를, 가졌다는 것을.

14. 떠나는 법, 떠나보내는 법

"축하드려요. 임신 4주 차네요."

검사를 마친 여의사가 은수를 보고 결과를 알렸다.

"여기 동그란 게 보이시죠? 아직 콩알만 하지만 이게 태낭이라는 거예요. 아기집이라고 생각하시면 돼요. 여기서 태아가 열 달을 살다가 엄마를 만나러 나오는 거죠."

초음파 화면을 보며 설명을 마친 의사는 은수에게 더 궁금한 것이 있냐는 눈빛을 보냈다.

"저…… 모르고 소주를 한 잔 마셨는데, ……괜찮을까요?"

은수는 그날이 걸렸다. 포장마차. 딱 한 잔뿐이었지만 4주 안에 들어가는 날이라 걱정이 되었다. 의사는 안심해도 된다는 듯 웃어 보였다.

"한 잔 정도 마신 건 괜찮을 겁니다. 그래도 앞으로는 조심하셔야 해요. 산모가 잘 먹고 잘 쉬어야 아기가 건강하게 자리를 잡으니까요. 산모님 역할이 큽니다."

"네. 감사합니다."

"그리고 다음 진료 땐 아버님도 같이 나와 주세요. 요즘은 엄마 못지않게 아빠의 역할도 크거든요."

은수는 확답을 하지 못한 채 진료실을 빠져나왔다.

오늘 찍은 초음파 사진과 산모 수첩이라는 것도 건네받았다. 산모란에 '윤은수'라는 이름도 적어 넣었다. 다음 진료를 예약하고 병원 밑에 있는 약국에 들렀다. 임산부에게 필요한 여러 가지 약들을 안내받고 구입했다.

한 걸음 한 걸음 걸어 나가는데, 혼자가 아닌 것 같았다. 몇 시간 전만 해도 홀로 남겨진 줄 알았는데, 둘이 되었다. 떠난 그가 보낸 선물 같았다. 당신 혼자 외로울까 봐. 아이랑 같이 잘 견뎌 달라고 말하는 것 같았다.

은수는 길가 한가운데에 멈춰 서서 울음을 터뜨렸다. 이제야 눈물이 났다.

그녀는 엄마가 되었다.

"여기……."

커피숍에 앉아 있던 은수가 손을 들어 자신의 위치를 알렸다.

헐레벌떡 뛰어와 그녀 앞에 앉은 남자는 윤석이었다. 사무실 앞으로 찾아가 무턱대고 기다렸다. 외근 중이던 그는 서둘러 일을 마치고 은수를 만나러 왔다.

"원래 사무실 붙박인데, 타이밍이 안 맞았네요. 많이 기다렸어요?"

"아니에요. 제가 갑자기 연락해서 죄송해요."

"무슨, 그런 섭섭한 말을 해요. 나 저번에 놀러 가서 은수 씨랑 많이 친해진 줄 알았는데, 나 혼자 착각한 거예요? 언제든지 편하게 연락해요. 이제…… 저한테, 다 해요."

지환이 윤석에게 어떤 부탁을 하고 갔을지 충분히 짐작되었다. 은수는 알겠다며 웃어 주고는 만남의 이유를 꺼내기 시작했다.

"지환 씨가 그런 선택을 할 수밖에 없었던 이유를 알고 싶어요. 말해 줄 사람은 윤석 씨밖에 없어요. 부탁드려요."

일부러 캐묻지 않았다. 당신이 그런 선택을 해야만 한다면 따라 주겠다고. 그럴 수밖에 없는 이유가 있을 테니.

하지만 이젠 그 이유를 알아야 했다. 알아서 그녀가 할 수 있는 모든 노력을 해야만 했다. 그녀를 위해서라도, 태어날 아이를 위해서라도.

"무슨 말부터 시작해야 할지 모르겠어요. 그 녀석이 아무 말도 안 한 거면 은수 씨가 몰랐으면 했을 수도 있어요. 제가 생각하기에도 은수 씨까지 마음 아파할……."

은수는 윤석의 말이 끝나기도 전에 그의 앞에 사진 한 장을 내밀었다.

"이거면 충분할 것 같아요. 알아야 하는 이유."

□　□　□

"이윤석 변호사 쪽 움직임이 심상치 않습니다. 굵직한 업체들을 만나서 투자 상담 중이라고 합니다. 지분을 모아서 한꺼번에 넘길 가능성도 생각해 봐야 할 것 같습니다."

태섭이 예상했다는 듯 입가에 미소를 머금었다. 뛰는 놈 위에 나는 놈이 있고, 그 나는 놈 위에는 뛰지도 날지도 못하게 만드는 괴물이 있었다. 그게 태섭이었다.

생전 최 회장은 태섭의 경영 전략에 매번 반대의 뜻을 표시했다. 하지만 그는 보란 듯이 성공해 보였다. 이 회사를 이만큼 키울 수 있었던 것도 최 회장의 눈을 속여 그가 행한 상식적이지 않은 해결 방식 때문이었다.

성공 앞에선 법도 무의한 것이었다. 성공한 사람이 법을 만드는 것이었고, 그 법은 성공을 도와주는 도구일 뿐이었다. 나쁜 놈이 더 잘 사는 세상에서 착하게 사는 것만큼 멍청한 짓이 없었다.

전화가 울렸다. 약통도 챙기지 못하고 아연실색하며 떠났던 강 여사였다. 태섭은 느긋하게 벨소리를 흘려보내다 악이 받칠 때쯤 통화 버튼을 눌렀다.

"네. 접니다. 반성을 했다고 하기엔 시간이 이르지 않습니까? 그만큼 사셨으면 참는 법도 아셔야죠? 저처럼 30년은 못 참아도 며칠만에……."

— 내가, 내가 다 녹음했어! 당신이 한 얘기 내가 다 녹음했으니까, 우리 지환이 내가 살릴 거야. 그 감방에, 당신 처넣을 거야! 내가 하고 말 거라고!

"……."

태섭은 잠시 입을 닫고 앞에 놓인 찻잔을 만지작거렸다. 상대에겐 그게 긴장한 것으로 느껴졌을 수도 있을 것이다.

— 진실은 언제든 밝혀져, 알아? 네놈이 그렇게 악을 써도 세상은…….

"그 진실을 밝히면 누가 더 피해 볼지 시작해 볼까요? 녹음? 그 일을 내가 벌였다는 증거보다 당신 아들이 결재했다는 증거가 더 많아. 나를 자극하지 마. 내가…… 이 자리에서, 당신 하나 감방에 못 처넣어서 가만히 있는 줄 알아? 네 아들도 제 발로 걸어 들어간 거야. 내가 처넣은 게 아니라. 무슨 뜻인지 모르겠어? 반성을 하라고. 반성 몰라? 계속 이렇게 나오면 나도…….."

— 우진이를 부를 거야. 최우진을 불러서…….

태섭이 던진 핸드폰이 저 멀리 날아가 고가의 백자들을 깨고 바닥으로 떨어졌다.

"아, 약속하신 게 아니면 아무도 들이지 말라고 하셨습니다."

"기다릴게요. 기다리면 나오시겠죠."

"그러시면 안……."

은수가 포기하지 않고 대기 의자에 앉자 비서는 난처한 표정이었다. 때마침 정 비서의 방에선 무언가가 와장창 깨지는 날카로운 소리가 흘러나왔다. 비서들은 순간 긴장했고, 은수는 안고 있던 가방을 더욱더 꼭 붙잡았다.

엄마는 강하다고 했던가. 무슨 용기에서인지 정 비서를 만나야겠다는 생각이 들었다. 윤석은 소용없을 것이라고 충고했지만 은수는 포기하지 않았다. 아직 시작도 하지 않았으니까.

그 남자가 가진 복수심이 얼마나 큰지 그녀는 가늠할 수 없었다. 다만 왜 그런 복수심을 가지게 되었는지 이유를 들었을 땐 가능성이 있다고 생각했다. 복수심이니까. 그는 감정이라는 것으로 그들을 괴롭히고 있는 것이니까. 그 감정이라는 것은 그 자신 또한 괴롭게 만들고 있을 것이다.

은수는 알았다. 이 싸움의 승자는 처음부터 없다는 것을.

"윤은수 씨가 찾아왔습니다. ······네. 알겠습니다."

비서가 은수의 눈치를 보고 인터폰을 들었지만 돌아온 대답은 긍정적이지가 않았다.

"저······ 오늘은 아무래도 못 만나실 것 같습니다. 다음에 약속을 잡고 오시면······."

"괜찮아요. 저 신경 쓰지 마시고 일 보세요."

은수는 포기하지 않았다.

　　　□　□　□

"이거 녹음 파일이야. 그 인간이 자기 입으로 다 꾸몄다고 말했어. 이거면 빼낼 수 있지 않아? 제발 어떻게든 우리 지환이 좀 구해 줘. 내가 이렇게 빌게."

윤석은 반쯤 정신을 놓은 듯 그에게 매달려 무릎을 꿇으려는 강 여사를 일으켜 앉혔다.

"어머니, 진정하세요."

"내가 어떻게 우리 지환이를 그 자리에 앉혔는데. 이렇게 허무하게 끝낼 수 없어. 무조건 되찾아야 해. 그 자리, 그 인간한테 넘길 수 없어!"

결국 아들이 아니라 자리였던 걸까. 그토록 원하던 걸 가졌음에도 만족하지 못하고 지환을 놔주지 않았던 건 아들을 사랑하기 때문이 아니라 그녀의 집착과 욕심 때문이었을까.

윤석은 지환이 왜 그리도 어머니에게 냉정해지려 했는지 이해가 되기도 했다.

"이걸로 증거가 충분할지는 모르겠어요. 정 비서 쪽에서 워낙 쥐고 흔드는 게 많아서. 지환이도 그거 생각해서 제 발로 걸어 들어간 거고요. 지금은 정 비서를 건드리지 않는 게 좋아요. 어머니가 나서실수록 더 불리해질 수 있어요. 방법은 제가 더……."

"그 인간 약점은 우진이야. 그 여자를 사랑하더니, 그 여자 아들이 자기 아들인 줄 알아. 그 녀석을 이용하면 어떻게 방법이……."

"어머니."

윤석은 강 여사의 말을 막았다. 그가 이런 말을 할 자격이 없을지도 모른다. 오래된 친구여도, 친구의 상처를 옆에서 지켜보았다 해도, 정답이 어떤 것인지 알 수 없었다.

하지만 더 이상 이들 형제가 엇갈리는 것은 막아야 한다는 생각이 들었다.

"지환이는 형이 가진 걸 다 빼앗아서 첫 번째가 되고 싶었던 게 아니에요. 형한테 희생을 강요하고 상처를 주면서까지 그 자리에 오르고 싶어 하지 않았어요. 그랬다면 은수 씨를 보내고 2년 동안 죽은 사람처럼 살지 않았겠죠."

강 여사는 네가 뭘 아냐는 눈빛이었다. 그래도 윤석은 멈추지 않았다.

"그냥, 세 번째여도 그 세 번째의 자리에서 인정받고 싶었던 거예요. 자기 능력으로 회장이 되고 싶었고, 형이 그걸 인정해 주면 된다고 생각했어요. 이렇게 형을 불러들여서 이용하고 싶지 않을 거예요, 어머니."

"그래, 내가 독하다고 말하고 싶은 거겠지. 나도 안다. 지환이가 나를 어떻게 생각하는지. 알아도 변하는 건 없어. 이미 너무 먼 길을 걸어왔어. 그 녀석이 다시는 나를 보지 않는다고 해도 괜찮아. 내가 어떻게든 지켜 낼 거야. 무슨 방법을 써서라도……."

"정 비서도 똑같은 마음이겠죠. 30년을 복수를 위해 달려왔고, 그래서 멈추지 못하는 걸지도 몰라요. 지금 어머니처럼."

윤석은 자리에서 일어나 책상 서랍 속에 준비해 둔 서류 봉투를 꺼내 왔다.

"지환이가 어머니 몫으로 사 둔 해외 별장이에요. 다시는 보고 싶지 않다는 뜻이 아니라 정 비서한테서 어머니를 지키고 싶은 거라고 생각해요, 전. 그리고 이건……."

봉투 안에서 두꺼운 종이 뭉치 하나가 딸려 나왔다.

"지환이 정신과 상담 일지예요. 어머니한테 전해 드리라고 말한 적은 없어요. 저도 열어 보지 않았고요. 담당 의사가 친구예요. 친구의 입장에서 어머니가 보셨으면 좋겠다고 했어요."

서류를 건네받는 강 여사의 손이 흔들렸다. 무슨 내용이 적혀 있을지 그녀는 이미 알고 있었다. 아들이 자신으로 인해 얼마나 아픈 인생을 살았는지. 알고 있으면서도 그녀는 멈추지 못했다.

아니, 어쩌면 멈추지 못한다는 건 핑계일지도 몰랐다. 멈추고 싶지 않은 것일 테지.

모든 것은 바로 나 자신의 행동으로 결정된다. 그것은 다르게 말하면 멈출 수 있다는 뜻이기도 했다.

□ □ □

"한국분이시죠?"

"네? 아, 네."

"그 시집, 저도 좋아하거든요. 요즘은 시집 읽는 사람들이 많진 않지만."

우진은 옆자리의 여자에게 짤막하게 웃어 보였다.

모르는 사람과 여유롭게 대화할 상황은 아니었다. 마음이 다급했다. 부랴부랴 비행기 표를 알아보고, 선교사 일을 마무리하면서도 그는 동생 지환을 떠올렸다. 책임감 강한 녀석이 그럴 줄 왜 몰랐을까. 우진은 자신의 잘못을 탓했다.

할아버지가 돌아가시기 직전, 그에게 남긴 말이 무엇인지 이제야 깨달았다. 지환을 혼자 두지 말라고 했었다. 떠나겠다고 마음먹은 그에게 할아버지는 동생의 곁을 지켜 주길 바라셨다. 그 약속은 지키지 못했다. 은수를 볼 수 없어 그랬고, 지환이 죄책감을 가질 것이라 멋대로 추측했다.

머나먼 땅이 아니라 동생들 곁에 있었다면 지금의 일을 막을 수 있었을까. 모든 생각이 뒤늦은 후회로 찾아왔다. 이제 다시는 후회 하지 않겠다고 다짐했지만 쉽지 않았다. 여전히 모든 선택과 결정은 후회를 남겼다.

"……후회해요. 한국을 떠난 거."

옆자리의 여자가 또다시 입을 열었다. 그녀의 앞에는 빈 술잔이 놓여 있었다. 우진이 예의상 보이던 미소도 지워 냈지만 여자는 멈추지 않았다.

"이상한 여자라고 생각하죠? 이해해요. 근데, 한국말이 너무 하고 싶어요."

여자의 눈에 눈물이 고인 것처럼 보이는 건 그의 착각인 것일까. 우진은 조용히 시집을 덮었다.

"……하세요. 들어는 줄 수 있습니다."

"친절하시네요. 제 눈이 맞았어요. 좋은 분 같았거든요. 아주 지루 하고 허무한 얘기를 할게요. 지어낸 얘기라 생각하셔도 별수 없고 요."

여자는 그렇게 말을 시작했다. 우진은 고개를 조금 돌려 여자를 바라봤다.

"재벌 집 막내딸. 정략결혼을 피해 해외 도피. 그러다 어머니의 임 종조차 지키지 못한다. 여기까지가 남들이 보는 팩트예요. 실제로 그 딸이 생각하는 사실은, 재벌이 아니라 졸부 집 배다른 딸. 정략결 혼 할 남자의 배신으로 쪽팔려서 도망. 엄마가 죽어서 이제 공주놀 이도 디 엔드. 재미없는 소설 같죠? 네, 저도 그렇게 생각해요. 익스 큐즈 미."

여자는 승무원을 향해 또다시 손을 들었다.

"그만 마시는 게 좋을 것 같습니다."

우진은 다가오는 승무원을 돌려보냈다.

"절…… 이해 못 하시겠죠. 뭐, 이해를 바라지 않아요. 태어날 때부터 그랬어요. 태어날 때부터, 누군가에게 죄를 지었거든요. 큰언니. 큰어머니. 이해해요. 이해하는데, 좀…… 억울해요. 뭐, 그렇다고요."

여자는 더 이상 술을 먹지도 입을 열지도 않았다. 닫혀 있는 창밖 쪽으로 고개를 돌린 채 한국에 도착하기를 기다리고만 있었다. 그 모습이 왠지 쓸쓸해 보였다. 어쩌면 사실은, 도착하지 않기를 바란 것은 아닐까. 우진은 멋대로 추측을 하다 다시 시집을 읽기 시작했다. 그의 생각을 정리할 때였다.

□ □ □

"아이고, 이게 누구여?"

"잘 지내셨어요?"

"나야, 그날이 그날이지. 어여, 들어와. 근디 사모님이랑 약속을 하고 온 것이여?"

은수는 본가 안으로 들어서며 고개를 저었다.

황 씨는 걸음을 멈춰 서서 안방 쪽을 바라봤다. 괜히 은수를 들여 한 소리 듣는 것은 아닐까 잠깐 망설여졌다. 하지만 이제 눈치를 보는 일도 예전 같지가 않았다. 큰 회장님이 돌아가시고 난 뒤 당장이라도 내쫓을 줄 알았는데, 정이 무서운 건가. 그대로 놔두기에 측은한 마음이 들기도 했다.

이혼한 아들은 얼굴조차 내비치지 않고, 어쩌다 한 번씩 들를 때마다 고성이 오갔다. 뭘 얼마나 가지려고 이러나 싶었다. 재벌 집이면 행복할 줄 알았는데, 여기 들어와 살면서 깨달았다. 돈은 아무 의미가 없는 거구나. 아니, 욕심은 끝이 없다는 것을 강 여사를 보며 느끼게 되었다.

"이거…… 어머님 식사하실 때 챙겨 드리세요."

은수는 건강식품과 몸에 좋은 약재들을 황 씨에게 건넸다.

"참, 막내며느님……. 뭐, 이혼했어도 막내며느님 해도 되지? 하여튼, 이렇게 착해서 어디다 쓰누. 그래, 착한 사람 하나는 있어야 이 집안이 안 살겠어. 고마워. 내가 대신 인사하께잉."

황 씨가 은수의 손을 꼭 잡아 주었다.

강 여사는 안방에 있는 듯했지만 인기척이 없었다. 정 비서를 만나고 나온 은수는 무슨 마음에서인지 강 여사도 만나야겠다는 생각이 들었다. 그래도 그의 어머니였다. 태어날 아기의 할머니가 되었다. 모른 척 무시하는 건 도리가 아닌 것 같았다.

똑똑.

아주머니가 차를 준비하는 사이, 은수는 안방 문을 두드렸다. 돌아오는 대답은 없었지만 은수는 망설이지 않고 문을 열었다.

강 여사는 벽을 바라본 채 침대에 누워 있었다. 깔끔하게 정리된 방 안이 어딘가로 떠나려는 것만 같았다. 은수는 조용히 그녀의 옆으로 가 인사를 건넸다.

"어머님, 저 왔어요."

은수의 목소리가 들리자 강 여사의 어깨가 조금 흔들렸다. 하지만 그녀는 등을 돌린 그대로 움직이지 않았다. 은수는 옆쪽에 놓인 테이블 의자를 끌어와 아예 자리를 잡고 앉았다.

"안 주무시는 것 같아서 말씀드려요. 저…… 지환 씨 아이 가졌어요."

그렇게 가지라고 했던 아이였다. 결혼을 하자마자 손주를 강요했던 강 여사는 그들이 이혼하고도 또다시 만나자 아이만은 가지지 말라고 경고했다. 재혼은 없을 것이라고. 독하게 은수를 향해 일갈하던 그녀는 어디로 간 것일까. 누워 있는 강 여사의 등이 너무도 작아 보여 은수는 측은한 마음이 들었다.

"정 비서님도 만났어요. 아이를 위해서라도 멈추셨으면 좋겠다고 말씀드렸어요. 누구의 잘못이던 간에 더 이상은 고통받는 사람이 없어야 한다고 했어요. 이 아이까지 아버지 없는 아이로 키우게 되면 복수가 복수를 낳게 되지 않겠냐고……."

강 여사는 여전히 아무 말이 없었다. 가진 것을 놓는 것만큼 어려운 일이 없다는 것을 그녀도 알았다. 그녀의 아버지가 그랬다. 명예든, 돈이든, 내려놓으면 끝인 것만 같아 모두들 움켜쥐고 있었다. 하지만 가지고 있다고 행복한 것도 아니었다.

"저는…… 그 사람이 돌아올 때까지 기다릴 거예요. 아이가 태어나면 잘 키울 거고, 아버지를 기다려야 한다고 말할 거예요. 포기하지 않을 거예요, 어머님."

은수는 자신의 말을 모두 끝내고 일어섰다.

때마침 황 씨가 쟁반을 들고 들어섰지만 은수는 괜찮다며 웃어 보였다. 상황을 이해한 황 씨는 돌아누운 강 여사를 보고 고개를 흔들었다. 쇠심줄 같은 여자. 고집을 피운다고 달라지나. 세상 참 어렵게 산다는 생각이 들었다.

황 씨가 안방을 나가고, 돌아선 은수도 문을 나서려는데 조용한 목소리가 들렸다.

"……살려 줘."

고개를 돌리자 강 여사가 은수를 보고 앉아 있었다.

"우리 지환이 좀…… 살려 줘."

눈물조차 메마른 눈으로 강 여사가 애원했다.

ㅁ ㅁ ㅁ

"꼴좋다."

접견실에 들어서는 지환을 바라보고 윤석은 울컥하는 마음을 숨겼다.

"이 꼴 보러 오지 말라고 했을 텐데. 왜 말을 안 들어? 변호사 영원히 그만두고 싶어?"

죄수복을 입은 지환이 자리에 앉자마자 윤석은 그 앞에 서류 뭉치를 던졌다.

"정 비서가 나한테 보낸 거야. 네 무죄를 입증하는 자료. 유죄가 아니라 무죄."

지환은 급하게 윤석이 내민 서류들을 확인했다. 사람 뒤통수치는 것도 가지가지였다.

"우진이 형 돌아왔어. 정 비서…… 만난 것 같아."

그것 때문에 정 비서의 마음이 돌아섰다고는 단언할 순 없었다. 하지만 무엇이 되었든 간에 지환은 이 싸움에서 또다시 쉽게 물러나고 싶지 않았다.

검찰에 자진 출두 한 그는 태섭의 함정 위에 자신이 수집한 비리 자료를 덧붙여 올려놓았다. 인생은 '모 아니면 도'라고 했던가. 세상이 어떤 것에 더 구미가 당겨 하는지 그가 더 잘 알았다. 담당 검사가 그가 내민 손을 붙잡아 주기만 한다면 판은 달라질 수 있었다.

"날 빼내서 그대로 골로 가고 싶은가 보지?"

"그렇게 쉽게 죽을 영감이었으면 우리한테 이것도 안 내밀었겠지. 널 빼내 주는 대신에 정정당당하게 게임을 하자고 하시네. 임시 주총에서 새로운 대표이사 선임할 때 지는 사람이 깨끗이 접고 물러나는 거로. 어때? 생각 있어?"

지환이 윤석의 전언에 바람 빠진 웃음을 내놓았다.

"왜, 내가 여기 있는 게 여러 가지로 도움이 안 되나 보지? 그렇게 머리 돌리다가 제 발등 찍는 거 보는 재미도 쏠쏠한데 내가 왜 나가? 나는 내 방식대로 하겠다고 전해."

이럴 줄 예상 못 한 것도 아니었다. 윤석은 더 듣지도 않고 일어서는 지환에게 마지막 카드처럼 한마디를 건넸다.

"네가 꼭 나갈 이유가 생겼다면?"

지환이 돌아봤고, 윤석은 은수가 건넨 초음파 사진을 꺼내 놓았다.

"너, 이제 아빠야."

□ □ □

은수는 병가를 끝내고 섬으로 돌아왔다. 아직 임신 초기라 배를 타는 게 신경 쓰이긴 했지만 더 이상 무책임하게 행동할 수 없어 의사의 조언을 받고 배에 올랐다. 다니던 코스라 특별히 더 힘들지는 않았다. 아이가 엄마를 생각해 배려해 주는 것도 같았다.

교장을 만나서 학기가 끝날 때까지는 일을 하겠다고 했다. 그리고 현재 그녀의 상황을 솔직하게 털어놓았다. 서류상 혼자인 그녀가 아이를 가졌다는 사실은 교장도 고민하게 만들었다. 도시처럼 야박하진 않아도 작은 동네라 소문이 빨랐다. 남편도 없는 교사가 아이를 가졌다는 이야기는 은수에게도 아이들에게도 좋을 게 없었다.

교장은 머리를 써 이번 휴가 때 결혼을 하고 돌아온 것이라 마무리 지었다. 임신 사실은 숨길 수 없는 것이었고, 스몰 웨딩이 유행이니 모두들 넘어갈 것이라 생각했다.

"어차피 결혼할 거잖아. 미리 했다고 말하는 것뿐이라고 생각해. 내 말, 무슨 뜻인지 알지?"

미화에게만은 솔직하게 말했더니 해 주는 조언이었다. 은수는 괜찮다며 웃어 보였다.

"보자. 우리 애들 어릴 때 쓰던 게 남아 있으려나. 있으면 윤 선생 쓸래? 어차피 잠깐 쓰고 마는 것들인데, 새거 사고 싶으면 그냥 두고."

"아, 주시면 저야 좋죠. 이제부터 돈도 모아야 해요."

은수는 더 씩씩해졌다. 지환이 보면 아주 만족할 것 같았다.

"그래. 엄마만큼 강한 존재가 없지. 윤 선생은 아이 잘 키울 거야. 사람 결이 있잖아. 유독 따뜻한 사람이 있는데, 윤 선생은 그래 보여. 온 지 얼마 됐다고 애들이 윤 선생 없는 동안 축 처져서 얼마나 우리를 못살게 구는지. 아, 찬일 쌤이 제일 고생했을 거야. 그 반까지 맡는다고. 시간 되면 고맙다는 인사라도 해."

미화의 말이 끝나기 무섭게 찬일이 교무실로 들어서다 은수를 보고는 다시 돌아 나갔다. 은수는 망설이지 않고 일어서 그를 뒤쫓았다.

"강 선생님, 잠깐만요!"

찬일의 걷는 속도가 보통이 아니었다. 어느새 운동장 끝까지 걸어가 소각장에 쓰레기를 버린 뒤 돌아서고 있었다. 은수는 포기하지 않고 끝까지 그를 따라갔다.

"아, 왜요! 왜 자꾸 쫓아옵니까? 미안해서 얼굴도 못 보는 사람한테."

찬일이 그녀를 피하는 이유가 이것 때문이었나. 은수는 웃음이 튀어나올 수밖에 없었다.

"뭐가 그렇게 미안하신데요?"

"내가…… 내가, 가려면 빨리 가 버리라고 해서 간 거 아닙니까? 이상한 놈이 하는 말은 신경 쓰지 말지. 그렇게 진짜 가 버리면 내가 어떻게 애들 얼굴을 봅니까? 기철이는 맨날 나만 노려봐요. 내가 텃세를 부려서 윤 선생이 떠난 거라고."

"맞는 말이긴 하잖아요."

"아, 윤 선생!"

찬일은 더 미안해하는 표정을 지었다.

"농담이에요. 저희 반 애들 신경 써 주셔서 감사해요. 그 말 하려고 쫓아온 거예요."

"뭐, 그거야……. 그래도 돌아와서 다행입니다. 여기 애들, 정이 많아요. 윤 선생한테 힘이 될 거예요. 언젠가 떠나더라도 잘 정리하고 떠났으면 해요. 우리는 떠나보내는 법도 가르쳐야 하는 선생이잖아요."

떠나보내는 법. 떠나는 법도 제대로 알지 못했는데, 떠나보내는 것도 쉽지 않았다. 은수는 지환을 떠나보냈지만 여전히 아팠다. 씩씩하게 잘 견디리라 생각했지만 생각뿐이었다. 이렇게 가슴이 통째로 얼어붙는 것 같은데, 지환은 어떻게 견딘 것일까.

그녀를 보내고 그는 어떻게 살았을까. 그의 입장이 되어 보니 그녀는 이제야 떠나는 것도, 떠나보내는 것도 함부로 해서는 안 된다는 깨달음이 들었다. 좀 더 그의 마음을 헤아려 곁에 남아 있었어야 했다. 그리고 떠나려는 그를 붙잡아 두고 설득해야 했었다. 쉽게 그를 보내지 말았어야 했다.

"저 인간이, 내가 떠나 봐야 후회를 하지. 안 그렇나, 윤 선생아?"

마당 평상에 앉아 있던 은수는 주인아주머니 춘자의 말에 그저 웃었다.

"여편네가 뭐라 캐샀노. 누가 아쉬운데. 여기 서방 있는 할마시들 얼마나 된다고 그카노. 내가 떠나 봐야 옆에서 잔소리할 인간이라도 있는 게 행복한 기라고 생각할 기다.”

“하이고, 말이나 못하믄. 됐다 마. 헛소리 그만하고 와서 빨리 불이나 지피소.”

임신한 은수를 위해 춘자가 삼계탕을 끓이겠다며 마당으로 가마솥을 꺼내 왔다. 사서 일을 만든다고 투덜대던 서필도 어느새 잘 타는 나무를 가져와 불을 피우기 시작했다.

“진짜 옛날 생각 나네. 우리 첫 손주 생겼을 때도 안 이랬나. 그때 진짜 좋은 거는 다 해 먹였지. 그래가 아직도 현철이가 튼튼하다 아이가.”

서필은 자랑스럽다는 듯 말했다.

“그 음식들 다 누가 했는교? 생색은. 아이고, 연기 나는데 윤 선생아! 거 앉아 있지 말고 어디 산책이라도 갔다 온나. 아직 될라카면 멀었다.”

은수는 춘자의 말에 몸을 일으켰다. 아이에게 할아버지 할머니가 생긴 것 같아 뿌듯했다. 아빠만 있으면 모든 것이 완벽한데. 아쉬운 마음은 어쩔 수가 없었다.

“근데…… 와 애 아빠는 코빼기도 안 비추노.”

은수가 집을 나서고 결국 궁금증을 참지 못한 서필이 춘자에게 물었다.

“다 사정이 있겠지! 괜히 윤 선생 맘 아프게 눈치 없이 굴지 마이소. 아직 얼굴에 그늘이 있다 아이가. 엄마 마음은 오죽할까…….”

"사정은 무슨 사정. 지 새끼 밴 여자도 못 지키는 놈이 무슨 애비고. 내가 이놈 새끼 나타나믄 다리를 분질러 뿐다. 못 도망가게."

"하이고, 덤비다 당신이나 앉은뱅이 되지 마소."

"뭐?"

"저……."

"아이고 깜짝이야!"

누군가 두 사람의 대화에 끼어들자 춘자와 서필은 놀라 고개를 돌렸다.

15. 네버엔딩

바다는 고요했다. 파도가 몰아칠 때도 있었지만 그 모습 그대로를 지켜 냈다. 은수는 그녀의 인생을 바다에 비유해 보기도 했었다. 어릴 적 글을 쓸 때 항상 빗대어 봤다. 나와 같은 마음을 찾기 위해서. 그들에게서 위로받고 싶어서.

은수는 자신을 지환에 빗대어 보았다. 똑같이 닮은 사람. 그가 곧 나이고, 내가 그이기를.

처음 만났던 날, 이미 그를 마음에 담았던 건지도 모른다. 조롱 섞인 웃음 뒤에 감춰진 차가움보다 그녀가 그에게서 먼저 발견한 것은 애처로움이었다.

당신도, 나도 다르지 않구나. 나를 안으며 따뜻함을 느끼고 싶었구나.

은수가 느낀 그 마음이 틀렸을 수도 있다. 하지만 그렇게 생각하길 잘했다고 결론 내렸다.

엄마는 아빠를 사랑했을 것이다. 그래서 은수를 낳았고, 그 사랑이 완성되지 못했지만 후회하지는 않았을 것이다. 그녀를 두고 떠난 엄마의 얼굴이 떠올랐다. 행복하지도 않았지만 죽을 만큼 불행해 보이지도 않았다.

"은수야."

누군가 그녀의 이름을 불렀다.

심장이 먼저 반응했다. 고개를 돌리자 거짓말처럼 한 남자가 서 있었다.

"뭐 해? ……빨리 와서 끌어안아야지."

지환이 얄밉게 웃고 있었다.

"설마…… 교도소에서 탈출한 건 아니죠?"

"어, 어떻게 알았어?"

"당신…….."

은수의 눈시울이 붉어지자 지환은 그만하겠다며 두 손을 들어 보였다.

꿈 같았다. 이렇게 빨리 돌아올 것이었다면 절대 보내지 않았을 것이다. 은수는 괜히 지환이 야속했다.

"바다 쪽으로 걸어가기에 뒤따라왔는데, 한 번도 안 돌아보더라. 돌아보면 바로 무릎 꿇고 미안하다고 했을 텐데."

지환은 참지 못하고 은수를 끌어안았다. 그리고 진하게 키스했다. 은수가 그런 그를 떼 놓고 노려보았다.

"도대체 어떻게 된 거예요?"

"그거 묻기 전에 나한테 할 말 없어?"

지환이 은수의 아랫배를 내려다보았다. 은수는 더 화가 났다.

"안 가르쳐 줄 거예요. 내가 묻는 것부터 대답해요, 얼른."

"하여튼 윤은수, 뒤통수치기 전문이라니까."

지환은 은수의 손을 끌어와 잡았다.

"아빠의 탈출기는 차차 듣고, 얼른 내려가자. 당신 만나러 온 사람들이 있어."

그게 거대한 군단일 줄은 은수는 전혀 상상하지 못했다.

"아, 어르신. 진짜 제가 애 아빠가 아니라니까요. 전 의사 애인도 있는 변호삽니다."

이 말을 한 사람은 윤석이었다. 서필이 다른 곳으로 눈을 돌렸다.

"그럼 눈데, 여기서? 자네가?"

서필이 손으로 가리킨 사람은 기주였다. 그는 얼른 해인과 지아의 옆에 나란히 섰다.

"전 이 애 아빱니다. 옆에는 제 부인이고요."

부인이란 말에 해인이 잠깐 기주를 노려보긴 했지만 일정 부분 인정한다는 듯 서필에게 웃어 보였다.

"맞아요, 어르신. 동서, 아니, 은수, 아니, 윤 선생 애 아빠는 따로 있어요."

해인은 그가 이 자리에 없다는 사실은 빼놓고 말했다.

"아…… 이제 알긋다. 요 점잖은 양반이제? 아까부터 딱 촉이 오더라."

서필이 확신한 사람은 멀뚱히 서 있던 우진이었다. 난처한 표정을 지은 우진은 어떻게 변명해야 할지 몰랐다. 그는 애인도 없고, 딸도 없고, 부인도 없었다.

"저도 아닙니다, 어르신. 지금 애 아빠는……."

"뭐고, 술래잡기도 아니고. 그래서 애 아빠가 왔다는 기가, 안 왔다는 기가? 아, 저 윤 선생 왔네. 그리고 옆에 놈이…… 가만. 어디서 본 면상인데? 아!"

은수는 지환과 함께 마당으로 들어서다 서필의 성난 눈과 마주했다. 번득 그가 지환을 어떻게 알고 있는지 알아챘다. 목을 딸 거라고 했던 리조트 대표. 지환이 영문도 모른 채 은수를 뒤따라 들어가다 서필에게 멱살이 잡히려는 순간이었다.

"이 사람이 애 아빠예요!"

모두의 눈이 은수에게로 집중됐다.

"그러니까, 건들지 마세요."

은수가 지환을 막고 섰다. 마치 여자 보디가드 같았다.

"왜 여기서 작당 모의를 해야 하는지 모르겠지만, 우선 급하니까 시작하자."

은수의 좁은 방 안에 삼 형제와 윤석이 모여 앉았다.

지환은 임시 주총에서 결론을 내자는 정 비서의 제안을 받아들였다. 그에 따라 태섭은 검은 뒷돈까지 써서 증거 불충분으로 지환을 빼냈다.

정 비서의 마음이 갑자기 바뀌게 된 데에는 여러 정황이 있었다. 지환의 정면 돌파가 이유일 수 있었고, 아니면 녹음 파일을 가진 강 여사의 협박과 그녀의 반성에 따른 해외 도피. 어쩌면 은수가 가져간 초음파 사진. 그리고 마지막, 우진과의 대면.

모두들 네 번째가 가장 유력한 협상카드라고 생각했다.

그리고 이제 얼마 후 있을 새로운 싸움에 대비할 때였다.

"진짜…… 무슨 말로 구워삶았는지 말 안 해 주실 거예요?"

이 사건의 전문 변호 노예인 윤석이 우진을 향해 힌트를 달라고 끈질기게 물었다. 지환도 기주도 궁금한 것은 마찬가지였다. 피도 눈물도 없는 30년 복수를 단번에 멈추게 한 방법이 뭘까.

"……비밀."

우진의 대답에 순간 방 안이 조용해졌다.

뭐, 말해 줄 것이었으면 이미 했을 것이다. 어쩔 땐 모르는 게 약일 수도 있었다. 어찌 됐든 지환은 태섭이 만들어 놓은 늪에서 빠져나왔고, 삼 형제는 처음으로 힘을 합쳐 회사를 정 비서에게 뺏기지 않을 방법을 찾아내고 그를 감방에 처넣으면 되는 것이었다.

"자, 그럼 시작해 볼까?"

낡은 밥상을 가운데 두고 네 사람이 머리를 맞대었다.

"찢어 죽일 영감이지만, 그래도 정 비서가 좋은 일 하네."

해인이 평상에 앉자마자 은수에게 말을 건넨다.

"저 세 사람, 이렇게 모여 있는 거 처음일걸. 할아버님이 늘 바라던 모습이었는데, 이제야 소원 풀이 하시네."

은수는 해인의 말을 이해하고 조용히 고개를 끄덕였다.

"생각해 보면…… 세 사람 닮은 것 같아요."

"당연하지. 형젠데."

"아, 그렇네요."

은수와 해인은 동시에 웃음을 터뜨렸다.

"내 생각엔 동서 아기가 복덩인 거 같아. 나도 저 사람이랑 힘들
때면 꼭 지아가 힘이 되더라고. 내가 좋은 엄마가 아니어서 그렇지,
그때 지아 낳은 거 후회 안 해. 그러고 보니 우리 지아도 복덩이네?"

정답이라며 은수가 웃어 보였다.

"좋은 엄마…… 그런 건 없는 거 같아요. 저도…… 엄마를 원망했
어요. 나를 왜 낳았냐고. 끝까지 책임지지도 않을 거면서 왜 세상에
태어나게 해 외톨이로 살게 만드냐고. 근데, 엄마도 좋은 엄마가 되
기 위해서 나를 낳은 것 같아요. 혼자서라도 키워 보려고 했던 거,
얼마나 큰 용기였을지 이제야 알았어요. 그래서 제가 생각할 때 엄
마는 엄마 그 존재 자체로 좋은 거 같아요."

"또 윤 선생님 나오셨네?"

"아, 그러네요."

하하하. 두 사람이 웃자 은수의 방 안에서도 통쾌한 남자들의 웃
음이 쏟아져 나왔다.

삼 형제의 오붓한 시간을 방해하지 않기 위해 윤석이 근처 민박집
으로 돌아가고, 세 사람은 은수의 방 안에 이불을 깔고 누웠다.

이렇게 세 사람이 함께 누웠던 적은 지금껏 단 한 번도 없었다. 허

울뿐인 형제로 남보다 못한 사이처럼 자란 세 사람에게 이제라도 가족의 정을 느낄 수 있게 만들어 준 정 비서에게 감사라도 해야 하나 싶었다.

"정말…… 그렇게 할 거예요?"

조용한 방 안에서 먼저 입을 연 건 지환이었다. 기주도 옆자리의 형을 건너다봤다. 아무리 태섭이 강한 상대라고 해도 또 다른 희생이 있어서는 안 되는 것이었다.

"나도 하기 싫으면 안 해. 누구 때문인 것도 아니니까 걱정 마라."

"이러면…… 내가 미안해지잖아."

기주가 중간에서 말을 흘렸다.

"네가 할 몫도 있으니까 안심하지 마. 내가 형인 것도 잊지 말고."

"벌써부터 무서운데. 난 지아도 있으니까 잘 봐주라."

"나도 애 아빠 되거든요?"

끝자리에서 지환이 놓치지 않고 덧붙였다.

"아, 근데…… 오랜만에 제수씨 보는 건데, 이렇게 우리랑 자도 되는 거야?"

"그래. 우리가 눈치 없이 자리 차지하고 있나 싶네."

기주와 우진이 동생을 건너다보자 지환이 진지하게 물었다.

"당분간은 접근 금지라는데. 이거 농담이겠지? ……그죠?"

은수의 성격을 아는 우진도, 임신한 여자를 아는 기주도, 어떤 위로의 말을 건네야 할지 몰랐다. 아이의 아빠가 되는 과정은 그렇게 험난하고 고난의 연속인 것이었다.

□ □ □

"동서, 건강 관리 잘하고. 자주 연락하고, 알았지?"

선착장 앞에서 은수는 해인과의 헤어짐을 아쉬워했다.

1박 2일 짧은 만남이었지만 어딘가 뿌듯한 기분이 들기도 했다. 영원한 헤어짐이 아니라면 잠깐의 이별은 서로를 더 애틋하게 만드는 것 같았다.

"꼭…… 성공했으면 좋겠어요. 잘 부탁드려요."

은수는 한 사람, 한 사람, 따뜻하게 인사를 건넸다. 우진은 예전처럼 친절한 선배의 모습으로 돌아왔고, 지환의 큰형으로서 은수를 깍듯하게 대해 주었다. 돌고 돌아 모두 다 제자리를 찾는 것처럼 각자의 자리로 되돌아갔다. 은수는 떠나는 배를 향해 크게 손을 흔들었다.

그리고 돌아서 걸으며 뒤따라오는 한 남자를 바라봤다.

"정말, 같이 안 가도 되는 거예요?"

지환은 모든 일을 윤석과 형들에게 넘기고 섬에 남았다.

"이미 내 손을 떠난 일이야. 그리고…… 이제 나한테 남은 건 당신 뿐인데?"

말이나 못하면. 은수는 그동안 마음고생이 허무해지는 것 같아 행동이 곱게 나오지 않았다. 이렇게 인간은 망각의 동물이었다. 떠날 땐 너무나도 간절하고 소중했던 사람이 곁에 있자 안심이 되면서 심술을 피우게 되었다. 사랑은 끝이 아니라 현재 진행형이라 그런 것일까.

"나 학교 가면 뭐 할 건데요?"

"하루 종일 당신 기다리지, 뭐. 그러다 당신 마칠 때쯤 데리러 가고."

"당신 새로운 꿈이 셔터맨이었군요?"

"아니. 내 새로운 꿈은 윤은수 남편."

"한 대 때려도 돼요?"

"안 돼."

누가 이길까, 최지환을. 은수는 그냥 웃어 버렸다.

뭐, 그래도 상관없었다. 지환이 기다리는 집으로 퇴근하는 기분도 나쁘진 않을 것 같았다. 행복을 위한 필수 조건을 모두 갖춘 셈이다. 그녀의 영원한 사랑 지환이 있었고, 그를 닮아 태어날 아이가 있다. 그것이면 아무래도 상관없었다.

☐ ☐ ☐

동네 사람들은 지환을 그렇게 불렀다. 윤 선생의 백수 남편. 처음 엔 살짝 기분이 나빴지만 자꾸 들으니 정감 가고 좋았다. 서필은 리조트 대표가 하루아침에 백수가 되어 돌아온 것이 고소한지 지환을 볼 때면 자꾸만 웃음 지었다.

남자가 인생을 살면 성공도 실패도 있는 것이라고. 일자리가 필요 하면 언제든지 말하라고 어깨를 두드려 주었다. 아무래도 고기잡이 배를 소개해 줄 것 같아 지환은 괜찮다며 거절했다. 또 윤은수와 떨어져 있을 수는 없으니까 말이다.

"윤 선생 때문입니까?"

원수, 아니 라이벌을 논두렁 앞에서 만났다.

"윤 선생 때문에 리조트 포기하신 건지, 꼭 묻고 싶었습니다."

낡은 오토바이를 타고 다니는 수학 선생은 오지랖이 아주 많이 넓은 것 같았다. 아니면 아직도 임자 있고 애까지 있는 윤 선생을 마음속에서 지워 내지 않았거나.

"윤 선생이 아니라 당신 때문에 포기한 거라고 해 두죠. 그 일로 우리 은수한테 자꾸 다가갈 테니까. 내가 여기서 백수 노릇을 하는 것도 그쪽이 신경 쓰여서라고 할까요?"

"됐습니다. 제가 말을 잘못 걸었네요. 죄송합니다. 그럼."

찬일이 돌아서려 하자 지환은 그의 앞을 가로막았다.

"죄송하면 부탁 하나만 합시다."

"뭘?"

"여기서 경치가 제일 좋은 곳이 어딥니까?"

기철이가 사는 산 언덕 옆이 이곳 마을에서 경치가 제일 좋은 명당 자리였다. 바다가 한눈에 보이고, 세상이 발아래로 들어와 소중한 것 이외에는 무의미하다는 걸 느낄 수 있었다. 고로, 프러포즈를 하기엔 안성맞춤인 장소였다.

찬일은 왜 자신이 경치가 좋은 이곳을 소개해 주고, 그것도 모자라 프러포즈를 위한 꽃길까지 만들고 있는지 알 수 없었다. 하지만 혼자서 낑낑대는 지환을 두고 모른 척 내려갈 수도 없었다.

"복받으실 겁니다."

"받아서 뭐 합니까? 남 좋은 일이나 하고 있는데."

"뒤끝이 있으시군요, 선생님이."

"욱하기도 합니다, 선생님이."

찬일이 들고 있던 폭죽을 지환을 향해 겨눴다.

"아, 고정하시고. 나머지는 제가 마무리할 테니까 은수, 윤 선생 좀 데리고 와 주십시오."

"저한테 너무한 거 아닙니까? 그래도 윤 선생 좋아했던 사람한테."

"확인 사살이라고 해 두죠."

"스쿠터에 치여 본 적 있습니까?"

찬일이 오토바이에 올라타 시동을 세게 걸었다.

"재혼하는 겁니다. 첫 번째는 청혼도 못 했고요. 이번에는 제대로 남들처럼 하려는 거니, 좀 도와주십시오."

이렇게 솔직하게 나오면 찬일은 할 말이 없어졌다.

"윤 선생이 부처군요. 청혼도 안 한 남자랑 재혼까지 하려는 걸 보니."

"부처가 아니라 천사인데요?"

지환이 진지하게 말하자 찬일은 대답하지 않고 오토바이를 돌려 산 아래로 내려왔다.

은수를 찾는 건 할 수 있지만 어떻게 산 밑까지 데려간단 말인가. 자신이라면 경계하고 보는 여자인데. 어쩔 수 없이 거부할 수 없는 거짓말을 해야겠다고 생각하며 찬일은 이장님 댁으로 향했다. 마침 은수는 평상에 나와 여유롭게 책을 읽고 있었다.

"윤 선생, 큰일 났어요!"

찬일은 다급하게 은수를 불렀다.

"네? 무슨 일이에요?"

"기철이, 기철이가 산에서 내려오다가…… 아무튼 빨리 타요."

"네? 그게 무슨……?"

은수가 놀라 몸을 벌떡 일으키는데, 안채에서 춘자가 뛰어나왔다.

"뭐? 기철이 집이 산에서 우에 됐다고?"

"아니, 그게 아니고. 얼른 윤 선생 타라니까요."

일이 커지기 전에 찬일은 은수를 오토바이에 태웠다.

찬일의 오토바이가 출발하고, 마실을 다녀오던 서필이 마당으로 들어섰다. 그는 춘자에게 이야기를 잘못 전해 듣고는 기철의 집이 무너진 줄 알고 자신의 오토바이를 꺼내 연장을 실었다. 비상 연락망으로 동네 청년회를 호출했고, 그를 선두로 오토바이 행렬이 기철의 집으로 향했다.

"어, 아저씨들 어디 가요?"

클럽 활동을 마치고 집으로 가던 기철이 오토바이 무리에게 물었다.

"기철이 집이 무너졌다 안 하나. 어? 니 기철이 아니가? 빨리 타라."

이게 어떻게 된 건지. 기철은 아침까지 멀쩡하던 자신의 집이 왜 무너진 것인지 알 수가 없었다.

온 동네 오토바이가 총출동해 기철의 집 앞에 모이자 이 일의 시발점이 된 한 남자와 마주할 수 있었다.

"내가…… 청혼한다고 했지, 결혼식한다고 했습니까? 동네 사람들 다 끌고 오면 어떡합니까?"

지환이 사태의 심각성을 깨닫고 찬일에게 귓속말로 난처함을 표시했다.

"어쨌든 윤 선생 데려왔잖아요. 얼른 청혼하세요."

은수는 지환이 만들어 놓은 꽃길과 연장을 든 동네 사람들 사이에 서서 상황을 파악했다.

백수가 되더니 심심해서 이러는 걸까. 은수는 작은 한숨을 내쉬었다.

"아이고, 윤 선생 신랑이 이벤튼가 그거 해 줄라 카는 갑네. 우리가 눈치 없이 끼어 뿟네."

춘자를 대동한 부녀회는 상황이 이렇게 되자 이벤트나 구경하고 내려갈 생각이었다. 반면 동네 남자들은 잘못된 정보를 흘린 지환을 흘겨보며 어디 한번 해 보라고 팔짱을 낀 채 서 있었다.

지환은 등 뒤로 식은땀이 흘렀다. 은수에게 읽어 주려고 밤새 썼던 편지의 내용이 눈에 들어오지 않았다. 똑같은 말만 계속해서 반복하다 지환은 종이를 주머니에 집어넣고 일단 은수 앞에 무릎부터 꿇었다.

"오오오. 윤 선생 좋겠네! 부럽구마잉!"

여기저기서 환호성이 터졌고, 은수의 볼은 예쁘게 붉어졌다.

"사랑한다, 윤은수. 나랑 결혼해 줘!"

지환의 간단명료하고 담백한 청혼에 모두들 진심 어린 박수를 보냈다. 은수는 늘 그랬던 것처럼 조용한 목소리로 뒤늦은 청혼을 승낙했다.

 해피엔딩. 모두가 꿈꾸지만 인생을 살다 보면 행복할 때보다 슬플 때가 더 많을지도 모른다. 익숙함에 소중함을 잊고, 서로에게 무뎌질 즈음 다투는 일이 생길 수도 있다.
 이유도 모른 채 할퀴고 눈물 흘리다 어느 날, 되돌아본다.

 너로 인해 나는 사랑을 알았고,
 나로 인해 네가 행복하기를.

 그 믿음을 또다시 가슴에 새긴다.
 그리고 언제나처럼 살아 나갈 것이다.

 우리의 네버엔딩을 위해서.

—fin

에필로그

1

"우리가 먼저 치죠."

"괜찮을까요?"

"안 괜찮으마 우짤 낀데. 남자가 돼가 몸 사릴 끼가? 강 선생, 여자 생기드만 왜 이래 쫄보가 됐노? 겁나믄 최 서방이랑 내가 하꾸마."

서필의 입에서 나온 최 서방은 지환이었고, 쫄보 강 선생은 찬일이었다.

어쩌다 보니 세 사람은 마을 일에 삼총사처럼 앞장서게 되었다. 게다가 얼마 전부터 새롭게 들이닥친 골프장 건설 입찰 무리들로 인해 모임이 잦아졌다.

"저야 아직 결혼 안 했지만 최 동지는 윤 선생이랑 태어날 아이도 있고, 이장님은 부녀회장님이 이번에 한 번 더 사고 치면 이혼 도장

찍는다고 난리 피우실 게 분명한데 괜찮으신가 해서요."

찬일의 말에 서필과 지환이 눈을 마주쳤다. 맞는 소리였다. 은수는 이제 제법 배가 불러 많은 부분에서 지환의 도움을 필요로 했다. 더 행복할 수 없는 평온한 나날이었고, 지환이 사고를 치지 않는다면 쭉 이어 갈 해피엔딩이었다.

하지만 인생이 어떻게 쭉 행복만 하겠나. 삶에는 굴곡이 있어야 행복이 더 크게 다가오는 법이었다.

"우리가 이유도 없이 싸우는 것도 아니고 다 이 마을 지키는 일 아닙니까? 여기 아이들 계속해서 공부할 수 있도록 하는 거고. 은수도, 아니, 윤 선생도 이해해 줄 겁니다."

"그래. 남자 인생 한 번뿐인데, 마누라 때문에 일 그르친다는 소리 들으면 안 된다 아이가. 들켜서 싹싹 비는 한이 있어도 우리가 먼저 치 뿌자. 그래야 이것들이 무서운 줄 알고 몸 사릴 거 아이가."

"저쪽에서 용역을 부르면요? 쪽수에서도 밀릴 거예요."

찬일은 걱정을 지우지 못했다.

"쪽수는 신경 쓰지 마세요. 이미 마을 사람들을 모두 한편으로 만들었는데, 뭐가 문젭니까? 강 선생한테 앞장서라고 하지 않을 테니까, 그렇게 걱정되면 내 뒤에 딱 붙어 있어요."

거들먹거리는 지환에게 찬일은 날카로운 눈빛을 쏘았다. 이 남자의 투쟁심은 도대체 어디서 나오는지. 투쟁심 하면 이 마을에서 뒤지지 않는 독립투사였는데, 지환이 나타나고부터는 자꾸만 뒤를 걱정하는 쫄보가 되어 가고 있었다.

"아, 혹시나 해서 말씀드리는데, 윤 선생한테는 비밀입니다. 절대."

무서울 것 없는 지환에게도 약점이 한 가지는 있었다. 윤은수란 여자 앞에선 쫄보라는 거.

　저 멀리서 손을 흔드는 지환이 보였다. 매일 학교로 그녀를 데려다주고 데리러 오는 게 그가 하는 유일한 일이었다. 아무런 걱정 없이 행복한 셔터맨의 일과였다.

　몇 없는 여선생들은 이미 지환의 갸륵한 정성에 팬클럽까지 만들 지경이었고, 은수는 분에 넘치는 공주 대접을 받으며 어느 누구보다 행복한 여자가 되었다.

　"오늘도 속 썩이는 놈들 없었고?"

　지환이 익숙하게 은수의 가방을 받아 들며 물었다. 이미 그녀의 한 손은 자신의 주머니에 집어넣어 버렸다.

　"우리 애들 다 착하니까 걱정하지 말아요. 난 우리 애들 말고 어른들이 걱정인데요."

　"어른들……?"

　지환은 모른 척 물었지만 자꾸만 은수의 눈을 피하게 되었다.

　"아주머니가 이장님 요즘 이상하다고 오늘 낮에 전화까지 하셨어요. 혹시 뭐 아는 거 있냐고. 이번에 한 번 더 사고 치면 진짜 이혼하고 여기 떠나신대요. 당신…… 혹시 아는 거 있어요?"

　의외의 복병은 쫄보 찬일이 아니라 마누라 때문에 일을 그르치지 않겠다던 서필이었다. 수십 년간 터득해 온 춘자의 직감 앞에서 그는 일도 해 보기 전에 무릎 꿇고 빌어야 할 상황을 만들어 놓고 있었다.

"……몰라. 이장님이 뭐, 나한테 시시콜콜 다 말하시는 분도 아니고. 당신이 그러니까 나도 걱정이 되긴 하네. 오늘 가서 내가 한번 슬쩍 떠볼게. 빨리 가자, 우리 화니 배고프겠다."

지환이 그리워 아이의 태명을 '화니'로 지은 걸 이렇게 후회하게 될 날이 올 줄 은수는 몰랐다.

당신 배 속에 내가 있는 거냐며 이상야릇한 농담을 건네는 것은 물론이고, 잔소리라도 할라 치면 '화니'가 속상할 거야, 라는 식으로 자신의 입장을 대입하는 요상한 탈출 행동을 벌이기도 했기 때문이다.

지금도 '화니'가 배고픈 것인지 지환이 배고픈 것인지 헷갈리는 말을 내놓으며 은수를 재촉했다. 능구렁이 아빠가 아이를 이용하는 매우 좋지 않은 예였다.

□ □ □

"상황이 아주 좋지 않네요……."

지환의 읊조림에 서필이 고개를 끄덕였다. 찬일은 그 피해를 왜 자신이 보고 있는지 알 수 없었지만 다시 끓인 라면을 두 사람 앞에 각각 덜어 주었다.

"우선 먹고 다시 계획을 짭시다."

"그래. 먹고 죽은 귀신 때깔도 좋다 안 카나."

"우리 죽으려고 이 일 하는 거예요?"

찬일이 또 약한 소리를 했다. 지환은 이제 측은한 눈빛으로 찬일을 바라봤다.

"그 눈빛 마음에 안 들어요. 차라리 노려보세요. 근데, 나도 억울하다고요. 내가 이 상황에서 왜 쫄보가 됐겠어요? 두 분이 다 집에서 쫓겨날지도 모르니까 그런 거 아니에요?"

"난 아닙니다. 우리 은수가 그럴 여자도 아니고요."

"최 서방, 말이 좀 글타? 그럼, 우리 춘자는 그럴 여자란 말인가?"

지환을 닮아 가는지 부녀회장님을 '우리 춘자'라고 다정히 부르는 서필이 어색해 찬일은 그저 불어 가는 라면만 입 안으로 집어넣었다.

현재 상황은 이러했다. 우리 춘자, 그러니까 부녀회장님이 어느 정도 정황을 눈치채고 이장님에게 이혼 서류를 내밀었다. 골프장이든 리조트든 이제 그런 것들에 신경 쓰지 말고, 우리 인생만 산다고 약속하지 않으면 이혼 서류는 곧 접수된다고 경고했다.

말년에 쓰려고 만들어 놓은 종잣돈은 위자료 명목으로 다 뺏어 갈 것이고, 자식, 손주들은 본인 장례식장에서나 보게 될 것이며, 마누라가 다른 영감을 만나 황금빛 황혼 인생을 즐기는 모습을 바로 옆에서 살아생전에 두 눈으로 지켜볼 수 있게 만들어 줄 거라고 깜직한 질투심 유발 작전까지 펼치고 계셨다.

그런데 그 마지막 질투심 유발 작전이 먹힌 것인지 서필은 평화적인 작전을 써 보는 게 어떻겠냐며 평소와는 너무 다른 태도를 보여 지환과 찬일을 어리둥절하게 만들었다.

"걔들이 여기에 골프장을 짓겠다는 게 평화를 깨는 일인데, 어떻게 평화적으로 물러나게 합니까? 두 분 다 안 내키시면 저 혼자라도 하겠습니다."

지환의 결연한 태도에 서필과 찬일은 동시에 궁금해졌다. 지환이 이렇게 이 일에 적극적으로 나설 이유는 없었다. 서필과 찬일은 이곳이 고향이라 그렇다지만 지환은 은수의 기간제 교사 계약 기간이 끝나면 떠날 사람이었다. 지금은 백수라 할 일이 없다고는 하지만 두 사람을 제쳐 두고 혼자서라도 덤빌 만큼의 이유가 있나 싶었다.

"저한테도 여기는 소중해요. 우리 은수를…… 다시 만난 곳입니다. 이곳이 운명처럼 이어 주지 않았으면 영원히 못 만났을 수도 있고요. 그리고 저희 사랑이 이곳에서 완성……."

"됐다마. 그 사연 많은 얘기는 윤 선생이랑 둘이 깨 볶을 때나 하고, 빨리 다른 작전부터 짜자. 아주 평화롭고, 마누라들도 모두 인정해 줄 그런 걸로다가. 최 서방, 대표까지 했으니까 잔머리 좋을 거 아이가?"

사업 머리 하면 최지환이었다. 그 능력을 이런 때 보여 주지 않으면 언제 보여 주나 싶어 지환은 신나게 다른 작전을 설명해 나갔다. 두 사람은 지환의 말이 종교라도 되는 양 빠져들었다.

□ □ □

"내 이럴 줄 알았다. 이 사달이 날 줄 알았다고! 아이고, 많이 다친 거 아니겠제? 윤 선생아, 내 심장이 와 이래 떨리노."

은수는 이웃집 어른의 차를 얻어 타고 춘자와 함께 읍내 병원으로 향했다. 학교 점심시간 중 그 소식을 전해 들었을 때는 그대로 들고 있던 컵을 떨어뜨리고 말았다.

오늘 오전 골프장 입찰 무리들과 싸움이 벌어져 지환이 지금 병원에 있다는 말에 바닥으로 떨어진 심장이 아직까지도 숨조차 쉬지 못하고 있었다. 제발, 제발이라는 말만 머릿속에 되뇔 뿐이었다.

"골프장…… 골프장 사고 난 사람들, 어디 있나요?"

새하얀 얼굴로 은수가 묻자 응급실 간호사는 눈치를 살피며 뒤쪽을 가리켰다. 여기저기서 아픈 신음 소리가 터져 나왔고, 누구에게 향한 것인지 알 수 없는 무서운 욕설들이 응급실 안을 뒤덮었다.

다리에 힘이 풀려 못 걷겠다는 춘자를 대기실 의자에 앉히고 은수는 성큼성큼 안으로 걸어 들어갔다.

간호사들도 무서워 피하고 있는 검은 무리들 안에서 지환을 찾았다. 피가 묻어난 붕대를 감고 있는 사람들의 얼굴을 일일이 확인하며 그녀의 전부인 그를 애타게 불러 댔다.

"지환 씨……. 지환 씨! ……최지환! 이 나쁜 놈아!"

미친 여자가 겁 없이 소란을 피운다고 생각했는지 검은 무리의 눈이 은수에게로 향했다. 그중 조금 덜 다친 거구의 남자가 그녀 쪽으로 다가오는 게 보였다.

"이봐, 누군데 자꾸 시끄럽게……."

"건드리지 마."

남자의 손이 은수에게 닿기 전에 누군가에 의해 내쳐졌다.

"윤은수, 여기서 뭐 해?"

돌아서자 지환이 그녀의 앞에 서 있었다. 걱정 가득한 눈빛으로.

"당신…… 당신, 어떻게……."

은수는 그대로 무너져 앉았다. 순간 안심이 되는 마음에 저절로 눈물이 흘러내렸다. 그리고 그 감정은 곧 원망으로 변해 지환을 노려보게 만들었다.

"정말…… 정말…… 미워."

"아니, 난…… 이장님 다리 삐셔서 같이 병원 온 것뿐인데. 누가 또 소식을 잘못 전했어? 임산부한테 그렇게 놀랄 소식을 전한 사람이 누구야?"

"냅니다."

어느새 응급실 안으로 들어온 춘자가 불쑥 말을 뱉었다. 그리고 지환에게 다그치듯 물었다.

"그 양반 어디 있는교? 내가 오늘 아주 절단을 낼 끼니까 내 말리지 마래이."

지환은 춘자의 등장에 그저 고개를 숙일 수밖에 없었다. 골프장이고 뭐고 오늘은 그저 무릎 꿇고 싹싹 비는 게 살아남는 것임을 깨달았다.

여자 말을 안 들으면 아주 후회할 일이 생긴다는 걸 그제야 명언처럼 가슴에 새겨 넣었다.

골프장 사건의 전말은 이러했다.

전문 용역 업체까지 동원한 건설사를 평화적으로 몰아내기 어렵다고 판단한 지환은 미끼 정보를 흘려 다른 건설사를 끌어들였다. 그의 사업 머리가 아주 탁월하게 빛을 발한 것이다.

크기와 규모가 비슷한 반대편이 등장하자 현재 입찰을 진행하던 건설사는 동요했고, 서로 이곳을 차지하겠다는 명목하에 무력으로 충돌하게 되었다.

그 광경을 아주 신나게 구경하고 있던 서필은 기쁜 나머지 제 발에 걸려 넘어지고 말았다. 아픔을 호소하는 서필을 데리고 급하게 읍내 병원에 도착하니 때마침 골프장 무리들도 싸움을 끝내고 들이 닥친 것이었다.

우연히 겹친 것이었는데, 그 대가는 톡톡히 치러야 했다.

"미안해. 진짜 입이 열 개라도 할 말이 없어."

지환은 만 하루 동안 입을 닫고 있는 은수에게 무릎까지 꿇었다.

제발. 차라리 화라도 내길 바랐지만 은수는 지환과 눈조차 마주치지 않고 묵언 수행 중이었다.

"……당신 걱정할까 봐 말 안 한 거였어. 당신 속이려고 한 게 아니라. 그래, 결국엔 당신 걱정하게 만들어서 내가 잘못했다는 거 깨달았어. 후회해. 임산부한테 그런 큰 걱정 끼치기나 하고. 내가 아직 정신을 덜 차렸나 봐. 나 용서하지 마. 당분간 고기잡이배라도 타서……."

"어디! ……가기만 해 봐요."

은수가 그제야 눈을 맞춰 왔다.

"뭐라고?"

지환이 이때다 싶어 은수를 끌어안고 되물었다.

"진짜…… 못됐어. 일부러 이러는 거죠? 당신, 다치기라도 했을까 봐 얼마나 걱정한 줄 알아요? 이제야 같이 있는데……. 어디 간다는 소리가, 그렇게 쉽게 나와요? 그렇게 내 옆에 있기 싫은 거예요?"

그녀답지 않은 억지스러운 투정에도 지환은 그저 행복한 미소만 지어 보였다. 일부러 고비를 만들 필요는 없었지만 이런 고비 덕분에 윤은수의 속마음도 듣게 되었으니 아주 나쁘지만은 않았다. 아직 정신을 덜 차린 소리였다.

"나는…… 이제, 당신이랑 화니밖에 없어요. 내 전부란 말이에요. 내 욕심 때문에 당신 이렇게 옆에 두고 모른 척하고 있다는 거 알아요. 최지환이란 남자가 이렇게 놀고 있을 사람이 아닌 것도 아는데. 나는 괜찮으니까 서울 가서 새로운 사업 시작하라고 멋있게 말을 해야 하는데, 자꾸 미루기만 하고 있어요. 화니 태어날 때까지만. 그때까지는 내 옆에만 두고 봐도 되지 않을까. 당신이…… 내 마음을 좀 이해해 줘요."

결국 그에겐 사랑도, 시련도, 큰 깨달음을 주는 것도 전부 다 이 여자였다. 내가 당신이라는 여자를 만나지 않았다면 어땠을까. 영원히 세 번째라는 감옥에 갇혀 벗어나지 못했을 것이고, 사랑이라는 달콤한 감정도 맛보지 못했을 것이다.

모두의 선생인 윤은수는 가장 먼저 최지환의 선생이었다. 아주 말썽을 많이 피우는 아이 같은 어른 제자는 그저 반성하는 수밖에 없었다.

"내가 잘못했어. 다시는…… 당신 걱정시키는 일 없도록 할게. 이장님이나 강 선생 못지않게 나도 여기가 바뀌는 게 싫어서 그랬어. 당신이나 나나 편안하게 고향처럼 생각하는 곳이 없잖아. 앞으론 여기가 그런 곳이었으면 좋겠어. 이장님이 화니 할아버지가 되어 주고, 부녀회장님이 할머니가 되어 주는 여기서 우리 화니가 마음껏 뛰어놀 수 있었으면 좋겠어. 이것도…… 어쩌면, 내 욕심이겠지."

이제 은수가 지환을 꼭 끌어안아 주었다.

"당신 마음 충분히 알아요. 그래도 우리, 억지로…… 다쳐 가면서까지 그러지는 말아요. 바뀌면 바뀌는 모습 그대로 사랑하면서 살아요. 우리 세 사람이 함께 있으면 그게 고향인 거잖아요."

"네, 선생님."

"뭐라고요?"

"앞으로 말 잘 들을게요."

은수는 누가 최지환을 이기겠냐며 웃어 버렸다.

"오늘 입술로 좀 혼나고 싶은데, 선생님 생각은 어떠세요?"

"선생님이 하자는 대로 따라 주면 생각해 보고요."

은수는 못 이기는 척 지환을 받아 주었다. 키스가 진해지자 '화니'가 꿈틀거렸다. 두 남자를 모두 가진 여자의 행복한 고민은 그밤, 늦도록 이어졌다.

2

······최지환 전前 회장의 비자금 관련 검찰 조사로 경영난을 겪던 명진그룹이 지난 8일 임시 주주총회를 개최하고 최우진 대표이사를 신규 선임했다. 최 대표는 오너가家 3세로 새롭게 떠오른 2대 주주인 '수홀딩스'의 신임을 받아 가족 경영이라는 논란을 딛고 과반수 이상의 주주 동의하에 경영 전면에 나서게 됐다.

한편, 고故 최영만 회장의 비서단 출신이자 오너 일가의 최측근인 정태섭 상무이사가 경영 전반에 참여하며 새로운 대표이사로 선출이 확실시됐으나 전前 회장의 비리 의혹 조사 중 배후로 지목되며 스스로 검찰 조사에 나서는 등······.

때 지난 경제 기사의 마지막 장을 읽어 내려가던 우진이 열리는 문소리에 고개를 들었다. 접견실 입구에 선 태섭이 우진을 알아보고 걸음을 멈췄다.

죄수복을 입은 그는 몇 달 사이 급격히 늙어 버린 것 같았다. 염색하지 못한 새치가 감출 수 없는 그의 죄를 말해 주고 있었다.

"……더 받을 벌이 남았나요?"

태섭이 느린 걸음으로 다가와 우진의 앞에 자리를 잡고 앉았다. 두 손이 묶인 그의 표정은 삶을 포기한 것처럼 고요했다.

"변호사는 쓰실 줄 알았는데요."

스스로 죗값을 받겠다던 약속은 지켜졌다. 우진이 그에게 건넨 편지 한 통이 태섭에겐 어떤 의미였을까.

정정당당하게 임시 주총을 열어 대표이사를 정하자고 제안한 것도 우진이었다. 그는 말없이 고개를 끄덕일 뿐이었다.

"여기 세상이나 바깥세상이나 다를 바가 없습니다. 어디에 있던 지옥인 건 마찬가지이지요."

지옥에 있다고 말하는 그의 얼굴은 평화로워 보였다. 평생을 복수심으로 살아온 그에게 그 복수가 끝나는 것은 삶의 의미를 잃는 것일지도 몰랐다.

하얗게 불타 재가 되어 버린 삶. 그 끝에 연민이 생긴 것도 같았다.

할아버지는 왜 우진에게 편지를 남겼을까. 뒤늦게 아프리카로 보내진 서류 안에는 그의 몫으로 남겨 둔 지분과 편지 한 통이 담겨 있었다.

[정태섭]이라 적힌 편지는 뜯어보지 않았다. 모두 잊고 정리한 과거였다. 그게 무엇이든 우진은 알고 싶은 마음이 없었다.

하지만 지환이 모든 죄를 뒤집어쓰며 고통받는 현실 앞에서 정신이 들었다. 자신은 또다시 도망치려 하고 있었다.

할아버지는 그래서 우진에게 태섭의 편지를 남긴 것일까. 폭주하는 태섭의 길 잃은 복수를 멈추게 할 사람은 그뿐이라는 것처럼. 숨지 말고 소중한 것을 지키라고.

"어쩌면…… 제가 정 비서님 같았을 거라고 생각합니다. 제 어머니를 생각하셨던 마음, 저를 대신해서 복수하겠다는 마음, 다 이해합니다. 그런데…… 또 어쩌면 저와 정 비서님은, 아주 다를 수도 있습니다. 저는…… 은수를 놓친 게 아닙니다. 제가 떠난 것이지요. 지환이와 행복한 은수가 고맙습니다. 어머니가 평생 다른 이를 마음에 품고 계셨다고 해도 아버지를 놓지 않고 저를 끝까지 키워 주신 것에 감사합니다. 그러니…… 모두 잊어 주십시오."

태섭이 고개를 들어 우진을 바라봤다. 그의 눈빛은 수만 가지 감정을 담고 있었다.

"할아버지도, 작은아버지께…… 그것을 바라실 겁니다."

용서라 말하지는 않았다. 죄는 죄로 남으며 그 죗값을 받아야 함은 불변의 진리였다.

다만, 그가 오해하고 쌓아 둔 마음들은 털어 내 주고 싶었다. 그게 할아버지를 대신한 그의 역할이라고 생각했다.

짧았던 접견 시간은 금세 끝이 났다. 태섭이 교도관의 손에 이끌려 접견실을 빠져나가다 걸음을 멈췄다.

그는 무너지듯 주저앉았다. 무릎을 꿇고 바닥에 머리를 박은 채 참회하듯 오래도록 참았던 울음을 터뜨렸다.

태섭아, 보아라.

내가 떠나면 이제 네 곁에는 아무도 없겠구나.

아들이라 불러 주지 못해 미안하다.

너를 그리 만든 건 내 탓이다.

나를 용서하지 말아라.

그러니 그만 울고 잊어라.

외전

1. 스물일곱, 스물하나
(기주와 해인)

"해인이 너도 갈래? 오늘 유학파 오빠들 많이 온다는데."

선정의 물음에 바지에 발을 넣던 해인이 얼굴조차 보지 않고 대답했다.

"아니."

상의까지 금세 갖춰 입고 사물함 문을 닫았다.

"나, 알바 있어서. 간다."

"야! 너, 그러다 대표님한테 혼나!"

해인에겐 선정의 마지막 말이 여자는 남자를 잘 만나야 한다는 말만큼 비현실적으로 다가왔다.

아이돌 연습생이라고 해서 생계가 보장된 것은 아니었다. 사람들에게 관심받고 싶어서 엄마를 매니저 삼아 다니는 아이들에게 해인은 다른 행성에서 온 사람처럼 이해하지 못할 부류였지만 그런 것에

동요할 만큼 감정적이지 않았다.

"이해인, 여기 5번 테이블 빨리 치워. 뭐 하고 섰어?"

뭐 하긴 네가 먹은 음식 치운다. 해인보다 나이가 세 살 많은, 그래 봤자 스물네 살일 뿐인 홀 매니저가 오늘도 그녀를 못 잡아먹어서 안달이었다. 다른 아르바이트생 눈에는 유치한 관심 표현으로 보이는 듯했지만 해인은 그렇게 해석하고 싶지 않았다.

남자를 만나 연애할 만큼 인생이 한가하지 않았다. 운 좋게 외모는 잘 물려받았지만 해인이 가진 배경은 그녀를 공주처럼 살게 만들지 않았다.

엄마는 그녀가 열두 살 때 도망갔고, 아빠는 그때부터 삶을 등졌다.

그 뒤로, 생계를 위해 공부를 접고 그나마 건전한 애들과 춤을 추러 다녔다. 그러다 기획사 연습생이라는 그녀의 인생에서 가장 좋은 배경을 얻었다.

하지만 삶은 변하지 않았다.

"아가씨, 아주 예쁘게 생겼네. 남자 친구 있어?"

홀 매니저까지 둔 이름 있는 고깃집이니 드나드는 양반들 중에 사장님도 많았다. 그리고 그 사장들 중에서는 드러내 놓고 스폰을 제안하는 사람도 있었다. 얼굴이 반반하면 겪는 수치스러운 피해 중에 하나였다.

"남친은 없고, 남편은 있어요."

"에? 벌써? 몇 살인데?"

"열아홉이요."

사장들은 거기서 더 질문하지 않았다. 미성년자를 추행했다가 혹시나 잘못 걸리면 경찰서에 들락거려야 하고, 변호사도 써야 하고, 돈도 들고, 무엇보다 자신의 딸에게 쪽팔리기도 했다.

해인이 한 놈 처리했다 생각하며 고개를 돌리는데, 매니저가 두 눈 가득 질투심을 담은 채 그녀를 노려보고 있었다. 오늘이 저 남자의 길고 긴 감정선이 끊어질 날임을 직감했다.

"그렇게 남자들한테 살살 꼬리 치면…… 좋아?"

남자 직원들이 담배를 피울 때 이용하는 뒷골목으로 그녀를 끌고 간 뒤 지가 서방이라도 되는 것처럼 말하는 그의 태도까지는 참을 만했다. 이런 일이 아예 없진 않았으니까.

"무슨 말씀 하시는 건지 모르겠는데요."

"몰라? 왜 몰라? 네가 나한테도 꼬리 쳤잖아. 매니저님, 매니저님 하면서 매일 사정 말하고는 가불해 갔잖아. 사장님이 미쳤다고 신원 보장도 안 된 아르바이트생한테 가불을 해 줘? 그게 다 나 믿고 해 주는 거야. 그럼 나는 왜 해 줬을까? 왜라고 생각해?"

해인은 점점 벽 쪽으로 그녀를 가두는 매니저에게 잠깐 두려움을 느꼈지만 그래도 그가 더한 짓은 하지 않을 것이라 생각했다. 여기는 직장이었고, 언제든 사람들이 찾아올 수 있는 장소였으며 그리고 마지막으로 그녀는 사람 간의 정을 믿었다.

그래도 같이 일한 시간이 얼만데. 눈에 거슬린다고 나쁜 짓을 하지는 않을 거라고 생각했다. 하지만 그녀의 순진함을 비웃기라도 하듯, 그 생각은 보기 좋게 빗나갔다.

"놔요! 사람, 살려! 읍!"

한 손으로 해인의 입을 막은 매니저가 그녀의 가슴을 더듬었다. 순식간에 눈물이 차오르고 머리가 어지러웠다. 억울했다. 그녀가 왜 이런 일을 당해야 하는지 이해할 수 없었다.

"악!"

있는 힘껏 발을 올려 매니저 새끼의 그곳을 차 버렸다. 중심을 잡고 데굴데굴 구르는 모습까지 보고 해인은 미친 듯이 도망쳤다. 이대로 지구 끝까지 갔으면 좋겠다고 생각했다. 아무도 구원해 주지 않는다면 차라리 죽어 버렸으면 좋겠다고 생각했다.

숨이 끊길 정도로 뛰다 어딘가에 앉았다. 더 이상 울 수 없을 만큼 울고 나서야 정신이 돌아왔다. 자신의 모습을 내려다보자 우스웠다. 고깃집 유니폼을 입고 앉아 있는 모습이 징글징글했다.

아빠에게 생활비를 보내 준다고 해도 그가 예전처럼 돌아오리란 보장은 없었다. 그녀가 이렇게 악착같이 굴어도 삶은 바뀌지 않을지도 모른다.

어디든 도피하고 싶었다. 그녀 또래의 다른 여자아이들처럼 웃고 떠들고 즐기며 살아 보고도 싶었다.

갑자기 생각난 듯 해인은 핸드폰을 꺼내 선정에게 전화를 걸었다. 곧 전화가 연결되고 수화기 너머로 시끄러운 노랫소리가 들렸다.

— 어, 해인아, 왜?

"……간다고."

— 뭐? 뭐라고? 나, 잘 안 들려. 크게 말해 봐.

"거기 어디냐고! 나도 간다고!"

해인의 목소리가 꼭 살려 달라는 절박한 외침 같았다.

선정은 해인의 꼴을 보고는 고개를 저었다. 이런 모습으로 클럽 안에 들어갔다가는 남자는커녕 모임에서 왕따당하기 쉬웠다.

한편으론 연습생 멤버 중에 제일 외모가 출중한 해인이 어쩐 일로 관심을 보이나 싶어 의아했는데, 해인의 모습을 보니 무슨 일인지 각이 나왔다.

"따라와. 근처에 잘 가는 편집숍 있어."

선정은 연습생 멤버 중 집안이 가장 빵빵했다. 연예인은 그냥 심심해서 해 볼까 한다고 했었다. 그게 재수 없어 말도 섞지 않았는데, 지내다 보니 나름대로 털털한 면이 있었다. 해인이 못산다고 은근히 무시하는 아이들을 데려다가 골려 주는 모습도 보였다.

"……와. 역시, 꾸미니까 다르네. 뭐, 본바탕이 좋으니까."

선정은 화사한 꽃처럼 꾸민 해인의 모습이 만족스러웠다. 스물하나는 스물하나답게 살아야 한다고 생각했다. 해인의 인생을 모두 다 이해하지는 못하지만 자신을 더 몰아붙여도 달라지는 게 없다면 때로는 놓아주는 부분도 있어야 한다고 여겼다.

"그냥…… 춤만 출 거야. 남자는 안 만나."

해인의 말에 선정은 알겠다며 웃음을 흘렸다.

남자를 만나겠다는 말보다 더 우스운 말이었다.

"우리 모범생 기주가 어쩐 일로 여기까지 행차하셨나? 오래 살고
볼 일이네."

기주의 등장을 눈꼴셔하는 인간들이 하나둘쯤은 있을 것이라 생
각했다.

은규는 방학이라고 오랜만에 한국에 들어와 방 안에만 처박혀 있는
불알친구가 안쓰러워 거짓말까지 해 가며 모임에 데리고 나왔다. 그
렇게 공부만 하다가 책이 되겠다고 말하자 기주는 그저 웃기만 했다.

아버지는 하나지만 엄마가 셋. 그중에 둘째. 기주가 가질 감정이
어떤 것인지 그는 다 이해하지 못했다.

큰형과 동생 사이에서 어색한 포지션을 취한 채 어긋나지도 그렇
다고 나서지도 않으며 스물일곱 해를 살아오고 있었다.

외국에서 여자는 좀 만나냐는 말에, 만나 봤자 뭐 하냐는 말이 되
돌아왔다.

이해했다. 이 무리가 그랬다. 나름 이름 있는 집안의 2세, 3세들이
었기에 자신의 인생을 자기 마음대로 쓸 수 없다는 것쯤은 안다.

특히나 결혼 같은 경우 사업이나 다름없었다. 회사를 위해서 정략
적인 결혼을 하고 뒤로는 마음에 드는 여자를 만났다. 그리고 그건
상대편 여자도 마찬가지였다. 계약에 어긋나는 일만 하지 않으면 모
든 게 허락되는 관계였다.

그들에게도 그런 삶이 기다리고 있다는 것쯤은 묻지 않아도 알기
에 이렇게 끝도 없는 유흥에 빠지는 거겠지.

은규는 자신이 바르지 않다는 것도 알았고, 그렇다고 이 상황을 벗어던지지 못한다는 것도 알았다. 오래된 친구 기주는 좀 다르지 않을까, 한 번씩 생각해 보기도 하지만 말이다.

"오늘은 여자 부르지 말고 그냥 조용히 놀자. 알겠지?"

은규의 김새는 말에 여기저기서 원성이 터져 나왔다. 이미 어디 모임의 여자애들과 약속을 잡았다는 뒷말이 끝나자마자 룸의 문이 활짝 열렸다. 진한 화장을 했음에도 고작 스무 살 초반으로 보이는 여자애들이 안으로 들어와 하나둘 자리를 잡고 앉았다.

그 모습을 바라보다 멀뚱히 문 앞에 서 있는 한 여자애에게로 시선이 갔다. 미모는 단연 돋보였다. 하지만 화려하게 꾸민 스스로의 모습이 익숙지 않은 듯 어색한 얼굴로 이 공간이 의미하는 바를 생각하는 것처럼 보였다.

은규는 어째선지 이 여자를 기주 옆에 앉히고 싶었다.

"뭐 하고 섰어? 해인아?"

선정이 돌아서 묻자 해인은 그녀를 노려봤다. 춤만 추자고 했더니 기어이. 그래, 이런 상황을 예상하지 못하고 이곳에 온 것은 아니었다. 괜히 주변 사람들을 불편하게 만들고 싶지도 않았다.

해인이 걸음을 옮기자 한 남자가 그녀에게 웃는 낯으로 말을 걸었다.

"해인 씨는 여기 앉아요."

언제 이름을 외웠는지 남자는 다정하게 그녀를 부르며 자리를 만들어 주었다. 그러고는 멀어져 갔다. 그녀에게 관심이 있나 싶었는데 잘못 짚은 것 같았다.

그래, 여기는 예쁜 애들이 천지니까. 그리고 다들 재벌 집 손자나 아들이라고 했다. 그녀와는 아예 사는 세계 자체가 다른 사람들.

해인은 심각해지지 않으려고 했다. 그런데 그녀의 옆자리에 앉은 남자는 심각한 것처럼 보였다.

"혹시…… 화났어요?"

해인이 진지하게 말을 걸자 그가 작게 웃었다. 그러자 좀 봐 줄 만했다. 잘생겼는데, 웃기까지 하니 가슴이 조금 설레기도 했다. 남자는 관심 없다고 생각했지만 몸이 반응하는 건 어쩔 수 없는 것이었다.

"이런 데 잘 안 와서. 낯설어서 그래요."

남자의 다정한 말에 해인은 긴장이 조금 풀렸다. 묘한 동질감을 느끼기도 했다. 사는 배경은 달라도 여기가 처음인 건 같으니까. 공통점이 하나 생긴 것만 같았다.

"저도 처음이에요. 그래서…… 떨려요."

그 말이 마치 당신을 만나서 떨린다는 것처럼 들렸다. 기주와 해인은 묘한 설렘으로 눈빛이 엉켜들었다. 주변 친구들이 웃고 떠들고 노래를 부르는데도 아무런 소리도 들리지 않았다. 두 사람만 앉아 있는 것처럼 서로의 행동에 긴장하고, 신경을 곤두세웠다.

아슬아슬하게 주고받는 눈빛이 참기 힘들어질 즈음 기주는 해인의 손을 붙잡고 그곳을 빠져나왔다.

"답답해하는 것 같아서."

기주는 그렇게 간단하게 말했다. 둘만 있고 싶다고 말했다면 이 남자도 오늘 하루 즐길 여자가 필요하구나, 시시하게 생각했을 텐데 그게 아니라서 해인은 좋았다.

몇 시간 전만 해도 죽어 버렸으면 좋겠다고 생각했던 마음을 되돌리고 싶을 만큼 앞에 있는 남자에게 속절없이 빠져들었다.

누군가에게 첫눈에 반한다는 건 거짓말이라고 생각했다. 외모를 보고 달려드는 남자들에게 그녀의 징글징글한 인생을 몇 마디 읊어 주면 다들 떠나갔다. 아니, 줄행랑을 치는 것 같아 보였다.

"저 마음에 드세요?"

당돌한 물음이었다. 아니라고 하면 지금 이 자리에서 돌아서면 그만이었다. 같이 일하는 남자에게 겁탈까지 당할 뻔했는데, 오늘 처음 만난 남자에게 거절을 당한다고 해도 쪽팔릴 것 같지는 않았다.

"여자 만나려고 나온 건 아니에요."

쪽팔리지는 않았는데, 마음이 조금 아프긴 했다. 남자의 다정한 거절에 해인은 깔끔한 미소를 보였다.

그녀도 다른 여자들과 똑같다고 생각하겠지. 돈 많은 집안의 잘생긴 도련님이 눈앞에 있는데 다른 마음이 생기지 않는 게 이상한 것일 수도 있었다. 해인은 그렇게 자신도 다른 여자들처럼 이 남자에게 기억되리라 여겼다.

"근데…… 마음 가는 여자가 앞에 있네요."

기주가 다정한 웃음을 보였다. 해인은 이 남자를 사랑할 것만 같았다.

"매워요?"

"아, 좀……. 처음 먹어 봐요."

출출하다는 해인의 말에 기주는 근처 레스토랑을 예약하려고 했다. 해인은 밥이 아니라 간식으로 떡볶이가 먹고 싶다고 했고, 기주는 잠깐 고민을 하더니 알겠다며 그녀를 따라와 주었다.

오래된 골목 안의 낡은 분식집은 해인에게는 익숙한 곳이었지만 기주에겐 낯설고 새로운 경험을 안겼다.

"이 맛있는 걸 처음 먹는다고요? 그런 사람은 처음 보네요."

해인은 소스까지 야무지게 찍어 떡볶이를 흡입했다. 저녁 서빙을 하다가 일이 벌어졌으니 당연히 밥은 먹지 못했고 술자리는 그녀가 손대면 안 될 것 같은 고가의 안주들뿐이었다.

내숭을 보이지 않고 야무지게 음식을 먹는 해인이 기주는 예뻐 보였다.

그가 만날 수 있는 여자들은 공장에서 찍어 낸 사람들처럼 하는 행동이 비슷했다. 대대로 품위를 교육받은 듯한 모습에서 피로감을 느끼고 있던 그에게 해인은 수족관에서 홀로 빛나는 불가사리 같았다. 독이 든 것을 알고 있지만 건드리고 싶었다. 그러나 건드리면 그는 분명히 상처를 입게 될 것이다.

"좋아하는 음식이 떡볶이예요?"

"네."

해인은 고민하지 않고 대답했다.

"좋아하는 음악 장르는 뭐예요? 아이돌 연습생이라면서요."

"장르요? 전 그냥 뮤직차트 1위 하는 거요. 얼마나 잘 부르나 듣다 보면 좋아져요. 그래서 이름 있는 기획사를 만나야 하는 거예요. 뒤에서 밀어주는 사람이 없으면 요즘은 가수도 못 해요."

기주는 현재 뮤직차트 1위가 누구인지 알지 못했다. 그가 아는 음악은 피아노 선율이 감미로운 클래식이었고, 알고 있는 대중가요도 미국 시장을 점령한 팝송 몇 곡이 전부였다.

"좋아하는 작가는 있어요?"

"작가요? 드라마 작가 말하는 거예요? 지금 시청률 1위 하는 게 뭐더라. 아르바이트한다고 요즘은 티브이 잘 못 봐요. 오빠는요? 어떤 작가 좋아해요?"

그가 말한 작가는 노벨문학상처럼 이름 높은 상을 받은 사람들이었다. 전혀 다른 세계에서 살고 있는 사람이라는 걸 조금씩 깨달아 갈 즈음 기주는 마지막 기회처럼 물었다.

"좋아하는 남자는 있어요?"

예상 못 한 질문이었는지 해인이 잠시 떡볶이를 집던 손을 멈췄다. 하지만 곧 해맑은 웃음을 보이며 대답했다.

"네. 내 앞에 있는 남자."

입술이 부딪치고 혀가 엉켰다. 단추가 많은 블라우스를 풀어내는 손이 자꾸 어긋났지만 멈춰지지 않았다. 뽀얀 속살이 보고 싶어 미칠 것만 같았다. 가슴 두 쪽을 다 베어 물고 얼굴을 묻어 버려야만 이 터질 것 같은 심장을 잠재울 수 있다고 생각했다.

"저…… 처음이에요."

곧 무너질 것 같은 얼굴로 해인이 고백했다.

기주는 멈춰야 한다고 생각했다. 그래야 이 불가사리를 구원할 수 있을 것이라고 머릿속에서 경고했다. 하지만 손은 한순간에 그녀의 팬티마저 벗겨 냈다.

침대에 눕히자마자 얼굴을 붙잡고 입술을 빨아 댔다. 여자의 입술이 달게 느껴지는 경험은 처음이었다.

사랑과 섹스의 구분이 확실한 외국 여자들과 기계적인 잠자리를 가졌다. 욕구는 만족했다. 하지만 가슴은 채워지지 못하고 더 비어 버렸다.

누군가를 사랑한다고 우는 녀석이 부럽기까지 했다. 그런 삶을 살고 싶었다.

"천천히 못 해."

기주는 단번에 해인에게로 들어섰다. 세계가 열린 만큼 한 번도 경험한 적 없는 고통이 찾아오자 그녀는 그의 등을 손으로 잡아 뜯기 시작했다. 그만하라고. 아프다고. 못 참겠다고. 하지만 기주는 그녀를 놓아주지 않았다. 그럴 수 없다는 것을 깨달았다.

"……죽을 것 같아요."

해인은 정말 죽을 것 같았다. 조금 전까지는 진짜 죽으려고 했다. 그런데 다시 살고 싶다는 생각이 들게 만드는 남자를 만났다. 그리고 죽을 만큼 아프고 좋은, 처음으로 겪는 감정의 열병을 앓았다.

이 밤이 지나면 끝나 버릴 것 같아 더 간절한 마음으로 남자를 안았다. 아프다고, 놓아 달라고 발버둥 치면서도 그를 놓치고 싶지 않았다. 그를 그녀에게 남기고 싶었다.

"해인아……."

'사랑해'라고 하는 것처럼 기주가 젖은 목소리로 그녀의 이름을 불렀다. 해인은 울컥, 눈물이 치솟았다. 해인아. 자신의 이름이 이토록 따뜻했다는 것을 처음으로 알았다.

이해인. 날카롭게 이어지던 사람들의 무시에 이해인은 따뜻할 수 없는 이름이라고 생각했다. 그 이름이 불릴 때마다 그녀는 상처를 받았고, 버림을 받았고, 끝내 포기해 버렸다.

그런 체념은 바보 같은 마음이었다는 것처럼 해인은 기주의 따뜻함에 녹아 버렸고, 울어 버렸다.

"많이 힘들어? 그만할까?"

기주는 해인의 눈물에 어쩔 수 없이 몸짓을 멈췄다.

"아니. 멈추지 마요. 좋아요. 너무 좋아……."

울먹이며 좋다고 말하는 여자에게서 기주는 미래를 봤다.

이 여자로 인해 그는 사랑을 알게 될 것이고, 어쩔 수 없는 아픔을 겪어야 할 것이며, 끝내는 이 여자를 울리고 말 것이라는 걸.

행복이 영원할 수 없다는 것을 알지만 지금은 행복해지고 싶었다.

이 여자로 인해 그는 지금 행복했다.

절정을 맞이하고, 몇 번의 괴롭힘이 더 있은 후에야 기주는 해인을 끌어안고 눈을 맞추었다.

정성스럽게 얼굴을 쓰다듬고, 입술을 매만지다 유치하지만 진심인 한마디를 건넸다.

"내 여자 친구 할래?"

해인이 웃으며 대답했다.

"오늘부터 1일이에요."

그것이 그들의 처음이자, 완성이었다.

2. 서른여섯, 서른둘
(우진과 소라)

　우진은 잠깐 짬이 나 서점에 들렀다. 김 비서는 여유 부릴 시간은 한 시간뿐이라고 딱 잘라 말했다. 그러면서 잔소리도 잊지 않았다.

　읽고 싶은 책이 있으면 얼마든지 인터넷 배송을 시켜 주겠다고 했다. 회장실에 쌓아 두고 봐도 아무도 뭐라 하지 않는다고, 당신이 이 회사에서 최고로 높은 사람이라고 말했지만 우진은 그저 서점에 가고 싶다는 말만 되돌려 주었다. 민철은 포기하듯 알겠다며 허락해 주었다.

　지환을 따라나설 줄 알았던 민철은 우진이 회장직을 넘겨받자 '앞으로 잘 부탁드립니다' 라고 능청스레 말하며 그의 옆에 있기를 원했다.

　최지환은 대표로 모시기엔 쉬운 타입이 아니라고 했다. 나이도 자신보다 어리고, 화장실 갈 시간도 없이 일을 시켜 더러워서 못해 먹겠다고 생각한 게 여러 번이라고 했다.

전 회장이자 친동생인 지환의 험담을 듣고 있는 게 영 마음이 좋지 않았지만 우진은 민철을 곁에 두기로 마음먹었다.

나중에 알게 된 진실이지만 이 모든 것이 지환의 계략이었다. 신경 쓰게 만들지 않겠다는 우진의 말을 듣고 형이 부담스러워할까 봐 거짓말을 했다고 했다. 형의 옆에 믿을 만한 사람을 두고 싶어서 그랬다는 말을 듣자 배신감이 어느 정도 녹아들었다.

민철이 화장실도 못 갈 정도로 바빴다는 말을 이 서점 앞에서 실감하게 될 줄은 몰랐다. 회장의 자리에 앉는다고 해서 서점에 오지 못할 것이란 생각은 하지 못했다.

얻는 게 있다면 잃는 것도 있을 것이라 말하던, 오지 여행 중 목발을 짚게 된 어느 산악인의 말이 떠올랐다.

회장직을 맡은 이후 개인 시간은 좀처럼 허락되지 않았다. 아니, 그가 허락하지 않은 걸지도 모르겠다. 회장이 해야 할 일을 놓치지 않기 위해 노력했다.

회사는 많은 사람들을 먹여 살리는 곳간 같은 곳이었다. 그 곳간에 곡식이 쌓일 수 있도록, 그것이 떨어질까 봐 불안하지 않도록 전 직원을 안심시키는 일을 하는 게 회장이었고, 우진은 그 역할을 위해선 자신의 취미쯤은 잠깐 버려둬야 한다고 결론 내렸다.

하지만 아쉬움은 언제나 존재하는 법이었다.

"아쉽지만 그 작가, 이제 시 쓰지 않는다고 하더라고요."

우진이 아무도 얼쩡거리지 않는 시 코너에서 자신의 책을 들고 있다가 듣게 된 소리였다. 옆을 보자 한 여자가 그의 손에 들린 책을 내려다보고 있었다.

"우연히 보게 됐는데, 아주 좋더라고요. 저랑 맞아서 출판사 쪽에 작가분 다음 책 출간 일정을 여쭤봤더니 이제 시는 안 쓰신다고 했다네요."

친한 교수님의 성화에 못 이겨 필명까지 써 가며 소리 없이 냈던 시집이었다. 그리고 곧장 회장이 되었으니 더 이상 그의 인생에 글쓰기는 없다고 생각하고 출판사에 전달한 말이 애독자를 통해서 되돌아왔다.

"이 책에 모든 걸 담아냈을 수도 있겠죠. 더 이상 글을 쓸 이유가 없어졌을 수도 있고요."

우진의 말에 여자가 눈을 맞춰 왔다. 그리고 두 사람은 묘한 기시감을 느껴야 했다.

어딘가 낯설지 않은 외모였다. 언젠가 스치듯 지나쳤나, 라는 생각까지 이르자 여자가 먼저 알았다는 듯 큰 눈을 좀 더 키웠다.

"비행기! 옆자리, 맞죠? 우와. 이렇게 다시 만날 수도 있구나…….참…… 신기하면서도 무섭네요."

여자의 모습은 그때와 백팔십도 달라져 있었다. 부스스하게 파마를 했던 긴 머리는 짧은 단발로, 화장기 없이 말갛던 얼굴엔 깔끔한 화장이 덧씌워져 있었다. 복장도 커리어 우먼처럼 단정한 투피스였다.

"취직하셨나 봐요?"

여자가 우진의 복장을 보고 먼저 물었다.

"그때…… 선교사라고 하셨던 거 같은데."

그런 말까지 했나. 우진은 잘 기억나지 않았지만 여자의 말이 틀리지는 않아 고개를 끄덕였다.

"죄송해요."

갑자기 여자는 사과를 했다.

"네?"

"아, 그때…… 제가 했던 말들, 정말 재수 없었을 것 같아서요. 지금 생각해 보니 더 그렇네요. 현실 때문에 꿈을 접는 사람들도 많은데, 재벌 집 딸이니 정략결혼이니 그런 허무맹랑한 소리나 하고. 깊이 반성 중이에요."

여자는 그 말을 하고 주머니에서 울리는 핸드폰을 꺼내 받았다.

"네. 근처에. 알았어요, 지금 갑니다."

급하게 돌아서던 여자가 다시 우진에게로 다가와 명함 한 장을 건넸다.

"시간 되면 언제 맥주나 한잔해요. 이렇게 독서 취향 맞는 사람 만나는 일도 흔한 건 아니니까요. 그럼."

여자가 사라지는 걸 보고 우진은 명함을 내려다봤다.

규림산업 비서실 우소라

재벌 집 아니, 졸부 집 막내딸이 비서실에서 근무할 리는 없었다. 아무래도 그때 한 이야기는 지어낸 소설이라는 생각이 들었다. 우진은 어느새 한 시간이 지난 것을 확인하고 서점을 빠져나왔다.

□ □ □

"결혼하시래요."

면접자들을 검토하는 것처럼 우진의 책상 위로 맞선 상대 명단이
줄 맞춰 올라왔다.

"누가요?"

짐작 가는 사람이 있지만 우선은 묻고 봐야 했다. 민철은 알면서
뭘 묻냐는 표정이었다. 그에겐 손주를 바라는 부모는 없었지만 조카
를 원하는 형제가 있었다.

"애 아빠 되더니 오지랖이 넓어졌네요, 그 녀석."

"사람 사는 게 다 그렇지 않겠습니까? 지아 아버님도 자기들만 행
복한 것 같아 미안하다고 전해 달라네요. 왜 다들 저한테 이런 말을
전해 달라고 하는지 모르겠지만요. 똑같이 노총각인데 회장님이 더
불쌍해 보이나 봅니다."

민철의 투정 섞인 농담에 우진은 웃으며 앞에 놓인 명단을 눈으로
가리켰다.

"김 비서님 보세요. 전 조금 더 솔로로 있고 싶네요."

"단순히 그런 이유라면 노력하는 시늉이라도 해 주세요. 은수 씨,
아니, 유하 어머님이 지환이보다 이번 일에 더 적극적이에요. 무슨
마음인지 아시죠?"

노총각이 여자를 만나지 않는 건 요즘 시대에 평범한 일일지도 모
른다. 하지만 이들 형제에겐 민감한 일로 번질 수 있었다. 은수도,

지환도, 우진에게서 완전히 분리될 수 없었다. 그가 다른 사랑을 하지 않는다면. 그 이유를 생각할 수밖에 없었다.

"연애를 하라는 겁니까? 결혼을 하라는 겁니까?"

"아마…… 둘 다겠죠."

□ □ □

"언젠데?"

소희는 입맛에 맞지 않는 토피넛라떼를 마시고 기분이 상해 날카롭게 되물었다.

"이번 주 토요일 오후 2시로 약속 잡았습니다."

"토요일? 그걸 이제 말하면 어떡하니? 넌 참……."

소희의 짜증이 한숨으로 번져 나왔다.

"미안…… 죄송합니다."

소희는 소라의 사과에는 대꾸도 않고 앞에 놓인 거울로 얼굴을 체크 했다.

"오늘 오후 스케줄 다 취소하고 김 원장님 수술 스케줄 알아봐. 토요일까지 며칠 남았지? 지난달에 진작 손을 봤어야 했어. 그때 네가 나 말렸지? 하여튼 우소라 때문에 되는 게 하나도 없다니까."

소라는 재빨리 문자로 김 원장의 오후 스케줄을 확인했다. 다행히 시간이 빈다는 긍정의 멘트가 날아왔다. 오늘 오후 그녀의 일정이 조금은 편해지리라 생각하며 조용히 이사실을 빠져나왔다.

비서실로 들어서자 사람들의 눈이 급하게 자신의 일로 돌아갔다.

비서실에 낙하산으로 들어와 스파이 아닌 스파이가 되어 버린 자신의 처지에 소라는 나직이 한숨을 내쉬며 자리에 가 앉았다.

자신이 배다른 언니의 수행비서가 되리란 상상을 적어도 1년 전에는 하지 못했다.

도피 아닌 도피로 떠난 외국 유학 중 하나뿐인 내 편, 엄마가 돌아가셨다는 소식을 접했다. 현실이 아닌 듯했다. 영원히 살 것만 같은 엄마였다. 첩이라는 가슴 시린 멍에를 안고서도 웃음을 잃지 않던 사람이었다. 이렇게 빨리 헤어지게 될 줄 알았다면, 곁을 떠나지 않았을 것이다.

늘 똑같았다. 두 모녀를 인정조차 하지 않는 큰어머니, 그녀를 경멸하는 언니, 그리고 언제나 방관자였던 아버지.

그 모든 것에서 도망치고 싶었다. 그래서 결혼을 서둘렀다.

마음 맞고 조건 맞는 남자를 만났다고 생각했다. 돈 있는 집안의 남자들이 뒤로 여자 하나쯤은 숨겨 두고 있다는 건 태어나면서부터 두 눈으로 체감하며 자랐다. 그래서 그의 바람을 웃으며 넘겼다.

하지만 그 남자는 그 여자에게 흠뻑 빠져 그녀 앞에서 사랑 때문에 울부짖었다. 놓아 달라고. 우리 결혼이 성사되면 그 여자는 죽어 버릴 거라고.

그럼 나는. 너 때문에 쪽팔리는 나는. 너 같은 새끼에게조차 사랑받지 못한 나는. 하지만 마음속 물음들은 말로 뱉어지지 못했다.

결국 그녀의 변심으로 결혼은 일단락됐다. 아버지는 집안 망신을 시켰다며 유학을 종용했고, 그녀는 거부할 이유가 없었다. 어디든 도망가고 싶었으니까. 그게 결혼이든 유학이든 중요하지 않았으니까.

엄마가 죽고 삶은 달라졌다. 아버지는 언제나처럼 큰어머니를 이기지 못했고, 언니는 그녀를 《콩쥐팥쥐》의 콩쥐처럼 수족으로 부리기 시작했다. 엄마라는 방패막이 없어지자 그녀는 존재감이 없었다. 하지만 모든 걸 박차고 나가지도 못했다. 가진 것을 모두 버리기엔 용기가 부족했다.

취직은 언니의 비서 자리로 했다. 아버지는 회사 일을 배운다고 생각하라며 그녀를 위로했지만 그게 위로처럼 느껴지지 않았다.

결혼은 그냥 잊었다. 도피하고 싶지 않았다. 부딪치며 점멸시킬 생각이었다. 모든 것을 견뎌 내고 나면 무엇이라도 남아 있지 않겠냐는 마음이었다.

소라는 울리는 벨소리에 고개를 내렸다. 모르는 번호였다.

"네, 우소랍니다."

— 맥주 약속 때문에 전화드렸습니다.

"네?"

소라는 잠깐 잘못 걸린 전화라고만 생각했다.

— 혹시…… 그 약속을 한 사람이 몇 명 되는 건 아니죠?

남자의 되묻는 말에 그제야 소라의 얼굴 위로 미소가 떠올랐다.

"퇴근이 늦어져서. 죄송해요. 많이 기다리셨어요?"

소라는 우진을 알아보고 종종걸음으로 다가갔다. 허름한 골목 안의 선술집은 분위기만으로 사람을 녹이는 매력적인 곳이었다. 이런 곳에서 평범하게 남자와 데이트를 할 수 있을 것이란 생각은 하지 못했다.

데이트라니. 소라는 이미 그를 이성으로 마음에 담고 있는 자신이 놀라웠다. 그녀는 이 남자의 이름조차 몰랐으니.

"최우진이라고 합니다."

명함을 꺼내려던 우진의 손이 그대로 멈췄다.

"명함을 두고 왔네요."

"괜찮아요. 명함이야 일적으로 만날 때나 쓰는 거죠. 아, 그건 궁금하네요. 무슨 일 하세요?"

선교사가 회사원이 되면 어떤 일을 할까. 소라는 궁금한 눈빛이었다.

우진은 왜 자신이 한 그룹의 회장이라는 말을 할 수 없는지 의아했다. 이 여자에게는 들키고 싶지 않은 마음이었다.

그도 그녀와 다르지 않은 재벌 집 3세였고, 배다른 형제가 있었다. 지어낸 소설일지는 몰라도 그녀가 사과했을 때 모른 척 넘기지 말았어야 했는지도 모르겠다.

전화는 단순한 의도였다. 맥주 한잔이 생각났고, 이 여자가 떠올랐다. 망설임 없이 전화를 걸었다.

서점에서 다 하지 못한 시집에 대한 이야기를 나누고 싶었다. 연애나 결혼, 이성적인 부분은 전혀 고려하지 않은 만남이었다. 그건 이 여자도 마찬가지라 생각했다. 남자보다는 친구가 필요해 명함을 건넸을 것이라고 그는 넘겨짚고 말았다.

"그냥…… 작은 회사에서 서류 업무 봅니다."

"뭐, 그럴 거라고 생각했어요. 책을 좋아하시니까 당연히 글은 잘

쓰실 테고 몸 쓰는 일은 안 하실 것 같았어요. 전 명함에서 보셨다시
피 비서실에서 일해요. 그때 말씀드렸던 배다른 언니가 제 상사예
요. 뭐, 간단히 말하면 콩쥐 코스프레라고나 할까."

소설이 아닌 현실이었나 보다. 우진은 소라의 눈이 슬퍼 보여 다
른 말은 건네지 못했다.

"이렇게 사는 것도 나쁘지는 않아요. 평범하게 직장 생활 하다 보
니까 퇴근 후에 마시는 맥주 한잔이 얼마나 소중한지 알게 됐거든
요. 오늘은 좋은 술친구가 생긴 것 같아서 기분이 더 좋네요."

술친구. 소라는 그렇게 둘 사이를 정의했다. 그게 가장 자연스러
웠다.

"……그 작가님 시는…… 여기가 좀 아프더라고요."

눈이 반쯤 풀린 채 소라가 가슴을 한 손으로 꾹꾹 눌러 댔다.

"어쩐지…… 내 마음 같다고 할까나. 아무튼 그랬어요. 우진 씨는
왜 그 작가님 좋아해요?"

내가 쓴 시라고 말하려다 우진은 그만두었다. 진심을 말하기엔 이
미 불어난 거짓말들로 인해 상황이 우스워져 버렸다. 한편으로는 이
렇게 다른 나로 기억하는 사람이 있었으면 하기도 했다. 어느 그룹
의 회장이 아니라, 너무 아파 글밖에 쓸 수 없었던 시인이 아니라,
온전히 최우진으로.

"좋아하지는 않아요."

"에? 그럼 그 시집은 왜 보고 있었어요?"

"소라 씨가 가슴 아팠던 것처럼, 나도 그 시를 읽을 때마다…… 내

가 느껴져서 불편했어요. 불편했지만 마주해야 앞으로 나갈 수 있을 것 같은 마음. 그거라고 정의해 두죠."

"피……. 그게 좋다는 겁니다, 최우진 씨. 솔직해지는 연습이 필요하시네요."

솔직해지는 연습. 그게 정말 필요했던 걸지도 몰랐다. 그랬다면 그렇게 아픈 시간을 돌아오지 않았을 것이란 생각이 들었다. 은수에 대한 미련은 아니었다. 자신의 사랑에 대한 반성이었다.

"근데 저도 솔직하지 못해요."

소라는 우진을 보면서 그렇게 생각했다. 이 남자에게 끌렸지만 드러내지 못했다. 솔직했던 우소라는 점점 겁쟁이로 변해 버렸다. 시간이, 상황이, 사람이, 그렇게 만들어 놓았다.

□ □ □

언니의 맞선 날은 소라에겐 주말 연장 근무를 하는 날이었다. 아침부터 최고급 숍에 도착해 꽃단장을 했다. 솔직히 얘기하자면 자매 중 외모가 더 빛나는 건 소라 쪽이었다. 아버지를 빼다 박은 소희는 미스코리아 출신 어머니를 둔 소라에게 외모로 밀렸다.

배경만 따지고 보면 소희가 더 좋은 조건이었지만 남자들은 소라에게 더 관심을 보였다. 그래서 자만을 하다가 소라는 배신을 당했고, 소희는 자신감을 얻었다. 더 예뻐지기 위해 성형외과를 문턱이 닳도록 들락거렸고, 어느 순간부터는 언니의 외모가 동생을 뛰어넘었다. 노력하면 안 되는 일이 없다는 것을 소희를 보면서 깨달았다.

"또 서점 가서 농땡이 치지 말고 로비에서 대기하고 있어. 보고 마음에 안 들면 바로 나올 테니까."

눈이 높은 소희의 이상형은 완벽한 남자였다. 오늘은 그 남자를 제발 만나길 바라며 소라는 커피 한 잔을 들고 로비에 비치된 소파에 앉았다.

가방에 넣어 둔 책을 꺼내 읽으려는데 익숙한 얼굴이 호텔 안으로 들어서는 게 보였다. 소라는 반가웠다. 우진을 이런 식으로 우연하게 만나다니. 우연이 자꾸만 그들을 만나게 하는 것이라면 둘은 정말 인연일 수도 있었다.

"마음대로 약속 잡고, 안 가져도 된다니. 김 비서한테 실망이 큽니다."

우진은 뒤따르는 남자에게 화가 난 것처럼 보였다. 그의 뒤에 있는 남자는 어쩐지 그녀의 역할 같았다. 상사에게 주눅 들 수밖에 없는 비서. 비서라고? 그럴 리 없었다. 우진은 평범한 회사원이라고 했다.

"회장님이 확실하게 싫다고 안 하셨잖아요?"

회장님이란 소리만 들렸다. 소라는 그대로 책을 떨어뜨려 버렸다. 그 소리에 우진이 그녀 쪽을 바라봤다. 시선이 엉켰고, 그는 자신이 무엇을 들켰는지 아는 눈빛이었다.

소라는 그대로 로비를 벗어났다. 가방과 책을 챙길 정신도 없었다.

왜 이렇게 서운할까. 왜 이렇게 배신감이 느껴질까. 그와 그녀의 사이가 뭐라고. 술친구라고 그녀가 먼저 자신의 입으로 선을 그어

놓았으면서 행동은 마치 사귀기라도 한 것처럼 굴고 있었다.

"소라 씨."

우진의 목소리가 들리고 소라는 그의 손에 의해서 돌려세워졌다.

"……."

"거짓말한 건 미안합니다. 일부러…… 아니, 그러니까……."

"괜찮아요. 설명 안 하셔도 돼요. 그럴 수 있죠. 어쩌다 한번 만난 사인데, 다 솔직할 필요 없죠. 이해해요. 저라도……."

소라는 거기까지 말하다가 마음이 바뀌어 우진을 차갑게 바라봤다.

"아, 저도 솔직하지 못했네요. 사실대로 말하면 기분이 좋진 않아요. 어디까지가 진심인가 싶고. 저한테 하셨던 말들, 설마…… 다 거짓말은 아니죠? 그래도 그쪽 만나서, 위로받았는데. 지금은 절교를 당한 기분이에요."

소라는 슬픈 웃음을 지어 보였다.

"제가…… 아무래도 그쪽을…… 좋아했나 봐요."

선을 보려고 나간 자리는 아니었다. 전화로 거절 의사를 표시하는 무례를 범하기 싫었을 뿐이다. 하지만 그의 생각과는 달리 그게 더 상대방에게 무례한 일일 수도 있다는 것을 우진은 소라를 만나고 깨달았다. 나쁜 사람이 되기 싫은 것이었다. 그건 철저히 그의 욕심이었다.

스스로가 어떤 사람으로 비쳐지기를 바라는 마음. 그 마음으로 인해 한 여자가 상처를 받았다.

호감으로 다가왔던 남자가 자신을 속였다는 것을 알았을 때 소라가 느꼈을 기분을 우진은 알 것 같았다. 지환이 자신을 속였을 때 철저히 깨달았다.

은수와 결혼했다는 사실을 숨기고 되돌아갔던 녀석이 어떤 마음으로 그랬을지는 궁금하지 않았다. 오로지 배신감에만 사로잡혀 아파할 뿐이었다.

믿었고, 마음을 줬으며, 그럴 리 없다고 생각했던 이에게서 돌아온 솔직하지 못한 감정.

우진은 돌아서는 소라의 팔을 몇 번이고 붙잡았지만 그녀는 계속해서 내치기만 했다. 이제는 우연히라도 마주칠 일이 없었으면 좋겠다고 차갑게 말하는데, 가슴이 시렸다. 비록 잠깐이더라도 나를 좋아했다고 고백한 여자에게 철저히 거절당하는 기분을 알게 되었다.

□ □ □

"……심각한 일이야?"

우진의 방으로 올라온 지환이 테라스에 서 있는 형에게 다가갔지만 그는 알아채지 못했다.

회사에 무슨 일이라도 생긴 건가 걱정됐지만 그렇다면 민철이 진작 그에게 알리고도 남았을 테다. 설마, 여자 문제인가 싶다가도 그럴 리 없다는 결론이 내려졌다.

"형."

"미안. 나 어디 가 봐야 할 것 같아."

우진은 급하게 외투를 챙기고 방을 빠져나갔다. 지환은 어쩌면 자신의 추측이 맞을지도 모른다는 생각이 들었다. 이 소식을 가장 먼저 은수에게 전해 주고 싶었다.

3. 서른셋, 서른둘
(지환과 은수)

"어때?"

"······맛있어요."

"짜구나. 알았어."

은수는 자신의 마음을 단번에 알아챈 해인이 신기해 그녀를 바라봤다.

"어떻게 아냐고? 동서 눈만 봐도 난 알 수 있어. 솔직히 서방님보다 동서 마음 내가 더 잘 알걸? 그래서 서방님이 나한테 안 된다는 거야."

"······누가 안 됩니까? 이렇게 제가 승리한 증거가 매달려 있는데."

유하를 안고 등장한 지환을 보고 해인이 고개를 흔들었다.

"서방님과 아기 띠라니. 누가 상상이나 했겠어."

해인의 말에 은수는 지환을 바라봤다. 그의 입에서 금방이라도 '아기 띠가 어때서 그럽니까?' 라는 말이 나올 것만 같았다. 이러다간 두 사람이 서로 끝도 없이 말을 받아칠 것 같아서 은수는 얼른 자리에서 일어섰다.

지환은 해인을 노려보다 은수의 손길에 어쩔 수 없이 거실로 나왔다.

"기주 형이 형수를 사랑하는 건 최씨 집안 3대 미스터리 중 하나야."

은수는 잠든 유하를 쓰다듬으며 나머지 두 가지 미스터리를 물었다.

"큰형이 두 달 만난 여자랑 결혼하는 거. 그리고 나머지 하나는."

지환의 눈이 은수에게로 향하며 바보처럼 휘어졌다.

"윤은수가 내 눈에 끝도 없이 예뻐 보이는 거. 이건 영원히 풀리지 않을 미스터리지."

말 잘하는 남자를 만나 살다 보니 매일이 달콤함이었고, 이벤트였다. 그게 때로는 상황을 모면하기 위해 능구렁이처럼 빠져나갈 구실로 쓰이기도 하지만 대부분 결정적인 한 방을 날려 은수의 마음을 풀리게 만들기도 했다. 영혼의 짝이 있다는 말이 아예 없는 말 같지 않았다.

"아주버님 도착하시기 전에 유하 안방에서 재워야겠어요."

은수는 지환이 메고 있는 아기 띠를 풀며 유하가 깨지 않도록 능숙하게 안았다.

"나도 같이 자고 싶다."

지환은 은수에게 끈적끈적한 눈빛을 보냈다. 무슨 뜻인지 단번에 알았다.

"지환 씨는 여기 있다가 큰아주버님이랑 큰형수님 되실 분 맞아야죠."

"알아. 근데 우리 며칠 만에 보는 건지 당신 알고 있어?"

긴 출장을 마치고 입국해 곧장 본가로 날아온 길이었다. 다시 말해 단둘이서만 마주할 시간이 없었다.

은수 역시 지환을 오랜만에 보는 것이라 애틋한 마음이 들었지만 공과 사는 구분해야 하는 상황이었다.

우진의 결혼 소식은 집안의 큰 경사나 마찬가지였다. 해인은 기주와 다시 합치면서 온전한 가족이 되었고, 은수도 유하를 낳으며 최씨 집안의 막내며느리로 되돌아왔다.

이제 비어 있던 큰며느리 자리만 채워지면 모두가 행복해지는 것이었는데, 그 소식이 생각보다 빨리 들려왔다.

혹시나 동생들의 재촉에 부담을 느껴 이런 결정을 했나 싶었지만 지환은 아니라고 못 박았다. 형이 형수 될 사람에게 아주 푹 빠졌다고 말했다. 자신이 윤은수에게 빠졌던 것처럼. 그가 덧붙인 뒷말이 그의 설명에 좀 더 신뢰감을 가질 수 있게 만들었다.

"금방 할게."

지환이 은수의 귓가에 속삭였다. 은수는 냉정한 눈빛으로 그를 바라봤다. 명백한 거절의 뜻이었다.

"지환이 너, 무슨 안 좋은 일 있어?"

"아니. 그런 일 없는데?"

기주가 묻자 지환이 싸늘하게 되받아쳤다.

두 사람의 모습을 지켜보던 해인은 무슨 일인지 알겠다는 듯 은수를 바라봤다. 은수는 모른 척 식사 준비를 했다. 오늘 음식은 해인이 거의 다 장만했으니, 그녀는 차리는 것이라도 해야 했다. 언제나 소리 없이 제 몫을 해내는 것이 윤은수의 장점이자 특기이니까.

"형은 언제 올라나? 아직도 난 실감이 안 나네. 평생 혼자 살 것처럼 굴더니."

"원래 사랑이란 게 사람을 변화시키는 거야. 몰랐어?"

"지금 서방님처럼요?"

해인이 콕 찍어 짚어 주었다. 역시나 최지환의 영원한 앙숙 이해인이었다.

"형수님은 저랑 전생에 원수였어요? 제가 숨만 쉬어도 거슬리죠?"

하하하, 해인은 이번 싸움에서 벌써 이겼다는 것처럼 폭소를 터뜨렸다.

"동서한테 서운한 걸 왜 저한테 푸는지. 저도 제 편 있거든요?"

해인은 기주와 지아를 한꺼번에 껴안았다.

"3 대 3 대결이라도 하자는 겁니까? 우리 유하는 아직 직립 보행도 못 합니다."

"그럼 숫자로 밀어붙여요. 셋보다 넷이 낫잖아요?"

적군인지 아군인지. 헷갈릴 즈음 기주가 한마디로 다툼을 정리했다.

"당신이나 넷으로 싸우기 전에 그만해."

역시 핏줄은 다르다며 지환은 형에게 엄지손가락을 들어 보였다.

때마침 현관에서 벨소리가 들리고 기다리던 형의 피앙세가 등장했다. 방랑자 최우진을 사랑으로 정착시킨 사람.

거실로 조심히 들어서던 소라는 모두의 시선이 한꺼번에 자신에게로 향하자 숨을 크게 들이마셨다.

"형을 로맨티스트로 바꾼 비결이 뭐죠?"

첫 질문부터 난이도가 상이었다. 은수는 얼른 지환의 허벅지를 꼬집었다.

"아. 왜? 원래 제일 어려운 것부터 풀고 그다음에 쉬운 문제 푸는 거 아니야?"

"쉽고 어려운 건 상대적인 거야. 근데 넌 모든 문제가 다 어렵지 않았어?"

해인에게 토스를 받은 것인지 기주가 지환을 자극했다. 부부 사기단도 아니고, 부부 원수단이었다. 형제나 형수로 만난 것이 다행스러웠다.

"얘네 하는 얘기는 신경 쓰지 말고, 얼른 먹어요."

우진은 소라의 앞에 음식을 던 접시를 다정히 놓아 주었다.

모두의 눈이 이제 우진에게로 향했다.

결혼 같은 건 아직 생각이 없다고 한 사람은 누구였더라. 회사 일만으로도 바쁘다고 손을 저었던 사람이 누구였더라. 멋진 독신도 나름 괜찮지 않냐고 설득하려던 사람이 누구인지, 이제는 궁금하지도 않았다.

"우진 씨가 저한테 약점이 잡혀서 이러는 거예요. 제가 분명히 도망가라고 경고했어요. 안 그러면…… 평생 안 놓을 거라고요."

소라는 모든 질문을 통과시켜 버릴 미스터리한 말을 내놓고 식사에 집중했다. 그로 인해 우진은 동생들과 두 명의 제수씨에게 뜨거운 시선을 받았지만 그 약점이 무엇인지는 말하지 못했다. 솔직히 그 자신도 몰랐다.

"그럼…… 큰형이 도망가야 하는 상황이야?"

지환은 오버랩 되듯 예전이 떠올랐다.

은수에게 그가 경고했던 말이었다. 지금이라도 나에게서 도망가라고. 아니면 영원히 나에게서 벗어날 수 없을 거라고. 거만한 경고를 하고 그날, 은수를 처음으로 안았다.

그때 왜 도망가지 않았냐고. 그랬으면 그렇게 아프지 않았을 텐데. 나를 놓았으면 편한 사랑을 만났을 텐데. 묻고 싶었지만 무슨 대답이 날아올까 겁이 나 묻지 못했다.

하지만 큰형이 예비 형수를 바라보는 눈에서 지환은 답을 알 것도 같았다. 그래서 이제야 물을 수 있는 용기가 생기는 듯했다.

"다들 조심해서 가요. 다음에 보자."

"형도 결혼 준비 잘하고요."

"동서, 유하 깨겠다. 얼른 차부터 타."

"지아야, 작은엄마한테 뽀뽀 안 해 주고 가?"

"이러다 아무도 집에 못 갑니다. 빨리 타요."

행복한 아우성 같았다. 어느 누구도 행복하지 않은 사람이 없었다. 이럴 수 있었던 것을. 서로에게 상처를 주고, 마음을 숨기고, 눈물 흘렸었다.

그러나 그 시간을 돌아왔기에 웃을 수 있는 걸지도 몰랐다. 불행과 행복은 한 끗 차이라고 어느 누가 그랬던 것도 같았다. 그걸 결정하는 건 모두 본인의 선택이라고.

"행복해?"

지환은 은수에게 물었다.

유하가 잘 있는지 연신 확인하던 은수가 운전대를 잡고 있는 지환에게 눈길을 고정시켰다.

"이게 행복한 건지는 모르겠지만…… 편안해요. 당신, 유하, 내 옆에 다 있으니까 안심이 돼요."

은수에게 사랑은 곁에 있어 주는 것이었고, 지환은 단 한 번도 마음속에서 은수를 떠나보낸 적이 없었다. 그녀가 도망가 버린 상황에서도 그는 온 마음을 다해 그녀를 미워하고 사랑했으니까.

"그때…… 왜 안 도망갔어?"

뜬금없이 돌아온 질문이었지만 은수는 무엇을 묻는지 알고 있었다. 그가 그동안 이것을 묻고 싶었지만 묻지 못했다는 것도 알았다.

무슨 말을 해 줄까. 어떤 말을 해야 할까. 은수는 가만히 지환을 바라봤다.

"……도망가라는 그 말이, 당신을 잡아 달라는 것 같았어요. 나한테 고약하게 굴었지만 외로워 보였어요. 그건…… 나도 마찬가지였어요."

"그러니까…… 우린, 상황이 맞았던 거네."

"이걸 멋있게 말하면 운명인 거겠죠."

운명의 상대를 알아보는 건 쉽지 않은 일이다. 하지만 상대를 운명의 상대로 만드는 것은 쉬웠다. 내 마음을 모두 다 주면 되니까. 후회 없이, 사랑하면 운명이 되는 것이다.

"내 운명이 되어 줘서 고마워."

"나도, 고마워요. 당신이 내 사랑이라서."

"그런 의미에서 오늘 둘째 콜?"

은수가 노려보자 지환은 농담이라며, 웃었다.

운명이지만 틈이 없었다. 그게 윤은수의 매력이었다.

"둘째는 좀 천천히 가져도…… 오늘 밤은 내어 줄 테니까 너무 실망하지는 말아요."

역시 밀당의 천재 윤은수. 지환은 유하가 오늘 밤은 꿀 같은 단잠을 자길 기도했다.

후기는 쑥스럽습니다. 그래서 늘 빈칸을 채우지 못하고 마감을 넘겼는데, 이번 책을 마치고는 고마운 분들에게 감사 인사를 전하지 못했다는 죄책감이 들어 몇 자 끄적여 봅니다.

어설펐던 처음을 시작으로 [너로 인해 나는]까지, 일곱 권의 종이책을 만들어 내며 이 정도의 긴 분량을 써낸 것은 처음이었습니다. 그만큼 쓰면서 힘들었고, 또한 행복하기도 했습니다.

지환이는 너무 아팠던 인물이었고, 은수는 계속 안아 주고 싶었습니다. 돌아보면 그 마음들이 이 글을 끝까지 이어 가게 만들었다는 생각이 듭니다.

머리와 가슴속에만 담겨 있던 저만의 인물들을 끄집어낼 수 있도록 도와주신 모든 분들께 감사 인사를 전합니다. 부모님, 오빠, 친구들, 로맨틱 살롱 작가님들, 그리고 제일 고생한 다향 심은지 담당자님께 이 책을 바칩니다.

— 탠저린